冻死在春天的爱情

Frozen to death in the spring of love

李苏章 著

中国文史出版社

图书在版编目（CIP）数据

冻死在春天的爱情 / 李苏章著．-- 北京 ：中国文史出版社，2016.11

ISBN 978-7-5034-7802-4

Ⅰ．①冻… Ⅱ．①李… Ⅲ．①长篇小说－中国－当代 Ⅳ．①I247.5

中国版本图书馆CIP数据核字（2016）第128626号

图书策划：方云虎
责任编辑：詹红旗　方云虎
装帧设计：文豪社

出版发行：中国文史出版社
网　　址：www.chinawenshi.net
社　　址：北京市西城区太平桥大街23号　　邮编：100811
电　　话：010-66173572 66168268 66192736（发行部）
传　　真：010-66192703
印　　装：廊坊市海涛印刷有限公司
经　　销：全国新华书店
开　　本：720×1020mm　1/16
印　　张：23.25　　字数：393千字
版　　次：2017年1月北京第1版
印　　次：2017年1月第1次印刷
定　　价：49.00元

序

文字图画真是十分奇妙的东西。

有一件事让鄙人难以忘却。

很小的时候，应该还是不识字的时候，我就对文字图画表现出了浓厚的兴趣。这种图画供销社有，但人家不给看，我知道用钱可以买到，但却没有钱。一天，我无意翻开家中一个破旧的木箱子，看到里面有十元钱，顿时惊喜不已。十元钱，当时属大额钱了，我父亲的工资只有四十多元，一粒糖只要一分钱，一本连环画只要一角钱，十块钱可以买很多图画。

我欢天喜地拿着去供销社了，谁料，供销社的阿姨却不卖给我，并且扣了我的钱。原来，她认识我母亲，知道我不可能有如此多的钱，最终的结果是，书没买成，还换来母亲的一顿暴打。

虽然遭此挫折，但对图书的渴望从没有泯灭过，逢年过节，我都会收到一两毛压岁钱，就会到图书摊租书看，一本只要两分钱，一本可以看一个上午，后来识字上学了，对写满字的书更加渴望了，总会用有限的压岁钱去购买书籍。参加工作后，手上有了钱，买书的愿望更加强烈，工资一到手往往会用三分之一的钱买书，几年下来，书柜床上堆满了书。

看书多了，自然对书的好坏有了比较，好的书让人念念不忘，差的书也让人气愤难平，觉得白白浪费了金钱和时间。不过，不论书的好坏，都可以让人从中受益，至少有了比较的范本，在提高阅读质量的同时，也可以提高阅读品位。自然，在阅读中，对人生就会有更多的认知和思考。

其实人生也是一本书，有欢笑也有泪水。不论遇到什么艰难与曲折，

每个人都会经历人生中一段心跳眼热的精彩华章，它就是爱情。爱情是什么？很难回答，每个人根据自己的生活经验可以给出不同的回答，不过，总体上可以分为两类：满意或不满意。

满意的爱情，人人向往之，但是，生活中总有很多不美满的爱情，产生了很多不美满的婚姻，由此也引发了不少人生悲剧。

书中的人物很多也是如此。比如建筑女工林美静，找了一个乡下男人做丈夫，由于没房没车，她在生活中吃了不少苦头。一次无意中的邂逅，她遇见了一富商，于是两人有了婚外情，她以为找到了自己的幸福，果断与丈夫离婚，与富商结婚，谁知，生活对她开了一个玩笑，她发现自己掉进了富商设计的一个陷阱，得到的是更多的痛苦和悔恨，最终酿成人生的一杯苦酒。

我觉得有几句人生箴言值得大家记取：一是爱情里面要是掺杂了和它本身无关的算计，那就不是真的爱情。情如鱼水是夫妻双方最高的追求，但是我们都容易犯一个错误，即总认为自己是水，而对方是鱼。二是在爱的世界里，没有谁对不起谁，只有谁不懂得珍惜谁。人总是想要未得到的，而遗忘了所拥有的。走得最急的，都是最美的风景；伤得最深的，也总是那些最真的感情。三是不管多大多老，不管家人朋友怎么催，都不要随便对待婚姻，婚姻不是打牌，重新洗牌要付出巨大代价。四是不要伤害别人，因为报复迟早都会来，弄不好吃亏的是你自己。五是做人不要解释，是智者选择。人生在世，我们常常产生想解释点什么的想法，然而，一旦解释起来，却发现任何人的解释都是那样的苍白无力，甚至会越抹越黑。山不解释自己的高度，并不影响它耸立云端；海不解释自己的深度，并不影响它容纳百川；地不解释自己的厚度，但没有谁能取代它承载万物的地位。

人的一生，注定要经历很多。路上，可能有朗朗的笑声；路上，可能有委屈的泪水；路上，可能有成功的自信；路上，可能有失败的警醒，每一段经历注定珍贵。生命的丰盈缘于我们内心的无私，生活的美好缘于拥有一颗平常心。人生路不必雕琢，只要踏踏实实做事，简简单单做人，你的人生一定会无比精彩！

本书讲的是爱情和人生的故事，有喜剧，有悲剧，还有传奇色彩的离奇经历。不同的人生故事，反映出跌宕起伏的曲折生活，生动勾画了当时的人文背景和社会生活，是一幅生动的人生风景画，反映出了人生的真善美，给人以深深的启迪和警示。

目　录

CONTENTS

冻死在春天的爱情

2008年11月3日，长沙110报警中心突然接到一个女人惊慌失措的报警电话：快！警察叔叔快来，我家出了人命案！

公安干警闻讯立即赶赴现场。他们被眼前的一幕惊呆了：只见女主人倒在地上，浑身颤抖，口吐白沫，昏迷不醒。床上两个一岁多的婴儿，早已气绝身亡。房间充满了浓烈的酒精味！

这家惊魂未定的女保姆在一旁战战兢兢地说："我不知道，我真的不知道，我回来就是这样子，我很害怕，于是，我打电话报了警……"

警方迅速控制住了现场，并把女主人送往医院抢救。不久，女主人醒来了。她说出了真正的凶手：这个凶手不是别人，正是她自己！是她亲手勒死了两个婴儿，然后喝了一瓶高度白酒，吃了大量安定片，决意自杀。这个结果令所有的办案刑警大吃一惊。俗话说"虎毒不食子"。她为什么要杀死亲生儿子？又为什么要自杀？难道她真是一个蛇蝎女人？随着警方的介入，一个令人惊愕的家庭悲剧渐渐被揭开……

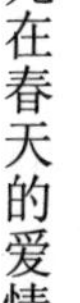

遭遇千万富翁，贫寒小家难留妻子的心

这个女主人名叫林美静，今年30岁，是长沙一家建筑公司的职工子女。17岁那年，因学习成绩差，中考没考上，她念完初中就失了学。父母都是普普通通的建筑工人，没办法给她安排工作，于是，她开始四处打零工，由于文化程度低，很多操作程序和要领弄不懂，有时还闹出笑话，老板看见了，

自然是一顿呵斥，同事们也经常拿她开涮。小小年纪的她品尝到了生活的艰辛。

2002年4月中旬，她在一家舞厅与一个高大帅气的男孩相识。经人介绍，得知他叫张伟成，与自己同住在一个大院子里。不久，两人正式确定了恋爱关系。

张伟成是贵州遵义人，靠父亲的关系，在长沙一家建筑公司当了一个农民合同工。当建筑工人是非常辛苦的，经常一身汗水一身泥，加班加点到天明，但每月收入只有1000多元，一年下来并没有多少积蓄。尽管如此，沉浸在初恋中的林美静并没有嫌弃他，不时还用自己打工节省下来的钱，买来他爱吃的食品和营养品。2003年5月下旬，她不顾父母的强烈反对，跟张伟成结了婚。

新婚激情过后，林美静才发现成家立业竟是如此艰难：首先没房子。张伟成是农民合同工，没资格在单位买房子。他俩只好在工地上搭了一个茅棚安家。一天深夜，外面的风一阵紧似一阵，雷电交加，下起了倾盆大雨。正在睡梦中的林美静忽然感到有冰凉的东西滴在头上。她打开电灯一看，心里不由暗暗叫苦，原来房顶上的油毛毡被风刮破了，点点滴滴的雨水正从四面飘进来。雨水很快把被褥、大米等物品淋了个透湿。这一夜，夫妻俩是眼睁睁地坐拥到天亮。林美静看着这破烂不堪的房子，禁不住流下了痛苦的泪水。

第二天，她忍不住对张伟成说道："伟成，我们借钱去买一套商品房好不好？"张伟成听了吓一跳，忙答道："借钱买房？我到哪里去借钱？再说借了钱，我们拿什么还呀？"林美静知道伟成说得对，现在俩人手头上的现金只有几千元，买间厕所也不够，但她心里就是憋得慌，于是没好气地说道："那你说怎么办，难道我们永远住在这破烂的房子里！？"张伟成也不客气地回敬道："现在没办法。要想办法你自己去想。""你是男人啊，还要我出面，你羞不羞啊！"就这样，夫妻俩你一言我一语，爆发了结婚以来第一次争吵。

三个月后的一天，林美静又遇到了一件心气难平的事。这天傍晚，林美静受10多年没有见面的小学同学之邀，前往她家去串门。当走进装饰一新的漂亮新宅时，林美静一下子愣住了，站在客厅中央顿感手足无措，心急剧地跳了起来。她想不到小时候不如她的同学，如今竟有个非常富足的家。她有点儿不解地问："你真会赚钱啊，能不能告诉我一两招？"这女同学笑了：

“其实我本人没有什么本事，现在不是说，学得好不如嫁得好。我只是嫁了一个会赚钱的好老公。对了，你老公是干什么的？”林美静一时语塞，不知如何回答为好。她只好岔开话题，然后匆匆离开了同学的家。

她不愿意回自己的小屋，于是来到母亲家里。母亲听说后，又唠叨道：“你们结婚，我当初就不同意。现在好了，找了个没本事的外地人，要钱没钱，要房子没房子，以后你们的日子会难上加难，在同学面前更加抬不起头来。”

从母亲家出来后，林美静又在外面茫然地走了许久，直到凌晨1点多钟才回到自己的家。望着这个破旧不堪的小屋，她开始怀疑自己的婚姻：难道真是嫁错了人？

2004年3月中旬的一天，林美静打工的酒店进来一位怪怪的男人。只见他一个人坐在桌前默默地喝闷酒，还不时地叹气。善解人意的林美静，马上来到他身边，帮他脱衣倒水，递送湿毛巾。这男人十分感激，走的时候给她留下一张名片。

从名片上得知，他叫罗志杰，是长沙市高桥大市场一家电器品牌的经销商。以后这男人经常来这里吃饭。几次接触后，林美静与他成了熟人。林美静这时才得知他喝闷酒的原因。原来今年47岁的罗志杰刚刚离了婚，这是他第三次婚姻，他很苦恼，于是经常一人外出喝闷酒。他是湖南邵阳人，个体工商户，与老乡一起来到高桥大市场经销摩托车、彩电等各类电器产品，经过十多年的打拼，如今已有一部50多万元的小车和一套近百万元的复式楼，拥有资产400多万元。当得知他拥有几百万元资产时，林美静的眼睛一下子睁大了：天啊，那能买多少套房子！

一天，罗志杰又来到这家酒店吃饭。饭后，他热情地邀林美静一同出去玩。林美静犹豫了一下，最终还是去了。她想去开开眼界。这次他俩没去别的地方，而是直接来到罗志杰家。林美静看着这个装饰得富丽堂皇的复式房，听着罗志杰滔滔不绝的发财史，眼里不时流出羡慕的目光，心里翻腾不已，她知道凭她夫妻俩目前的收入，一生也挣不了这么多钱！

这一切自然被罗志杰看在眼里。他开始诉说自己不幸的婚姻，到现在还是孤家寡人。说着说着，就用一双多情的眼睛，温柔地注视着她，并在她身上动手动脚。

林美静开始拒绝，当听到罗志杰要娶她为妻时，她荒凉的心田顿时掀起了波澜。不是说学得好不如嫁得好吗？如果我跟了他呢？富足的生活不就有了。想到这儿，面对大她17岁，几乎可以做她父亲的罗志杰，她最终

象征性地挣扎了几下，就默默地任其摆布，然后两人跨越了最后的界限。

林美静与罗志杰保持情人关系两个月后的一天，她终于从罗志杰嘴里听到了她最想听的一句话：美美，你能不能嫁给我？

听到此话，林美静笑了，很爽快答应了罗志杰。回到家后，她马上与丈夫张伟成闹翻了。2005 年 8 月，两人协议离婚。拿到离婚证书的林美静欢天喜地去找罗志杰。她想，她终于可以像自己的同学那样过上富足的生活了。

生儿苦不堪言，完成造子工程换不来富贵生活

林美静找到罗志杰，兴高采烈地把离婚证拿了出来。谁料，罗志杰冷冷地看了一眼就把它扔在一边。他说了一席令林美静吃惊不已的话：“我们现在还不能结婚，必须先同居，证明你会生孩子，才可以结婚。我可不想找只不会下蛋的鸡。”

林美静一时愣住了。她真想大喊一声：浑蛋，我不是鸡！但她还是忍下了这口气。她反复想了一下，罗志杰的想法似乎并不是没有道理，如果我给他生了孩子，我岂不是理所当然成了女主人，我的地位不也更牢固了吗？再说我又不是不能生孩子。

从此，林美静安心地与罗志杰同居，做起了全职太太，每天为罗志杰洗衣做饭，精心照料他的生活。2006 年 9 月上旬的一天，林美忽然发现“老朋友”很久没来了。她立即把这一喜讯告诉了罗志杰。罗志杰听后，十分高兴，两人马上来到一家医院检查，检查的结果让林美静喜出望外：她怀孕了。

回到家的林美静开心得又哼又唱。她精心做了几样罗志杰最爱吃的菜，准备纪念这个特殊的日子。然而，罗志杰却阴沉着脸，始终一言不发，似乎心事重重。林美静看见了，心一沉，轻轻地问道：“我怀孕了，你不高兴？”罗志杰勉强笑了一下：“不是，我主要担心怀的是女孩。”林美静有点儿不解了：“男孩女孩还不是一样，再说女孩长大以后还疼父母一些。”罗志杰瞪大了眼睛，对林美静吼道：“你懂个屁！不行，你必须生个男孩，否则拜拜。”

罗志杰的吼声吓了林美静一跳，她只好幽幽地说；“你小声点好不好，我又不是不同意。”罗志杰笑了笑，大手一挥：“行，明天重新检查。”

第二天，罗志杰通过关系，带着林美静来到一家私人医院。经过B超窥视，

林美静怀的是女儿。看到是女的，罗志杰的脸立刻拉长了，毫不客气地对林美静说：“女的不行，必须是男的，你马上给我打掉。”

听到要打掉自己的孩子，林美静的眼泪“刷”地一声流了出来。她哭着说道：“罗总，把这孩子生下来行不行，下次我一定给你生个男孩。”

罗志杰听到林美静不服从，顿时脸色铁青，大声地说：“不行，绝对不行！你刮不刮，不刮，我立刻走人！”说完，他气冲冲地往外走。

林美静眼看两人关系要闹僵，只好跑出去，把他拉回来，然后眼含泪水上了手术台。骨肉分离那一刻，林美静忍不住泪流满面。

做完手术后，罗志杰要求林美静不清宫立即出院。林美静知道他是怕花钱，但为了不影响俩人的关系，只好把不满埋在心底，垂头丧气地走了。回到家后，她有气无力地说：“志杰，你给我熬点鸡汤喝好不好。”罗志杰不仅不理，反而嫌她在医院里顶撞了他，气呼呼地说：“我告诉你，在我交往的女人中还没有一个敢如此跟我讲话的。我今天且饶你一回，下次再这样，老子对你不客气。待不下去就滚！”

林美静此刻真是哑巴吃黄连，有苦说不出。说到底，俩人还不是合法夫妻，如今一点福还没有享到，如果就这样滚蛋，自己真的亏大了。她又一次把心中的气咽下去，强装笑脸：“我只想休息一下，你不做就算了，我自己来。”说完，她自己起身煮鸡蛋吃，同时还给罗志杰做了饭菜。流产以后，医生开了一张休息 90 天的病假条，但林美静一天也没有休息，依然每天为罗志杰洗衣做饭，帮他料理家务，还不时给他沏上一杯香茶，削一个水果。她要用自己的真情来感动罗志杰，使他迷恋上自己。

2007 年 2 月，林美静又一次发现自己怀了孕。她知道罗志杰需要男孩，为了满足他的要求，这一次她乖乖地跟随罗志杰来到这家私人医院进行 B 超检查。结果出乎所有人的意料，林美静怀的竟是双胞男胎！这是罗志杰家族第一例双胞胎，罗志杰不禁开怀大笑，高兴之余，他给医生送了一个厚厚的红包。

看见罗志杰笑了，林美静也笑了，顿觉腰杆挺直了不少。在回家的路上，林美静终于把憋了许久的话说出来：“志杰，我们结婚好不好？”其实在罗志杰眼里，林美静是个非常平庸的女人，他只是想花点儿小钱玩玩而已，并没有结婚的打算。现在要结婚，他自然不干，于是拉下了脸，说：“结婚不行，你生下孩子后再说。”这次林美静没有让步。她十分坚定地说：“你要生儿子，就必须结婚，否则我一定把儿子引下来。”林美静这句话说到了

罗志杰的痛处。

罗志杰虽然结婚三次，却一直没有儿女。这次林美静意外地给他怀了两个儿子，他自然不愿放弃这次传宗接代的机会。面对林美静的咄咄逼人，他虽然一百个不愿意，但也只好点了点头，表示同意。

2007 年 8 月上旬，林美静与罗志杰领取了结婚证。尽管没看到罗志杰的笑脸，林美静还是长长地吁了一口气。她终于“转正”了，成为这座漂亮复式楼的女主人。

2007 年 11 月 26 日，林美静生了两个白胖胖的男婴。这一天，罗志杰露出了久违的笑容，对孩子亲了又亲。看见罗志杰对孩子如此亲近，林美静备感欣慰。她满怀信心等待着罗志杰的关怀，准备享受家的温暖和富足的幸福生活，然而，这一切很快就落空了。

由于是双胞胎，林美静生得异常艰难，人痛得死去活来的，最后只得剖腹产。产下男婴后，林美静吃不下任何东西，虚汗不断，浑身酸痛，难以翻身。待在一旁的罗志杰不闻不问。有几次，林美静要罗志杰去买点她想吃的水果，罗志杰要么说没时间，要么把头扭向一边，无动于衷，有时还讥笑道：“哪个女人不生小孩，就你金贵！”她哀求罗志杰请个保姆。罗志杰却请来了一个月嫂。月嫂干了一个月就走了，没办法的林美静只好叫来自己的母亲。

从不去林美静家的罗志杰，是第一次面见岳母娘。林美静的母亲退休在家，衣着比较陈旧、落伍，有时说话不够利落。见面的刹那，林美静就发现罗志杰满眼的鄙视和不屑。他“哼”了一声，表示跟林美静母亲打过招呼了。有一天深夜 12 点多，他终于忍不住了，当着林美静母女俩的面，大发雷霆：“什么人不喊，喊来一个叫花子外婆，什么也不懂，马上滚！”说完，毫不客气地瞪着林美静。林美静母亲惊呆了，当场掉下一串泪水。为了不让女儿受累，懦弱的母亲选择了沉默，流着泪连夜走了。望着母亲渐渐远去的背影，林美静禁不住号啕大哭，泪如雨下。林美静不知道，这仅仅是苦难的开头。

痛不欲生，报复丈夫娇儿丧命酿惨剧

母亲走后，所有的家务活全部落到林美静一人头上，每天忙得像打仗似的。2008 年 2 月的长沙，雪花飘飘，寒风凛冽，冷水刺骨。林美静几乎天天要泡在冷水中清洗衣物，一双手很快被冻得通红，化脓。做完家务事，她还要外出采购过年的各种物资。在林美静的哀求下，罗志杰总算发了一回善心，请了一个保姆。然而不久，林美静又遇到了一件令人伤心不已的事：母亲送来6只鸡，罗志杰借口她吃不完，送了两只给店里帮工吃……生下孩子两个多月，由于劳累，营养跟不上，她整整瘦了15斤，还得了类风湿关节炎、反应性关节炎等疾病，走路经常头昏眼花，一次，她摔在床下，足足昏睡了四个小时。

罗志杰对这一切视而不见，一天到晚守在店里。好不容易回来也是要吃要喝。有一天，他看见卫生间有些脏物，立刻火冒三丈："你每天在家只知道玩，也不把卫生搞一下。"林美不服气，回敬道："你没看见我在带小孩？你不会叫保姆扫一下呀。"听到林美静竟敢顶撞他，罗志杰铁青着脸，二话不说，上前就是一脚，踢得林美静蹲在地上，捂着肚子半天站不起来。罗志杰还不罢休，一边破口大骂，一边抬手给了林美静几个耳光，打得林美静的鼻子和嘴角当场出血。在以后的几天里，只要林美静大声说话，都会招来拳头和耳光。身体羸弱的林美静忍无可忍，愤而打"110"报警。当地派出所的民警很快赶来了。他们处理这些家庭矛盾也深感棘手，只好批评一顿男方后，按照林美静的意见，与闻讯赶来的居委会同志一道把林美静送回娘家。

林美静一走把罗志杰急坏了。孩子没奶吃，饿得直哭。罗志杰忍住心中的"火"，屈尊从岳母处接回林美静。回来的当夜，气愤难平的罗志杰还是扎扎实实把林美静按在地上揍了一顿。望着哇哇直哭的孩子，林美静心一软，没有任何反抗，只是抱着孩子默默地流泪。

林美静的忍让为自己赢来了片刻的安宁，但不久她就发现一件怪事：每次吃饭后，她都要闹肚子，时间长达四个月之久。有一天，她悄悄躲在门后偷看保姆做菜，结果叫她大吃一惊：只见保姆在刚出锅的菜里面加冷水和冷猪油。怪不得她拉肚子！气愤不已的林美静当场抓住她，大声说道："你在干什么？你为什么要这样做！"保姆站在那里，满脸通红，一言不发。罗志杰却笑着对保姆说："你也太不小心了，有人站在你身后也不知道。"看着丈夫发出的冷笑，林美静犹如晴天一声霹雳，简直不敢相信自己的耳朵。她气得浑身颤抖，一句话也说不出来，"哇"地一声蹲在地上大哭起来。这分明是丈夫指使的啊！他为什么要这样做？

不久这个谜团就揭晓了。一天，罗志杰又为一件小事对林美静大打出手。这次罗志杰指着林美静的鼻子大声说："我告诉你，要不是你怀了我的儿子，我早就把你踢了。现在你的任务完成了，你可以滚了。"

这时，林美静才真正明白，罗志杰对自己毫无感情可言，她只是他的一个传宗接代的工具。林美静也想通了，与其保留毫无意义的婚姻，不如痛痛快快拿一笔钱走人。于是，她果断地说道："我同意离婚，但我要分一半家产。"谁料，话音刚落，林美静就挨了一记耳光。

罗志杰瞪着林美静："你再说分家产看看，说一句一拳头，说两句两拳头。你休想在我这里拿一分钱，你现在就滚！"说完，罗志杰用力一推，把林美静赶出了门外。后来在当地居委会的调解下，林美静又回到了家里，但夫妻俩互不说话，形同路人。林美静渐渐地对自己的婚姻死了心。

2008年8月，林美静又因失手打烂一只碗而惨遭罗志杰毒打。这次打得林美静身上青一块紫一块，躺在床上整整两天动弹不得。绝望中的林美静吃了100多片安定片自杀。经长沙市一医院急救，林美静死里逃生。得知女儿自杀，林美静母亲禁不住老泪纵横，扑通一声直挺挺地跪在罗志杰面前，乞求他放过她女儿。罗志杰"哼"了一声，抬腿走出了家门……

这年底，林美静被诊断得了血管瘤，需要两万元手术费。她身无分文，只好找罗志杰要。罗志杰把一杯正在喝的水泼在林美静脸上，厉声说："要钱没有，要棺材有一副。"

2008年10月，林美静又遭到了罗志杰的毒打。她找到自己的母亲，失声痛哭："妈妈，罗志杰几乎天天赶我走，我不走就又打又骂，我受不了，我真的受不了，让我去死吧。"说完，拿出一瓶安眠药就往嘴里倒。她母亲奋力把药夺下后，与女儿抱头痛哭！自从去年9月丈夫患脑溢血去世以来，她就为女儿暗淡的前景忧心如焚，经常一人暗自垂泪。她对女儿说："美静，你离婚算了，妈妈有退休工资可以养活你。"冷静下来的林美静摇了摇头："不行，他害我太多了，我不能就这样便宜他，我一定要报复他，也让他生不如死。"她算了算，她跟罗志杰结婚一年多来，她花的钱基本上都是自己打工挣来的，她追求的富裕生活落空了，得到的是打骂和无穷无尽的精神折磨……

回到罗志杰家中的林美静从此沉默不语，有时自言自语，有时暗自流泪，号啕大哭。11月3日下午，她乘着保姆和丈夫外出之机，把罪恶的双手伸向了躺在床上的两个儿子，然后，自己吞下150粒安眠药和一瓶高烈度酒……

得知两个一岁多的儿子身亡，罗志杰禁不住号啕大哭。他几次痛哭流涕地说："我们的年龄差异大，性格、生活习惯都不同，再加上我们了解不够，我们当初就不应结婚。"他终于意识到了没有感情的婚姻，给家庭带来的不是幸福，而是伤害。

经中南大学湘雅二医院司法鉴定，林美静患有抑郁症，作案时有限制责任能力。12月2日，林美静被长沙市开福区检察院以涉嫌故意杀人罪批准逮捕。2009年3月12日，她被长沙市中级人民法院一审判处无期徒刑。她将为自己的残忍付出沉重的代价！

天涯何路是芳草

2006 年 5 月 19 日午夜时分，湖南省桃源县发生了一起令人震惊的特大凶杀案：该县简家坝的黄正秋与妻子，还有一个 3 岁男孩被人残忍地杀死在家中。

接到报案的桃源县公安局刑侦大队立刻展开了侦破工作，第三天，抓获了犯罪嫌疑人黄树清。据他交代，他要杀的不是黄正秋等人，而是另外一个女人。正是这个女人激起了他满腔的愤怒，从而使他举起了血腥的屠刀，滥杀无辜。他对这个女人为什么有如此深仇大恨？他们之间又发生了怎样的纠葛？

温饱思淫欲，发达起来的老板动了歪心思

今年 46 岁的黄树清，是广东省清远市人。小时候家里很穷，经常吃了上顿愁下顿。23 岁结婚那年，家里没有添置一件像样的家具。三年后，一对儿女相继出生，家里更是捉襟见肘。于是，会做泥工的他四处打工赚钱，但打工赚来的钱只能养家糊口。不甘心贫穷的他决心投资办厂。1995 年 5 月，他借钱在广东三水县乐市办了一个砖瓦厂。由于从事的是自己懂行的建材行业，对行情非常熟悉，砖厂投产后，生意异常火爆，短短几年内，他就拥有了上百万的家产，成了当地一名响当当的成功人士。在别人的恭维声中，他不禁飘飘然，觉得应该像有钱的老板那样，好好享受一番人生。

1997 年 6 月中旬的一天，他来到清远市一家饭店吃饭，刚落座不久，

目光就牢牢地停留在一个年轻漂亮的女服务员身上，久久不散。他立刻产生了要把她弄到手的歪念，看见她走近了，就慌忙把她招到身边，要她专门为自己端酒端菜，之后，有一句没一句地逗她。令黄树清兴奋不已的是，这服务员一点儿也不生气，相反还笑嘻嘻地望着他。黄树清知道有戏了，故意问她多少钱一个月。当她说每月只四五百元时，他得意地笑了："太少了，这点钱还不够我喝一顿早茶。"说完二话没说就掏出一百元小费扔给她，十分潇洒地走出了店门。

从此以后，每次到了吃饭时间，黄树清都会选择到这家饭店，渐渐地就与这个服务员混熟了，得知她叫吴小梅，24 岁，湖南桃源县人，在这里打工已有几年了。黄树清为了获得她的好感，每次来吃饭，总会给她带点小礼物。时间一长，俩人成了无话不谈的好朋友。

黄树清觉得时机成熟了，就大胆问她愿不愿去他厂里做事。他怕她不答应，还拍着胸脯说："你放心，你去了，我绝对不会亏待你，先当业务员，以后再干副总什么的。"黄树清心想要长期占有她就必须想法弄到自己的身边。

听到黄老板要她去他厂里做事，吴小梅十分高兴地答应了。她知道这个老板不安好心，但她还是去了。她不愿放弃这个改变命运的机会。第二天，她就辞了工，随黄树清来到砖瓦厂。当天夜晚，黄树清就把吴小梅叫进了房间。他一把搂住了她，吴小梅象征性地挣扎了几下，就任其摆布了。俩人终于发生了不应发生的关系。

得到吴小梅这个漂亮的小姐做自己的情妇，黄树清顿感自己十分有面子，每次外出谈业务，他总会把吴小梅带在身边，还得意洋洋地对伙伴说："这是我新来的副总。"看到他们露出羡慕的目光，黄树清心里特别舒坦和满足。

吴小梅遇到了这个有钱的大老板，心里也很高兴。她虽然已结婚成家，是有家有室的人，但家境一直不佳。贫穷的生活，使她的内心发生了深刻的变化，早已把家庭责任和道德良知抛弃在脑后。在她眼里，有钱、快乐的生活才是最重要的，因此，当黄树清提出要她做他的二奶时，她没有任何犹豫就答应了。她想有这个有钱的老板帮助，她的生活难道不会发生翻天覆地的变化？

果然，这种变化很快来临了。黄树清不仅给她买了许多衣服，还专门租了一套房给她住。为此，吴小梅兴奋不已，每天无所事事地看看电视、散

散步、逛逛商场，然而，时间一长，她就厌倦了，觉得要找点事做做。她看见发廊很赚钱，就向黄树清提出要开一家发廊。黄树清二话没说就答应了。他在附近的镇上找了一家门面，投资4万多元，开了一家美容美发店，让吴小梅当老板。开业那天，他还把自己相识的朋友喊来给她撑门面。吴小梅不费吹灰之力就拥有了一家美容美发店。

一个月后，已是小老板的吴小梅又有了新的想法。她的姐姐一家人住在农村，家境也不富裕，她想为姐姐一家谋点“福利”，于是，她向黄树清提出让姐姐一家来工厂打工。黄树清明知厂里暂不需要人，但为了吴小梅，他还是点头同意了。吴小梅姐姐和姐夫来后，黄树清给他们安排了相对轻松的工作，并在工资上给予了最大的优惠。

看到这一切，吴小梅终于笑了，她对黄树清更加温柔体贴。每次他来到她的住所，总会端来香喷喷的茶，之后为他洗脚按摩。不久，她与黄树清好上了的消息传到了丈夫的耳里。为了不让丈夫与黄树清吵闹，她专程回了一趟家，给丈夫买了许多吃的用的，然后，以离婚相威胁，终于使丈夫保持了沉默。

回到黄树清身边，吴小梅为了表示忠心，又与他去照相馆照了结婚照，为了使俩人的关系像真正夫妻那样“逼真”，他俩还装模作样造了一张假结婚证，同时，吴小梅还做“通”了家人的工作，2002年，她与黄树清一道回到姐姐家，像一对夫妻那样居住了一段时间。吴小梅见到他总会甜甜地喊“老公，老公！”并多次深情地向他表示：这一辈子都会跟他在一起，永远爱他！

吴小梅的“真情”让黄树清激动不已，他越来越离不开吴小梅，只要一天不见自己就会失魂落魄，说不出的难受，而对自己的原配妻子和家庭却不理不睬。这时的他动了一个真正的念头：与二奶吴小梅长期厮守下去，做一对长久的夫妻。

变幻的风云，垮了厂子、跑了二奶，哪有患难与共的真情？

一晃6年过去了，俩人的同居生活风平浪静。吴小梅完全进入妻子角色，对黄树清温柔体贴，细心照顾他的生活。2003年5月，吴小梅为黄树清生了一个儿子，虽然她估计有可能是丈夫的，但当着黄树清的面仍坚持说是他的，并让儿子随黄树清姓，取名黄景武。手捧着二奶生的儿子，黄树清沉浸在做父亲的喜悦中，经常带着儿子四处闲逛、嬉戏。然而，仅仅过了一年多，黄树清喜悦的心就随风而散。

2005 年 2 月，这地方的砖瓦厂开始多了起来，竞争越来越激烈。面对如此严峻的形势，黄树清把大部分精力依然放在情妇吴小梅身上，大把大把地为她花钱，导致砖瓦厂的销售量急剧下降，生产的砖瓦堆积如山，却无法销售出去。同时，由于拖欠款太多，一时收不回来，厂里资金也很快告急，工人的工资都不能按时兑现。眼看自己的血汗钱就要打水漂，工人们急了，纷纷找黄树清要工钱，黄树清只得东借西凑打发他们。一时间，工人走了一大半，生产马上停顿下来。到了 8 月上旬，黄树清的工厂再也无力回天了，所有资产被迫变卖一空，他这个百万富翁重新回到了起点，成了一个负债累累的穷光蛋。走出厂门的那天，望着自己苦心经营 11 年的工厂，如今人去楼空，冷冷清清，黄树清忍不住泪流满面，号啕大哭！

黄树清破产的消息传到黄家，立刻引起黄家上下强烈的愤慨。黄树清刚走进家门，就被妻子狠狠扇了一个耳光，之后，黄妻哭着道："黄树清，这是报应啊！"说完，无论如何也不让他进家门。看见爸爸来了，大儿子和小女儿躲了起来，任凭黄树清呼喊，就是不愿与他见面。黄家亲戚闻讯赶来后，也忍不住说道："黄树清，你太令我们失望了，你对得起自己的良心吗！"面对亲人的指责，黄树清只得十分尴尬地走了。

他回到情妇吴小梅租住的地方。吴小梅正坐在房里看电视，黄树清进来后，一动也没动，继续看她的电视。以前可不是这样啊，黄树清深感意外。他以为她是为他的事而心中不快，就坐在她旁边想跟她说说话。谁知，吴小梅竟站了起来，躲进厕所，迟迟不愿出来。这晚，吴小梅拒绝与他同房，俩人第一次分床而眠。

第二天，黄树清意外得知，吴小梅把美容美发店转卖了。这可是他最后一点资产啊！黄树清十分生气地问："你把店卖了，也不跟我商量，以后我们吃什么？"吴小梅满不在乎地说："现在店不赚钱，不如趁早卖了，以后想卖恐怕也卖不出去。"黄树清知道这个店子还是赚钱的，他敏感地意识到吴小梅心里已有了"小九九"，但想到现在自己一文不名了，以后还得靠她，只好忍下，耐心劝道："我们现在没钱了，也没有特别好的挣钱路子，以后我们就利用这笔钱做点小生意，好不好？"但吴小梅毫不客气地拒绝了："不行，这点钱要留给儿子上学用，动这笔钱不行，如果你要动这笔钱，我们就分开。"黄树清自然舍不得离开她，就不敢再提钱的事了。

黄树清一时找不到合适的事做，每天闲在情妇家里打发时光。看到他再也拿不出钱来，吴小梅的脾气也渐渐大了起来，黄树清走路稍重点，都会招来吴小梅的怒骂。以前是吴小梅做家务，现在反过来了，黄树清每天得乖乖地做好饭，睡觉前还得给吴小梅打好洗脚水，黄树清心里虽然十分恼火，但始终不敢表露出来，相反，他还时刻表现出一副高兴的样子。此刻的他已经有了清醒的认识，知道现在自己对她没有任何吸引力，但他又离不开她，几年的相处，他已深深爱上了这个温柔的情妇，无力自拔。他唯一的想法就是拼命做家务，讨情妇喜欢，用真情换来情妇的真心。可惜，不久，他就发现这一切成了泡影。

两个月后的一天中午，去商场买东西的黄树清走进家门一看，不由吃了一惊：吴小梅不见了，不见的还有她的物品。他顿感情况不妙，急忙打吴小梅的手机，然而，她的手机关机了。黄树清知道她溜走了，她背叛了她曾经立下的誓言。

当晚，黄树清一个人躺在床上，辗转反侧，几乎一夜没有合眼。第二天，他继续打吴小梅的手机，这次他终于拨通了。他急忙问吴小梅为什么要走。吴小梅的一席话说得他哑口无言：“你是有老婆孩子的人，我也是有老公的人，我们能长期在一起吗？我们分开吧，以后再也不要见面了。”黄树清沉默许久，仍不死心，继续问：“以前你不是这样啊，你口口声声说爱我，要跟我一辈子的啊！”吴小梅冷笑了一声：“我会跟你，你做梦吧。以前只是哄你开开心，你怎么能当真，说句实话，我从来没爱过你！”听到吴小梅的真心表白，黄树清难过得在电话里哭了起来。他不相信俩人同居近 8 年，情妇心里根本没有他。他怀疑是她丈夫夺走了他的爱，他无论如何也要抢回来！

黄树清开始四处打听吴小梅的下落。他从吴小梅的同事处，得知吴小梅的丈夫在广东番禺一家工厂打工。他立即找到这家工厂，天天站在门口守候。一天中午，他终于看见了吴小梅丈夫从厂里走出来。他克制住激动的心情，悄悄地跟在他身后，一会儿，他看见吴小梅丈夫进了一处平房，很快，他就看见了日思夜想的吴小梅。他终于按捺不住，立即闯进去，一把抓住吴小梅死劲往外推，边推边说：“我总算找到你了，你现在跟我走！”吴小梅见是黄树清，吃了一惊，急忙大喊丈夫的名字。吴小梅的丈夫吓了一跳，立刻冲上去用力甩开了黄树清。黄树清一个踉跄，差点跌倒在地。他不服气，大声地说：“这是我老婆，你跟她离婚，我要跟她结婚！”说完，他又要拖吴小梅走。吴小梅丈夫的火一下子蹿了上来。他抓住黄树清，对着他的鼻子就是一拳，黄树清的鼻孔立即流出了一股血，人像一截树桩仰面倒在地上。怕丈夫吃亏的吴小梅也冲了上去，对黄树清拳打脚踢。夫妻俩齐心迎“敌”，很快把黄树清打得趴在地上动弹不得，然后，夫妻俩把他扔出了门外。

被打得鼻青脸肿的黄树清在地上呆了许久，才一步一挪地向公路边走去。不知不觉，天渐渐暗下来。由于身上只有二三十元，又没有带身份证，黄树清找不到住所，只得在番禺市的马路边呆了一夜。这一夜，他多次被泪水蒙住了双眼。他恨吴小梅，恨她薄情寡义，对自己的真情真意毫不动心。但在内心深处，他又是多么爱这个靓丽的情妇啊！在爱恨交加中，他度过了一生中最难忘的一夜！如果黄树清此时能深刻地认识到指望情妇的爱如同水中捞月而就此放弃，他的生活或许是另一种结局。可惜，执迷不悟的他仍企图得到情妇的爱，他发誓要把自己深爱的情妇夺回来！

最后的疯狂，畸爱血腥收场害了至爱的亲人

黄树清开始疯狂地逼吴小梅与他见面。他打听到了吴小梅的手机号码，几乎天天给她打电话，但吴小梅始终不理睬。没有办法的黄树清想出了最狠的一招。他在电话中气冲冲地说：“如果你不见面，我就到你老家去闹。”吴小梅确信他没这个胆量，还是没理他。

2006 年 5 月 17 日，黄树清从广东来到了湖南省桃源县吴小梅的老家。在路上，他恰好碰到了吴小梅的姐姐吴小青。看在是昔日老板的份儿上，吴小青热情地上前打招呼，并把他带到自己的家里。她知道黄老板与妹妹的“特殊关系”，也知道俩人开始有了很深的矛盾，但她始终认为她是界外人，就没往坏处想。

第二天，吴小梅得知黄树清到了桃源，心里慌了。她虽然自始至终没爱过他，但害怕他在自己的家乡出她的丑，只好瞒着丈夫答应见他一面。19 日下午，她赶回桃源，在三阳镇见到了浑身脏兮兮、失魂落魄的黄树清。见到吴小梅，黄树清的眼眶溢满了泪水，忍不住转身暗暗掉泪，很快，他擦干泪水，强装欢笑。他觉得情妇还是爱他的，心里顿时充满了希望，于是，笑着要吴小梅陪他去买衣服，吴小梅答应了。俩人在镇集市上转了一圈又一圈，黄树清的心思根本就没有放在买衣服上。他一直在诉说他的爱、他的真情，劝说吴小梅离开丈夫，同他结婚，但吴小梅不仅不答应，相反还

劝他珍惜现有的家庭，这让黄树清非常不快。

在一家店铺，黄树清看见一件漂亮的女性时装，赶紧掏钱买了下来。当他把衣服递给吴小梅时，被吴小梅冷冷地拒绝了。看到吴小梅冷若冰霜的脸，黄树清内心非常绝望，但他没有表露出来。在菜市场，他买了许多鱼肉，提议去吴小梅姐姐家吃饭，他想在她姐姐家再做最后一次努力。吴小梅不想再伤黄树清的心就同意了。在中途，俩人分了手。吴小梅要先回自己的家看看，黄树清一人先来到吴小梅姐姐的家。他俩约好在她家见最后一次面。他怕吴小梅变卦，在吴小梅姐姐家表现异常忙碌，帮她洗菜做饭，并多次说第二天就要回广东。这种表象果然迷惑了吴小梅姐姐一家人，于是，姐姐放心地叫吴小梅和她的儿子一起过来吃晚饭。

一家人在平静中吃完了晚饭。饭后，黄树清多次暗示吴小梅出去，但吴小梅始终不为所动。她现在十分厌恶这个40多岁的男人，一句话都不愿跟他说，因此，对他的任何动作都视而不见，不理不睬。为了不给他独处的机会，她始终只同姐姐坐在一起，说着悄悄话。她姐姐也认为他们不应该再来往了，也不给黄树清机会。这使黄树清对吴小梅的姐姐也非常不满。晚上10点左右，他见吴小梅单独进了一间偏房，马上跟了进去。他拦住吴小梅，十分气愤地说："你说最后一句，我们是不是真的不能和好？"吴小梅瞪了他一眼，果断地说："你死了这条心吧，我死也不会跟你在一起的！"说完，她跑出了房间，与姐姐一起待在客厅里看电视。

望见吴小梅离去的背影，黄树清站在偏屋愣了很久。他想了很多，想得最多的还是情妇吴小梅，他做梦也想不到自己钟爱的情妇竟会如此无情。现在，自己已众叛亲离，无家可归。想到这儿，他不禁怒火万丈，顿时，产生了与她同归于尽的念头。

晚上11点左右，他把随身携带的三角刀藏在身后，乘她姐妹俩不注意，悄悄溜进吴小梅姐夫黄正秋的房间。他要先杀死这个男人，然后再杀掉吴小梅。他掏出刀用力向黄正秋的胸口扎去。正在床上睡觉的黄正秋被一阵剧烈的刺痛弄醒了。他"啊"地惨叫一声，就昏死过去。黄树清唯恐他不死，又朝他身上连扎10多刀，导致黄正秋当场死亡。

杀死黄正秋后，黄树清转身朝屋外奔去。正与前来救夫的吴小梅姐姐迎面相撞。他顺手给了吴小青一刀后，立刻跑到客厅找吴小梅，然而，吴小梅却早已不见了踪影。

原来，听到姐夫黄正秋的惨叫声，吴小梅立即意识到黄树清动了杀机。

她迅速站起来，准备抱儿子一起逃走。她刚拉住儿子的手就看见黄树清向她奔来，立马丢下儿子拼命朝屋外田地上跑去。借着夜色的掩护，她趴在一条水沟里一动也不动。

身中一刀的吴小青乘机也跑出了屋。但是，她没有躲起来，而是哭着去找本村的医生。没找到医生，她十分担忧丈夫的生死，又急忙返回住所。她这一轻率举动终于断送了自己的性命。她走在回家的路上，就遇到了四处寻找吴小梅的黄树清。黄树清以为吴小青就是吴小梅，万般仇恨立刻涌上心头，不顾一切地向她刺去。吴小青身上不断中刀，但仍一边逃跑，一边拼命地呼救。身中10多刀的她最终因失血过多死在自家的屋边。

黄树清杀掉吴小青，重新返回屋子。看见吴小梅的儿子在那里不停地哭叫。灭绝人性的他毫不犹豫举起了血腥的屠刀，一个年仅3岁的小男孩倒在了血泊之中，死在自己的“父亲”面前！

这时，连杀三人的黄树清感到了空前的惊慌。他扔掉屠刀，躲进了浓密的山林中。接到报警的桃源县公安局火速组织全局干警赶赴现场进行围剿。他们在案发地附近组织了三道封锁线，设卡拦截。5月20日，在当地党委、政府的协助下，上百名警力与当地群众一道封山搜人，5月21日下午5时许，犯罪嫌疑人黄树清在山林中饿了两天后，走出山林，束手就擒。11月20日，湖南省常德市中级人民法院一审判决广东籍男子黄树清死刑。侥幸逃生的吴小梅精神几乎崩溃，在声嘶力竭中终于流下了悔恨的泪水。

2006年，湖南首起因包二奶引发的特大血案就这样收了场。它给人留下的话题非常沉重：人虽都有追爱的权力，但始终不能绕开道德和法律的底线。尤其是遇到畸形的爱时，一定要用法律的天平，仔细、认真地衡量一下。因为受伤的不仅是自己，还有可能是至爱的亲人啊！桃源血案再一次向人们敲响了警钟：情妇不可有，婚外情不可有！

少年追凶记

一位少妇对情人的妻子怨恨在心，于是决定杀掉情人年幼的儿子。一个月黑风高之夜，她动手杀掉了情人的儿子，之后逃之夭夭，浪迹天涯。然而，天网恢恢，疏而不漏。十年后，她终于被抓获归案，令人意外的是，抓获她的不是别人，正是当年被她杀害的情人的儿子，这是怎么一回事呢？

情妇痛下黑手，少年诈死逃生

1998 年 9 月 29 日下午，小学生王少斌放学回家。在校门口，一位他不认识的阿姨忽地拦住了他，说："王少斌，你爸爸要我来接你。"说完，拦住一辆红色的士，将他拉上了车。王少斌没有任何犹豫就跟她走了。

时年 8 岁的王少斌系湖南郴州市郊人，正在市郊一所小学读二年级。父亲名叫王武生，时年 35 岁，是郴州市一家商场老板，拥有两百多万资产，是当地有名的富翁。32 岁的母亲刘梅香在家相夫教子，一家人其乐融融，过着平静幸福的生活。然而，这一切都随着一个女人的闯入，被彻底打破了。

这个女人名叫陈敏芝，1976 年出生于郴州市一个普通工人之家。高中毕业没考上大学就结婚成家了，靠打工为生。1997 年 10 月中旬的一天，王武生到陈敏芝打工的酒店吃饭，他一下子被眼前这个俊俏的妹子迷住了，有意向她套近乎。陈敏芝得知他是百万富翁后，心里暗暗高兴，对王武生也是有问必答，有求必应，不到三天，两人就睡在了一起，成了一对地下情人。

缠上这个百万富翁后，陈敏芝开始不断地提要求，今天要零用钱，明天要买衣服，王武生都一一满足。为了抱紧这棵大树，陈敏芝趁老公不在家时，主动带王武生到她家过夜，并给他煮夜宵吃。两人愉快地度过了几个月的快乐时光。不料，因为一件偶然发生的事，两人的地下情意外地曝了光。

1998 年 6 月 16 日，陈敏芝和王武生在郴州市家家乐超市购买衣服。陈敏芝看中了一件 500 多元的连衣裙，王武生付款后，两人来到附近的一家宾馆，开了房，准备休息一下。正当两人躺在床上时，门忽然被服务员打开了，接着闯进来一位少妇。她大叫了一声，立即扑上去与陈敏芝厮打在一起。王武生定神一看，这人不是别人，正是老婆刘梅香！

原来，在超市购物的刘梅香瞧见了陈敏芝与老公在一起。震惊之余，她不动声色，悄悄跟在他俩后面，然后谎称是给王先生送东西的客人，骗服务员打开了房门。

眼看两人打得难分难解，王武生赶紧手脚并用，死死地抱住老婆刘梅香，陈敏芝趁机跑了。

刘梅香岂会善罢甘休。几天后，她就找到了陈敏芝家里，怒斥陈敏芝的丑行。谁料陈敏芝却不以为耻反以为荣地说：“找情人有什么错，现在哪个女人没几个情人，哪个男人又不找情人。我仅仅找了一个，又不跟他结婚，有什么好指责的。”恰好陈敏芝的丈夫在家。他在里屋听到这句话，异常气愤地冲了出来，大骂她不要脸，并狠狠地打了她一个耳光。夫妻俩顿时扭打在一起，由于陈敏芝丈夫身材矮小，立刻被高出一头的陈敏芝打倒在地，动弹不得。又气又好笑的刘梅香马上出手相救，把他从地上拖了起来。看到刘梅香出手，自知不是对手的陈敏芝生气地跑了。

陈敏芝的丈夫气愤难平，立即向法院提出了离婚。接到离婚诉状，陈敏芝傻眼了。她与王武生玩婚外情，只是贪他的钱财而已，从来没有动过真感情，更没有想要跟丈夫离婚，没想到老实巴交的丈夫竟敢提出离婚。赌气之下，她同意了。1998 年 7 月中旬，两人办理了离婚手续。

回到孤零零的家中，陈敏芝备感凄凉。她因贪图享乐找情人导致离婚的事，在当地闹得沸沸扬扬，走在大街上总有异样的目光投来，弄得她浑身不自在，痛苦不堪。她开始后悔了，主动找到前夫，表达和好之意，但被前夫冷冷地拒绝了。

陈敏芝心里不觉冒出一股怒火。不过这股火不是针对前夫，而是针对刘梅香。如果刘梅香不找上门来，她哪会离婚，哪会落到今天众叛亲离的地步？她越想越生气，越想越愤怒，决定报复刘梅香。她打不过刘梅香，于是，

想到了刘梅香的儿子王少斌。她要杀掉他，以泄心头之恨。

她知道王少斌就读的学校。就在校门口用谎言拦住放学回家的王少斌，打的迅速向东塔岭森林公园开去。在公园里，她带着王少斌转了一圈又一圈，寻找合适的地点，直到天色完全暗下来，才在一个偏僻的山头上找到了一个土坑。她乘王少斌不备，突然把他推倒在地，目露凶光，双手死死掐住王少斌的脖子。

其实，王少斌被她带到这个行人稀少的森林公园时，心里就产生了怀疑，他一度哭着要回家，但每哭一次就要被打一次，被打怕了的他只好乖乖地跟着她走。现在这个阿姨把他按在地上，他迅速意识到死亡已经临近，他知道抵抗没有任何意义，就停止了挣扎，瘫软在地，任她掐自己的脖子，假装昏死过去。

此刻，四周漆黑一片，正刮着大风，地面上凹凸不平，心慌意乱的陈敏芝胡乱地在王少斌脖子上按着。看到他躺在地上一动也不动，以为他已经死了，就起身离开了。

过了许久，周围没了动静，王少斌才挣扎着爬起来，踉踉跄跄地朝家里走去。晚上 11 点，他才回到家。刚进家门，他就昏了过去。

父亲幡然醒悟，不倦追凶十年

王武生看见儿子这番模样大吃一惊。他抱着王少斌大声呼唤，一会儿，王少斌醒了过来，说出了一切。听了儿子的描述，夫妻俩立即向郴州市 110 指挥中心报警，之后把儿子送进医院进行治疗。

自以为做得神不知鬼不觉的陈敏芝当然不知道后来发生的一切。为了掩盖犯罪事实，她当晚找到一个姓宋的陌生男子，给他 100 元钱和一个电话号码，要他给王少斌的父亲打电话，说："你家儿子因遭遇车祸而死亡……"姓宋的男子接过钱后，就给王武生打了一个电话。这个电话立刻引起了郴州警方的高度警觉，通过电话号码找到了这个姓宋的男子，通过他的描述，王武生立即知道了凶手是谁。警方马上出动，进行抓捕。

然而，晚了一步。躲在暗处的陈敏芝一直待在家附近，看见警车呼啸而来，知道不妙，迅速逃之夭夭，消失在茫茫人海中。王少斌经过医院检查，身体只有表皮损伤，没有伤及内脏，很快就出了院。但不久，王武生夫妻吃惊地发现：儿子性格大变，让夫妻俩感觉十分陌生。

原先活泼可爱的王少斌不见了，他像傻子一般静静地呆着，眼睛茫然地四处张望，沉默不语。遇见生人，显得特别紧张，然后一声不吭地躲进房间将门锁上。晚上睡觉时，要紧紧搂住妈妈的脖子，有时还会偷偷哭泣。

王武生傻眼了，他知道儿子受到了惊吓，心灵遭到严重创伤。他做梦也没想到儿子会遭遇这种伤害。为了宽慰儿子，他放下手上的生意，专门找来心理医生，打开王少斌的心结。经过一个多月的治疗，王少斌紧张的情绪有了一定程度的缓解，脸上也有了笑容，但清醒过来的儿子却从此对他非常粗暴，不准他靠近。

这让王武生既尴尬又愧疚。儿子王少斌是他的心头肉，当得知是情妇陈敏芝想杀害儿子时，他多次痛苦得把头往墙上撞，他恨自己一时糊涂，害了儿子；更恨自己瞎了眼，找了一个心狠手辣的害人精。他暗下决心，一定要抓住这个杀人凶手，为儿子雪恨！

为此，他多次拨打陈敏芝的手机，可都是关机，去她家，也是人去楼空，陈敏芝早已不见踪影。他决定用“情”的方法把她找出来。他知道陈敏芝现在很想弄清他对此事的态度，如果他表现得不在乎，还想与她往来，陈敏芝会不会出现？

他开始有意在陈敏芝的亲朋好友中散布因老婆有错在先，他不怪她，可以原谅她的言论。此招果然奏效。一天傍晚，他接到一个从广州打来的长途电话。打电话的正是陈敏芝，她在电话里拼命为自己辩护，说自己不是真的要杀他儿子，请求他的原谅，并说自己现在很困难，希望得到他经济上的帮助。

听到陈敏芝的声音，王武生恨不得立刻飞到她的身边，把她抓捕归案。但他强忍着内心的激动，轻描淡写地说：“你人没事，就没关系。希望我们俩还是好朋友，能够重温旧梦。”王武生这番“真情表白”，让陈敏芝动了心，他们约定四天后在广州火车站见面。

挂断电话，王武生立即把这一情况向郴州警方做了汇报。四天后，他与郴州两名刑警来到广州火车站。他们刚到约会地点，只见一个脏兮兮的中年男子走了过来，拿出一张纸条对着王武生说道：“我是陈敏芝叫来的，你把钱给我吧，她随后会跟你联系。”原来，狡猾的陈敏芝担心情况有变，从路边叫来一个陌生的流浪汉，让他去拿钱，她躲在一个商场内观察。

王武生不知这一切，坚持见人付钱，要不到钱的流浪汉正准备开溜，却被王武生死死地抓住，脱不了身。埋伏在一边的刑警果断出击，将他抓获，

这一幕恰好被陈敏芝看见。她成功地逃走了，王武生抓捕陈敏芝的计划最终以失败告终。

不久，一个邻居告诉他，在广州一家电子厂似乎看见了陈敏芝在那里打工。他马上赶到这家电子厂，找到人力资源部打听，却被告知没有这个人。他怕陈敏芝用的是化名，就在厂门口蹲点守候，连续守了10多天，始终不见陈敏芝的人影，只好悻悻地回到家里。

很快，他又得到一条消息，说陈敏芝在江西南昌一家宾馆做事。他又赶到南昌进行寻找。在那里，他整整停留了两个月，找遍了南昌市内大大小小的宾馆，却始终不见陈敏芝的影子。就这样，十年间，王武生先后到过广东的韶关、清远、东莞、广州，江西的南昌、赣州、吉安、宜春等地寻找，行程一万多公里，花费近10万元，就是为了追捕陈敏芝。

王武生虽然没有成功抓捕到凶手，但是却深深感动了儿子王少斌。他看到父亲一颗诚挚的心，从内心原谅了父亲的过错，但他却无法原谅凶手陈敏芝。而且随着年岁的增长，这种恨有增无减，一个新的想法在他的心头闪现。

捕获嫌疑犯，阴霾的心重见天日

已成翩翩少年的王少斌产生的新想法，就是要与父亲一起去抓捕凶手。那天，他刚向父亲王武生提出自己的想法，王武生便断然摇了摇头，连说不行。随后，他转向母亲刘梅香寻求支持。望着跃跃欲试的儿子，她答应了。丈夫出轨，受伤害最大的是儿子。现在儿子长大了，应该让他参与抓捕凶手，这也是对他受伤的心灵一个极大的抚慰。

无奈之下，王武生只得同意儿子的想法。2007年7月中旬的一天，他得到一条消息，说陈敏芝藏匿在福州市郊一处民居中。那时，刚好是暑假，王少斌与王武生一起来到该市。为了不打草惊蛇，父子俩租了目标对面的一间居民房作为观察窗口，日夜不停地监视。

一天下午，王少斌正在窗户旁观看，对面一个模糊的身影忽然出现在眼前。他用望远镜一瞧：正是陈敏芝！尽管过去了快十年，但她的模样基本没变，王少斌一眼就认出了她。

此刻，父亲外出未归，王少斌慌了，生怕她逃走，赶紧打电话给王武生。恰好王武生的手机没电了，打不通。为了确保无误，他没有拨打当地110，而是悄悄来到该居民楼查看情况。孰料，他正在四楼张望时，门突然打开了，陈敏芝正出来倒垃圾。王少斌以为她要逃，大喝一声：“陈敏芝，你往哪里逃！”说完就扑了上去，一把抓住陈敏芝。听着地道的家乡口音，陈敏芝知道她已经暴露了，不顾一切地奋力挣扎。正当两人扭打成一团时，王少斌没想到的一幕出现了：一个中年男人突然从房内冲了出来，从后面死死地抱住王少斌。他受此一击，再也无法用力，陈敏芝顺利地挣脱出来，眨眼间，就消失在居民楼间。后来，他们才知道，这男的是陈敏芝刚认识的男友。

陈敏芝在眼皮底下跑了，王少斌十分气愤。他很后悔自己一时冲动，酿成了无法挽回的错，蹲在地上禁不住泪流满面，父亲不仅没有责备他，还笑着安慰他：“没关系，吸取教训，总结经验，以后还有机会。”说完，带着他在四周找了一圈。后来，两人又马不停蹄去了长沙、武汉、南宁等地，虽然没再看到她的身影，但他们从中看到了希望。

由于要上学，王少斌无法时刻跟随着父亲，他与父亲商量，决定利用课余时间，从陈敏芝亲人中寻找线索。他相信陈敏芝一定跟家人有联系。从此，他只要有空，就往陈敏芝住的地方跑，结识了周围不少朋友。

2008 年 12 月的一天，他的朋友告诉他，陈敏芝的朋友阿波经常跟一个神神秘秘的人打电话，说话都是压低声音。这条消息引起了王少斌的高度警觉，他开始注意阿波的行踪。一天，他放学回家，又来到阿波所居住的楼下，想看看他有什么动静。一会儿，阿波从楼上走了下来，只见他来到郴州五岭广场的一个公用电话亭边，拿起电话开始打电话。王少斌赶紧靠在他背后，手拿一本书假装排队等打电话。

很快，阿波清晰的声音传了过来：“姐，你走了这么久也不见回来，你什么时候回来呀？”话筒里有个女人说：“我现在还被公安通缉呢，回不来了。逃亡的日子虽不好过，但总比坐牢好呀……”

阿波打完电话就走了。随后，王少斌赶紧用书遮住脸，悄悄地回拨了这个电话号码。话筒里传出了“喂！喂！你找谁？”声音虽短，但王少斌还是听出来了：她就是凶手陈敏芝！他强忍住怦怦直跳的心，抄完这个电话号码后，轻轻地挂上了。

他迅速把这一情况向当地警方通报。警方顺藤摸瓜，很快弄清了陈敏芝的藏身地点——广东连州市。第二天，警方派人奔赴连州，敲开了其居住的房门。开门的正是陈敏芝，她被逮了个正着。

2009 年 4 月 10 日，郴州市中级人民法院开庭审理了陈敏芝一案。陈敏

芝对自己的犯罪事实没有异议，表示服罪。4月15日，陈敏芝因犯故意杀人罪（未遂），被依法判处有期徒刑12年，剥夺政治权利3年。

杀人凶手终于得到了应有的惩罚，压在王少斌心上的一块大石头终于搬走了，他甜甜地笑了。

富豪之家的故事

2014年8月13日，安徽亳州千万富翁罗文开走在大街上突然遭到一位不名身份的人袭击，头部被人连砍两刀，倒在血泊中。妻子罗红梅闻讯赶来，不禁号啕大哭，大骂歹徒毫无人性……

不久，凶手被抓。他供出的幕后真凶却让人目瞪口呆：原来真凶不是别人，正是妻子罗红梅！作为富婆的她为什么要杀害自己的丈夫？其背后又有怎样不可告人的隐情？随着调查的深入，夫妻之间的恩怨情仇终于浮出了水面。

略施小计，穷打工仔娶到富豪家族千金小姐

1970年8月出生的罗文开是湖南株洲人。他家在农村，兄弟姐妹多，日子过得十分艰难。为了挣钱，他18岁时就跑到一家水泥厂做小工，之后去深圳边防部门服了两年兵役。1996年7月中旬，身材魁梧的他退伍了。他不愿意回到贫穷的家乡，于是通过朋友介绍，来到亳州一家药材商铺找到了一份工作。

上班第二天，他正在老板家厨房忙碌，一个漂亮的女孩忽地跑了进来。他赶紧挥了挥手，忙说："小姐，你走错了，这是厨房。"这女孩笑了："你是新来的吧？我是来帮忙的。"说完，与他一起洗碗、择菜，搞卫生。罗文开开始以为是老板新招来的打工妹，后来才知道她是老板的亲侄女，比他小2岁，名叫罗红梅。望着漂亮勤快的罗红梅，尚未婚配的罗文开心里顿

时掀起了一阵涟漪：她要是成为我的女友该多好啊。

罗文开开始设法接近罗红梅。可惜罗红梅待他始终不冷不热。一次，罗文开请她看电影还被她冷冷地谢绝了，这让罗文开烦恼不已。于是，他设计了一个从书上找来的办法："英雄救美。"他花了400元钱找来两个外地打工仔，请他们晚上在罗红梅回家的路上调戏她，然后他再出手相救。不料，在路上拦住年轻貌美的罗红梅后，这两个人却假戏真做，一个抱住她死不松手，在她身上乱咬乱啃，一个趁机扯掉她的裤子，准备强奸她。罗文开赶来相救，他们不但不跑，反而与罗文开厮打起来，很快罗文开被打得鼻青脸肿，被按在地上动弹不得。正当他深感绝望时，挣脱出来的罗红梅拾起地上一根木棍，大叫一声扑了过来，两个民工才慌慌张张地跑掉。"英雄救美"顿时变成了"美女救狗熊"。

这场惊心动魄的逼真演习深深打动了罗红梅。她马上拨打120，送他去医院，之后又细心照料他的生活。经过两个多月的亲密接触，罗文开终于如愿以偿：罗红梅成了他的女朋友。俩人经常成双入对，手拉着手去公园等处玩。罗文开顿时沉浸在巨大的幸福中，然而，时间不长，他就遇到了麻烦，幸福变成了痛苦。

罗家在当地是大家族，非常有势力，是个拥有几百万资产的富豪之家。罗文开家境贫寒又在农村，本人还是个一无所有的打工仔。他与罗红梅恋爱遭到了罗红梅父母的强烈反对。罗家父母多次找到罗文开，警告他不准去找罗红梅，否则打断他的腿！一天，在回家的路上，罗文开真的莫名其妙遭到当地几名烂仔一顿殴打。他害怕了，不敢去找罗红梅。然而，此刻的罗红梅已经深深迷上了罗文开，认定他就是自己的终身伴侣。罗文开不敢找，她就主动出击，约他出去玩。她的这一行为激怒了罗家父母。他们把她关在家里，并派人看守，不准她迈出家门一步。然而，脾气倔强的罗红梅趁着家人不注意，偷偷跑了出去。2005年11月15日，她找到罗文开后，一同回到罗的老家，未婚同居在一起。罗家父母千辛万苦找到罗红梅时，她正在罗家切猪食。看到双手粗糙的罗红梅，父母禁不住潸然泪下。现在生米煮成熟饭，老两口只好同意。2007年2月14日，罗文开与罗红梅举行了婚礼，组成了一个幸福的小家庭。

小两口结婚后，罗文开向亲朋好友借了1万元钱，在亳州市开了一家酒店。由于有罗家人的帮衬，罗文开的餐馆生意十分红火，不到一年就赚了10多万元。2007年2月，罗文开看到亳州一些新建工厂需要建材。他看到这一商机，决定转行。由于手中的钱不够，就让罗红梅出面向娘家借钱开了一家建材店。由于项目看得准，三年后，夫妻俩又掘到了创业的第二桶金。

2010 年 3 月，在罗红梅娘家人的大力支持下，罗文开动用全部积蓄在当地建起了一排建材门市部，之后全部出租。由于门市所处地带属于黄金地盘，出租屋的租金年年上涨。仅此一项，就让罗文开每年可收取 100 万元的租金。之后，他们又建起了一栋 6 层大楼，4 层出租，2 层自住。短短几年时间，罗文开就成为当地鼎鼎有名的千万富豪。

这时的罗文开不仅生意做得风生水起，家也充满了温馨和快乐。事业一帆风顺，罗文开春风得意，即使坐车跑长途，也要停车两三次买酒畅饮。他脖子上常戴着粗重的金链，穿上黑色外套，在微风的吹拂下，人显得风度翩翩，非常有气派，像个十足的大阔佬。然而，外面风光的罗文开内心却有一个隐痛：他并不是家里的“一把手”。

嫌弃夫家穷亲戚，一颗失衡的心在颤抖

在罗家，“一把手”是妻子罗红梅。因为在罗红梅看来，罗文开能有今天靠的是她娘家的支持和帮助。没有她就没有罗文开的今天。

这点罗文开也是认可的。结婚时，罗家不仅给罗红梅准备了丰厚的嫁妆，而且在生意上也是帮他疏通关系，出钱出力，使他顺风顺水。因此，罗文开对妻子尊敬有加，家中的大小事他从不一人做主。罗红梅也理所当然地肩负起了“一把手”的重任，家中任何事她都要过问，还经常否决罗文开已定的事。罗文开大男子主义严重，起初还能忍一忍，时间长了，俩人的矛盾就爆发了。

一次，罗文开在一家大酒店请自己的部下吃饭，为了显示实力，他当众点了五瓶人头马。后到的罗红梅看到后，马上吩咐服务员，将酒全部换成普通的茅台。看到服务员拿上来的酒不是自己点的，罗文开非常不满。他瞪着服务员问这是怎么一回事。服务员委屈地嚷道：“到底让我听谁的啊？这可是你夫人让换的。”看到一屋子的人看着自己，罗文开坚持再换成人头马。而罗红梅见丈夫如此摆阔，不禁脸一沉说：“你要点人头马就自己付账。”

这顿饭最终不欢而散。罗红梅这么不给自己面子，罗文开很生气，开车回到家里后，他泄愤似地将家里收藏的几十瓶好酒全部砸碎。

如果说这些罗文开还可以容忍的话，随后发生的一些事就让他对妻子

罗红梅异常失望和愤怒。

罗文开在外发了大财，这事立即在自己老家引起了轰动。眼看着罗的生意越做越大，罗的亲友、同乡便纷纷从乡下赶过来投靠他。罗文开基本上来者不拒，只要用得上，都尽量安排。尤其是自己的亲戚，他都会尽量安排比较体面的岗位。

投奔罗文开的亲戚，家境基本都比较贫寒，因此穿着打扮陈旧、不入流，在陌生的环境中人也显得胆怯、猥琐。这让罗红梅十分不满。她多次对罗文开说："你看看你家来的什么人，都是一些穷鬼，什么也不懂。你不嫌丢人，我还嫌呢。"罗红梅见到他们也是爱理不理，最多从鼻孔里"哼"一声表示打了招呼。她对罗文开亲戚蔑视的眼神，引起了罗文开亲戚们的强烈不满和愤慨。他们纷纷嘲笑罗文开怕老婆，弄得罗文开有苦难言，心里积了一肚子气。

一次，他弟弟的房子翻修，找到嫂子罗红梅想借点钱。他弟弟刚说明来意，罗红梅就十分生气地顶了回去："你父母问我们要钱，你们也问我们要钱，我们又不是造钱的机器。你们穷人家真是个无底洞，怎么填都填不满，总有一天我们会被你们弄垮，累死。"罗红梅绝情的话，刺得罗文开弟弟哭着离开了罗红梅家。

罗文开知道后，心像针扎般难受。由于家里的钱都由罗红梅掌控，他身上仅有一点零用钱，于是，怒气冲冲地找到罗红梅，要她把钱交出来。罗红梅冷冷地拒绝了。罗文开心中的怒火爆发了，他左手揪住罗红梅的头发，右手用力朝她脸上扇去，"啪"的一声，罗红梅脸上立刻留下了几个红肿印。罗红梅大哭着，不甘示弱地与罗文开厮打起来。身高矮一头的罗红梅自然不是罗文开的对手，很快被打得倒在地上，直到被人劝开，她才脱身。

罗文开打老婆的事马上惊动了罗红梅的娘家人。当地颇有势力的罗家闻讯非常愤怒。他们迅速纠集了一帮人把罗文开抓到罗家兴师问罪。在大家的指责下，势单力薄的罗文开只好认错，向罗红梅赔礼道歉。令罗文开寒心的是，气头上的罗红梅当着众人的面毫不客气还了他一个耳光……

这一耳光打得罗文开咬牙切齿，从心里恨死了罗红梅。有了娘家人撑腰，罗红梅没有心思去体会丈夫的感受，依然牢牢控制着家里的财权，对罗文开颐指气使，大事小事她都要过问，这让罗文开对她的感情跌到了冰点。他始终感觉不到当家做主的快乐，感情上出现了真空。

2011年2月中旬，他在一家酒店吃饭时认识了一个叫小红的姑娘，几个回合交往下来，俩人成了一对地下情人，爱得如胶似膝。他在外面帮小红租了一套房子，买了很多生活用品，并定期每月给她 5000 元生活费。罗文开的手头很快紧张起来，为此，他开始想方设法截留往来的货款。

罗文开这一异常动向立即引起了罗红梅的注意。她明查暗访，终于一天晚上在小红房里抓住了罗文开。罗红梅边哭边闹，用木棍打得罗文开和小红抱头鼠窜，逃之夭夭。事后，罗文开一再保证不再跟小红来往，但罗红梅不久就发现罗文开是在说谎话：俩人不仅有来往，而且更加密切！她曾阻止过，但没有任何效果。心高气傲的罗红梅十分愤恨。她开始连出阴招，这个富豪之家由此掀起了滔天恶浪，一步步走向毁灭！

富婆杀富公，这场夺产之战没有赢家

罗红梅采取的方式是以邪对邪。你不是找了情妇吗？我也可以找啊。2011 年 4 月 15 日，她认识了一个名叫蔡少林的男人。蔡少林长得风度翩翩，一表人才。罗红梅看他十分顺眼，就经常打电话给他，嘘寒问暖，关怀备至，不时向他传达爱慕信息。罗红梅的款款情深，让蔡少林动了心，不到三天，俩人就躺在了一张床上。之后，俩人经常手挽着手出现在一些高级酒店。

罗红梅找了情夫的事，通过罗文开的家人迅速传到了罗文开的耳中。妻子竟然也出轨了，这消息让罗文开震惊不已。他无法容忍这奇耻大辱，盛怒之下，抓住罗红梅结结实实打了一顿。这次罗文开出手比较狠，不仅打得她鼻青脸肿，而且她手上、身上也留下了不少暗红色的淤血印记，直到罗红梅疼痛难忍，跪地求饶才止手。

在家里说一不二的罗红梅没想到罗文开如此心狠，但此次她有错在先，不好向娘家搬救兵，只得哭哭啼啼跑回了娘家。然而，待在娘家的罗红梅并没闲着。她心里无论如何也咽不下这口气。她要报复，于是再次向丈夫罗文开发起挑战。与以往不同的是，这次挑战是悄悄进行的，但结果却让罗文开感到了巨大的危机。

2011 年 7 月中旬，罗文开想盖栋仓库，进一步扩大生意。由于手头没有多少现金，他准备将住的这栋 6 层大楼用于银行抵押贷款。他拿来房产证一看，顿时愣住了：在房产证姓名上罗红梅做了手脚，名字不是罗文开，而是罗红梅和她的弟弟罗春明。她为什么要改房产证上的名字？罗文开气急败坏地找到罗红梅，问她为什么。罗红梅却狡辩说："这有什么关系嘛，

写谁的还不是一样。”罗文开更加火了，连连责问：“你是不是有异心，想离婚？”罗红梅却一言不发。罗文开二话没说飞起一脚，把罗红梅踢翻在地。罗红梅爬起来“嗷”的一声，扑向罗文开。俩人扭打成一团，在众人的劝解下，才住了手。但罗红梅擅改房产证姓名的事引起了罗文开家人的公愤。面对强大压力，自知理亏的罗红梅只得表态一年之内一定把名字改过来。

一年期限转眼到了，2012 年 7 月 12 日，罗文开再看房产证，顿时抽了一口冷气：房产证上的名字依然没变！依然是罗红梅与她的弟弟罗春明。罗红梅根本就没有兑现诺言。看到这样的结果，罗文开火冒三丈，再次动起了拳脚。挨了丈夫几拳后，罗红梅立刻逃之夭夭，躲到弟弟罗春明家，再也不与罗文开见面。

妻子罗红梅绝情而去，避而不见，罗文开产生了强烈的恐惧感。罗家在当地非常有势力，自己的千万资产有被罗红梅亲戚夺去的危险。于是，他果断出手，全面接管罗红梅经手的一切事务，所有的现金牢牢地控制在自己手中，所有的岗位全部安排自己家的亲戚和朋友。家中的一切经济往来，不准罗红梅和她亲戚再插手。

罗红梅不找他，罗文开干脆天天与情妇小红厮守在一起，过起了夫妻生活。罗红梅做梦也没想到会出现这样的结果。她急了，奋起反击。她来到公司，要求全面掌控公司的人财物权。可惜今非昔比，公司上上下下全是罗文开的人，没一个人听她的安排，任何事她都过问不了，也无法插入。娘家人虽然有势力，但也不能公开地强行介入，因为既不合理也不合法。转眼间，千万家产又重新发生了偏移，回到了罗文开手上。现在她的财产正被罗家这帮穷人享用，如果他跟情妇结了婚，自己将一无所有！罗红梅傻眼了。眼前的一切让她十分痛苦和绝望。她不甘心失败，她要重新夺回财权！要强的她不愿俯首贴耳，当“二把手”，于是，心中产生了一个恶念：除掉罗文开！

她马上想到了自己的情人蔡少林，说出自己的想法。架不住罗红梅的温柔攻势，蔡少林答应了，就找了几个江西人。2013 年 7 月中旬的一天清晨，他们偷偷进入罗家院子，打开罗文开的吉普车，躲进后座，准备趁罗文开开车时开枪将其打死。谁知，他们无意中触动了车辆警报器，一时鸣声大作。罗文开惊醒后从六楼往下大喊大叫，这几个人只好跑掉了。第一次谋杀失败。

此事没有引起罗文开的警觉，罗红梅开始了第二次谋杀。为了确保成功，这次她找到自己的弟弟罗春明。帮姐姐夺回千万家产也是罗春明的心愿。

他通过中间人陈华生找到了杀手蔡畋，给了他 10 万元，要他杀掉罗文开。一场灾难终于向罗文开扑来！

2014 年 8 月 13 日早晨，罗文开像往常一样出门去公司，在路上，一辆摩托车疾驰而来，刹那间，一个青年人朝他头上连砍两刀。当即罗文开满身是血，昏倒在地上。接到报警的当地派出所迅速展开了侦破工作。很快抓获了杀手蔡畋，并供出了幕后凶手罗红梅。罗文开经鉴定属轻伤，得知结果的罗文开果断提出离婚，并提出了对罗红梅的刑事指控。目前，案件正在审理中。可以肯定的是，一个曾经温馨的富豪之家从此灰飞烟灭！

此案给人留下了深深的思索：夫妻之间最重要的是什么？首先是相互尊重。丈夫要尊重妻子，妻子也要尊重丈夫，尤其是在男人主导的社会里，妻子应该给予丈夫应有的尊重，至少让他生活得有足够的尊严，而不是事事扫他的面子，让他在朋友和同事间抬不起头。其次彼此间要相互信任。夫妻是生活中最亲密的伴侣，是生活中的依靠，如果缺少最起码的信任，你防我，我防你，相互猜疑，这样的生活注定无法进行。同时，作为夫妻，最关键的是要有爱，爱自己所爱的人，真心付出，与所爱的亲朋好友心连心，这样的家庭才稳固牢靠和谐。为了金钱，不顾情分，不顾亲情，不择手段，一味放纵自己，付出的往往是高昂的代价！

燃烧的贪婪之火

一个千万富翁无缘无故神秘失踪，是卷款潜逃，还是被人绑架？当地警方迅速展开了侦破。不久，真相大白：他惨遭杀害。杀害他的不是别人，正是与他称兄道弟的市国家安全局副局长。一名堂堂的政府要员为何要铤而走险，丧心病狂地杀害他？他俩之间又有怎样的深仇大恨？随着警方的深入调查，这起骇人听闻的千万富翁被害之谜渐渐被揭开……

山城谜案：千万富翁神秘失踪

2008 年 8 月 20 日，一个普通的日子，但对张家界广和集团董事长郭国钢的家属来说却十分不寻常。这一天，董事长郭国钢突然神秘失踪。家人们轮番拨打他的手机，但他的手机始终处于关机状态。公司上下也无一人能说出他的去处。他究竟到哪里去了？

这一天还是个令人揪心的日子。广和集团开了一家营业面积达 12000 平方米的广和购物中心。中心欠了不少供货商的货款，这一天正是供应商与超市结算货款的日子。这天上午，广和购物中心门口，站满了人。他们在愤怒地高喊："郭国钢出来！郭国钢出来！"原来商家们再也联系不上广和购物中心的老板郭国钢了。问郭的家属也是一问三不知。难道郭国钢携款潜逃了？他们顿时紧张起来，纷纷聚集在广和超市门口，要求超市退货。一时，商场门口围满了人，人声鼎沸，喊声震天。商场只得紧急关门，然而，这一非理性举措更加激怒了供货商，事态眼看就要失控。

张家界位于湖南省的西边，是个山城，市区面积不大。郭国钢的失踪很快惊动了张家界市政府。张家界市委、市政府明确要求警方立即弄清郭国钢的去向。接到市政府的指示，张家界警方迅速展开了调查。经过侦查，一系列迷惑不解的问题随之出现：广和集团账上还有几百万元，他为什么不带走？如果携款潜逃，临走前，他为什么还要还掉100万元债务？19日晚上9点左右，有人还目击他在医院输液，他为什么要抱着病体出走？况且郭的女儿于18日新婚，按当地风俗，女儿婚后三天必须“回门”，郭为啥不等女儿“回门”再跑？

这些无法解释的疑问引起了警方的高度警觉。他们分析郭国钢携款外逃的可能性很小，他有可能还在张家界的某个地方，于是，他们立即展开了全城大搜查，可是找遍了张家界城郊，也没有发现郭国钢的蛛丝马迹，莫非他人间蒸发了？

警方立即调出了郭国钢的通话记录，发现19日上午他与一个叫陈大坤的人通过电话。对于陈大坤，警方可是太熟悉了。他曾是张家界市国家安全局副局长，后调任张家界市司法局任副调研员，真可谓是同行了。

没有多想的警方找到了陈大坤。陈大坤坦率承认了19日跟郭国钢通过电话，说只是跟他谈了谈生意上的事，之后再也没有联系过。他还十分愤怒地说：“郭国钢还欠了我500万呢，我现在也在到处找他。”并不断引导警方：“他在广州有好几个情妇，你们是不是去那里找一找？”

然而，事情远没有陈大坤说得那么简单。据称，有人看见，19日晚，郭国钢从医院出来后，与陈大坤一起在医院隔壁的茶馆喝茶，并且陈大坤身边坐有三个陌生人。之后，郭国钢就消失得无影无踪。得知消息的办案警察，立刻来到这家茶馆，找到了陈大坤签单的详细账单。看着账单，办案民警十分迷惑：陈大坤为什么要隐瞒这个关键细节？

警方猛然意识到这里面有猫腻，郭国钢失踪一定与陈大坤有关。他们果断围绕陈大坤展开秘密侦查。随着调查的深入，案件终于有了重大突破。郭国钢失踪后，办案民警在收费站录像资料中发现了郭的轿车曾开到长沙的影像，可开车的却不是郭本人。更蹊跷的是，郭国钢的手机仍在使用。警方根据画面上的影像，抓获了开车的人。根据他们的交代，郭国钢已遭杀害。杀害他的幕后凶手不是别人，就是陈大坤！

消息传出，认识他的人无不惊愕：陈大坤不仅是张家界的政界人物，而且还是拥有千万资产的商界大鳄。他与郭国钢也是无话不谈的兄弟，他

为什么要干出如此伤天害理的勾当？

惊天逆转：国安局长成了种植大老板

今年 57 岁的陈大坤出生于张家界永定区温塘镇。由于家里兄弟姊妹众多，小时候家里非常贫穷，排行老七的他一直希望通过自己的打拼能闯出一条生路来。

他想到了当兵入伍。1971 年，他顺利通过体检，成为湖南省湘区部队的一名战士。在部队里，他勤学苦练，处处争当表率，很快在同伴中脱颖而出，第三年如愿转干。由于陈大坤做事勤快，业务水平比较出众，他在仕途上发展十分顺利，一步步被提拔为武警湘西支队政治处主任（副处级）。1989 年 6 月，他带着 5 个人来到刚刚建市不久的张家界筹建市武警支队，不久升任支队政委，官至正处级。

在这里，陈大坤认识了一个人，他就是郭国钢。时年 30 多岁的郭国钢出生于张家界农村。他虽然在农村长大，却有一门好手艺，是当地一名呱呱叫的泥工师傅。陈大坤供职的武警是刚成立的单位，没有办公用房，急需修建一栋办公大楼。得到消息的郭国钢马上找到陈大坤。

或许彼此都有相同的经历，俩人一见面就十分亲近，似乎有说不完的话题。说到承建办公大楼的事，陈大坤微微一笑：“你放心，我自有安排。”在他的运作下，郭国钢最终接到了这个工程任务。通过这个工程，郭国钢赚到了人生中的第一桶金。这让郭国钢十分感激。

之后，陈大坤不断地帮他，给他介绍工程和其他业务，渐渐地，郭国钢的生意做得风生水起，拥有了上百万资产。俩人也成了无话不谈的朋友。

这时的陈大坤仕途依然顺利。1997 年 9 月，陈大坤转业至张家界国家安全局，任副局长。就在他认为自己是局长的不二人选时，一场变故让他马失前蹄。

2001 年 7 月中旬的一天，他陪客人外出“休闲”。在一家休闲中心，他和一名卖淫小姐“快活”时，被当地警方抓了个正着。堂堂国安局副局长竟然嫖娼，陈大坤自然受到了严厉的党纪处分。2001 年 8 月，陈大坤被降职调整到司法局，成了一名副处级调研员，从此，他感到仕途已走到头儿了。

副处级调研员是个闲职，基本无所事事，陈大坤心里异常难受。他不甘心，主动申请去基层扶贫，想干出成绩，以图东山再起。于是，他来到桑植县两河口乡扶贫。在这里，他意外找到了他的另一个乐园——魔芋。

早在20世纪80年代，他转业到地方等待分配的日子里，就专门到数十个地方考察过魔芋的种植和加工，又在业余时间投入了大量精力研究武陵山区魔芋选优和种植，并有多篇学术论文发表，算得上一个名副其实的魔芋专家。来到桑植两河口乡后，他决定发挥他的专长，种植魔芋。他拿出所有的积蓄，成立了大坤科技有限责任公司，自己不仅种魔芋，还发动四周农户种魔芋，他的公司负责回收。不知不觉，两年过后，他先后投入700多万元，成了当地赫赫有名的种植老板，在桑植县发展魔芋12000多亩，带动农户6000多户，转移劳动力近20000人。考虑到他投入巨大，主管单位同意了他的要求，留在当地继续发展魔芋，他很快打响了第一炮：他创立的“公司+基地+农户+科技和专业合作社”的产业模式备受社会各界的好评。他精心研制的“魔女”牌系列仿生食品获得中国第三届食品博览会金奖。2008年9月9日，他被张家界日报评为“十大创新人物”候选人物。

凭心而论，陈大坤生产的魔芋质量的确不错，口感、色泽在当地都是一流，唯一不足的是他忽视了市场。当地人口有限，他生产的魔芋不是生活中的必备品，如此大规模地生产，产品很快销售不畅，出现大量的积压。魔芋保质期只有几天时间，销售不出去的产品马上腐烂变质。由于经营不善，几年下来，陈大坤亏损达到600多万元，大坤科技有限责任公司已经到了破产的边缘。这可是陈大坤一辈子的心血啊，想到这儿，陈大坤不寒而栗。如何扭转这被动的局面呢？

秘密诛杀：缘于金钱的贪婪

他想到了他曾经帮助过的朋友郭国钢。这几年，郭国钢发展得顺风顺水，不仅搞建筑，还涉足商场娱乐，成了当地响当当的千万富翁。

陈大坤兴冲冲地找到了郭国钢，希望借100万元给他渡过难关。但陈大坤没想到，他的要求遭到了郭国钢的拒绝。在之前，陈大坤已经通过郭国钢担保从银行贷款700多万元。由于陈大坤无力按期支付银行贷款，于是银行就找到郭国钢要求其承担连带责任，郭国钢非常恼火，因此这次坚决不借。

陈大坤退了一步，说不借钱也可以，他去银行贷款，由郭国钢提供担保。郭国钢再一次冷冷地拒绝了。

陈大坤的脸色顿时变了。他十分气愤地说道："你有今天，还不是我帮你的结果。现在我有难了，你帮帮也不行？"

郭国钢不以为然："我已经帮了，再帮我自己就要破产了。"说完，扭头就走了。

看着郭国钢远去的背影，陈大坤异常绝望。如果他再借不到钱，他将彻底破产，不值一文。郭国钢太绝情了，想到这儿，陈大坤一股怒火不由从心底冒了出来。他气愤难平，心想干脆杀了他，再想办法夺取他的财产。

陈大坤从事过国家安全工作，非常自信能做到滴水不漏。于是，找到亲外甥漆国礼要他帮忙。平时得了陈大坤不少好处的漆国礼二话没说找了另外两个帮手，向延庆和覃孟君。陈大坤见此马上许诺只要杀了郭国钢，每人给 10 万元。听到有一大笔钱，漆国礼三人毫不犹豫地答应了。为此，四个人进行了精心的策划。

8 月 19 日下午，陈大坤在张家界市民航山庄开了一间房，作为作案地点。之后，他与漆国礼、向延庆、覃孟君三人来到张家界市城区鑫成中西餐厅，等候郭国钢的到来。

当晚 21 时许，收到陈大坤邀请吃饭的短信，郭国钢没有任何戒心，驾驶小车来到餐厅包厢。在吃饭的时候，漆国礼在郭国钢喝的西瓜汁里悄悄地放了安眠药粉，谁知，郭国钢喝了一口就感觉太苦了，皱了一下眉头，说西瓜汁不好喝，再也不肯喝了。陈大坤此计不成，再生一计，忙说："郭兄，我这里有一笔很好的买卖，平时大家难得聚一下，今天我们找一个地方边打牌边谈生意。"

看到是玩得好的朋友，郭国钢没有反对，跟着他们来到了民航山庄。刚关紧房门，郭国钢就看见一根粗木棒向他脑袋打来，他只轻轻"哼"了一声，就软绵绵地倒在地上。不久，郭国钢醒来了，他苦苦哀求陈大坤放过他。陈大坤笑了笑，假惺惺地说："我跟你没仇，害你干什么。只是手头紧，跟你借点钱花。这样吧，你写一张 500 万元的借条，我就放了你。"为了活命，郭国钢被迫按要求写了一张欠陈大坤 500 万元的欠条。

见目的已达到，漆国礼手持事先准备好的橡胶警棍再次猛击郭国钢的头部、胸部，恐郭不死，又抽出自己的皮带勒住郭国钢的颈部，使其当场气绝身亡。事后，陈大坤、漆国礼开车将郭的尸体运至桑植县两河口乡"大坤有限公司基地"水古湾地段掩埋，并将其随身物品烧毁。

在回家的路上，陈大坤怕漆国礼三人胆怯，不断打气："你们不要担心，我是搞公安出身的，会做得天衣无缝，这点小事算什么。”

然后，陈大坤将郭国钢的小车开至长沙市芙蓉路丢弃。为制造郭国钢躲避债务已逃跑的假象，陈大坤安排覃孟君、漆国礼分别手持郭国刚的手机卡、银行卡窜至郑州市、南宁市使用，并不断以郭的口气给郭的家人发信息，声称自己在外地。

自以为大功告成，郭国钢失踪第三天，陈大坤就拿着一张500万元的欠条，匆忙找到郭妻：“听说老郭不见了，他欠我的500万你可要认账啊！”

郭妻大吃一惊。她十分疑惑：欠别人几万元钱她可能不知道，但欠500万，她绝对不可能不知道。她立刻把这一疑点告知了专案组。公安刑警马上围绕他展开调查，不久，把陈大坤锁定为真凶。

2010年7月20日，张家界市中级人民法院对被告人陈大坤、漆国礼、向延庆、覃孟君故意杀人、非法拘禁、私藏弹药一案做出一审宣判，判处陈大坤、漆国礼死刑，剥夺政治权利终身；判处向延庆无期徒刑，剥夺政治权利终身；判处覃孟君有期徒刑十二年，剥夺政治权利一年。被告人不服提出上诉，被省高院驳回。2012年3月15日，湖南省高级人民法院向被告人陈大坤送达了二审判决书，陈大坤不服提出上诉。2012年8月31日，张家界市中级人民法院根据最高人民法院刑事裁定和执行死刑命令，依法对陈大坤、漆国礼等人故意杀人、非法拘禁、私藏弹药案进行公开宣判，并对罪犯陈大坤、漆国礼执行死刑。

陈大坤因为自己的贪婪不仅让亲人付出了生命的代价，而且自己也走上了一条不归路。莫伸手，伸手必被捉，教训极其惨痛！

少年的烦恼

2012 年 9 月 23 日晚上 11 点钟左右，株洲市郊一户人家忽然传出一阵撕心裂肺的呼救声，接着，里面抬出了一个奄奄一息的少年，随风飘荡的还有刺鼻的农药味。第二天这个少年经医院抢救无效死亡。

不久，这个少年的死亡之谜被揭开：该少年系自己喝剧毒农药自杀身亡。消息传出，人们震惊不已：小小年纪为什么要自寻绝路？背后又有什么样的故事？2012 年 11 月 15 日，笔者几经周折采访了故事中的相关人员，从而揭开了这桩引人深思、沾着血和泪的离奇故事……

目击丑行，仓皇而逃的少年泪流满面

这个少年名叫周志兵，今年 16 岁。他父亲名叫周湘林。今年 47 岁的周湘林是当地一家商场的老板，1988 年与邻镇的林冬梅结为夫妇后，不到三年，就在当地建了一栋漂亮的住房。周志兵出生后，周湘林夫妇十分高兴，不仅热热闹闹办了满月酒，而且还为他请了一个家庭老师兼保姆，每天教他文化知识。在周父母的精心呵护下，周志兵每天与伙伴们嬉笑打闹，过着快乐无忧的童年生活。他的同伴非常羡慕他有一个幸福温馨的家。

2006 年 7 月 15 日，这一天是周志兵永生难忘的日子。正是这一天，使周志兵心理第一次受到重挫，他平静的生活由此打破了。

这天下午，外出的周志兵忽然有样东西忘记带了，赶紧往家里跑去。

他打开家里的房门，在客厅找了一会儿没有找到，倏地想起东西遗留在妈妈卧室里，于是找到开门的钥匙后，立刻闯了进去。但眼前的一幕一下子叫他愣住了：只见父亲正与同街的吴姨相拥在床上。吴姨是30多岁的女人，丈夫在外打工，长期不在家，周志兵想不到父亲竟与她勾上了。目睹父亲这一丑行，他一下子痛哭起来："你们真无耻！我要告诉妈妈，让她来说你们。"之后，他摔门而出。

这天下午，周志兵脑袋里像塞了一团乱布扯也扯不开。他不愿回去，就一人来到离家500米远的小河边，闷闷不乐地坐在那里发呆。他觉得这世界一下子全部变了颜色。多少年来，他一直以自己有一个能干的父亲为荣！然而，哪能想到，伟大高尚的父亲，却已背叛了母亲，背叛了这个自己引以为豪的家！父亲高大的形象在他心中顿时轰然坍塌，他忍不住泪流满面，伤心地哭了。

他的哭声惊动了路边的行人。有人认出了周志兵，立即把这一消息告诉了周湘林。

周湘林看见在一旁痛哭的周志兵，马上明白这是怎么一回事。在儿子面前，他嘿嘿地笑了笑，有点儿心虚地解释道："其实，我跟吴姨没什么，我只是玩玩而已，你不要放在心上，我还是很爱你的。"他见周志兵不说话，顿了顿又说："你知道，你妈妈要是知道这个事，会很生气的，为了这个家，你不要告诉妈妈好不好？"

一直低着头沉默不语的周志兵见父亲有了悔过之意，就点点头说："爸爸，你以后再不要这样做了行不行？我不喜欢。"

周湘林笑了笑说："行，爸爸以后不会跟她来往了。"

听到父亲的承诺，周志兵也露出了笑容，高高兴兴地与周湘林一起回了家。在家里，尽管林冬梅一再询问周志兵为什么哭，但他始终咬着牙，一声不吭。他想，这是一个温暖的家呀，我不能毁了她！

然而，没过多久，周志兵再次目睹了难堪的一幕，又一次跌入痛苦的深渊。

8月20日，周志兵看见父母高高兴兴上班去了，就与同伴们一起去郊区公园玩。由于这地方他来过多次，一会儿，他就觉得索然无味了，于是一个人提前回了家。

他看到家里卧室的门紧紧关着，感到不透气，就去开门，忽然发现这门无论如何也打不开，他以为是锁出了故障，就一直在那里扭来扭去，不久，门倏地开了。令周志兵震惊不已的是，父亲居然从里边走了出来，身后还跟着衣衫不整的吴姨。吴姨十分尴尬地朝周志兵笑了笑，飞快地走了。

周志兵望着不以为然的父亲，泪水不由从脸上滑落下来。他愤怒地吼道："爸！你说了不再做了，你为什么还要这样？你难道真要毁了这个家吗？！"说完，他忍不住号啕大哭。

看见儿子在不停地哭闹，周湘林的脸上有点儿挂不住了。他为了镇住周志兵，也吼了起来："以后你少管大人的事，我的事与你无关，你给我滚！"

听到父亲的吼叫，周志兵泪流满面地冲出了家门。他来到母亲的工作单位，找到正在上班的林冬梅，把刚刚看到的一切告诉了她。周志兵想：我是管不了你，但妈妈总可以管吧，看你以后还敢不敢再胡闹。

然而，周志兵做梦也没想到，他的这一举动却给了母亲致命的一击！

晴天霹雳，忍无可忍的母亲西去了

妈妈林冬梅听了周志兵的诉说，没有说一句话，只是痴呆呆地愣在那儿，红润的脸倏地变得苍白起来，眼眶里溢满了泪水。周志兵慌了，怕妈妈出意外，赶紧找来了同室的阿姨，让她劝劝妈妈。

再也无心上班的林冬梅与周志兵一起回到家。面对妻儿责问的目光，周湘林一点儿也不慌张，他生气地说道："你们干什么！我又没做什么。"

看到周湘林不以为然的样子，林冬梅气得浑身发抖，大骂起来："周湘林，你太欺负人了。我没日没夜、辛辛苦苦为了这个家，想不到你竟这样无耻下流。"说完，她不顾一切扑上去，与周湘林厮打起来。然而，身材弱小的她根本不是周湘林的对手，不到一分钟，她就被周湘林掀翻在地，倒在地上的林冬梅禁不住号啕大哭。

目睹这一幕的周志兵惊呆了。他拉住父亲的手，拼命地往外推，他想把父亲推开，谁料，用力过猛，一个趔趄，自己也重重地摔在地上。不顾伤痛的周志兵紧紧地抱着母亲，边哭边说："爸爸，你不要打妈妈，你不要打了。"说完，母子俩泪如雨下。

周湘林只好悻悻地走了。他一走就整整半个月没有回家，他与吴姨秘密在另一个地方租了一套房，同进同出，逍遥快活。

一天，他回来了，在家还没有待上两小时，又要出去。林冬梅看见了十分痛苦地问："你这样做，是不是不要这个家了？"周湘林笑了笑道："只要你不管我的事，这个家我还是可以回来。"林冬梅气得眼泪直流，愤怒地吼道："你滚！你不要再回来了！"周湘林扭头正准备走，这时周志兵回来了。

眼看父亲又要出去，他一把抱着父亲的腿，哀求道："爸！你不要走，我们需要你，这个家需要你。你不要走好不好？"周湘林听后，沉默不语，用力甩脱周志兵扬长而去。周志兵与妈妈一道忍不住痛哭起来。

后来，在亲朋的劝说下，周湘林勉强回到家中，然而这个家再也没有了欢声笑语。周湘林认为林冬梅丢了他的面子，在人前抬不起头来，索性撕开脸皮，与林冬梅几乎天天吵。

有一天傍晚，周湘林又一次外出了。这一次，林冬梅没有作声，而是在后面悄悄跟随。一会儿，她就看见丈夫进了吴姨家，终于忍不住心中的怒火，在门外大声地叫喊起来。林冬梅凄厉的声音，把附近的邻居全部引来了。大家站在吴家门口，叽叽喳喳，议论不停。

沸沸扬扬的叫骂声，迫使周湘林在众目睽睽之下灰溜溜回到了自己的家里。这次，周湘林铁青着脸，二话不说，上前就是一脚，踢得林春梅蹲在地上，捂着肚子半天站不起来。周湘林还不罢休，一边破口大骂，一边抬手给了林春梅几个耳光，打得林春梅的鼻子和嘴角当场出血。在以后的几天里，只要林春梅大声说话，都会招来拳头和耳光。身体羸弱的林春梅只能整日待在家里以泪洗脸。

一天，林春梅失手弄倒了一瓶油，周湘林以此为由，扎扎实实打了林春梅一顿。他边打边说："告诉你，只要你不干预我的事，我就放过你，否则我一天打你一顿，看你老实不老实。"这次打得林春梅身上青一块紫一块，躺在床上整整两天动弹不得。

看见母亲挨了打，周志兵心里异常难受。他除了每天为母亲熬汤煎药外，还不时安慰她，要她坚强起来。他多次泪流满面地说："妈妈，爸爸不要你，我要你，长大了我一定好好孝敬你，让你每天快快乐乐。"然而，周志兵不知道，此刻林春梅的心情跌到了冰点。她对生活和婚姻已经深感绝望。在留给周志兵的遗书中，她写道：我是那样热爱这个家，把自己的一切都献给了这个家，可是到头来我得到的却是背叛和打骂……

2008 年 4 月 15 日上午 10 点左右，林春梅来到周志兵与同伴们玩的地方，找到他，亲了他一下，然后泪流满面地说："乖，妈妈要去很远的地方了，你以后要学会自己照顾自己，将来做个顶天立地的男子汉。"说完，步履沉重地走了。

看见妈妈泪水涟涟地离开，周志兵心里虽然很难过，但并没有放在心上，他想妈妈或许要出差了，想来看他一眼，但不久，就传来一个噩耗：母亲

林春梅喝了一瓶剧毒农药，自尽身亡！

周志兵突然得到这一音讯，人仿佛被电击一般，当即眼前一黑，天旋地转，昏倒在地。他醒来后，一路悲号，坐在母亲的遗像前放声大哭！

妈妈的突然去世，在周志兵心中留下了巨大的痛。最初的一个月，他几乎每天夜晚都是躲在被窝里哭，他的心仿佛被掏空了似的，感到天塌下来了！白天，他满脑子都是母亲哀伤绝望的面容；晚上，他梦见慈爱的母亲向他奔来，大声地呼唤他。他回转头，母亲又迅速消失了。他常常从噩梦中惊醒，以泪洗脸，整天沉默不语。面对闷闷不乐的儿子，周湘林没有任何愧疚，反而进一步刺痛周志兵的心，使周志兵又一次跌入痛苦的深渊。

心灵破碎，绝望少年泣血呼唤忠诚的爱

林春梅去世不到两个月，周湘林就经常带吴姨回家过夜。开始，他们还躲躲闪闪，怕周志兵知道，影响不好。有一天，周志兵提前放学回家，在客厅又一次碰到他俩在一起，周志兵一句话没有说，就“砰”的一声回到了自己的房间，周湘林见他没有强烈反对，干脆不再回避周志兵，俩人经常出双入对，同进同出，他以为周志兵迟早会习惯认可的。

殊不知，周志兵对父亲的所作所为始终充满了憎恨与愤怒。他在日记中发泄道：我的命真苦，生活在这样一个家庭。父亲啊，你为什么要这样？你难道不感到一点羞愧吗？看见父亲越来越不像话，周志兵终于忍无可忍了。

一天，他放学回到家中，满面愁容地说：“爸！你跟吴姨在一起，同学们都在笑我。你俩不要在一起好不好！”

周湘林听后，不以为然地说：“现在你妈不在了，我跟她耍朋友，有什么关系嘛。”

周志兵强忍着泪水，十分不满地回答：“问题是她是有家的人，你不要脸，我还要脸呢！”说完，积了许久的泪水终于夺眶而出，哗哗地流过雪白的面颊，他扑通一声直挺挺地跪在了地上，望着父亲痛哭流涕。

看见周志兵哭了，周湘林只好挥挥手说道：“好啦，好啦，不要哭了，我以后会注意一点。”说完，他拉起周志兵，又兴冲冲出了家门。

站在屋中间，周志兵心里真有说不出的痛苦和酸楚。他知道父亲又是去找吴姨了，但他无力改变这一切。这一刻，他感到自己是多么孤独和无助！想到去世的母亲，周志兵又一次泪流满面，放声大哭，直到周湘林闻讯返

回家里。

周志兵的哭闹声弄得周湘林火冒三丈，他狠狠地打了周志兵一个耳光，大声吼道："你这小孩真不懂事，哭！哭！有什么哭的！"不敢反抗的周志兵只好强忍着悲痛，默默地走进了自己的房间，躲在被窝里暗自伤心流泪。

2012年9月23日，周志兵又遇到了一件羞愤交加的事，使他幼小的心灵再也无法承受如此沉重的一击！

这天傍晚，他刚进家门，就听到父亲说道："志兵，我今天从山上打来两只野兔，等会儿我们杀了吃。"周志兵很久没有吃肉了，看见有兔肉吃，心里十分高兴，于是赶紧去厨房里烧水。周湘林却拦住他继续说："兔子不在这里杀，我们去别人家里，在那里加工一起吃。"

周志兵没有多想，就随父亲一起来到这户人家。当他踏进家门时大吃一惊：这户人家不是别人，正是父亲的情人吴姨家！

周志兵愣在那里，磨磨蹭蹭想转身回家。周湘林不高兴了，睁着眼睛瞪着他，这时吴姨也跑了上来，抓住他的胳膊往里拖。周志兵只好勉勉强强进了屋，坐在沙发上沉默不语。

周志兵闷闷不乐，周湘林丝毫没有顾及他的感受，相反，寻找一切机会与吴姨说悄悄话。阵阵欢声笑语不时传入周志兵的耳中，使他格外想念自己的妈妈和家中往日的温馨。想着，想着，心里不由一阵心酸。他不想再待在这里了，就对周湘林说："爸，给我搞点菜，我回去吃。"周湘林不同意，还骂了他一顿。无奈的周志兵只好坐在那儿，默默地伤心流泪！

在饭桌上，周志兵又遇到了一件极为伤心的事：吴姨面对着周湘林，唉声叹气地说，她现在过得很困难，吃饭的钱也没有了。父亲周湘林听后二话没说就从口袋里掏出2000元钱给了吴姨，周志兵知道这是家里的最后一点钱，如果给了吴姨，他下学期的学费也没了着落，于是慌忙制止："爸，你要留点给我交学费！"周湘林看见周志兵在一旁劝阻，顿觉丢了颜面，怒不可遏，反手给了他一个耳光，大声吼道："不关你的事，滚！马上滚回家去！"

周志兵流着泪走了。他回到家后，站在母亲的遗像前放声大哭，在隔壁邻居的劝慰下才止住哭声。晚上11点多，父亲仍没有回来。绝望的他终于喝下一瓶杀虫农药，追随母亲而去……

面对儿子的遗体，周湘林震惊万分。他哭了，跪在儿子面前，泪水纵横，不停地忏悔。他终于为自己荒唐的行为付出了沉痛的代价。周志兵的遭遇是那样令人深思与警醒！

惹上是非的婚姻

2008年3月19日，湖南娄底市中级人民法院开庭审理了一起震惊三湘的特大爆炸杀人案。犯罪嫌疑人李军文用十分残忍的手段杀害了自己的妻姐和妻姐的丈夫。他为什么要杀害自己的亲人？他们之间又有怎样的深仇大恨？随着庭审调查的深入，终于揭开了这起惨案背后的故事……

妹夫屡次施暴，大姐叫停妹妹婚姻埋祸根

今年44岁的罗雪平是湖南娄底市娄星区建设银行新星分理处主任，丈夫杨华是娄底市质量技术监督局特种科科长。结婚十多年来，俩人一直相敬如宾，互敬互爱。家庭和睦，俩人事业顺利，双双成了单位的骨干。

罗雪平自己的生活幸福美满，但妹妹的婚姻却是她一桩难了的心事，让她寝食难安，十分头痛。

罗雪平这个妹妹，名叫罗雪梅。罗雪平家有四姊妹，罗雪平是老大，罗雪梅最小，俩人从小就十分亲密。作为大姐的罗雪平性格坚强，有闯劲，不怕事。小妹罗雪梅因为从小被大家照顾惯了，性格比较柔弱，胆小怕事，没什么主见。因此大姐罗雪平一直是罗雪梅的保护伞。罗雪梅读初中一年级时，在回家路上，几个小混混欺负她老实，经常故意抢走她的书包，扔在水沟里。罗雪平看见后，冲上去就跟他们扭打在一起，那次罗雪平虽然被打得鼻青脸肿，但小混混们从此再也不敢找罗雪梅的麻烦了。

在姐姐的照顾下，罗雪梅大学毕业后顺利进了娄底市一家事业单位任

管理员。一年后，她认识了一个男人。这个男人就是在娄底市商务局工作的李军文。

当年28岁的李军文，是娄底市娄星区人。遇到年轻貌美的罗雪梅，他立刻展开了疯狂的追求。为了征服美人的心，他用针刺破自己的手，给罗雪梅写了一封热辣辣的血色情书。他这一前卫的举动让罗雪梅感动不已，于是，她把李军文的情况悄悄地告诉了姐姐。

罗雪平得知后，偷偷打听了一下李军文的为人，有人反映他的脾气火暴，唯我独尊，为人做事十分冲动，是个典型的大男子主义。因此，她觉得李军文与妹妹并不合适。然而，此刻的罗雪梅已陷入热恋之中，听不进去姐姐的劝告，考虑到李军文大小也是个国家干部，基本的事理应该明白，罗雪平最后选择了沉默，没有再干涉。

1999年6月中旬，罗雪梅与李军文走进了婚姻的殿堂，组成了一个小家庭。谁知，俩人平静的生活仅仅过了三个月，罗雪平担心的事就发生了。

李军文激情过后，很快就露出了他性格暴躁的一面。一天，他打牌回来，看见罗雪梅正在客厅看电视，立即拉下脸来："你只知道在家玩，我饿了，快去做饭！"罗雪梅对他经常出去打牌的陋习十分不满，于是顶了一句："你有手有脚，自己不能去啊。"李军文冲到她面前，狠狠地扇了她一耳光，随之大声吼起来："今天你不做也得做，我告诉你，以后你再这样，我就对你不客气！"

罗雪梅见情况不妙，捂住红肿的脸，连滚带爬地跑了出去。这一夜，她是在马路边的草地上度过的。有几次，她故意跑到楼下，希望李军文看到，找她回去。可惜，她的期望落空了。第二天一早，她只得硬着头皮回到家。李军文冷冷地看了她一眼就气呼呼地走了。罗雪梅忍不住流下了伤心的泪水。

李军文打人的事通过邻居的议论，很快就被姐姐罗雪平知晓。她虽然很生气，但怕伤及他俩的感情，还是忍了下来，没有发作。她找到李军文，好言相劝，要他珍惜彼此的感情，不要动手打人。当着罗雪平的面，李军文唯唯诺诺，承认错误，表示以后不会碰罗雪梅一个指头。但回家后，李军文就变脸了，说罗雪梅不该告他的状，大吵大闹，还顺手打了她一拳。罗雪梅不愿把事闹大，就蹲在地上，抱着头，任其打骂，只是默默地流泪。

罗雪梅的软弱助长了李军文的嚣张。罗雪梅不小心做错任何一件事，都会招来李军文的指责和辱骂。2001年4月中旬的一天，罗雪梅因要去上班，没有及时把李军文替换的衣服洗了。李军文回家看见后，又在骂骂咧咧，

罗雪梅气愤不过，就顶了几句。李军文二话没说，一把抓住她，用力一甩，罗雪梅立即摔倒在地，右膝盖顿时一片青紫。痛痛难忍的罗雪梅禁不住失声痛哭。罗雪梅的哭声惊动了邻里，罗雪平夫妇闻讯很快跑过来了。

看着哭泣的妹妹，罗雪平心里十分难受，她非常气愤地指责李军文："如果你看不上我妹妹，你就明说。要离婚要分开，由你选。你为什么打人？"

自知理亏的李军文只好认错，并买来治伤的红花油，帮罗雪梅涂抹。罗雪平怕他再犯，于是警告道："下次你如果再打我妹妹，你们干脆离婚算了。"在一旁的罗雪梅也坚定地说："是的，我一定要离婚。"

李军文表面上说要痛改前非，内心却异常愤怒，憋了一肚子气。不久发生的一件事终于为李军文提供了发泄愤怒的机会。

2001 年 11 月 23 日，罗雪梅因要做一张第二天要交的报表，下班后一直在办公室加班，恰好这时手机没电了，也忘了给家里打电话。晚上 11 点多钟，罗雪梅才回到家里，踏进家门这一刻。她就看见了李军文一张阴沉的脸："打电话也不通，你是不是去找男人了，这么晚才回家！"李军文指着罗雪梅的鼻子骂道。罗雪梅不服气，马上进行争辩。见罗雪梅敢于顶撞他，早已心存不满的李军文终于失去了理智。他操起一根棍子，迎面就朝罗雪梅的头上打去。她的头额顿时被打开一个 5 厘米长的口子，冒出一股股鲜血。出于本能，罗雪梅用右手去挡，结果，右手小指被当场打断。罗雪梅拼命呼救，惊动了众人，也惊动了娄底市 110。大家火速把她送到医院抢救，医生在罗雪梅额头上缝了二十多针，但右手小指没能恢复到原状，落下终生残疾。

妹妹再次被打，姐姐罗雪平怒不可遏。她找到李军文的单位领导要求严惩打人凶手，并要罗雪梅离婚。罗雪梅对这场婚姻也彻底失去了信心，在姐姐等人的支持和帮助下，果断向法院提出离婚。李军文此刻意识到了后果的严重性。他虽然不时打骂罗雪梅，但对温柔善良、逆来顺受的她还是恋恋不舍。当看到姐姐罗雪平愤怒的目光，还有她家人的群情激愤时，他退缩了，勉强同意。2002 年 3 月中旬，他与罗雪梅办理了离婚手续。

妹夫情感受挫图谋报复，前妻姐屡遭骚扰烦不胜烦

李军文离婚后独自一人生活。他打残老婆手指头的事被传开后，在单位里引起了一场轩然大波。为此，单位负责人对他进行了严厉的训诫，并宣布他考评不合格，让他回家"暂时休息"。他走在大街上，总会遭到背后

人的指指点点。同事们看他的眼神也是怪怪的，过去的朋友有的干脆和他断了联系。

为了消除不良影响，他想与前妻复婚。他暗自思忖，前妻性格柔弱，自己只要多说点好话，向她赔礼道歉，她不会不同意。

2002 年 12 月的一天，李军文敲开了前妻的门。进门的刹那，他看见前妻的姐姐罗雪平正阴沉着脸坐在沙发上。他只好硬着头皮打招呼，并向前妻做检讨，希望给他一次机会，俩人复婚。话音刚落，罗雪平冷笑了一声：“你伤我妹妹还不深？还有脸进来，真是厚脸皮。”

罗雪梅听了姐姐的话，也拉下脸来说：“我姐姐说得很对，你太不把我当人看了，要复婚你休想！”说完，把李军文推出了房门。不死心的李军文又找了她几次，但每次都被罗雪梅骂了出去。

李军文复婚碰了一鼻子灰，非常不服气。他想：有什么了不起，到时我找个比你强的，气死你。

2003 年 8 月，离婚一年多的李军文在网上认识了一个 26 岁姓王的当地女网友。俩人常常不分昼夜，聊得热火朝天，几个月下来，俩人的心走近了，开始谈情说爱。不久，俩人从网上走进现实，频频约会，看电影，到公园游玩。

李军文对这个善解人意并十分漂亮的女朋友特别满意。来往一个多月后。他就挑明了关系，提出去拜见双方父母，然后结婚成家。李军文提出这一要求时，女朋友小王十分爽快地答应了。谁料过了几天，风云突变，小王竟不肯再见面。打电话联系，只要看见是李军文的电话，小王二话不说就挂了机。李军文百思不得其解。一天，李军文终于在一家网吧里找到了她。他气呼呼地问：“你为什么不理我，我哪里得罪你了？”小王冷冷地答：“什么原因你自己知道。想不到你不仅结过婚，而且还把老婆的手都打残了。你这样凶残，谁跟你都害怕。”原来小王通过朋友了解到了李军文的真实情况，感到十分不安全，就不再理他了。

李军文的第二次恋爱就这样以失败告终。不久，他又认识了一个 20 多岁从农村来的打工妹。经过一段时间交往，他发现这个人不仅好吃懒做，而且稍不满足，就使性子，发脾气，火气比他还大，与前妻相比简直天上地下。李军文一怒之下，一个耳光把她打出了家门。后来，他又找了不少，由于打妻子的名声在外，他看中的女朋友都被他的坏脾气吓跑了，条件差的他又不想要。四年过去了，李军文的感情生活依然一片空白。他发现自己心里念念不忘的还是前妻，在梦里也多次与她一起在郊外嬉戏，过着无忧无

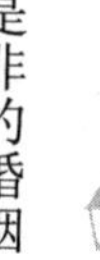

虑的生活，可惜醒来一切皆空。这让他十分失落和痛苦。

他知道前妻罗雪梅与姐姐罗雪平的感情极深，很多事情都会让姐姐拿主意，因此要与前妻复婚，必须过她姐姐这一关。2006 年 8 月 12 日，他来到了罗雪平位于劳动局宿舍的家，当时杨华也在家。当着他俩的面，李军文把自己的想法说了出来。罗雪平对这个性格乖戾的前妹夫已是厌恶至极。她的态度也影响到了丈夫，夫妻两人十分冷淡。听到李军文又要复婚，罗雪平十分恼怒："我看你就死了这条心吧。"说完，把他请了出去。

姐姐这一关过不了，李军文直接去找前妻罗雪梅。罗雪梅跟她姐姐的态度一样，冷冷地拒绝了。

性格执拗的李军文在这个问题上走进了死胡同，他始终相信软弱的妻子是爱他的，是忠于他的，是愿意跟他复婚的，只是她的姐姐一家插了手，他才不能成功。李军文由此变得非常绝望和愤怒。愤怒之下，李军文提出了一个让罗雪平和她丈夫大吃一惊的要求。

2007 年元月 17 日，李军文再次来到罗雪平家，要求罗雪平夫妇赔偿他 20 万元损失费。罗雪平夫妇十分震怒，坚决拒绝了他的无理要求。杨华气得指着他的鼻子大声吼道："你凭什么，你这无赖，给我滚出去！"李军文悻悻地走了，走的时候，他强硬地说："你们必须赔偿我的损失，否则，我跟你们没完。"

罗雪平夫妇没有把李军文的警告放在心上，他俩觉得李军文没有这个胆量。

最后的疯狂，灭了妻姐夫妇一地血

罗雪平夫妇没有料到，过了几天，李军文竟大摇大摆登门讨要所谓的赔偿费。夫妇俩肺都要气炸了，毫不犹豫跟李军文大吵起来。在众人的指责下，李军文走了，边走边威胁："你们不给我，我一定跟你们拼命！"

这时，罗雪平夫妇有点急了。俩人把这些情况迅速向李军文的工作单位做了反映。该局负责人高度重视，对李军文进行了严厉的批评和教育。李军文受此一击，仇恨更是有增无减。他干脆撕破脸皮，多次跑到罗雪平家门口，大吵大闹。罗雪平夫妇不再理他，关上房门任他吵闹，同时继续向有关部门反映。这一招似乎收到了奇效，门口没了李军文的声音，他好像消失了。夫妇二人想，李军文也是个有文化的国家干部，总不至于走极端吧！时间一长俩人的警惕之心随之放松下来。

然而，罗雪平夫妇完全想不到，此刻的李军文已经失去了理智，一场灭顶之灾正向夫妇俩扑来。

2007 年 4 月上旬，李军文找到了好友李某，向其购买炸药。不知内情的李某把炸药卖给他后，还陪同李军文在涟源某铸钢机械厂定做了空心铁球。试爆成功后，李军文用这些铁球自制了五枚炸弹，并自制短枪一支、砍刀两把。

停止叫骂的李军文开始躲在暗处，观察罗雪平夫妇家的地形，记录俩人的上班时间。很快选定好了最适合的引爆地点。

2007 年 6 月 25 日清晨 7 时 30 分，李军文驾驶一辆银白色无牌照的富康车来到罗雪平夫妇住的地方——娄底市劳动局家属区院内。他把炸药悄悄安在家属楼过道处，然后躲了起来。一会儿，罗雪平和丈夫从家门口走了出来。一名目击现场的保安回忆道，本来夫妇已快走到马路上，越过了埋炸弹的位置。这时,躲在暗处的李军文及时闪了出来。夫妇俩不愿与他见面，便又返回，向宿舍另一条过道走。结果正好中了李军文的圈套：在那条只能容两人通行的过道里，他事先布下了两颗跟地雷差不多大小的炸弹。当他们走近时，李军文用遥控器引爆了其中一颗炸弹。

“轰”的一声巨响，夫妇俩双双倒在血泊中。杨华当场被炸死，罗雪平仅仅受了轻伤，人还异常清醒。如果她装死，有可能躲过一劫，然而，她却奋力地挣扎起来，向自己的丈夫爬去。她想去救自己的丈夫。这一幕被凶残的李军文看见了。他跑过去，举起手中的刀连砍三刀，罗雪平被活活砍死。得手后的李军文迅速驾车逃窜。

接到报警后，娄底市公安局娄星分局民警赶到现场，并通过局指挥中心向全区所有的巡逻车辆通报情况，设关堵卡，实施紧急追捕。8 点 10 分，警方在娄底增加乡杨柳村路段发现了犯罪嫌疑人的车辆。他们迅速前追后堵。李军文慌不择路在转弯时侧翻至路旁，自知罪孽深重的李军文对准自己连砍几刀，企图自杀，被一拥而上的警察制服，送往医院后被成功救治。

2007 年 7 月 17 日，娄底市娄星区检察院依法批准逮捕李军文。2008 年 3 月 19 日，湖南娄底市中级人民法院开庭审理此案。6 月 6 日，娄底中院一审判处李军文死刑，剥夺政治权利终身。他为自己的鲁莽付出了代价。

针对此案，长沙律师事务所谭律师发表自己的看法说，李军文的报复手段极其残忍。关键是当事人面对恶袭来时，应该具备警觉之心和强烈的危机意识，主动出击，把矛盾消灭在萌芽状态。

隐恋的故事

如果碰到一家新进员工不准谈恋爱的公司，而你与恋人又恰好在此工作，并且在一间办公室，你该怎么办？

大学生林建明也遇到了这样的问题。他想出一个自以为很聪明的办法：与女朋友“隐恋”。俩人天天相见却装作傲气十足，“视而不见”，比一般同事还同事。他们能成功吗？最终的结局如何？

隐去恋情，初恋情人双双谋到了一份好职业

今年 27 岁的林建明是湖南株洲市人。6 年前，在湖南大学读书时，认识了同学陈丽萍。俩人很快成了一对亲密的恋人。毕业后，俩人开始外出找工作。他们的定位很明确：工薪不少于 2000 元，至少是合资企业。

俩人走进湖南省人才市场招聘现场，当即惊得目瞪口呆：只见到处是应聘的学生，每个摊位上都排了长长的队伍。林建明好不容易挤到摊位前，递上求职书，刚刚开口，就被招聘单位不耐烦地打断了。陈丽萍更惨：招聘会结束，离开现场时，她无意中看见自己的求职书竟被招聘单位遗留在座位上！

接下来的半年时间里，他俩四处奔波，一家家单位跑，先是条件好的，后来是差的，求职书送出 100 多份，可惜都是竹篮打水——一场空。他俩来自农村，家境都不富裕，几个月折腾下来，连房租都交不起了。没办法，俩人只好分散住进同学家里，靠帮人发送传单挣点生活费。

正当俩人深感绝望时，事情终于有了转机。一个同学告诉林建明，长沙一家建筑公司需要招聘一些文员，工资有2000多元一个月，由于不公开，所以希望很大。

他和陈丽萍按照同学交给的地址，来到这家公司的人力资源部。这里果然人很少。填表三天后，俩人就接到了面试的通知。

这天，俩人一前一后来到办公室。因为听同学说，这家公司在外地新接了一个项目，两年之内就要完工，工期非常紧，延迟一天要罚款5万。项目总经理怕新进的员工分心，所以要求这些员工不能有男女朋友，工程没竣工前不能谈恋爱。

他见只有10多个人前来面试，心里暗暗松了一口气。一会儿，林建明来到了项目总经理办公室。今年49岁的刘春生是该公司项目负责人，他问了一些基本情况后，话锋一转："林同学，你有女朋友吗？"林建明一惊，马上想起了同学的叮嘱，立即说："以前谈了一个，但现在断了，没有女朋友。"他出来后，马上把这个"新情况"悄悄告诉了陈丽萍。陈丽萍也如法炮制，结果，三天后，俩人双双被这家公司录用了。得到消息的林建明兴奋地大叫一声，抱着陈丽萍连转几个圈，当晚，他找了一个小酒家，搞了七八个菜，俩人碰了一杯又一杯，不知不觉喝得烂醉如泥。

经过三个月的培训，俩人如愿以偿一起分到该公司在沈阳的项目。走的前夜，刘春生总经理又重申了公司的规定。回到家里，林建明十分不痛快，发起了牢骚："什么破规定，明明是违反《劳动法》嘛，他们有什么资格管我们的爱情！"陈丽萍也觉得好笑，但转念一想，似乎也没多大关系："他们叫我们不谈，表面上不谈就行了。我们天天见面，还不是跟谈恋爱一样。"林建明觉得这方法不错。

2011年12月1日，林建明与陈丽萍一起高高兴兴来到了该公司沈阳经理部报到。令林建明惊喜不已的是，俩人被同时分到总经理办，在一间办公室办公。林建明任办公室文员，陈丽萍任秘书。

俩人虽都在一个办公室，但总经理刘春生的办公室就在里间。为了不暴露俩人是恋人关系，俩人约定，工作时间不能有任何亲热行为。为此，林建明变得异常小心，除了工作上正常的交往外，根本不敢跟陈丽萍多说一句。陈丽萍也怕生出意外，始终绷着一张脸，一副公事公办的模样，不敢像以前那样跟林建明说说笑笑，偶尔握一下手心里都紧张得一阵哆嗦。时间长了，俩人都感到十分不开心。

有一天晚上加班，刘春生总经理不在办公室。俩人的心情顿时放松下来，在那说说笑笑。为了让女朋友高兴，林建明还故意哼了一首变调的歌曲，惹得陈丽萍哈哈大笑。欢快的笑声在黑夜里分外刺声。

第二天，总经理刘春生阴沉着脸走进来。他把林建明叫进办公室："你们昨晚没干什么吧？"林建明十分奇怪："没有啊，我只是在跟陈丽萍加班。""你们先前不认识？"林建明马上说："刘总，我们以前不认识，是这次一起来才认识的。"刘春生满意地点点头："那算了，不希望别人误解你们是在谈恋爱。"

刘春生虽然没有再往下说什么，但林建明感到了这句话的分量，从此在公开场合再也不敢跟陈丽萍多说半句。为了避免影响，陈丽萍对林建明也"视而不见"，但彼此心里却在流血：我们谈恋爱为什么如此艰难？

拯救女友，办公文员成了小保安

两个月的一天，刘总当着林建明的面，对陈丽萍说："今天晚上有一个应酬，你跟我去一下。"

林建明的脑袋"嗡"的一声炸响：这怎么可以呀！他马上对陈丽萍说："你不是说有一份材料今晚要写吗？"陈丽萍心神领会，立即跟着说："是的，总部要我明天交上去。"

刘春生不好再说什么，一声不响地走了，但陈丽萍看见刘春生是阴沉着脸走的。

过了几天，刘春生又问陈丽萍："你的材料写好了吗？如果写好了，有个客户要见我，你同我一起去。"

林建明正要张口，陈丽萍瞪了他一眼。她知道这次再也不能找借口了，于是笑着对刘总说："材料写完了，我跟你一起去吧。"说完，上了刘春生的车。

看着渐行渐远的车，林建明异常懊恼，一气之下，把一张椅子踢断了腿。他在办公室不停地走来走去，坐立不安。从不喝酒的他，晚饭时买了一瓶啤酒，一口气喝个精光，然后，醉醺醺地站在路边不停地张望。

到了12点多钟，他看见陈丽萍下了车，在一个拐弯处，一把拉住陈丽萍："你，你没事吧？"一个人突然冒出来，把陈丽萍吓了一跳："是你呀，我没事。这么晚了，你还在这里干什么？"

“我不放心，在这里等你。”林建明轻声地对陈丽萍说：“以后，你要尽量推脱，不要跟他出去。”

陈丽萍苦笑了一下：“我不是想出去，只是我的岗位是秘书，不去应酬不行啊。”陈丽萍的话没错，可是我是她男友啊，能这样让女朋友天天出去吗？

自从发生这件事后，林建明开始担忧起来。果然不久，陈丽萍这样的应酬越来越多，有时上班没几分钟就与刘总出去了，凌晨一两点才回来。林建明只能眼睁睁地看着，没有一点办法。

一次，陈丽萍回到宿舍，刚刚坐下，“哇”的一声呕吐起来，嘴里还说着胡话。得知消息赶来的林建明既心疼又着急，她可是从来不喝酒的啊！他与同事们忙忙碌碌到半夜才收拾完毕。

第二天晚上，林建明与陈丽萍秘密约会。陈丽萍忧心忡忡地说：“我跟刘总出去，其实也没有什么，无非是陪客人吃吃饭、喝茶聊天，有时还要喝酒，不喝还不行，真没意思。”

陈丽萍不断地说着，林建明却越听心越沉，越想越不是滋味，越想越上火：刘总也太不像话了，这是谈工作吗？这样下去不行，女友迟早一天会变坏的。他想来想去，终于想出了一个“拯救女友”的办法。

第二天上午8点整，他来到办公室，不像往日收拾自己的桌面，而是急冲冲跑到刘春生总经理办公室，对着刘总忧心忡忡地说：“刘总，昨晚陈丽萍喝醉了，吐了大半夜。这样不好。”

“我知道，不是已经派人去照顾，还安排她今天休息吗？”刘春生有点儿诧异地望着他。

林建明感到自己有点儿失态，定了定神，把自己的计划说了出来：“刘总，陈丽萍是个女同志，又不会喝酒，以后这样的事叫我去吧。”

“叫你去？凭什么？好了，这个事你就不要操心了，好好干你的工作，以后要你参加，自然会通知你。”刘春生呛了他一句，之后，挥了挥手，示意他出去。

林建明愣在那，差点就脱口而出：她是我女朋友，我为什么不能管？转眼想到眼下就业很艰难，就强忍下来，退回自己的办公室。但坐在桌前涨红着脸，始终一言不发，无意中竟把一份很重要的合同文件给撕了。

这一切恰恰被刘总经理看见，他狠狠训了林建明一顿，并警告他，下次如果再发生这样的事一定辞退。

林建明拯救女友计划失败，但仍不甘心。一次，刘春生又叫陈丽萍出

去应酬，林建明再也忍不住了，果断地拦住陈丽萍，口口声声要代替陈丽萍去。

刘春生十分恼怒："她是你女朋友还是你妹妹？你不想干给我滚！"陈丽萍看到激怒了刘总，赶紧拉着他的手出了办公室。走的那一刻，女朋友眼眶里含满了眼泪，林建明忍不住也潸然泪下。

由于冲撞了总经理，林建明被调离办公室，去了一个他料想不到的岗位，做项目保安员。

这个岗位只有1000元，林建明难以接受。他想辞职，并要陈丽萍一起走。然而，陈丽萍却不愿走。她泪流满面地说："现在到处都是找工作的人，哪里又有适合我们的工作。"

她劝林建明："我现在只是陪客人吃吃饭，没有发生别的事。你放心，刘总即使有什么要求，我也不会答应。你现在不要辞职，待以后有机会再一起走，好不好？"

林建明心里虽然积了一肚子气和不满，但想到陈丽萍说得也对，再加上工作确实不好找，于是忍气吞声，去新岗位报到。

上班第一天，林建明就感到这份工作不好做。晒太阳不说，站着还不能乱动，眼睛得时刻逡巡四周，转来转去，一天下来累得腰酸腿痛，根本没有办公室一半舒适。想到眼前的处境，林建明禁不住流下了委屈的泪水。

由于分了心，林建明第三天就出了一个不大不小的"乱子"。外面进来部车，按规定，保安员应该先看一下，再放行。林建明心里很烦，挥挥手就让车子进去了。出门时，林建明也没去看就让它走了。不久，仓库就反映少了一部三轮车。保安队长来查，翻开林建明的记录一片空白，又听说他对来往的车根本不检查，立刻生了气："你不要以为是大学生，又坐了办公室就了不起，告诉你，不好好干照样被PK掉。"说完，当众宣布扣罚他200元奖金。

正在这时，陈丽萍从大门口经过，看见林建明呆若木鸡，就走了进来。问清事情的经过后，陈丽萍十分生气："保管员自己没管好东西，凭什么怪他？你要处罚，应当先处罚保管员。"总经理秘书发了话，让刚才暴跳如雷的保安队长态度软了下来，马上收回了处罚决定。

然而，陈丽萍"智救"林建明的行为被刘春生知道后，不仅维持了对林建明的处罚决定，而且，还通报批评了陈丽萍。俩人双双受罚，顿时，林建明对无情的总经理刘春生充满了怨恨。

捍卫爱情，血刃总经理自毁前程

2012 年 6 月 15 日，林建明在回寝室的路上，无意中听到前面有人在说悄悄话。其中一个人说道：“昨天晚上，我看见刘总和陈丽萍从车上下来，有说有笑，俩人好像还手牵手，待在办公室很久都不出来。”另一个则说“是呀，现在大家都传，过一二年，陈丽萍就是我们公司的副总了，看不出来陈丽萍年纪轻轻，挺有心计的。”

前面传来的话，像一根根钢针扎在林建明心上。他日夜担心的事终于发生了。这天晚上，他打电话把陈丽萍约了出来，气愤地把听到的话说了出来。

陈丽萍听后十分委屈：“你以为我愿意啊，每次回家刘总都要送我回家，有时还要牵我的手，弄得我说又说不得。不过现在，他还没有很出格的行为。”

听到女朋友目前处在“危险期”，林建明想出了一个办法，于是认真地说：“以后你去哪里，我在后面秘密监视，一旦有什么事也可出面帮帮你。”

陈丽萍感到有点儿不可行：“我去哪里又不是固定的，你又如何跟踪吗？”

“只要你告诉我地方，我自然有办法。”

见男朋友如此认真，陈丽萍也不好再说什么，只能默默地点点头，但在心里却隐隐约约有一些担心。

见女友同意，林建明真的开始肩负起“监督”的重任。每天下班，他都会有意无意地从陈丽萍办公室经过，看看她在做什么。

一天下午下班时，他看见陈丽萍上了刘总的车。他立即向陈丽萍发短信问去哪。陈丽萍很快告诉了他地方。

林建明立即租了一部摩托车尾随其后。很快，陈丽萍和刘总进了一家名叫“天下春”的大酒店。林建明跟了进去，在 10 多米远的地方，找了一张桌子坐在那，观察他们的一举一动。

谁料，鬼鬼祟祟的林建明很快被刘春生无意中看见了。他想不到林建明竟敢跟踪他，当场拉下脸来，教训起林建明来。

林建明不服气：“你有什么了不起，你以为你当了个经理就可以为所欲为了？告诉你，你如果敢乱来，我非教训你不可。”说完，扬长而去。

刘春生气得浑身发抖。他转身问陈丽萍：“我问你，是你叫他来的吗？你跟他有没有关系？”

陈丽萍为保住这份好不容易到手的工作，只好违心地说：“我没有叫他，

我跟他也没有关系，是他自己来的。他说他爱我，要保护我，是林建明单相思。”

第二天，他毫不犹豫，当即召开了总经理办公会，决定辞退林建明。

想到男友因为她丢掉工作，陈丽萍急得暗暗流泪却没有任何办法。她趁在公司决定还没公开前，悄悄找到林建明，把这个消息告诉他，并递给他 1000 元钱，作为路费。她没想到的是，她这一轻率的举动终于使林建明走上了极端。

丢掉工作的林建明此刻非常绝望。他知道从今往后再也没有机会保护陈丽萍了。刘春生以后还会对他女朋友动手吗？他恨公司这个规定，使他俩有爱不敢说，有情不敢谈，眼睁睁看到女朋友受人摆布，却不敢理直气壮地保护。他恨总经理刘春生，把他女朋友当成陪客的工具，于是，决定走之前狠狠地揍他一顿。

2012 年 9 月 23 日晚上 10 点，林建明看见刘春生办公室亮着灯，就闯了进去。来之前，他怕打不赢刘春生，还随身带了一把西瓜刀。

刘春生见林建明招呼也不打，就闯了进来，非常生气。他瞪着林建明，大声喝斥："你进来干什么？出去！”他没意识到危险已经来临。

刘春生的大声斥责进一步激怒了林建明。他二话没说，抽出西瓜刀，对着刘春生一顿乱砍。毫无准备的刘春生在惨叫声中倒在血泊之中。

听到惨叫，值班的保安迅速赶到现场，把手臂、头部被砍伤的刘春生紧急送住沈阳市人民医院进行抢救。经诊断，刘春生头部裂伤，左右手臂等处肌肉均被砍伤，属轻伤。经过抢救，刘春生终于转危为安。

陈丽萍见男友因为自己闯下大祸，在别人的议论指责声中，自觉无脸见人，第二天主动辞职，不见踪影。

家在株洲农村的父母得知儿子行凶，禁不住号啕大哭。因为他读书，家里现在还欠有 1 万多元外债，原本指望他参加工作还上，现在一切都成了泡影。为了帮儿子赎罪，夫妻俩计划把房子也卖掉。一对大学生就这样终因隐恋付出了惨痛的代价。

经过两个多月的治疗，2012 年 11 月 1 日，总经理回到了单位。他做的第一件事就是取消不准谈恋爱的规定，他意识到自己的行为也给这两个年轻人造成了一定的伤害，因此决定放弃向当事人索赔和追究刑事责任。他希望员工和企业再也不要因此犯错。

时下迫于职场的压力，不少职业男女开始选择“隐婚隐恋”。据《健康时报》调查指出，有37%的隐婚族表示，之所以会选择做伪单身，是怕已婚身份会失去老板或客户的信任感。他们虽然是恋爱中的男女或已办好各项结婚手续，但在公共场合却隐瞒恋爱已婚的事实，以单身身份出现，因此也被称为“伪单身”。

“隐婚族”的特点是，接电话时神神秘秘，语气又相当暧昧；自称是快乐的单身贵族，却避谈感情和婚姻；平时与异性关系热络，可是私下却不会保持联络；热衷社交应酬，但到假日时就不见人影。

长沙律师事务所的周律师就此案发表了自己的看法：的确，职场上对单身贵族总是有着较多期待，也会给予相对较多的工作或教育机会，常常会有雇主因担心恋爱中的女人和已婚妇女会以恋人、家庭、孩子为重，而不愿授予重要的职位，从而引发一些社会问题，这一现象值得关注。作为当事人首先心态要摆正，不要有偏激的行为和想法，其次不妨当作爱情的磨炼，经得起种种考验的爱情才格外香甜。同时，可以寻求法律的帮助和向有关主管部门投诉。作为企业经营者要尊重员工个人的隐私和员工的正当权利，这样才能构建起一个和谐的生产发展环境，这点对企业尤为重要。

捍卫婚恋的悲剧

2008年2月22日，贵州省贵阳市中级人民法院开庭审理了一起凶杀案：该市一中学高三学生罗志彬杀死了同班同学邓朋明，原因是为了捍卫自己的恋人。令人惊讶的是，罗志彬所谓的恋人并不是年龄相当的青春少女，而是比他大27岁的班主任女老师、今年45岁的陈萍。随着庭审调查的不断深入，这段令人难以置信的师生孽情慢慢地浮出了水面……

不该发生的师生恋

今年19岁的罗志彬是贵阳市人。他曾有一个幸福的家庭，可惜3岁时父母不幸离婚，这使他从小生活在一个缺少母爱的环境中，性格也变得十分内向。2005年7月，他顺利考进了贵阳市一所高中，由于不喜欢理科，2006年秋，他从理科班转到该校的文科班。在这里，他认识了一个改变他命运的女人。这个女人就是他的班主任老师陈萍。

1963年10月生于贵阳的陈萍，1986年于贵州师范大学毕业后分配到贵州一中学教语文，是个具有21年教龄的老教师。罗志彬报到这天，陈萍就发现了他内向的性格。陈萍专门找他谈了一次话，让他平时多和同学交往，有什么事就找她。

陈萍关心的话使罗志彬心里涌出了一股暖流，让他感到了一股久违的亲情感。于是，罗志彬遇到什么难题都会找她，陈萍都会十分耐心地教他。

一天，罗志彬上课时做小动作被数学老师发现了，数学老师在课堂上严厉地批评了他。课后，老师把罗志彬的课堂表现告诉了班主任陈萍。罗志彬得知后心里十分紧张，慌忙给她打电话主动认错："陈老师，对不起，我给班上丢脸了。"令罗志彬十分宽心的是，陈萍听了只是淡淡一笑："没关系，以后改正就行了。"

罗志彬见陈萍没有过多责备，胆子就大起来，开始在电话里跟陈萍聊起了天。罗志彬没话找话，陈萍一点儿也不生气，相反还认真地应答，不时传来咯咯的笑声，这让罗志彬备受鼓舞。有了这次愉快的交谈，罗志彬胆子更大了，有事没事都会找陈萍聊天。陈萍每次总是有问必答，慢慢地俩人的距离拉近了，无话不谈。

2007 年寒假的一天，罗志彬约陈萍出来玩，陈萍答应了。俩人来到贵阳市南郊公园。在公园里，罗志彬鼓足勇气说："陈老师，我从小妈妈就不在我身边，你真像我妈妈，做我妈妈好不好？"陈萍笑着点了点头。罗志彬马上甜甜地喊了一句："干妈！"陈萍十分爽快地答应了。他握了一下陈萍的手，陈萍微微一笑，也握了一下他的手。见陈萍没有任何反感举动，罗志彬的心顿时激动不已。

罗志彬开始恋上了陈萍。他觉得她既有母亲般的关怀，又有恋人般的温柔，正处于青春期的他产生了一种要跟陈萍谈恋爱的冲动。

2007 年 3 月底，学校组织学生到外地工训，看不到对自己有说有笑的陈萍，罗志彬再也无法忍受内心的渴望，大胆地给陈萍发了一条短信："干妈，我现在好想你。"时间一秒秒过去了，他紧张地看着手机，手机却一直没响。他十分不安地走来走去，觉得特别焦躁，觉得这段时间特别漫长。两分钟后，他的手机终于响了。陈萍回了三个数字："130"，这是"也想你"的网络语言。他马上给她打了一个电话，约第二天晚上见面。

第二天晚上，罗志彬十分激动地来到工训基地的林荫小道上，在柔和光线的衬托下，陈萍显得楚楚动人。罗志彬马上上前去拉她的手，陈萍也握紧了他的手。陈萍的随意，给了罗志彬很大的勇气。他满脸通红地盯着陈萍，猛地抱住她的脸，吻了一下，然后十分兴奋地跑掉了。

望着渐行渐远的罗志彬，陈萍心里也是狂跳不已。她早就知道罗志彬想干什么，也知道这意味着什么，但她却没有拒绝和回避。陈萍 27 岁结婚，由于性格不合，这段婚姻仅仅维持了 5 年就结束了。转眼 10 多年过去了，她一直没有找到合适的对象，心里始终空荡荡的。现在突然出现一个不断向她示爱的帅小伙，她内心的渴望被激发起来，变得难以自制。

作为过来人，陈萍知道如何引导罗志彬。工训结束回到学校的当晚，陈萍从家里给罗志彬打了一个电话，说着说着禁不住哭泣起来。罗志彬一边接电话，一边朝楼下飞奔，打车赶到了陈萍家里。

看见罗志彬来了，陈萍干脆挑明了关系："小罗，我喜欢上了你，虽然这样不对，可是我无法控制，你说怎么办啊？"说完一把抱住他。罗志彬顿时热血贲张，不能自持，也紧紧把陈萍搂在怀里……

罗志彬把陈萍当成了自己的女朋友，频繁出入陈萍家。为了讨陈萍喜欢，罗志彬把父亲给的零花钱给她买发卡、手链，陈萍也送给他情侣戒指和情侣钥匙串。

少年的心在流泪

突然，罗志彬发现陈萍身边还经常出现一个男人。这个人就是陈萍的初中同学赵兵。在他的责问下，陈萍只好承认是她的男友，但她马上安慰罗志彬，虽然是男友，但自己一点都不喜欢他。

陈萍的话让罗志彬十分不快，但他无力改变，只好接受陈萍有男友的现实。为了阻止赵兵，罗志彬每周三和周五，都会以补课名义去陈萍家，直到晚上 11 点多才回家。

为了证明她的清白，赵兵来了，陈萍就会把罗志彬叫来。一边装模作样给他补课，一边要他坐在自己的身边。两个人在学生关心老师、老师爱护学生的表象下，成功地蒙蔽了赵兵和罗志彬的父亲。

罗志彬很得意自己控制了赵兵，然而很快，他又有惊人的发现，陈萍身边还有一个关系非常密切的男孩，他就是自己的同学邓朋明。今年 18 岁的邓朋明长得十分帅气，是班里的团支部书记。放学后，他经常看到陈萍和邓朋明悄悄地从学校后门溜出去。

2007年4月中旬的一天，罗志彬来到陈萍家里。吃过饭后，陈萍洗了个澡，穿了一件睡衣躺在沙发上与罗志彬聊天。这时，门突然被打开了，邓朋明闯了进来。看到罗志彬与陈萍在一起，邓朋明愣住了，站在门口不知所措。陈萍赶紧打圆场说："邓朋明来了啊，来，一起来看电视。"她起身拉他。邓朋明尴尬地笑了笑："对不起，我走错门了。"说完就转身离开了。

邓朋明怎么会有陈萍家的钥匙呢？罗志彬十分疑惑地望着陈萍并让她解释。

陈萍沉思了片刻，最后慢吞吞地说："邓朋明也在追我，要跟我谈恋爱，可我一点也不喜欢他。”说完，还抬手擦眼泪。

陈萍的表演让罗志彬信以为真，不由得怒火中烧：这个邓朋明太可恶了，跟我抢女朋友啊！单纯的他根本不知道，陈萍与邓朋明也是一对正在热恋中的恋人。

2007 年 3 月份，陈萍与罗志彬谈恋爱的同时，也开始和邓朋明交往。为了方便邓朋明来她家，陈萍专门给他配了一把钥匙。这件事后，陈萍找到一个机会跟邓朋明解释，邓朋明却不听，还把钥匙退给了陈萍，气呼呼地说：“你不要解释了，谁不知道你跟罗志彬有一腿啊。”

然而，仅仅过了 5 天，邓朋明又后悔了。他也是单亲家庭的孩子，从小缺少母爱，内心十分孤独。与陈萍交往后，她以成熟女性的细腻和母爱般的温暖彻底征服了他的心。他与罗志彬一样非常留恋陈萍，现在突然要分开，邓朋明很是落寞伤感。一天晚上，他来到了陈萍家，哭着要跟她重归于好。在他的哀求下，已经丧失道德底线的陈萍又笑着重新接纳了他。

害怕失去陈萍的邓朋明不准陈萍再与罗志彬来往。2007 年 8 月中旬的一天，陈萍与罗志彬一起去超市的路上，被邓朋明看见。他马上给陈萍电话：“你在哪里？”陈萍没看见远处的邓朋明，就说自己在家。

邓朋明非常生气，晚上跑到陈萍家里质问她：“你为什么还跟罗志彬在一起？是不是我的成绩不如他，是不是我满足不了你的要求？”

陈萍听了也十分生气：“你这孩子怎么能这样说话，罗志彬是我的学生，我们为什么不能在一起？”邓朋明顿时哭了起来：“你不跟我好，我就死在这里！”说完，他跑进厨房拿了一把菜刀，将刀对准自己的脖子。

陈萍赶紧把刀抢了下来，并保证不再跟罗志彬来往，邓朋明这才破涕为笑。邓朋明从那以后死死盯紧陈萍，有事没事都给她发短信、打电话询问行踪。为了驱赶陈萍身边所有的男人，邓朋明对陈萍的男友赵兵也打电话、发短信，要他滚开。

面对赵兵的责问，陈萍耐心解释：这孩子还不懂事，感情发生了错位，心理有问题。赵兵相信了陈萍的话，没有追究邓朋明。不久，陈萍与赵兵领了结婚证，因为她知道这个男人才是她最后的归宿，与罗志彬、邓朋明不过是逢场作戏。

一天晚上，在陈萍家里，邓朋明指着陈萍的鼻子破口大骂：“今天，我看见你还在跟别的男人在一起，你真不要脸！”陈萍顿时火冒三丈：“我跟男人在一起，你有什么资格管？你给我滚出去！”话音刚落，邓朋明就冲了

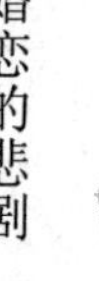

上来，把她按在床上，掐住她的脖子，恶狠狠地说："你再说一句，老子掐死你！"陈萍拼命踢了一脚，才挣脱邓朋明的手，但在皮肤上留下了一道深深的划痕。陈萍厉声喝道："你再上前我立即喊人报警！"说完，把他推出门外。她知道，现在必须退出这场危险的情感游戏了。

女教师的肮脏灵魂

陈萍把她的遭遇告诉了罗志彬。望着心爱的人痛苦不堪，罗志彬心疼不已。他想，作为一个男人，应当为自己心爱的女人挺身而出。于是，一天放学后，他把邓朋明约到校外的山坡上说："我们是同班同学，还是好朋友，我希望你看在我的份上，以后离陈萍远点。"邓朋明却不买账："我告诉你，不要以为我不知道你们俩的事，惹火了我，我将你的丑事告诉天下人。"说完扬长而去。

谈判以失败告终，罗志彬十分沮丧。2007年6月下旬的一天，陈萍又找到罗志彬说："邓朋明真不是个东西，说我是婊子，与你上床是奸夫淫妇。为了避免麻烦，以后我们要少来往。"罗志彬却不以为然。

陈萍一个劲儿地哭，说罗志彬不答应她就只有死路一条了。罗志彬沉默不语，他为帮不了女友而深感惭愧，对邓朋明的怨恨也与日俱增。他回到家常常把自己反锁在房间里，抽烟喝酒。他在日记中胡乱写道："我拼了命也不愿意，我遭到那些人的毒打，头骨被打碎了，牙齿被打掉了，眼睛也被活生生地挖走了。我不愿意，我要反抗……"他的心完全被痛苦和自责包围了。

一次，罗志彬父亲进门打扫卫生，挪动了陈萍送给他的玩具狗熊，罗志彬立即大喊大叫。他的反常举动引起了其父的注意。他准备去找班主任老师陈萍了解一下情况，儿子激动地说："陈老师已经够烦的了，你再去找，我就一头撞死算了！"罗志彬的父亲便没有去学校。

2007年9月26日，是罗志彬18岁的生日。这天中午，他请同学吃饭，自己喝得醉醺醺的。下午上课，看见邓朋明走了进来，罗志彬立即冲了上去，右手揪住他的衣领，左手去掐他的脖子。同学纷纷上前把他劝开了。谁知刚回座位的罗志彬又要冲上前掐他，虽然被同学们劝阻了，但他的脸涨得通红，用仇视的目光盯着邓。大家都以为罗志彬是因为喝醉了酒，对他心态上的变化没有警觉。当天晚上，罗志彬来到了陈萍家里，陈萍送他一件无袖T恤和一条银色挂链作为生日礼物，并向他诉说了自己的思念之情。陈萍的真情表白，让罗志彬潸然泪下。这一夜，他辗转难眠，脑海里全是陈萍哭泣的泪水。

9月27日中午，陈萍遭遇的一件事再一次刺激了罗志彬。陈萍在电话里伤心地对罗志彬说："刚才邓朋明找到我，要我把钥匙还给他，他要看我们偷情的样子。不答应就要砍死我。"陈萍的话终于点燃了罗志彬埋藏已久的怒火，罗志彬感到自己的人格尊严受到了极大侮辱。他沉默片刻，口气变得异常强硬："放心吧，我再也不会让邓朋明伤害你了！"罗志彬的话让陈萍隐约有了一些担心，但她并没有放在心上。

下午5点，罗志彬提着一个手提袋，带上一把几个月前从超市买来防身的刀，打的来到了邓朋明家里。邓朋明父亲上班去了，只有邓朋明一个人在家。看见罗志彬来了，邓朋明很热情地招呼他坐，罗志彬顿时有点儿犹豫了。他打算跟邓朋明谈谈，把彼此之间的矛盾化解一下。他说："哥们儿，以后不要跟陈老师在一起了，这样下去对你没好处。"

邓朋明却反唇相讥道："你有什么资格说我？你跟陈萍上床的事谁不知道！告诉你，我要把你和陈萍的事捅出去，让全世界的人都知道。"罗志彬说："你敢，到时我一定不会放过你！""我有什么不敢？你有什么了不起，只要你跟陈萍在一起，我不仅会砍她还会砍你！"

邓朋明张狂的态度，让罗志彬残存的最后一点希望破灭了，他冷冷地说："我不吵了，我口渴了，你帮我倒点水。"说完，乘邓朋明转身之机，迅速从手提袋里抽出刀，冲上前去，左手抓住邓朋明的肩膀，右手用刀刺进他的背部。刺骨的剧痛使邓朋明转过身来准备反抗。抽出刀的罗志彬又迎面朝他胸腹部连捅三刀，很快邓朋明倒地身亡。罗志彬马上四处乱翻，伪造入室抢劫的假象后逃之夭夭。

不久，回到家的邓父发现了儿子惨死在家中，立刻拨打了"110"。接到报警的贵阳市刑警大队迅速展开了调查，三天后侦破此案，抓捕罗志彬归案，2007年11月1日正式予以逮捕。

2008年2月22日，贵阳中院开庭审理此案。罗志彬被控故意杀人罪。4月23日，贵阳中院一审判处其死刑。至发稿时，尚未得到最高法院核准。

事发后，陈萍愧疚不已。为此，她还曾跳楼自杀，但被人救下了。2月27日，有关部门开除了陈萍的党籍和公职。

两个年轻的男学生，一个被害，一个被判死刑。作为他们的老师，陈萍将终生笼罩在血色的阴影中。她的灵魂将永远受到道德和良知的拷问，不会安宁。

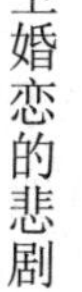

数学神童之路

2008年2月15日，英国伦敦警察局接到线报后，在街头成功抓获了一对正在进行性交易的男女。当卖淫女的脸庞从她纷乱的头发下逐渐清晰显现时，警察无不为之惊诧：她竟是鼎鼎大名、曾轰动英国的牛津大学“数学神童”索菲娅！

此事一经媒体报道，立刻震惊了整个英伦三岛。人们都在疑惑：为什么一个有着聪明的大脑，料想也会有光明前途的“天之骄子”会变成一个做皮肉生意的妓女呢？3月30日，英国《每日邮报》披露背后令人唏嘘的事实：原来，是冷漠的家庭、缺失的亲情毁了她……

严父高压教育："数学神童"横空出世震惊英国

今年23岁的索菲娅·尤索夫出生在英国考文垂市的一个移民家庭。父亲法卢克·尤索夫原是巴基斯坦中部一位有点儿名气的数学家。母亲夏莉是一个从马来西亚移民来的科学家。从三十年前，法卢克夫妇结婚以来，他们一共生育了5个孩子，索菲娅是第三个。

尽管法卢克夫妇都是知识分子，但要养活5个孩子也不是件容易的事。除了正常的工作，他们常去打零工来维持家用。随着孩子的长大，教育也就成了这个家庭越来越迫在眉睫的问题。夫妇俩自然希望孩子能像自己一样，成为科学家，有可能的话还要超越自己。但上好的私立学校，以他们的收入，几乎不可能同时供养5个孩子；送到一般的学校，法卢克又不甘心，他觉得以自己的聪明才智和独特的学习方法来教育孩子，一定会比上学要好很多。于是，一个培养全英最优秀学生的计划在法卢克心里慢慢扎根发芽了。他让妻子也参与进来，负责“后勤”工作。

在索菲娅童年的记忆里，似乎只有冷清的小屋、空洞的窗口、厚重的学习资料及冰凉的课桌。她常常幻想窗外的世界，她有时趴在窗口，看着邻居的小孩在父母的接送下开心地上学，她就羡慕得要死。当然，如果被父亲知道她不用心学习，做别的事情，免不了要受到脾气暴躁的父亲的打骂。

打骂是经常发生的。父亲的要求严格到了过分的程度。冬天，要穿着单衣服晨跑锻炼，即便在家里，也要把窗户全都打开，说是要锻炼意志。有时出去打网球，父亲也抱着教育的目的，如果不是打到精疲力竭，父亲是绝对不让停下来休息的。母亲有时也担心孩子的健康，但固执的父亲是绝不允许母亲多管闲事的。偶尔的哭闹招致的是更多的残酷惩罚，有时是打耳光，有时是光脚站在雪地更长的时间。

时间长了，索菲娅慢慢就习惯了这种苛刻的教育方式。她总老老实实地按着父亲的要求来做，听父亲的话，做什么都要请示，父亲不让做的，她绝对不敢碰哪怕一下。

但索菲娅心里其实是厌恶学习的。她喜欢看动画片，喜欢明星，羡慕那种非常自在自主的生活。有一次，她偷偷地从家里跑出，去了附近的教堂，那里正在举行一场婚礼。她加入到热闹的人群中，玩得忘了时间，直到父亲找到她，把她拽回了家，一顿毒打。母亲都在暗自流泪，可父亲法卢克依然不罢休。在英国，这样虐待子女是要被剥夺抚养权的。邻居听到了小索菲娅凄厉的哭叫声就报了警。当警察来到，索菲娅又不敢说出事实，她怕失去父亲，于是她撒谎说自己只是看了恐怖片，所以才惊叫起来。而身上的淤青，她说是不小心摔倒了。结果警察只告诫了法卢克一番就走了。当然，这样的谎话在之后的日子里多多少少起了作用，使法卢克收敛了不少。

索菲娅的领悟力在几个兄弟姐妹里算是好的。她对数字有种特殊的敏感。一些深奥的数学题，法卢克只要点到，她就能做出来。法卢克对有这么一个孩子颇感骄傲。他一有机会就会在邻居及朋友面前夸耀索菲娅是“神童”，顺便还会自豪地声称自己找到了一条培养孩子迅速成才的捷径。他把自己的方法叫“加速学习法”。

法卢克在发现索菲娅特殊的才能后，常常给她开小灶。偶尔会因为她的巨大进步，格外“开恩”地让她听听音乐、看看电视。这在其他几个兄

弟姐妹身上是没有的事情。索菲娅因为这些小的激励而变得用心，在她10岁时，她在父亲的帮助下已经学完了大学之前的所有课程，甚至一些艰深的数学难题都已不能再难倒她。

这一切几乎在法卢克的计划之中，他就是要让女儿成为万众瞩目、万里挑一的“奇才”。1995年的夏天，10岁的索菲娅在父亲的精心准备下，参加了英国考文垂市学校组织的联考，夺得第一名，数学满分。三年后，时年13岁的索菲娅参加高考，竟以第8名的优异成绩完成英国A-Level数学进阶考试，被英国最著名的大学——牛津大学圣希尔达学院数学系录取，成为该校史上最年轻的大学生之一。

此事经《泰晤士报》等媒体披露后，立即轰动了整个英国，索菲娅被人们称为“神童”。而法卢克有足够长的时间沉浸在这种获得成功的兴奋中。可他不知道，对索菲娅来说，她的喜悦更多的是来自终于可以离开这个残酷的父亲和这个令人窒息的家了。生活的图景在她面前正徐徐打开……

谁怜少女心？无助的神童在哭泣

然而，事情并不如索菲娅想得那么简单。

1998年秋季，索菲娅来到了牛津大学圣希尔达学院，开始攻读数学专业。在经历了一连串的兴奋和喜悦之后，她开始见识到了生活的真实面目。这些远不是她一个13岁的小女孩所能承受得了的。

先是学业。因为没有上过学，只是在父亲浓缩式的“快速学习法”之下催成的大学生，在开学第一个月，就碰了钉子。别人接触过的、所拥有的许多共通的东西，比如学习上的经历，她从来没有遇到过。很多最基础的东西她也没有学过，她爱玩的、爱看的几乎都是别人称为幼稚的东西，所以跟别人完全不能交流。因为性格上的内向，她不敢大方地跟同学说话，有时一说话就紧张得发抖。为了怕出丑，她更多地选择了沉默。

有同学为了考验她，就拿一道很难的题目来考她，当她无法解答时，她自己往往涨红了脸，呆站着不知所措。这时有人就说：“你是神童呀，怎么还有解决不了的问题呢？”在虚荣心的驱使下，索菲娅只得喃喃地说：“哦，不是的，我会做，只是需要时间。”

这样的烦恼越来越多，虽然避免了难堪，但她不得不花更多的时间去查资料，恶补以前缺失的东西。每天高强度的学习，很快让她失眠、吃不下饭。

两个月下来，人整整瘦了一圈。她对一个好友抱怨说：“没想到，在这里学习比在家学习还要累。真的，没想到会成这个样子。我要疯了！”

当然，更要命的是生活上的“弱智”。因为之前的生活从来都不用自己操心，加上年龄还小，索菲娅上了大学后，生活完全不能自理。她做什么事都显得“笨手笨脚”。衣服要自己搭配着穿，要自己拿去洗，最麻烦的是卫生，有时最简单的公共卫生她都搞不干净。同学看她小，也会帮帮她。但时间长了，同学就不干了，觉得仿佛是当了她的妈妈一样。有同学甚至当面嚷嚷说她是个“笨蛋”，说简直是在辱没牛津大学的声誉。

索菲娅把这些都记在心里，也为此默默努力过，但她的行为似乎越来越不受同学欢迎。一些集体的活动，没人愿意跟她合作。在学校，她觉得自己被孤立了。辅导老师发现了这一问题后，也有意地安排同学帮助她，但同学们的耐心似乎不是很多，这让索菲娅的自尊心受到了不小的伤害。她感到十分无助，觉得自己简直一无是处，可是她又不能把这些向家人倾诉，有时她甚至恨起了自己的父亲。

法卢克因为女儿的荣光，顺利地办起了“私塾”。他决定用索菲娅这块金字招牌招揽“生意”，甚至还打电话告诉索菲娅，让她三年内读完大学，四年内读完博士，五年内出一批成果。

面对父亲的高标准、严要求，索菲娅欲哭无泪。一天，她终于爆发了，在电话里骂父亲：“你是个魔鬼，我要远离你！”法卢克觉得女儿在挑战自己的权威，立刻赶到了学校，把索菲娅大骂了一番，威胁说如果不学习，将不再供养她。索菲娅当场痛哭不已，这时她已决心要逃离这个冰冷的家了。

2000年8月，15岁的索菲娅参加大三期末考试后，忽然失去了踪影。“天才少女”失踪？这条特大新闻又一次轰动了英国。她父亲立即断定索菲娅是被人绑架了。因为她太聪明了，绑架者肯定是为了寻找她的“智慧钥匙”。接到报案的伦敦警察局高度重视，迅速出动警察在全城范围内进行地毯式搜索。两周之后，警方在一家咖啡馆中发现了索菲娅。

他们吃惊地看到，她正穿梭在人群中，忙忙碌碌地给顾客端茶倒水。这哪是绑架，未成年的她分明是在打工啊！英国禁止未成年人工作，警察当场制止了索菲娅的荒唐行为，并通知父亲法卢克前来接她回家。

但索菲娅挣脱了父亲的手，哭着喊道：“你不配做我父亲，你走，你走，我再也不想看见你了！”并阻止法卢克接近她。经众人劝说，索菲娅仍明确表示不回家。

鉴于索菲娅情绪激动，并有可能遭到家庭暴力，警方同意她不回家，暂时由当地一家慈善机构“接管”。在这里她接受了众多健康、心理学家的辅导和治疗。经过两年的努力，她的心似乎平静许多，有了求学的念头。2002年9月上旬，她被送回牛津大学，以便完成大四最后一年的学业。人们都在期待着，希望索菲娅能够振作起来，再创“数学神童”的雄风。

婚姻失败亲情淡漠，数学天才沦落风尘

得知真相的牛津大学以宽大的胸怀重新接纳了索菲娅。考虑她已耽误了两年学业，于是，学校专门指定了一名老师给她补课。天资聪颖的索菲娅也不负众望，在2003年7月，如期大学毕业，并考上了牛津大学硕士研究生，攻读数学硕士学位。此刻，生活似乎向她张开了笑脸。

在学业顺利进行的时候，她也收获了她心目中的完美爱情。她疯狂地爱上了伦敦一家律师事务所的见习律师乔纳森·马歇尔。她每天看着他的照片入睡，并在照片背面处，写上了一句刻骨铭心的话：乔纳森·马歇尔，我终生的伴侣。

24岁的乔纳森·马歇尔英俊潇洒，他也倾慕她的才华，在学校的咖啡馆见面后，两人一见钟情。

两个年轻人热恋不久就迫不及待地走进了婚姻的殿堂。2004年7月上旬的一天，19岁的索菲娅宣布将与乔纳森正式结为夫妇。这是人生中最为神圣的终身大事。索菲娅立即想到了自己的父母亲。是的，她以前恨过他们，但现在不恨了，因为父母应该会为她感到骄傲，为她选的丈夫感到自豪。

然后，当满怀希望的索菲娅把这一消息告诉自己的家人时，得到的却是父亲愤怒的吼叫。法卢克在索菲亚身上有着比结婚更高的期望，他需要她成为天才，可她却背着家人跟一个毛头小伙结婚了。之前的失踪已经很让他丢面子，现在他愤怒得咆哮起来。结果，他也不允许家里其他任何人参加索菲娅的婚礼。

亲情彻底远离了索菲娅。在婚礼的当天，索菲娅都是红肿着眼睛。她不明白，她的世界为什么这么多波折，这么多限制，这么多冷漠。

索菲娅更想不到的是，热恋的激情在婚后不久就被婚姻的琐碎取代。她一心扑在了小家庭上，希望能给丈夫生一堆孩子，好好地过日子。但是，她发现这是她的一厢情愿。俩人在生活习惯上也存在很大差异。索菲娅看书、

上网，喜欢安静。乔纳森则喜欢吵闹，尤其是看球赛的时候喜欢大喊大叫。为一些生活小事，两人常常争得面红耳赤。乔纳森发现索菲娅简直不会持家，而且十分任性；而他也不善于自省，常酗酒到深夜，有时还彻夜不归。两个没有解决问题能力的年轻人，一年后，就走到了婚姻的尽头。之后，索菲娅搬出了新家，在外租房居住。

索菲娅以前的开支是由丈夫乔纳森提供。现在离婚了，她很快面临一个大问题：吃饭的钱从哪里来？此刻的索菲娅已褪去了天才的外衣。由于学业平平，她没能挣得奖学金，也没能修到足够的学分，一直无法毕业。她每天还要去学校听课，自然无法在外打工挣钱。何去何从？她的生活再一次面临着巨大的考验。

索菲娅把乞求的目光投向了父亲法卢克。她给父亲打了一个电话，希望父亲能借一笔钱给她，帮她渡过难关。对女儿已产生怨恨的法卢克冷冰冰地拒绝了。索菲娅唯一的希望破灭了。

2007年5月15日，她已经三个月没交房租了。这天，房主来到她的房间，要她马上补交，否则立即搬出去。她翻遍了全身才勉强凑够，但吃饭的钱就没有了。夜晚，她对后来调查的警察说，她想了很久，她感到自己就像生活在一个冰冷的世界里，没有亲情，没有友情，甚至没有爱！现在天不天才、名不名誉都不重要了，重要的是挣钱，活下去！

随着婚姻破裂，学业不顺，不甘贫穷的索菲娅的思想开始出现了逆转，抛弃了一个大学生应有的道德操守，决定“快速致富”。两个月后，她登上了一家网站，以“希尔帕·李”的化名在一家色情网站上公开叫卖自己。在一份广告中她这样自我介绍道：“8号身材，模样姣好，胸围32D，身高1.65米，瘦高个。每天早11点至晚8点，均可接客。”

短短几个月时间里，索菲娅接待了一个又一个“客人”，她在身体的撕裂中发泄着对家庭、对生活的不满，并沉醉其中不能自拔。当有个花花公子说要花6万英镑包养她，并给她豪宅时，她竟觉得自己会过得比明星都要舒服。

数学神童沦落成卖淫女的消息很快不胫而走，英国媒体的记者得到消息后，冒充嫖客找到了正在街头拉客的索菲娅。当时她身着紧身衣、迷你裙和皮靴，怀揣三部手机。记者跟随她来到街道背后一幢破旧的公寓，索菲娅进门后便开始宽衣解带，随即在床上开始跳起艳舞。接着，她自我报价每小时130英镑。

见记者迟迟不敢“接招”，索菲娅说眼下她正在伦敦某大学攻读经济学硕士，这是一个为期 2 年的业余课程计划。她坦言，每次接客都是一次“惊奇之旅”，她还感叹“马上就快考试了，我的天呀！”记者被这个自暴自弃的女孩吓住了，找了借口匆匆“逃离”了公寓。

昔日牛津女“神童”沦为妓女的报道震惊了整个英国，索菲娅一位昔日朋友在得知她的堕落经过后唏嘘不已：“太让人心碎了。以她非凡的智慧，原本可以用任何（其他）方式挣钱。可是现在，她的生活已经失去了控制。”索菲娅的另一位朋友痛心地表示：“她是一个好人，本应该过上比现在好得多的生活。她的天才简直成了诅咒。”随后，接到线报的伦敦警察迅速出动将其抓获。由于卖淫在英国属于违法行为，她将受到法庭的指控，追究其法律责任。一旦成立，她将失去牛津大学的学籍。

令人啼笑皆非的是，她那原本自诩教子有方的父亲法卢克竟然与此同时锒铛入狱。原来，2007 年 5 月，法卢克在为 2 名 15 岁女生进行家庭辅导时，由于伸手抚摩女生身体被指控性骚扰。2008 年 3 月 26 日，现年 50 岁的法卢克被考文垂市法庭判处 18 个月监禁。

在得知父亲被捕入狱的消息，索菲娅没有流露任何伤心的表情，只是愤懑地对采访的记者说：“那是他应得的。在此之前，他把我的一生先毁了。”

家庭保卫战

父亲出轨了，一个名叫王琳的女孩，逼父就范，却不料招致严重后果：父亲自杀身亡。

父亲出轨，女儿辛酸救家

今年 20 岁的王琳是湖南怀化市人。小时候的王琳有一个非常幸福的家。父亲王伟杰是怀化市某行政单位的公务员，母亲罗红梅是怀化某事业单位的管理人员。父母都在旱涝保收的单位工作，这让王琳非常自豪，也让很多同学羡慕不已。于是，每天放学回家后的王琳，经常缠着爸爸讲故事，父亲王伟杰总会乐呵呵地满足女儿的要求。一家人生活得甜蜜幸福。

然而，王伟杰不满足小打小闹的平静生活，他决定下海挣大钱。2002 年 9 月他从单位辞职开了家物资公司。由于他是从行政单位出来的人，人际关系广泛，生意很快做得风生水起，短短两年内就拥有了上百万家产，成了当地响当当的百万富翁。作为家里的独生女，王琳的生活水平也上了一个档次，每月的零花钱就有 700 多元。

2004 年 8 月中旬的一天，王琳遇到了一件让她震惊不已的事，心里掀起了不小的波澜。

这天晚上，正在睡梦中的她忽然听到父母的房间里传来激烈的争吵声，紧接着还有东西被打破。王琳走过去，看见母亲披头散发，一把鼻涕一把泪，大骂父亲不是人，猪狗不如。父亲则涨红着脸，也指着母亲的鼻子大骂，

说她是个泼妇，最后，摔门而出。

看见王琳走进来，罗红梅一把抱住她，失声痛哭："琳子，你爸爸在外面找了狐狸精，不要这个家，不要我们了。"

王琳自然不相信，她争辩道："不可能，爸爸不是这样的人，妈妈你一定搞错了。"

"谁说搞错了？今天狐狸精到了我们家里，我亲眼看见的，还会搞错！"说完，罗红梅把下午遭遇的事告诉了王琳。

这天下午，回家拿资料的她意外发现自己住的房间打不开。她正准备撬开，门忽然又开了，只见丈夫王伟杰从里面走了出来，后面还跟着一个妖艳的女人。她立即明白是怎么一回事了，于是，"嗷"的一声，扑了上去，跟王伟杰厮打起来。王伟杰乘机把她掀翻在地，和那女人跑了。直到半夜，他才回来。

听了妈妈的话，回到自己房间的王琳还是有点儿不敢相信——父亲一直是她引以为豪的偶像，怎么可能做出这样的事呢？

10天后，在怀化市家家乐大型超市，她意外地看见父亲挽着一个陌生女人的手，正在兴致勃勃地挑选衣服。母亲的话得到了证实。父亲高大的形象在她心中一下子轰然坍塌。她愣在那里，默默地盯住父亲，忍不住掉下了眼泪。她没有上前去找父亲王伟杰，而是选择了离开。晚饭的时候，她把这件事告诉了母亲罗红梅。结果，她是在父母的吵闹中度过了一个不眠之夜。

从此，家里再也没有宁静过。罗红梅见到王伟杰就会羞辱他，有时还会冲上去，用指甲去抓他的脸。满脸抓痕的王伟杰只得冲门而出，一二十天不见人影。见不到人的罗红梅只得在家以泪洗面。

面对乱糟糟的家，王琳心里十分烦躁。她清楚，再这样下去，这个家恐怕就要散了。这曾是多么温暖的一个家啊，难道真的就这样散了吗？这是王琳不能接受的结果，她决定把父亲找回来。

2005年3月15日，王琳找到在外居住的王伟杰，扑通一声跪在他面前："爸爸，你回去吧，我需要你，妈妈也需要你啊！你不在家，我根本没心思读书。"说完，递上了自己的考试成绩单。

王伟杰看见女儿的成绩由全班第二名下落到全班倒数第十，心里非常震惊。他叹了一口气："我不是不想回家，只是你妈妈太不讲理了，总是揭人家的短，天天骂人，叫人没脸面。"

"妈妈说了，只要你回去，再也不骂你了。"王琳说完强行把父亲拉回了家。

由于王琳做了工作，王伟杰回家后，罗红梅没有再作声，家里似乎恢复了平静。

有头脑的罗红梅开始把手伸进了王伟杰开办的公司。每来一笔钱，往往都会被罗红梅收走。如果不给，她又哭又闹。这时的王琳怕父亲有钱变坏，也站在母亲这一边，让父亲把钱给她，由她去进货付款，弄得王伟杰左右不是，心里窝了一肚子火。一次，公司来了三万元货款，罗红梅见到又要取走。这笔钱是要用来还债的，王伟杰自然严词拒绝。罗红梅故伎重演，又哭又闹，王伟杰二话没说上前就给了她一个耳光，把她推出门外。俩人大吵一顿后，王伟杰又一次离家出走。

王琳慌了，找到在外的父亲要他回家，王伟杰却不答应。王琳流下了伤心的眼泪："爸爸，你回去吧，你不回去，我就绝食。"王伟杰闻言转身就走了。王琳禁不住失声痛哭。

2005 年 7 月，他向当地法院提出了离婚请求。由于罗红梅据理力争，法院驳回了王伟杰离婚的请求。这场离婚诉讼虽然母亲赢了，但王琳心里却在暗暗流血。她不懂父亲为什么要这样做，难道他真的不要这个家了？她开始对父亲王伟杰有了怨恨……

捍卫家庭，女儿逼父走绝路

王伟杰的母亲早逝，父亲一人住在怀化农村。王伟杰开公司赚钱后，把父亲接来与自己一起住。自从与妻子罗红梅闹矛盾后，王伟杰父亲的日子越来越难过。一天，王老汉从外面散步回来吃晚饭，走进家一看，媳妇坐在饭桌前气鼓鼓的，一言不发，灶台上也是冷冰冰的，他立刻知道夫妻俩又吵架了。于是，王老汉叹了一口气，准备自己去做饭，谁知液化气又没了，问媳妇又爱理不理。他只好饿着肚子，回房睡觉。随着吵架的次数增多，类似这样的事也不断发生，弄得王老汉坐立不安。多次劝解无效后，王老汉决定回老家居住。

王伟杰眼见与罗红梅的矛盾日益加深，只得同意父亲回老家。走的这天，他帮父亲收拾行李，却见妻子罗红梅依然若无其事地坐在沙发上看电视，心里顿时涌出了一股怒火。他找了一个借口，狠狠地骂了她一顿。

王伟杰没料到的是，回到村里，他遇到了一件极为尴尬的事。一个不

知内情的邻居走进来，笑着对王老汉说："不到儿子家里享福，还回这穷地方干什么？"

听到这话，王伟杰的脸倏地红了，愣在那里不知所措。

王老汉知道儿子是个非常要面子的人，容不得别人说三道四，赶紧打圆场："儿子家里好，照顾我也很细心，但我老了，不习惯，还是想回老家住。"

王伟杰含着眼泪离开了老家。他对妻子罗红梅非常失望。第三天，又向法院提出了离婚诉讼。这次女儿王琳挺身而出，帮着母亲说话。王琳的一片真情感动了法官，一个月后，法院依然判决不准离婚。

父亲两次离婚虽然没有成功，但王琳还是有了强烈的危机感。因为在法庭上母亲每次说丈夫有外遇，他都不承认，而母亲却拿不出证据来，弄得非常被动。

一次，罗红梅忧心忡忡地对王琳说："如果有你父亲外遇的证据，他永远休想离婚。"王琳觉得母亲说得非常有理——如果手头有父亲的铁证，父亲还敢提出离婚吗？即使离婚同样会败诉。她开始留意父亲的行踪。

2006 年 8 月中旬的一天，王琳得到一个同学的告密，说她父亲经常在怀化市一家 KTV 出没。为了收集父亲出轨的证据，王琳开始悄悄跟踪父亲王伟杰，果然在这家 KTV 的包间看见了他的身影。从门缝里看见父亲一幕幕丑行，王琳真有说不出的难受，她觉得父亲这样做太过分了。

她有一个同学的哥哥在这家娱乐城当保安，于是，她托他侦查她父亲的情况。几天后，王琳得到同学哥哥的报信，说她父亲在 KTV 房正跟一个女的打得火热。她马上找来一台微型摄像机，在同学哥哥的安排下，王琳戴上一个口罩，扮作服务员，将摄像机藏在装满果品饮料的餐车里，然后推着餐车进入父亲的包房。趁爸爸与那个女人不注意，悄悄将微型摄像机放置在电视机旁，然后，打开了开关……

晚上 12 点多钟，与女人厮混了几个小时的王伟杰终于出来了。父亲走后，王琳迅速取出了摄像机。第二天将拍摄下来的镜头刻录成一张光碟。有了父亲偷情的证据，王琳想这个家无论如何也散不了了。

在外居住的父亲这年年底又一次向法院起诉离婚。收到法院的开庭通知，母亲罗红梅伤心异常，她泪流满面地对王琳说："这次你爸爸又提出了离婚，看来这个婚是非离不可了。"

王琳马上说："妈妈，你放心，爸爸离不了婚。"说完，她把父亲王伟杰偷情的录像放给母亲罗红梅看。

罗红梅喜出望外，忙说："这可好了，你把录像放给法官们看，曝一下他的光，看他还知不知丑！"

2007年1月16日，是法院开庭的日子。在庭审中，罗红梅指责王伟杰有婚外情，王伟杰故伎重演，坚决否认。这时，罗红梅叫来了女儿王琳，要她出示证据。看见父亲惊讶的眼神，王琳心里不禁一阵颤抖。昨晚，她辗转难眠，整整想了一夜。王伟杰毕竟是自己的父亲啊，露了他的丑，父亲会怎样想？做子女的脸上难道也有光？所以早上出门，她一直磨磨蹭蹭，走上法庭也犹犹豫豫，徘徊不前。她真不知该不该出示它。

王伟杰却不知女儿这一切。他仔细想了一下，没发现有什么把柄被妻子罗红梅抓住，同时，相信女儿会护着他，于是，强辩道："我绝对没有婚外情，王琳你有什么证据可以说出来呀。"

这时，罗红梅也在一旁鼓励她："王琳，你拿出来啊，让大家看一看。"

王琳心一横，有点儿发抖地打开了携带式DVD播放器，一会儿，画面上出现了王伟杰与一个女人丑陋不堪的图像。

王琳忽然发现大厅里似乎可以听见一根针落地的声音，安静极了。她看见父亲刚才涨红的脸"唰"的一下变得惨白，头顶正冒着细细的汗水。他闭上眼睛，表情痛苦地低下头，站在那里，一言不发。

放完录像，法官问王伟杰还有什么话要说。沉默许久，王伟杰才喃喃道："这个离婚我撤诉。"说完，头也不回地走了。走的时候，王琳瞧见父亲瞥了她一眼，里面有深深的埋怨和绝望……

这次离婚又以罗红梅母女胜诉而宣告结束。王琳十分高兴，这个家保住了，至少表面上还在维持。然而，过了6天，老家就传来了晴天霹雳般的消息：父亲在老家上吊自杀。

这个结果是王琳万万没料到的。为什么这样啊？她大叫一声，顿时哭倒在地。她不明白，父亲为什么要如此走极端。

真心忏悔，盼望一个和睦之家

两天后，王琳看到了父亲的遗书。父亲在遗书里这样写道："我之所以自杀，不是因为怕妻子分割我的财产，主要是女儿不该在法庭上出我的丑啊。我毕竟是养育了她多年的父亲，她为什么要这样做？她妈妈为什么要纵容她？我还有什么脸活下去……"

这时，王琳才得知父亲死前曾经承受了巨大的舆论压力和心灵煎熬。

王琳作证让父亲出丑，此事在亲朋好友中引起了不小的反响，也很快传到了王伟杰的老家。开庭第二天上午，王老汉就打来电话，把王伟杰臭骂了一顿，骂着骂着，自己忍不住哭了起来："我们祖辈清清白白，伟杰啊，你为什么要这样做？你不要脸我还要脸啊！"其他亲戚也纷纷打来电话，责问王伟杰。

最让他难以忍受的是，此事成了昔日同事的笑料，广为传播。一次，在大街上，他碰到一群曾在一起工作的同事，他们纷纷笑着问："听说你跟女人玩的事被女儿录了像，这下好了，你出名了。"同事们的玩笑羞得他满脸通红，真恨不得有条地缝钻进去。

同他有生意往来的商户也用异样的眼神看着他，有一笔生意也因此泡了汤。王伟杰陷入了众叛亲离的困境。

自尊心非常强的王伟杰，自觉没脸做人，决定回老家一死了之。走之前，他找到还在生他气的王琳，泪流满面地说："琳子，我要走了。你不要生爸爸的气。爸爸还是爱你的，你以后要学会坚强和照顾自己。"望着父亲远去的背影，王琳心里有点儿忐忑不安，但她想不到竟是父亲最后的告别！

父亲死后，王琳愧疚不已，悔恨万分。她做梦也没想到父亲会以这种方式来维护自己的尊严。这时，她才真正认识到自己的行为是多么幼稚！半夜时分，她多次梦见父亲站在荒野中痛哭，诉说自己的委屈和不满，醒来时自己的泪水也不觉沾湿了枕巾……

在自责中，她觉得还有一个人不能原谅，就是母亲罗红梅，是她纵容自己出示这份逼父走绝路的证据。

2007年3月中旬，她回到家里，十分气愤地把父亲的遗书扔给母亲罗红梅："你看看，这是你做的'好事'！"

看完遗书，罗红梅有了一丝不安。她争辩道："这事不能怪我，你父亲有错在先，你要怪只能怪他。"

"你不叫我到法庭作证，爸爸怎么会死？是你害死了爸爸！""你这孩子，有这样对妈妈说话的吗！"罗红梅不由大声吼道。就这样，你一言我一语，俩人吵得天昏地暗。情急之下，王琳宣布要脱离母女关系。罗红梅闻言不禁痛哭流涕，王琳也泪流满面。事后，她悲哀地发现，这样争吵下去是不是又要逼死一个人方才罢休？王琳开始认真反思自己的行为。

2007年5月，罗红梅因丈夫王伟杰财产的事与公公王老汉打起了官司。

王琳作为遗产继承人也参与其中。然而，她却出人意料地宣布放弃。在法庭上，她动情地说："我们已经做错了一件事，应该吸取血的教训，不能一错再错了。"最后，法院尊重当事人的意见，王伟杰留下的120万元财产，判决一人一半。在她的劝说下，双方心平气和地接受了法院的判决，没有上诉。

通过这场官司，罗红梅开始对生活有了一些感悟，她说："其实在这场婚姻中，没有一个人是赢家。大家像公鸡那样斗来斗去，结果斗得感情没了，心也死了，双方伤痕累累，真是得不偿失。"

2008年1月22日，是父亲王伟杰一年的忌日。王琳回到了老家，她规规矩矩地跪在父亲坟前，连磕三个响头，泪流满面，真诚地向埋在地下的父亲道歉。

她知道，虽然向父亲道了歉，但这个曾经幸福而温馨的家从此灰飞烟灭了。

长沙陈律师就此事发表自己的看法。他说：如今，随着婚外情现象的不断出现，由此产生的家庭矛盾也越来越多，子女会不可避免地卷入其中。作为晚辈积极维护家庭，规劝自己的长辈，本身并没有错。但一定要注意方式方法，一是头脑要冷静，多做化解矛盾的事；二是要尊重过错方的感情和尊严，尤其要尊重其隐私，更不能随意曝光；三是最重要的一点，要有一颗宽容之心，用爱心感化对方。因为据调查显示，绝大多数负心汉或负心女对自己的配偶有负疚感，因而此时若能适时地向他们施以爱心，会起到出奇制胜的效果，让对方重新回到家庭的怀抱。

当然，对受害方来说，倘若婚姻真的走到尽头，那么，不妨给他一条生路，随着时光的流逝，蓦然回首，你会发现曾经的爱是那样刻骨铭心！

香港小姐连绵报恩13年

2006年4月1日，长沙火车站出口接待处，刚下火车的旅客纷纷涌向站外。人群中，一位打扮时髦的小姐忽然朝一位衣着普通的中年妇女大声喊道："妈妈，妈妈！我在这里！"同时跑过去，一把抱住她，亲热地说："妈妈，我一切都安排好了。上次在香港没玩好，这次去上海一定要玩个痛快！"说完调皮地朝她眨眨眼。她的模样惹得这位中年妇女会心一笑，于是，中年妇女拉住她的手宛若一对母女有说有笑地朝外走去。

走在靠前的妇女名叫黄新建，今年51岁，是驻湘中国建筑五局一公司一名职工家属；随后的小姐名叫关华金，今年30岁，是香港思聪研习社的教师。其实，知情人都知道她俩不是母女，而且还曾经是素昧平生的陌生人。那么，这位香港小姐为什么要认她做母亲，还带她去游玩呢？

遭遇骗子，香港女学生流落街头

1993年8月9日，在香港新界明爱职业先修中学读书的关华金决定孤身一人去北京游玩。在广州至长沙的火车上，她结识了一个少妇。这少妇热情地对她说道："妹子啊，你要到长沙转车，不妨到长沙玩玩，我一定给你带路。"听说有人带路，很想看看长沙的关华金高兴得连连点头。她不会说普通话，就在纸上写道："我们一起玩。你带路，我会付工资的。"

傍晚下了火车后，这少妇把关华金带到长沙火车站公厕旁边说："天热，你先进去冲洗一下，我在外面等，之后我们一起去逛夜景。"

年仅18岁的关华金把行李交给她后，毫无戒心地进去了。半个小时后，她出来一看，脑袋不由嗡的一声炸响：这女人不见了！同时不见的还有她随身带的所有钱物和证件！她急了，在火车站找了一圈又一圈，然而哪还会有这少妇的身影！

语言不通，人地生疏，身无分文的关华金不知所措，急得站在街头大喊这位女骗子的名字："美美，你在哪儿？"然而街头依然是陌生的人流和车辆。此刻，关华金已一天没吃东西了，人饿得无精打采，头昏眼花，不由站在公厕旁伤心地哭了起来。

关华金的哭声引起了一位中年妇女的注意。她就是正在长沙火车站打工、守着公厕收费的黄新建。她看见小关从厕所出来后，在街头跑来跑去，泪流满面，惶惶不安，于是急忙朝她走去。"这位小妹妹，怎么啦，出了什么事？"

小关听不懂黄新建的话，她接过黄新建递来的纸和笔，写道："我是香港人，一个女人拿走了我所有的钱物和证件，现在我找不到人了。"黄新建定睛一看，明白这位香港学生被人骗了。她顿时想起了7年前自己经历的一幕——1986年5月的一天早上，她去上班时被一辆公共汽车撞翻在地，左腿骨折，盆骨挫裂，血流不止，生命垂危。见状，素不相识的行人立即伸出了温暖之手，报警的报警，救人的救人，大家以最快的速度把她送进了医院。在好心人的帮助下，她终于脱离了危险，重获新生。

现在这位香港学生遭人欺骗，常怀感恩之心的她自然气愤难平，遂主动放下手头的工作，带她去邻近的地方找这女骗子。然而，两人找了快一个小时，一无所获，最后只得来到朝阳街派出所报案。

报案后，黄新建马上想到关华金没有住的地方，于是关切地说："小关，你现在没住的地方，不嫌弃就去我家，好不好？"又累又饿的关华金弄清了黄新建的意思后，十分兴奋地点了点头。然而，当小关走进黄新建家时不由得大吃一惊：她一家三口只有一间小平房！

此刻已经是晚上11点多钟，站在昏暗的灯光下，关华金惊疑地望着黄新建。黄新建看出了小关的心思，二话没说就把丈夫赶到朋友家去了，之后，她又端来了一碗热腾腾的鸡蛋面条。吃着香喷喷的面条，关华金终于忍不住掉下了热泪。来的时候，很多香港人告诉她说，内陆人很穷，生活很困难，是不会帮助别人的。她想不到在这里竟遇到了好心人！

当天晚上她就与家人取得了联系。然而女儿的电话犹如重磅炸弹，在

关家激起了冲天巨浪，“这孩子肯定被人骗了，被扣为人质了！”关父是50年代迁移的内陆移民，亲历过内陆的贫穷，听到女儿的哭声，知道女儿目前还停留在一陌生人家里，他立即得出了这个可怕的结论。

第二天，他马上聘请了两名保镖，会同大女儿和女婿一行5人火速赶赴长沙。当他们来到黄新建家里，方知虚惊一场。关父十分感激，临走时掏出一叠厚厚的钞票塞给黄新建，但被黄新建坚决拒绝了。黄新建十分诚恳地说：“说句实话，我们当初若是图钱，就不会帮助小关了，你放心把小关领回去吧。”

黄新建的一席话让在场的人感动万分，关父伸出大拇指，热泪盈眶地说道：“想不到，你们大陆人不要钱也会帮助人。”

关华金从小生长在香港，在这个金钱至上的社会里，对内陆人不免也带有一定的成见。通过这次遭遇，她一扫内心的阴霾，当即有了一个小小的“心思”：与黄新建结亲！为此她又提出了一个令关父吃了一惊的要求：让父亲给钱，她在这里玩几天再去北京。

望着惊疑不定的关父，黄新建温和地对关华金说：“小关，这次你回去，下次再来玩好吗？”关华金点了点，她等的就是这句话啊！临上车前，她与黄新建一家合影后，泪流满面地说：“黄妈妈，我会经常来看您的。你们的大恩大德，我一辈子不会忘记，也一定会报答。”说完，她扑通一声直挺挺地跪在了地上，真情真意而又分外虔诚地给黄妈妈磕了一个头。

黄新建赶紧把小关拉起来，笑着说：“这些小事情谁都会帮忙的，要什么报答哟。”黄新建心想这些都是小事，过不了多久就会烟消云散，自然谈不上报答不报答。然而她想不到的是，这位香港女孩说的却是真话，从此以后她一家的命运开始与这位香港女孩紧密相连！

打工挣钱，拜认长沙新妈妈

关华金回到香港后，第一件事就是把黄新建一家人的照片挂在床前，然后给黄新建写了一封热情洋溢的信。开头写道：“亲爱的干爸、干妈，你俩好，请你俩收下我这个女儿吧。”并寄来一大包东西，有爱人夏光高爱喝的绿茶，有儿子夏进爱玩的各式玩具和学习用品，还有各类食品等。

信和东西寄走后，关华金的心忐忑不安，她不知道黄新建夫妇会不会认她这个女儿。不久，黄新建来信了。她得知黄新建同意时，十分高兴地把这个消息告诉了自己的父母。小关的父亲笑着对女儿说："你现在又有一个新妈妈了，你要好好孝敬她。我这里有点钱，你给干妈妈买点东西吧。"说完，关父掏出了1000元港币。

小关没有接，她认真地对父亲说道："老爸，我不要。您放心，孝敬长沙妈妈，我自己另想办法，会让您满意的。"

不久，关父发现关华金像变了一个人似的，每天傍晚放学回家把书包往桌上一扔，兴冲冲说一句"爸，我走了"，然后直到晚上十一二点才回来。到了星期六、星期天更是不见人影。关母不放心了，悄悄地对关父说："你去看看，这孩子每天到底在干什么？"

于是，一天傍晚关父悄悄跟在关华金身后，很快发现她进了一家酒店。在酒店厨房里，关父终于看到了女儿关华金满头大汗，正在吃力地清洗一大堆碗碟。她分明在打工啊！

关父的眼睛湿润了。他把小关叫到门外，心痛地问道："你打工干什么，家里又不是没钱！"

关华金笑了笑说："我想赚点钱去看长沙的妈妈。我总不能用你的钱啊，那该多丢人。老爸，你放心，这活儿不累，我不会耽误学业的。"

望着执着的女儿，关父激动得一时不知说什么才好，最后父女俩达成了一个协议：星期六、星期天才可以打工。

然而，在学校里，关华金却碰到了一件尴尬的事。同学们得知她的事后，个个张开大嘴惊讶地问道："你说的是真的吗？不可能吧，大陆还有这样的人？"小关明白了，现在正值香港回归前夕，由于香港与内陆隔阂太久，互不了解，再加上有关报刊的负面宣传，很多香港人在内心深处产生了一种恐慌心理，同学们自然不相信了。前不久自己不是也曾有这种想法吗？想到这里，她决定当一回沟通的使者。

关华金说不好普通话，与黄妈妈家人交流有一定困难。为了消除这一障碍，她在香港参加了一个国语培训班。经过几个月的学习和培训，她终于能说普通话了。

1994年元宵佳节，关华金终于再次来到了长沙这个刚认的新家，为此她特意喊上了同学黄艳秋。

关华金来的时候，正碰上黄妈妈在搞装修。关华金刚放下行李，就和黄妈妈一道来到施工现场，出谋划策，之后又来到各大建材市场，一起忙前忙后。

第二天，她们在建材市场购买了一批材料。为了节省运费，关华金下了车就主动搬材料。黄新建看见了慌忙制止：“小关你别动，我另外请人。”关华金却说：“妈妈，不要请人，能省点就省点，这些材料我搬得动。”说完，她背起一捆木条就走。在二楼时，她一脚踏空，连人带木条摔在楼梯口，手和脚都擦出了血。黄妈妈内疚不已，给小关上药后，说什么也不要她干了。然而，站在一旁的小关趁黄妈妈不注意，背起一根木棒，又往楼上跑。黄新建看见了，热泪禁不住滚了下来，抑制不住激动，脱口而出：“小关，我的好女儿，你这样做叫妈妈放不下心啊！”

虽然如此忙碌，黄妈妈还是忙里偷闲，不仅陪她们到岳麓山等风景区去游玩，还做了许多好吃的东西，使她俩快快乐乐地玩了5天，使关华金的同学对内地的印象大为改观。

这次长沙之行，她也知道了黄妈妈家的一些内情：干爸妈的家境一直不太好——妈妈黄新建没有正式工作，一直四处打零工（那场车祸使她不能干体力活儿），儿子夏进又正在上学，正是花钱的时候。一家三口基本靠夏光高一人的工资，生活自然拮据不已。这次，黄新建又四处借钱，好不容易在单位里购买了一套房改房。

走的那天，关华金掏出了500元给黄妈妈，黄妈妈不收，两人争执了许久，小关的眼泪差点儿夺眶而出：“黄妈妈，你放心，我身上还有钱。你认我这个女儿，你就收下女儿的一份心意吧。”其实，关华金口袋里只剩下回家的路费了，但她知道对这个家庭来说仍是杯水车薪。

1996年7月，关华金完成了高中学业。她毅然放弃了升大学的机会，决定外出打工。她当过店员，卖过报纸，干过推销，只要有钱赚的活，她都设法儿去做，然后一分一分地积攒起来。父亲节、母亲节到了，关华金忘不了寄上200、300元，表表孝心。

2001年7月份，干弟弟夏进即将参加一年一度的高考。远在香港的关华金也深知内陆高考的重要性，经常来信来电，安慰夏进考试要沉着应战，千万莫慌张。临考的前两天，正在香港上班的关华金心里突然紧张起来。她十分担心干弟弟因家里没钱而背上思想包袱，于是提前把自己的“秘密”告诉干弟弟。考前晚上，她还特意给夏进打了一个电话，说：“弟弟，考试要沉着应战，千万莫有其他的想法，我已给你准备好了上学的费用。”之后，她又跟黄妈妈通了电话：“妈妈，夏进要考试，您要多劝劝他，叫他不要紧张和担心，我会负担他的一切费用。”

在关华金的鼓励下，夏进终于考取了湖南理工大学。关华金得知后，非常高兴，二话不说就送来了10000元港币，解了黄家的燃眉之急。对此黄新建深感意外：“小关，你不能这样做，你还没有成家，到时你拿什么成家呀？夏进的学费我自然会想办法。”

关华金听了心里十分难过，她含着泪说道：“黄妈妈，我虽然没有太多钱，也没有成家，但是我在帮助我弟弟呀，姐姐帮弟弟，难道不应该？！”

关华金一席话，说得黄新建一家泪水涟涟。返回香港后，关华金每月从工资中扣出500元给夏进做读书期间的生活费，并整整坚持了4年，直到夏进大学毕业。

报恩13年，艰苦创业的香港小姐真情依旧

2002年初，关华金辞掉工作，打算开一家研习社，专门为中小学生补习功课。然而香港是个寸金寸土的地方，她找了许多地方，不是租金太贵，就是地方狭小。在父母的支持下，她最后买了一套二室二厅的商品房。

研习社顺利开学了。老师兼校长一人的关华金感到了巨大的压力，但她从不声张，相反时时牵挂黄妈妈。有一次，她得知九龙有种药对治疗黄妈妈的腿有帮助，她毫不犹豫跑去了。回家的时候，她一脚踏空，人重重地跌倒在地，腿乌青一片，买来的药也因瓶破被抛洒一地，沾满了泥。关华金休息片刻后，强忍疼痛又重返九龙去购药，第二天一早就把药寄往了长沙。

2002年夏天，长沙地区再次涨大水，香港电视几乎天天有报道。关华金急了，电话打了一个又一个。凑巧的是，长沙井湾子地区因雨水的原因，线路出现了故障，电话进不来也出不去，始终无法接通。关华金急得团团转，寝食难安，真以为干妈家被水淹遭了难。她马上四处借钱，准备亲赴长沙帮干妈家渡过难关。幸好不久电话又通了。接到黄妈妈报平安的电话，关华金仍放心不下，不停地问：“妈妈，家里进水没有，要不要我来一下？”第二天，关华金赶到邮局寄了5000港币给黄妈妈。

2003年9月中旬，关华金决定挤出时间，带黄妈妈一家去北京玩。由于干爸爸夏光高因工作关系，脱不开身，关华金只好带着夏进和黄妈妈上路了。

她们在北京参观了故宫、长城等名胜古迹，玩得开开心心，不亦乐乎。为了增长夏进的知识，每到一地，关华金都忘不了叫上当地的解说员，要

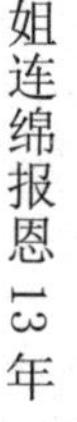

她们把这里的情况详详细细地说一遍。她们在北京游玩，住的都是几百元一晚的五星级宾馆。黄新建几次推脱不住，最后总被关华金强行拉进了屋；吃饭时，关华金每次都把黄妈妈爱吃的菜点个遍。黄新建深感不安，说：“小关，你赚点钱不容易，不要太客气，不然我们吃得也不舒服。”

小关却乐呵呵地说：“这点钱算什么，没关系，我在香港赚钱很容易。”然而黄新建知道，每次到长沙来，小关买的都是最便宜的座位。有一次，夏进问她为什么从不坐飞机来，她连连说道：“太贵了，太贵了，我坐不起。”回家的那一天天气变凉，刮起了狂风，看到黄妈妈衣着有点单薄，关华金毫不犹豫把身上穿的衣服脱下来披在黄妈妈身上。那一刻，黄新建鼻孔发辣，眼泪不由夺眶而出。

从那以后，关华金还有一个最大的心愿，那就是想接黄妈妈一家到香港来玩。为此，她不知打了多少电话盛情邀请，有几次还差点儿发了脾气。推脱不了的黄新建，最后只好于2004年11月中旬来到了香港。

黄新建是第一次来香港，来的当天晚上，关华金就带她去香港人气最旺的旺角商业区玩。由于这天是星期六，一路上男男女女人流如织，她俩在各大商场走来窜去，不知不觉，黄妈妈手里就提满了关华金买的东西。之后，她俩来到一家酒店泡温泉。在温泉池子里，黄新建只觉一股直沁胸腔的温暖从脚底传来，静静地躺在水中，分明听到了干女儿一阵阵欢快的笑声……

第二天，她俩又来到海洋公园观看了海豚的表演。海豚与演员配合默契的演出不仅博得了观众的阵阵喝彩，也让黄建新大开眼界。她想不到，这些聪明的精灵还会“插科打诨”地将演员拖到水里，自己则幸灾乐祸地手舞足蹈，呵呵，真是可爱！

由于初来香港，地形不熟，黄新建终于闹了一个大“笑话”。那一天，由于街上行人太多，她俩不知不觉走散了。黄新建找了老半天也找不到回家的路，后来问行人总算搞清了，可是明明已经走到了酒店的下面，却怎么也找不到酒店的大门。原来这酒店一共19层，大门进去就是7楼，后门却在6层的高架下，因为这幢建筑正好斜造在3层高架公路的中间，她此时转到的后门是高架的最低层。望着高高耸立的酒楼却总也找不到上去的路口，而且越走越荒凉，不时有野狗懒散地躺在桥墩下边。直到后来碰到两个工人模样的人，她才终于找到了酒店的大门。在大门口见到忧心如焚的关华金，说到自己的经历，两人情不自禁地捧腹大笑。

回家的那天，关父母、大姐、二姐等全家人都赶来了，问寒问暖，请她到当地一家十分豪华的酒店作客。

望着这位真情真意的香港一家人，黄新建激动不已。她说：“生下儿子后，我一直盼望有个女儿。做梦也想不到，现在我果真有了个女儿，而且还是个关心人、体贴人的女儿，我真是修来的好福分啊！”

关华金听到了，有点儿顽皮地说：“那我下辈子，再做你的女儿好不好？”关华金一句话说得大家哈哈大笑。

如今，仍在香港教书的关华金依然电话、书信不断，每次都要问黄新建家里需要买点什么，有什么困难，一定不要忘了告诉她这个香港女儿。她说，有机会的话，她要陪黄妈妈走遍全国各地，做一个真正的乖乖女！

供房路

2009年2月15日，在长沙市中心医院一间病房里，一位中年妇女伏在一个人的身上，痛哭流涕。她痛哭的原因是，她心爱的丈夫当她的面咽下了最后一口气。她做梦也想不到，丈夫三天前还在安徽打来电话，说他身体棒，吃饭嘛香。谁料，两天后相见竟骨瘦如柴，第四天就成了冷冰冰的尸体！经医生诊断，他死于积劳成疾，导致血压升高，动脉硬化，引发心衰，心脏最终停止了跳动，也就是说他死于典型的“过劳死”。据他的同事反映，其实早几天，他就感觉不适，但一直强忍着，直到倒在工作岗位上。他有病为什么不去医院？他妻子哭诉道：他是在担忧他的房子啊！这是怎么一回事呢？

共圆一个梦，建筑工人发飙供养一套大房子

死者林树明，今年44岁，长沙市人。1985年3月被招工进了长沙中建公司，任工地材料仓库保管员。林树明人长得高高大大，英俊潇洒，自然对自己的另一半要求也高。可惜长年累月生活在荒无人烟的建筑工地上，与外面接触的时间不多，几年过去了，他还是快乐的单身汉。35岁时，经人介绍，他才认识了邵阳市的漂亮姑娘陈月梅，交往几个月后，俩人互生好感，感情不断加深，很快到了谈婚论嫁阶段。

然而，单位没有结婚房。林树明自己也没有固定的住所。他是随工地跑，工地在哪，他就住在哪。眼下，他在工地上只有一间简陋的工棚。结不结婚呢？

大义的陈月梅不想为难林树明，就说："我们在工地上结婚吧，父母那里，我去做工作。"她怕父母有想法，直到结婚的前天，才告诉他们。

1999年12月15日，是俩人结婚的日子。这天，陈月梅的父母和亲友高高兴兴地从邵阳市赶来了。当他们走进林树明的洞房时，顿时愣住了：只见门前尘土飞扬，一间破烂不堪的房间阴暗潮湿，用竹夹板扎成的墙壁，不时被风刮得嘎嘎直叫。这是结婚的新房？不可能。他们纷纷掉头。落在后面的陈月梅赶紧拦住了他们。看着林树明变得通红的脸，再加上墙面上几个喜字，他们相信了，这还真是新房。可这跟自家的猪圈又有多大的区别！

陈月梅父母眼眶里当场溢满了泪水，他俩想不到女婿住的地方竟如此简陋。母亲拉着陈月梅的手哽咽地说："女儿，你受苦了。"父亲脸色铁青，眼睛睁得大大的，愤怒地瞪着林树明："如果当初知道是这样，我说什么也不会同意今天的婚礼。"

陈月梅见势不妙，赶紧圆了一个谎："你们不要担心，单位马上就要分新房，我们现在只是临时住一下。"林树明一看大家都阴沉着脸，马上把胸脯拍得大响："爸爸妈妈，你们放心，这绝对是暂时的，用不了多久，月梅就会住上漂亮的房子。"这时，单位领导和工友也出面了，纷纷帮衬："是啊，他以后会有房子的，只是现在工期紧，离不开，所以才这样。"大家的话，虽然让陈月梅父母和亲友的脸上有了一丝笑容，但毕竟是遥远的事。婚礼最终在尴尬的气氛中勉强完成了。走的那天，陈母叹了一气，把5000元钱放在林树明手上，认认真真地说："希望你兑现自己的诺言，好好照顾月梅，这点钱就留给你们买房子吧。"林树明非常感动，握紧拳头，向岳父母和众亲友敬了一个标准的军礼："你们放一百个心，我一定给月梅一个幸福温暖的家。"

经过两年多的打拼，林树明终于等到了一次机会。2002年4月，单位准备建一栋职工住宅，可以购买一套65平方米的集资房。夫妻俩商量后，准备购买，然而到了最后关头，遭遇的一件事又使他俩改变了主意。

5月12日，林树明一个中学同学从深圳回来。第三天，他就在长沙星沙小区购买了一套120平方米的商品房。同学的"大手笔"，让林树明大吃一惊：他也是打工族，收入只有3000多元，哪来的钱？林树明一问，才知道，原来这同学买这套房子，只付了7万元首付，其他都是20年按揭。7万就可住大房子，这是多么美妙的事啊。妻子陈月梅听了十分振奋："同样都是人，他可以买，为什么我们就不行？"林树明也想起了结婚时"惨痛"的一幕。

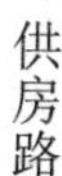

是啊，一定要买套大房子，否则对不起当初做出的庄严承诺。

于是，林树明夫妻俩二话没说，放弃了这次购房机会。经过认真考察，俩人在长沙井湾子小区购买了一套三室二厅 130 平方米的按揭房，首付 7 万元，剩下的每月付 1500 元，二十年付清。

得知女婿家买了大房子，陈月梅的父母十分高兴。老两口知道林树明父母双亡，唯一的哥哥远在沈阳，已有十多年没来往了，经济上指望不上，于是，俩人从多年的积蓄中拿出 3 万资助他们装修。

有了这笔钱，林树明夫妻又借了一点钱，先后投入近 10 万元，耗时半年，终于把这套新房打扮得漂亮高档。2003 年元月 8 日，夫妻俩搬进了新房。

住进新房这天，陈月梅的父母和亲友又来了。这次，他们的脸上都布满了笑容，个个都夸赞林树明聪明能干。从来不喝酒的岳父破例跟他连碰了三杯。林树明笑了，暗自庆幸自己做出了一个正确的选择。

可惜，高兴的日子仅仅过了三个月，林树明心里就有点儿快乐不起来了。他每月工资不到 2000 元，陈月梅在市里打零工，时多时少，平均每月只有 1000 元左右。每月还贷后，家里基本没余下钱。这年 8 月 12 日，陈月梅生下了女儿林丽丽，没办法外出做事。日子一下子变得异常紧张，为了省钱，以前买菜从不看价钱的林树明开始学会了与菜贩们讨价还价。为了买到更便宜的菜，林树明还跑到离住地 10 多公里的红星蔬菜批发市场，一买就是 10 多公斤，几乎可以吃上半个月……

屋漏偏逢连夜雨。2003 年 9 月，林树明所建的工程完工，由于没什么专业技术，其他工地一时用不上，他只好拿点儿生活费，待在家里。12 月，他的劳动合同到期，中建公司正式与他解除了劳动关系。于是，夫妻俩双双失业在家。林树明心里虽然有点儿慌，但坚信凭自己的智慧一定能改变这一切。

创业受挫，供房路上辛酸多

2004 年 3 月份，他在长沙井湾子农贸市场看中了一个门面，准备租下用来经营粮油食品，但开店资金至少需要 6 万元，而他手上只有 2000 多元，林树明向亲友借了 3 万元，还缺 3 万。没办法的陈月梅只好向父母求援。见女儿眼下处境艰难，老两口咬着牙，拿出了最后 3 万元积蓄。接过带着母亲体温的钱，陈月梅十分激动。她向父母写了一张借条，认真地说：“妈妈，这钱就算是我借您的，到时我一定加倍偿还给您！”在父母和朋友大力的支持下，4 月 15 日，林树明开的“我们家粮油店”在一阵鞭炮声中终于开业了。

夫妻俩把希望都寄托在这个店子上，指望赚钱翻身，还清房贷。但令他们大失所望的是，店子经营了四个月，几乎门可罗雀，一天的销售额不到 200 元，这点钱还不够付房租、水电。为了吸引顾客，林树明想出了一个“奇招”：保本销售。如一袋 15 公斤装的大米进价 30 元，他卖出去只要 31 元，还包送到家。除去油钱，不赚一分钱。这一招果然管用，很多顾客都来这里买批发价的商品。人气上去了，林树明马上把价格提到赢利水平。谁知，顾客立刻有了“敏感”反应，纷纷甩手而去，店子又恢复了以前的冷清。经营一年，店子亏损两万多元。

正当林树明举步维艰时，2005 年 5 月 13 日，陈月梅的父亲心脏病发作，住进了邵阳市人民医院。进院需要交押金 1 万元，可老两口根本拿不出。接到岳父母的求救电话，林树明羞愧难当，可他身上也没有 1 万元现金。怎么办呢？陈月梅急得直流眼泪。无奈之下，夫妻俩只好把这家粮油店转让出去，变现了 3 万元。岳父最后得救了，林树明却因此新添了 3 万元外债。最让林树明发愁的是，以后每月 1500 元的房贷从哪里来？

不甘心失败的林树明决定东山再起。他又找到了儿处可以做生意的门面，可惜，由于借不到钱，都没有成功。他去长沙市人才市场求职，由于没有学历和技术专长，加上年龄偏大，前后找了十多家单位，也没有一家录用。由于没有收入，已经欠交四个月房贷了，银行催款的电话来了一次又一次，再不交钱，银行方面就要采取措施了。妻子陈月梅急得不行，赶紧向她的几个姐妹借了几千元才渡过难关。看到愁眉苦脸的妻子，林树明感到了空前的压力。

11 月中旬，林树明终于在长沙井湾子一家饮用水站找到一个送水的工作。他每天要去住户那送 60 多桶水，上上下下，没有节假日，而且常常晚上 11 点多钟才能到家。他每天拼命地工作，忙得像陀螺一样，回到家疲惫得话都不愿说，匆忙扒几碗饭，倒头便睡。

他辛苦一点还好说，最难忍受的是用户的白眼。一天，他去一户人家送水。他扛着一桶 10 多公斤的水，爬到七楼时，人累得气喘吁吁，所以没有多想就直接走进里屋。不料，刚踏进门，就听到女主人一声尖叫：“天啊，你鞋也不脱呀，踩坏地毯，你个送水的，赔得起吗？算了，这水我也不要了。”说完，把他推了出去。

林树明一个趔趄，人差点儿摔倒在地。听到女主人不要水，林树明急

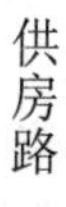

了。按规定，被用户无故退回的水就要从工资中扣十倍的钱。如果工资没了，自己拿什么还贷啊！他扑通一声，直挺挺跪在女主人面前，乞求原谅。在他苦苦的哀求下，女主人勉强收了下来，但在关门的时刻，她仍十分不满地说："你们乡下人就是不懂规矩，真是没教养。"这句话深深刺痛了林树明的心，为了不再生事端，他强忍下去了，但在无人处，还是忍不住流下了一串泪水。他每天虽然像牛一样工作，但每月获得的收入只够交房贷。家里买米买菜的钱有时还要去借。

家里的窘境，让妻子陈月梅坐不住了。她把孩子送回了老家，由父母带着，开始四处找事做。可是，她也碰到了丈夫同样的问题，没技术、年龄偏大，两个多月过去没找到一个挣钱的工作。后来，通过一个家政公司介绍，她去了一户人家做保姆，包吃包住，每月 800 元。

她知道林树明自尊心很强，怕他不同意，于是，上班第一天，她只说去酒店总机房上班，吃住不回来，要他自己照顾自己。她没想到的是，三个月后，俩人竟戏剧性地见了面，她的谎言无意中被戳穿了。

2007 年 6 月的一天，林树明去一户人家送水。他在客厅换完水后，忽然看见一个熟悉的身影正跪在地上，满头大汗地擦地板。他上前仔细一瞧：这不是妻子陈月梅吗？她为什么在这里？！

陈月梅猛然看见了丈夫，惊讶万分。她热情地招呼丈夫在沙发上坐，并准备倒茶给丈夫喝。当翻出主人家的茶叶时，她忽然瞥见女主人正诧异地望着她，她的心一沉，手不自觉地缩了回来。这一细节没逃过林树明的眼睛，他顿时明白了一切。为了不使妻子难堪，他立马起身逃出了这户人家。这天晚上，妻子做保姆的事，让林树明辗转难眠，心里十分难受。

由于一夜未眠，注意力不集中，第二天，林树明就出事了。这天下午，他送水上楼时，一脚踏空，连人带桶从二楼滚到一楼地面。一桶水破裂成了两大块，头上撞出一个大包，手脚被擦得鲜血直流，左脚还深深崴了一下，人当即站立不起来。陈月梅闻讯赶到医院，看到丈夫伤痕累累，禁不住号啕大哭。她细心照料丈夫一夜，孰料，第二天一大早，雇主就来电话，要她赶过去做饭。为了不丢掉这份工作，陈月梅只好含泪匆匆而去。林树明住院这期间，陈月梅每天都是深夜一两点赶来，然后早上 5 点又赶回去。妻子每天辛苦操劳，林树明不由凄然泪下，但又无可奈何。他多次对妻子陈月梅非常自责地说："月梅，对不住你。我要了大房子，让你受苦受累了。"丈夫的话让陈月梅泪流满面，俩人禁不住抱头痛哭！

经过三个月的治疗，林树明的伤总算好了，但他的工作也丢了。他只好四处做零工，收入很不稳定。这时他感到身体大不如从前，稍劳累一下，血就往上涌，心里堵得慌，但他没放在心上，千方百计找一份稳定的工作。2008年5月，他得知以前认识的一个姓曾的老板工地上需要一个材料管理员，立刻毛遂自荐。由于是熟人，曾老板很快录用了他，并给他定了每月3000元的工资，这让林树明喜出望外。曾老板的工地在安徽合肥。6月5日，他告别妻子，来到了这个名叫锦绣商的住楼建筑工地。

他没想到，离家不到一个月，妻子陈月梅就遭到一件十分闹心的事。这户人家的男主人得知陈月梅的丈夫走了，动起了歪念，对她动手动脚。有一次，乘女主人不在家，他掏出500元，在她面前晃来晃去，提出要跟她发生关系。气愤不已的陈月梅狠狠地给了他一个耳光，当场辞职回家。

听了妻子的哭诉，考虑到女儿快到上学的年龄，于是，他要陈月梅把女儿接回来，在家专门带孩子，他则定时寄钱回来。陈月梅很思念女儿，就同意了丈夫的想法。林树明虽然松了一口气，但觉得身上的担子更重了。

房贷是座山，压垮了丈夫击碎了家

在工地上，林树明名义上是材料管理员，实际上什么事都要做，材料来了，不仅要登记，还要装卸搬运。为搞好这份工作，他每天天刚亮就起床，去工地现场清点、整理材料。有时半夜运来了材料，他也会主动跑上前去帮忙，往往忙碌到天亮，休息片刻后，他又投入到新的工作中去。他每天大负荷地工作，不到三个月，人就整整瘦了一圈，又老又黑。有时心跳加快，头昏脑涨，整夜失眠，就像一台高速运行的机器，始终停不下来。人疲惫不堪，难以忍受，但他一直闷在心里，每天默默地劳作。

11月17日，他走在路上，倏地一头栽倒在地，口吐白沫，人昏了过去。同事小罗发现后，马上喊来两个民工把他抬进了屋，不久，林树明醒过来了。当得知自己昏了过去，他的脸唰的一下白了。他悄悄把小罗拉到一边，轻轻地说："小罗，你帮我一个忙，不要把我昏倒的事说出去，好不好？"小罗点头答应了。

不料，林树明昏倒的事还是被曾老板知道了。他找到林树明说道："你如果身体不好，就去医院检查一下，或者回家休息。"林树明慌了，忙说："曾老板，你看我身体好得很，只是那天空气闷，头有点儿发晕。现在一点儿

事都没有了。”说完，他还死劲地在曾老板面前跳了跳。他的话曾老板相信了。据小罗事后回忆，其实，这时候他的身体已经很虚弱了，晚上睡觉翻来覆去，不时喊一声“疼”。但他怕失去这份工作，极力隐瞒着，有时明明累得直喘粗气，还要装着一副若无其事的样子。

2009 年 1 月 26 日，是一年一度的新年佳节。为了多挣点儿钱，早日还清房贷，林树明没有回家与亲人团聚，而是留守在建筑工地上。这天深夜，他在外面巡逻时，心口再次疼痛难忍，蹲在地上久久不能站立。同在一起的小李要送他去医院，但被他谢绝了。病情缓和后，他拍着胸口，笑着对小李说：“你看我像有病的人吗？我结实得很，不会有事的。”第二天，工地来了一车材料，他又整整忙了一天，最后倒在床上，整整昏睡了一天。临终前，他说，没想到自己的身体如此不经累，他也曾想去医院看一下，然而，他除了留下 50 元零用，其余全部寄回家还房贷了。同时，他还侥幸地想：身体只是累了一点儿，应该没有其他大问题。

2 月份，林树明的生命开始进入倒计时。这时的他却浑然不觉，虽有些不适，如吃不下饭，晚上流虚汗，人浑身无力，但他始终认为是没有休息好的缘故。这时，工程已进入施工高峰期，工作量陡然增大，他没时间再去深思，继续强忍着不适，每天早起晚睡，在工地上奔走。

9 日这天早上，林树明特别想睡，躺在床上一动也不动。这时，工地上运来 10 卡车建筑材料需要处理。他不愿让人知道他病了，努力爬起来，坐在桌前，填写验收单据。中午吃饭，他一口也咽不下，坚持到下午 2 点，头上直冒豆大的汗水，紧接着眼前一黑，人轰然倒在地上。经过一个小时的急救，他醒来了。看着周围焦急不安的人群，他强烈预感自己不行了，忽地，他想起了家，想起了温柔的妻子和可爱的女儿。他要见她们最后一面。他怕妻子陈月梅担心，于是打个平安电话，然后要求曾老板送他回家。

11 日，他回到了魂牵梦绕的长沙。妻子哭了，女儿哭了，林树明也流下了伤心的泪水，一家三口相拥而泣。此刻的他已经虚弱得寸步难行，但去医院前，他还是去看了一下这个给他带欢喜和忧愁的大房子。他拉着妻子的手，泪流满面：“月梅，对不起你，我没有还清房贷，没能给你一个温暖幸福的家。我有愧啊！”15 日，林树明的病情急剧恶化，医院全力抢救无效死亡，他闭上了眼，丢下悲痛欲绝的妻女和未还完的房贷，默默走了。

丈夫走了，唯一的月供断了，可房贷却一分钱也不能少。陈月梅本想把这套大房子卖了，换套小一点的房子。但她一打听差点晕了过去：这套房子的价格与现在房价相差无几。如果扣除折旧，扣除银行贷款和利息，她得到的钱几乎为零。也就是说她们基本要净身出户，奋斗多年的大房子最后竟空欢喜一场。最要命的是，她即使想卖出去也是难上加难，因为房产证至今还被压在银行里！

走投无路的陈月梅接过了丈夫的棒子，开始了新一轮的征途。女儿本来就要读小学了，可眼下她根本无计可施，只好把女儿送回老家，由父母抚养。走的那天，女儿抱着她的腿问："妈妈，你什么时候来接我呀？"陈月梅无言以对，任凭泪水在脸上横流。

她算了一下，要还贷维持基本的生活，每月的收入至少要达到2500元以上。这个标准差不多是长沙部门经理的待遇。按此标准，她试着应聘了几次，每次都无功而返。她只好降低标准，在长沙一家超市找到了一份售货员的工作。这个岗位每月工资只有700元，这点钱仅够她维持最简单的生活。为及时还上月供，她又在小区另找了一份搞卫生的工作，每天要忙到凌晨2点才能休息。一天下来，她工作的时间长达十五个小时。不到一个月，她发现自己脸上就有了小黑点，出现了很深的鱼尾纹，人不知不觉瘦了五公斤。超强度的劳动，使她疲惫不堪。2009年4月1日，她出现与丈夫同样的问题。一天深夜，她回家时，走着走着，眼睛忽地一黑，一头栽倒在地。稍不同的是，她很快就清醒过来了。眼前的处境，让她不寒而栗：自己走的不正是丈夫曾走过的路吗？最终的结局是不是也是"过劳死"？我死了，女儿怎么办？如果不做，房子的月供又从何而来？陈月梅十分苦恼，十分无奈，十分茫然，她不知道自己的路究竟在何方。

林树明之死在同事亲友中引起了一场轩然大波。一位他曾经的领导说："林树明不顾自己的经济能力，去攀比，购买大房子，反映出很多人的浮躁心理，不脚踏实地，实事求是，结果自己活活被累死。"

一位邻居老大妈说："对于我们老百姓来说，家大家小功能都一样，就是个遮风避雨的地方，求的是一家人平平安安。如果因此过劳死，我宁愿放弃眼前的大房子。"

一位医务工作者也指出，随着生活压力增大，劳动者因过劳而死亡的现象逐渐增多。"过劳死"的特点是隐蔽性较强，先兆不明显，这点很容易为一般人所忽视。有不少中年人认为身体好，即使过度透支体力偶感不适，认为休息一下便没事了。殊不知这些疾病先兆被疏忽，使之付出了生命的惨重代价。所以，定期健康体检对于中年人来说尤其重要。

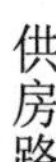

一个奇案

1992 年 6 月，台湾联华实业创办人苗育秀的女儿苗丰玲在加拿大惨遭杀害。此案当年在加拿大、台湾两地引起了巨大轰动。有人说她死于抢劫，有人说她死于强奸，还有人说她意外失足。一时扑朔迷离，众说纷纭。当然，在强大的舆论压力面前，加拿大皇家骑警自然不敢懈怠。只是限于时间和条件，他们一时无法捕获真凶，只能保持沉默，但他们始终没有放弃，经过近二十年的秘密调查，终于成功抓获了凶手：她不是别人，就是苗丰玲的好朋友，加拿大人詹姆丝。

詹姆丝为什么要杀害自己的好朋友？两人又有怎样的深仇大恨？2011 年 11 月 5 日，加拿大卑诗省最高法院开庭审理了此案。随着法庭调查的深入，这起轰动一时的谋杀案再次浮出了水面。

邂逅风翩男，富家女暗生情愫

时年 41 岁的苗丰玲是台湾联华实业公司董事长苗育秀次女。祖籍山东的苗育秀早年有台湾“面粉之父”之称，他的企业办有《联华气体》《联成化科》等高科技工业四五十家，涵盖传统产业及电子工业，事业遍布全球，资产上千亿台币，在台湾举足轻重。

从小在富裕家庭长大的苗丰玲小时候成绩十分优秀，喜爱弹琴。17 岁留学美国，在普林斯顿大学读书。为圆弹琴之梦，1976 年 9 月，她远赴加拿大温哥华学琴。在这里，她结识了一名在当地航空公司工作的日裔男人若林信二。经过一年多的交往，1980 年 11 月，两人结为夫妻。不久，两人在温哥华市香榭区购买了一栋豪华别墅，定居下来。第二年，苗丰玲生下女儿若林伊莱莎。

时间一晃过去了三年，女儿若林伊莱莎到了上学的年龄。这天，苗丰玲带着女儿来到当地一家幼儿园报名。在大门口，她遇到了一个风度翩翩的男人戴瑞克。戴瑞克身材高大，温文尔雅，浓郁的眉毛，深蓝的眼睛，十分英俊。

看见苗丰玲母女俩走来，戴瑞克十分礼貌地向她问好，并介绍他的儿子亚当，说也是来报到。当得知戴瑞克住在她家附近时，苗丰玲十分高兴："以后女儿回家就有伴了。"戴瑞克也很高兴，两人约定以后谁有空谁就来接小孩。不久，戴瑞克向苗丰玲介绍了他的夫人詹姆丝。很快，苗丰玲与詹姆丝成了一对无话不谈的好朋友。

或许性格相投，苗丰玲与詹姆丝在一起总有说不完的话。休息时间，苗丰玲夫妇会叫上戴瑞克夫妇和她们的孩子一起出去游玩，有时还举行家庭聚会，邀请各自的朋友前来助兴。

此刻，苗丰玲虽然与詹姆丝相处很愉快，但与丈夫若林信二却有了不小的隔阂。若林信二是当地航空公司的职员，世界各地来回奔跑，平时很少回家，苗丰玲经常一人独守空房，加上语言、习惯的不同，她心中的苦闷无处发泄。三年之后，再也无法忍受的苗丰玲提出了离婚。这年 8 月，两人办理了离婚手续。

离了婚的苗丰玲依然无法摆脱心中的苦闷，情绪十分低落。夫妻两人毕竟相处了近十年，还有了爱的结晶，怎能说分了就分了啊。想着往日温馨的家庭生活，苗丰玲常常忍不住暗自伤心落泪。

一天傍晚，苗丰玲在客厅里手捧着一张家庭合影，独自落泪。不料，戴瑞克走了进来。看见苗丰玲泪流满面，戴瑞克大吃一惊："亲爱的苗，你怎么啦？"见到苗丰玲手中的照片，戴瑞克明白了："苗，这个事你不要放在心上，有我在，我一定会帮助你。"说完，坐在苗丰玲身边，拉住她的手，默默地注视着她。

孤苦无依的苗丰玲一阵暖意不觉涌上了心头。她靠在戴瑞克肩膀上禁不住痛哭起来。忽然，她意想不到的一幕发生了。戴瑞克竟一把抱住了她。苗丰玲感到有点儿不妥，想摆脱却无力挣扎，于是，两人发生了不该发生的事。

自从与戴瑞克有了亲密关系，苗丰玲在感情上觉得有了新的依靠。于是，她除了给戴瑞克买大量礼物外，还频频约他出去玩。随着来往频繁，苗丰玲已深陷感情的漩涡。她发现自己深深爱上了戴瑞克。在一次与戴瑞克的约会中，苗丰玲提出自己的想法：“亲爱的戴瑞克，我不想这样偷偷摸摸，我们结婚吧。”

让苗丰玲大失所望的是，戴瑞克却不置可否。他有点儿为难地说：“我现在有妻子、孩子，我虽然爱你，但离婚的事一时办不了。”苗丰玲信心十足：“只要你爱我，剩下的事我来办。”

她决定向詹姆丝发起挑战。一次，她约戴瑞克去一家宾馆开房。她与戴瑞克进了房间后，趁他上厕所的机会，悄悄地给戴瑞克妻子詹姆丝打了一个电话。

詹姆丝闻讯赶来，目睹了不堪入目的一幕。詹姆丝气愤不已：“啊，戴瑞克，你真无耻！”说完，与詹姆丝扭成一团。苗丰玲穿上衣服十分轻松地走了。她想，欧美人以感情为主，没有感情的婚姻，百分百会以离婚告终。她等着戴瑞克与詹姆丝离婚。

婚姻保卫战，詹姆丝痛下黑手

苗丰玲等了两个月，没等到戴瑞克，却等来了泪流满面的詹姆丝。一天傍晚，詹姆丝把苗丰玲约到一家咖啡店。她想找苗丰玲谈谈，希望能和平解决。她流着泪，十分诚恳地说：“我与戴瑞克感情很好，还有了孩子，我相信，你与戴瑞克不是真的，你说对吗？”

苗丰玲毫不犹豫地回答：“你错了，我爱戴瑞克，戴瑞克也爱我。我劝你放弃他吧。你还年轻漂亮，可以找到更好的男人。你们西方人为此离婚的多着呢，何必不放呢？”

詹姆丝说服不了苗丰玲，恶狠狠地瞪了她一眼：“你说得不对，我爱戴瑞克，他也爱着我。我不会放弃，也不会离婚。我警告你，你以后不要再找他了，否则，我对你不客气！”说完，詹姆丝头也不回地走了。

詹姆丝希望自己的警告生效，然而，她很快发现是一厢情愿。有一次，她在温哥华家乐福大型超市购物。在熙熙攘攘的人群中，她看见苗丰玲挽着自己丈夫戴瑞克的手，正在挑选衣服。她挤上去，猛地推了苗丰玲一把。苗丰玲猝不及防，摔在地上。詹姆丝指着她的鼻子骂开了。苗丰玲本想报警，但被戴瑞克制止了。她干脆搂着戴瑞克的腰，大摇大摆地走了。望着两人消失的背影，詹姆丝忍不住号啕大哭。

回到家，詹姆丝羞恨交加，气愤难平。她产生了一个非常强烈的恶念：一定要杀掉苗丰玲。她把这一想法告诉了朋友麦克当娜。日前，麦克当娜在法庭上作证时说，詹姆丝曾经在两人外出用餐时对她表示，现在戴瑞克与一位非常非常有钱的东方女性有染，而且这名女性是她的朋友。她对丈夫的外遇感到非常愤怒，也对这个女人非常痛恨，她表示一定要教训她一顿。

詹姆丝决定付诸行动。1992 年 6 月 22 日晚上 7 点，她来到苗丰玲的住宅，找苗丰玲算账，不料，苗丰玲刚好有事外出不在家。她气急败坏地在苗丰玲的卧房里走来走去，准备等她回来。这时，电话铃响了，正好回家的苗丰玲的女儿伊莱莎听到铃声闯了进来。她看见詹姆丝站在那，吓了一跳。不过，因为她是母亲的好朋友，常来伊莱莎家，所以，伊莱莎并不吃惊。她接了电话后，听到詹姆丝急切地在问："这通电话是不是我丈夫戴瑞克打来的？"伊莱莎摇了摇头。见不是丈夫打来的，詹姆丝打消了找苗丰玲算账的念头。她低着头匆忙地走了。伊莱莎愣在那，十分奇怪：她为什么问电话是不是戴瑞克打的？后来，她在法庭上作证提供了这一关键性细节，进一步确定了詹姆丝的蓄意性，只是当时她完全没有意识到，一场血光之灾正向她母亲扑来。

1992 年 6 月 24 日上午 11 点，詹姆丝准备再去苗丰玲家中一趟。去之前，为了避免出现上次的意外，她特意往苗丰玲家打了个电话，看她在不在家。然后，骗苗丰玲说，她想通了，想放手，现在买了一个项链送给她，作为最后的纪念。毫不设防的苗丰玲十分高兴地答应了。

一会儿，詹姆丝出现在苗丰玲面前。她假装上前给苗丰玲戴项链，忽地，她掏出一根绳子，紧紧捆住了苗丰玲的双手。苗丰玲大吃一惊，拼命挣扎："詹姆丝，你干什么，放开我！"话音未落，她感到大腿处传来一阵难以忍受的刺痛。詹姆丝不知什么时候抽出了一把美工刀，在她腿上划了一刀。

詹姆丝冷冷地盯着她："你再喊，我就杀了你！"苗丰玲停止了挣扎，哀求道："你放过我吧，我再也不跟戴瑞克来往了。"詹姆丝拿着刀又在苗丰玲腿上划了一下，然后，对准她的喉咙，要她吐出更多她与自己丈夫的关系，说："只要你说真话，我就叫救护车，送你去医院。"苗丰玲忍着疼痛，被迫交代她与戴瑞克来往的过程。随着苗丰玲不断诉说她与自己丈夫的艳史，戴瑞克只觉有股热血直冲头顶，心中的怒火彻底被点燃了。她不等苗

丰玲说完，就操起手中的美工刀向苗丰玲的颈部刺去，顿时，一股鲜血从苗丰玲喉咙喷射而出，很快，苗丰玲倒在地上，一动不动。苗丰玲就这样因为婚外情走上不归路。

戴瑞克杀害苗丰玲后，戴上手套，擦掉了一切她可能留下的痕迹，不慌不忙，从苗丰玲家后门小路走了，之后，她把作案工具扔在十公里处一个金属垃圾箱里。她相信，她作案周密，可以做到天衣无缝，谁也奈何不了她。

斗智二十年，狡猾的狐狸终现原形

最先发现苗丰玲尸体的是她女儿和她前夫。24 日早上 9 点，伊莱莎由母亲苗丰玲送去上学，下午 3 点，学校放学了，伊莱莎等了三个多小时，仍不见母亲来接，于是，她打电话给父亲若林信二，要他送她回家。两人回家后，若林信二先进屋内，结果在主卧房发现浑身是血、惨遭砍杀的苗丰玲。她的颈部几乎被砍断，仅连着一层皮，已经死亡多时。

见到母亲惨死，伊莱莎顿时晕了过去。若林信二立刻报警，然后抱着女儿冲往隔壁苗丰玲兄弟的家。

香榭区是加拿大温哥华有名的高档住宅区，在那里出入的人非富即贵，从来没有出现刑事案件。此案一出，立刻引起了加拿大和中国台湾两地新闻媒介的高度关注，各种报道和猜测铺天盖地，自然，也引起了加拿大警方的高度重视。

他们立即成立了行动小组，专门负责此案的侦破工作。虽然外界传闻不断，但他们当时就推测为情杀，因为现场未被严重破坏，财物未失，因此可以排除劫杀。同时，他们很快得知，苗丰玲与詹姆丝的丈夫戴瑞克有婚外情，命案发生前两天詹姆丝还登堂入室，到苗丰玲家打探，当时电话铃响，她还问伊莱莎是不是她丈夫打来的。詹姆丝有重大作案嫌疑，他们把调查目标迅速集中在詹姆丝身上。

他们在现场采集到了一个女性高跟鞋印，非常遗憾，詹姆斯家没有相符的鞋子。小区有摄像头，记录了人员进出情况，可惜，在录像视频里没有发现詹姆丝的身影。他们派人 24 小时秘密跟踪监视詹姆斯，也没有发现异常情况。詹姆丝销毁作案证据非常成功，她太狡猾了，警方始终没有找到一丝她作案的痕迹。

加拿大法律严谨，没有确凿证据不能随便拘捕人，所以警方明知詹姆丝是重大作案嫌疑人，但没办法对詹姆丝采取任何行动。

这起轰动一时的谋杀案就这样拖延下来，一晃十五年过去了，警方人员虽然换了一茬又一茬，案件也没有任何进展，但他们始终没有放弃对这起案件的调查。2007 年 3 月，警方重新审视旧物证，寻访新证人，目标再度锁定詹姆丝，为此，他们专门成立了悬案组，密切注视詹姆丝的一举一动，决心打一场“持久战”。

2008 年 12 月，苗丰玲遇害案突然有了重大转机。悬案组获得一条线索，詹姆丝正卷入一个犯罪集团。这个犯罪集团专门制造假货，詹姆丝是其中的一员，负责运送和接头。

悬案组组长杰克破案经验非常丰富，他指示警方紧紧咬住目标，暂不要行动。他自己伪装成一个黑老大，频频与詹姆丝接触。经过两年多的努力，他终于获得詹姆丝的信任，把他当成了自己人。

2010 年 7 月 13 日，在魁北克一家旅馆房间内，杰克非常严肃地对詹姆丝说：“干我们这一行，有时有可能要杀人，你怕不怕？”詹姆丝毫不在意地回答：“这有什么好怕，我又不是没干过。”说完，她把杀害苗丰玲的经过详详细细说了一遍。里面许多的细节，只有警方掌握，外人根本不知。她是杀害苗丰玲的真凶无疑，但杰克还有一点不明白，于是又问道：“据我所知，小区有摄像头，为什么没有你的身影？还有你的鞋子。”詹姆丝得意洋洋地解释：“我是假扮一个男人进去的，出来时，走的是她家后门，从小树林翻出去的，有了树木的遮掩，摄像头是看不到的。至于鞋子嘛，出门之后，我就把它扔到河里去了。”

自然，这一切被杰克录了下来。根据杰克提供的新证据，加拿大警方逮捕了詹姆丝并以一级谋杀罪名起诉。

在法庭上，苗丰玲的前夫若林信二作证，詹姆丝的丈夫戴瑞克曾亲密地以“吾爱”和“达令”称呼苗丰玲。语气显得相当亲密，并嘱咐不要回电。两人有婚外情确定无疑。苗丰玲的女儿伊莱莎和詹姆丝的朋友麦克当娜等 33 人也分别作证，从而构成了一个完整的证据链，锁定詹姆丝就是杀害苗丰玲的真凶。

时光流逝，岁月无情。二十年过去了，詹姆丝现已 72 岁高龄，白发苍苍，走路颤颤巍巍。如果判定有罪，她会被处以无期徒刑，恐将老死在狱中。一场婚外情，毁了两个家，再次警示后人，坚决拒绝婚外情。

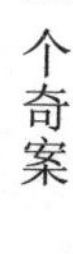

诚信还债路

2012 年 12 月中旬，中建五局一公司下岗职工阙发强松了一口气。他 12 年前欠下的 12 万元巨额债务终于还清了。

今年 42 岁的阙发强是一名专为建筑工地搭设脚手架的“蜘蛛人”。本来他从事的不是“蜘蛛人”职业，也不需要欠债。他和妻子都有一份体面的工作，收入稳定，月月有余，生活无忧，是 12 年前一场飞来的横祸，打破了他平静的生活。他开始四处借债，演绎出许多诚信的故事。

为救母，他欠下了巨额债务

2000 年 8 月 16 日上午，阙发强在老家溆浦县准备返回长沙。他在长沙中建五局一公司上班，在机关任保卫干事。妻子王月平也在长沙一家工厂工作。俩人有一份稳定的收入，因此，他俩的生活过得红红火火，甜甜美美。这次夫妻俩特意请假回老家看望父母，这天是假期的最后一天，于是，阙发强抱着两岁的儿子和妻子、母亲站在公路边等客车。但谁也没有料到，一场灾难悄悄向他们逼来了。

一辆在后面行走的农用车突然改变了方向，发疯般朝站在路边的阙发强撞去。这时的阙发强却浑然不觉，依然站在原地，伸长脖子查看远处的客车。

在这千钧一发的时刻，站在阙发强身边的母亲看见了。她奋力一推，把阙发强父子俩推到一米开外的地方，然而，由于用力过猛，她自己与车迎面相撞。只听“咔嚓”一声，阙发强的母亲被卷进了车下，倒在血泊之中。

望着在地上痛苦呻吟的母亲，阙发强又急又气又恨。他来不及与肇事司机理论，立即与司机一道火速把母亲送到了溆浦县人民医院。经过抢救，母亲转危为安。由于大腿及盆骨等多处骨折，据医生预计，治好她的伤至少需要10多万元。

得到报警的交警部门很快赶到现场，他们认定驾驶员负全部责任。然而这位肇事司机摸遍了口袋只有100多元。阙发强来到这个司机家里，一看倒吸一口冷气：这是什么家呀，一栋土砖房摇摇欲坠，家里破破烂烂，值钱的东西一样也没有。这位深感内疚的司机把车卖了5000元，又东奔西走借了8000元，之后再也无能为力了，于是，一家老小哭着乞求宽恕。

善良的阙发强目睹此情此景，不由心一软，说了一句他至今也不后悔的话：“算了吧，这事到此为止，不过你以后要吸取教训，毕竟人命关天啊。”说完他头也不回地走了。他知道以后的路要靠自己了。

自然有亲戚想不通了，劝阙发强继续找这位肇事司机。阙发强挥挥手：“算了。他已经尽力了，再逼就会把人逼上绝路了。妈妈的事我另外想办法。”

其实，他的办法就是自己掏钱。阙发强夫妻虽然收入稳定，但小孩开销大，只有两万多元积蓄。不久这些积蓄就花光了，医院开始频频催交欠款。这时，岳母又生病住院。他爱人是家中的长女，一切都靠长女。无奈之中，夫妻俩开始在亲朋同事中借钱。一年下来，除了亲朋支援的外，他俩整整借了12万元。

阙发强正想努力工作早日还债时，2001年3月份，一件意想不到的事发生了。他忽然收到一份下岗通知。不久，妻子因单位生产不景气，也被通知下岗了。夫妻俩只有二三百元的下岗生活费，还不能按时兑现。阙发强开始感到巨大的债务压力。这时忧心忡忡的母亲提出了一个要求。

与小偷斗狠，再破发财的梦

这天，刚刚痊愈的母亲找到阙发强说道：“发强，我已经好了，你给我介绍一户人家，我去做保姆。”阙发强的母亲没有工作，需要阙发强负担。

阙发强没有答应母亲的要求。他认真地说道：“妈妈，您安心静养。您放心，债我会还，而且一定不会走邪路。”

于是，阙发强决定做生意还债。他没有多少本钱，只能摆地摊做小生意。

他最初在住地附近摆摊，但不赚钱，有时还要亏本。没办法的他只好把小摊移往长沙金苹果大市场。

不久在该市场，他发现一件奇怪的事情。几乎每天都有一群不三不四的人爱往人群多的地方钻。一会儿，人群中就会传来一阵惊呼声，说自己的钱包丢了。阙发强凭着自己十余年的保卫经验，立即断定这伙人是扒手。有一天，一个扒手又在掏一个老太太的包。这次阙发强看见了，立即大喝一声："住手！"被这一吼的扒手吓得逃之夭夭。后来阙发强又制止了几次。这下，把这伙扒手惹火了。一天下午，这伙扒手来到阙发强面前，不由分说掀翻了他的地摊，拳打脚踢，阙发强于是与他们展开了生死搏斗。阙发强虽然在保卫岗位上练就了一身过硬的本领，但毕竟寡不敌众，很快摊子被掀掉了，手、腿被扒手们打得又青又肿。扒手们以为阙发强从此会吸取"教训"，不会再管闲事了。谁料第二天，阙发强照样揭露扒手。这些扒手害怕了，主动与阙发强讲和，提出每夹一个钱包，给他五元钱"分红"，阙发强义正严辞地拒绝了。于是在金苹果市场，大家纷纷传言，这里来了一个不怕死的"阙保安"。

这些扒手无法偷东西了，开始在暗处捣鬼，弄得阙发强生意奇差，几乎天天亏本。正当他一筹莫展时，一次机会降临了。

一天，在他的地摊旁，长沙一家建筑公司的人在悄悄地议论，其中一人说道："这么高的楼不知有谁敢去搭架子。"原来，他们负责建的一栋房子，需要在 30 多米高的屋顶上悬空搭建一个 30 米长、4 米宽的脚手架。他们找了许多建筑架子工，要么要价太高，要么没胆量，始终没有人愿意去干。

正在卖东西的阙发强听到此言，眼睛不由一亮，忙说："我会干这个，让我试一试。"急于还债的阙发强只好冒险一搏。

他们听到摆地摊的人也要搭架子，不由笑着说道："不行，不行，搭架子不仅仅是力气活，里面有很多规矩，不是任何人想搞就能搞的。"当听说阙发强是不怕死的"阙保安"，而且还是中央建筑企业一名下岗职工时，他们相信了，答应让他试一试。

当时随便说说的阙发强真正接下"单"时，心里不免怦怦直跳。因为在单位里虽然他也搭过架子，但这样规格的架子他还是第一次。到现场一看他的心情更加紧张了：此类悬空架子确实难搭，稍不注意就有可能架翻人亡。叫他稍为心安的是，在进单位前曾跟一个建筑队搭过类似的木架。

要强的阙发强自知没退路了。他立即找来相关专业书，请教有关行家，从头开始学，很快制定了一个施工方案。

第一次单独操作的阙发强自然格外认真仔细，甚至吃饭睡觉的时候都在考虑如何完善施工细节。阙发强小心翼翼地用三天时间完成了架子搭建。完成后，他心里忐忑不安，不知建筑公司的人会怎样评价他。

不久，建设公司的人来验收了。他们仔细地看了一遍，笑了，说了一句阙发强最想听的话："这个架子好，牢固、结实，你是一个诚实的人，以后我们建筑公司的架子由你负责了。"并爽快地支付了工钱。阙发强立即把这笔钱还给了最需要钱的债主。

"蜘蛛人"与孕妇的较量

从此，阙发强开始奔走在各建筑工地，专门搭建脚手架，成了一名名副其实的"蜘蛛人"。然而，"蜘蛛人"也频频遇到一些不可思议的事。

一天中午，工友们正在休息。工地上来了一位孕妇。只见她挺着一个大肚子，步履蹒跚地来到施工现场，在工地上不停地走动，一双眼睛四处张望，之后钻进了一栋正在建设的楼里面。不久。她又踉踉跄跄地出来了。

正在加班搭脚手架的阙发强深感奇怪，就朝着她问了一句："这位大嫂，你找谁？"

谁料，这句话使这位孕妇神态紧张，格外慌乱。她加快脚步向前跑起来，只听"砰"的一声，一个脚手架扣件从这位孕妇身上掉了下来。这样的脚手架在外面可以卖 3 到 5 元钱。

阙发强立即明白了，这孕妇原来是个小偷。他大吼一声："站住！"

这小偷被这突如其来的吼声吓呆了。她只好乖乖地把所有藏在身上的扣件交了出来。阙发强上前准备把她送到工地保卫部门。

这时，眼见不妙的小偷立即从口袋里掏出一叠钱递给阙发强，苦苦地哀求道："这位大哥行行好，这点钱给你买烟抽，放了我吧。"

阙发强挡住递过来的钱冷冷地说道："你看错人了。"说完，他毫不犹豫通知了保卫部门。

被带走的小偷惊讶不已，连连说道："大哥啊，这事你知我知，你有病呀。你这个笨蛋，傻瓜。"

不久，他又几次碰到小偷在偷工地上的建筑材料，他都及时制止了，扭送到保卫部门。

后来，阙发强自己也碰到一件尴尬事。一天，一位废品店的老板找到他悄悄地说道："强哥呀，你做一天事只有40元，不如弄点扣件出去卖钱。"

阙发强自然不答应。这位老板不死心，继续说道："你怕什么。工地上的扣件有成千上万个，都是露天堆放，可以做到神不知鬼不觉。"

很少发火的阙发强这次终于火了："放你的狗屁，只要你敢做，我就敢抓你。"见势不妙的废品店老板赶紧溜了。此事传出，大家都说阙发强这个人不简单。

工地老板得知工地上有个不贪财的"蜘蛛人"，十分感动，忙找到阙发强诚恳地说道："小阙，你好好干。你的工钱，你放心，我一分钱也不会拖欠。"说完，给他颁发了200元奖金，以示鼓励，并把他介绍给其他建筑公司。于是，阙发强的活渐渐多起来。很多时候，他自己也成了老板。

"蜘蛛人"要凭良心还债

去年他负责搭建一座桥梁的脚手架。由于量比较大，他请了30多个架子工。一天中午，一位民工在脚手架上不小心把脚扭伤了。脚当即肿得像一个大馒头，痛得他跌坐在地，呲牙咧嘴。由于正是下班时刻，周围没有一个人。备感孤独、疼痛难忍的这位民工不由哭了起来。

他的哭声很快惊动了大家，阙发强也闻讯赶来了。

看见自己的老板来了，这位民工非常惊恐地望着阙发强："老板，你不会丢下我吧？"这位民工在其他工地做事也曾受过伤，但每次受伤都会被老板赶出来。

阙发强见此忙握住他的手，笑着说道："你放心，我不会丢下你不管。"说完，他立即从身上掏出一千元，安排几个人把他送往医院。处理其他事后，阙发强又买了水果、奶粉等营养品，赶到医院看望他，陪他一起度过一个个难熬的夜晚。为了这位民工，阙发强先后花费了8000多元，几个月好不容易赚来的一点辛苦钱，基本上都花在他身上了。本来他这笔钱是要还一个债主的。

阙发强不仅不愿意让手下人吃亏，而且在最艰苦、最危险的地方，他总是冲在最前面，尤其是刚来的新手，阙发强绝对不会让他在危险的地方搭脚手架。

一次，有根10米长的钢管需要竖在20米高空的钢架上。这根管子有

30 多公斤重，一般人在地面上举起来都有点儿困难，在 20 米的空中难度就更大了。它要求在举起来的瞬间迅速找到钢孔插进去，否则有可能钢倒人翻。不知情的现场施工负责人安排一个刚来的民工负责。他爬到 20 米的地方正准备动手，这时，阙发强赶来了。

看见一个新手在上面，他急了，立即大声吼道："你下来。"

可能这个新手怕丢掉好不容易找来的工作，不仅不下来，反而大声争辩道："没关系，我会做。"任你呼喊就是不下来。

心急火燎的阙发强只好爬到上面，跟他说清楚。阙发强怕大家看低这位新手，又主动要他留下来，做他的助手。完成任务后，这位民工感动极了，专门买了礼品登门致谢，但被阙发强谢绝了。

阙发强虽然处处关心别人，但对自己的小家庭却关心很少。

一次，妻子生病了。她身上有一个肿块。她自己知道，由于爱人不在家，一直没到医院去检查。现在，这病突然爆发了，而且还很厉害，痛得她天旋地转，浑身直冒冷汗。毫无办法的妻子只好拨通了阙发强的手机。

此刻的阙发强正在张家界建筑工地上。这个工程工期要求紧，施工难度很大。妻子来电话的时候，施工正进入最紧张的阶段，一刻也离不开人。

接到妻子的电话，阙发强也急了，准备以最快的速度赶回长沙。昏头昏脑的他正在收拾东西，一位同事提醒了他："强哥，你走了，这个工地恐怕要停下来了。"

阙发强倏地一惊，是啊，他的架子上不去别人就无法施工了。作为一名"蜘蛛人"最怕的就是不讲诚信。

阙发强冷静下来后，只好忍住伤感，给长沙的亲戚去电话，要他们照料一下。

阙发强的工作完了，妻子动手术的伤口也快好了。

望着憔悴的妻子，阙发强心情沉重，鼻尖发酸，眼前模糊一片，泪水哗的一声流了出来。他觉得欠妻儿的太多了。

阙发强的义举自然感动了许多人。很多建筑公司指名要阙发强搭设脚手架。到目前为止，阙发强已搭设了 1000 多万平方米的脚手架，是长沙一名响当当的持证"蜘蛛人"。他凭自己辛勤的劳动终于还清了欠债，履行了当年自己许下的诺言。

非洲见闻

因一个援建工程，我与同事一行数人远渡重洋来到非洲。“你们要注意，不要跟黑人妇女发生性关系。”这是我们踏上非洲刚果土地后听到的最多的忠告。

刚果位于非洲大陆中部，赤道横贯全境，是世界上少数最贫穷国家之一，人均年收入只有几十美元。75%的人生活在农村，刀耕火种。很多农民买不起犁、锄、镰等这些农业生产用具。目前，政府军只控制了全国50%的土地。由于军阀割据，连年混战，老百姓的生活困苦不堪，各种疾病无法控制，尤其是艾滋病盛行。据联合国一家机构估计，该国艾滋病患者已占总人口的5%左右。邻国卢旺达艾滋病毒携带者已高达总人口的10%，令人咋舌。不久，我们就目睹了一些艾滋病患者的悲惨境况。

小偷猖獗

我们在刚果一般不轻易外出，住所、办公区域均围有铁丝网，主要用来防小偷。刚果这个国家实在太穷了，即使是首都金沙萨，很多人也生活在极端贫困中，食不果腹，衣不遮体，木薯、玉米就是比较奢侈的食物了。远离首都的黑人每天靠捕捉蚂蚁为食。此地也生产稻米，但耕作方法原始，亩产只有百把斤，主要供应城市，或者说主要供应生活在这里的外国人。看着香喷喷的米饭，一群黑人孩子眼巴巴地盯着，口水顺着嘴角流淌下来。在他们眼里，我们这些人是生活在天堂里的富人，我们的住所也成了黑人小偷觊觎的目标。有一次，我们遇到一个特殊的小偷，不但没抓他，反而让他把东西拿走。

一天，我们加班至凌晨2点，大家疲惫不堪，躺下之后很快进入了梦乡，厨房里的灯也忘了关。不久，厨房里传来“砰、砰”两声巨响，在静静的深夜里，这响声像威力无比的炸弹，当即让我们从床上弹坐起来。我们急忙赶到厨房，只见一个肤色漆黑的男人正不知所措地站在那儿，雪白的牙齿边翻出两片厚厚的嘴唇，白中带黑的眼睛似笑非笑地望着我们。见我们堵在门口，他并不急于逃走，反而耸耸肩，咧咧嘴，似乎在说：“大惊小怪干吗呢，朋友。”

他显然是个小偷。他的背包里装满了我们的奶粉、面包、白糖等各种食物。令人惊讶的是，他的腋窝处竟夹着两瓶食用油，这个瘦小的男人由此变得臃肿起来，走出厨房时连连扫倒两个热水瓶，难怪声音如此巨大。

在众人愤怒的目光注视下，小偷害怕了，他的两条腿在轻微地颤抖，脸因害怕有点儿扭曲变形，夹着的油瓶“咣当”一声掉在地上。老吴找来一根绳索，准备捆人移交警察局。他拉住了这个黑人小偷的手，突然一个黑色的亮点在我眼前一晃而过，我不禁脱口而出：“等一下。”老吴立即把手缩回来。我撩开这黑人的上衣一看，天啊，他浑身布满了黑漆漆的斑斑点点，有几处已经溃疡，露出鲜红的皮肉，衣衫沾满了汗渍、血水，腥臭难闻。他分明是一个艾滋病患者。

看着这个艾滋病患者的满身伤痕，大家一时惊得说不出话来，胃里股股酸水往外冒，几乎条件反射般地后退三尺。有人当场呕吐不已。此时，黑人小偷主动说话了。他叫索罗沙，基伍省人，在一次艳遇中不幸染上了艾滋病。他没有钱，住不起医院，只好听天由命，每天靠乞讨偷盗为生。他路过这里时，看见厨房里有灯光，就跑进来寻找食物，结果还没跑出厨房就被逮到了。

听完他的诉说，我们无奈地摇摇头，主动让步了，要他带走所有的食物和他接触过的物品。临走时他说了一句发自内心深处的话：“希望你们洁身自好。”说完，友好地向我们挥挥手，很快消失在茫茫的黑夜中。

这是他用自己的生命说出的一句真言，叫人至今难忘。

玛丽卡诊所

玛丽卡诊所位于首都金沙萨东南10公里处。一栋毫不起眼的土砖房，

孤零零立在路边，如不加留意，以为这是间普通的茅房。

然而这却是一间艾滋病收留治疗所。不过能够到这里治疗的艾滋病人极少，因为这家诊所要收费。尽管收费不贵，但对贫穷的刚果来说如同天文数字。

我们发现这家诊所是因为一次小小的交通事故。一次，我们开车去市郊办事，路过一条土路时，不小心闪进一个水坑，车瞬间弹跳起来，人脱离座位，重重地摔在车板上。老刘的手臂被钉子划出一道伤口，血流不止，我的腿被撞得乌青，疼痛难忍。司机和翻译倒没有大碍。通过询问当地人，得知前面有一家玛丽卡诊所。

踏进诊所，一股难闻的混杂臭气迎面扑来，土房里面，黑兮兮的木板上躺着七八个病人。有的在吊盐水，有的翻来覆去，呻吟不已。一个医生模样的黑人坐在里面。看见我们走进来，医生露出惊讶的神色。听完翻译的介绍，医生摇了摇头，用英语说了句“NO”。这时，我们才发现原来这是间收治艾滋病人的诊所。我们简单包扎后，好奇地向这位医生询问这里的情况。

医生介绍说，目前诊所里有十五位病人。靠墙坐着的二十来岁的黑人是从丛林中跑出来的，他有父母、两个姐姐和一个哥哥，全部都是艾滋病病毒携带者。他母亲跟一名部落酋长睡觉后不幸染上了艾滋病，他父亲跟着染上，又与两个女儿乱伦，把病传染给了女儿。他和哥哥小小年纪便在外面寻花问柳，结果全家“中弹”。去年父母相继发病去世。今年元月，哥哥、姐姐病情不断加重，整天躺在床上，奄奄一息，凄惨的叫喊声撕人心肺。他害怕了，仓皇逃出家门，靠捡食树果草虫果腹，走到首都金沙萨市郊时，人已支撑不住，终于昏倒在路边，被好心人送进了这家诊所。医生悄悄地告诉我们，这个青年病情已进入晚期，生命即将到尽头。

在我们前面躺着的艾滋病患者，名叫米赫尔，身材矮小，40岁年纪。他是通过注射感染的。刚果乡下十分落后，医疗机构少，医疗设备缺乏，一个医用针头几乎不消毒反复使用。去年8月份，米赫尔感冒发烧，到部落简易诊所看病。打针时，医生把刚使用过的针头，用纸擦了擦，又扎在他身上。过了两个月，他开始持续低烧，拉稀，吃不下饭，浑身无力，人渐渐地消瘦起来。不久，身上许多部位发生溃疡，经久不愈。村里有许多艾滋病患者，他知道自己被感染上了，万幸的是妻子和孩子安然无恙。于是，一天深夜，他强忍悲痛，悄悄离开了妻儿，外出流浪，准备死在他乡。后来，这位好心的医生收留了他，他就在这里平静地等待死神的降临。

在这里最叫人不忍目睹的是一位浑身漆黑的儿童。他今年刚满五岁。母亲得艾滋病死了。他被人扔在路边，声嘶力竭的哭闹声惊动了当地一家慈善机构，一位牧师把他送到了这家诊所。

刚进诊所，他比较安静，不哭不闹。随着病情的加重，低烧不退，皮肤开始腐烂起来，他把浑身上下抓得鲜血淋漓，声声凄切的哭声，搅得人心肺难安。医生无奈之下，给他注射麻醉品。有了片刻的安静，他开始思念苦难的母亲了，一双小手不停地擦着伤疤，失神的大眼睛遥望茫茫天际，泪流不断，伤心地喊道："妈妈，妈妈，我要妈妈。"

目睹此情此景，我们留下身上剩余的钱后，低下头，默默无语地离开了这个令人窒息的诊所。

司机莫宾佳

莫宾佳是个艾滋病病毒携带者，这个消息一传来，我们被惊得目瞪口呆。事实上莫宾佳一年前就已感染上了艾滋病，只是拖到现在才发病。

他是怎样感染上的，他自己也说不清楚。他是我们雇佣的汽车司机。他的收入是当地居民人均收入的三倍，有钱后他频繁出入酒吧，召妓嫖娼。他跟许多黑人女人有染，却始终不承认是嫖女人染上的。理由是我们给他讲解了预防艾滋病的知识后，每次跟女人发生关系时，都使用安全套，从未遗忘过。他怀疑自己是输血染上病的。去年3月中旬，他在一个小镇里翻车，手臂折断，流了许多血，在赤道省一家小医院里接受治疗。动手术时，医院给他输了血。刚果很多地方输血不是很严格，也不检测是否有艾滋病毒。莫宾佳估计就是那次输血被染上了艾滋病。事已至此，从何途径感染艾滋病已不重要了，要追究这家医院的法律责任也不可能。因为当地管理基本上是人治，酋长的话就是法律、圣旨，无凭无据的很难讨回公道。

这病对莫宾佳的打击是致命的。他本是个精力充沛的小伙子，整天笑嘻嘻，乐呵呵，仿佛有使不完的劲儿。他身体棒，人勤快，每次开车回来，总会主动找事做，重活、脏活抢着干，从不叫苦。他的同情心尤其叫人感动。一次，一名艾滋病人饿昏在地，他买来一大包吃的，把人送往医院，又主动掏钱帮病人办理住院手续。大家夸他是非洲的"活雷锋"，没想到我们的"活雷锋"也得了这种绝症。

自从被诊断出患上艾滋病后，莫宾佳倏地蔫了，整天无精打采，痛哭

不已。他有一个妻子、两个孩子，还有一个年迈的老母亲，全家人都仰仗他的收入生活。现在他得病了，全家人也陷入绝望中。

一天深夜，他妻子泪流满面，把孩子吻了又吻，悄悄在屋梁上悬挂了一条绳索，准备自杀。她的哭声惊动了婆婆和孩子，大家拥抱在一起，哭成一团。婆婆绝望地哭道："要死全家一起死吧。"婆婆情急之下旧病复发竟永远地离开了人世。他们一声接着一声的哭叫惊动了邻居。邻居很快把消息告诉了我们，我们赶到时，他们已平静下来，但两眼依然红肿，孩子抽泣不已。他们已两天没开饭了，饿得饥肠辘辘。我们好言相劝，赶紧把带来的食品分送给她们，之后，又留下了一笔钱，足够他们维持一段时间。但我们知道要挽回这个破碎的家庭，需要莫宾佳，健康的莫宾佳。然而，莫宾佳目前却在一家医院里接受治疗。

转天，我们去医院探望莫宾佳。他比以前更瘦了，艾滋病的特征凸显出来，眼窝塌陷，皮肤红肿、溃烂，引发了肺炎、结膜炎等各种并发症，已病入膏肓，生命垂危。他的妻子和孩子也来了，哭着跪到地上，久久地摸着莫宾佳肿得比馒头还高的脚，眼泪一滴滴地滚落在地上。莫宾佳虽然说不出话来，但他的眼睛依然明亮，用深情的恋恋不舍的眼光望着妻子、孩子和我们，目光凝重，满脸泪水，似乎在诉说心中的痛苦。

望着莫宾佳一家的痛苦，我们的心情非常沉重，眼泪不禁溢出了眼眶。大家都为失去这个好朋友悲痛不已。

一群可怜的人

非洲艾滋病人是非常可怜的。

非洲部落酋长一般拥有六七个妻子，一个稍有钱有势的人也拥有两至三个妻子。在当地，他们拥有绝对统治权，一言一行，深刻地影响着当地居民，然而他们对艾滋病人基本不闻不问，任其自生自灭。

很多非洲居民的艾滋病知识几乎为零。在贫穷落后的村庄，至今还有生活在原始森林的人群，群奸群宿。有的地方男男女女仅剩一条遮羞布，生存环境恶劣，卫生条件差，大部分人文盲、愚昧、无知，即使染上艾滋病，也不加预防，依旧乱爱乱交，导致此病四处扩散，一旦染病，患者只有死路一条。

最可怜的要数那些面黄肌瘦的街头流浪儿童。他们居无定所，漂泊四方，一旦被某个艾滋病病毒携带者性侵犯，常常会在病痛的折磨下十分悲惨地死去。我亲眼目睹了一名黑人小女孩的遭遇。她长溜脸，大眼睛，一头浓密的黑发，十分惹人喜爱。被人强暴后，她染上了艾滋病，倒在路边，浑身发臭，病痛使她呻吟不已，那柔和的目光里露出一种对世间深深的留恋和悲伤，同时，忧郁的目光又会紧紧盯住行人不放，期待人们给她最后的慈爱和关怀。两天后，她死了，眼角还留有一长串泪痕，小手里紧紧握着一张小照片，那是从街头捡来的，她把照片上的女人当成了自己的妈妈，贴在胸口上，久久不放。还有一名流浪小男孩被人鸡奸后，患上了艾滋病，疼痛难忍，绝望地跳入河中，活活被淹死。

在街头还有一些妓女，她们既是瘟疫的传播者也是受害者。她们的结局也很悲惨凄凉。一名叫艾娃的职业妓女被嫖客传染上了艾滋病，她又把此病传染给了许多人。这些人知道真相后愤怒了，把艾娃拖进密林深处，轮流殴打致死，还不解恨地把尸体扔进河里喂鱼。膨胀的尸体浮在水面，浓浓的臭味令人窒息。

每每目睹这些艾滋病人悲惨绝望的眼神，面目全非的躯干，大家的心口如同压上一块巨石，沉重难忍，但又无能为力。

但愿上天能保佑这些可怜的屈死亡灵。

一个镇定的故事

一个孤独无援的女孩遭到一名歹徒的突然袭击。在彼此力量十分悬殊的情况下，是顺从，还是奋起反抗？湖南岳阳女孩罗小玲果断选择了前者。在危及生命的紧要关头，她沉着冷静，与歹徒巧妙周旋，斗智斗勇，即将熄灭的生命之火终于重新点燃……

惊魂一刻：家中闯进一个恶魔

2009年7月15日早上7点20分，吃完早点的罗小玲像往常一样，背着挎包，准备去上班。当她打开房门时，意外地看见门缝外有一把寒光闪闪的刀，接着一个男人挤了进来。他旋即关上房门，扭住罗小玲的手，然后，把刀架在罗小玲脖子上，恶狠狠地说道："不许动，否则，我就杀了你！"

这一切来得太突然了，只有短短几秒钟，罗小玲没有任何思想准备。等她反应过来时，已经迟了，她已被这男人牢牢控制，动弹不得。顿时，罗小玲脑袋一片空白，一股强烈的恐惧感弥漫在心头，吓得她浑身发抖，大气都不敢出，不知所措地愣在那里，晶莹的泪水忍不住滑过脸庞，掉落出来。

今年24岁的罗小玲是湖南岳阳市人，在岳阳一家物业公司任文员，家住在城区北港一小区B栋5楼。昨天，父亲罗冬生带着母亲林冬梅去广州看病去了，要十几天后才能回。此刻家里就只有罗小玲一人。她做梦也没想到大白天家里竟冒出一个满脸煞气的陌生人。

这歹徒见罗小玲没有反抗，就架着她在房内走了一圈。当发现房内只有罗小玲一人时，他放心了，把罗小玲推倒在客厅沙发上，然后，轻声地问道："你的钱呢？把它交出来，不然，对你不客气！"

见歹徒松开了刀，罗小玲怦怦直跳的心才稍稍平静下来。她定了定神，终于看清了这名歹徒的相貌特征：长发，瘦脸，20 多岁，身高 170cm 左右，凶狠的眼神里面，时时闪现贪婪的光。她知道她遇到了一名心狠手辣、杀人不眨眼的恶魔。为了平定紧张的心情，她在心里默默地念道：镇定！镇定！心情得到一定缓解后，她认真掂量了一下对手，发现以她羸弱的身躯，根本打不过他。为了确保自身安全，她放弃了与他搏斗的想法，决定迎合他，于是主动把沙发上的包扔了过去："钱、卡都在这儿，你都拿走吧。"

这歹徒接过包打开一看，里面只有 30 元，不禁大失所望："你住这么大的房子，怎么可能只有这点钱，快，把藏在房里的钱拿出来！"说完，他用刀在罗小玲手臂上划了一刀，一股殷红的鲜血立刻涌了出来。罗小玲用手按住伤口，强忍着剧痛，依然面带微笑："我真的只有这么点钱，不信，你可以搜！"为了不让歹徒失望，她及时加了一句："不过，卡上有 3000 元，我可以告诉你密码，你都拿走吧。"

歹徒拿出卡看了看，仍不甘心，继续恶狠狠地说道："这点还不够，快把其他的钱拿出来。"说完，又把刀在她面前挥舞。

罗小玲心里一紧，赶紧站了起来："这样吧，我带你去搜，看能不能找到钱。"之后，她带着这个歹徒来到三间房里翻箱倒柜，把里面的东西都翻了出来。遗憾的是，翻出来的除了衣物，现金一分钱也没有。

歹徒非常失望。他在房间里翻过一圈后，不由咆哮起来："这不可能，绝不可能，你一定把钱藏到别的地方去了。"他从房间里找来一根绳子，把罗小玲绑在客厅的凳子上，然后自己动手在各个房间里寻找起来。

独自一人在客厅的罗小玲顿感逃跑的机会来了。她用双手，悄悄地反复摩擦，企图挣脱绳索，然而，她弄了半天，还是没能解开。原来，绳子被歹徒打成了死结。

不远的桌面上有一把水果刀，她向前伸过去，企图用脚把它勾过来。正当她用力勾划时，一件意外的事发生了。这歹徒竟返身回到了客厅。他看到罗小玲伸长脚在比画着，大声怒喝道："你想干什么？我告诉你老实点，不然你会死得很难看！"说完，他拾起了这把水果刀。

罗小玲赶紧声明："我不是去拿刀，只是绑久了，脚有点儿麻，我想活动一下而已。"罗小玲的合理解释让他松了一口气。他打量了一下罗小玲，

发现并无异样，于是，一头钻进了卫生间，原来他内急了。

机会再次来临。看见他进了卫生间，罗小玲赶紧用手指头去抠绑在手上的死结。她不停地抠呀抠，过了几分钟，结头终于有了一些松动。又经过一番抽动、挣扎，结头的空间更大了，很快，她顺利解开了身上的绳索。

她悄悄爬起来，轻手轻脚向门外走去。她刚拉开房门，背后突然响起一声怒喝："站住！"接着一只手伸了过来，房门又被紧紧地关上了。她回头一看，这歹徒不知什么时候出来了，正虎视眈眈地盯着她。她赶紧解释："我只是想看一下，没有别的意思。"

然而，她的解释却收到了适得其反的效果。这歹徒阴沉着脸，对着她的脑袋就是一拳，接着飞起一脚，把罗小玲踢倒在地，一边踢一边怒骂道："你想跑，我叫你跑！你不老实，等下我非杀了你不可。"

罗小玲尽管眼冒金星，但还是强忍着疼痛，跪在他面前，小声求饶："我错了，我再也不敢跑了，求你别打了。"

罗小玲"服软"的态度让歹徒住了手。他没有再打罗小玲，而是把她的脚绑在凳子上，然后一屁股坐在沙发上，一言不发，气呼呼地瞪着罗小玲，瞪得罗小玲毛骨悚然。她知道两人"心与心斗"的较量开始了。

沉着冷静，与歹徒斗智斗勇

大约过了 20 多分钟，难堪的沉默终于被歹徒打破了。他怒气冲冲地问道："你家里找不到现金，应该还有其他值钱的东西，你把它交出来！"之后，他用刀尖抵住罗小玲的喉咙，厉声地说："说，东西藏在什么地方？"

一阵轻微的刺痛划过心头，罗小玲没有哭泣，相反，她不断告诫自己要沉着、镇定。不要慌乱。她迎着歹徒愤怒的目光，十分冷静地说："家里有值钱的东西，但都没有藏起来，像冰箱、彩电，你都可以搬走。"她又像忘记了似的，恍然大悟地补了一句："哦，我脖子上还有一根银项链，你也拿去吧。"说完，取下来交给了歹徒。

歹徒拿过这条银项链，看了看，最后十分气愤地扔掉了："你用这个打发叫花子哟。我告诉你，今天你不把值钱的东西交出来，我会要了你的命。"

为了不激怒他，罗小玲立即换了一种口气。她可怜巴巴地说道："大哥，我家里真的没有值钱的东西了。大哥，我知道你是个非常讲道理、讲情义的人，你就行行好，放了我吧。"

“不行，你不交出东西来，我非杀了你不可。”歹徒不耐烦了，气势汹汹地威胁罗小玲，并摆出一副要用刀捅了她的样子。

罗小玲知道他想钱想疯了，再不拿出钱来，自己会有生命危险，可是，现在家里真的没钱啊，怎么办呢？她想了老半天，终于想出了一个“安慰他一下”的办法。她十分兴奋地告诉歹徒：“我家里真的没钱，不过，我姨妈家里很有钱，她是个百万富翁，我可以跟她借钱。”

歹徒听了果然来了兴趣。他马上说：“你打电话跟她借钱吧。”他松开绳子，示意她用家里的电话机打电话。罗小玲刚拿起电话，这歹徒忽然改变了主意：“不行啊，万一你说我在这里呢？”罗小玲立刻安慰他：“不会的，我绝对不会，我只问她要钱，行不？”“不行！这个方法不行，这钱我不但拿不到，还有暴露的可能。”歹徒最终否定了这一方案，但罗小玲的目的已达到：她成功转移了歹徒的注意力，他似乎相信罗小玲家里真的没有钱了。

趁此机会，罗小玲决定上演一场“悲情剧”，以博得他的同情。她倏地哭了起来：“大哥，我的命真的好苦啊！”她边说边哭边用手捂住脸，一副悲悲戚戚的样子。歹徒不由一愣，忙问道：“怎么啦？”罗小玲开始一把鼻涕一把眼泪诉说自己的“悲惨史”：“大哥啊，你不知道，我是一个快要死的人了。我得了白血病啊，家里已经花了10多万元，一点效果也没有，我现在每天都要换血，不换血我就会浑身无力，走路都不行。”说完，指着手上被绳索捆绑的暗红印，泪水巴巴地说：“你看，我的手都紫了，这些印记永远都消退不了。家里的东西，你都拿走，求求你放过我吧。”

歹徒看了看她的手，冷冷地说：“这是绳子勒的，根本不像是白血病。”罗小玲装着有气无力，轻轻地说道：“大哥，这是真的，不信你跟我一起到医院去。”歹徒笑了：“我才不去呢，你得了白血病关我什么事，我现在只认钱，只要你给我钱，我立马就走。”

这一招眼看就要失败，罗小玲灵机一动，叹了一口气：“你不信算了，等下我姨妈会到我家来，接我去医院。”罗小玲本是信口胡扯，但她发现歹徒听到后，竟紧张地浑身一抖，接着，他不安地反问道：“你姨妈几点钟来？”罗小玲立即答道：“9点。”她又看见歹徒下意识地看了一下手机。罗小玲敏锐感到歹徒害怕了，他怕有人来！此时已是上午8点20分，离9点差40分，罗小玲决定抓住这一有利时机，把歹徒赶走，于是，她加重了口气：“我姨妈在你没来之前给我打过电话，说9点一定会赶来，要我在家等。”为了吓住他，罗小玲继续说道：“到时，我两个表哥也会过来，陪我一起去医院看病。”

罗小玲的话显然奏效了。这歹徒听后，慌忙站了起来，跑到窗户边向下四处张望，同时频繁地看手机上的时间。他在房里焦虑不安地走来走去，不时打量天花板等隐蔽部位。他在寻找可以隐藏的钱物，不过，来回的速度在加快。他前后找了20余分钟，终于像泄了气的皮球一样，一屁股坐在地上，在那直喘粗气。没有找到钱物的他非常失望，也非常不满。他涨红着脸，怒气冲冲，站起来对着罗小玲的胸口就是一脚，然后，大声吼道："妈的，我最后问你一句，你把钱藏到什么地方去了？你不说我非杀了你不可。"

这是第五次歹徒扬言要杀了她了。罗小玲立即意识到歹徒的心态已发生重大变化，变得歇斯底里起来。在这种状态下，什么事都有可能发生。很快，她最担心的事发生了。

运用计谋，女孩诈死成功逃生

这歹徒抽出一把刀，用刀尖指着罗小玲的胸口说："你说，你要死，还是要活？"罗小玲赶紧面带微笑地说："我要活。"歹徒用刀尖在罗小玲身上划了一刀，边划边说："我叫你活，我叫你活。"刀尖划破了罗小玲的上衣，在皮肤上留下了一道红印。罗小玲浑身一震，立刻跪了下去："大哥，求你别杀我，我真的没钱啊。"她知道现在已到了紧要关头，心里尽管怦怦直跳，但她的头脑异常冷静，装出一副可怜巴巴的模样，对歹徒说："我妈妈很爱我的，如果我死了，我妈妈也活不成了，到时候就是两条人命了，这又何苦呢？再说，我们还可以交个朋友，以后你碰到什么困难，可以找我呀，我一定会帮你的。"

罗小玲的话让歹徒犹豫了片刻，但他很快冷笑了两声，他再也不相信罗小玲了。由于没有找到金钱，发财的梦想落空了，歹徒的心已被熊熊的怒火填满了，他为此愤恨不已！愤恨之下的他决意杀掉罗小玲！

罗小玲从他凶恶的眼神里读出了不妙。她迅速做出了一次有力的自救："离9点只差20分了，我姨妈他们就要来了，你快走吧，不然，你会有麻烦。"

闻听此言，歹徒神色一变，十分紧张地看了看手机，时间果然显示8点40分。时间不多了，他额头上冒出了细密的汗水，向门边走去，突然，他扯下了一条毛巾，转身抓住罗小玲，用毛巾拼命捂住她的嘴巴。原来，他打算捂死罗小玲。

罗小玲奋起反抗。她不断地扭动着，努力扯掉嘴上的毛巾，两人厮打成一团，几个回合下来，歹徒竟不能得逞。他恼了，拾起掉在地上的刀，奋力向罗小玲的脖子刺去，一股鲜血从罗小玲脖子处顿时奔涌而出。

令人昏厥的痛楚潮水般涌来，罗小玲差点失声痛哭，但她强忍住了。在歹徒刺向她的片刻，她赶紧低下头，缩了缩脖子，由于脖子变粗了，刀尖只割破表面上的一层肉，并没有伤到气管和动脉血管。尽管没有伤到要害处，罗小玲还是故意发出一声“啊”的惨叫，然后，倒在地上，像濒临死亡的人一样，使劲蹬了几下脚，头一歪，躺在地上一动也不动。事后，据她介绍，这一招是从电视里学来的，电视剧里面都有这样的情节。

由于罗小玲表演得太逼真，歹徒以为她死了，便停止了再行凶。他不放心，用手指放在她的鼻孔处，看她还有没有呼吸。当他的手指伸过来时，罗小玲敏锐地察觉到了，这一刻，她屏住了呼吸，全身没有任何反应。大约过了十几秒钟，歹徒松开了手，确定她“死”了。

随后，他把她抱起来，走进了一间卧室。在抱起她的一瞬间，罗小玲忽然觉得心跳得厉害，呼吸急促，还想咳嗽，但她拼命地忍住，并把身体始终保持在瘫软状态。当歹徒将她丢到床上的刹那，她借势翻过身去，背对着歹徒，让他看不到她的脸面。

接着，歹徒迅速跑到厨房，打开煤气灶。他企图制造火灾，焚尸灭迹。然而，他打开了阀门，却不见出气。原来，细心的罗小玲出门时，已经关上了总阀。歹徒不知，以为没气了。

他旋即窜到另一间卧室，点燃了床上的被褥，之后，又来到罗小玲的卧室，点燃了床单，一会儿，罗小玲闻到了一股浓浓的烧焦味，床头也有火烧的感觉，火似乎离自己越来越近了。罗小玲依然保持一动也不动的姿态，只是警觉地竖起两只耳朵，察听周围的动静。

过了两分钟，她听到了歹徒外出的脚步声，随之，“哐当”一声，门被重重地关上了，歹徒终于走了。

罗小玲赶紧爬起来，对自己的喉咙进行简单的包扎后，立即从厨房里端来了水，把火熄灭了。另一间卧室火势太大，她已无能为力，于是，站在阳台上呼救，同时拨打了姨妈的电话。

邻居闻讯赶来，很快扑灭了大火，并把她送往岳阳市中心医院。经医生检查，罗小玲的伤并无大恙。当然，她如果不缩一下，伤口扩大到0.5毫米，就有可能伤及气管和大动脉血管，这就非常危险了。医生肯定了她的自救方法。经过一个星期的治疗，她伤愈出院。

罗小玲成功自救的故事在该小区引起了强烈反响。不少人上门来看望，夸奖她沉着冷静，与歹徒斗智斗勇，纷纷表示要向她学习。

据罗小玲父亲介绍说，他们从小就教育她遇事要冷静，因此她养成了沉着谨慎的习惯，身上带多了钱走路时，都会不时回头看身后的人，晚上下班回家后都会随手反锁门。入睡之前，她都会将煤气总闸关掉。正是由于她这一优点使她成功地躲过了这场劫难。

7 月 27 日，岳阳市警方成功侦破了此案，抓获了犯罪嫌疑人罗世林。今年 27 岁的罗世林，岳阳市人。据他交代，正是他策划了这起入室行凶抢劫案。目前，案件正在审理中，等待他的将是法律的严惩。

用嘴挣钱的残疾人

2008年8月30日，湖南省茶陵县春成不锈钢板材装饰材料厂吸引了不少人的参观：因为这房子的主人是一个失去双手的残疾人。他不仅有洋房，而且还有其他固定资产200多万元，这些钱都是在短短几年内挣的。他挣钱的方法很特别：就是动动嘴巴，这到底是怎么一回事呢？

突遭横灾，健康人少了两只手

这名残疾人名叫龙春成，今年41岁，是茶陵县虎踞镇黄坪村人。刚结婚成家那几年，家里真是穷得叮当响，住的是间阴暗潮湿的土砖泥屋，种田的一点收入勉强能填饱全家的肚子，一年到头想添件衣服都难。龙春成实在无法忍受了，当时双手还健全的他决定外出打工。

1991年2月，只有初中文化的他来到了广东东莞市找事做。当他走进人才市场时立即傻眼了：招聘单位要的都是大专、本科，最差也要有上岗证、操作证，而他除了一个大活人什么也没有。他垂头丧气地溜出了大门。

接连几天他都找不到事做。白天啃几个冰凉的馒头，晚上睡在火车站、马路边上。有一天，他路过当地一家门窗厂，看见门口贴着一张招聘电焊工的启事。厂门口围了许多人，叽叽喳喳议论不停，就是没人敢进去。找工作找怕了的他毫不犹豫进去了。他其实并不会电焊，只是一年前在一个电焊工手下帮过几天忙，略知一二，他想这是机会呀，于是勇敢地去试了，结果被厂家留了下来。他这个“南郭先生”真正到了电焊场上自然不行，仅

仅干了9天就被厂家解雇了。这9天，对别人来说可能是普普通通的9天，对他来说却是至关重要的9天，在熟练师傅的指导下，勤学好问的他终于弄明白了电焊是怎么回事，可以熟练地操作这支小小的焊枪了。

不久，东莞又有一个大型门窗厂招电焊工。这次他顺利聘上了，第一个月就有1800元，年底达到2500元，三年之后，他的月工资达到3500元。这时的他通过三年的刻苦钻研和不断磨炼，已成为一个技术娴熟的电焊工。看这家厂子因他们这些打工仔的拼搏而日渐发达起来，龙春成不禁动了心思：是啊，同样一个人，同样一双手，我为什么不去办厂赚钱呢？

1996年4月，他回到了茶陵老家，发现当地还没有一家像样的钢门窗厂，很多人家安装的防盗门窗都是自己制作的，既不漂亮又不规范，他立刻发现这里存在商机。

可是他手头只有几万元，资金不够，也没有帮手，于是找到了自己的侄儿子，动员他一起投资办厂。一个月后，一个小小的防盗门窗厂开张了。正当龙春成信心勃勃准备大干一番时，一场突如其来的灾难降临了……

1997年4月2日，他在茶陵县税务局一户居民家安装楼梯扶手，无意中把一根不锈钢管伸向窗外，忽然，“啪”的一声，不锈钢管上竟闪出了电火花！原来这户人家的窗外不到2.5米处有一根横穿而过的高压线，龙春成没注意。强大的高压电流瞬间把龙春成的双手打得皮开肉绽，直冒黑烟。他“啊”的一声惨叫，就一头栽倒在地，口吐白沫，昏死过去。

大家立刻把龙春成送到了茶陵县人民医院，后来又转至湖南省人民医院、163医院抢救。经过几家医院的救治，总算把龙春成从死亡线上拉了回来。然而，他的左手臂截肢，右手腕神经断裂，肌肉萎缩，手指僵硬蜷屈紧贴手心，丧失全部功能，也就是说他从此没了双手！醒来后的龙春成突然间不见了双手，不由脸色骤变，号啕大哭起来。

这时，为了治他的伤，家里已花费了4万多元，再也拿不出钱了。看见妻子刘会文每天为钱的事而四处借债时，龙春成坐不住了。他泪水涟涟地对刘会文说道：“会文，不要借债，以后我们拿什么还人家呀？我这伤治不好，不治了。”说完不顾妻子和医院的反对，强行出了院。

回到冷冷清清的家，龙春成心中备感凄凉与孤独。他整天躺在床上，长时间地流泪，唉声叹息，尤其是每每下意识用双手为自己穿衣穿鞋而不能时，心里更加烦躁不安。有一次，一家人正在吃饭。十分苦恼的他看到想吃的菜无法吃到，忍无可忍，一股“火”倏地蹿了出来，气愤地用肩膀一顶，“通”的一声，一桌饭菜全部打翻在地，人像孩子一般大哭起来。他觉得他这一生完了，再也没办法创业了。

为了讨回公道，妻子刘会文一纸诉状将县电业局、开发区等肇事单位告上了法庭。经法院判决赔9万多元，然而真正执行到手的现金只有2万多元，开发区由于濒临破产，无力履行，只能用一块不值钱的地皮作抵。这点钱能支撑这个家，把正在办的厂子办下去吗？得知消息的龙春成深感失望，夫妻俩不禁抱头痛哭！

有一天，他来到了与侄儿一起合办的厂里。眼前的一幕让他心如刀绞：侄儿子又瘦又黑，正吃力地背着一根沉甸甸的钢管，蓦地，一个趔趄，人和钢管重重地摔在地上，脚上立刻乌青一片。看见叔叔来了，侄儿子忍住疼痛爬起来，强装欢笑地说道：“叔叔，我又接了一个业务，可以赚几百元呢。”其实他知道，侄儿子尽管在这里没日没夜地打拼，但由于资金不足，又没有帮手，这个厂子已经难以支撑下去了。

为了不拖累自己的亲人，他做出了一个非常痛苦的决定：把正在办的厂子分开。这天，他主动把侄儿子喊来，说道：“小龙，我现在没了双手，没办法做事了。这个厂我没办法经营，现在散了吧。”说完，他不顾侄儿的反对强行把账目分开了。

当侄儿离开的那一刻，他又忍不住流泪了。这是我正在流血流汗打拼的厂子啊，难道说没就没了？

借人手脚，靠嘴办厂出奇招

不久，有一件事给了龙春成强烈的震撼。一天，他在市里大街上，看见一中年人用板车拖着满满一车物品，正吃力地给商家送货物。他无意中瞟了一眼这人的腿，一下子惊呆了：这人左腿竟是条假肢。据说这人凭着这条伤残的腿，不仅养活了全家，而且还在供儿子上大学。

他回家把这件事跟妻子刘会文说了。刘会文马上说道：“其实残疾人并不可怕，可怕的是自己没了信心，没了创业的勇气和胆识。”丈夫每天愁眉苦脸，她心急如焚，真有说不出的痛苦和焦虑。她多么希望丈夫能挺过来啊！龙春成当然明白妻子的心思。他坚定地点了点头，十分肯定地答道：“你说得很对。我不能再消沉下去了，我有技术专长，又有办厂经验，完全可以把厂子搞起来。”

与侄儿子分开时，龙春成分到了几万元的钢材，原打算变现用于养病，现在他改变了主意，决定继续用来办厂。这年10月，“春成不锈钢板材装饰材料厂”在一阵鞭炮声中重新开张了。

然而真正到了开业那天，他又急了：没了双手如何去焊接，如何办厂子？

这时别人的一句不经意的话提醒了他。有人说道：“你这么好的焊接技术可惜了，可以把经验传授给别人。”客人一句话使他茅塞顿开：是啊，我为什么不带徒弟呢？可以借他们的手呀！经过认真挑选，龙春成收了三个19岁左右的小徒弟。

这天，他对略显惊讶的小徒弟说道：“从现在起，我既是你们的老板，也是你们的师傅。希望你们听我的指挥，好好跟我学技术，工资不会少你们的。”说完，龙春成把他们带到一间租来的30平方米的厂房里，开始传授制作市场紧缺的防盗窗技术。

龙春成带徒不像有的人那样，有保留地教，而是马上就告诉他们全部“秘诀”。他没了双手，没办法手把手地教，只好站在一旁“说”。他不说不知道，一说才知道沟通是那样艰难：有的技术要领，他说得口干唇焦，喉咙冒烟，文化程度不高的徒弟们却听得大眼瞪小眼，不知所云。他没办法，就用脚替代手，进行演示。一次，他在地上比着，划着，不小心用力过猛，失去重心，“通”的一声，人不仅摔在地上，而且左手残端还重重地碰在钢铁上，一股血立即流了出来，疼得他呲牙咧嘴，当场掉出一串泪水。徒弟们把他扶起来后，他简单包扎一下，休息片刻，强忍着疼痛，又继续讲开了，几小时过后，嘴上起了泡，流出了血，讲得喉咙嘶哑。妻子刘会文见后心疼得哭了起来：“春成，你要保护好自己的身体啊，千万不要拼命，你垮了我怎么活呀！”徒弟们感动极了，几乎都劝道：“师傅，你休息一下，一天讲一点，不懂的地方我们会找书看。”第二天，这些徒弟都主动买了电焊书。在龙春成高强度的“说动”下，三位徒弟两个月后都可以独立操作了。

12月25日，龙春成碰到了一件令他感动不已的事：十分害怕开车的妻子刘会文学会了开摩托车！以前龙春成骑摩托车，搭在身后的刘会文总会紧紧抱住他的腰，生怕掉了下去。龙春成出事后，再也无法开车了，而他跑业务、装门窗等常常要走10多公里，一刻也离不开。于是刘会文主动对他说：“你跑不动，我来跑，当你的脚怎样？”妻子说到做到，从此没日没夜在县城外的山坡上练车。龙春成见后，心里不由涌出股股暖流，真是患难见真情啊！他知道妻子很害怕，就站在一边陪练。一天，龙春成大胆地上了妻子的车，妻子紧张得一阵哆嗦，跑出五六米远，俩人仰面摔倒在地，几乎在同时，都在问对方："你摔伤了没有？"那一刻，俩人眼眶里都溢满了泪水，不由痛哭起来。在不断的摔打中，刘会文这一天终于可以带着龙春成上路了。

有了"手"和"脚"的龙春成开始四处用嘴谈生意，然而摆在他面前的路依然十分艰难。1998 年 3 月的一天，他好不容易联系上了一家客户。这客户听说龙春成要来承揽防盗门窗业务，怀疑自己听错了，连连问道："你说什么啊？我没听清，你再说一遍。"当龙春成重复了一遍，他笑了，忙说："算了，算了，龙老板，不要开玩笑了。我很忙，还有其他事。"二话不说就挂断了电话。

龙春成不死心，又来到这客户家里。这客户吃惊地望着他，时不时瞥着他的手，不解地问道："龙老板，你还在办厂？不会吧。"龙春成把自己招徒的事说了一下，这客户总算相信了，但说话却支支吾吾起来："这，这事有点儿不好办。我相信你的本领和技术，可是，可是……"这客户再没了下文，龙春成知道这位客户"可是"后面包含的内容。他说道："是这样的，这次安装我徒弟没搞好，我一分钱不要。装好了，你看着给，行不行？"龙春成的诚心终于使这客户同意让他试一试。

接到这笔业务后，龙春成与徒弟们一道每天加班加点。徒弟们休息了，他还在时刻思考安装的细节。到了安装这天，他和徒弟们早早来到施工现场，一会儿，一个漂亮的防盗窗就安装好了。这客户看了非常满意，正要向龙春成表示感谢时，却见龙春成躺在墙的一边静静地睡着了……深受感动的客户不仅付足了钱，而且还成了免费的宣传员："龙老板不错，干的活跟以前是一样的，是个搞事业的人。"传开后，开始有客户主动找上门。

龙春成每天在外忙忙碌碌，却不想自己的后院起火了。1998 年 5 月的一天，一位技术很好的徒弟吞吞吐吐地对他说道："师傅，我不想做了。我打算自己去外面开一家店子。"龙春成听后，不由愣住了，真是"女大不中留"呀，现在徒弟学会了真本领，翅膀硬了，自然想法多了。龙春成不是没有准备，只是想不到这一天来得这么快，但他还是点点头，爽快地答道："行，你去吧。希望我们以后还是朋友。"说完，客客气气送了一程又一程。他知道强扭的瓜不甜，但是又不能不为以后的生产担忧。

于是，他决定用多收徒弟的办法来解决这个问题。1998 年 10 月，他一口气收了 7 个徒弟。为了留住他们，龙春成在待遇上一视同仁，不分亲疏。有一个喊龙春成"表伯"的徒弟，跟随多年，但他的工资与刚进来的徒工一样。

一次，由于操作失误，损坏了一根钢管，尽管有许多人求情，龙春成还是按厂规给予了处罚。同时，龙春成还特别注意“以情留人”。徒弟家遇有红白喜事，龙春成会立即停产，动员所有的人前去帮忙，并送上红包，表表心意。一次，一个徒弟家母亲得了急病，需送医院，可是全家翻遍了只有500元，还差2500元住院费，这徒弟四处借钱未果，急得团团转。龙春成得知后，不仅提前支付了他的工资，而且还借了2500元给他，之后又与爱人带上礼品，一道去医院看望。他对这个徒弟说道：“你安心照看好你母亲，你放心，这段时间工资照发。”龙春成这句话不仅令徒弟热泪盈眶，而且在场的人也深受感动。这位徒弟的母亲泪流满面地说道：“儿啊，龙老板待我们这么好，你要好好记住，要真心帮龙老板呀！”

龙春成善待徒弟的事被传开后，想成为他徒弟的人几乎踏破了门槛。这些人都说：“龙老板人好心好，跟着他可以学到真正的本领。”他的厂子终于后继有人，渐渐办得有生气了。

险中求胜，没手的龙哥成了当地的“大哥大”

2000年龙春成遭遇了两场“寒流”：以前只有十来家钢门窗厂，现在一下子冒出了几十家，小小的茶陵市场顿时“寒气逼人”，竞争空前激烈，制作钢门窗的利润直线下降，一度几乎为零。8月15日，爱人刘会文开着摩托车在送货的路上，与一辆货车相撞，右腿碰断，人事不醒，被送到茶陵县人民医院急救。

龙春成赶到医院，看着在痛苦中挣扎的爱人，自己却无力搀扶一把，禁不住心胆俱裂，泪如雨下。他一遍遍地自责：“都是我不好，我无能，我没用，是我害了你呀。”

刘会文看着内疚不已的丈夫，也泪流不止。她轻轻地说道：“春成，你要坚强些。这个家需要你，这个厂要靠你，你不能倒下啊！”

妻子的一席话让龙春成在痛苦中清醒过来。是啊，我不能倒下，妻子的医药费、两个孩子的学费、徒弟们的工资，都要靠我去挣回来！

他决定让母亲来照顾妻子，自己继续去开拓市场。他发现当地人建私房的大门，尤其是临街的大门，一般不用砖砌，而是用木材做。缺点显而易见，一是不防火，二是防盗功能差。但是他以前从不生产这玩意，主要是难度太大。现在既然没退路了，再难也得上呀！于是龙春成做出了一个大胆的决定：去做这种当地不多见的防盗不锈钢大门。

龙春成说干就干。他立刻四处联系客户，终于有一户姓朱的老板被他说动了，同意安装他推销的钢门，但一时忘记了的朱老板却说出了一句叫他震惊不已的话：“你的技术好，你亲自来做这个门，我才放心。”龙春成哭笑不得，只好说道：“我守在现场做好不好？我保证安装的钢门让你满意，否则赔偿损失费。”这客户也为自己的荒唐说法笑了：“好吧，就按你说的去做。”

龙春成深知此门事关厂子的生死存亡。但是制作门毕竟不同于防盗窗，是这户人家的脸面、窗口，不仅式样要好，漂亮大方，而且用户使用起来也要方便。

为此，龙春成找来相关专业书，购买了许多图案书籍，挑选当地最适宜的图样。他看书没法翻，就用舌头当手，一页页去舔，不久舌苔弄得漆黑一片，吃饭都疼。有一个徒弟看不下去了，主动对他说：“师傅，你不要翻书了，我陪你看吧。”经过一个多月的苦心研制，他指导徒弟们终于用不锈钢制作出了一个3米多长、4米高的大门。

然而，在完工时，龙春成发现这扇门有一个地方焊高了，看起来不是很舒畅，朱老板见后连说没关系，放心装上去，但龙春成还是摇了摇头，要徒弟们拆开重做。为了确保第二天安装好，他不顾自己正感冒，与徒弟们一起加班到凌晨2点，直“看”到完全没有任何纰漏为止。这次返修，不仅使他感冒加重，而且还白白损失1000多元。徒弟们有点不理解了，认为纯粹多此一举。龙春成却高高兴兴地说道：“这次不返修，表面上我们占了便宜，实际上我们是吃了大亏。你想想，这扇门是人家的脸面，也是我们的脸面。如果这些纰漏被来来往往的亲朋看见了，他们会怎么想？会说我们的好话吗？”

第二天，他们按时把这扇门装上去了。朱老板忙完自己的事，回到家一看，一下子惊喜得愣住了：在火花的飞溅中，一个新颖别致的门在阳光的照耀下是那样光彩夺目，太符合自己的要求了！望着龙春成满嘴的水泡和满是汗水的脸，朱老板情不自禁地伸出手想去握住对方的手表示感谢，不料把手伸出去才醒悟过来，只好又是尴尬又是好笑地拉对方的空袖子摇了摇。他激动得连连说道：“好啊，好啊！我家就用这扇门。”龙春成一炮打响了！树立在路口的这扇门成了他的活广告，一传十，十传百，两个月内就有七八个用户要求装同样式的钢门。

他还想出一个经营绝招：帮客户量体裁衣，出“金点子”。有的客户对钢门窗完全是外行，不会挑选式样，这时龙春成就会耐心细致地带他们去现场参观，把其中的优缺点一一说清楚，并提出几个方案供他们选择。一次，一个客户挑选了一个比较贵的钢门，龙春成看后，认为该式样与住户环境不相宜，主动挑选了一个价格低的门。客户不信，于是龙春成让徒弟们把门抬到现场进行比对。事实果真如此。这客户十分感动地对龙春成说道：“你虽然手残了，但心没残。我很愿意跟你这个实在人打交道。”之后主动给龙春成介绍了一个客户。他有百分之六十的业务，都是这样客户听了亲朋好友的介绍主动找上门来的。

后来，他在短时间内又分别开发出了拉闸门、卷闸门、电动伸缩门、板梯扶手及招牌、灯箱、货柜等 10 多个产品。这些都是他经过市场调研，研发出的需求较旺的产品。有了这些新品，厂子的活儿自然越接越多。

渐渐地，在茶陵县钢制品行业，他的生意最火爆，“春成不锈钢板材装饰材料厂”的名气也越来越大了。他的客户不再局限于茶陵县城，邻近的炎陵、安仁等县的居民也慕名前来订购产品。一户攸县居民听说龙春成的门窗做得好，放弃了在当地做的念头，专程来到这里定做，然后自己租车运往 50 公里外的家。这个残疾人终于发了！

工程师与农民兄弟的故事

2006年元月20日，一位病危的农民打工仔终于笑着走出了长沙市中心医院。在踏上回家班车的那一刻，他泪流满面，紧紧抱住一位年轻人，激动地说道："弟弟，谢谢你！希望我们来世还是兄弟！"

这位农民打工仔名叫欧阳志亮，是湖南隆回县七江乡富家村人。9个月前，他在长沙一家建筑工地打工时身受重伤，昏迷不醒，处于植物人状态，身无分文的他生命垂危，关键时刻，一位工程师忍辱负重，举债卖血，开始生死大营救。在大义亲情面前，死神终于退却了……

打工的农民哥哥突遇横祸

这位工程师名叫欧阳志存，今年31岁，在中国建筑五局一公司工作。欧阳志亮是他的哥哥，一位在农村辛勤耕作的农民。哥哥家有两个正在上高中的儿女，每年需要一大笔学费，家里至今还欠1万多元外债。为了还债，2004年7月下旬，40岁的他经老乡介绍，来到长沙市万家丽路一家建筑工地做木工。想到可以挣钱还债了，他心里很高兴，却做梦也想不到一场劫难正一步步向自己逼近……

2005年7月4日上午，他在一栋在建的房内三楼装模板，撬动一块模板时，不料用劲过大，只觉脚底一滑，头部朝下，重重地摔在一楼的休息平台上，人当即摔得头破血流，昏死过去。由于当时无人上班，直到一个多小时后才被两位过路的老乡送到了长沙市中心医院抢救。经医生检查，发

现他的头骨不仅开裂，而且脾、肾等重要器官也分别挫伤，生命岌岌可危。

正在上班的欧阳志存闻讯赶来，看见哥哥血流满面，昏迷不醒，不由心胆俱裂，失声痛哭。这时一位医生看见了，走过来，对他说道："你不要哭，你哥哥的伤势很重，需要一大笔钱，你要赶紧去筹钱。我们会全力抢救。"这句话提醒了欧阳志存。是啊，我不能哭，哥哥在长沙只有我一个亲人，如果我躺下了，哥哥就完了。

进院的时候，同来的一个工头带了15000元，第二天，这钱就用完了。包工头见势不妙，悄悄溜走了。而此刻的哥哥依然昏迷不醒，没有脱离生命危险，医院先后下了四次病危通知书，同时还有一张欠费单。欧阳志存望着仍在昏迷中的哥哥，强忍着心中的悲痛，心里暗暗地说道：哥哥，你放心，弟弟一定筹到救你的钱！

工程师下跪讨要救命钱

作为一名年轻的工程师，他自然知道施工方负有不可推卸的责任。他满怀希望来到施工现场，工地老板的一句话，却给了他当头一棒："你哥哥出事这天是休息时间，我们没有安排他上班，所以我们不负任何责任。"

欧阳志存急了，据理力争："谁说没安排？那天是上班时间呀，工友们可以作证。退一步讲，在你工地上出的事，你也应负责任。"

工地老板笑了："班组长都说不知道，不信你去问，再说已经出了15000元，我认为我们的责任到此为止。"说完，工地老板扬长而去。

欧阳志存急忙找到原先提供情况的工友。此刻的工友们都沉默不语，一个工友忍不住说出了心中的话："欧工，没办法，我上有老下有小，都指望这点工钱啊。"

欧阳志存请工友出面作证的希望破灭了。这次他空手而归。在医院里，一位医生告诉他："你要有思想准备，你哥哥的病非常严重，治疗的费用估计要一二十万。"

欧阳志存听后，人一下子懵了。他虽然参加工作多年，但并没有多少积蓄，要救哥哥的命，必须去找施工方。第二天，他又来到这家工地，刚走到大门口，忽然从里面冲出两个保安，拦住他，不准他进。欧阳志存一边解释一边往里闯，不料，保安竟一把揪住他，往后一掀，人被重重地摔在地上。欧阳志存怒火攻心，爬起来开始跟保安理论，不知不觉三人厮扯在一起。势单力薄的欧阳志存自然处于下风，身上不仅挨了拳脚，头上还挨了一棒，一股鲜血顿时从额头上冒了出来。

看见欧阳志存已经流血，这两位保安心虚了，骂了几句就走开了。想到急待救助的哥哥，欧阳志存忍下了这口气，把头上的血抹了抹，就跑了进去。他在工地转了一圈又一圈，却不见工头的人影。没想到自己用血换来的竟是这种结果，那一刻，他禁不住悲从中来，黯然泪下。

但欧阳志存没有死心。一天，他在工地门口终于看到了工地老板驶来的小车。他一个箭步，站在路中央，高举着双手，把正在行走的小车拦了下来。看见工头下来了，欧阳志存心中的疼终于爆发了。他泪水长流，扑通一声，直挺挺地跪在地上，恳求老板付钱治病。深受震撼的老板，终于陆续支付了 6 万多元。

有了这些钱，欧阳志亮的病渐渐地稳定下来。然而不久这钱又用完了，但是这一次，工地老板说什么也不肯出钱了。

欧阳志存决定通过法律途径讨回公道。为此他聘请了一名律师，这名律师了解情况后，说了句意味深长的话："与工头打官司是个漫长的过程，这期间的医药费还是要靠你自己。"律师的话让欧阳志存明白，今后哥哥的生路就指靠他了。

竭尽全力，举债卖血救兄长

大哥住院后，欧阳志存每天都要在医院、工地来回跑，几天下来，人整整瘦了一圈。第五天，欧阳志存终于联系上了正在上海打工的嫂嫂刘鲜美。大嫂赶来了，看见好好的丈夫如今昏迷不醒，忍不住号啕大哭。她把身上所有的钱掏了出来，只有 1000 多元，这点钱只能支撑一天，欧阳志亮的医药费依然没有着落！

这时医院又来了一张 5000 元的欠费单。欧阳志存开始打起了自己的"主意"：他有一笔五万元的购房款。这是他在单位的集资房款，也是他最后一点积蓄。他毅然把这笔钱交上去了。交钱的那天，大嫂知道了，慌忙制止："兄弟，你不能这样做，到时你拿什么成家呀！"欧阳志存也知道如果没有这笔钱，他将失去在单位的购房资格。他内心多么渴望有个属于自己的家啊！但是丢下大哥，他会一辈子良心难安！于是他劝慰道："大嫂，没关系，救哥哥要紧！没了钱我可以再挣，没了房子我可以再买，只要大哥在，我们就有

希望。”欧阳志存的一席话，说得大嫂泪水涟涟。

过了几个月，这五万元又用完了。欧阳志存与工地老板的官司仍然没有结果。那些日子，欧阳志存感到最恐怖的时刻就是早上8点钟，这是缴费的时间，护士们总会问道：“你们的钱交了没有？”每每这时，欧阳志存的脸就会红到耳根，无言以对。他每月只有1000多元工资，还不能按时兑现。每次发下工资，除留300元当生活费，其余都给哥哥治病，但这些钱仍然不够。他开始跟同事、朋友借。有一次，他跟一位姓李的朋友借钱，半路上，不留神地面有个坑，一脚踏空，人顿时失去平衡，重重地摔在地上，眼镜飞出一米开外，腿上乌青一片，他忍住疼痛，找了一点药擦了擦，坚持赶到朋友那里，借到钱后，又往医院赶，第二天一看，脚非但没消，反而更肿了……他就这样东挪西借，不知不觉，欠了近万元外债。一次偶然的机会，他开始了卖血。

一天，他在长沙街头遇到了一个男子，悄悄地把他拉到一边，说：“老兄想不想发财，我有个卖血的路子，你去不去？”听到卖血挣钱，欧阳志存的眼睛不由一亮，是呀，这样不又可以为哥哥挣到一笔医药费吗！他隐瞒了自己的真实身份，悄悄地跟他去了。这次，他挣到了300元，马上给哥哥交了医药费。就这样，有了他举债卖血的钱，勉强凑够了欧阳志亮的医药费。

他一边四处筹钱，一边在医院来回跑，他知道他还面临着另一个非常棘手的难题。

永不言弃，齐心唤醒昏迷的兄长

欧阳志亮入院一个多月了，一直昏迷不醒，除了有微弱的呼吸外，几乎看不到其他的生命特征。一位医生忧心忡忡地对欧阳志存说：“你哥哥已成植物人状态，仍很危险，如果还不醒来的话，有可能永远醒不来，或者成为标准的植物人。现在关键就看他能不能醒来。”

听着医生的话，欧阳志存全身不停地发抖。哥哥是全家的顶梁柱，如果他有三长两短，两个侄子不仅要辍学，哥哥这个家也就散了。他对刘鲜美说道：“嫂嫂，医生说，亲人说话、按摩可以刺激他的脑神经，以后你喊，我按摩。”

从此，欧阳志存每天凌晨5点就起床，胡乱洗把脸，从住地井湾子到市中心医院来回跑。本来他很想住在医院里，但条件不允许。去年下半年这段路正在改建，所有公共汽车停开，他只好走路，经常是一身泥水来，深夜又是一身泥水归。有一天他又累又饿，但咬牙坚持到深夜。回家的路上，欧阳志存惦念着哥哥，精神高度紧张，推开房门时，他再也坚持不住了，晕倒在地上……

第二天，他又强忍着不适，高高兴兴来到哥哥身边，一边替他按摩手脚，一边伏在他的耳畔，轻轻呼唤他的名字。有时他就跪在哥哥床边，一遍遍呼唤。后来，想起以前哥哥最爱听流行歌曲，于是，他找来许多歌带，边按摩，边放给哥哥听，嫂子站在旁边给哥哥说悄悄话。

奇迹终于出现了。2005年11月3日晚上，欧阳志存将欧阳志亮安顿好后，继续给他唱歌，之后，准备回单位休息。临走，他像往常一样握住哥哥的手，和他道别。突然欧阳志亮的嘴角动了一下，接着双唇咧出了一道弯弯的月牙，眼角也现出了皱褶。欧阳志存心头一阵狂喜，那是哥哥久违的笑容啊。

“哥哥笑了，他醒了。”欧阳志存急忙喊嫂子。这时，欧阳志亮的双眼微微睁开，目光死死地盯住站在面前的欧阳志存和嫂嫂，一动不动。欧阳志存激动地用双手拉住哥哥的手，声音颤抖着问他：“哥哥，你认识我吗？”欧阳志亮点了点头。欧阳志存又指着嫂嫂：“你认识她吗？”欧阳志亮望着刘鲜美，用了很大的力气点一下头，晶莹的泪珠顺着眼角滚落下来。“他认出我了，他醒了！”欧阳志存的眼睛湿润了，而他同房一个脑部受伤的病友，昏迷三个月始终没醒来，最后离开了人世。

醒过来的欧阳志亮身体恢复得很快，不久就可以坐起来，慢慢行走了，但欧阳志存仍不放心，几乎每个晚上都会赶过来陪哥哥说说话，无意中就冷落了老家的女朋友。这个女朋友是老家亲戚们介绍的，他们没有见过面，但经常通电话，自从哥哥出事后，女朋友打电话十有八九不通，渐渐地女朋友不打电话了。哥哥醒来了，他的女朋友再也没了消息。

至今孑然一身的欧阳志存对这段无疾而终的感情一点也不后悔。他感到欣慰的是，哥哥不仅治好了，而且他与工地老板的官司也有了满意的结果。在长沙市劳动部门的调解下，元月中旬，工地方一次性赔偿20万元。有了这笔钱，哥哥今后的康复就有了保障。拿到钱的那一天，他终于笑了。

习俗与观念的冲撞

前不久，一个天幕阴沉的傍晚，一位长发飘逸，洋溢青春气息，名叫春妮的小姐款款向我走来。她肤色白皙，双腿修长，胸脯高耸、丰满，是位标准的靓丽小姐。然而，在此之前，她还是位男人，是医生的一把刀把“他”变成了“她”。虽然略显粗糙的脸和一双宽大的手掩饰不住她曾是男人身，但是此刻的她却非常平静。面对笔者真诚、热切的目光，她轻声细语，略加羞涩地细述刚逝的畸恋孽情。

不公平的上帝

我住在湘南一个偏僻的小山村里，村里有10来户人家，家家有女孩。只有村东头的我家，父母一连生了五个男孩，家里由此变穷了，有时买盐的钱都没有。没有女孩的家庭是死气沉沉的。几个精力充沛而又无钱娶妻的哥哥在家里常常莫名其妙地摔东西。漂亮的女人路过家门口，他们人倏地傻了，痴呆呆地立在那儿，睁大眼睛，火辣辣的目光照在女人身上，一动不动。女人的背影消失了，他们依然遥望茫茫的天际，似乎在等待天仙女下凡。

然而，我们这个破败贫穷的家，不说天仙女，就是一般的女人也难得登门一次。父母希望家里有女孩，为哥哥们换亲。哥哥们也热切希望家里有女人。于是，他们都把希望寄托在我身上，他们把我当成女人打扮起来，从小穿花衣服、花鞋子。

有一天，二哥拿来一把刀，说要割掉我的鸡鸡。他把刀磨了又磨，找准我的小鸡鸡根部，划了一刀，血汩汩地流出。母亲大吃一惊，狠狠打了二哥一巴掌。二哥“嗷”的一声号叫，跑开了，然而这次却在我的小鸡鸡上留下一道永久的疤痕。有了这道疤痕，哥哥们开始把我当成女人来看待，给我买一些香脂等女人之类用品。小学二年级，我还穿着一条花裙子，同学们看猴似的，叽叽喳喳，议论不休。有的同学乘我不备，扯下我的花裙子，哈哈大笑。

这时，我身强力壮的哥哥们会挺身而出，挥舞着拳头，大声地呵斥。学校老师也体恤我缺衣少吃，在学校大会上，严厉地批评了几个恶作剧的同学。从此以后，没有人再嘲笑我了，但男同学们却纷纷疏远了我。

在哥哥们潜移默化的影响下，渐渐地我也把自己当成女孩子，看见女同学梳着长长的辫子，扎着漂亮的蝴蝶结羡慕不已，天天跟她们一起上学，玩游戏，对男同学有一种本能的排斥。不知有多少夜，自己伤心得流下了热泪，恨自己为什么不是女儿身，恨二哥为什么不把自己的小鸡鸡彻底割掉，更恨不公平的上帝，不给自己女儿身。这种“恋女”情结伴随着我整个童年。由于我的身材瘦小，声音轻细，体态轻盈，行动、举止女人味十足，哥哥们更喜欢我了，对我又是搂又是抱。

一天半夜，阴凉的风呜呜地叫着不停，天“轰隆”一声下起了倾盆大雨。我感到窒息难忍，我看见自己压在大哥身上。大哥静静地躺在那里一动也不动，似乎怕惊吓到我这个“小妹”。大哥皮肤略显粗糙，在那起伏不断，浑身充满了雄性。这时的我，忽然有了一种想亲亲大哥肌肤的感觉。大哥的肌肤日常也经常触摸，但不知为什么，这次的感觉是如此强烈，一股热辣辣的热流不断涌出，使我感到焦虑、难耐，心急火燎。啊，大哥的肌肤是多么可亲、可爱，我却不能拥有他。我心里一阵难过，泪水不知不觉流淌在大哥胸膛。大哥惊醒了，他把我轻轻放在身旁，又用一只手轻轻地抱着，像搂着自己的婴儿，嘴里还在哼着安眠的小曲。我幸福极了，真想被大哥就这么一生一世搂抱着。然而，我是男人，又是大哥的小弟弟，怎么可能呢？我在痛苦中度过了一个又一个不眠之夜。

然而，我内心深处仅有的一点男人意识已荡然无存，喜欢女人的语言、女人的动作、女人的生活方式。可是，贫困的家始终没有任何改变，很快我辍学了，成了村里的一名闲汉。

天啊，我爱上邻村的林哥

我们村离镇有三公里远，家里常常挑米到镇里去卖，换取油盐钱。

一天，我在镇里赶场，一个身材高大的男人迎面向我走来，我只瞧了一眼就被牢牢吸引住了。这是名英俊的男人，浓眉大眼，端庄的脸庞，刚毅有力，步伐气势昂昂，我的心瞬间怦怦直跳起来。我知道我遇见了我钟爱的男人。但是现实告诉我，我是男人，这是不可能的。我深感绝望，十分痛苦地低下头，一股热泪不知不觉流淌下来。

然而，这名大哥英俊的形象已深深地印在我的脑海里，欲罢不能，梦里见到的全是这位大哥。有几次我在睡梦中被二哥拼命摇醒。原来，我在梦中不停地念叨这位大哥，我已深深地爱上了他。很快我打听到他是邻村人，姓林，还有一位年龄与我相仿的弟弟，他的弟弟还是我小学的同学，天地真是小，七扯八扯，我又与不相识的林哥扯上了关系。

自从知道林哥的地址后我几乎天天跑到邻村旁，眺望他那破旧的茅草屋。他的家境跟我家差不多。一天中午，一个黝黑的少年牵着一头牛徐徐向村口走来，我眼睛一亮，这不就是林哥的弟弟，林才贵吗？

我慌忙迎上去："才贵，你认得我吗？"

才贵抬头瞧了我一眼，十分惊喜地叫了一声我原先的名字："春牛，是你呀，你怎么到我们村里来了？。"

我定了定神，止住了慌乱，忙说："我来看看你，跟你玩。"

才贵听了很高兴。我们一起跑到山上放起了牛。其实，我的心早已飞到林哥的身上去了。我仔仔细细地向才贵打听他哥哥的情况。不知为什么，我对林哥的任何事都非常感兴趣，百听不厌。我们聊了许久，不知不觉，天渐渐黑下来，我们发觉时已经漆黑一片。

我没办法回到我的家里了，我和才贵向他的家走去。当我看到英俊的林哥时，脑袋嗡的一声炸响，股股热血直往上涌，人兴奋得晕晕沉沉，喉咙僵硬，千言万语，一句话也无法表达出来。

林哥家很是热情。林哥主动打来了水，让我洗手洗脸，不久，又给我端来一碗香喷喷的鸡蛋面，这是他家仅存的一点面条和一个鸡蛋。我既激动又惭愧，真不知该如何感激林哥和他的家人。晚上，我们三人挤在一张床上，说着悄悄话，像亲密的伙伴。看着林哥轮廓分明的脸，我又爱又怜，心中一直流泪、流血。但我不敢有任何举动和表示。我知道，林哥接受不了，他家也无法接受，我只有把爱默默地埋藏在心底，等机会报答他们的恩情。

这个机会终于等来了。林哥在山上砍柴时，被蛇咬伤了，生命垂危，被送到镇医院抢救。我得知消息，眼睛一黑，人差点栽倒在地。我发疯般跑到医院，看见浑身漆黑的林哥，心如刀绞，泪水忍不住滚落下来。林哥看见我来了，朝我笑了笑，露出一口洁白的牙齿，指指床边叫我坐下。我拉住他滚烫的手，接过医生递来的酒精棉球，在他的手臂上下擦了一遍又一遍，之后，我找到他父母，主动接过护理的活儿。

他父母只当我是林哥的好朋友，也放手让我去做。林哥住院差不多有两个月。这期间，我几乎没有回家，衣不解带地照顾林哥。我们很快成了一对亲密无间的好朋友。幸好，家里兄弟多，不需要我这个满崽做农活。相反，他们还托人带来腊肉、干笋，给林哥补充营养。这使林哥一家很感动，他们开玩笑说道，你要是一个女孩该多好呀。

这轻轻的一句话，如电般击中了我心魂深处的痛楚，使我更加痛苦不堪。林哥似乎觉察出我的爱意，看了我一眼，叹了一口气，低头，沉默不语。不久，林哥出院了。

那天，我刚好回家拿东西，他没有跟我打招呼，默默地一人收拾行李。待我赶到时，他已经回到了他居住的小山村。

我们的关系就这样完了吗？我不死心提笔给他写了一封错别字连篇的信。在信中，我明确向他表达了我的爱意，尽管这是荒唐的，但我控制不住自己，即使他骂我、打我、讽刺我，我也不在乎。

很快，林哥回了信，他是托他弟弟才贵带来的。信不长，他写道，我对你其实也有好感，但是我俩是男人，捆绑不成夫妻。你为什么不是女的呢？是女的该多好啊！信末还打了几个惊叹号。

林哥最后一句话点燃了我心中的希望。是呀，我为什么不变成个女的呢？听说省城有男变女的人。我想都没想，懵懵懂懂地踏上了去长沙的车。

漫漫求医路

大、热闹、繁华，这是我对长沙的第一印象。这地方处处要花钱，没有钱喝口水都不容易，而我身上总共只有100多元。这点钱不说动手术，看一次小病都不够。无奈之下，我只好四处找事做。开始，我在一家饭馆做事，包吃包住300元，每天像牛一样有做不完的脏活、累活、苦活，人倒在床

上立即犹如死猪般昏睡不已。拼死拼命干了两年，才挣了6000元。

之后，我跳槽到一家酒楼帮厨，每月收入有1000多元。我兴奋得跳起来，巴心巴肝为这家酒店拼命干活，三年后总算存足了三万余元。其间，我没有回过一次家，我也没有给林哥写过一封信。我十分清楚要赢得林哥的芳心我必须是一个女人。同时，我对成为女人的渴望越来越强烈，总觉得我柔弱的身体本来就是女儿身。每每有雄壮的男人坐在酒店，总会引起我无限的遐想，心随之不断地颤抖。

有一次，一位打工妹在半路上截住我满脸含笑地说道："春哥，我们一起去看电影好吗？"

我一听呆住了，这不是向我求爱吗？我冷冷地瞪了她一眼，一言不发地走了，背后传来伤心的抽泣声。

我辞职来到长沙一家诊所，听完我要男变女，医生们大眼瞪小眼，惊讶不已，他们看猴似的，叽叽喳喳，说个不停。一位男医生撩开我的裤腿，看了又看，迷惑不解地问道："这不是好好的吗？"一位穿白褂衣服的小伙子语重心长地对我说："小伙子，你还年轻，不要胡思乱想。"看热闹的女医生笑了："这是心态不正常，精神病。"其他医生也跟着笑了起来，眼光异样，像把锋利的匕首直刺我的心脏。

我真恨不得地下有条裂缝钻进去。然而，我要男变女的念头更为强烈了，有时被折磨得痛不欲生。我又来到一家知名大医院，医生们十分同情我的处境，他们专门找来了一名心理医生为我确诊。心理医生认为我患有严重的易性心理障碍。这障碍从小就已确立，长大后难以改变，并可能伴随终生。对患者来说，这将是非常痛苦的过程，随着时间的推移，人格可能进一步分裂，以致危害家庭与社会。而通过换性手术，可以彻底消除这一障碍，赢得健康的身心和人格。

心理医生的一席话，使我吊着的心放了下来，医生也理解了，开始认真检查我的生理。然而，主治医生的一句话，使我刚刚燃起的希望之火又熄灭了。她询问了我的经济状况后，无奈地告诉我，手术等一切花费恐怕要十万余元。

我的心一沉，生不如死的痛苦感觉又涌上心头，眼泪止不住掉了下来。我默默地站起来，茫然地向外边走去。

这位好心的主管医生连忙追上我，安慰一番后，悄悄地告诉我，北京地方大，医院多，或许有收费便宜的医院。

凭着医生这句话，我来到了北京，在这里又打了一年工，凑齐了六万多元，终于在一家规模不大的医院做了变性手术。

休养半年后，我以一个女人身份出现在社会上。天地真精彩，蔚蓝的天空，金光满天，我豁然轻快，舒坦起来。

苦涩的恋情

我很快回到了熟悉的小山村。看见我披肩长发，丰满的身段，父母惊得傻子般立在那儿，目瞪口呆。母亲颤巍巍走过来，拉住我的手，泪流满脸地说道："春儿，你为什么是这样啊！"

乡邻们得知后也惊讶不已，在我家门口，像看怪物似的，上上下下，打量一遍又一遍。

我红着脸，只好撒谎说道："我因为得了一场重病，做了手术。"

至今还未婚配的大哥、二哥却惊喜异常，嘿嘿地笑个不停。他们有意无意在我身上摸来摸去。我已经长大了，我有我的理想与爱情，尤其是那位林哥，至今还在日思夜想。羞愤至绝的我，狠狠地给了哥哥两个耳光，然后，哭着跑出家门。

我来到邻村林哥的家里。然而，林哥早已娶了本村一位漂亮的姑娘，生有一个胖胖的男孩。我的到来，在林家搅起了不小的风波。林嫂无论如何也不相信我是林哥小时候的玩伴。尤其得知我是变性人，暗恋他时，更是杏眼圆睁，恼怒成羞，破口大骂，把我送的礼物扔了出去。

我深爱的林哥开始十分高兴，嘘寒问暖，似有说不完的温情。随着嫂嫂态度的转变，他也跟着变了，面对嫂嫂的高声叫骂，不置可否，无动于衷，默默地瞅着这一切。

嫂嫂容忍不了我，林哥也无法接受我。我默默地离开了这个伤心之地。

不久，我遭遇了人生第一次真正意义上的爱情。一位其貌不扬的小伙子对我发动了猛烈的攻势。在我上下班的路上，他每天手执一朵鲜花，耐心地守候我。他诚挚的心，深深地感动了我。我们一起游公园，看电影，登岳麓山，如胶似漆，亲密无间。有爱情的日子真好，我把女人的满腔柔情奉献给了他，为他洗衣做饭，下班回来，又给他送来毛巾，端来热茶，晚上睡觉还会给他脱衣脱鞋。我要用我的温馨拴住他的心。谁知，当他得知我是变性人时，神情立刻大变，摔衣摔柜，扇了我一个耳光，绝尘而去……

我做梦也没有想到，我的满腔希望换来了冰冷的耳光。现在，已是30多岁的女人了，我渴望幸福，渴望爱情！我不知道是“变性”错了，还是社会世俗，茫茫苍穹，谁能给我一个答案，给我一份真爱？我失神地在人生路口苦苦地徘徊。

补白：一个懵懵懂懂的幼儿，由于愚昧家庭的误导，造成人性颠倒，人性分裂，长大后苦苦追求爱情又不得，的确令人惋惜和遗憾。然而，如何培养青少年健康的品行，避免类似悲剧再次发生，值得每个家庭和社会深思。

建筑工人的甜酸苦辣事

外面的世界很精彩，自己的世界很无奈。这是很多建筑工人的真实写照。他们用勤劳的双手装扮亮丽的城市。然而，这些可爱的人与普通人一样，有眼泪，也有欢笑。这里记录他们真实的世界：

前不久，长沙突然变冷，凉风瑟瑟，寒雨纷飞。在笔者住所不远处有中建五局一家建筑工地，不时传来“叮叮”声响。工人们正冒着蒙蒙细雨在辛勤地劳作。中建五局是家拥有上万名建筑工人的国有特大型建筑企业。这些工人们风里来雨里去，往往一栋漂亮的房子刚刚建好，他们又得走了。他们在为城市创造美丽的同时，也为自己酿造了多姿的生活。为此，笔者走进了他们的家庭，采撷了几则甜酸苦辣的故事。

用爱心赚来了一位有情有义的香港小姐

说到这件事，建筑工人夏光高夫妇忍不住开心地笑了。

最近，他们在香港的女儿又来电话了，说天渐渐地凉了，要他们注意保重身体。接到女儿的电话，夏光高夫妇心里甜蜜蜜的。

夫妇俩的女儿名叫关华金，今年 26 岁，是香港一家名叫思聪研习社的教师。其实，关华金并非夏光高的亲生女儿，她与夏光高一家毫无血缘关系，非亲非故，素不相识，是 8 年前妻子黄新建的一次爱心把这位有情有义的小姐“赚”回了家。

1993 年 8 月 9 日傍晚，当时还在香港新界明爱职业先修中学读书的关

华金决定去北京游玩。在长沙火车站转车时，不小心被一名女骗子骗走了所有的钱物和证件。语言不通，人地生疏，孤独一人的关华金在街头找了一圈又一圈，始终不见女骗子，急得满脸通红，泪流不断。

黄新建当时在长沙火车站公厕任一名临时的收费员。她问清原委后，立即伸出了温暖的手，主动带她去派出所报案，与家人取得联系，然后，又把她安置在爱人单位中建五局一公司家里，给她做各种胃口大开的饭菜，陪她游玩，轻声细语、无微不至地关怀和照顾，用母亲般的柔情安慰她这颗受惊的心。

关华金生长在香港，目睹了太多的人情纸薄。她做梦也没有想到在这里遇到了真情与真爱。她毫不犹豫拜认夏光高、黄新建夫妇为干爸干妈。

令黄新建夫妇意料不到的是，关华金还真是一位有情有义的香港小姐。她把长沙当成自己第二个家，几乎每年都来长沙看望她们，带来大包小包的东西。

十多年前，黄新建不幸遭遇车祸，左腿及盆骨压碎，留有伤残，遇到阴雨天就隐隐作痛。小关是名学生，没有多少钱。她就利用暑假去打工，赚来的钱一方面做探亲路费，另一方面买来特效伤湿膏等药品，为黄新建治伤。

干爸夏光高是名建筑工人，常年在施工现场劳作，十分容易伤手伤脚。细心的小关总不忘带来耐磨的手套和创可贴等劳保用品。

干弟弟夏进眼睛不好，于是小关特意带他到城里重新配了一副比较高档的眼镜。走的时候，又把自己心爱的磨砂眼镜盒送给他，并给他买了很多英语磁带等学习用品和复习资料，经常通信，鼓励他好好学习，天天向上。

一次，长沙地区连降暴雨，香港报刊、电视几乎天天有报道。关华金十分担心干爸干妈家的安危，电话打了一个又一个。凑巧的是长沙井湾子片区因雨水的原因，线路出现了故障，电话进不来，也出不去，始终无法接通。关华金急得寝食难安，真以为干妈家被淹，马上四处借来一笔钱，准备亲自赶往长沙，帮干妈家渡过难关。幸好不久电话又通了，黄新建及时向女儿报了平安，尽管如此，关华金还是放心不下，问了又问，生怕干妈不讲实话。每逢母亲节和父亲节两个节日，都不忘寄上一笔钱，表表女儿的孝心。

今年7月，干弟弟夏进参加了高考。高考结束后，为了让夏进彻底放松，以便轻装上阵，关华金又从香港专程赶来长沙，陪干妈和夏进去北京游玩，关华金主动负责车费、吃喝玩乐等全部费用，返回香港后，关华金又寄了一张长城卡，内有一万元港币，说是给夏进上大学缴学费用。

感动不已的黄新建说什么也不收，强行把卡寄回去了。然而，小关一点一滴的报恩之情却深深地影响着这个普通的建筑工人之家。丈夫夏光高待人始终坦诚，工作呱呱叫。妻子黄新建更是一副热心肠。有一次，一位外地女青年躲进长沙火车站公厕内，吓得浑身发抖，说有一伙流氓在打她的主意。黄新建二话没说，马上喊来一部的士，亲自把女青年送到码头，自己掏钱买了船票，让其搭船回家。

她俩觉得助人为乐是件很开心的事，也是件很幸福的事。夫妇恩爱，家庭和睦，日子过得像蜜一般甜。

苦涩的泪水难掩心中的痛楚

徐梅每每提到昔日的往事，不禁泪流满面。

徐梅是个命苦的女人。很长一段时间，一人拖着一儿一女，又当爸又当妈，日子过得艰难至极。

她有丈夫，在贵州一家医院工作，或许是分居的原因，夫妇俩的感情一直不和。

夫妻感情最终破裂，还是十多年前的一场纷争。那天，正准备上班的徐梅突然瞥见丈夫从门外冲进来，“啪”的一声，一个耳光扇来，打得徐梅口鼻流血，丈夫像疯子一般，拳打脚踢。听见呼救声，同事们纷纷赶来劝架。

丈夫打她的原因很简单，就是逼她离婚。徐梅念及有两个幼儿需要抚养，不同意离，于是，丈夫就变着法子折磨她，不停地辱骂，不停地打。这次，他又从千里迢迢的贵州赶来，徐梅还没有张口说话，丈夫的拳脚立即像雨点般落下来。

在同事们的怒声指责下，丈夫气呼呼地返回贵州去了。

这一去，十余年都没有回来。

徐梅的心渐渐地凉了。她知道夫妻俩的感情已经完了，也没办法指望丈夫。这时，她身边有一儿一女，大的七岁，小的只有五岁。

她开始一人默默地担负起抚养儿女的重任。80 年代中期，徐梅每月的工资只有六七十元，这点钱仅够三人维持最简单的生活。

为了省钱，她在房前屋后用废脸盆栽上了韭菜、南瓜等疏菜。下班时，她就去工地捡废弃的木块木条，带回家做柴火。

她难以忘怀的是儿子小时候看见别人吃肉的表情。一次，邻居家小孩

拿着一个香喷喷的鸡腿在啃。不懂事的儿子看见了，跟在后面，睁大着眼睛，死死地盯住不放，一个小指头塞在嘴里，口水顺着指头流淌下来……

徐梅最怕的就是儿子和女儿开学的日子。到了这天，他们伸出可怜巴巴的手，向母亲要学费，而此刻的徐梅口袋里往往只有十几块饭菜钱。一天，儿子早早地回家了，手里拿着学校老师给的一张通知，上面写着要求立即缴清学费，否则儿子就要面临停学。望着儿子哀求痛苦的眼神，徐梅不禁肝肠寸断，泪流满脸。那一刻，她真想从十层楼上跳下去，不再留在这世上，可想到苦难中的儿女，她的心又软下来。

令人欣慰的是，在她最艰难的时候，单位及时伸出了温暖的手，年年把她列入困难户，给予困难补助。

然而，单位的帮助毕竟是有限的，很多实际困难要靠自己克服。记得女儿十岁那年，一天深夜，她病了，浑身滚烫。当时徐梅住在长沙市郊一个建筑工地上，此地没有公交车，徐梅只好背着女儿深一脚浅一脚地向市中心医院走去，背后留下一行行豆大的汗珠。一夜无眠的徐梅第二天又背着女儿匆匆赶回工地上班。上班时，徐梅神情恍惚，一脚踏空，人差点从五层楼高的脚手架上摔下来。

徐梅是个坚强的人，面对如此艰苦的岁月，她不怨天，不怨地，始终如一认真扎实地工作。空闲时间，她上街摆过地摊、卖过报纸、擦过皮鞋，想方设法搞点外快，增加收入，日子就这样一天一天熬过来了。

最近几年，徐梅艰苦的日子终于到了头。她的儿女十分听话，初中毕业后，自己到外面找到了满意的工作，自食其力，基本不用操心了。十几年没有来往的丈夫，前不久也回到了自己的身边，他真诚地忏悔了自己的过去。恨也悠悠，爱也悠悠，辛酸不已的徐梅最终原谅了丈夫的不是，一家人和和美美过日子了。

一次次下岗不言败的女人

1996 年 7 月，是刘花一辈子也忘不了的月份。

这月初，她因肾结石住院开刀，花光了家里多年的积蓄，而单位又因资金紧张一时无法给她报销。这时，她所在的单位又解散了，39 岁临近中年的她成了一名下岗职工。

出院那天，得知消息的刘花顿觉有座山压过来，人一时懵住了。其时，她的儿子、女儿正在读中专，丈夫一个月只有600多元工资，还不能按时领取，家里一时陷入了困境。

刘花是个坚强的女人。她握住丈夫的手，十分宽慰地说：“眼下家里困难，不要紧。我的身体好了，我可以出去拼，把损失捞回来。”

刘花说到做到，出院只有12天，她就来到一家学院建筑工地，在这里找到了一份钢筋工的工作。钢筋工是份又累又脏又要力气的活儿，很少有女人去干。刘花毫不犹豫干了。由于工期紧，工地常常加夜班。刘花吃住在工地上，与男人们一道顶风冒雨，不论是烈日当头的白天，还是蚊虫肆虐的夜晚，坚持不休息。也许她太劳累了，有一天干着干着，人倏地一头栽倒在地，昏迷过去。同事们把她救醒后，她做的第一件事就是慌忙站起来，向工作岗位走去……

一个月下来，她纯赚了2000多元，比男钢筋工赚的钱还多，然而不久工程完工了，她又下岗了。

她不再惶惑，继续四处找活儿干。她给私人小饭店干过小工，给商场守过仓库，虽然干的时间不长，一次次上岗，一次次下岗，但她始终不让自己闲着。她深知，家里正等着她的钱，读书的儿女也在等着她的钱，她不能停下来。

不久，事情有了转机，她被叫回到单位，安排在钢模修理班工作。这又是个女人不喜欢干的工作。领导有点不放心地问道：“敲模板工作很苦很累，你愿意去干吗？”

“愿意，我愿意。”刘花不假思索地回答。

于是，她来到这个尘埃飘扬的工作场地。这个工作的确很苦很累。几十公斤重的一块钢模板从工地拉到这里，先要将残留在上面的混凝土敲打干净，再涂隔离剂，然后堆放到仓库里。倘若钢模板上面的混凝土敲不脱，就必须用铁锤砸。十多斤的铁锤砸下去，火星直冒，混凝土四溅，碰到身上，青一块紫一块，自己的手也常常弄得伤痕累累。一天下来，人腰酸背疼，浑身无力。很多男同志不是嫌辛苦，就是嫌收入低，一个个先后走了，只有她依然坚守下来，她不愿意自己成为一个轻闲、无所事事的人。

令人惊奇的是，那么超强度的付出，她却再也没有得一次病，脸色红润，身体更结实了。她的勤劳终于有了收获。

现在，她在单位购买了两室一厅的住房，并进行了装修，又陆续添置了彩电、冰箱、洗衣机……两个孩子也陆续走上了工作岗位。

刘花在细细品味着拼搏给自己带来的甘甜。

房子啊，房子

今天，常成放又去了一趟公司。

最近，他碰到一件很烦恼的事。他住在长沙井湾子一个砖棚里，房间虽然阴暗，却是温暖的家。然而，这个地方已被划归给另一家单位管理。这个单位准备拆除这些临时设施，另作他用。这样一来，老常这个“窝”就要被拆除，老常不干了，四处游说，四处告状。

常成放出生在贵州遵义一个十分偏僻的村子。这地方十分怪，四周全部是一个个巨大的石头，几乎没有一块完整的土地。大家就在石头周围巴掌大的泥地里，播种玉米、土豆，基本靠天吃饭，日子过得十分艰苦。

后来，常成放参加了工作，脱离了这个山村，日子才一天天好起来。可惜常成放性格倔强，又嗜酒如命，三十好几还没有找到对象。后来，经人介绍，总算在邵阳农村找了个二婚嫂。但是，像他这种农村半边户，他是没资格在单位里分房的。

为了把家安在长沙，常师傅颇费了一番周折，他先在工地上搭了一个油毡棚，可惜，工程竣工，他这个窝很快拆除了。妻子就这样带着两个孩子，跟着他随着建筑工地，天南地北，不断搬搬迁迁，始终没有一个固定的窝。后来，单位一间废弃的仓库没人住，他赶紧占了下来，一住就是十余年。现在要拆迁，常师傅即将失去这唯一赖以生存的窝，常师傅怎么也想不通。

于是，他一趟趟找单位。单位体恤他的实际困难，准许他到单位购买一套二室一厅的房改房。老常没有钱，只好把购房指标让给了女婿。

女婿七凑八凑，好不容易买了这套房，老常却不愿搬进去。在他眼里，这毕竟是女婿买的房子，他又没出一分钱，他极希望单位再分给他一间房子。

然而，单位不可能再给他分房了。他就一次次去吵、去闹，又一次次无功而返。

事情就这样棘手起来，一直没有结果。

老常极盼望明天有个结果。

他做梦都想拥有一套真正意义上自己的房子，有一个像模像样的家。

其实他的想法，也代表了许多建筑工人的想法。

他们都希望有一个温暖如春的家。

悲苦慈父

女儿交了一个吸毒男友，父亲悲痛欲绝。在父亲的劝说下，女儿动摇了，然而，男友却不干，不断骚扰女友家人。走投无路下，女友父亲愤而举起了屠刀……

2009年4月14日，湖南岳阳市警方侦破了这起2009年湖南首例特大恶性碎尸案，也揭开了这起命案背后令人深思与警醒的故事。

一个慈父在悲号：女儿交了吸毒男友

2000年7月12日，是翁光恕刑满释放回家的日子。这天，他从湖南省监狱中走了出来，开始了新的生活。

今年61岁的翁光恕，是平江县人。1964年起在广西当兵，退伍后，一直行医为生。1982年5月中旬，他与妻女来到岳阳市开了一家药店兼诊所。由于经营有方，他的诊所人来人往，生意十分旺盛，他很快就拥有了十多万元资产。有了钱的他开始动起了花花肠子：在外包了一个二奶，并且两人长期同居在一起。

他妻子自然无法咽下这口气，将他告上了法庭。1983年6月，他因重婚罪被判刑3年，并与妻子离了婚。入狱后，翁光恕十分思念年幼的女儿翁思佳，曾五次越狱，并在1984年策划集体逃狱，被判处死刑，缓期两年执行。后来，他积极改造，不断减刑，终于到了刑满释放的这一天。

他回到家里，却没有见到日思夜想的女儿。经向邻居打听，才知道妻

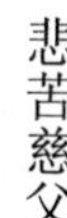

子改嫁去了长沙后，女儿就交了一个男朋友，目前正在男朋友那里。他同时得知男朋友名叫罗国强，24岁，是岳阳市人。听到女儿交了朋友，翁光恕十分欣慰，女儿长大了，应该去追求自己的幸福生活。

第二天，女儿回来了，还带着她的男友。10多年不见了，女儿长高了，长得漂亮了，然而，他发现女儿的精神状态不好，身体瘦弱，脸色憔悴，一副病恹恹的样子。她男朋友也是面黄肌瘦，说话做事有气无力。接下来，他发现了更为奇怪的一幕：刚到家的两人匆匆钻进一间小屋，反锁着房门，在里面窸窸窣窣不知干什么。一个小时出来后，两人神清气爽，脸色红润，说说笑笑，像变了一个人似的。当天夜间，翁光恕上厕所，无意中推开橱房的门，他倏地看见女儿正用针管在吸饭碗中的水，然后，扎进自己的手臂。案台上还有一包白纸包裹的粉状物质。他顿时明白了：女儿在吸毒！她为什么要吸毒啊？！

翁光恕非常气愤。愤怒之下，他狠狠地打了女儿一个耳光。没防备的女儿吓了一大跳。当看见来袭的是父亲时，她忽地泪流满面，痛哭失声。在泪水中，她诉说了这几年的遭遇。

父亲入狱，父母离婚，她承受着巨大的精神压力，没考上大学后一直在打零工。19岁那年，在她打工的酒店里，她认识了现在的男朋友罗国强。来往一个多月，她就发现罗国强在吸毒。她多次规劝感化他，但都没有任何效果。一次，她肚子痛，罗国强找来一包白粉要她吸，她以为是药就吃了。虽然肚子不痛了，但以后每天都要吃，不吃心里就难受。后来，她才发现这是毒品，想摆脱却无能为力。她现在完全依赖男朋友罗国强，每天想的除了毒品，还是毒品。

听了女儿的哭诉，翁光恕的心在默默地流血流泪。他知道女儿的过错都是自己一手造成的。如果他不包二奶，不入狱，家就不会散，女儿就不会交个吸毒的男友，千错万错都是自己的错啊！

十分愧疚的翁光恕租了一间小房子，把自己居住的房子卖了，凑了七万元带着女儿去广州市戒毒中心接受强制戒毒。经过一年多的努力，她成功戒掉了毒瘾。之后，翁光恕重操旧业，开了一间小诊所，积攒起来的钱用于女儿的巩固治疗。

看到女朋友在积极戒毒，罗国强也来到长沙市戒毒中心开始戒毒。经过两年多断断续续的治疗，他对翁光恕说，他已经成功地戒掉了毒瘾。翁光恕对罗国强引诱女儿吸毒之事本来非常愤怒，但考虑到女儿对他用情至深，也就没有多说什么，看他在积极戒毒，痛改前非，也没有反对他跟女儿继续来往。

然而，罗国强随后的表现很快让翁光恕失望了。2007 年 10 月 15 日，翁光恕来到罗国强住所看望女儿。他无意中推开罗国强的房门，只见罗国强紧张地站起来，手上握有一个注射器，慌慌张张往被褥里藏。翁光恕掀开一看，被褥里面不仅有注射器，还有一包白色的粉。罗国强分明还在吸毒啊！翁光恕一言不发地走了，但气得脸色发青。女儿回到家，他立即要她与罗国强一刀二断，他不能容忍女儿交往的是个吸毒的男友。

面对父亲的强硬态度，翁思佳左右为难。其实，她知道罗国强还在吸毒，但她实在割舍不下这份恋情，就没跟父亲说，现在，父亲要她中止恋情，她一时还下不了决心。一个月后发生的一件事终于让她动摇了这个决心。

罗国强没钱吸毒，就把翁思佳的金戒指卖了，翁思佳第二天才发现。这是两人的订情物啊，怎么能够随便卖了呢！这件事让她伤心不已，也让她对这段感情失去了信心。她知道吸毒是个无底洞，多少钱都填不满。吸毒的人最终的结局都是死亡。她还年轻，还不想死，于是，她听从了父亲的安排，果断离开了罗国强。

女朋友离开了自己，罗国强傻眼了。他做梦都没想到是这个结果。他不甘心，开始了疯狂的反扑。

强势男友在行动：挽回失去的恋情如此疯狂

2008 年 4 月 15 日，罗国强打电话给翁思佳，说希望再见一次面，两人的关系做个了断，翁思佳同意了。两人来到岳阳南湖公园，在一僻静处，罗国强一反常态，极力讨好翁思佳，劝两人和好如初，并表示以后会戒毒。翁思佳却不以为然。罗国强多次表示要戒毒，也曾戒过多次毒，但最终都没有成功，反而把自己拉下了水。翁思佳深知毒品的厉害，知道罗国强根本戒不掉毒瘾，于是，用缓和的口气说："我们做恋人不现实，还是做一般的朋友吧。"话音刚落，翁思佳没料到的一幕出现了。

只见罗国强扑通一声跪在她面前，声泪俱下："思佳，求求你，别离开我。没有你，我活不下去啊。"翁思佳摇了摇头，欲离开。罗国强站起来，蓦地抽出一把刀，用刀尖对着自己的心口，恶狠狠地说道："你答不答应，不答应我就去死！"说完，朝自己的左手心扎了一刀，一股鲜血立刻涌了出来。

翁思佳吓得一声尖叫，禁不住掩面哭泣："不要，你不要啊。"她大声叫着，哭着迅速跑开了。罗国强马上提着刀，在后面奋力追赶，幸亏被路人发现，把他拦了下来，并夺过了他手中的刀。翁思佳趁机跑掉了。

罗国强的这次鲁莽行为，让翁思佳十分害怕。虽然罗国强在电话里多次道歉，并要求再次见面，但她已经被吓破了胆，再也不敢出来了。她想了一个理由，就说道："我们谈恋爱，我父亲不同意，我也没办法。我们交往必须要我父亲同意。"

罗国强觉得翁思佳说得有道理。他俩的恋爱就是翁思佳父亲搅散的。解铃还须系铃人，要与翁思佳恢复恋爱关系，必须做通她父亲这一关。于是，他找到翁光恕，谁料，刚刚说明来意，就被翁光恕顶了回去。翁光恕冷冷地说道："我看你就死了这条心，我绝对不允许女儿跟一个吸毒的人谈恋爱，趁现在你还年轻，另找一个吧。"

翁光恕的这席话说得罗国强异常沮丧。他十分不满地说："我与小翁来往有七八年了，怎么能够说断就断？就是断也得有个就法。""没有说法！"翁光恕气冲冲地要把罗国强赶出去。

罗国强心里的火一下子蹿了上来。他知道与翁思佳的关系无法挽回了，于是，干脆撕开脸皮，十分冲动地大声吼叫起来："小翁这几年吃我的、用我的，还有你这房子也是用我的钱建的，凭什么就不要说法。"

说到房子的事，翁光恕一时哑口无言。前几年，翁光恕在岳阳康岳社区佘家组建了一栋房子，罗国强出了4万多元，但他认为这是补偿给他女儿的，因为女儿之所以吸毒，与罗国强有关，女儿的戒毒费应由他负担。他说出自己的理由后，罗国强拒绝了。他异常强硬地要求翁光恕一个月内腾出房子，他要收回整栋房子。

翁光恕以为罗国强只是发泄不满，说说而已，不会动真的，然而，他想错了。

2008年8月中旬的一天，罗国强气势汹汹地闯进了翁光恕的家。他指着翁光恕的鼻子大声说道："翁光恕，今天我是来收房子的，你给我滚出去！"

翁光恕懵了，气愤地争辩道："房子是我建的，房产证上也是我的名字，你凭什么与我争房子？这是我的房子，请你出去！"话音刚落，翁光恕只觉脸上一阵刺痛，一股鲜血从鼻孔处流了出来，人向后翻，接着，跌倒在地。原来是罗国强朝他脸上猛击一拳，把他打翻在地。

翁光恕爬起来，奋起反击，然而，年过六旬的他自然敌不过年轻的罗国强，他又一次被推倒在地，身上还挨了几脚。疼痛难耐的翁光恕拼命呼救，众邻居听到后，赶了过来，罗国强才停了手。在众人的指责下，他骂骂咧咧地走了，走的时候，扬言还会来，不达目的绝不罢休！

果然，一个月后，翁光恕又遭到了麻烦。这天上午，他去菜市场买菜，在半路上，罗国强倏地冲了出来，上前一把扭住他的衣领，高声叫道："老家伙，老实点，你去把房产证给我，今天我要把房子卖掉。"说完，用力一掀，把翁光恕摔在地上。

翁光恕不甘示弱，爬起来抓起手中的菜篮子向他打去。罗国强飞起一脚踢开，一个拳头打在翁光恕额头上，打得他连退几步，额头上青紫一片。

两次挨打，翁光恕气愤难平，立刻拨打了岳阳市 110 报警电话。110 的民警很快赶来了，当场批评了罗国强的打人行为，并责令他送翁光恕去医院看病。谁知，罗国强把翁光恕送到医院后，乘人不备悄悄地溜走了。

接下来的日子，罗国强隔三差五就要闹上一番，每次翁光恕都要挨拳脚，但他态度坚定，始终没有屈服罗国强的压力，相反在他的反击下，有几次，罗国强不仅挂了彩，而且还赔了医药费，这让罗国强十分恼怒，却又无可奈何。后来，他改变了攻击目标，这一招终于激怒了翁光恕，迫使他动了杀机……

如此捍卫女儿幸福，碎了强势男友悲凉结局

罗国强攻击的目标对象就是翁光恕的女儿翁思佳。他经常深更半夜打电话骚扰翁思佳，并时时发短信进行辱骂。见翁思佳没有理踩，他决定亲自找翁思佳"谈谈"。

2009 年 1 月 2 日，他拦住了刚下班的翁思佳。翁思佳本想避开他，无奈罗国强连拉带扯，强行把她带到了一个空旷的建筑工地上。在这里，罗国强又吼又叫，要她做出选择：要么继续和好，要么把家里的房子让给他。自从罗国强打了自己的父亲后，翁思佳对他就死了心，现在又把自己强行拉扯过来，心中更加不满，这两条自然她都无法答应。但在脸上没有明显表现出来，只是愣在那里，沉默不语。

见翁思佳不作声，罗国强开始烦躁起来，把她推进一间空闲的房子后，冲动之下，打了她一个耳光，恶狠狠地逼她拿钱出来。为了防止她逃跑，他还找来一条绳子，把她的双手绑了起来。翁思佳开始以为罗国强只是找她"谈

谈“，不会动粗，现在才意识到情况不妙。她马上表示钱和房子都可以给他，只要放了她。

或许是念在曾是恋人的分上，不久，罗国强又松开了绳子，但不准她离开。僵持一个多小时后，罗国强忽然内急，急忙跑到外面去解手。翁思佳一看机会来了，立即起身箭一般冲了出去，很快上了马路。

罗国强马上追了过去。翁思佳情急之下，大声地呼救，行人纷纷停步观望。罗国强只好停止追赶，垂头丧气地溜了。

回到家里，翁思佳向父亲哭诉了刚才的遭遇，翁光恕立即报了警。由于没有造成严重后果，民警给予了拘留几天的处罚，但是，罗国强并没有收敛，相反，只要有机会，他就会跟踪翁思佳，这给了翁思佳很大的思想压力，晚上睡觉时失眠，做噩梦，整天提心吊胆，无精打采。

看到女儿憔悴的模样，翁光恕心痛极了。他愧疚不已，感到没有尽到一个父亲的责任和义务。他十分痛恨罗国强的所作所为，心里燃烧的是一股股熊熊怒火。为了女儿的幸福生活，他暗下决心，要干掉罗国强！考虑自己年事已高，打不过罗国强，他要找一个帮手。

2009 年 3 月上旬的一天，他找到曾一同坐过牢的“牢友”莫绍彬，请求帮忙“做掉”罗国强，答应事成之后给一万元。胆大妄为的莫绍彬见有利可图，毫不犹豫同意了。3 月底，翁光恕在其住所附近租了一间民房，用于作案。

他电话联系上了罗国强，哄骗他说，自己想通了，不想与他再发生矛盾了，要卖掉自己居住的房子，归还他投资的钱，并说找好了一个买房子的人。不知是计的罗国强笑了。在翁光恕的带领下，他愉快地与莫绍彬见了面，在翁光恕的出租屋内，就房子的价格达成了协议。

4 月 10 日上午 10 点，莫绍彬打电话给罗国强，要他来拿钱。当罗国强走进出租屋时，翁光恕突然从门后面蹿了出来，死死地掐住罗国强的脖子。莫绍彬见状也死死地按住他的手，牢牢控制住罗国强的身体，令他动弹不得。一会儿，罗国强就咽下了最后一口气。

见罗国强已死，翁光恕立刻将死者拖进厕所放血，尔后再拖回房中，与莫绍彬一起对尸体进行肢解，分成两袋。死者头颅放在出租房内的高压锅内，准备蒸煮后扔掉。

做完这一切，两人租了一部出租车，把尸块搬上了出租车，前往汨罗大荆去扔尸体。到达目的地后，热心的出租车司机前来帮忙，不料，被随后看到的一幕吓了一大跳：两袋行李中竟渗出了大量的血水，把车垫浸湿了一大块。他心中一怔，忙问是怎么一回事。翁光恕见此神色大变，慌忙扯下车垫，结结巴巴地说：“车，车垫子别，别要了，我，我们出钱给你买块新的吧！”

出租车司机疑心顿时四起。送走客人后，他立刻掉转车头，直奔岳阳市岳阳楼公安分局土桥派出所报案。

岳阳楼公安分局刑侦大队的民警接警后迅速出动。经搜查，在两男子上车处附近一租房内，发现了已经被炖熟的尸首和斑斑血迹。4月13日晚，犯罪嫌疑人莫绍彬在岳阳落网。14日下午7时，经人举报，逃亡长沙投奔妻子的翁光恕被当地警方抓获。4月20日，两人以故意杀人罪被岳阳市检察院依法批捕，等待他们的将是法律的严惩！

长沙律师事务所的陈律师就此事发表了自己的看法。他说，捍卫自己的合法权利，本身并没有错，但在过程中一定要合理合法。失去理智的冲动，往往是两败俱伤，得不偿失，教训不可谓不深刻！

生命强音

2005 年 10 月上旬，湖南湘潭县射埠镇突然爆发禽流感疫情。在禽流感中心点的湾塘村和平组一户农家蓦地出现令人心悸的一幕：女儿和儿子相继不明原因发病，很快女儿死亡，儿子命悬一线！一个好端端的家眼看就要垮了！

“一定要让姐弟俩活下来！”一时间也成了该疫区最强烈的音符！当地村民、医院、政府没有回避，全力以赴地对这个农家小男孩展开抢救。这个男孩最终能活下来吗？2006 年 4 月 2 日，在湘潭县射埠镇，笔者找到了当事人，记录了这支在灾难面前显现出来的大爱之歌……

恐怖病毒蔓延，农家姐弟患“疑似禽流感”惊动卫生部

今年 36 岁的贺铁光，家住湖南省湘潭县射埠镇湾塘村和平组。他有两个儿女，大女儿名叫贺茵，今年 12 岁，在镇窗口中学读初中一年级，儿子贺俊尧，今年 9 岁，在镇鹤霞小学读书。他和妻子谭瑞华都是普通农民，靠在家做农活和喂猪喂鸡鸭为生，虽然不是很富有，但他们夫妻恩爱，儿女也聪明懂事，一家人和和睦睦。

但 2005 年 9 月以后，因为一场令人谈之变色的禽流感的到来，贺家平静幸福的生活顿时被这场意想不到的灾难击碎。从 9 月下旬开始，和平组出现了死鸡鸭的现象。这种现象是从村里养殖户刘立秋家开始的。刘立秋在 7 月买了一批鸭苗回来散养，在这之前他家本还有 50 多只鸡。大约在 9 月 24

日左右，刘家的鸭子开始陆续死亡。

刘立秋家对门就是贺铁光家。贺家也养了二十多只鸡、五只鸭。从10月6日开始，贺家的五只鸭子首先发病，很快就死掉了。接着，他家的鸡也开始发病死亡。死鸡死鸭在农村并不少见，虽然这次死得有点多，但刘家和贺家都没有大惊小怪，他们只是怨自己运气不好。贺铁光眼看自家的鸡在不停地死，怕损失太大，就把死了的鸡都埋了，把还活着的鸡全部杀了，有几只做成了腊鸡，剩下的两只全家人美美地吃了一顿。

10月8日，就在吃下那些鸡肉的当天夜里，贺铁光发现女儿贺茵一副无精打采的样子。他问女儿怎么了，贺茵说："不知道怎么一回事，我浑身没劲，只想睡。"听了女儿的话，贺铁光并没有放在心上，他想女儿可能是着凉了。

10月10日，"鸡瘟"已经从刘贺两家蔓延到整个和平组，村里的鸡鸭开始大批死亡，当地养殖户开始惶恐起来，村长贺顶明发现不对劲，立即把疫情报告给了县防疫站。12日上午，县防疫站派人来到村里，他们把死在外面的鸡鸭通通深埋，并在全村范围内进行了消毒处理。看到防疫人员的出现，贺铁光以为这次"鸡瘟"很快就会被控制住。他没有料到，"鸡瘟"不仅在鸡鸭群中快速传递，而且已经袭击了他的女儿！

12日晚上8点钟左右，贺茵突然说："爸，我有点不舒服。"贺铁光用手摸了摸她的额头，发现有点儿烫。于是带她来到镇里一家私人诊所。医生量了一下贺茵的体温，发现高达40.6℃。医生说这是感冒引起的发烧，然后给她注射了退烧药。不久，贺茵的烧退了，于是父女俩放心地回到家里。

10月13日傍晚，贺铁光发现贺茵的额头依然烫人，当即带她又来到前一天看病的那家私人诊所。那个医生测了贺茵的体温后吓了一跳：她的体温依然达到40.4℃，就是说贺茵的体温基本没降。他搞不懂了，只好动员贺茵转院。

16日一早，贺铁光准备带着女儿坐中巴去湘潭市妇幼保健院。此时的贺铁光发现女儿已经不行了，她的心跳非常快，而且呼吸困难。他吓得赶紧联系了湘潭妇幼保健医院的急救车。上午10时，急救车把贺茵接到了湘潭市妇幼保健医院，医院很重视贺茵的病情，立即开始抢救，上了氧气，输液，做心电图和CT，同时拍片。肺片显示，肺部阴影在继续扩散。主治医生陈铁强在了解了贺茵的发病史后，对贺铁光说此病非常危险，绝对不是一般的肺炎，他自己没有把握能治好，建议贺茵转到医疗条件较好的湖南省儿

童医院，请那里的专家确诊。

贺铁光一听慌了，赶紧在16日的中午1时将贺茵送至省儿童医院。贺茵一到就被送进了重症病房，儿童医院的医生责怪贺铁光为什么现在才把孩子送过来，并立即下了病危通知单。

虽然该院立即进行了全力抢救，但终因入院时间太晚，贺茵已经患了严重的双肺肺炎和急性呼吸窘迫综合征，第二天早上7点左右，她停止了呼吸。贺铁光和妻子心胆俱裂，痛不欲生，失声痛哭。在大家的劝说下，他俩强忍着悲痛在泪水中火化了女儿。

正当贺铁光夫妻伤心不已时，这天下午，贺铁光倏地接到一个电话。这个电话犹如晴天霹雳，一下子把他震蒙了。

打电话的是贺铁光的妹妹。她在电话里十分焦急地说："昨天晚上，我发现贺俊尧感冒了，没有精神，脸上也是红红的，在发高烧，还躺在家里，怎么办啊！"

听到儿子又得同样的病，妻子不由号啕大哭。她边哭边喊："如果儿子再有闪失，我不想活了。"贺铁光听了心口也是阵阵绞痛，他紧紧搂住妻子，安慰她说："我们赶紧回去，回去救儿子！"

10月18日晚上，贺俊尧住进了湖南省儿童医院重症监护室。该院得知贺铁光的儿子也病了，惊讶不已。他们立即组织了专家们会诊，结果发现贺俊尧的病与他的姐姐的病几乎相似，都是体温达到40℃，同样高烧不退，肺部病变严重，病症表现和一般的肺炎不同，体征检测情况比较严重，奇怪的是临床表现的症状却比较轻，胸片有大面积阴影，咳嗽却不是很厉害，但是病情扩展速度非常快，属于那种"不明原因肺炎"。这种病发病凶猛，短时间内就可致人于死地，需要马上进行隔离治疗。同时，医院将贺氏姐弟的病情迅速向湖南省卫生厅做了汇报。

接到医院报告，湖南省卫生厅立即派人赴射埠镇和医院调查，并将疫情即刻上报国家卫生部。卫生部接到病例报告后，立即派出由流行病学、临床和实验室专家组成的专家组，前往湘潭指导开展疫情调查、医学观察和病人救治工作。11月6日，卫生部发言人向全国媒体对这一疫情做了通报。

倾家荡产救儿子，农民夫妇灾难中有爱同行

发现疫情后，湘潭县政府对湾塘村进行了全面的消毒，给每位村民注

射了流感疫苗，而且要求每个人必须每天测量体温，一旦出现高烧立即上报。同时，疫区被严密隔离，控制人员进出。

得知贺茵死亡，当地村民非常吃惊。“贺家姐弟可能是得了禽流感了”这一条爆炸性的消息也在当地迅速传播。但当贺铁光回家接儿子去长沙看病时，邻居没有一个人回避，大家纷纷赶到贺家，抬的抬，拿衣服的拿衣服，直到把贺俊尧送进了医院。知道贺铁光为了治女儿把钱都花光了，村民们凑了 3000 元递到他的手上：“老贺，拿着吧，不够再说话！”

贺俊尧即将进隔离室时，贺铁光夫妻担心再也见不到儿子，哭得撕心裂肺。主治医生安慰他们说：“你们放心，我们一定会全力救治你儿子！”

由于隔离病人不需要亲属陪护，贺铁光夫妇在附近找了一家便宜旅店。贺铁光刚刚躺下，突然，他又接到省儿童医院打来的一个紧急电话，要他去医院一趟。贺铁光心里骤然一紧，难道儿子出现了意外？

他拔腿就往医院跑，赶到医院才知道原来是为了钱的事。原来，他们夫妻离开后，专家们又进行了一次会诊，一致认为该患者病情严重，来势凶猛，应注射一种进口的高效抗病毒药物，需要连续注射三天，但该药品价格昂贵，一支价格达 6000 元，一天要注射两支，三天共要 36000 千元，而贺铁光进院总共只交了 3000 元，医院需要和家属商量。

贺铁光没有任何犹豫就点头同意了。回到旅店后，他才发觉问题的严重性。此刻的贺铁光搜光全身也只有 20 多元，3 万多元对他来说简直就是天文数字。本来他家还是存了几千元的，谁料女儿治病很快花光了所有的积蓄，儿子看病的 3000 多元还是乡亲们凑的，现在又到哪里去筹这一大笔钱呢？

这天晚上，贺铁光一夜未眠。他呆呆地坐在床头，想着正在痛苦中挣扎的儿子，泪水一串接一串地往下掉。天空泛白时，他终于意识到沉溺在失望中毫无意义，现在唯一要做的就是全力挽救儿子的生命。想到这儿，他爬了起来，决定回家借钱。得知情况的妻子也是一夜未眠。她咬咬牙，坚定地说：“如果实在没办法，就把我们家那栋房子卖了吧。只要有人要，随便卖多少钱都成！”贺铁光想了想点头同意。是啊，为了儿子，何止是卖房？哪怕是卖血也愿意啊！

贺铁光当即回到家张罗着卖房子，亲友和乡亲们听说了，二话没说，这个拿几百，那个拿几千，很快凑齐了 7000 元。而他家的房子因为在农村根本不值钱，一两天里根本无人问津。他赶紧把钱交给医院，说；“你们全

力给我儿子治病，我再去借钱！再去卖房子！你们放心，我就是砸锅卖铁也不会拖欠医药费！”医生一听他要卖房子，连忙一把拖住他：“你别急，费用的事咱们医院先垫着，你儿子的病要真是跟禽流感有关，政府会减免你家的医药费！”贺铁光听了，激动得哭了起来。这天，医院还为贺铁光与他的妻子检查了身体，证明他们未被感染。

贺俊尧住进重症监护室后，开头几个晚上，贺铁光做梦都想见儿子，他很想摸摸他的手，亲亲他的脸啊！然而儿子在隔离室，是不允许进去的。他只好把这一念头深深地埋藏在心底。

10月24日，贺俊尧的体温恢复正常，体重有所增加，病情基本稳定了，第二天医院就安排家属探望，但不能进病房，只能在外远远地观望。医生希望他们俩不要哭，也不要告诉孩子姐姐去世的消息，这样会影响他的情绪，进而影响到疗效。

贺铁光马上把医生的话转告给了妻子。他们相约谁也不准哭。儿子住在三楼的隔离室，他们只能在楼下观望。那天，护士把儿子带到了三楼的平台上，远远地，他看到了儿子，儿子问他的第一句话居然是：“爸爸，我姐姐怎么样了？你不是带她来长沙了吗？我怎么没有看见她啊？”那一刻，贺铁光只觉得喉咙僵硬，眼泪马上就要夺眶而出，但他拼命忍住，然后，满脸微笑地向儿子挥手：“尧尧，你姐姐好着呢！她已经回家去了！她让我们告诉你，要你好好养病，听医生的话！”说完，他用力地把手向空中摇了几圈，这是他和儿子特有的手势，每当儿子遇到困难时，他都会摇上几圈，意思就是儿子你要坚强起来，爸爸妈妈永远在你身边！

几分钟后，孩子进了病房。贺铁光忍不住伤心地哭了起来，多么懂事的孩子啊，自己病成这样，还念念不忘自己的姐姐！

为了让儿子安心养病，贺铁光夫妻兵分两路，贺铁光继续回家筹钱，而妻子则留守长沙，每天通过护士把话带给儿子，让他感觉到家人的温暖。

为了让贺俊尧配合治疗，所有的医护人员都编织了一个善意的谎言：那就是让贺俊尧感觉到姐姐贺茵还活着。他们不厌其烦地告诉贺俊尧：你姐姐在我们医院治病的时候可乖了，打针一点也不怕，所以她的病才好得很快，现在已经回家了，如果你也乖，就能很快回家。

再说贺铁光回到家乡后，发现自家田里多了很多干活的村民。原来，看到贺家出了这么大的事，大家都说要想办法帮他家渡过难关。和平组居民得知贺铁光承包的稻田因无人收割即将烂在田里，没有任何人组织，便自发地带上箩筐等劳动工具帮他收割，装好晒干，挑进贺铁光的家。本来贺铁光的一个亲戚做好了几桌饭菜，准备答谢他们，然而没有一个人吃。他们都说："贺铁光在给儿子治病，已经很困难了，我们能帮就帮一点吧。"

有一天，贺铁光搭车去借钱，一个客车司机得知他就是"禽流感疑似病人"的父亲，不仅免了他的钱，而且还塞了100元钱给他。

所有的这些经历，都让贺铁光十分感动。

与恐怖死神争夺生命，9岁农家小男孩绝处逢生

就在贺铁光为挽救儿子四处奔走时，另一场更艰苦卓绝的战斗也在医院打响。

自从12月18日深夜贺俊尧入院后，因为其病情特殊，医院便进入了"一级临战状态"。得知贺俊尧生命垂危，在他入院后，湖南省卫生厅领导立即指示省儿童医院全力救治。医院院长祝益民、副院长高纪平高度重视，以最快速度成立了专门的医疗救治领导小组，并调集了最强的医疗专家参与抢救。当得知贺铁光拿不出更多的钱后，院领导当场表示：费用的问题以后再说，现在我们要用最好的药，用最佳的治疗手段，不惜一切代价救回这个农家小男孩。

救治贺俊尧的特别医护小组由医院感染科主任罗如平和护士长陈杏芳带领，一共由4个医生和6名护士组成，这个特别医疗小组的任务就是每天轮班工作，24小时密切关注小俊尧的病情。当然，为了保护自身安全，所有接触小俊尧的医护人员都必须穿着厚厚的隔离服，小俊尧的生活垃圾都要进行消毒处理。

当天凌晨1点，接到任务赶来的各科室主任和护理人员就从家中赶到医院。得知贺俊尧是个疑似"禽流感"患者，大家顿时精神紧张起来，但没有一个人退缩。很快，防护用品、消毒机、消毒液、急救药品都准备就绪。半个小时后，贺俊尧就被转入隔离区，实施抽血、监护、上氧和输液……连续忙碌了几个小时。

经过一夜抢救，19日上午，贺俊尧处于清醒状态，但依然高烧不退，他不停地咳嗽，直喊头晕恶心，表现得很烦躁。为了让他降温，让他安静下来，护士长陈杏芳带领两名护士为他洗了个温水澡。洗澡后，贺俊尧正常安静地睡着了。

与一般的肺炎不同的是，小俊尧持续高烧，多次用药都不能退烧。当务之急是让他退烧。“因为他姐姐也是反复不断出现高烧，他会不会同样如此呢？”19日上午10点，医院院长祝益民围绕这个问题，又亲自组织全院专家对贺俊尧的病情进行会诊。经过集体研究，大家最终确定了一套最佳治疗护理方案，决定立即给贺俊尧打一种进口的抗病毒小儿败血症的蛋白，以增强其抵抗力。

这种药物特别贵，但疗效也十分显著，在连打了三天后，10月22日，贺俊尧的高烧果然退了下来，体温终于恢复了正常。

10月23日，已经是贺俊尧进入隔离区的第五天，值班室和隔离室成了全体医护人员的生活中心。按照规定，参与抢救贺俊尧的10名医护人员也被隔离，他们不能回家，吃住都在隔离区，在危险没有解除之前，不能走出隔离区一步。面对来势不明的病情和可能面对的死亡危险，每一名医护人员都心情凝重。

贺俊尧的病床室是43号，于是，“43床”也就成了他的代号，也是大家关注贺俊尧谈论最多的话题。一次，护士给贺俊尧擦嘴时发现纸巾上有鲜红的血迹，赶紧喊道：“快，不好了，43床咳血了……”正在值班的于医生由于紧张，忘了戴手套就冲进去给他检查，结果发现是牙龈出血而不是肺部出血。虚惊一场后，于医生感到十分后怕：如果真是肺部出血，不采取防护措施就接近病人，自己被感染上的可能性非常大。还有一次，护士在给他喂饭时，贺俊尧不小心被呛了一下，饭菜喷在了护士的脸上，那位护士为此后怕不已。

10月24日，经过医护人员连续几天的精心抢救护理，贺俊尧的病情趋于平稳，精神也好了起来，大家开始松了一口气。贺俊尧能够自己坐起来，中午的饭菜也可以自己吃了，体温开始恢复正常。活泼的他看到这么多叔叔阿姨围着他转，他感到很高兴，经常向医生护士问这问那，沉闷的病房气氛开始变得轻松起来。

为了让贺俊尧在病房里过得更加舒心，医护人员特地往贺俊尧的病房里搬了一台电视机，果然，电视《一家老小向前冲》把他逗得哈哈大笑。

由于父母不在身边，加上病痛的折磨，贺俊尧有时很烦躁，有时候看电视也不能解决问题，护士们就出新的招，她们想到了小孩子都爱看动画片，于是她们专门找来了卡通书给他看，这一招果然灵，他的心思都被那些稀奇古怪的卡通故事吸引住了，躁动不安的心也渐渐地平静下来。

正是在医护人员的悉心照顾下，贺俊尧的病情一天比一天趋向稳定。

10 月 29 日，小俊尧终于可以下地走路了，看到他脸上有了笑容，看到他轻松地在地上跑来跑去，全体医护人员松了口气。

10 月 31 日，医院停掉了贺俊尧的静脉注射，开始口服抗生素和使用小剂量的激素。

11 月 7 日，贺俊尧的血相、胸片、体温、食欲、睡眠、大小便、体重等各项指标的检测，均达到正常范围，医院停止了使用激素。贺俊尧身体状况表明，他已经痊愈。在医学专家的全力救治下，这个小男孩终于摆脱了死神的魔掌，露出了灿烂的笑容。

在观察了好几天之后，11 月 12 日下午，在全体救治他的医护人员的欢送下，小俊尧欢天喜地地出院了。看到儿子蹦蹦跳跳地走出隔离病房，前来迎接儿子的贺铁光夫妇激动得说不出话来，夫妻二人眼含热泪向大家哽咽着道谢。鉴于贺铁光家境贫困，又遭此不幸，医院为他免去了 10 多万元的医疗费，并派车专程将小俊尧送回湘潭乡下的家里。

在贺俊尧回家的前后几天，射埠镇镇长胡孝泉等领导多次上门看望贺铁光一家。鉴于贺家的困难和实际情况，镇政府向民政部门申请，准备给贺家一些补助，目前还在办理中。湘潭市市长等领导也特意上门看望了痊愈的小俊尧，对贺铁光一家进行了慰问。

11 月 17 日，卫生部正式宣布贺俊尧为禽流感患者。小男孩成功获救的案例也将在以后的禽流感防治上起到重要的借鉴作用。

奇特的画册

俄罗斯男人虽然爱喝伏特加烈性酒，但在思想上还是十分传统保守，不会随意泄露自己的家庭隐私。然而，俄罗斯亿万富豪谢尔盖·罗迪奥诺夫最近却做了一件让所有俄罗斯人瞠目结舌的事：向全球公开出版发行妻子的裸体图书！书中的照片更是前卫大胆：他的妻子不仅赤身裸体，而且还与别的男人搂抱在一起，做出各种色情动作……

这位富豪为什么要这样做？是不是另有不可告人的目的？2008年11月16日，随着英国《星期日泰晤士报》等报刊的调查报道，这一谜底终于被揭开。

富豪头痛：美女老婆露体成癖

现年47岁的谢尔盖·罗迪奥诺夫是俄罗斯一家银行董事长和媒体大亨，资产过亿。6年前，他用一笔钱打发了枯燥乏味的发妻，开始寻找一个既能体现他的身份又能使他重返青春活力的年轻美女。

5年前的一天，谢尔盖在一个慈善晚会上，对模特出身的奥尔加一见钟情，展开热烈追求。随后不久，奥尔加便成了谢尔盖的情人。奥尔加的美貌的确使谢尔盖颜面大增。无论他参加什么活动，只要奥尔加如小鸟依人般挽着他的胳膊一起出席，他总会得到更多的赞美和关注。俄罗斯的男人们喜欢炫耀财富，也喜欢攀比各自身边的女人有多么年轻漂亮，而奥尔加的出现，恰好弥补了谢尔盖的遗憾。两人相好一年后，谢尔盖将奥尔加娶进了豪宅。

在为迎娶奥尔加举行的盛大婚礼上，谢尔盖注意到，奥尔加总是趁人不注意的时候，用手不断地向下扯动婚纱，使得自己的乳沟显得更幽深一些，惹得在场所有男嘉宾的目光像吸盘一样紧紧地吸附在她身上，而女嘉宾们则报以复杂的眼神，有妒嫉，也有羡慕，还有一丝自惭形秽。谢尔盖不禁得意地对奥尔加耳语："宝贝，你今天可以和女王媲美了。"奥尔加莞尔一笑："亲爱的，我要让世界上的所有男人都妒嫉你！"

好不容易抱得美人归，谢尔盖每天都沉浸在温柔乡中。可是，他很快便感到，美人老婆也有让他烦恼头疼的时候。平时，无论参加什么社交活动，奥尔加都喜欢穿袒胸露乳的时装，即使是天寒地冻的十二月，她也仅仅在裸露的肩膀上披一件皮草披肩。有一次，谢尔盖携奥尔加参加莫斯科银行家夫人的家庭晚宴。这天晚上，奥尔加为了在一群阔夫人中间鹤立鸡群，她特意穿了一件紫色拖地长裙，将一大半雪白的脊背露在外面。就在她迈进大门时，还发生了一个"意外"情况——她肩膀上的吊带忽地滑脱了，使得左半个酥胸顿时暴露在众目睽睽之下。虽然她及时挽救，还是让在场的所有人饱了眼福。但奥尔加却没有因此感到一点点尴尬和脸红，她若无其事地和在场的银行家夫人们说说笑笑。但一整个晚上，谢尔盖分明感到，几乎在场所有男人的目光都有意无意地追随着自己的妻子，这让他又得意又不安。

晚上回到家，谢尔盖忍不住抱怨妻子在公开场合不够自重。奥尔加不以为然地说："噢，亲爱的，你不觉得今晚你的夫人最抢眼吗？那些走上奥斯卡红毯的明星，哪个不是在关键时刻掉一下肩带走一下光的？目的就是抢镜头啊！再说，这也是上流社会的一种潮流呢！"谢尔盖被妻子说得哑口无言。

平时在家里，奥尔加就喜欢裸露着身子走来走去，并且窗帘洞开，她毫不介意佣人们从窗外经过时向房间里偷偷张望的目光。夏天的时候，她更是喜欢在泳池里裸泳。谢尔盖曾劝她在佣人面前注意一下形象，她却振振有词："噢，亲爱的，我的完美身材是上帝塑造的，我可不该暴殄天物将它隐藏，我应该大方展示出来，你该为拥有我这样的性感尤物感谢上帝才对呢！"面对如此任性的老婆，谢尔盖真是无计可施。但他没想到，奥尔加的裸露行为越来越变本加厉了。

2005 年 8 月的一天晚上，谢尔盖刚从外面回家，奥尔加便兴冲冲地抱出一大叠照片让他欣赏。他仔细一看，不禁目瞪口呆——照片上，一个一丝

不挂的女人正在镜头前搔首弄姿，姿势性感挑逗，简直不堪入目！“这女人也太大胆了……”后面的话还没说出来，他就感到头脑发涨——这不正是妻子奥尔加吗？原来，奥尔加背着谢尔盖，做了俄罗斯著名摄影师海尔穆特·纽顿的裸模！

这下谢尔盖可气坏了，他指着妻子的鼻子斥责道：“你不觉得这样做愚蠢至极吗？如果这些照片流传出去，人家会怎么看你？我的颜面何在？”奥尔加不高兴地嘟起嘴巴：“我和你结婚，可不想成为你的私有物品，我对自己的身体有支配权！”一言不合，夫妻俩爆发了结婚以来的第一次争吵。

之后，为了让妻子不至于闲极无聊惹是生非，谢尔盖将她引荐到俄罗斯一家电视台做聊天秀节目的主持人。他以为，有了正式工作的奥尔加这回一定会安分守己了。谁知，不久后，妻子就给他制造了一个不大不小的麻烦。

裸照惹祸："隐性情敌"成群结队

2006年11月15日，谢尔盖接到一个好友的电话：“嗨！老兄，你去买一本这期的俄罗斯版《花花公子》吧，里面有你很感兴趣的内容，你看后一定会高兴的。”说完，好友坏笑着挂了电话。谢尔盖纳闷极了：这本臭名昭著的色情杂志里有什么内容值得自己一看呢？不解之下，他来到当地一家书店，找到一本当期的《花花公子》，打开一看，他差点晕了过去——其中有三个版面刊登着妻子奥尔加一丝不挂的裸照！偏偏这个时候，书店的营业员还热情地向他推荐另一本俄罗斯色情杂志《阁楼》：“先生，这本也不错的。您看，封面上的这位美女是我们俄罗斯有名的模特奥尔加哦！”

谢尔盖买下了这两本杂志，脸色发青地回到家中。当晚，奥尔加回家后，他一把将两本杂志扔在她面前，让她解释这是怎么回事。奥尔加却如获至宝地捧起两本杂志，兴奋地叫着：“啊！亲爱的，这是艺术，希望你能理解……”“艺术就是光着身子让人观瞻意淫吗？还是打着艺术的幌子，满足自己的私欲？”谢尔盖怒气冲冲地吼道。

“这就是我理解的艺术！如果你不理解，我们可以离婚！”奥尔加拿出了杀手锏！她知道，谢尔盖如今爱她成痴，才舍不得和她离婚呢！如果离婚，他失去的将会更多。果然，谢尔盖见爱妻动怒，只得无奈地闭上了嘴巴。但在私下，他却雇了几个密探，随时打探妻子的行踪。但他始料不及的是，奥尔加的裸照迅速在社会上流传开来，好事者还把她的照片发到网上，奥尔加一下子红遍网络，一些从不看电视的男人都把频道转向奥尔加的聊天节目，使得该节目的收视率节节攀升，奥尔加也成了俄罗斯男人们心中的“大众情人”。

虽然妻子四处飞扬的裸照让谢尔盖感到有损颜面，但作为一个虚荣心很强的男人，拥有一个美貌绝伦的女人依旧让他感到满足和自豪，这让他在商场上更加意气风发。而对于觊觎妻子美色的“隐性情敌”，谢尔盖一开始没有任何警惕之心。因为他们中的大部分只是像追星族一样，无非给奥尔加写写信，献献花，表表爱心，并没有亲密接触的机会，最多只能抱着奥尔加的裸照在梦中意淫一下。然而，另一类“隐性情敌”却让谢盖尔感到头痛：他们不仅有条件与奥尔加接触，而且奥尔加似乎也不拒绝，其中有两个男人最为突出。第一个就是电视台年轻的摄像师耶亚夫。耶亚夫长相帅气，身材高大，酷爱锻炼的他全身布满肌肉疙瘩，他经常邀请奥尔加出去喝酒跳舞。据谢尔盖派去的密探报称：在一次舞会上，耶亚夫和奥尔加竟然跳起了贴面舞！这是非常危险的信号！得到消息的谢尔盖心里气得直冒青烟，但表面上却不露声色。一个月后，耶亚夫就丢掉了电视台的工作，被“发配”到500公里外的一个小镇学校当体育老师。当然，这是谢尔盖的“杰作”。他觉得对付这类潜在的“隐性情敌”，没有必要打打杀杀，最好的办法就是叫他滚远一点。

他刚处理完耶亚夫，谁料又冒出了第二个“隐性情敌”。他叫佳诺夫斯基，是电视台的一个重要客户，其岳父是俄罗斯一位石油大亨。佳诺夫斯基自从认识奥尔加后，又是送礼品，又是请吃饭，十分殷勤。谢尔盖得到线报时，两人已经发展到了手牵手共进晚餐的地步，再近一步只怕会同床共眠了，谢尔盖非常着急也非常气愤。他本想和佳诺夫斯基大闹一场，可丢丑的不仅仅是佳诺夫斯基，自己也会成为别人的笑柄，这笔买卖不合算。怎么办呢？总不能限制妻子的人身自由吧！谢尔盖感到头都大了！

一天，谢尔盖又接到密报：奥尔加和佳诺夫斯基正在莫斯科一家五星级酒店吃饭。怎样才能撞破他们的隐情而又顾及所有人的面子呢？谢尔盖左思右想，最终决定亲自出马，将“隐性情敌”彻底击退。然后，他带上秘书和两名保镖等人一起去了这家酒店。得知奥尔加在某个包房后，他故意装作走错房间，推门闯了进去。包房内，正在窃窃私语的佳诺夫斯基和奥尔加被惊得目瞪口呆！奥尔加很快回过神来，马上跑到丈夫身边，热情地向他介绍：“老公，你来得正好，我给你介绍一下，这是佳诺夫斯基先生，

我们电视台的大客户，我们正在洽谈关于下一季度的合作思路呢！”谢尔盖礼貌地和佳诺夫斯基握了握手，并装作非常惊讶地说：“你就是大名鼎鼎的佳诺夫斯基先生啊？久仰久仰！我和你的岳父私交不错，曾听他老人家夸过你年轻有为，还说将女儿嫁给你真是英明之举呢……”一番话说得佳诺夫斯基尴尬万分，随后敷衍了几句，便匆匆告辞。几个月过去了，奥尔加的身边终于看不到佳诺夫斯基的身影了。

又一个“隐性情敌”被巧妙地击退了，但谢尔盖并没有感到轻松，因为他知道战斗还没有结束。不知道妻子的美貌后面，有多少成群结队的男人虎视眈眈呢！

出版裸照：“桃色阴谋”一箭数雕

时间转到2008年2月，奥尔加又不安分了，她向谢尔盖提出，自己想拍摄一部裸体写真集。她怕丈夫反对，还特意说明：“亲爱的，我只是想给自己留个纪念，我不会公开的。”谢尔盖当然明白，对于偏执的“露体狂”妻子，反对也没有用，只会导致两人之间的一场恶吵。再说，奥尔加的裸照已经满世界都是，现在无非是多增加几张罢了，又有多大关系呢？最后，令奥尔加意外的是，谢尔盖不仅同意她拍摄裸体写真集，还建议说：要拍就拍最震撼、最前卫的，而且要全球发行，让她美妙绝伦的身体流芳百世……奥尔加问他怎样才够震撼和前卫？谢尔盖神秘地说：“一切听我的安排。”

没过几天，谢尔盖便托人将曾经的“隐性情敌”耶亚夫叫回莫斯科，请他在奥尔加的写真集里扮演“男模”角色，并许诺给他一笔报酬。听到可以跟奥尔加一起拍写真集，并且还有钱，耶亚夫受宠若惊，二话没说就在合同上签了字。之后，谢尔盖对奥尔加建议说，如果她能把佳诺夫斯基请来做她写真集里的“男模”，那就再好不过了，因为佳诺夫斯基非常有“男人气质”，重要的是，佳诺夫斯基对她颇有好感，他一定会非常配合拍摄。果然，奥尔加只是给佳诺夫斯基打了一个电话，对方便忙不迭地答应了。另外，谢尔盖还请了一位身材超棒的职业男模参与拍摄。

2008年3月15日，谢尔盖一行抵达法国，拍摄地点设在法国一个乡村别墅中，他聘请的是法国著名的摄影师贝蒂纳·雷姆斯。拍摄现场只有谢尔盖、奥尔加、摄影师、化妆师和佳诺夫斯基等人。其中最紧张的莫过于佳诺夫斯基等“男模”了，他们虽然脱得一丝不挂，怀抱着同样赤身裸体的奥尔加，但面对刺目的灯光、随时帮他们补妆的化妆师、严阵以待的摄像师及助手，还有站在一边“现场督阵”的谢尔盖，再沸腾的欲望也被压抑住了。他们机械地抱着奥尔加，在摄影师的指导下做出各种别扭而僵硬的造型。虽然和“梦中情人”拥抱在一起，但他们却没有想象中那么兴奋和激动。而奥尔加似乎只对自己的身体感兴趣，她的每个动作都是为了展现自己美妙的胴体，根本没把这些“男模”放在眼里。拍摄结束后，他们很快回到了法国。

2008 年 10 月，奥尔加的裸体写真集《奥尔加之书》在巴黎和莫斯科同时出版发行了。这下，可在一向保守的俄罗斯掀起了惊涛骇浪！这本书中，全是奥尔加各种色情挑逗姿势的裸体照，很多照片都袒胸露乳，甚至一丝不挂！一些照片中的奥尔加看起来像个女施虐狂，一些照片则显示她和其他男性搂在一起，摆出色情的姿势……俄罗斯约有 110 位像谢尔盖这样的新兴亿万富翁，他们经常变着法子炫耀自己的财富、展示美丽的妻子，可是还没有一个富翁敢“前卫”得像谢尔盖这样，将妻子的裸照公之于世、与人共赏。一时间，《奥尔加之书》成了俄罗斯人的话题中心。

不过，最倒霉的该算佳诺夫斯基和耶亚夫了。耶亚夫的女友看到这本书后，很快和他分道扬镳；而佳诺夫斯基刚刚结婚一年多，如今人证、物证俱在，妻子每天在家哭着闹离婚。而他的石油大亨岳父，已经咬牙切齿地扬言要将这个“白眼狼”宰了喂鱼呢……

打掉了“隐性情敌”后，谢尔盖开始“拨乱反正”。因为他炮制的“桃色阴谋”意外地出现了“副作用”：妻子奥尔加正处在全国的流言蜚语中，压得她抬不起头来。聪明的谢尔盖知道该站出来说话了，他笑着对蜂拥而至的媒体说：“这都是我要求拍的，我对夫人说，人们的非议声总是会消退，但这些裸照却将永远保存下去。当她 90 岁看到这些照片时，她会高兴地想：‘看，我以前曾是一个多么漂亮的女人。’我真的为她感到骄傲！”他适时的袒护让奥尔加感动不已，表示以后再也不轻易“惹是生非”了。

虽然谢尔盖一再公开地袒护妻子，但俄罗斯民众却不认为他因为爱妻子才这么做，背后一定另有目的。一名莫斯科社交名流对记者说：“对于一个俄罗斯超级富豪来说，一名年轻漂亮的妻子是他的必需品之一，就好像在法国南部拥有一座豪华别墅，或拥有大量名车和成群的保镖一样，拥有一名年轻漂亮的妻子也是他们身份的象征。俄罗斯的富人们大多拥有情妇，但他们对于和妻子有关的一切却相当保守，也许他们一生中最不想看到的事情，就是自己的生意伙伴或生意对手色眯眯地盯着他们妻子的裸照。所以，

谢尔盖的行为一定有他不可告人的目的或阴谋……”

看到这些报道，谢尔盖不禁得意地笑了。这位社交名流还真懂得他的心思啊！在他的朋友圈里，也只有为数不多的几个朋友知道他向全球发行妻子裸体画册背后的真正“阴谋”——一本裸体画册，既能满足妻子的“露体癖”，又能在她身上打上“她永远属于我”的“霸妻”烙印；最重要的，是让那些“隐性情敌”们明白：要想碰我谢尔盖的女人，决不会有好下场，即使先让你尝到甜头，最后也会让你葬身苦海！

职场暗斗

2011 年 5 月 24 日晚上，长沙韶山路井湾金化小区发生一起血案。两名歹徒手持砍刀，将一名业主代表砍成重伤。接到报案，长沙天心区刑侦大队展开了紧张的侦破工作。三个月后，该案成功告破，抓获了幕后凶手，正是该小区商品房销售经理钟秀丽。她为什么要对业主代表行凶？彼此间又有怎样的深仇大恨？随着调查的深入，这起 2011 年全国首例为保业绩行凶案终于水落石出。要以怎样的心态去面对业绩？一时成了众多专家热议的话题……

辛酸求职路，打工妹成了销售经理

2009 年 7 月 8 日，忧心如焚的钟秀丽终于松了一口气。这天，她成功找到了一份工作，在长沙市金华房地产公司，当售楼小姐。

时年 25 岁的钟秀丽，出生在湖南邵阳市一户农家。由于家贫，她上大学的费用靠的是银行贷款，三年下来负债达到 3 万多元。这些钱，家里一点忙都帮不上，全靠她打工归还。2008 年 6 月，她大学毕业了，与众多同学一起加入了求职大军。

当她踏入省人才市场时，不禁被黑压压的求职大军吓了一大跳。好不容易挤进了几个招聘摊位，谁料，她还没有说完，又被汹涌的人群挤了出来。一个月下来，她没有一次成功，身上的钱却剩的不多了。

无奈之下，她只好帮人在街头发广告。然而，发广告也是人满为患，

好的位置早被人占领，她刚进入就被人骂得狗血淋头，有几次还挨了别人的拳脚，尽管如此辛苦，一个月下来，她只赚了300多元，这点钱吃饭都不够。有一次，为了省钱，她整整一天都没有吃饭，结果饿昏在路旁，幸亏路人搭救，她才捡回一条命。

后来，她在长沙一些小餐馆、小旅店找服务员工作，工资只有800元，但这些工作都干不长，短则一个月，长则三个月，就遭店主辞退。在外奔波了一年，她不但分文没赚到，反而新欠外债4000元。

一天深夜，她突然接到父亲的电话。父亲在电话里声音哽咽地说："女儿啊，你妈的心脏病复发了，现在在医院抢救，你能不能寄5000块钱回来啊。"

钟秀丽大吃了一惊，到哪儿去弄这5000块啊，她心急如焚，急得直掉眼泪，却一筹莫展。她的老师得知了她的窘境，借了5000元钱给她。虽然母亲的命保住了，但在钟秀丽心里却留下了永久的痛，她发誓一定要找到一个满意的工作，挣大钱，不让父母亲失望！

不久，在老师的帮助下，她得到一个机会，前往长沙金华房地产公司应聘售楼小姐。很快，她通过了面试，开始在长沙金化小区推销商品房。

钟秀丽非常珍惜这个好不容易到手的工作，每天早出晚归，四处寻找销售客户。或许天道酬勤，在一个事业单位，她成功接到了一个大单，为该单位订购二十套商品福利房，销售总价一千多万。为此，她获得了十多万元的销售提成。

手捏着厚厚的一叠钞票，她心里真有说不出来的高兴和激动。为此，她特请了自己的老师和玩得好的几个铁杆姐妹，在一家豪华的五星级大酒店大吃了一顿，庆贺自己跨出了成功的第一步。

在以后的几个月里，她更加勤奋，在长沙各大单位奔走，很快她又夺得几个大单，销售业绩直线上升，在公司里名列前茅。她的收入也水涨船高，不仅还清了债，而且每月可以寄1000元钱回家。

这时，她出色的业绩也引起了公司老总罗明生的注意。他发现钟秀丽非常敬业，而且销售的办法也多，于是，一天中午，他把钟秀丽叫到办公室："小钟啊，我看你表现不错，前销售经理升为公司副总了，准备提升你为销售部的经理，你看如何？"

钟秀丽不由一阵惊喜，她做梦也没想到会有这一天，赶紧表态："谢谢罗总，我一定会好好表现，一定不会辜负您的期望！"

第二天，公司下文任命钟秀丽为房地产公司销售部经理。看到红彤彤的文件，钟秀丽十分高兴。她想一定要好好干，多挣钱，不让老板失望，实现在长沙买房买车的梦想。

遭遇麻烦事，升职路上有只拦路虎

钟秀丽原来底薪只有500元，其他收入靠销房提成，成了销售部经理后，她的底薪增加到4000元，加上提成每月收入达到一万多元。有了这些收入做保证，她马上在长沙按揭买了一套二室一厅的小户型，总计65万元。她计划五年内还清欠款，然后买车。

为了实现这一目标，她工作更加卖力了。她们销售部有12个人，都是年轻的小姐，为了调动她们的工作热情，她主动调低了自己的提成比例，与大家一样。这招果然管用，销售部的业绩每月都增长10%以上。她的收入不降反增，有时收入竟达到两万多元。公司老总罗明生多次在会上表扬她，要她继续努力，以后有更好的发展平台等着她。

备受鼓舞的钟秀丽准备大干一场，然而，没想到她碰到了一个棘手的人，就是业主陈森严。

由于小区商品房销售良好，每天都有新业主搬进来。随着住户的不断增加，各种投诉现象也在不断增多。投诉最多的就是房屋质量问题，有的地方漏水，有的地方开裂，其中闹得最凶的就是陈森严。

陈森严是2010年6月入住的，由于建筑商防水处理不到位，他家里的卫生间一直漏水，经过几次整修，一直没有修补好。为此，他经常跑到销售部大吵大闹："你们这些奸商，卖房子的时候说得天花乱坠，现在卖出去了，你们就不闻不问了。你们真不是个东西！"

为增强效果，他还串联其他住房有问题的客户，大家一起来销售部闹。有一次，钟秀丽联系了一家单位团购房前来看房，被陈森严知道了，他立即组织一批住户，拦住团购房代表，向他们控诉房地产公司的种种欺骗手段，弄得他们有家不能住。说完，还拉住团购房代表前往他们的住所参观。在陈森严的影响下，这家单位撤销了在金化小区团购商品房的计划，一桩两千多万元的销售生意彻底泡汤了。

钟秀丽心里虽然窝了一肚子火，但她还是忍住了，每次热情地接待陈森严，跟他解释，请他配合她的工作，并承诺一定会解决他的问题，只是需要时间。但陈森严不买她的账，扬言不仅要修好他的卫生间，而且还要

高额赔偿损失。每次俩人都不欢而散。

受陈森严等人吵闹的影响，导致商品房销量直线下降，十几天过去了，销售部冷冷清清，门可罗雀。钟秀丽心急如焚，却毫无办法。

房地产公司老总罗明生也急了。他找到钟秀丽，十分焦虑地说：“钟经理，我是看见你的能力出色才用你的，现在这个样子，你难道不能想想办法？”

钟秀丽心里虽然急，但她还是觉得有一个办法可以一试，于是，她对罗明生笑着说：“罗总，你放心，你给我几天时间，我一定会圆满处理这个事。”

2010 年 12 月 15 日晚上 8 点，钟秀丽一人悄悄来到陈森严家里。这次，她做了充分准备，不仅买了 1000 多元的礼品，而且还准备了一个 5000 元的红包。她的目的就是封住陈森严的口，不让他来销售部闹事。谁料，她刚进门，陈森严就猜出她的来意，忙说：“钟经理，我不吃这一套，请你从哪里来就到哪里去。”钟秀丽一听急了，不禁直掉眼泪：“陈总，大人不计小人过，这次请你放我们一马，我一定会报答你的。”

可惜眼泪没有任何效果，陈森严依然冷冷地说：“我不要你的报答，你只要满足我的要求就行。”钟秀丽知道他的要求，公司是绝对不可能答应的。最终，陈森严软硬不吃，钟秀丽只好灰溜溜地走了。

房地产公司老总罗明生知道结果后，很生气：“作为部门经理，这点小事都摆不平，以后你还能干大事吗？”之后，他又说了一句让钟秀丽心惊胆战的话：“如果你摆不平，你趁早提出来，我去找人摆平好了。”

这不是要自己辞职吗？钟秀丽异常沮丧，自己好不容易才有了今天，现在怎能轻易放弃。她强打起精神：“罗总，你给我十天时间，我一定会处理好此事。”

大话说出去了，但钟秀丽心里一点底也没有。用什么办法征服陈森严呢？她想了老半天也没想出好的办法来，忽然，她想到了自己，自己的年轻美貌应该可以打动陈森严的心，但马上又否定了这一荒唐的决定，自己还没结婚呢，就如此糟蹋自己，别人知道岂不笑掉大牙？

然而，不用此法又有什么办法呢？钟秀丽心里纠缠许久，一直在苦苦徘徊。十天时间眼看就要过去了，依然没有想出更好的办法。钟秀丽咬了咬牙决定豁出去了，不管怎样先保住职位再说，否则，自己买房买车的梦想就会灰飞烟灭。她决定再找陈森严“谈谈”。

以身试法，保职路上血腥落幕

2011年4月18日，她打听到了陈森严的妻子回娘家去了，家中只有陈森严一个人。这天晚上9点钟，她又来到了陈森严家里。来之前，她特地精心打扮了一番，故意把自己穿得暴露一些，乳沟若隐若现。她敲开了陈森严的房门，说来看看他家卫生间漏水的情况。

陈森严放钟秀丽进来。看着她这般打扮，陈森严十分诧异。钟秀丽笑了笑："陈总，怎么看不上我啊？"说完，去拉陈森严的手。出乎钟秀丽意外，陈森严竟把手缩了回去。陈森严接下来的一席话让钟秀丽羞愧不已。他板起脸孔说道："钟经理，如果你想用这一手把我征服，你就想错了。我不是这号人，也不会上你的当。"他又不断教训钟秀丽，"年纪轻轻不学好，想些歪门邪道，真是丢你父母的脸。"

钟秀丽脸上挂不住了，忍不住争辩："你别侮辱人，我才不是这样的人呢。"说完，扭头就走了。

此计失败，钟秀丽一时束手无策。十五天过去了，在陈森严的带领下，有些住户闹得更凶了，协商几次都因对方提出的条件太高无法进行。由于陈森严等人在销售部天天吵闹，销售部的工作基本处于停滞状态，引起了老总罗明生的强烈不满。他把钟秀丽叫到办公室，狠狠地瞪了她一眼："这是怎么一回事，你不是说会摆平吗？现在摆平了没有？再给你十天时间，如果你还处理不了此事，你就辞职算了，我另行找人。"

钟秀丽不想就这样失去这份高薪职业，她只好硬着头皮说："罗总，你放心，我一定会处理好，不会再让陈森严来闹事了。如果做不到，我自动辞职。"

此刻，钟秀丽也被陈森严等人的天天吵闹弄得心烦意乱，异常愤怒。她想不到陈森严是粪坑的石头又臭又硬，既然如此，就不要怪钟秀丽不客气了。想到这儿，钟秀丽产生了一个强烈的念头：狠狠地教训一顿陈森严，一定要保住自己的职位。

她有一个老乡宋先华一直在苦苦地追求她，考虑到他喜欢逞强斗狠，钟秀丽一直没有答应。一天下午，她找到宋先华，把自己在工作中遇到的麻烦向他诉说了一遍。她叹了一口气："现在我有难，马上就要失业了，也没有人帮帮我。"宋先华马上说："你放心，我一定找人教训一顿陈森严，让他以后闭上嘴巴。"听到宋先华可以帮自己，钟秀丽立刻表态："只要陈森

严老实了，我出四万元劳务费。”说完，从包里拿出一万交到宋先华手上：“这是一万元定金。”

看到有钱可捞，还可以向女朋友表忠心，宋先华毫不犹豫找到他的好朋友严向忠，要他一起教训陈森严。手头正缺钱的严向忠爽快地答应了。

俩人每天跟踪陈森严，很快摸清了他的行踪规律。5月24日晚上9点，宋先华和严向忠两人蹲在陈森严家电梯房大门口。一会儿，陈森严走了过来，俩人冲了过去，抽出砍刀，朝陈森严身上一顿乱砍，陈森严很快倒在血泊中。之后，俩人逃之夭夭。陈森严凄厉的呼救声，惊醒了周围的邻居，他们迅速打“110”报警，并把陈森严送往医院抢救。经一天一夜救治，陈森严度过了危险期，被从死神面前拉了回来。经鉴定，陈森严构成重伤。

接到报警的天心区公安局刑警大队迅速成立了“5·24”专案组。他们调集了小区当天的视频录像，虽然从歹徒砍伤陈森严到逃出小区大门乘坐的士逃窜，整个过程不到1分钟，但民警还是从中看出端倪，从监控录像上可以清晰地看到，嫌犯跑到大门口时，有同伙拦好的士在门外接应。刑警分析嫌犯准备充分，显然是蓄谋已久，应该是报复伤人。他们白天走访小区居民，深夜再碰头分析当天获得的线索，几乎每天都要工作到凌晨2时。经过艰苦的走访调查，他们终于获得一条有价值的线索：房地产公司销售经理钟秀丽与当事人矛盾重重。

他们发现钟秀丽在案发前，曾与一名叫宋先华的男子交往过密，而宋先华很可能是参与此案的嫌犯。他们立即调集力量，以宋先华为突破口，全力侦查。功夫不负有心人，通过对照监控录像中的画面，警方确定宋先华就是行凶的嫌犯。根据宋先华的交代，警方抓获了严向忠、钟秀丽二人。经审讯，钟秀丽对犯罪事实供认不讳。据她交代，由于小区业主天天占据售楼部，让销售部无法工作，害怕丢掉职位的她想到了雇凶报复。目前，三人均被刑事拘留，等待他们的将是法律的严惩。

见势不妙的房地产公司立刻做出开除钟秀丽厂籍的决定。结果，钟秀丽非但没有保住职位，反而锒铛入狱。

此案一出立刻引起了业界的强烈反响。长沙律师事务所的陈律师就此案发表自己的看法：随着城市居民小区的不断建设，房地产商与业主居民的冲突必然增多，需要大家在法律的框架下有效地化解。作为处理矛盾的代表不能一味讨老板“欢喜”，无原则使用暴力手段。因为不但损人而且也不利己，往往结果是鸡飞蛋打！

鏖战非洲“食人蚁”

多慌嘎坝是刚果（布）古依路省幕屋第区一个十分偏僻的原始部落。2008 年 9 月，中建公司十多名施工人员来到这里帮他们修建国家一号公路。公路两旁都是莽莽原始森林，无边无际，渺无人烟。于是，他们就在待修的公路边一个相对平坦的坡顶上，推出一块 700 平方米的空地搭建住房。不料，他们竟因此卷入恐怖的人蚁大战……

住地遭袭，“敌人”是群蚂蚁

9 月 16 日是他们建房的第一天。今年 36 岁的许文明是这个施工队的队长。随着推土机推开层层泥土，他发现不少土块呈蜂窝状，土质坚硬，里面冒出淡淡的酸味，有不少黑中带黄的大蚂蚁从中爬出来。这不是家乡随处可见的蚂蚁窝吗？许文明没放在心上，依然站在高处指挥着施工车辆。过了两个多小时，司机汪洋停了下来，有点儿惊讶地对许文明说：“这里有好多蚂蚁窝，有的有箩筐那么大，叫人十分恶心，要不要换个地方？”许文明不以为然：“不就是个蚂蚁窝嘛，有什么关系，把它埋掉就行了，不要换地方。”许文明发了话，大家都没有停下来，继续在上面搭钢架、铺油毛毡。傍晚时分，两栋职工简易住房建好了，一间住人，一间放物品。

劳累一天，大家疲惫不堪，11 点不到就早早地休息了。凌晨 3 点左右，汪洋突然一声大叫：“妈呀，有东西在咬我！”说完，他急忙打开灯，发现有十多只蚂蚁正在被窝里爬。

汪洋的叫喊声惊动了大伙。他们纷纷爬起来，一看吓一跳：每人被窝上都有数量不等的蚂蚁。他们赶紧掀起被窝，不停地抖动，不断地扫，蚂蚁都掉落在地。他们松了一口气，正准备重新入睡，眼前的一幕又让他们惊得目瞪口呆：鞋上、地上到处都是爬动的蚂蚁！

大家立马跳到地上，踩的踩，扫的扫，掐的掐，扫完“战场”，不知不觉，天已麻麻亮。这时，大家才发现平整的地面上裂开了许多细缝，蚂蚁就是从这些地方钻了出来，难道下面有个蚂蚁窝？

许文明对此没有引起警觉，心想：小小的蚂蚁能成气候？他的想法也影响大家，大家都认为没问题，于是抬来黄土，把裂开的缝一一填上，然后用振动器压实。经过振动器来回振捣，地面看不到蚂蚁了。忙完这一切，他们去察看堆放物品的地方，发现这里也有蚂蚁，但数量不多，又是一番忙碌，地面上的蚂蚁很快被清扫得干干净净。

谁料五天后，一件令人难以置信的事发生了。汪洋去物品间取工具，被眼前的景象吓呆了：只见地上和工具柜上涌动着密密麻麻的小蚂蚁，尤其是堆放粮食的布袋上，蚂蚁足足有几寸厚，里面的粮食差不多被蛀食一空。汪洋立刻呼来同伴，经过两个多小时的奋战，才把这些蚂蚁一一清除。

这些蚂蚁是从哪里来的？他们从墙角处找到了答案：原来墙角裂开了一条大缝，蚂蚁就是从这里爬了出来，看来这地底下有不少蚂蚁。

接下来的几天，他们的想法得到了证实。在他们的周围，不断出现大群的蚂蚁，爬进他们的住所吃粮食、啃衣物，夜晚爬进被窝咬他们。他们还目击了一场惊心动魄的蚂蚁大战：一群红色的蚂蚁慌慌张张从地下爬了出来，后面紧随着一群黑色蚂蚁。这些蚂蚁比红蚂蚁大，有一个硕大的黑色脑袋和一个瘦长的躯干。它们异常凶猛，抓住跑慢的红蚂蚁又啃又咬，还用嘴上针状的长须扎进对方的身体。红蚂蚁毫无反抗能力，一会儿就不动了。黑色大蚂蚁咬住红色蚂蚁的尸体，慢慢地拖进一个黑森森的洞里。不到半个小时，几千只红蚂蚁就被它们蚕食一空。

事后，他们才知道，这就是非洲有名的“食人蚁”——巨头蚁。他们万万没料到，几天后，他们也与这些蚂蚁展开了一场生死较量。

陷入重围，人蚁激烈对峙

10 月 14 日清晨，随着一阵刺耳的响雷，天际边滚来了团团乌云。一瞬间，倾盆大雨从天而降，天地间白茫茫的一片，工地变得泥泞不堪。

这样的天气自然无法施工。许文明队长让大家在家打打牌，看看录像。上午10点左右，雨停了，炽热的太阳又冒了出来，烘烤着湿漉漉的地面。热带雨林的气候就是这样变幻莫测，晴天、雨天不时交换着。

看到天晴了，汪洋与同伴罗春田一起外出散步，来到离住地300米左右一条杂草丛生的小道上。只顾往前走的汪洋蓦地感到小腿有点儿刺痒，他拉起裤腿一看：一个个黑色的大蚂蚁在他腿上挪动。这些蚂蚁又黑又大，毛茸茸的样子让人感到非常恶心。他知道它们就是吃红蚂蚁的“食人蚁”，于是一边拍打，一边喊罗春田，但他看到罗春田也在嗷嗷地跳着舞，紧张地用手到处拍打，下面是一层黑黑的蚂蚁尸体。再看脚下，全部是爬动的大蚂蚁。附近草丛、树上、地面上全部布满了大蚂蚁，正争先恐后向他们爬来。半分钟内，爬来的蚂蚁足足有一厘米厚！

汪洋知情不妙，大喊一声：“快跑！”罗春田听到喊声，跟着汪洋，边跳边跑，抖掉蚂蚁，迅速回撤。到了住地，两人才松了一口气。他们互相察看腿上和腰部，发现两人都被蚂蚁咬了十多口，咬的部位又红又肿，还有轻微痛感。

为什么有这么多蚂蚁？它们从哪里来？两人决定返回原地，看个究竟。他俩刚走到离大门口不到100米的地方，就看到了令人震惊的一幕：刚才经过的小路不见了，地面上是一层厚厚的黑褐色蚂蚁。它们涌动向前，黑压压一片，望不到尽头。更令人不安的是，左右两边的树林中也出现了数不清的蚂蚁，另一种凶猛吃肉的“食人蚁”——长腿蚁赫然出现其中。它们正从地下钻出来，成群结队，浩浩荡荡，潮水般包抄过来。森林深处，似有东西在嚎叫，很快，一头野猪跑了出来。它身上到处是蚂蚁，在一声又一声凄厉的尖叫声中，蚂蚁们铺天盖地爬了上去，转眼间，这头猪跌倒在蚁群里，迅即被淹没了。汪洋清楚地看到，猪最后一吼时，张开的大嘴巴里塞满了蚂蚁！

蚁群开始向他俩扑来。汪洋和罗春田马上掉头，向住处狂奔而去，边跑边喊：“大家快出来，蚂蚁来了，蚂蚁吃我们来了！”

开始谁都不信，有人还摸摸他俩的头，笑问：“是不是发烧了？”然而，大家跑到大门口，看到漫山遍野汹涌而来的蚂蚁，惊讶得合不拢嘴，禁不住叫喊起来：“妈呀，这么多蚂蚁！我们怎么办啊？”

队长许文明看到这阵势，头也一下子变大了。由于刚来，这里还没有

电话等通讯工具，无法获得外面的帮助。他是这里唯一的领导，如果他乱了阵脚，大家就会像没头的苍蝇到处乱窜，一个个掉进蚂蚁窝里，后果不堪设想。他马上镇定下来，安排两个小组四处察看。十分钟后，察看的人回来说，除了住宿不远处的悬崖峭壁没有蚂蚁外，其余全都布满黑压压的蚂蚁，望不到尾，估计十分钟左右就可到达。也就是说他们被包围了，随时有可能被吃掉。

怎么办？许文明脑袋一片空白，是跑还是留？他犹豫之间，地沟里忽地出来一条四米多长的蟒蛇，朝着蚂蚁群的方向蹿去。它钻进蚂蚁堆的瞬间，身体就变粗了一倍，很快成了一座黑色的小山头。蟒蛇只挣扎了十几秒钟，就趴在那里一动不动，任蚂蚁啃吃。

见此情景，许文明猛然惊醒：不能跑，必须防御抵抗。在他思索的片刻，蚂蚁的先头部队已接近大门口。他立即把 15 名队员分成三组，每组 5 人负责一个方向。大家听后，迅速把堆在身边的木料，垒成一米多高的木围。开始，来的蚂蚁只有薄薄的一层，他们全部跳出木围用脚踩。不久，门口的墙上、铁窗上都是乌黑的蚂蚁，涌进屋里的蚂蚁也越来越多，每个人腿上沾有大量的蚂蚁，有的被咬得直叫唤。许文明见情况不妙，命令大家撤回木围，手持木棍击打围外地面上的蚂蚁。

然而，蚂蚁太多了，涌进的蚂蚁足足有两厘米厚，全部是攻击力最强的巨头蚁和长腿蚁，打下去的棍头总会沾满蚂蚁，不时掉落在衣脖上。蚂蚁们趁机用毒针扎入人的皮肤，痛得大家手舞足蹈。最为糟糕的是，有大量的蚂蚁沿着木头的缝隙钻了进来。外面的蚂蚁也在搭建一个长长的蚂蚁山，兵蚁们不断地翻越木围，掉落在他们的脚边。按此发展，10 分钟后，整个木围必将成为一个一米多高的蚂蚁山，15 个人势必葬身在此！队长许文明心急如焚，却一时束手无策。

这时，汪洋兴高采烈地来到许文明身边，大声说："队长，你看，我搞来了一桶汽油。"许文明眼睛一亮，马上喊道："大家快去房里拿汽油！"一会儿，木围上燃起了一道两米多高的火焰，成万上亿的蚂蚁霎时化成了一堆灰，空气中散发一股浓烈刺鼻的恶臭。这一招十分奏效，没死的蚂蚁纷纷退出三米开外，虎视眈眈地盯着他们。

趁此机会，他们开始全面加固住所，堵塞了墙面上的洞口。队长许文明出了一口粗气，以为平安无事了。谁料，蚂蚁竟找到了新的突破口，开始了新一轮的进攻。

挫败攻势，“战争”没有赢家

蚂蚁们选择的突破口就是住所后面的悬崖峭壁。它们沿此路径，经过几个小时的聚集，很快把施工人员的住所包围起来。

蚂蚁的动向，许文明没有丝毫察觉。大家的注意力主要集中在门口和左右两侧，虽然有零星的蚂蚁从后面跑进来，但大家都认为这是正常现象，想不到这一疏忽竟让蚂蚁“坐大成势”。

他们别无选择，只好进了住宿，关严房门，准备“固守待援”。很快，他们的想法就被击碎。这些“食人蚁”竟能用强有力的前颚咬破房壁的油毛毡。随着孔隙增多，钻进的蚂蚁多了起来。有的人手打肿了，却没任何效果。他们还恐怖地看到，顶棚与脚手架交界处出现了大量的蚂蚁，天花板上不时有蚂蚁掉下来，大家不知不觉乱舞起来，全力抓打身上的蚂蚁，大幅度摆动着肢体企图把那些小恶魔彻底抖掉，可是无济于事，新的蚂蚁总会前来补充。许文明也紧张地用手在腿上、腰上乱摸，突然他感到右边脸颊有点儿痒，伸手一摸，一只蚂蚁正在他耳垂上爬着。这一次许文明受惊不小，试想如果晚一点发现，这些凶猛的蚂蚁钻进他的耳洞……他的心骤然紧张起来：要赶紧想办法，否则，大家都会死在这里。

今年刚满 20 岁的小李蓦地大哭起来：“队长，怎么办？我可不想死啊！”许文明心里虽然有些忙乱，但表面上平静。他瞪了小李一眼：“哭什么哭！全部给我上屋顶。”许文明仔细观察地形后，认为这是目前唯一的出路。听到许队长的指令，他们马上敲击钢管，把钢管上的蚂蚁抖落下来，然后，小心掀开屋顶上的油毛毡，爬上脚手架，全部站在屋顶上。从上面俯视，四周全是密密麻麻的蚂蚁，依然潮水般向他们涌来。目睹此景，不少人神色大变，魂飞魄散。

所幸此刻的屋顶“风平浪静”，仅有百余只蚂蚁爬来爬去，很快就被他们消灭了。许文明看见大家爬得匆忙，都没带任何工具，心里大惊：这怎么行，等会儿拿什么来消灭蚂蚁？

他二话没说就重新跳进了房内。员工住的床铺是用脚手架搭成的，人站在床上就可以拿到各种物品。在上面人的接应下，他顺利地把扫帚、扳手、保险绳等工具搬到了屋面。手上有了家伙，许文明略觉心安。他想，有了这些东西，至少可以对付一阵子了。

半个小时后，他们透过缝隙，清楚地看到地面、墙壁上到处是涌动的

蚂蚁。它们正在吃一切可吃的东西，没吃到东西的蚂蚁就沿着天棚向屋面爬来。许文明赶紧进行分工，每三人负责一面，中间留两人负责扑打从缝中钻出来的蚂蚁。很快，蚂蚁成群结队从屋檐处爬了过来。他们起初用木棍打，效果不佳，手掐脚踩也不顶用，后来改用扫帚扫，这一招大显奇效。一扫下去，成千上万的蚂蚁纷纷跌落下去。几次下来，屋面竟片蚁不留。蚂蚁又试攻了几回，但每次都失败而归，双方一时陷入相持阶段。人们露出了久违的笑容，纷纷击掌相庆终于成功遏制住了这可恶的蚂蚁。

此时，许文明的心还是沉甸甸的。他看了一下手表，时间已近下午4点，离天黑只有三个多小时。天黑之前大伙如果还不能离开，一旦进入黑夜，又饥又渴的他们只有死路一条，因此必须想办法逃出去。于是，他说："我们现在要想方设法逃出去，不知大家有没有好的办法？"

架子工小林想出了一个办法，就是搭架子从悬崖上爬下去。许文明知道悬崖离地面只有15米，那里有条小溪，往下走10公里就是他们的3号营地。如果他们踏着河水走，就算再多的蚂蚁也不怕，这方案可行。

房屋离悬崖有10米距离。他们立即松开压在屋顶上的钢管，不到一个小时就搭成了一个与房屋相连的十多米长的脚手架，再绑上保险绳，15个人顺着绳很快滑到了小溪中。他们发现这里没有蚂蚁，迅速沿着溪边小路向下飞奔而去。晚上7点，他们抵达3号营地，终于平安脱险。这一刻，大家禁不住泪流满面，抱头痛哭！

为了搞清原因，他们找到了当地的长老番尔非。据他介绍，他们住地七八米深处很可能有许许多多巨大的蚂蚁窝。几千年来，它们一直在这里繁衍生息，过着平静的生活。人类的到来，把这一切都打破了。它们惶恐不安，于是，钻出地面准备长途迁徙。它们的异常骚动，惊动了整个原始森林中的蚁群，在温暖阳光的照射下，蚂蚁家族们开始了规模空前的大搬家，猝不及防的人类就这样不知不觉跟它们打了一场"遭遇战"。弄清原因后，许文明他们主动撤离了这个地方，与3号营合并。撤离之前，他们埋葬了死去的蚂蚁，栽上了树苗，这里毕竟是蚂蚁们的家园啊，他们没有理由继续占领它。

贵族的地下情人

1898 年 10 月一个深秋的傍晚，天空正飘着蒙蒙细雨。一个 24 岁的英国小伙子，从千里迢迢的英国来到了北京。他原本计划像西方冒险家那样在京城搞一点钱，谁料，他竟出乎意料搞上了一个女人。这个女人还不是一般的女人，她就是清王朝的实际统治者慈禧，他把慈禧发展成了自己的情人！

2011 年 5 月，英国人巴恪思所著的中文版《太后与我》意外地曝光了这段史实。巴恪思是什么人？他是如何与慈禧搭上关系的？

害怕西洋女人

巴恪思男爵，1873 年 5 月出生于英国约克郡的列治文市。祖上是曾经显赫的奎克家族。1897 年 6 月，24 岁的他从牛津大学毕业。虽然大学毕业，还是贵族公子，但一直没找到如意的工作。这时，英国驻华使馆需要一名翻译，英国《泰晤士报》也需要一名驻华记者，于是，他以翻译和记者的身份来到了北京。

不久，大使找到他，要他和大使夫人一起去拜访慈禧太后。

这天上午 9 点，他与英国大使夫妇乘坐两辆马车，来到了故宫。他们按规矩在故宫门前下了车，步入一个高大的金色宫殿。

在一间宽敞明亮的大房间里，巴恪思看到一个女人，高高在上，威严地坐在那。他知道这就是慈禧太后。尽管来之前，他做了许多美好的猜测，

但他还是被眼前的慈禧惊呆了：冷峻华丽的慈禧虽然年过六旬，但保养之好出乎他的意料。她的肌肤细腻如雪，光滑的脸庞不见任何皱纹。她哪是位太后，分明是位端庄美丽的少妇啊！这时他忽地产生了一个奇怪的念头：她要是自己的女朋友该多好！

他只顾盯住她的脸，一时忘了应该下跪，只是按英国的礼仪朝她点了点头。令巴恪思惊奇的是，慈禧竟没有责备他，相反还朝他笑了笑。

但对大使的夫人，慈禧却没有那么客气了。大使夫人打招呼，她不还礼，却有点害怕地站立起来，腿也在不停地哆嗦。事后，巴恪思才知道，“牛高马大”的大使夫人，不仅皮肤雪白，而且毛孔特别粗大，加上大眼睛里闪着蓝幽色的光，这让慈禧十分恐惧，以为她眼里藏着阴间来的催命鬼。

为翻译的方便，他与慈禧靠得很近。从慈禧身体上不时飘来一股淡淡的幽香，让巴恪思神清气爽。他在翻译中十分大胆地加了点中国式的幽默，引得慈禧时时抿嘴暗笑。他注意到，慈禧虽然跟大使夫人说话，但心里是勉强的。她的心思在他身上，果然不久，慈禧停止了与大使夫人的对话，转过身来，问他到北京习不习惯，吃得好不好。巴恪思十分认真地答道：“太后，我很习惯，吃得也很好。”慈禧不以为然：“你们西洋有什么好吃的，等下你把我们宫的东西带回去吃吧。”说完，她挥了一下手，一大堆吃的东西摆在他面前。

太后太善解人意了，巴恪思顿时对她产生了深深的好感。

见面结束后，慈禧太后送了许多礼物给大使夫妇和巴恪思。回到住所，巴恪思翻看属于自己的那份礼物。他意外地发现里面竟有一条红色的手绢，淡淡红色里面散发一股奇异花香。巴恪思又惊又喜：在中国，这是女人送给男人的定情物，慈禧太后难道喜欢上了他？

我就喜欢你这个西洋男人

自从收到慈禧太后的手绢后，巴恪思就患了相思病，晚上做梦全是慈禧太后的身影，与她一起荡秋千，一起野外散步吃烤鸭，甚至与她同床共眠。巴恪思有同性恋嗜好。据他称，他是英国文豪王尔德的同性情人，曾为被判刑的王尔德奔走呼号。但是，这次不同，他竟莫名其妙喜欢上了慈禧太后。

他通过李莲英，决定单独会一会慈禧太后。

1899 年 5 月 17 日这天傍晚，他悄悄来到离故宫不远处，这里有一台专门的蓝色小轿子等着他。他换上太监穿的衣服，用帽子把头发遮得严严实实，之后躲进轿子里，由大监抬着来到了一间异香扑鼻的房间。

他下了轿，看见慈禧太后正安静地坐在一张绣满金色花朵的太师椅子上。她的手指修长，有长长的指甲，上面涂满了金红色的染料。此刻，天气已经渐渐转热，慈禧穿着一套绣了大红花的丝质薄衫，似笑非笑地望着他。

巴恪思赶紧上前，扑通一声跪在地上，恭恭敬敬地向慈禧太后磕了三个响头。他知道要讨她的喜欢，尊重皇宫的礼仪非常重要。

果然，他看见太后露出了满意的笑容。她努了努嘴，马上有太监搬来一张椅子。

巴恪思稍稍坐定，就听见慈禧太后说话了："我知道，你这些西洋人对我这个老太婆有看法，说我古板、思想僵化，不合潮流，镇压了新派人物，不是个好人。你说说看，我是不是好人？" 1898 年 6 月，慈禧的干儿子光绪帝实行变法。慈禧极力反对，最后发动政变幽禁光绪帝，从此俩人失和，这成了慈禧太后的一块心病。

巴恪思一时不知如何作答。西方人士圈里对慈禧太后的评价的确是如此。他自然不能说，只得违心地答道："不是的，说你不是好人的人，不代表我们西方人的主流。我认为你就像我们英国女王一样，是一代英明伟大的君主。太后，你看这都是说你好话的报刊。"这次来，他特意收集了一些西方报刊有关她的正面报道，于是，他马上拿出来给她看。

里面的洋文慈禧太后自然看不懂，但她还是装模作样翻了翻，看得出来她心里很高兴。她叹了一口气："其实，我跟你们想象得完全不一样，我是个很开明的人，只是有人要违反祖制，我才不得不这样做。你们西洋人也不全是坏人，也有好人。像巴恪思，你就是一个好人。"

巴恪思有点受宠若惊，他顺势说道："太后，自从上次相见后，我就一直挂念着你啊！"慈禧太后点点头："我知道。巴恪思，我知道你的心思。但是，这个事要慢慢来。"接着，她转移了话题，询问起英国女王的情况。

巴恪思轻声细语地向慈禧太后说起了英国女王。他说了许多英国女王的趣事，弄得慈禧乐不可支。最后，慈禧太后忍不住笑出了声："巴恪思，你真是个有趣的人。"

俩人不知不觉交谈了近四个小时。巴恪思看见慈禧太后直打呵欠，有点疲倦了，就停止了话题。慈禧十分感激地朝他点了点，示意她想休息了。她站了起来，可能是坐得太久的缘故吧，她起来的瞬间身体倏地向前倾，眼

看就要跌倒在地。巴恪思一个箭步冲了上去，一把扶住了慈禧。

当他握住慈禧娇嫩的手时，他感觉到慈禧浑身一震，一抹红晕涌上了脸庞。慈禧27岁那年守的寡，迄今为止，已有30多年没有让男人如此亲近了。一种难以言状的感觉让慈禧浑身颤抖。

侍女见状也涌了上来，但慈禧挥了挥手，喝退了她们。巴恪思牵着慈禧的手，慢慢地朝卧室走去。在卧室门口，慈禧停住了脚步，轻轻地对巴恪思说："巴恪思，你回去吧。以后有空再来。"

受到如此深厚"恩典"的巴恪思早已感动得泪流满面，他连连点头。慈禧走远了，他依然跪在门前，把头深深地埋在地面上……

有了慈禧的邀请，巴恪思基本十天半个月就要去宫中一趟，每次进宫，他都会带一些名贵的法国香水送给慈禧。渐渐地，慈禧喜欢上了这些法国香水，俩人也成了无话不谈的好朋友。有时巴恪思大胆地上前与她握手，慈禧也十分顺从，没有任何不悦。巴恪思不由动了一个歪念：我一定要把她弄上床……

床上情人

巴恪思盼望的这一刻终于来到了。

据巴恪思回忆，1900年6月16日，他又一次溜进了宫里，遇见了太监总管李莲英。他拿出了一粒药丸，对巴恪思说道："你把它吃下去，这是老佛爷的旨意。"听到是慈禧的安排，他毫不犹豫吞了下去。一会儿，他就觉得有股沸腾的火在体内乱撞，弄得他焦躁不安，产生了一股要发泄的强烈欲望。

他来到了慈禧的卧室，此刻除了慈禧，四周的太监、宫女全不见了人影。慈禧身穿一件白色的单衣，坐在床上，似笑非笑地看着他。他似乎听到了慈禧在召唤他："来呀！"巴恪思兴奋地扑了上去……

事后，他才知道，慈禧给他吃的是春药。依他的年龄，他认为自己完全不需要吃春药，不过既然是太后安排的，他还是乐于照办。

他们俩人有了这层肉体关系，巴恪思去的次数更多了。几乎是三四天去一次。然而，得意中的巴恪思忘了自己的身份，一次，终于弄得慈禧勃然大怒，自己差点命丧黄泉。

那是7月份中旬的一个下午，他事先没有跟李莲英打招呼，就直接进了宫。因为他常来常往，守门卫的岗哨也没有多加盘问，让他进去了。他来到李莲英的房间，李莲英不在，就直接去了慈禧太后的住所。在慈禧住所门口，他看见一个京剧名伶衣衫不整地从慈禧卧室走了出来，随后，慈禧出来了，头发乱七八糟，神态十分疲惫。巴恪思顿时明白了，慈禧与这个京剧名伶刚才在玩“快活”。他非常不快，阴沉着脸，招呼也没有打就走了。他始终认为，他只与慈禧一个女人发生关系，慈禧也应该忠诚于他。

不久后的一天，巴恪思又碰见了慈禧跟一个商人在玩“快活”。这次，他不干了。他走到慈禧跟前，怒气冲冲地说：“太后，你不能这样，你是我唯一的女人，你要向我保持忠诚。”

他不顾慈禧诧异地望着他，继续说道：“你不忠诚我，我就要与你的宫女发生关系。”

他话音刚落，慈禧“噌”的一声站了起来，指着他的鼻子，咬牙切齿破口大骂：“放肆！狗东西，你算什么狗东西，岂容你在这里为非作歹。”

巴恪思还想争辩，慈禧一拍桌子，一声怒喝：“拿下——！”四五个太监一拥而上，牢牢地把巴恪思按在地上，动弹不得。

这时，巴恪思才如梦初醒，眼前这老妇不是邻家妇人，是可以让他掉脑袋的专权统治者啊！想到这儿，他不由大汗淋漓，大声呼喊：“太后，奴才错了，奴才该死！奴才该死！！”他挣扎着爬到慈禧跟前，声泪俱下：“太后，我是您最忠心的奴仆啊！”

闻讯赶来的李莲英也扑通一声跪在慈禧面前，左右开弓，自打嘴巴，哭着对慈禧说道：“太后万岁！奴才该死，没有教巴恪思宫里的规矩。”

旁边的太监、宫女们见势不妙，都纷纷跪了下来，黑压压的一片。

慈禧铁青着脸坐了下来，沉默一会儿，才缓缓地说：“念你一片忠心，这次就算了，希望不要有下一次。”

经历这场风波，巴恪思与慈禧交往开始变得小心翼翼。但是有一件事却始终让他难以忍受。

北京当时曾有一个叫《新净》的澡堂，其实是一个男妓馆。由于馆内伺者个个年轻讨人喜爱，因此是当时满清王公们常去之地。双性恋者巴恪思也常去。

一天，慈禧女扮男装带着随从来到新净澡堂。她认出巴恪思也在场，冷笑一声：“巴恪思你来了，你喜欢跟男妓们玩，你玩给我看看。”

巴恪思没有办法，只好玩起了性游戏。他看见慈禧站在一旁，睁开一

双大眼睛，看得津津有味。原来，太后也有这一嗜好。正当巴恪思惊疑不定时，只听到慈禧吩咐太监："你去牵条母狗来，让巴恪思玩玩。"

巴恪思大惊，立刻拜倒在慈禧脚前，请求饶命。

慈禧不允，巴恪思只得与母狗胡乱搞一下。巴恪思心里像吞进了一个苍蝇，慈禧却看得哈哈大笑。当晚，看得"性"致勃勃的慈禧把巴恪思带进宫，俩人云雨了一番。

由于巴恪思表现有"功"，1903年，满清政府擢升他为京师大学堂（后来成为北京大学）法律和文学教授；一年后成为英国外务处专员。

不久，慈禧病重，对巴恪思失去了兴趣。她与巴恪思保持四年之久的性关系戛然而止。1908年1月15日下午5时，中国一代专制统治者，74岁的慈禧太后去世。

1944年1月，在北京生活了45年的巴恪思于北京病逝，享年71岁。临终前一年，他完成了自传体著作英文版《太后与我》。除著有《太后与我》外，还与人合著有《太后统治下的中国》《北京宫廷回忆录》，里面记载了他与慈禧太后交往的点点滴滴。

对于巴恪思与慈禧交往的这段历史，现在仁者说仁，智者说智。有人说巴恪思伪造证据，欺世盗名；也有人说这是真的。究竟是真是假恐怕会永远成为待解的谜团。

骇人的竹蝗

10 月 3 日，在茶陵县江口乡利民村的机耕道上，一只虫子突然从草丛中跳出，接着又有两只虫子从竹林中飞来，村民邱石平对着笔者兴奋地说道："看，蝗虫。"他又指着不远处一排已经枯死的竹子继续说道："这是被蝗虫咬死的竹子。"今夏以来，茶陵县江口、桃坑等四个乡近 10 万亩竹林遭受了历史上第一次大规模蝗虫袭击，一时竹林上蝗虫密布，撕扯啃咬声传至 100 米之遥，不少山民惊得目瞪口呆，闻之色变……

今年山里的虫子有点怪

茶陵是湖南一个山区县，山地面积 186.49 万亩，占全县总面积的 49.73%，气候温和，风调雨顺，但从去年开始出现了干旱少雨的现象，于是在该县山区发生了一连串的怪事。

今年 40 多岁的郭兰华住在江口乡利民村三组，5 月份他经历了一件最难忘的事。一天，他来到自己屋后的竹山林，在山边处，他看到一棵小树上似乎粘满了绿色的东西，无意中用手碰了一下，只听"轰"的一声响，小树上竟跳出了几百只绿色的小"草蚂"（当地对山里一种虫子的俗称），向草丛中窜去。他朝山窝望去，天啊！竹林里竟挤满了密密麻麻的小"草蚂"，黑压压的一片。这些小虫不断地从草地中钻出来，还不会飞，在地面上不停地跳，大一点的开始顺着竹根往上爬，一会儿，随风摇晃的竹尾挤满了这些绿色的"草蚂"。它们开始吃竹叶，吃得"咔嚓咔嚓"直响。第二天，

他跑去一看，场面更加壮观了。有的虫子已经长出了翅膀，在不停地飞舞。竹林也在不停地“下雨”，那是这些虫拉出的粪便。他深感奇怪的是，这些小“草蚂”并不往松树、杉树等地方爬，也不吃这些树上的叶，这些小“草蚂”与他常见的“草蚂”有点不一样。

与之相隔10多公里的桃坑乡上芫村竹林里也出现了异常情况。去年6月份左右，他们就发现茶子垅、大湾里两个组的竹林里虫子比较多，尤其是这些一跳一跳的“草蚂”，繁殖快，成群结队，一天一个样，特别喜欢吃竹叶，吃完竹叶还吃山上的棕榈，但对山上其他绿色植物不感兴趣。他们以前也见过这些“草蚂”，数量比较少，只有少量竹子被毁，所以去年他们没有采取任何防治措施。然而，从今年5月份开始，情况就有点不妙了。这些家伙长得很快，比山里常见的“草蚂”要大，尤其是母的个头比较大，吃竹叶特别凶狠，吃饱喝足后就溜到地面把卵块产入土中。去年没有杀死的虫卵开始孵化，一批批跳蝻从土中钻出来，群集在矮嫩小竹及杂草上取食。到了7月中旬，这两个组的竹林上空都是铺天盖地的“草蚂”，乌云蔽日般东奔西撞，很快连累到了相隔的带江村。

带江村的村民可是有生以来从没见过如此多到处乱飞的虫子，不少村民惶恐不安，于是出现了极滑稽的一幕。村里有一位长者想起了解放前打龙灯保平安的旧俗。在他的提议下，该村专门组织了一支龙灯队，烧香请神，乞求神灵保佑，希望借助神灵的力量消灭这些害虫，然而神仙没有显灵，这些虫子反而越来越多，越来越猖獗了，村民家里也不断飞来这些不速之客。竹山上成群的蝗虫上下跳跃，漫天飞舞，泛滥成灾。

蝗虫肆虐，大片竹林啃光

在江口乡利民村一个叫妹子坑的山场，笔者看到了一些奇怪的竹子，上面是好好的，郁郁葱葱，下面的竹根却变得蜡黄，有的根部已经腐烂、枯死。该村党支部书记范文福告诉笔者，这就是“草蚂”留下的“战果”。他说的“草蚂”就是被该县农技人员认定的竹蝗。竹蝗吃完这些竹叶后，表面上看起来很好，没有什么损伤，实际上内部已经蚀空坏死。

“想不到啊，这些竹蝗这么厉害，一袋烟的工夫就可以把一块小竹林啃得光光的。”范书记看着像经过火烧般的竹林，不停地摇头。从出现竹蝗开始到9月初，三个多月的时间，全村7000多亩竹林即被这些竹蝗大军横扫殆尽。

一位姓秦的村民述说他目睹竹蝗肆虐的过程。

他住在竹山脚下，这是他有史以来第一次见这么多的竹蝗。山上全是呼呼在叫的竹蝗，最高峰时几乎黑了半边天。这些虫子早上七八点左右开始吃，吃得竹山林像在放鞭炮，又像在下雨。它们边吃边拉，9点以后，它们受不了炽热的阳光，会溜到树下乘凉。下午三四点以后，它们又会爬到竹树上，拼命地吃，这片竹林吃完了立即转移到下一片竹林，100米长的竹林吃完只需要两三天时间。这些竹蝗吃饱了要喝水，喝水的场面非常叫人心惊，一条500米长的小水沟里挤满了竹蝗，从山上飞下来的竹蝗还源源不断地往里挤，上三层下三层，里三层外三层，估计有上百万只，一条清澈的水沟顿时变成了绿颜色。

他这里有一条土路通往乡政府。从7月份开始他就发现没办法搭摩托车回家了。因为穿过竹林的路时，密集的蝗虫会扑面而来，身上、脸上都会碰上，用不了多久，就粘满了竹蝗。这些蝗虫一般不会咬人，看见人来了还会拼命地逃跑，然而无意碰撞的就不同了。因为它们最爱吃带盐分的东西了，在脱离身体的刹那，它无论如何也要咬上一口。这时就不要跑，慢慢地走，用棍子不断地驱赶，蝗虫就不敢靠前。最主要的是骑摩托车一定要戴眼镜，否则竹蝗会与你的眼睛“亲密接触”。

一位姓陈的村民也说了一个他与竹蝗较量的故事。在他承包的竹山上从5月份开始来了很多竹蝗。开始是不会飞的幼虫，慢慢地长大了，生出了翅膀，满天飞舞，吃饱了就交配，之后个子较大的母竹蝗把卵产在泥中。有一天它们竟把卵产在他的屋后泥坎上，他看见后二话没说立即把它挖了个底朝天，前不久他天天在挖山上它们的老窝，一块竹山基本上被他翻了一个遍，估计明年他承包的这山上不会有竹蝗了。

竹蝗不放过任何带盐味的东西

据了解，竹蝗还有一个特点，就是喜欢吃带盐味的东西。

利民村有一位年近六旬的农妇上山砍柴，因天气热出了不少汗，于是她脱下了一件衬衫挂在树上，半个小时后，她发现衬衫上粘满了竹蝗，赶走后急忙拿起一看，一件好端端的衬衫已被咬得千疮百孔，破烂不堪。

中芜村一位村民进山做工，不小心在路上掉了10元人民币。他走了

500 米左右才发觉，于是他急忙返回寻找，拾到后的钱币竟被竹蝗吃掉了一小半。该村有头牛撒了一堆尿，不到十分钟，四周堆积的蝗虫足有一寸之厚。

这些竹蝗吃完竹子后，也不放过稻谷和蔬菜等作物。带江村金峰组有20 亩稻田被竹蝗吃光。有一户村民为了保护自己的稻田，有时一天打两次农药，然而竹蝗仍然前仆后继地扑食稻谷，死去的竹蝗把稻田基本铺满了。

中芫村一位村民笑着说道："我开始以为这些竹蝗只吃竹叶，不吃蔬菜。可是有一天我起来时，发现我种的空心菜上，密密麻麻布满了绿色的竹蝗。后来我发现，它们不仅吃空心菜，其他的菜也照吃不误。"她家里今年种了几分菜，竹山上闹起了蝗虫，她把注意力都放在竹山了，连续几天都在山上，没有留意看看自家的菜地，几天过后，她发现菜地里到处都是竹蝗，正在生长的菜已被竹蝗咬得断头少尾，有的已经枯死。

当然这些竹蝗也碰到了一些强劲对手。桃坑乡上芫村有一户农家养了七只鸡。一天傍晚，主人发现这七只鸡不见了，后来好不容易在一个竹山窝里找到了。主人赶它们回家，这些鸡们竟一个个"呆若木鸡"，迈不开步。原来它们吃竹蝗吃得太饱了。于是主人干脆让它们在这里生活，每天按时来捡鸡蛋。利民村也有一户人家养了 50 只鸭子。蝗灾发生后，他每天把鸭子赶进竹林里，直到山上开始打药，才结束这段"幸福的时光"。

自然对人类的警告

据桃坑乡林业站技术员张正才告诉笔者，此次出现的蝗虫叫"黄脊竹蝗"，繁殖力强，食性杂，起先食竹叶，再食周围的农作物和其他植物，是农业和生态环境的大敌。该虫突发性强，大发生时将竹叶全部食光。新竹被害一次就枯死，壮竹受害一次虽不致死，但 2 ～ 3 年内不发新笋。被害竹竿内往往积水，竹纤维受破坏，丧失利用价值。扑杀竹蝗的方法很简单。即用人尿加食盐，加甲胺磷，加敌敌畏，混合搅拌均匀后，用干稻草浸泡 8 ～ 12 小时，挂在竹林上即可。

据了解，茶陵县是湖南省今年遭受虫灾比较严重的县份之一。如此规模大的虫灾在茶陵县历史上也是第一次，因此虫灾发生后，迅速引起当地政府的高度重视。县委县政府立即召开了各乡镇、林业部门参加的防治虫灾紧急会议，并在短时间内调集了五万多元的药品发往遭受虫灾的四个乡镇。蝗虫重灾区桃坑、江口两个乡的乡政府七八月基本在唱"空城计"。除了守电话的，所有的乡干部全部下到了各承包的村组，全力以赴杀灭竹蝗。

然而，他们在灭竹蝗中依然碰到了一些新问题。

一是缺少人手。如桃坑乡上芫村总人口有 400 多人，实际在家的只有 120 人，大多数还是老人、小孩及妇女。该村的主要劳动力基本上外出打工去了。这种情况在其他村同样存在，所以桃坑乡的党委书记肖海华等一批乡干部也成了“山民”，与大家一道去山上灭虫。

二是在灭虫中，他们遇到了一件意想不到的事情：缺人尿。为了多产尿，大家只好大喝特喝水，最后还是采用猪尿才解决问题。

经过两个多月的奋战，截至 9 月底，茶陵山区的竹蝗已经消灭 70% 以上，在一些竹蝗较多的竹林中，整条山沟腥臭扑鼻，令人作呕。

灭蝗虽然取得了一定的成绩，但也造成了巨大的经济损失。据不完全统计，直接的经济损失达几百万元。目前竹林收入占当地很多村民总收入的三分之一，要挽回需要做很大的努力。

有关方面专家指出，去年入夏以来，我省大部分地区出现了持续高温干旱的天气，这种天气给人民的生活带来了不便，也给农作物的生长带来不利影响。但是，这却给竹蝗的繁殖和生长带来便利条件，这也是蝗灾在当地爆发的原因之一。由于受异常气候的影响，蝗灾隐患在短期内难以消除，今后仍需要增加投入，加大蝗区生态治理力度，通过标本兼治，蝗灾就可得到控制和治理。

另一方面生态环境不断恶化，竹蝗天敌减少也是这次蝗灾的原因之一。如今在茶陵山区很少可以见到竹鸡等山中珍禽异兽了，这些吃蝗虫的物种渐渐消失，对于蝗虫来说无疑是一个天大的好消息。要彻底根治，就必须要保护和维持好生态平衡，特别是要确保生物的多样性，有足够的天敌与蝗虫对抗，这样生态系统将自然歼灭蝗灾。

可以说破坏了生态平衡，就等于毁了我们的家园。因此这次茶陵蝗灾无疑是自然给我们敲响的警钟。

附：有关竹蝗资料

黄脊竹蝗属直翅目，蝗科。成虫体绿色，长 31~40 毫米，头顶至前胸背板中央有一条黄色纵纹，愈向后愈宽。触角丝状，末端淡黄色。后足腿

节粗大，黄色，间有黑色斑点。卵粒土黄色，长椭圆形，稍弯曲，长 6~8 毫米，卵壳上有蜂巢状网纹。卵块圆筒形，长 19~28 毫米，表面被有胶状物，内藏卵 12~20 粒。若虫又称跳蝻，共 5 龄。除翅外，其他特征与成虫相似。

黄脊竹蝗每年发生 1 代，以卵块在土中越冬。4 月中旬越冬卵开始孵化，历期 1 周。跳蝻出土后，群集在矮嫩小竹及杂草上取食，2 龄开始分散并逐渐上大竹，约 5 月上旬至中旬，3 龄若虫全部上大竹危害，食量开始猛增，因此，防治竹蝗的最佳时机应在 2 龄之前。跳蝻 46~69 天老熟，6 月成虫羽化。竹蝗喜食有咸尿味的食物，成虫取食 20 多天后交尾产卵，卵块产入土中，深约 3.3 毫米。

刺痛的心

一个少妇贪图享受成了一个百万富翁的情人。为扫清障碍，她杀死了相伴多年的丈夫，为此，她被捕入狱，付出了19年青春年华的代价。出狱后，她以为可以放手追求自己的幸福生活了，不料，另一个人却不干了，这人不是别人，就是她儿子。他毫不犹豫杀害了自己的母亲，选择的方式与母亲当年杀害父亲一样：烈火焚身。他为什么要这样做？母子俩又有怎样的深仇大恨？

2009年4月15日，湖南永州市中级人民法院审理了这起震惊三湘的弑母奇案，其人其事令人唏嘘！

母亲孽情惹祸，一个幸福的家在烈焰中毁灭

1989年7月14日下午，年仅4岁的林忠平正与小朋友们一起在做小游戏。突然，他看见自家的砖瓦房冒出了一股浓烟，接着，火光冲天。有人在大喊："不好了，林家着火了，大家快来救火啊！"闻讯赶来的人群迅速把火扑灭了。

很快，林忠平看见有一个人从屋里被抬了出来，此人被烈火烧得漆黑一片，皮肤暴裂，已经死亡多时。从他的身影上，林忠平立刻认出了他就是他爸爸。"爸爸！爸爸！！"林忠平哭着，不顾一切扑了上去，虽然最终被大人们拉开了，但父亲双手紧握，怒目圆睁，惨死的一幕深深扎根在他脑海里。10多年过去了，这一幕像针一样不断刺激他的脑海，让他痛彻心扉，头痛欲裂。

今年23岁的林忠平是湖南道县人。他父亲叫林天生，母亲名叫吴秀英。1950年出生的父亲是位木匠，人虽然忠厚老实，十分顾家，但其貌不扬，家里兄弟多，家境贫寒，三十多了还没有结婚。1981年12月的一天，他来到吴秀英家做木匠活，吴秀英父母一眼就看上了勤快的林忠平，于是，托人把吴秀英介绍给他，但有一个条件，就是林忠平做他们的上门女婿。

1954年出生的吴秀英皮肤白皙细嫩，长发垂肩，苗条袅娜，浓郁的眉毛，乌黑的眼睛，长得十分漂亮。林天生见了，喜出望外，二话没说答应了。其实标致的吴秀英并不愁嫁，只是父母要求女婿一定要倒插门，这在当地对男人来说是一大耻辱，因此一直没有婚配。吴秀英对林天生并不满意，但看他有一门手艺，以后可以吃穿不愁，加上父母极力赞成，她就同意了。1982年4月中旬，俩人举行了婚礼，几年之后，四个子女相继问世，林忠平是第二个儿子。

林忠平感到四岁以前这段人生是他最为开心的日子。父亲每次外出打工回来都会给他们兄妹带来好吃的糖果，母亲也会做好香喷喷的饭菜，等待他们归来。一家人其乐融融，幸福快乐。然而，很快这一切随着母亲吴秀英的出轨彻底破灭了。

1989年7月14日上午9点，林忠平的父亲林天生悄悄躲进道县一家商场对面的小店里。他之所以躲起来，是因为他听到了别人的议论，说吴秀英嫌贫爱富，成了百万富翁刘斌的情妇，每天都在他店里进进出出。林天生有点不相信，决定亲自证实一下，不久，他看见妻子吴秀英钻进了这家商场，跟商场老板刘斌谈得火热，一会儿，两人上了二楼一房间，关上了房门。林天生只觉一股热血直冲头顶，马上冲了上去，一脚踹开房门。他最不愿看见的一幕出现了：两人正赤身裸体躺在床上。

林天生"嗷"的一声，跟两人扭打在一起，之后，他把衣衫不整的吴秀英拖出了商场。在众目睽睽之下，吴秀英狼狈不堪地回到了家里。

在家里，两人发生了结婚以来最大的一次争吵。回过神来的吴秀英异常气愤，在不断地责骂林忠平出了她的丑，要跟他离婚。林忠平自然不服气，也在不停地还击。

忽然，吴秀英停止了争吵，她觉得没必要再争吵下去了，此刻的她已经怒火熊熊，她恨透了这个出她丑的男人，认为她的幸福生活彻底被他毁了。她要报仇泄恨，于是，乘林天生不备，找来一把菜刀，对准他的后脑勺，拼命砍去。猝不及防的林天生惨叫了几声，就倒在血泊中。解了恨的吴秀英迅速抱来干柴，倒上煤油，点燃后逃之夭夭。

她找到情夫刘斌，希望重燃旧梦，过上富贵生活，不料当天晚上，她就被赶来的公安干警抓获，不久，她被提起公诉。1990 年 3 月，湖南省高级人民法院依法判决其死刑，缓期两年执行。

父亡母亲入狱，林忠平等四兄妹立刻懵了，他们感到这世界变了，天塌了，除了哭，还是哭，直到声嘶力竭，昏死过去。6 岁那年，林忠平终于明白了：这一切都是母亲造成的，母亲是家里不幸的根源，他恨母亲，随着年岁的增长，这种恨有增无减！

幸福如此短暂，缺失的亲情让他痛苦不堪

母亲入狱后，他们兄妹四人只得跟爷爷奶奶住在一起，由于爷爷奶奶体弱多病，又没有经济收入，他们的生活过得异常艰难，经常是饥一顿饱一顿，有时靠捡破烂来维持家里的基本生活。小小年纪就要洗衣做饭，承担家里的各种体力活。

他们在忍受生活煎熬的同时，还要忍受精神上的折磨。母亲杀父，此事在当地引起了巨大反响，自然也成了同学们的笑料。每当林忠平与同学发生矛盾时，同学就会拿这件事来奚落他，弄得他怒火万千丈，却无可奈何。为此，夜深人静时，他经常躲在被褥里痛哭流涕。在凄惨和孤苦中，度过了他的童年生活。

2000 年 7 月，林忠平初中毕业了。他没有考上高中，家里的经济条件也不允许他继续上学。年仅 16 岁的他跟着大哥林忠厚来到深圳打工。由于年纪小，又没有什么技术，他只能在一些玩具厂搞搞搬运等体力工作，收入每月只有五六百元，仅够维持自己最低的生活。为了多挣钱，他又在宝安区找到了一个送煤气的工作。这个工作简单，但需要体力，他背着三十多公斤的煤气罐在各住户间来回奔跑，一天下来，腰酸背痛，累得说话的力气都没有了。尽管苦点累点，但每月收入有 1000 多元，这让他十分满足，工作用心用力，慢慢地，得到了这家煤气店老板的赏识。看林忠平如此卖力，这老板决定为他提供一个更大的舞台。

2006 年 8 月中旬，在这家老板的引荐下，他去了另一家纺织加工厂打工。在这里，他如鱼得水，工作起来得心应手，很快，他就由一般的打工仔提拔为生产车间主管，月工资上升到 2500 元。这时，他认识了一位河南姑娘，

在他猛烈的追求下，两人成了一对幸福的恋人。

生活终于向他张开了笑脸。林忠平郁闷的心渐渐舒展开来，他全身心投入到工作当中去，以求更大的发展。然而，他没料到的一幕倏地出现了，人生又跌至底谷。

2008 年上半年，全球金融危机爆发。林忠平所在的工厂受到波及，从 4 月份开始，工厂海外订单急剧下降，两个月后，所有生产车间全部停产，老板只得宣布工厂破产，解散所有的员工，林忠平一夜之间失了业。他不甘心就此失败，前往深圳市人才市场去求职，可惜，他没有文凭和专业，加上此刻的经济不景气，很多依靠海外订单的企业纷纷倒闭，最终没有找到合适的工作。

失了业的林忠平唉声叹气。正在这时，他女朋友也提出了分手。他与女朋友的关系发展一直顺利，感情很好，已经到了谈婚论嫁的地步。谁料，一天上午，她却收拾好自己的物品，悄悄地来到火车站，准备搭车回家。林忠平大吃一惊，急忙赶到火车站拦住她，问道："你招呼也不打就回去，是不是我做错了什么？""你没做错，但是你母亲做错了。想不到你母亲是这样的人，我不能同这样母亲的儿子结婚。"原来，女朋友从林忠平老乡那里知道了他母亲过去的一切，十分害怕，头也不回地跑了。望着女朋友远去的身影，林忠平欲哭无泪。他的心跌到了冰点，想不到母亲的过失竟影响到了他的婚姻，他感到空前的孤独与绝望！女朋友的离去，也再次勾起了他对母亲的怨恨！

然而，他母亲却时刻牵挂着他。吴秀英因在狱中表现良好，1992 年由死缓改为无期，后又改为有期徒刑，现已刑满释放，回到家里。19 年的狱中生活，使她对自己的行为有了深刻的反省，十分渴望失去的亲情。她出狱后，第一件事就是寻找在外打工一直未归的二儿子林忠平。通过亲戚的帮助，她终于联系上了林忠平。得知他的现状，吴秀英非常着急，反复劝他想开一点，并力劝他回来走一走。

19 年了，林忠平再次听到母亲那熟悉而又陌生的关切声音，心里百感交集。他默默地想：或许母亲真的变好了，成了他心目中的好母亲。带着这个愿望，他回到了故乡道县。

2008 年 8 月 25 日，在堂叔的陪同下，他见到母亲吴秀英。此刻的母亲老了，瘦了，成了一个满脸皱纹的老太婆。林忠平想喊一声："妈妈！"最终他忍住了。往日的伤痛仍像鞭子一样在抽打他的心，他一时还无法说出口。

吴秀英却惊喜异常，忙前忙后，搞了满满一桌饭菜，招待远方归来的儿子。之后，又收拾好房间，铺好新的被褥，让他感受家的温暖。

吴秀英生活上尽心尽力照顾好儿子，但是，她始终未能走进他的精神世界。她依旧按照自己的行为方式生活着，不顾儿子的感受，不知自己正面临着一场血光之灾！

人性癫狂，弑母泄恨毁灭了谁

其实，林忠平从进家门那刻起，心就一直没有平静过。当得知大哥林忠厚因找不到对象，只好给人家当上门女婿时，他的心深深地被刺痛了。他认为这都是母亲的错，都是母亲害的。他虽然没有说，但心里却十分愤懑！

与母亲相处的日子，他发现了一个奇怪的事。母亲没有分文收入，生活却一点不差，天天有鱼有肉，穿得也十分光鲜，尤其叫他奇怪的是，每到晚上，母亲总要悄悄溜出家门，消失在茫茫夜色中，有时天亮才回。

这是怎么一回事？林忠平心里充满了疑惑。一天夜晚，母亲吴秀英又溜了出去，林忠平悄悄跟在她身后。一会儿，他看见母亲转过一个弯后，径直进了百万富翁刘斌的家门。目睹此景，林忠平如雷轰顶，愣在那里，忍不住流下了痛苦的泪水。

原来，吴秀英出狱后，并没有忘记情人刘斌。她多次找到刘斌说道："我为了你坐了19年牢，落得杀夫的罪名。现在我家也没了，生活也没得着落，你得补偿我十几年的经济损失。"刘斌是个儿孙满堂、年近六旬的老头子了，本来不想再理会吴秀英，可经不住吴秀英的死缠，只得给了她1万元补偿。为了不失去这棵摇钱树，吴秀英不顾年老体衰，继续充当刘斌的情人，几乎每天都赶来与他相会。

得知真相的林忠平悻悻地回到家。他辗转反侧，一夜无眠。他想不通母亲为什么不吸取教训，还要与刘斌来往？

第二天，母亲吴秀英笑吟吟地回来了，还带来了林忠平爱吃的烤鸡。林忠平看见了，二话没说，十分气愤地把鸡摔在地上，然后，气呼呼地冲出了家门。吴秀英自然惊得目瞪口呆，满脸不解地望着儿子……

四天过后，林忠平回到了家里。在这里，他又看见了极不愿意看见的一幕：母亲吴秀英正与刘斌坐在里屋床边上说说笑笑，两人关系极不寻常。看见林忠平进来，刘斌点了点头，笑了笑，有点尴尬地走了。林忠平一脸

的不高兴："妈，你还跟他来往干什么，你不知道，他是我们的仇人！"吴秀英不以为然："他跟我们有什么仇嘛，大人的事做小的别管！""我为什么不能管？你不要脸我还要脸呢。"林忠平愤怒地大叫起来。"我说了不要你管，你就别管，你有什么资格管我。"吴秀英也高声起来，两人谁也无法说服谁，由此大吵了一架。

眼见母亲继续出轨，他却无力制止，林忠平事后气得大哭了一场，他下决心无论如何也要阻止母亲的孽情。2008年9月19日，吃过晚饭后，吴秀英起身又要外出。林忠平此刻喝了很多酒，满脸通红，热血沸腾，借着酒劲，他气冲冲地对吴秀英吼道："又要外出，是不是又去找老情人啊。"吴秀英被激怒了："是的，我是去找他，你又能把我怎样？说实话，你吃的用的，哪样不是刘斌给的，你还有什么不满足的？"林忠平"呼"地站了起来，用力把母亲吴秀英按在帆布椅子上，大声说道："我吃的用的，可以吐出来，但是你不能去，今天无论如何不能去！"吴秀英被按在椅子上动弹不得，恼了，大骂林忠平不是人，是个没用的东西，跟他父亲一样货色。听到母亲在说他父亲，19年前父亲惨死的一幕又在林忠平头脑中闪现。他恨得浑身发抖，咬牙切齿，二话不说就转身走到厨房，操起一把菜刀，对准吴秀英的头部奋力砍去，他一边砍一边疯狂地叫喊："你这坏东西，叫你出轨，叫你砍我父亲，我要为父亲报仇！"

吴秀英遭此一击，惨叫了一声，很快倒在椅子上一动不动，吐血而亡。望着母亲的尸体，林忠平仍不解恨，抱来一堆衣物放在吴秀英身上，点燃后，溜出了房门……当晚，林忠平租车逃到广东汕头，两天后又逃往广西灌阳二姑家躲藏。

湖南道县公安局刑警大队接到报案后，立刻展开了侦破工作。经过现场勘察和调查走访，很快锁定了犯罪嫌疑人林忠平，并紧急前往汕头、灌阳等地进行追捕。迫于警方的强大压力，走投无路的林忠平只得向警方投案自首。2008年10月20日，林忠平以故意杀人罪被道县检察院依法批捕起诉。2009年5月18日，林忠平一审被判决死刑，缓期两年执行。他为自己的鲁莽行为终于付出了沉重的代价！

长沙律师事务所的周律师就此案发表自己的看法。他说，母亲吴秀英不该一错再错，出狱后，继续玩弄婚外情，殊不知此举将极大伤害子女的心。面对长辈的错，作为子女一是要端正心态，冷静处理，努力化解矛盾，而不是激化矛盾。二是要加强情感方面的沟通，应用亲情、友情去感化、教育。

三是智慧运用社区、组织或家庭资源，通过合理合法的途径去争取亲人的回归，而不是采用这种极端的手段。

此案也再次提醒人们要以此为戒，珍惜生活，远离婚外情！

种子发芽之后

2008年8月底的一天傍晚，在深圳一栋高级住宅楼里，忽然发生了一起教授级高级工程师殴打母亲的事件。这位工程师看见母亲进了家门，竟像疯子似的狠狠扇了他母亲一个耳光，然后指着她的鼻尖，大骂道："你配做母亲吗？你害了我们，还要害你后代！我恨你！"他母亲涨红着脸，流着泪，喃喃地说："儿啊，我错了，我不是人，请原谅我吧。"

一个受过良好教育的堂堂教授级高级工程师为什么要打自己的母亲？被打的母亲又为何求他原谅？他们之间发生了怎样的纠葛？随着他母亲的哭诉，一段令人惊愕的畸恋孽情意外地浮出水面……

惊现怪胎，高知家庭引发离婚风波

今年33岁的胡永平是深圳一家企业的教授级高级工程师。十年前，在长沙一所大学读书时，与同窗好友黄美玲成了一对亲密的恋人。毕业的前夜，他们向双方的父母公布了彼此间的关系。胡永平的父亲和黄美玲的母亲得知后，都乐呵呵地同意了。

然而，出乎胡永平的意料，他们的爱情竟遭到了自己的母亲和黄美玲父亲的强烈反对。为了阻止他俩的爱情，父母二人把他俩分别找回老家，以死相逼，这让胡永平和黄美玲痛苦万分。

一天深夜，胡永平"扑通"一声，跪在母亲面前，泪流满面："妈妈，你一直说美玲是个好女孩，要我多关心她嘛，现在你为什么又反悔了呢？"

母亲虽然流着泪，但始终黑着脸，坚持不愿答应，最后，扔下一句话："你们要结婚，除非我死了！"

黄美玲在家里也承受着巨大的压力，父亲几乎天天在咆哮，指着她的鼻尖骂道："胡永平小混混一个，有什么值得你留恋！"有时还动手打她。黄美玲在泪水中度日如年。五天后的傍晚，他俩在屋后的小河边相见了。黄美玲一把抱住胡永平，失声痛哭："胡哥，我真的活不下去了，你带我走吧。我们一起去深圳打工。"胡永平也为当前的处境忧心如焚。最后，他俩商定，表面上断绝关系，之后，远走高飞，去深圳求职。

第五天，他俩离开老家来到了深圳。不久，胡永平进了一家高新技术公司任技术主管，黄美玲进了一家职业技术学院任教师。经过6年的打拼，双双事业有成，胡永平任公司副总，并破格升为教授级高级工程师。黄美玲也由教师升为讲师。这时，他俩的爱情瓜熟蒂落，在深圳组成了一个幸福的小家庭。

然而，在新婚之夜，他俩却流下了痛苦的泪水。结婚当天，俩人还是把消息通知了父母。谁知，胡永平的父亲和黄美玲的母亲态度依然坚决，几次要赶来深圳吵闹。当得知胡永平和黄美玲已领结婚证时，他们知道无法挽回了，沉默片刻后，不约而同号啕大哭，并拒绝出席他俩的婚礼！这叫胡永平夫妇异常震惊和难过，他们想不通：父母为什么如此拒绝他俩！

两个月后，黄美玲发现自己连续10多天没来月经了。她去了一趟医院，检查之后，竟是怀孕了。黄美玲心里一阵惊喜，立刻把消息告诉了胡永平。胡永平听了兴奋得大叫起来，当天晚上，他亲自下厨，搞了一桌香喷喷的饭菜，夫妻俩举杯相碰，庆贺终于有了爱的结晶。由于工作忙，黄美玲除了怀孕初期检查了几次，一直没有去医院复查。

一天深夜12点，黄美玲一阵恶心，紧接着全身剧痛，下面流出了一股鲜红的血，黄美玲大叫起来，胡永平慌了，马上开车把她送到了医院。经过一番抢救，黄美玲转危为安，可惜，胎儿却流产了，当一位医生把死亡的胚胎递过来时，胡永平不禁倒吸了一口凉气！

这是胚胎吗？这分明是一串串肉色的葡萄啊！他十分疑惑地望着医生。这位医生耐心地向他解释了一番：原来妻子怀的是葡萄胎。胡永平无奈地接受了现实，但他始终不明白妻子为什么会怀这种怪胎呢？

半年过去，黄美玲又一次怀孕。这次，胡永平不敢大意，马上带妻子到医院检查，检查结果让胡永平大吃一惊：照片显示妻子怀的又是畸形胎！

这是怎么一回事？

惊疑不定的胡永平夫妇找到一位熟悉的医生。这位医生告诉他俩，黄美玲是不是吃错了药，或者别的原因？

回到家后，俩人仔细回忆了一下怀孕过程，没有发现这些问题。胡永平感到身体如牛，自身绝对没问题，是不是出在黄美玲身上？于是，他开玩笑地说："我在报上看见一条消息上说一个女的被人强暴了，结果生下一个怪胎。"胡永平的话让黄美玲十分生气："你这话是什么意思，如果你认为我有问题，我们离婚好了。"胡永平心情很烦闷，不服气顶了起来。黄美玲不干了，俩人你一句我一言，在客厅里打起了口水仗，直到黄美玲泪水涟涟，胡永平摔门而出为止。此事后来虽不了了之，但在俩人心里都留下了阴影，有时几天都不说一句话。

不久，黄美玲再次怀孕了。检查结果显示胚胎还是有问题，这胎莫名其妙竟多出一只手。连怀三胎畸形！不仅医生惊诧，黄美玲自己也十分震惊。难道自己真有问题？想到这儿，黄美玲不禁悲泪长流，晚上，她泪水涟涟地对胡永平说："永平，我恐怕真的有问题，没办法给你传宗接代了，我们离婚吧。"胡永平心里虽不好受，但关键时刻还是很冷静："我们相伴了这么多年，不要提离婚的事了。我相信现在医学很发达，其中的原因应该搞得清。"

胡永平断定俩人肯定有谁出了问题，究竟是谁出了问题呢？夫妻俩商量后，决定不再怀孕，联手查个水落石出。

揪出元凶，同床共眠的竟是亲兄妹

胡永平有一个好朋友是研究遗传学的教授。夫妻二人找到她，这位姓吴的教授看了之后说："这种情况很复杂，一般来说有两种可能。一是外部的因素，如孕期被辐射等。这种可能你们可以排除。二是自身的问题。从检验的结果来看，你们的精子和卵子都携带一种相同的家族遗传性疾病，所以这才是真正的元凶，妻子怀的胚胎畸形率可达 70% 以上。"

说到这里，吴教授顿了一下，有点疑惑地望着胡永平夫妇："按常理来说，俩人都有这种相同的遗传疾病，一般都由相同的父亲或母亲所传，常见于兄弟姐妹，所以从理论上来说，你俩应有一定的血亲联系，或者说兄妹关系。"

吴教授的话让胡永平夫妇感到十分好笑。我们是兄妹？我们的父母既不是亲戚又不是朋友，怎么可能！？胡永平夫妇商量后，决定当场验血鉴定。第三天，结果出来了，胡永平与黄美玲存在的亲兄妹概率达到了 99% 以上。看到结果，胡永平夫妇俩顿时惊得目瞪口呆。这个结果，他们无论如何也无法接受，于是，又重新做了一次鉴定，结果还是一样。

手捏着鉴定书，胡永平夫妇愣在那里，沉默许久，最终不得不接受这一事实。然而，俩人还是不解，明明不是兄妹，难道世上真有这样巧的事？

这时，胡永平想起了小时候的一件事。一次，放学回家，为抢一只鸟儿，他跟一个同学打起来了。这同学突然冒出一句话："你这个野种，有什么资格跟我打架！"这句非常伤人的话，使他不顾一切冲上去，打得这个同学口血鼻流。事后，他不放心，仍哇哇大哭，伤心地问母亲，他是不是亲生的？得到母亲的保证，他才破涕为笑。

现在想来，他难道真不是这个母亲生的，或是带养的，而送养的人恰恰是黄美玲家族的人？

他把这想法跟黄美玲一说，黄美玲马上说有可能。于是，黄美玲把所有有血缘的亲戚一个个列出来，进行核对，可惜没有发现这种可能。如果这些可能性都不存在，那么还剩下最后一种可能，然而这个可能是多么可怕！

想到这里，黄美玲心里不禁一阵哆嗦，最终，痛苦地低下了头："永平，我小时候就听到有人在背后议论，说爸爸有个情人，现在我知道了。你母亲和我父亲为什么强烈阻止我们结婚，因为我爸爸的情人可能就是你母亲！他们偷情生下的孩子肯定就是你和我！"

胡永平听了黄美玲的分析，虽然很吃惊，但绝非没有道理。思考许久，他还是难以接受，他一直认为自己的妈妈是世上最伟大的妈妈，妈妈怎么会做出如此无耻的事呢？

不久，一年一度的春节来临了。胡永平夫妇决定回老家一趟，抽取双方父母的血，证实自己的猜想。在火车站出口处，俩人见到彼此的双亲。此刻的父母没有往日的粗暴，他们不断嘘寒问暖，笑呵呵接纳了对方。看见父亲和母亲态度的转变，胡永平夫妻俩涌出一种难言的酸楚，一度想放弃自己的想法，但想到未来的后代，理智又占了上风。

胡永平谎称正从事一个科研课题，需要一些人的血做研究。返回深圳前，他顺利地抽取到了自己母亲和黄美玲父亲的血。在吴教授这里，他看到了最不愿看到的结果：夫妻俩人果然是自己母亲和黄美玲父亲的子女。

伟大的父亲和母亲形象轰然倒塌，胡永平夫妇禁不住抱头痛哭。为什

么要做这种无耻的事啊！气愤中的胡永平要母亲赶来深圳。

这几天，他一直很烦，中午又跟同事喝了不少酒，醉醺醺的，看见母亲坐在客厅沙发上，强烈的不满和委屈顿时涌上心头，他冲上前去，狠狠地给了母亲一个耳光，之后咆哮起来，把一堆检验单摔在她身上。打完母亲，胡永平忽然清醒过来，不禁一阵阵内疚。她是我母亲啊，我怎么能如此混账呢？

胡永平母亲含泪看完结果，马上明白了。她自己最担心的事发生了，忍不住大哭起来，在泪水中，终于把自己隐藏三十多年的秘密说了出来。

我与黄美玲爸爸的确是情人关系。那时，他是个知青，在我们村插队，不久，我们成了一对恋人。后来，他落实政策返城，我们的关系就断了，彼此都结婚成家。三十多年前的一天，我在县城大街上意外地碰到他。他请我去一个酒店吃饭，我去了，我们喝了很多酒，后来就在酒店里开了一间房……

一个月后，我怀孕了，去找他，他说留下来吧，这是我们的爱情结晶。想想难忘的岁月，我就同意了。想不到，你们竟认识了，要结婚，我们坚决反对，本来还要到深圳找你们，告诉你们真相，可你们没有音信，我们去哪里找？说来说去，这是我的错，我作的孽，你怎样惩罚，我都愿意，不怪你。

母亲的话，让胡永平夫妇心里隐隐作痛，欲哭无泪。大错已铸成，再打再骂又有何用？望着美丽善良的黄美玲，胡永平心中一阵悲凉：她是我的妻子还是我的妹妹？现在该做怎样的选择？

做夫妻还是做兄妹，这场痛彻心肺的爱该如何收场？

尽管有一定的思想准备，得知真相的一刻，黄美玲还是如同五雷轰顶，心乱如麻，泪流不断。她做梦也没想到深爱的丈夫竟是自己的亲哥哥。可是想着要与他分开，心里犹如乱箭穿心，万般痛苦。

她发现她是那样爱着胡永平。读大学时，胡永平所做的一件事令她终生难忘。有一次，她病了，感冒发烧，当时她身上只有40元钱，根本没办法去医院看病，就自己买点药吃，谁知根本不管用，慢慢地高烧到40℃，直说胡话。他和同学发现后马上把她送到了医院。为了凑齐住院费，他掏出所有的生活费，弄得自己吃饭的钱也没有，只好喝白开水，不愿找别人借钱的他最后悄悄地去卖了一次血，卖血的钱大部分成了她的营养品。由于身体虚弱，他终于昏倒在教室里，后来的一张卖血单才让这一切曝了光。

胡永平的所作所为，让黄美玲认定他就是自己托付终生的伴侣。经过多年的风风雨雨，她习惯了胡永平的一切，习惯了这个人作为她的丈夫。现在这一切都要颠倒过来了，她难以接受。

胡永平内心也忍受着巨大的煎熬。他同样深爱着黄美玲，始终把黄美玲视为自己的妻子，从没想过分开。当夜俩人辗转反侧，一夜无眠。商议的结果，俩人暂不分开，还是像夫妻一样过。

黄美玲说："大不了就不生小孩，做个丁克家庭，或者带个小孩。"

为了稳妥，夫妻俩又找到好朋友吴教授。吴教授说："像你们这种情况，只要不生小孩，从生理上来说是没有多大危害，像夫妻样生活也是可以的，但是，你们这种行为社会不容，法律不容。一旦暴露，要承担法律责任，后果非常严重。"

听了吴教授的话，胡永平夫妻俩明白这是对的，可是谁都下不了决心。

不久，黄美玲试着问胡永平："你说，我们该怎么办？"胡永平十分茫然地看着她，一时不知如何回答。胡永平明白，俩人都是知书达理的人，难道就这样天天违法？

胡永平一言不发地上班去了。黄美玲看得出来，胡永平的心是慌的，意是乱的。她没料到，精神恍惚的胡永平却因此付出了血的代价。

这天下午，心事重重的胡永平下楼梯时，一脚踏空，重重地摔在楼底，鼻青脸肿，血流满面，人当场就昏了过去，被单位的同事紧急送往医院抢救。

到得消息的黄美玲差点昏了过去。赶到医院，看见昏迷不醒的丈夫，黄美玲忍不住失声痛哭。她一遍遍呼唤胡永平，胡永平却没有丝毫反应，黄美玲精神崩溃了，竟往窗外跳，所幸被同事拉住，才制止了她的荒唐举动。

不幸中的万幸，经过医生的全力抢救，两天后，胡永平醒了过来。通过三个月治疗，胡永平终于出院回到自己的家中。

有了这次教训，处在痛苦中的黄美玲醒悟过来，开始反思自己的婚姻。一天晚上，她认认真真地对胡永平说："永平，我们还是离婚吧。我知道我们都非常相爱，也离不开对方。如果我们生活在一起，你知道吗，我们这一生就要背上沉重的思想枷锁，一辈子都难得安宁，这是我不愿看到的结果，也不愿意看到你因此而痛苦，备受折磨。何况我们离婚后，依然是兄妹，是亲人，依然可以相亲相爱，关爱对方。"

胡永平听了妻子的话，知道她说的是对的。自从出事后，他也想了很多。看见妻子黄美玲整天沉浸在痛苦中，他心里十分难受，却又无能为力。

在共同生活中，他还会产生这样的异样：她是我妹妹呢！黄美玲何尝又不是如此，羞愧与痛苦交织在一起，让彼此常常寝食难安。是啊，爱她就放手，让她幸福吧。

2009 年 3 月 1 日，经过协商，胡永平和黄美玲决定离婚。胡永平把所有的家产留给了黄美玲，一个人在外面租房住。分手的那天，俩人控制不住流下了泪水，像兄妹那样依依惜别。胡永平说："既然父辈们错了，作为下一辈就要吸取教训，不能一错再错。愿天下人以此为诫，不要再重演这样的悲剧！"

破产穷光蛋的发家之路

长沙市一个百万富翁被一个好朋友害了，成了一钱不值的穷光蛋。一年之后，他毅然与这个仇家结友，令他想不到的是，他的生活从此发生了惊人的变化……

反目成仇，错信朋友，百万富翁成了穷光蛋

罗志成1964年出生于湖南邵阳市。高中毕业后，他招工到长沙市中建公司做了一名泥工。2000年，在工地上摔打10多年的他负责一个小型工程项目，并结识了一位名叫袁兵的个体工程商。俩人十分投缘，经常在一起吃吃喝喝，很快成了一对称兄道弟的好朋友。

在袁兵的劝说下，罗志成决定离开企业，开始与别的单位联营，自主创业。不久，他接到了一个300多万元的工程。作为该项目总经理的他与工人们同吃同住，没日没夜地指挥施工。辛勤的劳作终于获得了丰厚的回报，该工程竣工后，他获利二十多万。同时，由于该工程是优质工程，他一下子名声远播，又顺利接到了两个700多万元的工程，他的资产很快达到200多万元。看到如此美好的结局，他与袁兵都会心地笑了。

正当他俩雄心勃勃准备继续大干一场时，一件意想不到的事使俩人关系急转直下，反目成仇。

2001年6月中旬，罗志成在酒店里遇到了一位有一面之缘的港商。这个港商主动告诉罗志成，说在长沙市买下了一块地皮，准备开发房地产。罗

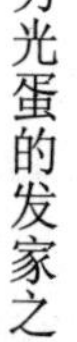

志成听后立即来了兴趣，他默默地算了一下，这个2000多万的项目，至少可以赚100多万元。

他怕有假，第二天特意找到好朋友袁兵，想听听他的意见。袁兵听后立刻拍着胸脯说："你放心，这个项目绝对可靠，我跟这个港商很熟，是很好的朋友。"见袁兵如此信誓旦旦，罗志成自然深信不疑。

随后，他与港商一道来到市郊察看地皮。他见这个地皮位置很好，升值潜力很大，于是决定花血本拿下这个工程。他向港商交纳了200万元信用保证金，之后，又投入10多万元搭建临时设施。谁料，一个月后风云突变，他搭建的设施竟被人拆除了。一问，他不禁惊出一身冷汗：原来这块地皮不是港商的。他急忙去找这个港商，可哪儿还有他的踪影！事后调查才得知，此人是个专门伪造文件骗取别人保证金的骗子。

于是，他又气急败坏地去找袁兵。经过对证，罗志成才得知袁兵与这个港商只是在饭桌上见过几次面，彼此并不熟。袁兵当初信誓旦旦，只是想显示一下自己的能耐。

罗志成听后真是七窍生烟。他要袁兵赔钱，袁兵不干，俩人为此大吵一架，不欢而散。

这200多万家产，难道就这样不了了之？第二天，不甘心的罗志成又来到袁兵家，要他赔偿一半的钱，袁兵冷冰冰地拒绝了。罗志成又气又恨，忍不住上前打了袁兵一个耳光。袁兵恼了，马上出手还击。两个好朋友顿时打成一团，后来，在众人的劝说下才停了手，但仍不说话，像仇人似的彼此瞪视。

罗志成想通过法律途径解决，又苦于没有证据，袁兵又不认账，无奈的罗志成只得放弃了打官司的念头，但在心里恨死了袁兵，决定不再与他来往。

不久，一个中型项目的老总对他承建的工程印象深刻，有意让他搞。他得知后十分高兴，决定参与这个工程的竞标。由于上次失败他几乎赔光了家产，再也拿不出钱，只得向亲戚朋友借，先后投入20多万元，用于支付人工工资和制作标书等各种费用。他估算了一下，在其他竞争对手中他是实力最强的，拿下这个工程应该没问题。

就在送标的前一天，罗志成却得知：袁兵也将参与竞标！他的心不由一沉：袁兵的实力在他之上，他无法稳赢！但资金已经投入，没有退路了。他想了半天也想不出好办法，只得硬着头皮去找袁兵，希望看在往日的情分上让一让。

这天晚上，他来到袁兵家，把自己的想法说了出来。袁兵听后却始终不表态。万般无奈的罗志成扑通一声跪在袁兵面前，恳求给他一条生路。袁兵终于说话了，袁兵说："罗兄，我们是朋友，照理我应该帮你，可是我也有难处啊，再说这是做生意，公平竞争，不让我参加恐怕不合适吧。"这些话像钢针扎在罗志成心里，让他彻底寒了心。

果不出罗志成所料：袁兵竞标成功。这一次罗志成输光了最后一点资本，还负债10多万元。罗志成看到如此结局，眼前一黑，差点晕倒在地。昔日的好友就此恩断义绝。

忍辱负重，为了千金一诺的誓言

罗志成彻底破产了，债主们得知消息后纷纷找上门来。罗志成忍住心中悲愤，当着大家的面跪在地上，认认真真、一字一句地说道："老天作证，欠你们的债，我一定还上。请你们相信我，给我时间。"

债主们散去后，罗志成明白，他现在只能靠打工还债了。第二天，他来到人才市场找工作。当他走进市场时吓了一跳：到处都是求职的人群，招聘单位要的都是本科、研究生学历，而这些他都不具备，最后只得垂头丧气地溜出了大门。

这时，他想起了他所熟知的建筑业，由于是重体力劳动，建筑工人的工资一般都不低于1000元。于是，他决定去找建筑工地。他几乎跑遍了长沙工地，却没有一个工头要他。有一个曾在他手下做事的工头看见他也来找事做，惊得张大了嘴，连连问道："罗老板你来做事，不会吧？"当听到罗志成破产时，又有点尴尬地笑了笑："罗老板，你知道你是坐惯了办公室的人，这种事你哪做得了呀，再说我又怎么管理嘛。"他在其他地方也碰到了同样的钉子。

这时，袁兵的工地打出了招工的广告。他看了便想去试试，但这是仇人的工地啊，去吗？他心里矛盾着，脚却往袁兵的工地上跑，他现在太需要一份工作了。

当他走进袁兵的工地，第一眼就看见袁兵正在那里指手划脚地说个不停，他转身想走，却被袁兵看见了。

看见罗志成穿着一件脏兮兮的外衣，乱糟糟的头发上露出丝丝白发，

一副落魄的模样，袁兵不禁产生了一种伤感和一丝愧疚。一年多来，他一直在不安中度过，虽然当时嘴里一直死撑着不承认欺骗过他，但每当想起罗志成欲哭无泪地离开他的家门时，他的良心都会没由来地遭受一次折磨和谴责，现在看见他这样，他情不自禁地喊了一声："罗志成，来了怎么又走呢，来，进屋坐坐。"

听到袁兵喊他，罗志成别扭地进了屋，两人再次坐在一起却觉得十分陌生，罗志成一直不知道该如何开口，还是袁兵打破了沉默。他诚恳地说："哎，对不起，没想到……会害得你……听说你现在很困难，这是我的一点心意，请收下。"说完，他从抽屉中拿出一叠钱塞给罗志成。

罗志成把钱递了回去，说："我现在不需要钱，但需要一份工作。"

袁兵诧异地说："我这里没有工作呀，我们只要挖地沟的建筑小工。"

听到这话，罗志成感到热血都涌在脑海里，他不再犹豫，冲口而出："让我来干小工吧。"袁兵愣了，他本来想用钱把彼此的恩怨做个了断，想不到罗志成竟提出这样的要求，袁兵不想答应，可又实在想不出好的理由拒绝，只得勉强答应了，但心里却开始打鼓：这个罗志成玩的是哪一招啊，难不成是想报复？

罗志成见袁兵答应了，心里很高兴，第二天早早来到工地。谁料，这天上午，他正按照袁兵的吩咐挖一条地基沟，忽然有人在他头上拍了一下。他抬头一看，原来是曾在他手下做事的一个姓陈的民工，这人在他印象中是个吊儿郎当的主。一次，他偷了工地上的一些废钢筋准备拿去买钱，被保安抓住。罗志成得知后，把他狠狠地训了一顿，并停了他一天工，让他反省。谁知，他不服气，跟罗志成大吵起来，还动了手脚，因为有保安在，罗志成没吃到亏，相反，陈民工不仅挨了拳头，还扎扎实实地在派出所待了几天。他回来后，罗志成就把他开除了，临走时，罗志成分明听到他恶狠狠地说："好，你有本事，你等着瞧，看我以后怎么收拾你。"

罗志成无论如何也想不到，有一天，这个不咋样的民工竟会成了他的班长。罗志成伸出手准备跟他握一下，然而，姓陈的却把手背了起来，似笑非笑地说："看不出嘛，堂堂罗大经理也会挖地沟。不过，你要听明白，这里我说了算，你要乖乖听话，知不知道！"

听到这话，罗志成心里不由一阵难受，但还是忍住了。他不想上班第一天就跟人闹僵，毕竟赚钱重要啊！于是，他含着泪水点了点头。

第一天平安过去了。第三天后，陈班长开始频频向罗志成发难：一会儿说他光说话不做事，一会儿说他挖的地沟怪模怪样。一次，罗志成好不容易挖好了一条地沟，等他验收。他装模作样看了看，又用手比了比，然后黑着脸说："你呀，根本就不行，你看，你挖的是什么东西，又小又窄，你以为是埋死人啊。今晚必须重挖，否则明天滚出这个班！"

罗志成看了一下自己挖的地沟，又用尺量了一下，根本没有问题。这时，陈班长的高嗓门把袁兵也引过来了。罗志成见状，立即把事情经过说给他听，他听了却十分不耐烦："陈班长要你重挖你就重挖嘛！"

看到袁兵也不讲道理，罗志成的泪水差点奔涌而出。他感到喉咙僵硬，腿绷得紧紧的，一股热血直往上涌，但理智告诉他，不能冲动！他站在那里足有五分钟，直到心绪平静，才冷冷地说："要我重挖也行，只是挖大了，增加水泥用量就不要怪我。"

罗志成这话把袁兵说愣了，他自己动手量了一下，发现的确没问题，只得尴尬地笑了笑："算了吧，不要重挖了。"罗志成心里十分不痛快，说道："这明明是陈班长的错，你应该批评他才是。"袁兵却不以为然："这点小事儿就算了。他是班长，我们做上级的应该维护他的权威。"袁兵的一席话噎得罗志成半天回不过神来，眼泪终于忍不住流了出来。他不想让袁兵他们看见，于是用力地按住眼眶，不断地揉……这一刻，他真想辞职不干了，但想到每月可以拿到1500元，还掉一笔债务时，他最终打消了这个念头。

化敌为友，破产的打工汉真心帮仇敌

2004年3月10日，罗志成跟随袁兵来到湘西一个建筑工地挖地沟。他在挖桩基础时，发现了一个奇怪的问题。按原图纸设计要求，地基只要挖到5米深就可以了。挖到5米深后，他看到的泥土依然松松垮垮，他在上面踩了踩，泥土上竟留下了深深的脚印。他迷惑不解了，这似乎不对呀，按他以往的施工经验，房子不能建在这上面！

带着这个疑问，他马上对地基的承载力进行了计算，一算吓了一跳。他发现5米深的地基根本无法承受地表上的庞大建筑物，设计上果然存在问题，如果照此施工，最终的结果有可能是房屋下沉倒塌。

深感事态严重的罗志成马上来到袁兵的办公室，向他说明情况。袁兵听了冷笑一声："你不要给我出难题好不好。你知不知道，你要工地停下来，我损失会有多大。你只负责挖地沟，其他的事你一律不准插手，否则走人。"

说完，摆摆手要他出去。

罗志成走出办公室，看着自己的好心被袁兵误解了，心里真有说不出的滋味，但他仍不死心，又来到正在现场的设计方说明情况。

设计方听后立即与他一起来到了施工现场实地勘察，发现果然有误。他们随后进行了重大修改，地基由原来的5米变更到13米，为施工消除了一个重大隐患。

业主知道后，大为惊讶，忙对袁兵说："他是个人才呀，你怎么不用？"袁兵得知真相后，也深为震动。一个月后，袁兵没有再让罗志成挖地沟，而是让他开始负责一个施工队。

施工进入8月份时，正是盛夏时节，这时，袁兵碰到了一个大难题。为了确保工程质量，浇捣屋面和梁柱要求地表温差不能高于20℃。然而，施工现场的温度实际已达40℃。唯一的办法就是购置制冰机生产冷水进行循环冷却，可是这项投资要20多万元，而且使用一次就没有多大用处了。袁兵不想投资这一笔钱，于是让技术人员想办法，但大家都在摇头，认为难度太大。

得到消息的罗志成找到他，十分诚恳地说："这个问题我有办法。我以前用井水试过，很灵验，你让我去试一试。"

袁兵有点将信将疑，但想到又不用花钱，何不让他试试呢。于是，安排了三个民工跟他一起去找井。

罗志成很快在工地旁挖开了一口井水，水温测试只有10℃。他们把水浇在混凝土上，只有17℃，完全满足施工要求。罗志成一个土办法就解决一个大问题。

省了一笔钱的袁兵笑了。为了庆祝这次成功，这天晚上，袁兵把所有的管理人员都叫到一家酒店吃饭。罗志成知道他酒量不行，就劝他少喝一点，他不听，跟大家碰了一杯又一杯，到了半夜时分，只听袁兵不停地"哎哟、哎哟"地喊，罗志成知道他的胃病又犯了，马上与大家一道把他送往医院，帮他端水递药，扶他上厕所，整整一夜都没有合眼。

望到这个眼眶里充满血丝的"仇人"，袁兵禁不住流下了感动的泪水。他与罗志成的双手不自觉地紧紧握在了一起！这时，袁兵才相信罗志成是真心帮他，自己是以小人之心度君子之腹了。从此，他再没有把罗志成当外人，遇有什么困难总爱跟罗志成商量，罗志成也全心全意地帮他解决了一个又一个难题，不知不觉俩人又成了无话不谈的好朋友。

去年11月，罗志成用打工挣来的钱还清了所有的债务。今年3月，承建的工程完工，他获得了不菲的红利，利用这笔钱买了一套70多万元的商品房。5月1日，在袁兵的帮助下，罗志成顺利拿到了一个1000多万元的项目，到了9月底，稳获利润100多万元。罗志成与仇家联手，终于实现了百万富翁的梦。

任务黑洞调查

工程建设为什么会出现“豆腐渣”工程，腐败案为什么半数以上发生在建筑领域，没有施工能力、没有资质的个体施工队为什么能接到高大工程项目，而技术实力雄厚的国有建筑企业却望之兴叹？这是因为腐败分子相互勾结，大搞不当交易。

前不久，一个姓刘的建筑商因行贿，被长沙市天心区人民法院判处有期徒刑五年。

在法庭上，他供出了靠拖欠民工工资的手法用于行贿以接到工程任务等种种犯罪劣迹。遗憾的是，他供述的种种黑幕交易，至今还在工程发包建设过程中肆虐，扰乱建筑市场，使不少合法经营的建筑企业深受其害，有苦难言。

工程发包有“猫腻”

时下，承包建设工程是一个见效快、本小利大、利润伸缩性很强的买卖。管理到位，一个千把万的工程可以赢利一二百万元。因此，大家都把目标盯住了工程任务这块“肥肉”。千军万马齐上阵，工程任务远远无法满足庞大的建筑队伍需求，造成建筑市场竞争异常激烈。有的建筑企业四五年也接不到一个像样的工程。于是，一些不法之徒开始不走正道，向发包工程建设方送钱、送礼、送色，陪吃、陪玩，甚至陪嫖，一些意志不坚定的建设方因此被“糖衣炮弹”击中，彻底拉下了水。尽管工程任务需要公开投标，但在利益的驱使下，他们暗度陈仓，互相勾结在一起，想办法，耍手段，披着合法的外衣，在招投标中暗箱操作耍花招，确保这些原本无望承包工程的单位和个人中标。

今年5月，经人介绍，中央驻湘一家建筑公司到江西一个地方参与接揽一个工程任务。他们拿出了介绍信、营业执照副本、法人委托书等企业证照，按要求交给了当地招投标领导小组。过了几天，他们又来到了招投标处，一位工作人员指着法人委托书说，这个印章有个字不清楚，要重新补办。他们派人火速返回长沙重新开了一张。不久这位工作人员又指着营业执照说要正本，他们马上按要求送来了。报名时间还有一天就要截止，这名工作人员忽然又说道，你们交来的东西不齐全，还缺银行出具的企业资金说明、工商检验执照证明书等一大堆需要马上去办的手续，而这些手续根本不可能一天之内办妥，实际上，有些手续是可以打一个电话问清的，有的根本是多此一举，为了阻止有真正实力的建筑公司参与竞标，他们就在资格预审上玩“游戏”，迫使这些企业因资质审查不合格退出竞争行列。

在制定规则上出怪招，又是不法之徒惯用的伎俩之一。今年4月，长沙一家建筑企业到外地参加一个工程竞标。该工程是由评委们打分，得分最高的建筑企业中标。然而，在打分细则上，他们却制定了一些莫名其妙的规则。比如，有优质工程的企业加10分，以市优工程为准；当地建筑企业加优惠分10分；在当地建有工程的企业也可以加分；等等。这家企业拿出省级优质工程证书要求加分，却被他们拒绝。理由是现在造假的东西多，他们无法鉴定真伪，也不可能去鉴定真伪，只能以市优工程为准。面对如此不公正的竞争，这家建筑企业只好选择了退场，以免浪费差旅费和招待费。最后，这个工程被一个不起眼的个体承包商拿走，大家虽然知道其中的“猫腻”，但却无可奈何。

株洲一家建筑企业则在时间上被人暗算一把。他们洽谈了一项工程，精心制作了一份投标书，准备参加投标。一天，工程建设指挥部电话通知说，会议时间改在上午9点，接受各单位制作的标书。他们9点整时赶到了，谁知招投标会早已开始，递交标书时间仍是通知上的8点。他们因超过截止时间而被建设方拒绝，遭此愚弄的还有几家参加投标的建筑公司。他们虽然提出了抗议，但无人理会，建设方也不认账，最终此事不了了之。

一些个体户连建厕所的资质恐怕都没有，然而，他们照样可以承接上千万的工程。如长沙的李某，是个从业多年的个体建筑商，他接的大部分是

500 万元以上的工程。走南闯北，住宅建了一栋又一栋，有的还获得市级优质工程奖。他畅通无阻的秘诀就是以交管理费、联营的名义到有资质的建筑公司买牌子，而卖牌子收取管理费这又是一些建筑公司生存下去的方式之一，不是秘密的秘密。有了响当当的牌子，他就大模大样地参加工程竞标。被拉下水的建设方此刻也不会严加审查，大家心有灵犀一点通，装起了糊涂，其他竞争对手自然空手而归。

玩花样最隐蔽、最阴险的莫过于恶意串通搞陪标。按规定，所有工程任务必须进行公开招投标，至少有两家以上建筑公司参加竞标。去年 8 月，江西某地准备建筑一栋住宅楼，广东建筑个体商林某与当地建设方搭上了关系。经过一番请客送礼，吃喝玩乐，关系渐渐地密切起来。一天傍晚，建设方把林某约到一家酒家。他们提出自己私人也入一股，与林某共同建筑这栋宿舍楼，大喜过望的林某如同啄米的鸡立即答应了。为了合法地拿到这个工程，他们精心密谋，决定由林某去找几家信得过的建筑公司来竞标。

精明的林某自然深知其中的奥妙，他一口气找来了五六家建筑公司。这些公司都是他弟弟、亲戚开办的，为了凑数，他还虚拟了两家建筑公司。这些公司按规定前来报名，领取有关资料，参加竞标。竞标会如期开始了，声音一浪高过一浪，气氛热闹、紧张、激烈，然而，这些竞标公司不是图纸存在问题，就是报价过高，一一败北，只有林某的公司竞标成功。建设方和林某笑了，其他参加竞标的建筑公司也笑了。因为他们分别从林某手中领取了几万元的陪标费，只有深知内幕的老百姓心里在暗暗地滴血，这种掩耳盗铃式的把戏不知蒙骗了多少善良的人。

还有人打着地方保护主义这块招牌，干着为自己谋私利的勾当。前不久，中西部有一个工程项目需要公开招标，建设方以本地建筑公司下岗职工太多，要由他们建设为由，把所有外地建筑公司排斥在外。当地主管认为言之有理，也默许了他们的做法。实事上是，该工程最终被建设方亲戚一名个体建筑户拿走了。

暗箱操作危害甚大

值得指出的是，暗箱操作玩“猫腻”仅是极个别害群之马所为，也是建筑市场极个别现象。然而，一粒老鼠屎坏了一锅汤，它对建设市场造成的损害是显而易见的。

本来，我们的目的是要建立公平有序的建筑市场，这些人却反其道而行之，不仅使建筑市场没有了公正，而且极易引起社会公众的愤恨，进一步激化社会矛盾。前不久，在长沙一家企业举办的座谈会上，谈到承接工程存在的种种黑幕时，大家无不义愤填膺，同声谴责。一位企业经营部经理更是怒形于色，愤愤不平。他说，一天，我们到外地洽谈一个工程，已同建设方达成了初步意向，同意我们参加投标，谁知，第二天，建设方就变卦了，原因是某个领导批了条子，指定某某建筑公司必须中标承包。消息传出，激起前来投标公司的义愤。大家纷纷表示，要回企业动员职工前来闹事，上访，后来经各方做工作才使事态渐渐平息下来，但始终成了大家心中永远的痛。

同时，他们的所作所为也导致了“豆腐渣”工程的出现。工程承包商为了打通关节，送礼送钱，一旦工程到手，必然要加倍从工程施工中捞回来。唯一的办法就是偷工减料，粗制滥造，不该进的材料进了，不该省的工序省了，不该用的人用了。工程质量自然没有保证，有的还酿成了人间惨剧。记忆犹新的四川某地虹桥跨塌就是典型的一例。该工程从头至尾没有按照正规途径招投标。一名个体建筑商给县里主要领导送钱送物后，通过一番暗箱操作，把工程拿到手。然而，接到工程的他却没有认真管理，精心施工，他把心思用在了偷工减料上，通过这条途径以期捞回在领导身上的投资，结果造成桥毁人亡，10多条生命转眼即逝，令人悲愤不已。

不公平竞争也害苦了众多建筑企业，尤其是国有和集体建筑企业。它们都是计划经济的产物，小企业办大社会，职工住房、医疗、培训教育及子女上学入托等等，一般由企业承担，尤其财务等方面也有严格的管理规章制度，这些使它们在不平等竞争中更加处于劣势。最近，一位企业老总忧心忡忡地对笔者说道，现在接任务基本上是靠两手。一手是要有关系。利用各种关系为你打通关节说好话，施加压力。二手是要有钱。吃吃喝喝，小礼小物都是没意思的意思。在大贪官面前，没有重量级的“炮弹”是打动不了他们的，而这些国有建筑企业无法做到。前不久，长沙一家国有建筑企业通过中间人洽谈一项工程。开始双方谈得很愉快，达成了合作协议，到了正式签合同时，甲代表却羞羞答答始终不肯签字，最后他露出了庐山真面目，明确提出除工程造价优惠百分之五外，个人也要按工程总造价的百分之一给予好处，并且一次性给现金。这种赤裸裸的索贿行为给他们出了很大的难题，首先财务账不好处理，其次他们自己也要冒行贿的风险，想来想去，还是拒绝了建设方代表的要求，自然，这个工程项目也因此泡汤。

而一些个体建筑商却没有这方面的顾忌，他们为追求绝对的利润，胆大妄为，甘冒风险，实际上建筑行业发生的腐败案 80% 以上均与他们有关联。

重拳出击根治腐败毒瘤

建筑行业暗箱操作引发的腐败现象由来已久，社会反映强烈，广大公众深恶痛绝。因此，我们必须认真对待，采取强有力的措施，彻底铲除“猫腻”，根治腐败。

一是思想上要高度重视。现在，有的地方接任务不是凭实力和技术水平，而是凭关系、凭礼物，靠走歪门邪道，还有的领导干部也参与其中，违反规定，利用职权，批条子，打招呼，插手干预、操纵建筑经营活动。因此，我们要充分认识到腐败对建筑行业的危害性。它不仅腐蚀了我们的干部队伍，更重要的是妨碍了建筑市场的健康发展。近年来，各级地方和部门加大了打击力度，取得了一定的成效。像伸向建筑行业的黑手成克杰、蒋艳萍等人，利用工程任务大肆索贿，最终受到法律严厉的惩罚。这些都充分反映了我们党和政府惩治腐败坚强的信心和决心，我们仍需要保持甚至继续加大打击力度，尤其要防止“小礼不算腐”“吃喝玩乐不算腐”等错误思潮的出现，在打击范围、打击方式上做到有的放矢。同时，要加强干部职工的思想教育，通过教育的手段，筑起一道拒腐防变的“钢筋铁骨”墙。

二是要努力建立公平的竞争机制。目前，不正当经营现象还没有得到彻底根除。建筑队伍也太多太滥，依然僧多粥少，竞争激烈，而我们管理中又存在许多漏洞。一些不具备资质没有施工能力的农建队、个体承包商钻这些空子，涌入建筑市场兴风作浪。一个百把万元的工程甚至出现了百多家建筑企业追逐的壮观场面。为了接到任务，大家除了请客送礼，还相互拆台、盲目压价、砍价，使原有的工程项目无利可图，甚至倒贴钱。建设方也往往乘机提出苛刻条件，如垫资、给好处等。这种不惜血本恶性竞争行为，十分不利建筑企业的生存与发展。最近，国家开始对建筑企业资质重新进行审查核定，企业的人员、设备、资金、技术实力以及施工产值和能力等有了新的规定和标准，大幅度提高了资质门槛，一批弱小的建筑队伍将淘汰出局。这是非常及时，也是十分必要的。在这基础上，我们还应当花大力气堵塞漏洞，不断完善工程招投标制度，提高招标工作的公开性和透明度，使工程招标工作成为工程建设管理程序中的重要环节，把公平、公正的游戏规则落到实处。

三是建筑企业自身要把好关口。不能为蝇头小利，随便联营、挂靠，出卖企业资质和牌子，更不能采取行贿等非法手段获取工程任务，这种做法等于自毁前程。企业要在转变机制上下功夫，在发展目标上要由速度增量型向质量效益型转变；在发展方向上要由物质投入主导型向科技进步主导型转变；在队伍结构上要由劳务密集型向智力密集与技术密集型结合转变；在管理方式上要由粗放经营向集约经营转变。只有苦练内功，齐心协力，反不正当经营，企业才能走出困境，伸向建筑业的黑手才能斩断，赢来建筑业灿烂的明天。

当“羊”爱上了“狼”

2008年6月27日，湖南省衡南县财保集团建筑工地上发生一起凶杀案：一位年轻姑娘被杀并惨遭焚尸。接到报警的衡南县公安局刑侦大队迅速展开了调查。二十六天后，该案告破，抓获了犯罪嫌疑人张金波。据他交代，他之所以杀掉她，是因为他挥霍了她15万多元。这女孩之所以给他如此之多的钱,是因为她深陷爱情陷阱不能自拔,演绎了一段“羊爱上了狼”的故事。

邂逅帅哥，一场令人心迷的爱情喜从天降

被杀的女孩名叫胡丽娜，今年23岁，湖南耒阳市人。2004年7月，由于高考成绩不理想，经人介绍，她去了比京一家民办高等职业学院。2005年的国庆节，胡丽娜请假回家。在长沙火车站转车时，一个身材魁梧、面孔英俊的男士迎面朝她走来。胡丽娜顿时愣住了：他不是高中同学张金波吗?!她兴奋得上前拍了一下他的肩膀，张金波见是她，也十分惊喜，于是俩人一起来到一家咖啡厅喝咖啡。

交谈中，胡丽娜得知今年25岁的张金波在长沙一家公司任部门经理，心里不由掀起阵阵涟漪，他不仅事业有成，而且比以前更加英俊洒脱了。读高中时，胡丽娜就暗暗迷恋上了他，但她始终不敢向他表露，因为她深知自己是个“灰姑娘”，相貌平平的她十分自卑和烦恼，现在终于能与心中的白马王子一起聊天，胡丽娜开心极了。

张金波似乎看出了她的心思,主动提出去外面走一走。胡丽娜喜出望外，

干脆退掉了火车票，与他一起来到长沙烈士公园玩。为了不让张金波小看自己，这次游玩的费用全部由她负责，并且不时露出张张百元大钞，她不想让张金波小看自己。

胡丽娜的慷慨大方，果然吸引了张金波。其实，张金波所吹嘘的经理职位全是假的，胡丽娜有所不知的是，张金波从学校出来后，靠打零工为生，常常两手空空，见到胡丽娜露出张张百元大钞后，立刻点燃了他的贪婪之心。他知道胡丽娜的父母在当地开有一家商场，拥有几百万家产，是个富裕之家。他虽然不喜欢胡丽娜，但知道胡丽娜喜欢他，既然如此，何不趁机从她手上弄点钱花花。

有了此想法的张金波开始表现得异常热情，他温柔地拉住胡丽娜的手，有时还搂着她的腰，陪她逛商店，看电影，为了逗她开心，他还极力回忆网上的笑话，一一说给她听。看到火候差不多了，他一本正经地说："丽娜，你虽然没有美丽的外表，但你有颗善良的心，我最喜欢的就是你这样子，你喜不喜欢我？"说完，抬起头含情脉脉地望着她。对张金波一向钟情的胡丽娜自然不知他的真实企图，相反，她认为他"来电"了，真的喜欢上了她，不由惊喜万分，她没了任何的犹豫，迎着他火辣辣的目光，大胆地点了点头。

张金波笑了，热烈地拥抱了她，胡丽娜也十分激动地依偎在他怀里。她在日记中写道：这就是爱情了，张金波就是她生命中的男人了。俩人缠绵之后，手拉着手，来到了长沙平和堂商场。在一家服装柜，张金波看中一套3000多元的西装，拿起来试了几次，始终不愿松手。胡丽娜看他喜欢，为了显示自己的真心，毫不犹豫把钱付了，之后，吃喝玩乐的费用全部由胡丽娜抢着付了。

不知不觉天色渐渐暗淡下来。张金波带她来到华天大酒店登记了一间客房，胡丽娜知道他要干什么，不由一阵慌乱，迟迟不敢迈进房门。张金波不慌不忙，把她拉了进来，笑眯眯地说："你就是我的生命，以后就是海里的石头烂光了我也不会离开你，你难道不喜欢我？"胡丽娜摇了摇头，却无言以对。这时，张金波的声音又响了起来："你是我心中最美的女人，我会爱你一辈子的。"听着那些甜蜜的话语，看着英俊年轻的脸庞，胡丽娜不禁心旌荡漾，很快任由张金波摆布……

事后，张金波温柔地搂着胡丽娜的肩膀，又信誓旦旦地说道："你放心，我会负责你一辈子的。"说完，张金波将她拥得更紧了，脸上掠过一丝不易察觉的狡黠……

第二天，在长沙火车站分手时，张金波装作十分难为情地说，他现在没发工资，身无分文。胡丽娜二话没说，从信用卡上取了3000元给他。回家后，胡丽娜算了一下，发现这一次花费了一万多元，不过，她一点儿也不后悔，整天乐呵呵的，时刻沉浸在美好的初恋幸福之中。

加大投资力度，一个女大学生的辛酸救情路

在家待了三天，胡丽娜就待不下去了。她一直在思念着张金波，于是借口要去长沙参观学习。走之前，她向父母要了1万元，说要考级和参加学校技能培训班。胡丽娜父母在当地办厂和经商，手头上一直很宽裕，女儿胡丽娜是俩人的掌上明珠，平时几乎是有求必应。现在女儿为了学习要用钱，他们没有任何犹豫就给了她2万元。

胡丽娜急匆匆赶到了长沙，很快见到了心上人张金波。胡丽娜一个鼓囊囊的包引起了张金波的注意。当得知是钱后，张金波不由张开大嘴，惊喜异常，他二话没说带她来到长沙肯德基店，买了她十分喜欢吃的家庭大餐。晚上，又带她去湖南大剧院看最新的电影大片，在路上，张金波装模作样，要把上衣脱了，披在胡丽娜身上，说怕她着凉。胡丽娜虽然婉拒了，但心头不由一热。

这天深夜，她忽地感到肚子不舒服，隐隐作痛，事后张金波承认，这是他在她的饮料中下泻药所致，目的是想进一步表现自己的“真情实意”。胡丽娜看见张金波一副焦急万分的模样，在医院里吃力地背着她，跑上跑下，照片、化验、缴费、买药，之后找来开水，亲自把药送到她嘴边。胡丽娜心疼不已，泪水忍不住掉落下来。她没有任何犹豫，就把身上的2万元掏了出来，让他去交费，张金波手拿着厚厚的一叠百元大钞，心里有说不出的舒畅。

第二天，经过治疗，胡丽娜的肚子不痛了，恢复如初。除去4000多元医药费，还剩19000千多元。张金波明白，这些钱没有理由再放在自己手上了，但他无论如何也不愿再吐出去。于是，他坐在胡丽娜身旁，用略带哽咽的声音说道：“娜娜，我正在学习MBA，要花1万多元。你知道我刚参加工作，工资不高，每月还要寄钱给父母。我现在非常发愁，不知从哪去弄这些钱。”说完，眼睛里还掉下几滴泪水。

张金波的“泪水”表演自然让胡丽娜十分感动和不安，胡丽娜没有任何犹豫就脱口而出：“剩下的钱我不要，你就拿去缴学费吧。”张金波一副

激动异常的模样，连连说着："娜娜，你对我太好了，我会一辈子记住你的恩情。"张金波的深情表白又一次让胡丽娜流出了感动的泪水。

在长沙游玩两天后，胡丽娜要返校了。这时的她买火车票的钱都没有，又不好意思问张金波要，只得跟一个最要好的同学打电话，要她速速从卡上汇 500 元过来。到北京后，由于没了生活费，她只好吃方便面，整整坚持了一个月，直到家里汇来钱为止。

半年过后，沉浸在恋爱幸福中的胡丽娜忽地发现情况有点儿不妙，张金波似乎有了"新动向"。2006 年 4 月中旬的一天，女同学在长沙烈士公园游玩时，忽然看见张金波手挽着一个女郎坐在草丛中低头细语，不时俩人还亲密搂搂抱抱。女同学之所以认识张金波，是因为胡丽娜多次拿出他的照片，在她面前得意洋洋地炫示。女同学怕错认，故意喊了一句："张金波！"张金波闻声果然抬起了头。

得到同学的线报，胡丽娜急了，马上请假来到了长沙。面对胡丽娜的责问，张金波还不想失去这棵摇钱树，马上连连否认。害怕失去他的胡丽娜也不敢过分，只得强装欢笑，天天陪着他吃喝玩乐，一切开销自然由胡丽娜买单。临走时，她又从父母寄来的钱中抽出 5000 元给张金波，希望以此拴紧他的心。

胡丽娜回到了北京，但人却像丢了魂似的，无精打采，上课不时走神。她知道这一切都因张金波而起。她对俊朗潇洒的张金波太不放心了，因为每次深夜给张金波打电话，他的电话往往占线，占线的时间大部分超过一个小时，看来同学所言的一切都是真的，他身边又有了女人！可是自己在北京，又如何能控制住他呢？

2007年3月中旬，她做出了一个大胆的决定：休学去长沙与张金波团聚。自然这些都瞒着父母，家里的钱每月仍汇往学校，再由要好的同学取出来，转交给她。当她办好一切，兴冲冲往张金波住处报到时，张金波轻轻地"哼"了一声，脸上没有任何喜悦和兴奋。胡丽娜心一沉，知道张金波不是很喜欢她，但她仍不愿放弃这段感情，她决心用自己的真情感动他，除了负责他的生活消费，每天准时给他洗衣做饭。张金波玩累了，胡丽娜会鞍前马后，给他按摩洗脚。胡丽娜的努力似乎有了一些收获，张金波终于露出了笑脸，时时甜蜜密地喊道："老婆！老婆！"可惜，不久，张金波就给胡丽娜出了一个天大的难题。

爱情梦断，悲惨谢幕锥痛人心

胡丽娜百依百顺，进一步助长了张金波的贪婪之心。他看中当地一家饭店，准备投资入股，可他手上根本没有什么钱，于是，把目标对准了胡丽娜。一天晚上，他兴冲冲地对胡丽娜说："老婆，我看中了一个项目，需要10万元，你帮帮我好不好？"胡丽娜吓了一跳："10万啊，这不是小数字，我到哪里去弄？"张金波不以为然："你家有钱，可以向你父母要嘛。""我家的钱是父母的，这么多钱我要不来啊。"胡丽娜感到十分为难，就拒绝了他的要求。

听说搞不到钱，张金波扭头就走了，连续几天不见人影，胡丽娜打电话也不接，这让她坐立不安。胡丽娜知道张金波生气了，如果不答应他，俩人的爱情恐怕也到了头，这是胡丽娜不愿看到的，此刻的她已深深地爱着张金波，害怕失去这一段难以割舍的感情，十分痛苦的胡丽娜只好选择妥协。

2007年7月16日，她向父母说自己要去韩国留学。胡父起初反对，胡丽娜一听就哭了，不吃不喝，哭哭啼啼。看着宝贝女儿满面愁容，胡父只好做出让步，同意她出国留学。为了把戏演真，她特地带父亲来到长沙一家出国留学中介机构进行咨询，听了中介机构的介绍后，胡父就往胡丽娜的银联卡上打了12万元。

胡丽娜马上从卡上取了10万元交给了张金波，不费吹灰之力就得到10万元，兴奋不已的张金波请胡丽娜去大酒店吃了一顿西餐。在聊天中，张金波得知胡丽娜身上还有2万元，又起了贪念："这钱放在身上没什么用，不如一起给我去投资，年底你也可从中分点红利。"在张金波的鼓动下，胡丽娜只好把这2万元交了出来，张金波很快把这些钱在一家大酒店入了股，转眼间，他就成了大酒店的小老板，每天神气活现地进进出出。

帮了张一把的胡丽娜心里踏实了许多，她以为与张金波的关系从此就是铁板上钉钉——结结实实。最初几个月，张金波也确实给了她不小惊喜。他经常陪她聊天，给她买小礼物，出门时忘不了轻吻她……胡丽娜沉醉在甜蜜的爱情生活中。

2008年3月11日，胡丽娜挨了当头一棒，幸福生活戛然而止。她目击了让她目瞪口呆的一幕！这天下午，她去长沙步行街买衣服，在一家女装店，她忽然看见一个熟悉的身影正挽着一个女孩的手，她愣住了，这人不是张金波吗？他早上说要去株洲啊，为什么出现在这里？这女孩又是谁？她十分气愤地上前推了一把张金波。张金波见是她，一脸惊愕，不由自主地松开了手，这女孩见胡丽娜气势汹汹，十分气愤："你为什么撞我男朋友！"听到这话，胡丽娜差点晕了过去："他才是我的男朋友，你不信，问问他！"胡丽娜指着张金波。张金波见势不妙，二话没说拉起那女孩就跑了。胡丽娜追着追着，忽地停下来，忍不住哭了。她终于明白，她与张金波的爱十分缥缈，张金波根本就不爱她，他一直背着她在找别的女孩子！

她很快打听清楚，这女孩名叫小菊，跟张金波相处了近一年。她不甘心就此失败。她想张金波之所以不喜欢她，就是因为她长得丑。为此，她找到张金波希望给她一年时间，她一定改头换面。她从家里要来5万元，准备利用旅行的机会，去韩国美容，让自己变成一个漂亮的"妹妹"。谁料，她的行动刚刚开始，就收到一个晴天霹雳的消息：张金波在电话里告诉她，俩人从此一刀两断！

近三年的情感生活，眼看就要付之东流，胡丽娜泪流满面，肝肠寸断！她难以接受这一切，决定找张金波做个了断。6月24日，胡丽娜找到了一直躲而不见的张金波，俩人来到了耒阳市金华宾馆，开了一间房，准备好好谈谈。胡丽娜心存一线希望，苦苦哀求张金波继续保持恋爱关系。从来没有爱过胡丽娜的张金波此刻却想尽早脱身，他再次非常肯定地说俩人的关系不可能恢复，胡丽娜的希望破灭了，她对这桩用金钱堆起来的爱情不再心存幻想，于是，坚决要求他立刻归还她的钱。

张金波马上得意洋洋地说："你不要乱说啊，我可没有花你一分钱，你有借条吗？你有证据吗？"张金波竟当着她的面耍赖，胡丽娜不由失声痛哭。她掏出手机，边哭边说："既然我们无法解决，我叫我的父母来。"说完，不停地按号码。张金波知道胡丽娜父母在当地非常有势力，如果他们插手，他花胡丽娜的钱不仅要全部吐出，而且还有可能挨皮肉之苦，他急了，立即左手抢手机，右手死死地掐住胡丽娜的脖子，胡丽娜挣扎了几下，接着口鼻流血，软绵绵躺在地上，停止了呼吸。张金波慌了，忙把尸体装进蛇皮袋，放在阳台上藏起来。夜半时分，他开车把尸体抛在衡南县财保集团建筑工地上，然后点火焚烧，他想毁灭罪证。6月27日，胡丽娜的尸体被一民工发现，衡南县警方迅速展开调查。7月23日，此案告破，犯罪嫌疑人张金波被衡南县警方抓获。2003年9月15日，张金波被刑事拘留，移送检察院，他必将为他的贪婪付出沉重的代价！

惊闻独生女被害，胡丽娜的父母颤颤巍巍地从老家赶来，见到女儿的尸体，老人悲恸欲绝，泪如雨下，多次哭昏在地，连连自责对女儿关心不够。

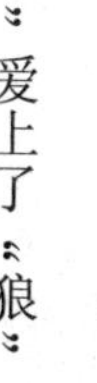

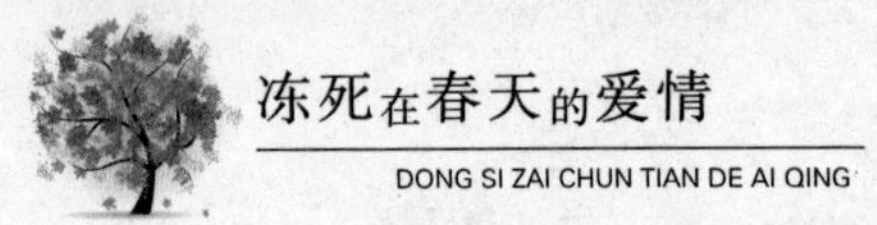

她的老师和同学闻讯后，无不扼腕长叹。她的一个同学痛惜地说："胡丽娜向往白马王子的爱情生活无可非议，可惜的是她太看重金钱的魔力了，没有看清人，不知所爱的人实际上是条披着羊皮的狼，与狼共舞，注定是一场悲剧。"

胡丽娜用自己的生命再一次诠释了爱情的真谛：爱是心与心的相通，平等、真诚、和谐，风雨同舟，生死与共。建立在金钱之上的爱是虚伪的爱，伴随的是泪水、痛苦、漫漫长夜，甚至死亡。愿本案给人以警醒！

在阿尔及利亚闯荡的日子

夜幕渐渐降临了，远处新年的钟声似乎在敲响，不知不觉2003年过去了。

新年这夜，湖南人罗成他们十分高兴。昨天，他的伙伴刚刚击败西方几家大建筑公司，成功中标一个2000多万美元的工程项目。至此，他们服务的企业——中国建筑总公司在阿尔及利亚已有13亿美元工程任务，中国工人达8000余人，其中湖南老乡1000多人。阿尔及利亚已成为我国外派劳务人员最多的国家，也是湖南人从事工程建筑最多的国家。他们凭着自己辛勤的劳动和智慧，成功地为自己打造了一片崭新的天地。

阿尔及利亚不相信眼泪

阿尔及利亚民主人民共和国，位于非洲西北部，北临地中海，与西班牙、法国隔海相望，国土面积238.17万平方公里，人口3050万，绝大部分是阿拉伯人，90%左右的居民集中在北部沿海地带。首都阿尔及尔是公元10世纪阿拉伯人建立的古城，现为全国政治、经济、文化和交通中心，是地中海南岸最大的港口城市之一。

1991年，罗成等一批湖南人来到这里建房子。他们日夜加班加点，想多快好省地赚钱。然而，现实是如此的无情。

一天，罗成在绑扎钢筋时，间隔稍大了一点，这在国内是允许的，但他们的工程监理是一名高个子欧洲老头，对工程质量要求极严，他发现后大发雷霆，立即找到罗成瞪着眼睛，十分不满地问道："这是你干的？"罗

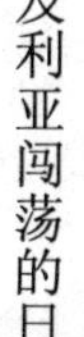

成点了点头。欧洲老头二话不说，立即掏出笔来，递给了他一张处罚通知书，并且要求他十小时之内整改完毕。

接着，他又发现了其他几位同伴也存在同样的问题，他更加不满了，不但加重了处罚，而且逢人便说中国人不行，要赶走这些中国工人。

遇到如此苛刻的老头，大家心中不禁涌出一阵难言的酸楚，有的还流出了委屈的泪水。

罗成是一个十分要强的人。面对大家垂头丧气，他忙安慰地说道："也许国内的标准跟这地方不一样，只要认真按要求去做，我相信我们一定能做好。"

罗成的一席话宽慰了大家的心。于是，大家按要求返了工，并认真学习当地施工标准，在以后的施工中也备加小心，按当地标准去做，始终高标准，严要求。从此，他们再也没有犯类似的错。罗成在施工中还发现了一张施工图纸出现了一处差错，及时向监理提出来了。

这老头看了之后，十分高兴地拍了拍罗成的臂膀，嘿嘿地笑道："你很好，我要向建设方面提出来，好好奖励你。我知道你们中国人还是很行的。"随后，罗成得到了建设方的通报表扬。不久，他们负责施工的工程也被评为优质等级。建设方更加信任他们了，又交给他们一个上千万的工程项目。

谁料，他们在后面的施工中又面临着一场更为严峻的考验。

坚守阵地，与枪炮周旋

1991年前，阿尔及利亚是一个社会主义国家，社会统一阵线作为唯一的执政党领导国家。苏联解体后，阿国随之冒出了许多政党派别，全国陷入一片混乱状态，1993年，一场大规模的内战爆发了。

当时，罗成他们正在建农田灌溉设施，这里成了两派交战的新战场。一天中午，一发炮弹呼啸而来，"轰"的一声落在远处的田野上。大家吓了一跳，纷纷收拾工具，准备撤离战场。

这时，一队身穿迷彩服的士兵围了过来，其中一个为头的忽然用枪指着罗成，恶狠狠地问道："你看见敌人跑过去了没有？"罗成一时反应不过来，信口答道："没有，我在做事没有看见人。""没看见人？我看你跟他们是一伙的。"一位士兵不分青红皂白地说道。之后，他竟拉响了枪机，刹那间，许多黑森森的枪口对准了在场所有的建筑工人。

气氛由此变得有点儿紧张，幸亏翻译是位阿国通，他知道这是反对派经常使用的“诈降术”，无非是摸清情况，弄点小钱而已。于是，他马上给这位头递上一叠钞票，并如实跟他说明了情况。

听了翻译的介绍后，这位头儿接过钞票，点了点头，装模作样地说道：“你们是中国人，我们知道这事与你们无关。”说完，他向周围的士兵挥了挥手，很快这些人撤离了。

经历此险后，有的人吓坏了，主张中止合同，撤离阿尔及利亚。罗成见此十分动情地说道：“我们是建设方邀请来的，只要建设方没有要求停工，我们就不能停。我们中国人应该信守诺言。”罗成的话在大家心中引起了共鸣。大家商议后，决定留在阿国，遵守合同，继续干下去。

当然，此举具有极大的风险。为此，他们加强了与当地机构的联系，了解两派交战等信息，并向他们传话，取得他们的支持和谅解。通过这种方式，果然取得了一定效果。当地有关暴乱的消息，罗成他们总能及时得到，马上停工停产。当然，有时也会出现意外。有一次，他们正在施工，一名恐怖分子提着枪闯进工地，指着大家，骂骂咧咧，随时准备开枪。大家见此不妙，立即操起手中的工具，朝他围过去。这名恐怖分子害怕了，马上逃之夭夭。就这样，他们与枪炮足足周旋了一二年，直到阿国政局平稳。自然，他们的敬业精神也得到了业主、阿国有关机构的高度好评。他们在阿国的事业可谓蒸蒸日上。

然而，去年5月，一场突如其来的灾难又给了他们重重一击。

为了兄弟，我们拼了

去年5月21日7点40分左右，在大家毫无防范的情况下，阿尔及利亚突然发生了里氏6.7级强烈地震。阿国陷入一片黑暗和恐惧之中。

只听经理部的陈总大喝一声：“不好，是地震！大家快跑！”

由于住的是工棚，大家很快跑出来了。大家松了一口气，庆幸脱离了险境。突然，他们接到了一个电话，说中建八局职工住的一栋房子塌了，有很多职工被埋在里面，于是，他们决定除少数人留守外，其余的人全部去中建八局项目组职工住地。

抢救是在一片混乱中开始的。

大家不知道房里到底压了多少人，也不知谁在里面，总之大家立即跳

下了车，以百米冲刺的速度奔向废墟。

令人感动的是接到报警的阿尔及利亚警察赶来了，周围的居民赶来了，很快形成了一个700多人的抢救队伍。

大家形成一个圆圈，从四面八方展开搜救。扒的扒，挖的挖，喊的喊，先后有10多名中国同胞被救了出来，被紧急送往医院。

为加快速度，他们十万火急调来了吊车、挖掘机、乙炔氧气切割枪等专业设备。不久，废墟表面和浅层次已看不到人了。

由于在黑暗中作业，现场周围情况不明，他们不敢动用大型机械设备挖掘。于是，大家静了下来，伏在地上，仔细聆听地底下传来的声音。蓦地，“咚，咚咚”，地下3米左右的地方，传来金属的敲击声。

“下面有人！”罗成高兴地叫道。

大家马上找来撬棍，沿着裂开的缝隙，向下不停地挖。很快，缝隙中露出了三个脑袋。大家小心翼翼地把他们拖出来，一看，却是阿尔及利亚人。他们显然只有皮外伤，十分高兴，不停地双手合一，念念有词：“真主保佑！真主保佑！谢谢你们！”

末了，他们又异口同声地说道：“你们快去救他们，我们在下面听到了他们的求救声。”原来，他们下面还有人。

大家的精神为之一振，由于现场容纳不了更多的人，于是，大家决定兵分两路，一路在现场抢救，另一路立即清点人数。

结果很快出来了。中建八局共有16人失踪，包括中建八局副局长刘树礼，有人亲眼目睹了他们被埋在倒塌的楼内，并画出了他们所在的位置。

时间不等人。大家分成两组，轮流作业，在他们的位置打了一个长长的斜井。有人正准备爬下去，这时，罗成忽然想到了余震。

他马上把他叫上来，说道：“等等，井内要用横梁加固，否则，余震来了，容易倒塌。”

事实证明他的判断是非常对的。紧接着又发生了许多次余震，但由于采取了预防措施，再也没有人员死亡，然而，受伤的人却不少。他们全部是抢救同胞受的伤。有的人鞋掉了，腿上被划出一道道伤口；有的人衣服被扯破了，浑身沾满了污血；更多的人手指头完全抠烂了，鲜血直淌……大家有一个强烈的念头，就是尽快把自己的兄弟救出来。

到了深夜零点，第一批被埋人员终于被救了出来，他们是中建八局的汪京全、臧连营、张译、朱占国等四人，一直在现场守候的救护车立即把他们送进了医院，遗憾的是，张译、朱占国两同胞经抢救无效，不幸身故。这是地震中最早发现的死亡人员。

消息传来，大家的心情非常沉重，也为后面的同志担心，因为还有10余位同胞埋在下面。于是，大家加快了速度，排成两个组分头挖进，然而，在挖掘中，他们遇到了很大的困难，碰到了一个钢筋水泥柱，而且这个柱子必须人工开挖。在狭小的空隙里，他们挥汗如雨，用铁棍、铁锤一锤锤敲打，有一位同志竟中暑昏倒在地，但他休息片刻后，不顾大家的劝说，又投入到抢救队伍中。

第二天下午6点，大家终于把刘树礼救出来了。当时的刘树礼神志还很清楚，他被抬到地面，第一句就问道："死了多少人，还有谁埋在里面，我们盖的楼倒了没有，损失大不大？"这句句问话，当场把很多人问哭了。23日上午，当刘树礼因伤势过重不幸去世的消息传来时，大家顿觉一股热辣辣的东西涌上喉顶，不禁泪流满面。

不久，王庆云等同胞的遗体分别被挖了出来。王庆云家在衡阳农村，有一个4岁多的小男孩，爱人也在农村，没有事做，家境不是很富裕，这次他随哥哥一起来到这里，仅仅工作了34天，一分钱没有拿到，兄弟俩仅见了三次面，饭也没有吃一顿，谁料，从此俩人阴阳相隔。

因高温等因素，5月28日，王庆元等9位遇难同胞下葬于阿尔及尔的布卖丁公墓。他们为阿国的建设事业献出了自己年轻的生命。阿尔及利亚总统等各级政界要人分别发来了唁电。祖国还派出了抢救医疗队和慰问队，向他们表示崇高的敬意和亲切的慰问。

令大家欣慰的是，中国工人所承建的房屋没有垮一栋，这个建筑史上的奇迹，又一次轰动了阿国。

与人为善的中国人

罗成他们在搞好工程建筑的同时，也经常为当地人排忧解难。一天深夜，一户人家的下水道堵塞了，涌出了很多粪水，一家上下到处是臭烘烘的。这家的男主人找到罗成他们，希望帮忙疏通一下。他们二话没说，赶到这户人家忙了整整一个通宵。搞好之后，他们没吃主人一口饭，又赶到工地上班。主人感动极了，不停地祈祷真主保佑中国人。还有一次，一位小男孩迷路了，他们马上放下手中工作，四处打听他的家，直到找到他父亲为止。

他们的善良举措在当地一时被传为佳话。

10 月 27 日是阿拉伯人要过的一个重大节日：斋月节。在他们的工地上也有许多阿拉伯人。罗成他们总要及时为这些人送上自己精心挑选的礼物，表达中国人的祝福。

鉴于中国人在阿国出色的表现，去年，阿国有关部门下文要求当地军警保护中国人，这使中国人在阿国创业有了更切实的保障，也使罗成他们可以放心为阿国的建设事业添砖加瓦。

该怨谁?

2006年4月16日，湖南湘阴县一个偏僻的河滩上赫然惊现一具高度腐烂的女尸，暴露在外的手臂上还刺有一个耀眼的“贞”字。接到报警的湘阴县公安局刑侦大队很快查清了死者，并抓获了犯罪嫌疑人孙志平。

在谈到为什么要杀害她时，孙志平不断地为自己辩护：“我本来是不想杀害她的，是她不断地逼我，我是没办法，走投无路啊……”这是怎么一回事?

傍上“贞妇”，忠厚富商玩了一把火

今年45岁的孙志平家住湖南湘阴县城。头脑灵活的他，瞅准这地方购物不方便，与爱人一起办了一家超市。由于经营有方，几年下来，他很快成了一个百万富翁。令家人欣慰不已的是，富起来的孙志平没有像有的富豪那样骄纵、目空一切，相反，他对家人和朋友依然像以前那样忠厚热情，尤其是对妻子言听计从，百依百顺，家里的钱也由她掌管，自己毫无怨言。丈夫如此听话，让妻子谢美玲悬着的心放了下来。看到丈夫为了家终日劳碌，她自然心疼不已，就经常劝道：“志平，你不要太劳累了，要注意休息，没事就到外面走走，活动活动一下筋骨。”

每天在商场上打拼，孙志平的精神始终处于高压状态，长年累月下来，他常常感到身心十分疲惫，不堪重负。听了妻子的一番劝告后，他觉得妻子说的有理，是应该放松一下，于是，每天饭后，他开始外出散步，四处溜达。

2004年5月中旬的一天，孙志平晚饭后又去外面散步。在街头，一家

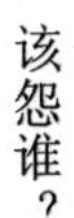

发廊门上的霓虹灯正闪着迷人的光泽，他忽然记起自己很长一段时间没有理发了，于是，走了进去，准备找小姐洗个头。

谁料，他刚进门，就看见一个身材苗条的漂亮女人不断朝他招手，他以为里面也可洗头，就乖乖地跟着她来到店内一间较暗的小房里。然而，在这里，他没有看见洗头的东西，却意外地看见了一张床。这女人正坐在上面向他发出迷人的微笑，他心头一热，马上明白这是个淫窝。他本想退出去，然而迟了。这女人走上去，用胸脯紧紧地贴住他，一股年轻女人的气息迎面扑来，立即让孙志平心燥耳热，尤其是她雪白的肌肤、高耸的胸脯更令他血脉贲张，只觉有万股火焰在心中燃烧，他再也忍不住了，一把紧紧地抱住她，俩人终于越轨了……

平静下来后，孙志平想到应该付钱，于是，他从口袋里掏出了50元，不料，她看见后，却十分生气："你搞错没有，我是良家妇女，不是来卖淫的，这点儿钱打发叫花子啊！"孙志平赶紧又加了50元，她更加生气了："我告诉你，我这是第一次，没有500元休想出这个门。不信，你看。"说完，她露出了左手臂，上面竟刻有一个刺眼的"贞"字。

孙志平吃了一惊，他怕她闹起来，只好乖乖地掏出了500元，同时，他还产生了一种好奇感：她为什么要在手臂上刻个贞字呢？

这女人见他爽快地掏了钱，料定他是个有钱的大老板，她笑了，像小鸟一般依偎在他身边，说出了这个贞字的来历。

她叫吴宏英，今年28岁，19岁那年，她与当地一个叫大海的男孩相识相恋了。由于性格相投，俩人很快坠入爱河，发誓要相伴一辈子。然而，俩人相恋却遭到亲人的干涉，尤其是男方的父母态度最为强烈，认为吴宏英出身农村，与儿子不般配，随着时间的推移，这男孩的态度也渐渐有了变化，对吴宏英时冷时热，爱理不理，这使正处在热恋中的吴宏英深受打击，为了向恋人表明自己的决心，她果断在自己的左臂上刻了一个大大的"贞"字，表示永远会忠于自己的爱情和婚姻。她这一举动感动了大海和他的家人，一年后，她与大海终于组成了一个幸福的小家庭，不久，她生了一个小女孩，一家三口其乐融融，她感到她是世界上最幸福的女人。可惜，随后发生的一件事，意外地打破了她宁静的生活。

2000年，这地方刮起了一股地下"六合彩"。有一个人买了十多元的码，竟获得3万元的奖金。一直在寻找发财之路的吴宏英见后也动心了。她背着家人开始悄悄地买码，最初好玩，每次只买10多元，后来在一次买码中，中了1000元，她的胆子一下子大了起来，经常下上百元的注，然而，好运再没有光临到她头上。她买一次失败一次，几年下来，不知不觉花了三万多元，依然颗粒无收。这笔钱对于这个还处在温饱的小家庭来说，可不是一笔小数字。为此，她瞒着丈夫在外面借了不少钱。不久，债主纷纷找上门来，要她还钱。此刻的吴宏英身无分文，走投无路的她决定外出打工挣钱。

她应聘了不少地方，可是没有一处应聘上，她有一个好姐妹在一家发廊做洗头妹，看见她每天四处找工作，就劝她去发廊做事。她一听就急了："我是有丈夫、孩子的人，这地方怎能去啊？"这个姐妹却不以为然："这有什么关系，你现在最主要的是挣钱，其他管它做什么。"她沉默了。她想自己只做事，不做别的，应该没问题。经过几天的思想斗争，权衡利弊，她决定还是去这家发廊做事。然而，到了发廊才知道，仅仅凭劳动是很难挣到钱的。

此刻的她仍不想卖身，但看到姐妹们一个个在男人身上捞钱时，她又忍不住心跳眼热，经过了几天的苦苦挣扎，她终于放弃了当初自己坚守的贞洁观。她想只与一个有钱的富商来往，只在他一个人身上挣钱，她与卖淫女还是有区别的，所以，看见孙志平进来了，断定他是个富人后，果断地"卖"了。虽然在卖的过程中，她心底不时涌起阵阵对丈夫的愧疚，但她最终还是抛弃了这片刻的内疚，她太需要钱了。

孙志平想不到自己竟遇到如此不寻常的"贞妇"，看来她与一般的卖淫女还真的不同。孙志平忽然产生了想与她继续交往的念头。他想：现在如此真情真意的女子太少了，与她在一起说不定可以是最知己的红颜，于是，他把自己的地址和电话号码毫无保留地告诉了她，约定俩人见面的时间和地点。很快，他发现这不是个放松、休闲的地方，而是个温柔的泥沼，他正越陷越深。

欲壑难填，偷情路上哪有快乐的天堂

一个月后，孙志平把吴宏英约了出来。接到电话的吴宏英心里十分高兴，如约来到孙志平开好的小房间。俩人缠绵一番后，孙志平拿出了200元给她。吴宏英一看就生气了："我告诉你了，我不是妓女，我是良家妇女。"孙志平无奈只好掏出500元。吴宏英更加不满了："你真的不懂味，我难道就值这点儿钱？"此刻的孙志平立即意识到，他遇到了一个对金钱十分贪婪的女

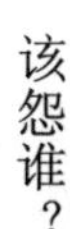

人，但仍不愿再出更多的钱，于是，冷冷地说："不行，我给的已经很多了，你要知道有的女人只要100元呢。"孙志平这句话深深激怒了吴宏英，她把手中的钱狠狠地摔在孙志平的脸上，怒气冲冲地说："我不要你的钱了，我直接去找你老婆要。"说完，她就往外冲，孙志平一下子惊得目瞪口呆，他想不到吴宏英还有这一招，马上把她拦了下来，孙志平虽然与吴宏英出轨，但他只是玩玩而已，从没有抛弃自己家庭的念头，他爱这个家，尤其是善良的妻子。如果吴宏英真的闹起来，对妻子将是致命的打击，妻子会饶过他吗？一个幸福的家庭就可能四分五裂，毁于一旦。想到这儿，孙志平马上软了下来，只得把身上所有的钱掏了出来，然后落荒而逃。

吴宏英看到自己略施小计，就赚到一大笔钱，心里乐开了花。从这件事中，她看出孙志平这个富商是个胆小怕事的老实人，她决定要好好在这棵大树上捞一笔！

然而，两个多月过去了，孙志平没有再露面，打电话过去，要么哼哼几声应付一下，要么关机，这让吴宏英十分着急。她在孙志平身上没有捞多少钱，欠下的债至今还没有还清，如果就这样断了，她的希望有可能化为泡影，这是她不愿看到的结果。

她想到了一个自以为聪明的办法。一天傍晚，她主动给孙志平打了一个电话，十分温柔地说："孙总，今天我从乡下搞来一只土鸡，现在炖好了，你过来吃吧。"她怕孙志平不来，又加了一句："你放心，这次我不会要你一分钱。"

孙志平自从上次吃了一个哑巴亏，便打算不再理她了，但听到吴宏英娇滴滴的声音，尤其是听到不要钱后，他又有些动心。他抱着不玩白不玩的想法，来到了吴宏英的住所。进门后，吴宏英果然给他端来了一盆香喷喷的鸡肉，让孙志平不禁有些感动。俩人在欢声笑语中度过了一个十分愉快的夜晚。临走的时候，孙志平想了想，还是掏了一笔钱给她。吴宏英这次没有为难他，笑着收下了，这又让孙志平感动不已，与她继续保持密切来往，不时给钱给物。

2005年10月上旬的一天，孙志平接到吴宏英的一个电话。在电话里，吴宏英惊慌失措地说道："孙老板，我已经怀孕了，怎么办啊？"孙志平吓了一跳，不假思索地说："赶紧去医院，把胎儿流掉。"吴宏英冷笑两声："我现在一分钱也没有，拿什么流？"孙志平只好咬了咬牙说："你去流吧，费用我负责。"

他马上从银行取了3000元，给她后，怕有闪失，他十分关心地问："要不要我陪你去？"吴宏英笑了一下："你不怕曝光，你就去。"孙志平只好送她到医院门口，然后匆匆走了。

一天晚上，吴宏英拿来一张万元账单要他付账。他接过一看，基本上是误工费、营养费，立刻面露难色。他虽有百万家产，但家里的钱全部由老婆控制，他每天只有几百元零用钱，要支付这笔钱就必须找老婆要，可是，这种事能找老婆吗？同时，他认为这是笔不合理的费用，没必要支付，于是，不客气说："对不起，我身上没有钱，这笔钱我不能付。"

吴宏英看他不愿付钱，霎时跳了起来："你的良心被狗吃了，我为你付出血肉，难道不应该吗！"说完，又哭又闹，还用手去抓他的脸。孙志平见之不妙，趁其不备，迅速逃之夭夭。他终于清醒过来：吴宏英的胃口很大，他绝对不能跟她来往了。

然而，孙志平刚进家门，就接到吴宏英的电话，他赶紧把手机挂了，很快，家里的电话响了，妻子谢美玲上前拿起了话筒，孙志平清楚地听到了吴宏英的声音，他的脸唰地白了，立即抢过话筒，结结巴巴说了句要她明天联系，然后，急忙把话机挂了。他看到妻子谢美玲正迷惑不解地望着他，勉强笑了笑，谎称是生意上的朋友，太晚了，不想与她说话。妻子谢美玲心里虽然感觉还是有点儿不对头，但她不愿往坏处想，她太爱自己的丈夫，相信他不是那种在外惹是生非的人。

这一晚孙志平是在忐忑不安中度过的。第二天一早，他干脆把电话机的线也给拨了，他想你总不敢跑到我家吧。孰料，孙志平刚吃完早餐就看见吴宏英大摇大摆走了进来，朝他似笑非笑。这时，妻子谢美玲恰好外出办事不在家，他赶紧拉她去了偏僻的后院。

吴宏英始终用大大的眼睛瞪着他。孙志平无计可施，只好硬着头皮答应她的要求，但要求吴宏英宽限几天。

吴宏英同意了。此前，她做了一下调查，发现孙家的钱的确由其妻子一手掌控，经济往来都由她去结算。她听到孙志平信誓旦旦的保证后，就心平气和地走了。

孙志平却从此跌入了痛苦的深渊。他知道吴宏英拿不到钱是不会罢休的。可是，他从哪里弄这一万元呢？

绝望疯狂，毁了两个幸福的家该由谁来买单？

一万元对于孙志平来说，不是小数字，他实在无法向妻子开口。于是，他采取了拖的战术，每天编造理由应付她。一晃几个月过去了。孙志平依然无法筹到一万元。

孙志平敷衍的态度终于激怒了吴宏英。2006年2月下旬的一天，她把孙志平约了出来。望着沉默不语的孙志平，吴宏英气愤不已："你把我害成这样，现在你想溜是不是？我告诉你，休想！你不兑现，我一定到你家去大吵大闹，让大家来评评理！"

吴宏英的话像根根钢针扎在孙志平的心里。如果吴宏英真的闹起来，自己不仅抬不起头来，而且他这个温馨的家恐怕也得毁了。这是孙志平不愿看到的结果。走投无路的他倏地想起了超市中的货物，把它卖了不是一样可以换钱吗？于是，他提出拿家中货物换成钱，吴宏英同意了。接着，俩人商量好了细节。

2月26日上午，孙志平乘妻子不备从超市抱出一箱高档芙蓉王香烟，放在自家的面的车上。然后，开车向约会的地点走去。在一个路口，他接上了早已在此等候的吴宏英。吴宏英看见了香烟，提议在附近变卖算了，但孙志平不同意："这地方到处都是我的熟人，别人看见了如何是好？！"钱眼看就要到手，吴宏英不再吱声了。孙志平在城区转了一圈，没看见有适合的买主，就提议去长沙销售。

吴宏英立即兴奋起来："好啊，我们去长沙玩玩，到时你给我买衣服，好不好？"孙志平笑着点了点头。

中午时分，俩人来到长沙市香烟销售市场，然而，在销售中却遇到了意想不到的困难。原本可以卖一万多元的香烟，在买主的不断压价下，最终只卖了9000元，给吴宏英买衣服的计划泡汤了，也没办法出去玩了。俩人气得饭也没吃，铁青着脸走出了市场。

在车上，闷闷不乐的吴宏英要孙志平回去再弄两箱烟来。孙志平一听就火了："这是我家的血汗钱，你说弄就弄啊！"上午，当他把烟偷偷抱上车时，心里就涌出了股股悔意，在他眼里，她与一般的卖淫女没什么区别。他觉得这样做太不值得了，太对不住妻子和儿女了。现在吴宏英又提出这样的要求，他真是又气又恨，不再搭理她。

吴宏英心里也憋了一肚子火。自己把贞洁给了他，现在只有区区9000元，岂不亏大了。于是，她满脸不悦地说："你说好是一万，现在还差1000，你说怎么办？"孙志平也不知如何办，就敷衍一下："这钱以后再说。"吴宏英心里的火终于喷了出来："不行，你今天无论如何也要给我弄来1000块钱，另外，你给我一万元精神补偿费，从此以后，我们一刀两断。"她知道他是小气鬼，以后在他身上再也榨不出钱来了，她必须收回她应得的钱。

孙志平一听头就大了。这一万多元他去哪里弄？他坚决拒绝了她的要求："我已经在你身上花了一万多元，这次绝对不行！"吴宏英听了不禁怒火万丈："你给我造成那么大的伤害，难道不该补偿？我告诉你，你不要以为我好欺负，今天不给也得给，否则我死不下车，到你家里去闹。"孙志平急了："你敢去闹！你去闹，我就掐死你。"吴宏英一点也不害怕："我就去闹，有本事你就杀死我！"在她眼里，孙志平是个老实懦弱的男人，根本就没有杀人的胆量。她万万没想到，孙志平真的伸出了一根安全带，她刚想逃，却来不及了，脖子已被死死地勒住，不到五分钟，命归黄泉。

杀死吴宏英之后，孙志平将车开出了30公里，选择一个偏僻的河滩作为抛尸地点，并用泥土将她的尸体掩盖。他怕吴家人寻找，特意在长沙街头打电话给她妹妹，说她和他的侄女卖毒品出事了，现在跑到广西打工去了。为了使她相信，他还约她在汽车站见面，结果，心虚的孙志平始终不敢露面。预感情况不妙的吴家人当即向警方报了警。两个多月后，吴宏英的尸体浮出了水面。警方随之侦破了此案。5月25日，孙志平被警方刑事拘留。

得知他俩出事后，两个幸福的家顿时塌了天。吴宏英9岁的孩子整天哭着喊要娘，孙志平的妻子更是晴天霹雳，以泪洗脸，一个瘫痪在床的孩子，再无法享受父爱的亲情与关怀。面对这些，孙志平泣不成声地说："这都是自己贪欲害的啊！"他告诫后人，一定要忠于家庭，珍惜到手的幸福！

在扎伊尔遇险的日夜

前不久，长沙中建公司陈先生从非洲扎伊尔归来。在那里，他与同伴经历了一场心惊肉跳、生与死的较量，叫人难以忘怀。

误闯“敌”阵

扎伊尔位于非洲大陆中部，西部沿刚果河岸有条狭长的走廊，通向大西洋，与非洲九国为邻，面积200多万公里，全国人口3000多万人，首都金沙萨200余万人，大小部落有250多个。他们党派林立，纷争不断，大小军阀拥兵割据一方，至今战争不断，现在执政的人民革命党只控制了45%的国土。

十年前，我国为扎伊尔援建了一座体育馆，经过内战的洗礼，体育馆被炮火炸得千疮百孔，伤痕累累。为了体现中刚两国人民的友谊，这次我们又重返金沙萨，免费帮他们修理这座破烂不堪的体育馆。

扎伊尔由于连年内战，民众生活十分困苦，人均收入只有100多美元，物质十分匮乏。为了建好这座体育馆，我们在各省之间来回奔波，采购各种材料。

去年10月的一天，司机、翻译和我三人驾车去金杜地区采购材料。走着走着，忽然迷路了。一条条泥巴路看上去都差不多，问一位行人，他十分不耐烦地挥挥手，指指前面，示意拐个弯。我们七弯八弯，天渐渐黑了，还在一个不知名的村庄打转，前面又出现了一条较宽敞的土路，我们沿着这条路缓慢地向前爬行，行驶约一个小时，前面有一个高高的土坡，我们加大油门冲上去。

坡顶两边是收割的庄稼地，前边有一块空旷的平地，有不少人影在晃动。翻译眼尖，马上就看见地面布有榴弹炮架，一个个炮口指向天空。一群士兵正在操练，好像一个炮兵阵地。我们顿感不妙，慌忙掉转车头，然而已经晚了。

在雪白的灯光下出现了三个士兵，他们站在路中间，端着枪对准了我们的车头。

“站住！站住！停车！”一位士兵手舞着枪大声地喊道。

车缓缓地停下来。一位士兵来到车门旁，瞪了我们一眼，表情严肃地说道：“证件！”

我们把护照递过去，他看了又看，露出疑惑的表情。他马上向另两位士兵招了一下手。他俩跑过来，又把护照看了看，立即凶神恶煞般吼叫起来：“下来，接受检查。”

我们坦然地下来了。当看见我们黄色的皮肤时，三位士兵又是微微一惊，但很快恢复了平静。

“你们是干什么的？”一位士兵注视着我，面无表情地问道。

我笑了笑，一字一句地说起了我们这次任务，说起了中扎友谊，也说起了帮助政府修建体育馆的事。说着说着，我忽然发现士兵们始终阴沉着脸，一言不发默默地盯住我。我仔细一看，发现他们穿的衣服不对，不是扎伊尔士兵常穿的米黄间绿色军装，难道是劫匪？这在贫穷的扎伊尔并不罕见。

我们的心骤然跳起来，傻愣愣地站在一旁，忐忑不安，不知道还要不要说下去。

司机碰了碰我的腰，我想起了口袋里有烟，立即掏出一包，点头哈腰发烟，一位士兵冷冷地挡了一下，严厉地说道：“你们是政府军走狗，你们被俘了。”接着命令我们举起双手。

我们迷惑不解，连连问道：“你们不是政府军吗？为什么抓我们？”

翻译摇摇头，苦笑了一下，轻轻地说道：“我们闯进了反政府武装阵地。”

这时，我才醒悟过来，原来我们闯进了“敌”阵。

搜身

我们三个人举着手，站成一排。

一位士兵指了指我，我立即把口袋里的钢笔、纸，还有100元美钞掏出来，司机和翻译也跟着掏东西，幸运的是，我们身上的东西并不多，只有两盒烟、两支钢笔、一块手表、几张纸、400多元现钞。本来这次我们带了四万多美金，估计一天之内可以返回金沙萨，所以全部买了东西，根本没有留多余的钱。

然而，这三位士兵却喜形于色，脸因惊讶而有些变形，摸着这些东西，手竟有点儿颤抖，这可能是他们一生中见到最多的财物。

站在中间的那位黝黑矮胖的士兵期望有更多的发现，他命令我们脱下衣裤，捏了又捏，可惜，没有找出有用的东西，他心有不甘，又指了指我的内裤，意思要我脱下来。

“长官，身体发肤受之父母，不能脱。”一时紧张，我冒出了这么一句莫名其妙的话。

这名士兵显然激怒了。他扯出枪刺，抵住我圆滚滚的肚皮，再次高声地喊叫起来：“脱还是不脱。”

我只觉有阵难忍的刺痛，原来肚皮已被枪刺划出一道浅浅的红印，我不再挣扎，以最快的速度脱了下来。

士兵十分欣喜地接过我的短裤，认认真真，仔仔细细大范围搜查。遗憾的是，他找了许久，也没有找出钞票之类的东西。他十分失望，非常愤怒地把短裤砸在我头上。他又把目光投向了翻译和司机。他早已脱得光光的，恭恭敬敬地把短裤递给了这名士兵。

他象征性地捏了捏，很快把衣裤扔过去，叫他俩穿起来。他又转身向我走来，发现我早已穿好衣裤待在那儿，立刻骂骂咧咧，一把揪住我的衣领，卡住脖子，往后一掀，我被摔倒在地，顿觉眼冒金星，头晕目眩。

他扬起了脚，准备踢过来，这时，身后另一名士兵拉住了他。他们三人站在离我们10米远的地方，小声地议论着什么。不久，这位矮个子黑人接过一张百元美钞，塞进自己的口袋。另两人手中也拿着钱和烟，住口袋里塞，原来他们在分赃，可能手表不好分，三个人又都想要，结果他们争吵起来，由小到大，由低到高，脖粗脸红，谁也不服谁，他们忽地重新返回我们身边，不断地察看我们的鞋子和衣服，他们准备把我们的衣服、鞋子也当成赃物来分。

这时，远处有一道手电光射来，拥来了一群士兵，他们围住我们叽叽喳喳兴奋地议论着。

一位军官模样的人走到我们前面，这三位士兵立即停止了察看，向军官简要地报告了事情经过。

“你是中国人？”军官把我的护照看了看，又用一双鱼鹰般的眼睛死死地盯着我。

我心里一阵慌乱，说话竟哆嗦起来：“长……长官，我……我们是中国人，路过的良民。”

我滑稽的模样逗笑了这位军官。他微微一笑，不再说话，招来两位士兵，耳语几句，然后示意跟士兵走。

我们忍不住哀求起来，“长官，我们没做什么，只是路过而已。”

这名军官拍了拍我的肩膀，温和地说道：“你们去吧，例行一下手续，到时会放你们。”

我们半信半疑，深一脚浅一脚，向一个不知名黑漆漆的村庄走去。

在审讯室

在一栋泥巴土砖房里，他们对我们进行极为认真的盘查。

我们把自己的国籍、地址、来这里的目的等再详细地述说了一遍。

他们不停地记录，不断地插话。为了弄懂一个中国的“中”字，他们问了老半天，才恍然大悟，原来中国是指在中间这个位置。

一位主审官十分奇怪地一再问道：“采购这些东西，你们为什么不到金沙萨？”

“这些东西金沙萨没有。”怕他听不清楚，后来，我又重复了一句。

“不，这些东西金沙萨不仅有，而且很多。”这位主审官脸色阴沉，语气十分肯定。

“长官，真的没有。不信，你可以去调查。”我们三个人轮番重复这句话。

然而主审官始终不相信，不停地说有。我们就不停地辩解说没有。真是秀才遇到兵，有理说不清，然而，他的话却感染了周围的人，他们的眼睛纷纷像龙虾般突出，十分警惕地不停地打量我们。

司机口袋里露出一叠厚纸，一位士兵看见了。他扯出一看，是一张地图，上面画有许多圆圆点点。这是司机在找回家的路上怕遗忘标上去的。刚才士兵已经搜出来了，司机看见他们没有要的意思，又拿回来塞进了口袋。可

能他站起来时，心情激动，原本藏得好好的地图，又从口袋里跑了出来。

看见这张地图，他们神情立刻大变，几乎咆哮起来：“这是什么？你们这些政府军的奸细、探子，看我们怎么收拾你们。”话音刚落，几位士兵冲上前，把我们捆绑起来，黑洞洞的枪口不停地在我们面前晃来晃去。

气氛骤然紧张起来，翻译脑门直冒细密的汗水，我真怕他们擦枪走火，心怦怦直跳，双腿不觉软了下去，扑通一声，跪倒在地，声音再次颤抖起来，“长……长官，我们真不是奸细，我们是路过的良民。”

司机像只啄米的鸡点点头哈腰不停地为自己辩解，翻译以计算机运行的速度快速地翻译。

我们连续不断地轰炸，把主审官惹火了。他蓦地站起来，一拍桌子，大声地吼道：“你们再啰唆，我就毙了你们。”

我们的轰炸声戛然而止，我们被唬得面面相觑，目瞪口呆，不知所措，顿觉天地停止了转动。

“说，你们到这里来干什么，目的是什么？！”

我们呆在那儿，一时语塞，不知如何回答这位主审官，空气仿佛凝固一般。

一位士兵冲上前来，揪住我的头，扇了我一耳光。我的头嗡的响了一声，眼泪差点夺眶而出。我盯住这士兵，愤怒地喊道：“你为什么打人？”

有人拍拍我肩膀，我侧头一看，原来是刚才在公路上问过我们话的那位军官，我不知道他什么时候进来了。

他说道：“好了，现在我们不打你了，也不问了，我们明天再说。不过，你要知道，我们没有搞清楚是不会放人的。”说完，他叫士兵给我们松了绑，然后，被关进一间泥巴茅草屋，门外有两位士兵在轮流走动看守。

胜利逃亡

把我们当成奸细关起来，这是我们做梦也没有料到的结果。扎伊尔现在的通信条件和混乱的政局，不说明天，一年之内恐怕也无法查清。今晚一定要逃出去，否则明天真有大麻烦。可是，三人坐在一起，除了喘粗气，一时谁也想不出更好的办法。

司机是我们从当地雇请的一位华人，既不会法语也不懂当地话，但他身体棒，人很善良。他看见我们俩愁眉不展，忙告诉我们说，他已经把我们来的道路记熟，天快亮时，我们再把士兵撂倒冲出去。

我想了想，似乎有点不妥。这时，翻译站起来，在土房内找厕所。他摸了一圈，没有找到地方，只好对着土墙壁“方便”。随着阵阵“唰唰”的流水声，土墙皮一块块剥落，掉在地上。

我忽地灵光一闪，对了，我们挖墙从后面跑出去。

我的想法立即得到了他俩的支持。士兵依旧在门口走来走去，司机悄悄地靠在门边，睁大眼睛监视士兵的一举一动。

我和翻译在后面慢慢地、轻轻地挖，不久，挖出了一个水桶般粗的洞口，我们又把洞口用草遮掩起来。

我们把门轻轻关上，躺在地面，鼾声一阵接着一阵，似乎已进入梦乡。这时，天际已露出鱼白肚，一直走动的士兵不再走了，他们疲惫不堪地靠坐在墙门口，不停地打盹。

我们不再犹豫，一个接一个，轻轻爬出土屋。司机猫着腰，小心翼翼地在前面带路，我和翻译屏气凝神，蹑手蹑脚，紧随其后。

突然，前面一条黑影飞速地向我们跑来，我们惊得魂飞魄散，倏地卧倒在地，紧闭呼吸，一动不动。黑影“喵”地叫了一声，跳着跑过去了，原来是只小花猫，幸好是小花猫，否则，真要坏大事。

走了约半个小时，我们摸到了公路边。谢天谢地，车和上面的材料还在，可能车已被锁住，他们无人能开，也可能他们以为人在他们手里，地盘又是他们的，守不守没有关系，或者天色已晚，车上全部是笨重的材料，没有人愿意来。总之，这辆车竟无人看守，四周也没有游动的士兵。

真是天赐良机，激动不已的我们立即爬进驾驶室，司机的钥匙没有被搜去，可能紧张的缘故，司机的手哆嗦不已，打了几次火都不燃，坐在一边的翻译急了，踩住油门，用力一摁，“轰”的一声，车起动了，立即像箭一样朝前冲去。

雪白的灯光，轰鸣的响声，惊动了远处的营房。身后传来惊慌失措凄厉的叫喊声。接着，“啪，啪”，不断有子弹飞过我们的头顶，击中前面的树枝。很快，声音小了，渐渐没有了。不一会儿，前面出现了我们熟悉的柏油公路。

行驶在宽敞的柏油路上，我们悲喜交加，只觉有股热辣辣的东西直往喉头上顶，泪水一下子涌出了眼眶。我们彼此紧握对方的手，相视一笑，现在，我们可以平安归家了。

夺女之路

明明是自己的亲生女儿，却无法从寄养的美国夫妻手中要回抚养权！从2001年到2007年，在人生地不熟的异国他乡，一对中国夫妻整整用了七年时间，案件从孟菲斯市法院一直上升到美国联邦法院，在中国驻美大使馆及数百万海外华人的支持下，终于推翻了地方法院的判决，彻底赢得女儿。

俩人的抗争意外地促使美国诞生了一部新法案——“贺梅法案”。大受感动的美国迪斯尼电影公司今年10月将投资5000万美元把其事迹改编成一部电影在全球公演。他们经历了怎样的风风雨雨呢？

无妄之灾，留美之家陷入绝境

今年43岁的贺绍强是湖南省邵阳人。1989年硕士毕业的他到南京理工大学英语系教书，1989年调到重庆大学英语系任教。经过几年教学，深感知识不足的贺绍强萌发了去国外求学的念头。经过不断地努力，1995年3月，他顺利来到了美国亚利桑那大学攻读英语教学硕士学位，2000年5月毕业。这时的他仍不满足，又拿到了孟菲斯大学的录取通知书和全额奖学金，到该校攻读经济学博士学位。

学业有成的贺绍强于1997年底经人介绍，认识了重庆女孩罗秦。经过近一年的隔洋通信，1998年5月，俩人领取了结婚证。7月，怀有身孕的罗秦以陪读的身份来到了美国田纳西州孟菲斯市，在这里俩人组成了一个幸福的小家庭。

此刻的贺绍强，除了享受全额奖学金外，还拥有两份学校兼差工作，每月收入有2000多美金。这些收入让贺绍强夫妇生活无忧，然而，随后发生的一件事却彻底改变了这一切，夫妻俩顿时跌入了痛苦的深渊。

1998年10月18日，正在上课的贺绍强突然接到学校的通知，他的奖学金和兼职的工作被取消了。得知消息的贺绍强懵了，他急忙赶到法律顾问处问情况，原来是一个与他有矛盾的女同学说他在无人的场所对她进行了“性骚扰”，他急忙为自己辩解，然而却无人理会。他知道，美国是个崇尚法制的社会，各个州都拥有自己的法律法规。这样的案子只要有人控告，就一定会立案，被调查，谁也不敢擅自取消或不受理，有罪没罪，全由法院陪审团说了算。当然，这将是个漫长的过程。

由于被同学指控，他不仅丢掉了奖学金和兼职工作，还被警察局立案调查。不久又发生了另一件事，让贺绍强夫妇更加雪上加霜。

11月27日，贺绍强同怀孕七个月的妻子罗秦来到当地大中华杂货店购物。当他俩出门时，意外遇到了指控他的女同学丈夫。看见“情敌”来了，女同学的丈夫怒气冲冲地跑过来，对着贺的肚子就是一拳，贺绍强当即痛苦地蹲在地上。看见丈夫被打，罗秦赶紧上前相劝，也被踢中大腿。由于站立不稳，人又撞到杂物店的购物车上。见势不妙的贺绍强赶紧报警，打斗才平息下来。受此惊吓的罗秦当天下午就大出血，住进了孟菲斯一家医院。1999年1月28日，罗秦提前两个月剖腹产生下了女儿贺梅。

罗秦来美后，一直没有办理医疗保险，这次1.2万美元医药费全部自掏腰包。为了保住学籍身份，前不久，贺绍强又交了一笔4000美元的学费，两笔相加，不仅耗掉了贺绍强多年的积蓄，而且还借了不少钱。现在夫妻俩都没有分文收入，生活由此变得异常艰难起来，有时连买孩子的奶粉钱都凑不齐。

更麻烦的是贺绍强因涉案在身和学业不可能出去找工作，罗秦要照看女儿，也没办法找事做。看着目前的处境，罗秦禁不住一阵悲凉：再这样下去，一家人将会饿毙在街头啊。

这时，有人告诉他俩，可寻求当地机构帮助。于是，夫妻俩找到了当地的一家“中南基督徒服务中心”。在这家机构的介绍下，俩人认识了当地居民贝克夫妇，贺绍强把想请贝克夫妇照看自己的女儿的事说了出来。

贝克是当地房地产经纪人，年收入达40万美元，家境富裕，属当地中产阶层。当夫妻俩看见甜甜的小贺梅时，立刻惊讶得张开大嘴巴，异口同

声地说道："啊，太美了，这是东方小精灵。"说完，十分欣喜地抱着小贺梅亲了又亲。

应贝克夫妇的要求，1999年2月23日，贺绍强夫妇与贝克夫妇签订了一份临时看护三个月的协议。三个月很快过去了，贺绍强的涉案依然没有了结，罗秦找的工作收入很低，仅够吃饭和房租，就没有按计划接贺梅回家。6月4日，贝克夫妇找到贺绍强。贝克说："贺先生，你的情况没有好转，女儿还是交给我抚养吧，这样我既可以减轻你的负担，还可以帮你女儿交医疗保险。"说完，递给他一份新的延长看护贺梅时间的协议。

考虑到现在接回女儿的条件确实不成熟，贝克夫妇对女儿很好，自己又可以经常看到女儿，贺绍强夫妇商量一番后，同意了贝克的要求。然而，他们此刻却没有察觉，贝克夫妇这时心态上已经发生根本上的变化：通过三个多月照看小贺梅，贝克夫妇对贺梅的感情在渐渐加深，已经深深喜欢上了这个可爱的中国小女孩，欲罢不能。于是，为了把这个小女孩留在身边，他俩萌发了一个歹念，故意在文件上不写看护贺梅时间期限的条款，换句话说，他俩可以无限期看护小贺梅，贺绍强夫妇对此却深然不觉。这一致命的缺陷，终于酿成了一场旷日持久的中美两个家庭的大纠纷。

讨要女儿，一对中国父母在悲号

为了改善经济条件，尽快接回女儿，罗秦开始四处打工挣钱，这时，贺绍强已毕业，涉案虽还处在僵持阶段，但人自由，也可以外出打工。贺绍强做到了中餐馆的经理，每月有2600美元，罗秦当服务员也有1000多美元。夫妇俩齐心协力，很快手头上就有了一些积蓄，吃穿不愁。于是，俩人决定接女儿回家。

1999年10月中旬的一天，贺绍强夫妇带着一大包礼物，来到了贝克的家。贺绍强十分感谢贝克夫妇的无私帮助，并向他俩说清了来意。

贝克听后，立即瞪大了眼睛，耸耸肩，十分激动地说："贺先生，你不可以带走她。我们签了协议，我抚养你的女儿没有设定期限，也就是无限期，你怎么能要回你的女儿呢？"

贺绍强这时才反应过来，原来贝克早就蓄谋好了：要抢走他的女儿。贺绍强自然不干，马上大声抗议："贝克先生，你不可以这样做，我们说好的，贺梅只是临时由你照看，我可以随时要回我的女儿。"

贝克仍然摇了摇头："不行，我们订有协议就一定按协议执行。再说你们的行为也违反了田纳西州法律，没有资格要回自己的女儿。"说完，毫不客气地把贺绍强夫妇请了出去。

贺绍强做梦也没想到贝克夫妇会有如此荒唐的举动，但人单势薄的贺绍强夫妇一时没办法，只好闷闷不乐地回到家里。在家里，他认真查看了田纳西州法律。不看不知道，一看顿时感到头皮发麻：按田纳西州法律规定，连续四个月不去看小孩或者四个月不交抚养费的便构成遗弃罪，对于遗弃的小孩，父母是绝对不能再要回来的。

贺绍强至今没有交抚养费，而且的确四个多月没去看小孩了。其实，他俩也不是没有去，只是每次跟贝克联系时，他总是说工作忙，或者太太生病，以种种理由推脱。他和罗秦正在上班时，贝克往往又会打电话来，要他俩去看贺梅。现在看来这一切都是贝克早就预谋好的。

第二天，心存幻想的贺绍强和罗秦再次来到贝克家，希望双方坐下来再谈一次。贝克夫妇态度依然强硬，不愿放人。贝克用异常坚定的语气说："贺先生，我早已把贺梅视为自己的女儿，你就死了这条心吧，我不会把她交给你的。"

贺绍强急了："这是我女儿啊，凭什么给你！"双方由此争吵起来。最后，贝克扬言要报警，贺绍强夫妇只好退出来。在门外，罗秦忽然看见贺梅正从楼下走下来，急忙返回，然而门"嘭"的一声关上了。她忍不住号啕大哭。看见女儿正好奇地望着他俩，贺绍强也慌忙大声呼唤女儿，喊着喊着，豆大的泪水不知不觉滑落下来。此刻俩人才真正感觉到，女儿对他们是多么重要！

贺绍强夫妇决定拿起法律的武器，为自己讨回公道。2000 年 4 月 3 日，贺绍强向孟菲斯法院对贝克夫妇提出诉讼，由于美国的律师收费十分昂贵，没有经济实力的贺绍强只好自己一人去法院起诉。贝克不仅找了律师，而且是美国西部小有名气的，家事法方面的专家帕里森。

在法庭辩论上，对田纳西州法律知之甚少的贺绍强自然不是帕里森的对手。几个回合交锋，贺绍强就败下阵来。法院陪审团驳回了贺绍强的起诉，判定贺梅归贝克夫妇抚养。贺绍强一审败诉。

败诉晚上，罗秦泪流满面地对贺绍强说："绍强，女儿是我身上的肉，我一定要要回我的女儿。"妻子的坚定，给了贺绍强很大的信心。他决定向田纳西州提出上诉。他知道，二审将是个漫长的过程，这期间他俩被禁止

再去探视女儿。

然而，夫妇俩对女儿的思念却有增无减。为了看到女儿的身影，俩人下班后总会悄悄来到贝克房前屋后，四处窥视，一旦女儿身影出现，俩人兴奋得又叫又跳，当然声音很小，怕惊动贝克向警方报警。

但他们的举动还是被贝克夫妇发现了，贝克决定搬家，永远消失在贺绍强夫妇视野。7月31日，是他们搬家的日子。这一天，被几乎天天待在他家门口的罗秦侦知了。想到与女儿从此就要天各一方，她“哇”的一声哭出声来，不顾一切冲了进去。惊慌失措的贝克马上报了警。警方以擅闯他人土地罪名拘捕了她。

罗秦随后被送往监狱。在狱中警方才得知罗秦已有8个多月身孕，只得下令释放罗秦。罗秦被释放的消息传到贝克耳中，他非常沮丧，知道用这种方法赶不走这位中国母亲，于是，心生一计，频频出招，意图把这对中国夫妇赶出美国大门。

不言放弃，拳拳骨肉亲情感动“山姆大叔”

2002年初，贺绍强的上诉开始进入田纳西上诉法院审理。急于获胜的贝克突然向法院宣布惊人“发现”：贺绍强与罗秦不是夫妻，贺梅的亲生父母也不是贺绍强夫妇。

贝克的“发现”迫使法院停止了审理。法官要求贺绍强夫妇就此提供证据。贺绍强知道贝克的目的是想从经济上压垮他。他与罗秦毫不犹豫在美国重新登记结婚，以证明两人是合法夫妻，接着又从微薄的积蓄中拿出钱进行DNA检测，结果证明自己是贺梅的亲生父母。为了不节外生枝，他俩还进行精神状况测试，证明他们在健康层面上能够抚养女儿。贺绍强很快把这些证据提交给了法庭，法庭又恢复了审理。

此计不成，贝克又想出了另一招。他的律师利用法律上的空子，频频让法庭发传票，要求贺绍强所有打工的店子老板前来法庭说清贺绍强的收入。贝克也给所有贺绍强有可能打工的地方写信，说他是恐怖分子，说哪家收留了，就会立即关门。

贝克这招弄得这些老板叫苦不迭。贺绍强打工的店子很快辞退了他。有一天，他找了10多家餐馆竟没有一家录用。一家老板对贺绍强说：“贺先生，没办法，贝克在这里很有势力，我们惹不起。”从此，贺绍强在当地再也没有找到工作，但他不气馁。他果断去了 100 多公里外的亚特兰大市，在这里很快找到了工作。

贺的此举让贝克气急败坏。很快他获得了贺绍强一个致命的问题，这个问题的确让贺绍强夫妇的心悬了起来。

此刻的贺绍强已经毕业，他失去了留学生身份，就没有理由留在美国了。罗秦是以陪读身份来的，同样她也应立即返回中国。如获至宝的贝克夫妇及其律师马上向美国移民局举报贺绍强夫妇在美国非法居留、非法打工，要求驱逐出境。

这次贝克成功了。2002 年 4 月 10 日，移民局逮捕贺氏夫妇，没收他们的护照，录下他们的指纹，之后让他们等候移民法庭审判。此时，贺绍强的“性骚扰”案还没了结，他仍需在法院中周旋，回答法官的责询。这些阴影在法官心中留下了深刻的印象。不久，田纳西上诉法院做出判决：贺绍强、罗秦没有探望小孩，构成蓄意遗弃，剥夺父母权。贺绍强再次败诉。

连续二审败诉，贺绍强夫妇欲哭无泪。有人见此开始了游说：“老贺，算了。贝克对贺梅不错，美国条件好，就让她留在这里吧。”贝克也趁热打铁，表示可以给他们一笔钱。

面对利诱，贺绍强冷冷地拒绝了。他经常梦见女儿向他走来，喊他爸爸，这是多么幸福的时刻啊，他怎能就此放弃呢？他毫不犹豫向田纳西州高等法院提出了上诉，同时，加紧了“性骚扰”案取证工作，以便尽早腾出时间尽力应对“贺梅案”。2003 年 2 月 21 日，贺绍强迎来盼望已久的一刻：当地法院裁决贺绍强无罪，自己的冤屈终于洗刷干净了，他更坚定了“贺梅案”取胜的信心。

得知贺绍强上诉，并在“性骚扰”案获胜，贝克坐不住了。他再次要求法院尽快审理贺的非法移民案，把他俩驱逐出境。

2003 年 10 月 4 日，孟菲斯法院开始对贺绍强的非法居留问题进行审理。由于此次审理会给出明确判决，移民警察赶来了，法官一旦宣布贺绍强夫妇构成非法居留，就直接送上飞机回中国。

贝克和他的律师在密切关注着法庭的一举一动，自信能稳操胜券。然而，他们做梦也没想到，此时戏剧性的一幕发生了。

一位秘书紧急将一份特快专递交到了法官面前，法官见后脸色一变，当众宣读了此信的主要内容：贺绍强的官司不结束，就不能遣送回国，并说这是中国驻美大使馆送来的。

原来“贺梅案”出来后，引起了中国驻美大使馆的高度关注，及时向贺绍强伸出了温暖的手。针对贺绍强非法居留问题及时向美国国务院和移民局表明中国大使馆的立场，并把意见转交正在审理此案的法庭。

大使馆的信起了很大作用。法官当庭做出有利贺绍强的判决：如果将贺氏夫妇立即递解出境，案件无法得到公正的审理，因此贺氏夫妇可以继续留在美国。

此后4年间，为了洗清罪名，为了要回贺梅，贺绍强、罗秦几乎无时无刻不期盼着法院早日还他们公道，还他们女儿，盼到的却是审判一次次被推迟，案情越来越于己不利。

贺绍强、罗秦夫妇的罕见遭遇，经多维社率先向华语世界披露并追踪报道后，引起全球华人的广泛关注和讨论，美国主流媒体也渐渐对此发生兴趣。湖南同乡会和海外众多华人华侨开始为贺绍强出谋划策。孟菲斯的七名华人专门成立了“援助贺梅基金会”。美国律师高登和西格尔得知后也加入了帮助贺绍强的行列，免费代理他的上诉案。

在他们的帮助下，贺绍强夫妇继续顽强抗争，成功地把两名袒护贝克家的美国法官拉下马。法官ALISSANDRATOS被控28条罪状，不得不退出审判，后来此法官卸职。另一名法官CHILDERS被控15条罪状，被美国司法部立案调查。

为贺绍强辩护的律师西格尔当庭指出，在贝克的私人日记中曾经记载，希望罗秦与贺绍强从他们的生活中慢慢消失。这显示出贝克夫妇从一开始就有计划想将贺梅从亲生父母手中骗走。当地教会人士亦证实，贝克夫妇早在1997年就想出钱领养一个小孩。他们证实说，贺梅交由贝克夫妇照看的协议是临时性的，贺绍强夫妇没有让其领养贺梅的意向。这些证人证言，为贺绍强敲开了胜利之门。

2007年1月23日，田纳西州最高法院的5位大法官推翻田纳西州上诉法院判决，一致决定将贺梅的抚养权判给贺家夫妇。不服判决的贝克夫妇上诉至美国联邦最高法院。2007年6月25日，该院9名大法官驳回了贝克的上诉，维持原判。为了不让悲剧重演，田纳西州众议员专门提交了一部“贺梅法案”。美国是个判例法案的国家，以后再遇此类事照贺梅案例判决即可。一场历经七年之久的夺女之战就此落下了帷幕。2008年2月17日，贺绍强一家回到了魂牵梦绕的故乡湖南，8月中旬其女儿顺利在长沙一小学入校读书。

凶险的密令

做梦都想发财的两个打工仔，遇到了一个发财机会。一个老板要两人帮他出一口气，教训一下小三，事成之后，老板给他们一个工程项目干。面对天上掉下来的发财馅饼，两人决定铤而走险，帮老板这个忙，他们成功了吗？

天降横祸，女店主遭袭

2012年1月15日，对于蒋丽莲来说是个令人恐怖的日子。

她姐姐蒋美梅在浙江省台州椒江区开了一家美容会所。由于客人多，生意好，她忙不过来，就把闲在家的蒋丽莲叫来了。

这天晚上9点左右，蒋丽莲看见姐姐的车子停在门口阴暗的地方，担心车被偷，说道："姐，马上要关门了，你把车挪到有监控的地方去，这样贼就不敢偷了。"

蒋美梅听了，马上跑到门外去开车。她刚走到车旁，一个黑影倏地从暗处冲了出来，迅速掏出了一个瓶子，向她的脸上洒去。一股刺骨的剧痛立刻弥漫全身，蒋美梅忍不住大声呼救。

蒋美梅的阵阵尖叫声，惊醒了妹妹蒋丽莲。她赶过来顿时惊得目瞪口呆：只见姐姐头部在冒着刺鼻的浓烟，一块块皮肤在掉落。她立刻扭开了水龙头，要姐姐冲洗，同时，拨打了110和120。

不久，120急救车来了，蒋丽莲与医生把蒋美梅抬上车，送到台州中医

院抢救，后又转到台州市中心医院抢救。然而，蒋美梅遭工业酸侵蚀太久，最终没有抢救回来。

闹市区竟然发生了凶杀案，此案立刻引起了台州市警方的高度重视。他们迅速成立了专案组展开调查，很快一个人浮出了水面，他就是台州一家房产公司老板李东生。今年 54 岁的李东生是临海人，小时候家里很穷，为了挑起家里重担，年仅 18 岁的他就开始在社会上闯荡，从搬运工、建筑民工干起，慢慢地当起了民工老板，有了资本后，他与朋友一起搞起了房地产开发，经过十几年的运作，他拥有了几千万资产，成了当地响当当的大富翁。

有了钱的李东生思想也开始发生了变化。2008 年中旬的一天，他与朋友来到台州市娱乐歌厅唱歌。在歌厅门口，一个清秀漂亮的小姐站在一旁，一股淡淡的暗香迎面扑来，李东生一股热流不觉喷涌而出，他立刻邀请她一起唱歌，这个小姐就是蒋美梅。看到李东生浑身名牌，知道他是财神爷，蒋美梅爽快地答应了。时年二十五岁的蒋美梅出生于湖南茶陵县农村，清苦的生活让她十分渴望金钱，在亲朋的介绍下，她离开了家乡，来到台州市娱乐歌厅打工。看到姐妹们凭着身体大把地挣钱，她心里羡慕不已，盼望自己也有这么一天。遇到李东生，蒋美梅认为机会来临了。

为了讨李东生喜欢，蒋美梅主动拉李东生一起进入舞池，俩人一起翩翩起舞。含情脉脉的蒋美梅温柔可人地依偎在李东生怀里，弄得李东生热血沸腾，紧紧捏住她的手舍不得放。蒋美梅嫣然一笑，任他抓捏。蒋美梅在风月场所谋生，自然知道李东生的心思，很快，李东生提出到外面去玩，蒋美梅含笑答应了。不久，李东生到一家宾馆开了房，把蒋美梅拉了进去……

俩人很快发展成情人。李东生让她辞职，去他公司当了“白领”，为她买了房和一辆奔驰豪车，除了工资，每月还定期给她一笔零花钱。得到金钱的蒋美梅开始对李东生百依百顺。每次李东生到她住所来，她都会泡上一杯香喷喷的茶，然后，煮李东生最喜欢吃的甜酒冲鸡蛋。蒋美梅这些温柔的举动让李东生感动不已，他认定蒋美梅就是他妻子了，为此，他还与原配妻子离了婚。

这种甜蜜的关系俩人持续了三年。随着时间的流逝，蒋美梅金钱的增多，她的心开始悄悄起了变化，毕竟自己还年轻，总不能一辈子依附在一个老头子身上。蒋美梅渴望有一个正常的家庭生活。于是，她离开了李东生的公司，自己开了一家美容会所。在经营美容会所期间，她经常背着李东生与别的男人约会，希望找到自己的另一半，一家人和和美美地生活。

她以为自己可以做到天衣无缝，然而，有一天还是露了馅。2011年9月15日，她挽着男朋友的手臂，在家乐福超市买东西。正当她与男友说说笑笑挑选衣服时，李东生突然冒了出来。原来，李东生也出来购物，无意中看见蒋美梅跟一个陌生的男子非常亲密地在说笑。他一愣，死死地盯住蒋美梅。蒋美梅大吃一惊，做梦也没有想到会在这里遇到李东生，她赶紧松开手，迅速朝楼下跑去。因为她看见李东生眼里全是愤怒的火焰，十分害怕他当众发作，让她难看。蒋美梅这一跑，让李东生从心底认定：他心爱的女人出轨了！尽管事后蒋美梅一再解释，俩人只是一般普通朋友，没有发生任何关系，然而，李东生始终不相信。他要抓住蒋美梅出轨的铁证。问题是如何获得铁证呢？

秘密调查，打工仔挺身而出帮老板的忙

李东生的苦恼引起了两个人的注意。他们就是在李东生公司打工的罗生明和陈广成。今年25岁的罗生明和陈广成都是湖南衡山县人。由于两人出生在农村，日子一直过得紧巴巴的。2011年2月，两人一起来到李东生的公司打工，收入只有1000多元，除去吃饭，基本上都是“月光族”。两人做梦都想发大财，当听说老板李东生有“难”了，不由眼睛一亮，觉得发财的机会到了。

5月中旬的一天，罗生明主动找到李东生，说道：“老板，听说你被别人耍了，要不要我帮忙？”起初李东生有点不快，但听到罗生明说出了他的“难”事后，知道员工们都传开了。他转念一想，正好可以利用罗生明给他办事，于是，他给罗生明泡了一杯香喷喷的茶，要罗生明跟踪蒋美梅，收集她出轨的铁证，事成后，给他一万元。

罗生明喜出望外，二话没说答应了。第二天清晨，他一人来到了蒋美梅居住的小区蹲守。一会儿，他看见蒋美梅出来了，立刻悄悄地跟在后面，一天下来，基本上是形影不离，始终没有发现她有问题。

连续跟踪了几天，罗生明渐渐有些吃不消了，同时，他发现蒋美梅似乎已经察觉有人在跟踪，有几次，他走着走着，突然，蒋美梅回过头来，气呼呼瞪着他，他赶紧低下头，匆匆逃离现场。有一次，他竟跟丢了目标。

为确保成功，他把同乡好友陈广成拉了进来。果然，人多力量大，两

人轮流盯梢，很快就发现了蒋美梅的一些蛛丝马迹。有一次，陈广成看见蒋美梅挽着一个男人的手进了一家酒吧，他马上电话通知了李东生。李东生火速赶来了，看到蒋美梅正在跟一个不认识的男人在吃饭，不由怒火万丈，指着蒋美梅的鼻子骂开了。蒋美梅虽然没有顶嘴，但气得脸色发青，二话没说，拉起这个男人的手就气冲冲地走了。李东生望着蒋美梅的身影，虽然咆哮不已，却也无可奈何。

李东生拿出5000元，要陈广成立刻查清这个男人的底细。陈广成与罗生明异常兴奋，感到挣大钱的机会终于来临了。他们开始轮流跟踪这个男人，十多天的调查，终于查清了这个男人的底细。原来，他是蒋美梅美容店住地附近一家单位的主管。蒋美梅与他来往，纯粹是因为生意，蒋美梅想从他单位发展客户。

李东生了解真相后，松了一口气。他拍了拍两人的臂膀，对他们的表现表示满意，为此，他特地到当地一家三星级酒店请两人美美地吃了一顿，之后，又拿出了5000元给他们，要他们继续努力，早日拿到铁证。凭他的直觉，他相信蒋美梅一定有“问题”。

十天后，李东生的怀疑终于得到了证实。这天晚上，罗生明来到蒋美梅住的地方，还没到小区，就看见蒋美梅的车出了大门。他马上打的在后面追赶，不久，看见蒋美梅进了一家宾馆，开了一间房。一会儿，一个男人进入了她的房间。罗生明迅速打电话给李东生。李东生闻讯赶来，谎称有亲戚困在里面，骗服务员打开了房门。两人冲了进去，果然看见蒋美梅与一个男人躺在床上，这男人竟还是李东生的朋友。李东生气得跳了起来，抓起蒋美梅狠狠地打了她两个耳光。倏地，李东生意想不到的一幕发生了。

只见蒋美梅披头散发，对着李东生大声地吼道：“我跟他有关系又怎么样了，关你屁事，你有什么资格管我。”说完，奋力推了李东生一把：“这是我的房间，你给我滚出去！”

蒋美梅的话让李东生一时语塞。看见老板要吃亏了，罗生明冲了上去，推了蒋美梅一把：“你这个女人不识好歹，你这样做，对得起我们老板吗！”李东生不想把事情闹大，于是，指着蒋美梅的鼻子，恶狠狠地说了一句：“你小心一点，早晚我会收拾你！”说完，与罗生明一起气冲冲地走出了房门。

由于罗生明在这次捉奸中表现良好，李东生奖给了他5000元。手捏着一把崭新的钞票，罗生明心里乐开了花，他想，按这样下去，用不了多久，他就会成为百万富翁了。

李东生也看出了罗生明和陈广成两人发财心切，他决定好好利用他们一下，为自己出气。这次虽然捉奸成功，但他与蒋美梅的关系也降到了最低点，蒋美梅从此再也不理睬他，这让李东生气愤不已，他要找蒋美梅算账。

2011 年 11 月 12 日，李东生找来罗生明和陈广成，三人一起来到蒋美梅的美容会所。看见蒋美梅，李东生指着她的鼻子骂开了，谁料，蒋美梅毫不畏惧，与李东生厮打起来，对着他的脸一顿狂抓，李东生的脸上顿时出现一道道血印。蒋美梅一边抓一边大声呼救：“抢劫啊，来人啊，救命啦！”一时间，门口挤满了围观的人群。

李东生三人只好狼狈地退了出来，这次教训彻底失败。李东生顿感自己受到了极大的侮辱，他决定要给蒋美梅以血的教训。

以身试法，打工仔梦断发财路

2011 年 12 月 20 日，李东生把罗生明与陈广成叫到自己的住所，说：“蒋美梅让我出了大丑，你们一定要替我出这口气。”之后，许诺他有一个 3000 万的项目可以交给他们做。

3000 万啊，他们两人算了一下，利润至少有 400 万，就是说凭这个项目，他们就可以成为百万富翁，这可是千载难逢的机会啊。当两人问以什么方式教训蒋美梅时，李东生阴沉着脸，恶狠狠地说道：“毁容，让她成为丑八怪，痛不欲生，看谁还要她！”

罗生明二人听了倒吸一口凉气，这可是犯罪啊，弄不好还要掉脑袋。李东生看出他俩的心思，忙安慰说：“其实这也没什么，我只是毁她一点容，让她变丑一点。再说你们晚上去，可以做到神不知鬼不觉，没人知道的。”

李东生说得轻描淡写，但在罗生明二人心里还是非常矛盾，一直没有行动。李东生见此又继续做罗生明二人的工作：“你们大胆去搞，不会有任何问题。你们搞成了，不但这个项目给你们做，还奖励 20 万。”说完，掏出了两万元摆在罗生明二人面前。

看到一叠叠人民币，罗生明和陈广成二人再也忍不住了。罗生明立刻拍着胸脯说：“李老板，你交代的事，我们一定办好。”

第二天，二人就从商店购买了一瓶工业用酸，伺机动手。他们每天跟踪蒋美梅，对每天行走的路线进行了详细记录，经过反复踩点，二人认为晚上动手最合适。

2012 年 1 月 15 日晚上 7 点多钟，罗生明和陈广成来到蒋美梅的美容会所门外蹲守。晚上 9 点左右，看见蒋美梅出来开车，罗生明立刻冲上去，把一瓶工业用酸向她脸上泼去。蒋美梅身上顿时冒出一股股浓烟，不断发出吱吱声，剧烈的疼痛，让蒋美梅惨叫不已。罗生明见势不妙，迅速搭乘陈广成开来的摩托车，逃之夭夭。

当蒋美梅惨死的消息传来时，罗生明二人惊呆了。他们做梦也没有想到使用的竟是腐蚀性非常强的工业硫酸。二人害怕了，拿到李东生给的钱后，立刻分头逃窜。

接到报警的台州警方成立了专案组，对现场进行布控，沿马路朝黑色雨衣男逃跑方向追踪。经过查对街头摄像头，罗生明和陈广成很快浮出了水面，台州警方展开了网上追逃。2 月 20 日，逃到椒江的罗生明被当地警方抓获。4 月 15 日，苏州警方发觉陈广成的踪迹，当即将其抓获。

制造惊天血案的幕后主谋李东生自以为有了金钱做靠山，相信罗生明二人不会供他出来，依然每天吃喝玩乐。当警方找到他时，他一脸的无辜，称不知情，也不认识罗生明和陈广成。为了伪装不在现场的假象，李东生事发当天有意约了一群朋友，在一家宾馆打麻将。

然而，警方不久就突破了罗生明和陈广成的心理防线，交代了李东生是主谋。根据二人的交代，警方马上找到了李东生犯罪的证据。5 月 16 日，李东生落入法网。6 月 10 日，三人被台州市检察院决定逮捕。

锒铛入狱的罗生明和陈广成此刻不由泪如雨下，悔不当初。面对警察的问讯，罗生明痛哭流涕："只怪自己贪心欲太强，只想一夜之间发大财，过上好日子，结果害了自己和朋友。"陈广成也在不断反思："自己太天真了，明知这是犯法，自己还要去做，现在想起来真不值得。"然而，这样的忏悔来到太迟了，他们将为自己的贪财欲付出惨痛的代价。

针对此案，长沙市律师事务所的高律师发表了自己的看法。他说年轻人想发财改善自己所处的生存环境，本无可厚非。他们的错误就在于发财想走捷径，不惜伤人性命，自以为做得天衣无缝，心怀侥幸，殊不知，人在做，天在看，最终断送的还是自己的财路和前途，年轻人要引以为戒。

诱　妻

他是一家商场的老板，由于常年在外，年轻美貌的妻子经常一人独守空房。为此，他常犯嘀咕：她对我忠诚不忠诚，会不会背叛我？他很想获得这个答案，于是，他想出了一个办法，决定测试一下，他很快拿到了这个答案。然而，他马上发现：这是份有毒的答案！他从此控制不了自己，变得怒不可遏，歇斯底里，盛怒之下，一场意想不到的血案开始拉开了帷幕……

家有美貌妻，一个常年在外的男人在猜想

今年 38 岁的陈海明出生于湖南长沙市一个普通工人家庭。七年前，他从一家工厂下岗了。他不甘失败，于是找亲戚朋友借了 10 万元，在市郊开了一家建材批发零售店。由于没有帮手，他在长沙市人才市场招聘了一个叫吴琳的女孩。

今年 27 岁的吴琳虽然从小生活在株洲农村乡下，但清秀的山水，让她的皮肤细腻，身材婀娜多姿，一头乌黑的披肩长发显得十分韵致和飘逸，加上水灵灵的大眼睛，她就像国画中的江南美女啊！陈海明第一眼瞧见，心蓦然一动，犹如电击一般，话说得结结巴巴。他马上录用了她，并给她开出了每月 2000 元的高薪。吴琳同意了，第二天就来到他店里上班。让陈海明欣喜不已的是，吴琳没有美女们特有的傲气，处事低调，做事勤快认真。在她用心的帮助下，陈海明的生意做得风生水起，不到两年工夫，就拥有了 200 多万资产。自然，日久生情，俩人成了一对亲密的恋人。2005 年 7

月 15 日，陈海明与吴琳在长沙火宫殿举行了盛大的婚礼，组成了一个幸福的小家庭。

新婚过后，俩人仍像以前一样：女主内，负责卖货。男主外，负责进货。陈海明每个月都要去广州、沈阳等地进货，有时十天半月回不了家。最初陈海明没觉得这是一个问题。一次，他跟朋友们喝酒聊天。一个朋友拿他开涮："海明，你成天不在家，小心你那如花似玉的老婆跟了别人哦！"陈海明笑了笑："你放心，我老婆不是那种人。"另一个朋友有点不以为然："现在的事谁也不能打包票，就像红楼梦说的君生日日说恩情，君死又随人去了。你不在家，她干了什么谁又知道？"他不愿当众再讨论这个问题，马上岔开了这个话题。但回家后心里却一直在翻江倒海：是啊，妻子年龄比我小 10 多岁，正是盛开的鲜花，肯定有不少男人想入非非，我不在家时，如果真有男的找上来，她会不会出轨呢？

有此念头的陈海明开始多了一个心眼。每次进货回家后，他都要仔细闻一闻卧室是否有烟味，垃圾桶中有没有避孕套等。经过三个多月的"考察"，陈海明没有发现异常。他不死心，于是话里有话，笑着对吴琳说："如果有一个很帅的千万富翁在追你，你怎么办？"吴琳觉得这个问题十分无聊，就答道："用盐拌。"她不甘心，又加了一句："你是不是要我跟他啊？"陈海明心里一紧，忙说："不是的，哪有把自己老婆送给他人的，我只是随便问一下。"妻子的不明确让陈海明十分沮丧。我不在家，她是一个怎样的人呢？他非常想知道这个答案，于是，决定暗暗试探一下吴琳的表现，为此，他想出了一个自以为绝妙的办法。

2010 年 10 月中旬，他从长沙电脑城购买了一台电脑，并上了网，要妻子吴琳在家没事的时候上网聊天。正愁丈夫不在家无处打发时间的吴琳喜出望外，立刻照办。她很快成了一个忠实的网民，丈夫一走必定沉迷在网上，跟网友聊天。第一步成功了，陈海明兴奋不已，他马上抄来她的 QQ 号。两个月后，他去广州市进货。下了火车，他立即在附近找了一家网吧，果然妻子吴琳在网上。他用网名一夜情加上了妻子的 QQ。急于得知结果的陈海明，上来就迫不及待地问："你好！我们玩一夜情不？"吴琳沉默了许久才回道："你是谁，你有毛病吧。"这个答案让陈海明悬着的心放了下来。看来妻子还是忠于自己的，他没有再说二话就高高兴兴下了线，找了一家酒家炒了几个菜独自一人庆贺了一番。当夜，他躺在床上，心情慢慢平静下来后，又陷入新的沉思：这次妻子不同意玩一夜情还是不能说明问题。因为我太急了，任何一个女人都不可能接受。如果我是一个有钱的大老板，风度翩翩，一表人才，她同不同意呢？

第二天，他又上了网，以“在水一方”的网名与妻子吴琳联系上了。这次，他没有提任何要求，而是跟她谈起了对人生的看法，为了使自己的语言生动，他还特地从网上找了不少笑话、幽默，发给她，这一招惹得妻子哈哈大笑。这时，他不失时机向她透露出了他是个千万富翁，在广州、深圳开有两家公司。之后，他从网上找了一张英俊男士的照片发给了她，说这就是他。果然，妻子吴琳对他陡增好感，连连夸他是男人中的男人，对任何一句话都及时回复，随着聊天的深入，俩人的距离似乎拉近了不少。

他觉得时机成熟了，就委婉提出能否见面。吴琳停顿了一下，然后说现在不行，以后再说，这是什么意思？难道以后她会跟他约会？陈海明的心又悬了起来。他知道不能强行要她出来，于是转移了话题，并很快下了线。他决定继续跟她保持联系，看她以后会怎样。

从此，只要离家去外地进货，陈海明就会以“在水一方”的化名跟妻子吴琳聊天。有几次，他想问她这个问题，但还是忍住了。他觉得要选择一个成熟的时机，这样的答案才真实可信。于是，陈海明每个月都要出去10多天，继续加大聊天的力度，并不断嘘寒问暖，以博取她的好感，妻子吴琳似乎上钩了，也经常主动问这问那，有几次还问他有没有女朋友，他认为时机成熟，可以摊牌了。

引诱妻子，岂知背后有一双邪恶的眼睛

2012年5月17日，陈海明出差来到了株洲。出门的前夜，陈海明借故妻子吴琳洗的衣服不干净，狠狠地跟她吵了一架，然后气冲冲走了。当然，他是有意为之，想创造一个适合的条件，看气愤之下的妻子会走多远。

这天下午，他在株洲火车站附近一个网吧上了网，很快就找到了正跟人聊天的妻子吴琳。他上前打了一下招呼。看见是经常聊天的网友，吴琳十分高兴，忙问：“现在在干吗？”他答道：“刚才跟老婆吵了一架，正烦着呢。”他记得一本书上说要博得女人的心必须“痛说苦难革命史”，于是，开始在QQ上数落老婆的不是，说老婆横蛮，不讲道理。果然，吴琳十分同情：“想开点，夫妻生活难免会磕磕碰碰。”陈海明装着很委屈地说：“我不想跟她过了，我要跟她离婚。”又十分感叹地说：“我的老婆要是像你这样该多好啊。”

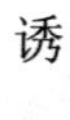

接着不停地夸吴琳聪明贤惠，明事理，有这样一个老婆死也值了。看着火候差不多了，陈海明抛出了手中的“重磅炸弹”：“你看我们相交时间不短了，我们能不能见一面，同床共枕，玩一次一夜情？”说完，他的心立刻跳到嗓子眼，屏气凝神像等候宣判的死囚。沉默了许久，妻子吴琳终于打出了一行字：“这样不好，我们都是有家室的人。”陈海明松了一口气。如果游戏到此为此，尚不失一个好的结果。可惜陈海明希望这个答案更加完美。他开始丑化自己：“没关系的，说不定你家的男人现在正躺在女人的怀里呢。”吴琳自然不相信：“不会的，我丈夫不是这样的人。”此刻的陈海明满脑子是完美的答案，故意捏造了一件让妻子吴琳目瞪口呆的事：“你丈夫不是叫陈海明吗？我今天看见他跟一个女的在一家酒店开了房。”吴琳十分奇怪：“你怎么知道是我的丈夫？同名的吧。”陈海明详细说出了她丈夫的体貌特征和家庭的一些情况，并告诉她，是在一家酒店吃饭偶然与他同桌，随便聊天才发现他竟是网友的丈夫，随后看见他跟一个女的进了房。你看看最亲密的丈夫背叛了你吧，你有什么想不通的呢？

陈海明不断说着说着，妻子吴琳一言不发，漫长的十几分钟过去了，他最担心的事终于发生了：妻子吴琳同意与他开房，地点是长沙华天大酒店。

妻子不忠于自己！这个答案让陈海明惊得愣在那，不知所措。得知这个答案，他发现自己不仅高兴不起来，相反让他心里升起了一股怒火。他几乎没有任何思索，就离开了座位，包了一部的士直奔长沙华天大酒店而去。他要让妻子面对他时，羞愧得无地自容。他万万没料到，随后发生的一切竟戏剧性地出现了惊天逆转！

盛怒之下的陈海明起身就冲出门，狂奔而去，忘了关QQ。这时，一个叫刘贵民的网民坐在陈海明原来的位置上。看见不断闪烁的QQ，他好奇地打开了，阅读完QQ上的留言，尤其得知俩人都没见过面，彼此都不认识，要搞一夜情，心中不由一阵狂喜。这时，他产生了一个恶念：冒名顶替。他马上跟还在网上的吴琳招呼，提出更变地点，理由是怕警察查房，吴琳同意了。实际上，她也有点害怕。她想了想，就提出到她家来，并告诉了她住的地方。色心四起的刘贵民马上关掉了QQ，搭乘株洲至长沙的快巴，直奔而去。

吴琳下了线收拾好了家，专等刘贵民到来。据她自己说，她本来不想玩一夜情的，但她做梦也没想到，丈夫竟然背叛了自己！这让她惊讶万分，也让她有点迷惑。这“在水一方”是何方神圣啊，竟然巧遇了自己的丈夫，并且还碰到了丈夫的外遇！世界上有这么巧的事？她觉得这个“在水一方”非常神秘，对她的性格、习惯特别了解，了解她的心思，有很多共同的语言，因此，她决定见见他，看看这人到底怎样？是否还掌握丈夫其他方面的秘密？为此，她做了几样拿手好菜，准备来了后，俩人开开心心深谈一次。

晚上7点左右，门响了。吴琳打开门后，一个20多岁的年轻人闯了进来。她问他是不是“在水一方”，他点了点头。吴琳看着这个高高瘦瘦的男人，与自己心中的“在水一方”有一定差距，心里不免有些失望，但来者都是客，况且网上交流甚欢，依然热情地倒了一杯红酒为他接风，得知他叫刘贵民。

吴琳正想好好问问她丈夫的事时，刘贵民却有点急不可耐了。他把吴琳拖进了卧室，然后，迫不及待地扑了上去。她挣扎了一下，但最终放弃了……她想，谁叫丈夫有错在先呢。

不知过了多久，她忽然听到家门外的开门声，接着，惊恐地看见了丈夫陈海明一张因愤怒而走形的脸，他不是说好十天后才回来吗？吴琳十分恐慌地从床上爬起来。

陈海明看见一个男的躺在床上，立刻明白了一切。他心急火燎地赶到长沙华天大酒店，等了快两个小时，仍不见吴琳踪影。不是说好了吗，为什么不来？难道她出了事？他十分奇怪，蓦地，他猛然想起没关QQ，这样内容别人看了可不好，妻子不来可能只是应付一下，或许真的不愿来，于是，他又返回原网吧，准备跟妻子再聊一下。他翻开QQ上的聊天记录，陈海明大吃一惊，一个陌生的男人竟闯进了他的QQ，与妻子约会去了，这如何是好啊！他急了，十万火急赶回家，然而，迟了。妻子吴琳正与这个陌生的男人相拥在一起。一股鲜血顿时从心底喷涌而出，陈海明大叫一声，冲上前去，一把揪住刘贵民，用力扇去，刘贵民嘴角立刻流出一股血，一个踉跄摔倒在地。吴琳眼看就要出人命，马上死死抱住陈海明，大喊一声：“快跑！”刘贵民闻声爬起来，拼命冲了出去。陈海明拽开吴琳的手，迅速追了出去，可是茫茫夜色，哪还有人的踪影！气急败坏的陈海明返回了家，开始找吴琳算账。

血腥落幕，谁来为锥痛人心的闹剧买单

突如其来的一幕，让吴琳心乱如麻。她知道事情闹大了，看见丈夫陈海明脸色铁青地走进来，于是哭哭啼啼地准备跟他解释一下。怒火中烧的陈

海明二话没说，“啪”的一声，吴琳的脸上重重地挨了一掌。气愤不过的陈海明又操起一张小方凳，向吴琳头上扔去。吴琳一声惨叫，血流满面，人顿时软绵绵地瘫倒地上，昏死过去。看着一动不动的妻子，陈海明傻眼了，痴痴地呆在那，一言不发。据陈海明事后说，他当时急火攻心，完全被这个可恶的答案烧昏了头脑，除了愤怒还是愤怒。看见妻子倒地了，他才知道自己做了一件大傻事。完了，妻子完了，这个家完了。这时，一股强烈的恐慌笼罩在他心头。他急忙找来一部的士，把妻子吴琳送往长沙市一医院。经过四个多小时的抢救，吴琳脱离了危险。一个多月后，吴琳才痊愈。经法医鉴定，吴琳已构成轻伤。出院后，心中有愧的吴琳与丈夫分居，回到了株洲娘家。

陈海明把吴琳打成轻伤，此事引起了吴琳娘家人的公愤。他们纷纷要求追究陈海明的刑事责任。眼看事情要闹大，陈海明就把吴琳勾引网友的事说了出来。羞愧难当的吴琳最后承认了出轨的事实，但坚持说这个“在水一方”引诱了自己，十分可疑。她仔细回忆了俩人的交往，总感觉这个“在水一方”在设置圈套，让她一步步陷入。因为这个网友太了解自己，能准确地说出丈夫外出的时间和地点，连一些家庭的细节也能说出来，肯定是熟人，或者是了解自己底细的人。这次，他如果不说出丈夫有女人，她也不会让他来。心中有鬼的陈海明连连否认这种可能性，并坚持说吴琳道德败坏，有意为之。这一异常情况引起了吴琳亲人的警觉。鉴于涉及吴琳的隐私，他们没有选择报警，而是决定自行悄悄查一下，看这个“在水一方”是何许人。

吴琳的一个亲戚精通电脑和网络。他根据吴琳提供的聊天时俩人所说的地点和方位，根据聊天记录，迅速查出了“在水一方”的登录地点和时间，找到了位于株洲火车站附近的这家网吧。听了网吧老板的描述，他很快锁定了始作俑者：陈海明！大家震惊了，迫于事实和压力，陈海明只好说出了自己的动机。

得知这一切是陈海明蓄谋已久，目的是为了寻求所谓的“答案”，吴琳犹如晴天霹雳，震惊得半晌说不出话来。丈夫如此不信任她，吴琳感到了令人窒息的绝望。同时，一种巨大的羞辱也涌上了心头，觉得心口上有一把锋利无情的刀子，一刀一刀割着、剐着，血也在一滴一滴地流着。她禁不住号啕大哭，一连串泪水，从痛楚的脸颊上无声地流下来。她恨陈海明，愤而提出了离婚。

造成这样的结局，这是陈海明没有料到的结果。这一切都是自己一手诱导的，自己让自己戴绿帽子，他又羞又恨，多次把自己关在一间黑暗的小屋里，任凭翻江倒海的羞耻、悔恨一点一点吞噬他的心。他发誓要找到这个冒名顶替的刘贵民，不知跑了多少家网吧，可惜，刘贵民没有留下半点痕迹，三个多月过去了，影子也没有一个。他准备以强奸案的名义报警，为此特意找了一名律师咨询。律师告诉他，你妻子同意一夜情，刘贵民与她发生关系并没有违背她的意愿，因此，构不上强奸行为，警方也不会受理。由于心情大受影响，陈海明无心经营，又没有帮手，建材店的生意一落千丈，门可罗雀，于是，他干脆选择关门。

由于妻子吴琳始终无法原谅丈夫刘海明，2012 年 10 月中旬，俩人协议离婚。虽然吴琳放弃追究刘海明法律方面的责任，但一个曾温暖幸福的家从此灰飞烟灭！事后，刘海明十分悔恨地说："以后一定要吸取这个教训，不要再去玩火。"

北京德恒（长沙）律师事务所龚忍心发表自己的看法。他说，人之所以复杂，就在于随着条件、环境的改变而具有多样性。对一些意志比较薄弱的人来说，在稳定的条件下什么事也不会发生。但随着条件的改变，时间的迁移，在一些特定的环境下非常容易做出一些糊涂事来，甚至一些过激的行为。作为家庭成员，一定要消除这些滋生危险的因素，更不能提供其生长的环境。就像食物，没有滋生细菌的环境，它就永远不会腐败变质。所以说，夫妻之间应该坦诚相待，多交流，增加信任，学会经营婚姻，在一片爱的土壤里，盛开的才一定是最鲜艳的花朵，才能避免类似事件的发生。

碰不得的女友隐私

2008年12月12日上午，湖南永州永春商业广场一住宅冒出了滚滚浓烟，接到报警的物业管理人员和消防人员迅速赶到现场，并一脚踹开房门，发现一个衣衫凌乱的妇女被烧死在地。

永州市刑警大队迅即展开了调查。第二天，此案告破。警方抓获了案犯嫌疑人在读研究生邓小明。当警方告知这女人丈夫真凶时，他惊呆了，连连摇头，不断为犯罪嫌疑人争辩："不可能，绝对不可能，我俩好得像亲兄弟一样啊，他怎么可能杀害我老婆呢？"

然而，所有犯罪证据都指向了邓小明，事实不容否定。他为什么要杀害兄弟般的人的妻子呢？2009年6月20日，永州市中级人民法院开庭审理了此案，随着调查的深入，一段令人难以置信又发人深思的故事终于浮出了水面……

美丽的邂逅，大学生恋上了一个同乡女孩

2006年8月11日，在长沙去邵阳的火车上，邓小明看见一个男青年趁一个女孩上厕所之机，赖在她座位上不起来。这女孩很气愤，跟他讲理，他却挤眉弄眼，摇头晃脑，耍无赖。这女孩委屈万分，红着脸，愣在那儿眼眶溢满泪水，不知所措。邓小明看不下去了，对着这男青年大吼一句："太不像话了，一个大男人欺负一个小女孩，算什么本事！"看到有人帮腔，周围也投来异样的目光，这男人只得勉强起身，溜到后车厢去了。原以为要

打架的邓小明暗暗松了一口气。

时年27岁的邓小明是湖南永州市人。他从小生活在农村，虽然只有兄妹两人，但家境十分贫寒，一个月难吃一顿肉。2005年7月，他考上了湖南一所大学却无钱交学费。后来在亲戚的帮衬下，加上从农村信用社贷了5000元，才勉强凑够学费。今天，他是放暑假回家，谁料竟碰到这种事。

邓小明的出手相助让女孩感激万分。她主动告诉邓小明，她叫罗晓红，22岁，永州人。细问之下，邓小明惊讶地发现，罗晓红的家与他的家相隔只有20多公里，原来是老乡啊，邓小明非常兴奋，与罗晓红天南地北地聊起来。罗晓红也十分高兴，有问必答，两人聊得十分投机，很快成了一对无话不谈的好朋友。下车后，怕再出意外的邓小明主动表示要送她回家，罗晓红笑着答应了。在家门口，两人意外地遇到了罗晓红的母亲，看到女儿带回一个高大帅气的男孩，以为是女儿男朋友，罗晓红母亲惊喜不已，热情地张罗着饭菜，并要老伴把正在生蛋的老母鸡杀了。罗晓红知道母亲误解了，赶紧说明两人只是刚刚在火车上认识的。出乎罗晓红意外，邓小明却大大方方笑着说："谁说我们不是朋友，刚才两人还亲热地说是对好朋友啊！"罗晓红顿时羞红了脸，立在门口默不作声。

看到罗晓红满脸通红，邓小明心里不由一阵狂喜。其实，在火车上，感情一片荒芜的邓小明对这个漂亮温柔、楚楚动人的姑娘就有了好感，通过一番交谈后，邓小明对她的好感更加强烈了。他暗暗想：罗晓红要是自己的女朋友该多好啊！想不到现在就有了表白的机会。说完后，他拉住罗晓红的手进了家门，罗晓红没有抽手，而是任由他拉着……其实她对大学生邓小明也暗生情愫，一丝喜悦蔓延心头。罗晓红父母也明白了年轻人的心事。

当天，邓小明没有回家，而是住在罗家。深夜，在罗晓红屋后的桂花树下，两人深情相拥，发誓要成为一对永不分离的恋人。

愉快的七天假期很快过去了，邓小明依依告别了罗晓红。为了避免以后的思念之苦，临走的前一天，他告诉罗晓红，他要为她在长沙找一份工作。经过半个月的努力，他终于在长沙一家宾馆为罗晓红谋到了一个服务员的工作。9月10日，罗晓红来到了长沙。两人在校旁租了一间房子，开始了同居生活。由于邓小明没有分文收入，两人的开销基本都靠罗晓红打工挣来。年底，邓小明由于欠交5000元学费被学校禁止参加期末考试，罗晓红得知后，二话没说跑到银行，把自己打工多年的积蓄取了出来，帮他交了学费。罗晓红的无私帮助，让邓小明感动不已，他深情地对罗晓红说："晓红，你

的付出，我一定会牢牢记住，这辈子报答不了，下辈子也要报答。”罗晓红瞋了他一眼，说：“什么报答不报答的，我们都是一家人了，帮你也是应该的。”并鼓励他用心读书，争取考上研究生，以后找个好的职业，两人过上幸福的生活。

有了罗晓红经济上的帮助，邓小明把心思全部放在学业上了，成绩始终保持全班第一名。然而，2007 年 6 月 12 日，一件意想不到的事出现了，顿时让邓小明心里蒙上了一层阴影。

这天上午，罗晓红接到了家里一个电话，说母亲得了胰腺炎正在市中心医院抢救，急需一万元。罗晓红打工挣来的钱都用在邓小明身上了，哪有剩余的钱啊。她急得团团转，泪水止不住往下掉，却没有任何办法。眼见这一切，邓小明心怀愧疚，马上起身去找同学借钱，却被罗晓红拦住了。她说：“同学们都没什么钱，不要去借。再说你欠了债，以后拿什么还呀。母亲的事我另想办法。”最终，罗晓红咬着牙，两手空空回到了永州。正当她为一万元发愁时，一个改变她人生际遇的人忽然出现了。

不惧风尘，女孩身后有一把遮风挡雨的伞

这人名叫何丽花，在市区开有一家美容美发店。由于地处偏僻，生意一直没有起色，这让她焦急万分。这天，她正在火车站发小广告，看见年轻漂亮的罗晓红出来，忙跑过去塞了一张。一年前，在朋友的聚会上，有过几次交往，彼此认识。当得知罗晓红急需钱救母时，何丽花的眼睛不由一亮，故意满不在乎地说：“缺钱有什么关系，找亲戚朋友借就行了。”罗晓红淡淡一笑：“我亲戚家都穷，哪有钱借啊，莫不你准备借钱给我？”罗晓红只是开玩笑，没有当真，不料，何丽娜却认真地说：“一万块又不是大数目，借给你也没关系嘛。”说完，真的拿出一张银行卡，从银行给她取了一万元。罗晓红又惊又喜地接过钱，有点儿担心地说：“这钱恐怕要拖一拖，一时还不了。”何丽花忙说：“没关系的。只是……”她眼珠一转，换成十分关心的口气：“你现在还钱很困难，又没有工作，不如这样，你来我店里打工，用工资抵如何？”

罗晓红心不禁一动，暗想这倒是一个办法，可听说她店里有按摩，这可不行，于是，她认真地说：“在你店做事也行，但一定正正规规。”何丽花笑了：“我们本来就是正规的嘛。”

一个月后，罗晓红母亲出院了。她按约来到何丽花店上班。第一天，她只是帮客人洗洗头，打扫卫生，做一些家务性工作。不料，第二天，一个客人提出要按摩，何丽花以人手不足为由要她出班。罗晓红不从，何丽花立刻翻脸了："你不去也行，现在还我的钱。"罗晓红自然无钱可还，但她仍待在原地不动。何丽花继续假惺惺开导说："其实我也是为你好，搞按摩你可以分成，可以赚大钱，以后有钱了，不是一样可以过好日子。"罗晓红无言以对，在何丽花的威逼下，她只好含泪去了。

当夜，她把这些情况告诉了男朋友邓小明，并说这样的话一月可以赚四五千。邓小明沉默了，此刻的他准备考研，需要时间复习，无法出去做事，经济上完全仰仗她了，而她还要负担她母亲和家人，一份高额的收入对她来说是非常重要。这时，罗晓红补充了一句："你放心，这仅仅是按摩而已，我不会做对不起你的事。"

得知罗晓红把她做按摩的事告知了男友，何丽花的丈夫孙楠林怕发生意外，于是主动联系上了邓小明，认真地说："小邓，你放心，小罗只是医学按摩，不会做其他的事。"说完热情地邀请他到店里考察。两天后，邓小明来到这个美容美发店，目睹了罗晓红给客人按摩的过程，程序上似乎很正规，他悬着的心放了下来，同意罗晓红从事这个工作。

孙楠林得知后十分高兴，专门请他到一家三星级酒店吃饭，这让邓小明感动不已。在酒桌上，两人谈兴甚浓，渐渐称兄道弟起来，都表示要成为一对最好的朋友。邓小明返回长沙时，孙楠林又一次表示："我知道，你们知识分子爱面子。现在我们是兄弟了，我保证不会让别人知道你女朋友在做按摩。"见孙楠林如此信誓旦旦，邓小明彻底放心了，不断鼓励罗晓红努力工作，用实际行动报答老板的关心。

有了男朋友的支持，罗晓红胆子大了起来。为了多挣钱，她干脆专职按摩。由于人长得漂亮，手法娴熟专业，找她的顾客很多，她很快成了该店的"当红明星"，然而，这种正规的按摩，每天只能挣 100 多元，这点钱根本无力支付母亲的药费和邓小明的生活费。

2008 年 8 月，邓小明参加研究生考试，并如愿考取了硕士研究生。他高兴之余，很快又为 2 万元的学费发愁起来。罗晓得知后，心疼极了。她已经深深爱着邓小明，为了他，她可以付出一切。这时，一个老板垂涎她的美貌，一直暗示搞"一夜情"。为帮男友筹集学费，她终于同意了……她很快为邓小明筹到了两万元。

收到钱的邓小明对这一切浑然不知，但女朋友在按摩，虽迫于无奈，但心里还是不乐意的，尤其不愿让同学们知道。有一次，罗晓红来到他学校玩。邓小明热情地向同学介绍罗晓红，说她是一家公司办公室主办科员，工资3000多元一个月。不料，一个老乡十分疑惑地说："似乎不对吧，我上次回家经过一家美容美发店，好像看见她坐在里面，在等客呢。"邓小明心里一惊，忙说道："不可能，你绝对看错了，要不她只是在那里美发。"为了让同学们相信，他特地找了一个在一家公司工作的亲戚帮忙，让罗晓红星期天坐在他的办公桌前，然后他带同学来玩。

这一招虽然成功地掩饰过去了，但邓小明心里一直忐忑不安。如果穿帮了如何是好？自己脸面扫地不说，以后就业恐怕也会大受影响。他要采取一切办法，永守这个秘密。可惜，不久他就遇到了一件令他头痛不已的事。

沦为"密探"，捍卫女友隐私血腥落幕

2008年10月中旬，邓小明回到了永州。老板孙楠林对他说道："你回来跟踪一下我老婆，看她是不是跟别的男人在约会。"原来孙楠林对从事美容美发的老婆也起了疑心，自己不好亲自出马调查，找别人又觉不妥，他马上想起了邓小明。他看出了邓小明非常害怕别人知道他女朋友在按摩，于是，提出了这一想法，并补了一句："你放心，你女朋友做按摩的事，我保证不会跟任何人说。"

邓小明自然听得出孙老板的弦外音，真害怕他张扬出去，只好点头答应了。他开始按照孙楠林的要求，每天跟踪何丽花的行踪，然后向他汇报。一天上午，他在后面跟着外出的何丽花，孰料，何丽花在大街上突然回了一下头，邓小明猝不及防，急忙向旁边的商店蹿去，只听"嗡"的一声响，一头碰到玻璃钢门上，顿时眼冒金花，额头上肿起了一个乌青的大包，痛得他眼泪当场掉落下来，却又不敢喊出声。当他把自己受伤的事告诉孙楠林时，孙楠林只当是一件乐事，哈哈一笑后，转身出去打麻将去了。邓小明虽然又气又恨，但始终不敢跟孙老板翻脸。他感到隐私像一座大山样压得他喘不过气来。

几天后，他最担心的事终于发生了。他鬼鬼祟祟跟在老板娘何丽花身后，在一转角处时，何丽花倏地从他身后冒了出来，用挎包砸了他一下头，恶狠狠地瞪着他："你为什么跟踪我，你想干什么？"邓小明发现是老板娘，

吓了一大跳，赶紧扯谎道：“我不是跟踪你呢，我在找朋友。”说完，装模作样四处张望。何丽花却不理睬他，继续恨恨地说：“以后如果我再发现你跟在我后面，小心你的腿！”说完，扬长而去，邓小明愣在那儿，不知所措。

由于有了这一次不愉快的经历，何丽花对邓小明异常冷淡。自知没趣的邓小明只得悻悻地回到了长沙。他对罗晓红的处境开始有一点担忧：这个老板娘会不会引诱她学坏呢？

他这种担忧并不是没有依据的。有一天，他打电话找罗晓红，却一直关机。打到店里，老板娘何丽花接到后，懒洋洋地说：“她现在没空。她现在是红人了，有很多客人在等她呢。”事后，他联系上了罗晓红才知，何丽花介绍的一个客人非礼她，在挣扯中不小心把手机摔坏了。何丽花不但没有让客人赔钱，反而还要罗晓红道歉。邓小明异常气愤，却无可奈何。他一时还下不了决心让罗晓红辞职，他决定跟何丽花谈一下。

2008 年 12 月 11 日下午，他请假回到永州。何丽花看见他回来了，马上说：“邓小明，你借我的钱，你现在要还给我。”去年过年时，邓小明手头紧，曾找何丽花借了 6000 元，由于罗晓红不愿再从事色情工作，收入有限，就一直没还。没料到，刚进门就遭到逼债，邓小明心里非常不舒服，于是敷衍了一下：“我现在没钱，以后再说。”何丽花不干了：“不行，你明天必须还我钱。”说完不再理他了。交谈无法下去了，邓小明十分郁闷，扭头就走了，当晚，一夜未眠。

第二天早上，何丽花向邓小明打了一个电话，要他把钱送过来。邓小明虽然没钱，但他还是想利用此次机会沟通一下，就按约来到了她的住所。何丽花要他把钱拿出来，邓小明却气鼓鼓地说：“没有！”何丽花满脸不高兴：“不是说好今天还吗，你这个人怎么不讲信用呢？亏你还是个研究生。”接着，何丽花不停地数落他。邓小明奋起反击，大骂她不守妇道，跟别的男人勾勾搭搭。何丽花忽然停了下来，冷笑一声，说出了一句叫邓小明震惊万分的话：“你女朋友还不是一样，不过是个三陪女，有什么了不起。”邓小明愣住了，半天才问道：“这不是真的，你在骗我！”何丽花瞪了他一眼：“谁骗你，你去问你女朋友，她最清楚。告诉你，你不还钱，我就把你找三陪女友的隐私公布出去，看你还有脸做人不。”之后，她伸出手要他还钱。何丽花不知道的是，她的所作所为彻底激怒了邓小明，他以为女朋友都是她带坏的，现在幸福的爱情没有了，想隐瞒的隐私也将公之于众，一股说不出的怒火不觉从心底涌出。他愤怒地打掉了她伸出的手掌，然后用右手死死卡她的喉咙，

过了几分钟，何丽花停止了挣扎，瘫软在地。这时，邓小明才发现何丽花没有声息，顿时慌了手脚，急忙点燃床上被褥，制造一个失火现场，迅速逃之夭夭。

然而，天网恢恢，疏而不漏。第二天，邓小明就被警方抓获归案，2009年2月15日被依法逮捕。2009年6月30日，永州中级人民法院一审判处其死刑，他为自己鲁莽的行为终于付出了沉重的代价！

长沙律师事务所陈律师就此发表了自己的看法。他说，现在随意披露个人隐私引发的矛盾并不少见，因此每个人都要养成尊重个人隐私的习惯。作为当事人一定要摆正心态，通过法律手段去维护自己的隐私权利，这是唯一合法途径。鲁莽行事，必将付出沉重的代价！

挽救婚姻的悲剧

2004年12月23日凌晨，湖南醴陵市南桥镇两栋民宅忽然发生强烈爆炸，一栋房屋被炸出一个坑，另一栋房屋完全坍塌，造成8人死亡。

为此，笔者走访了有关当事人，了解到2005年全国第一例恶性报复证人案背后发人深省的故事。

无端遭人辱骂，恩爱家庭狼烟起

今年35岁的胡春秀是湖南浏阳金刚镇人。1992年，她嫁到醴陵市南桥镇，与该镇青年李性水结婚。1993年，胡秀春生了一个白白胖胖的儿子，夫妻俩高兴极了。不久，在夫妇俩的共同努力下，他们还盖起了一栋崭新的两层楼房，三口之家平静幸福地生活着。然而，一件突如其来的事把这一切打破了。

2003年4月15日这天早上，胡秀春吃过早饭，准备外出做事。她在大门口看见邻居林春珊迎面走来，于是准备跟林春珊打招呼，可林春珊一见到她，却指着她的鼻子大骂道："你这个臭婆娘，为什么勾引我男人？"说完，上前对胡春秀又打又骂，胡春秀一时懵了，站在那里瞠目结舌。

正在家中的李性水听到外面的吵骂声忙跑了出来，可一听说自己的老婆跟林春珊的丈夫有"一腿"，刚刚笑容满面的他顿时变了脸。他一时难分真假，于是拉上胡春秀返回家中，气呼呼地问胡春秀是怎么回事。

胡春秀有口难言，只好流着泪把自己的一段遭遇说出来。原来林春珊

的丈夫罗伟平的确对她有非分之想。最近一段时间，他总是有意无意地跟她套近乎，邀她出去玩。胡春秀没有同意。

李性水听了胡春秀的诉说，脸色立刻变得阴沉难看。他气呼呼地说道："俗话说一个巴掌拍不响，你不惹他，他怎么可能在你跟前转？"

面对丈夫的责问，胡春秀一时不知如何解释，就哭了起来。李性水看见胡春秀又哭又闹，就收了口，没有再说什么，然而在他心里从此埋下了一个"结"，开始不信任胡春秀了。备受委屈的胡春秀有苦难言，也开始埋怨李性水是非不分，夫妻俩的关系由此渐渐紧张起来。

胡春秀又恼又气，憋了一肚子气无处发泄，有时就把自己对丈夫的不满跟要好的邻居讲了。一传十，十传百，胡春秀对丈夫不满的话渐渐地传开了。她的话引起了一个人的注意，他就是同镇的陈国华。

今年31岁的陈国华也在找机会接近胡春秀。现在突然听到李性水晚上基本不在家，胡春秀又对他不满，于是陈国华有事没事也往李家跑。一天晚上8点多钟，他又来到李性水家，看见只有胡春秀一人在家，便开始用言语挑逗胡春秀。胡春秀开始没有理睬，但想到自己一心一意操持这个家，到头来还是受到丈夫的怀疑与不理解，她的心顿时起了波澜，后来在陈国华的甜言蜜语下，她最终没能经得起他的进攻，两个人终于越轨了……

很快，胡春秀偷汉子的消息四处传开了。林春珊听到后，更加认定胡春秀一定与她丈夫有关系。于是，只要碰到胡春秀，林春珊就开始肆意辱骂，时间长达半年之久。

如果这时胡春秀和丈夫李性水能够运用法律武器，为自己讨回一个公道，也许就不会有惨痛的一幕发生。可惜，他们选择了另一种方式进行反击，这次又把胡春秀推向了痛苦的深渊。

目睹情人反叛，输了官司的女人心怀怨恨

2003年12月19日，是胡春秀最难忘的一天。这天晚上，李性水在回家的路上碰到林春珊的丈夫罗伟平。看到这个与妻子有"一腿"的"情敌"，李性水心里顿时涌出一股怒火。他气冲冲地说："你说，你跟我老婆有没有那回事？"罗伟平不以为然地说："没有，再说有又怎么样，这样的事现在又不稀罕。"罗伟平这句话深深激怒了李性水，他操起一根木棒冲上前去，对着罗伟平就是一顿乱打。毫无防范的罗伟平被打得嗷嗷直叫，四处躲避。

后来，在众人的劝阻下，罗伟平才摆脱了李性水的追打。看到罗伟平落荒而逃，李性水心里乐开了花。他哼着小调，一路得意扬扬地回到了家。然而，没过多久，怒不可遏的罗伟平就领着一群人气势汹汹地闯进了李性水的家。

罗伟平的三个亲戚朋友一拥而上，把李性水按在地上，拳头如雨点般落在他的身上，打得李性水毫无还手之力。处在下风的他，只好在众人的哄笑中磕头求饶。看到李性水认输了，他们才停手，然后扬长而去。

在外做事的胡春秀听到丈夫被人打了，立刻跌跌撞撞赶回家。看到趴在地上动弹不得的丈夫，胡春秀不禁心如刀绞，当场号啕大哭起来。她把丈夫扶到床上后，心气难平，也准备叫人跟他们血战一场。她把自己的想法告诉了李性水。李性水慌忙制止："你不要去，你打不赢他们，到时候你自己还会吃亏。"胡春秀只好放弃了自己的想法，但心中的怒火却在熊熊燃烧。

随后发生的一件事更令她羞恨交加。不甘心丈夫挨打的胡春秀决定拿起法律的武器。2004年6月中旬，她向当地法院提起刑事诉讼，控告林春珊夫妇侵害自己的名誉权。由于胡春秀没有注意收集有关证据，在林春珊夫妇不承认的情况下，一时提不出有力的证据，官司正呈胶着状态。这时，林春珊夫妇出人意料地在法庭上提出了反诉，控告李性水蓄意伤害，并出示了结论为轻伤的司法鉴定书。

面对林春珊夫妇的指控，胡春秀夫妻自然也不承认。于是，林春珊提出了一个目击证人，由他来作证。他就是与胡春秀有关系的陈国华。听到陈国华要出庭作证，胡春秀大喜过望，当即表示同意。她想，陈国华每次与自己约会，总会说：我爱你，要跟你一辈子，至死不渝。现在我有难了，他总不能见死不救吧。

接下来的一幕却出乎胡春秀的意料。她做梦也没有想到，陈国华竟做出对自己丈夫不利的证言，当庭指证李性水的确殴打了罗伟平。

看见陈国华如此不讲情分，胡春秀犹如晴天霹雳，惊得目瞪口呆。她又羞又气，当庭掉下了一串串痛苦的泪水，这时她才意识到婚外情是如此不可靠，不由从心底涌起一阵对丈夫的愧疚和不安……

由于林春珊夫妇提供的证据确凿，2004年8月9日，林春珊夫妇反诉成功，李性水被法院判处有期徒刑一年，缓期两年执行。

官司不但没赢，李性水反而因此坐牢，这事很快在当地成了轰动一时的笑料，胡春秀也成了人们议论的中心。走在大街上，她总可以感觉到四处投来异样的眼光，还有阵阵叽叽喳喳的议论声，可怕的舆论一时压得她

抬不起头来。

不久，李性水回来了。他望着这个给他带来耻辱的女人，顿时怒从中来，二话没说就给了她一个响亮的耳光。以后，他只要碰到不如意的事，就把胡春秀当成出气筒，非打即骂。

制造血案，为夫赴死挽回婚姻终究一场空

胡春秀每天委屈胆怯地迎合着李性水，却始终平息不了李性水心中的怒火，几乎每天挨打挨骂的胡春秀在泪水中度过了一天又一天。

2004 年 11 月中旬的一天，李性水又把胡春秀打了一顿，之后提出了离婚。被李性水打怕了的胡春秀，对婚姻也失去了信心，她一咬牙点头同意了。于是他俩来到民政部门办理离婚手续，但民政部门拒绝了他俩的要求，因为他俩根本就没有办理过结婚证，也就不存在离婚之说，李性水只好闷闷不乐地走了。

回到家后，李性水坐在一旁唉声叹气，胡春秀却看到了希望。她认真地说："性水，俗话说君子报仇十年不晚，过去的事就让它过去吧，我们从头再来好不好？"李性水一脸的不高兴："你说的好听，现在我的脸面被你丢尽了，我没办法做人了。你走吧，我不想再和你过下去了。"

听到李性水又要赶自己走，胡春秀的泪水忍不住掉了下来。她十分痛苦地问道："如果我帮你出了这口恶气，我们还是夫妻吗？"李性水点了点头："只要我的面子挣回来了，我可以既往不咎，我们照样是好夫妻。"胡春秀牢记了李性水的诺言。

胡春秀开始在附近的鞭炮厂打工。不久，她分几次从鞭炮厂偷来了 50 公斤火药，藏在一个邻居废弃的厨房里。

一天，李性水无意中发现了这些火药。他惊讶地问道："你搞这些东西干什么？"胡春秀泪流满面地答道："性水，我要把他们炸死，为你出气，然后我们一起死。"

看到胡春秀有死的决心，李性水对以前发生的事开始半信半疑起来。他问道："我最后一次问你，你跟罗伟平到底有没有关系？"胡春秀十分肯定地回答："我跟他没有关系，真的没有，你要相信我。"这时，李性水才真正相信，胡春秀是无辜的。然而，此时的他已被往日遭受的耻辱弄得怒火万丈，因此，他没有制止胡春秀的鲁莽行为。

2004年12月22日深夜12点，天上正下着小雨。李性水从外面打牌回来，看见胡春秀躺在床上，就说："现在下雨，正是行动的好机会，你还不去？"胡春秀说："我身上没有一分钱，怎么去？"李性水二话没说从口袋里掏出几百元钱说："这些钱你先拿去，以后你给我来信，我再送钱给你。"

胡春秀知道这是挽救这个家的最后机会了，她拿了200元钱就匆匆出了家门。她先把火药倒在罗伟平家，之后又窜到陈国华家，把一大袋火药从窗户上塞了进去。她点燃两处的火药后便迅速往公路方向跑去。跑了不到100米，只听两声巨响，罗伟平和陈国华两家分别升起两股浓浓的黑烟。她回头望了望，很快消失在茫茫夜色中。

强烈的爆炸声惊动了当地居民。他们迅速赶到现场，发现陈国华家房屋倒塌，祖孙三代共7口人全部遇难，其中有3个年幼的孩子，年龄最小的是只有7个月大的龙凤双胞胎。一个当晚借宿的浏阳客人也当场遇难。罗伟平家的大门被炸开，夫妇俩手臂被烧伤。

接到报警后，警方立即展开了侦破工作。第二天，李性水落网。随后，专案组赶到胡春秀娘家将胡春秀抓获。2005年5月30日，株洲市中级人民法院在醴陵开庭审理此案，一审判决胡春秀、李性水夫妇死刑，剥夺政治权利终身。胡春秀当庭表示不上诉，李性水不服提起上诉。2005年10月30日，湖南省高级人民法院驳回了李性水的上诉，做出了维持原判的终审裁定。就这样，一个曾幸福的家庭由此灰飞烟灭，夫妻俩双双走上了一条不归路。

撤离伊拉克

随着一阵刺耳的呼啸，一枚枚硕大的炸弹在伊拉克领土爆响，炸翻的泥土拌着各种碎片在空中飞扬，美国新一轮空袭又开始了。电视里一群群伊拉克难民衣衫褴褛，脸色憔悴，吞声饮泣。每每看到这些悲惨的电视画面，在长沙中建公司工作的李明既同情又难过，不禁想起了中国劳工在伊拉克逃难的往事。

被迫卷入战争漩涡

1990年初，中建总公司承接了伊拉克北部佳齐拉灌溉工程，这是伊拉克重点建设项目。此地汇集了500多名中国建筑工人。大家早出晚归，希望多干活，多挣钱，然而，一件谁也没有料到的事突然发生了。

1990年8月2日，伊拉克入侵科威特。伊拉克的行径在国际社会上立即引起了强烈的反响。当天，以美国为首的多国部队宣布进军沙特。一场空前规模的海湾战争由此拉开了序幕。在美国的制裁下，伊拉克巴格达机场被迫关闭，停止通邮、通航，人和货物既出不去，也进不来。

在美国宣布进兵的第二天，我们工地的形势顿时紧张起来。伊拉克士兵开始在工地四周巡逻，命令所有外国建筑工地不准离开伊拉克。第三天，相邻的工地忽然传来大声叫喊“NO，NO”，一队伊拉克士兵押走一批欧美建筑技术人员。据说，将把他们安置在易遭空袭的军事目标里。日本、韩国建筑工地相继接到伊方通知，不准离开伊拉克，中国也参与了制裁，伊拉克对中国工人会怎样呢？大家既紧张又害怕，心里七上八下，工程施工几乎停顿下来。建设方代表是个矮胖的伊拉克人，他见建筑工地静悄悄的，几乎咆啸起来：“起来，起来，起来干活！”听了翻译的解释，他又笑眯眯地说，这不是战争，我们是从战争中过来的，这点算什么嘛。他说得轻松，形势却不容乐观。多国部队开始对伊拉克领空进行全面侦察骚扰，一架架黑油油的战机在工地上空窜来窜去，发出阵阵怪鸣声。远处的警报声一阵紧似一阵，不时还传来密集的防空炮声和轰炸声。伊拉克是个缺水的国家，佳齐拉灌溉工程是伊拉克重点供水工程。为了切断伊拉克命脉，搞乱民心，从来不顾别国生死的美国，这地方肯定是首选目标。老吴如此一番高谈阔论，大家的心里更像放有一个小兔子，乱蹦乱跳。恰好这时，邻近工地传来一声巨响，一位日本人在那里哇哇乱叫，原来他们的一个汽油桶不小心弄爆了，引得四周通红一片，真如战争来临，好在技术组的同志与中国驻伊拉克大使馆取得了联系，决定撤离，消息传来，大家总算松了一口气。

逃出伊拉克是不容易的。此刻的伊拉克气候干燥、炎热，土壤干涸，沙漠绵延，地面气温通常比人体温度高出10℃以上，最高达70℃，身体热量散发不出去，浑身上下憋了一团火，剜肉掏心般难受。在如此恶劣的环境下出去，必须携带足够的食品和水。然而，工地油米只够三天食用。此刻，伊拉克已经出现采购狂潮。居民们天刚麻麻亮，四处疯狂抢购肥皂、洗衣粉、矿泉水，尤其是食品和药品。有钱的人见什么买什么，商店门口人山人海，钱像雨点般抛向售货员。我们赶到当地商店，食品早被当地居民抢购一空，门窗紧闭，货架空荡荡。我们转向巴格达、基尔库克等大、中城市。这些城市同样挤满了抢购食品的人流。整整跑了一天，总算在一个偏僻的小巷里发现有米卖，大家的眼睛一亮，如同哥伦布发现新大陆，急冲而去。店老板皮肤晒得黝黑，见我们提着布袋进店，笑容凝固在脸上，大手一挡，十分不耐烦地挥挥手：“NO,NO。”见着白花花的大米，大家心有不甘，摆事实，讲道理，好话说了一遍又一遍，讲出的口水恐怕够吃一天了。我想，实在不行，就给他下跪吧。一位小伙计见我们个个如同风干的茄子蔫巴巴的，同情之心油然而生，悄悄地说：“你们要去警察局，警察局批准才能购买。”在警察局，一位警长双手一摊，无奈地说：“我们已经接到命令，不准将粮食卖给外国公司。”伊拉克灌溉部是我们的“顶头上司”，我们通过灌溉部买了一堆黑乎乎的面皮，蒸出的馒头硬如石头，掉在钢管上发出“叮当”声响，但大家无不珍惜万分，小心翼翼守护这点仅存的粮食。

大家默默地准备着撤离，撤离的路线也规划好了，即乘车经基尔库克到土尔其伊斯坦布尔，再搭乘中国民航班机返回北京。这是目前唯一一条逃生通道，谁也没想到的是，我们又遇到了一件极棘手的事，归国变得十分渺茫起来。一天，我们找到当地建设方签字处，伊方工程商拒绝签字，他们说，工程尚未完工，不能中止合同。按规定伊方工程商不签字意味着无法获得伊方外交部的签证。我们引用合同条款，指出遇到战争或人力不可抗拒的原因可中止合同。伊方却说，这次行动是收复领土，是国内的事情，不存在国与国之间的战争。双方争得脸红脖粗，谁也无法说服谁。找到上面，主管神情严肃，十分冷漠地说道："这是刚颁布的法令，任何人不得违反。"望着这个冷冰冰的家伙，真想上前扭断他的脖子。

眨眼间 10 多天过去了，交涉依然无效。建筑工地不断停水停电，吃饭、喝水日益困难起来。我们如坐针毡，寝食难安，度日如年。很多人多日没有洗澡，满身散发股浓浓的汗馊味，这样的日子真难熬啊。

中国工人在伊拉克受阻的消息，通过各种渠道迅速传开了。这时，祖国伸出了温暖的手。外交部官员向国际媒体发表谈话，希望伊为中国劳工撤离提供方便。我国驻海湾各领使馆积极到伊拉克、土耳其等国交涉，要求确保中国劳工撤离，绕道过境。祖国的力量是强大的，伊拉克、土耳其等国终于相继同意了。

我们决定 10 月 2 日撤离。这天夜里，我们清理随身携带的物品，理成三个包。一个包装贵重物品，一个包装食品和水，一个包装其他物品。一旦人群冲散，遇有危急，一定保住食品和水。这夜真漫长，居住斗室的我们衣不解带，袋不离身。很远的地方炮声轰炸声一声接着一声，曳光弹不时从天空划过，把夜空点缀得色彩斑斓。窗外喊声、叫声不断，那是逃难的人流。工地往日的喧嚣声没有了，每晚不断的蛙声、虫声没有了，四周死一般宁静。大家几乎一夜没有合眼，一个挨着一个，生怕失去对方，失去这个唯一可依赖的群体。在这个举目无亲、语言不通的地方，这就意味着死亡。大家禁不住油然而生一种朴素的感情。这种朴素的感情就是对祖国的依恋，对母亲的依恋，对家人的依恋。不知谁提议，大家写一封家书，万一客死他乡，算是对家人的交代。于是在大家的食品和水的包里又多了一封信。天刚麻麻亮，外面开来 7 辆车。经理部的同志为这 7 部车颇费周折，主要是美国、日本、韩国等外国劳工也要全部撤离，尤其是美国人几乎成了人人皆诛的对象，个个夺车而逃，车辆十分紧张。幸好工地有大量的机械设备做抵押，建筑商设法从别处弄来这些车辆。7 辆绿色的车整齐地排在那里，给大家带来莫大的安慰。除了先前撤离的一批人外，工地还剩下 304 人。6 辆车装人，一辆车装行旅。由于白天热浪逼人，烈日之下行动，体能消耗很大。经理部决定下午 3 点左右行动。大家静静地躺在床上，等待这一激动时刻的来临。表在滴答滴答响个不停，12 点不到，大家再也无法忍受这滴答声，部部车坐满了人，车终于在轰鸣声中出发了。

遇险

伊拉克的公路非常宽敞、平整，与我国一级公路相比毫不逊色。可惜经过多国部队的连日滥炸，地面变得坑坑洼洼。一个大的弹坑足可以装下三辆汽车。路边招牌七零八落，摇摇晃晃。一辆被炸毁的汽车东倒西歪，破烂不堪，冒着浓烟和烈火。不远处，一幢建筑也在熊熊燃烧，把华丽的外表熏染得乌七八糟，浓烟腾起飘向天空，遮天蔽日。客车、汽车、牛车一辆挨着一辆，步行的人背着大包小包，成群结队，争先恐后，涌向土耳其边境。公路上塞满了逃难的人群和车辆。最可怜的是印度、埃及等国劳工，他们既没有政府组织的有序撤离，也无其他组织可依靠，更重要的是没有车辆。在烈日炎炎下，艰难地跋涉。车窗外，一对中年埃及妇女，蓬头垢面，面黄肌瘦躺在马路边乞讨，两个孩子瘦骨伶仃，抱着一瓶水，目光呆滞地遥望茫茫天际，或许那里就是他们的伊甸园，或许永远看不到他们的家园了。还有一名肤色漆黑的印度劳工，不知患病了还是腿断了，他在马路边一步一挪，缓慢地向土耳其边境爬去，身后留下行行豆大的汗迹和点点血斑。目睹此景，大家心口像塞了一块石头，非常沉重，但又无能为力。

我们的车一辆接一辆平稳地向前行驶，突然有人大叫一声“不好”，原来长长的车队现在只剩下 6 辆，一辆车掉队了，这是不好的兆头。现在是非常时期，公路边到处是劫匪和反政府武装，一辆脱离群体的车很可能成为他们觊觎的目标，这辆车有 40 多位兄弟，大家无不牵肠挂肚。很快，这种担心成了现实。他们的车本来一直好好地跟在车队后面，拐弯时，一辆靠边行驶的小轿车，忽然斜插进来，客车猝不及防，车头一下子撞在轿车屁股边。轿车瞬间弹飞起来，重重侧翻在地。客车头也被撞出了一个大窟隆。司机的脸刷地白了，人战战兢兢爬下车。客车内“轰”的一声炸了营，大家纷纷跳窗而逃。万幸的是，客车速度不快，前面又放满了手提包。除了

司机挂破一点皮肉，其他人安然无恙，小车仅司机一人，他很快从车内爬了出来。他的手臂受了伤，有血不断流出来。我们车的林医生见状，立即打开急救箱，很快把他的手臂包扎好了。大家把小车翻过来，除后箱损坏外，小车还能开动。这时，有难民说，土耳其边境马上要关闭。这条不妙的消息一时弄得大家六神无主，惶恐不安。如果等伊拉克警察来，我们这些人恐怕早成了异乡野鬼。这名伊拉克人显然愤怒了，叽叽咕咕一直说个不停，周围来了许多伊拉克人，也在叽叽咕咕说个不停，有几位伊拉克人挤进车门欲拿车内手提包，小林几人眼疾手快，一把堵住车门口，把他们挤下车，有的手里拿着石头和木棒气势汹汹瞪着我们，其中一位竟有支轻机枪，长长的子弹带在空中荡来荡去。大家的心骤然提起来，脑袋嗡嗡作响。陈技术员有点外事经验，他把手放在胸口上，点头哈腰，学着阿拉伯人的样，赔礼道歉。大家如梦初醒，齐刷刷道歉赔礼。这名伊拉克司机笑了笑，脸似乎有点温和起来，但其他人继续在叫嚷。拿枪的小伙子叫得最凶，不停挥舞着手中的枪，其他的声音一浪高过一浪，场面眼看就要失控，在这关键时刻，我们的车队寻回来了，一下子拥来200多人。时间已不等人，大家心急如焚，谈判就地展开。他们狮子大开口，10万、8万乱喊，我们拼命往下压，最后3000美元成交，各自上路走人。事后，翻译告诉我们说，前几天，这地方武装劫匪抢劫一辆难民客车，打死打伤五人，大家闻之无不惊出一身冷汗。

爆胎

我们上路不久，又出现了大家不愿看到的事。领头的车一直竭力躲避弹坑，不料还是轧在一块炸弹皮上，左后胎爆裂，司机急踩刹车，横扭着冲出100多米才停住，车一辆辆停下，司机仔细察看坏了的客车，发现轮胎不仅破了，而且还漏水漏油，要大修。现在虽然已是下午6点多钟，但热辣辣的太阳依然晒得人目眩胸闷。一望无际的柏油路在烈日下像条晒干了的死带鱼，泛着死光，蒸气腾腾，金光万丈，弄不清哪边是天，哪边是地，股股干燥的热浪逼得你喘不过气来，由于体内排不出汗，细小的汗毛如干柴根根直立。在这种环境下停留非死即伤。这时损坏的客车空调停开，几位同志出现中暑症状。大家立即把这些同志对换，安置在有空调的客车上。随队的林医生赶来，一边掐“人中”，一边抹风油精、清凉油。坐在我前面的老吴，忽然头一低，倒在地上，四肢痉挛，口吐白沫。大家惊呆了，面面相觑，不知所措，拼命喊“医生、医生”。听到喊声，林医生又急忙跑过来。他要我们立即让出一块空地，几个人不停地按摩手和脚。林医生告诉我们，他得的是“羊角疯”。老吴在自卫反击战中受过伤，所以落下这个毛病，七八年没有发作了。这些天，始终处在高度紧张状态，天气又热，终于诱发了此病。过了一会儿，老吴醒过来，望着我们，目光凝重，满脸泪水，轻轻地问：“到了吗？我好像做了一个梦，看见妻子和孩子向我走来。”望着老吴痛苦的脸，大家无言以对，只觉有股热辣辣的东西直往喉头顶，泪水一下子就涌出了眼眶。是啊，谁不想回家，回到祖国的怀抱，回到亲人的怀抱。面对迎面而来的热风，液晶温度计已经跳到60℃。随队的王队长几位领导商量一下，决定放弃这辆客车，一部分人上旅行车，一部分人上其他的客车。

边境检查站

然而，道路始终拥挤不堪，四小时的路整整走了10小时，到达土耳其边境已经笼罩在夜幕之中。在边境检查站，人山人海，到处是不同肤色的难民。废纸、废瓶、废瓜皮果堆积如山，一股股难闻的恶臭迎面扑来，令人窒息。很多精疲力竭的难民躺在路旁，任凭绿头苍蝇爬来爬去。签证入口处挤得水泄不通。有的难民在这里已经待了四五天依然没有获得签证。我们采取分散签证的办法，两人一组挤在长长的人流中，留下十余人联络看护行旅。

这地方到处是军警，穿着T恤衫之类的便服，戴着深色墨镜，腰里别着大口径手枪，手里提着微型冲锋枪，板着脸，四处搜查，一旦发现美元、黄金、电器甚至比较有营养的食品，立即没收，真是弱国无外交，他们对埃及人尤其粗暴，翻开所有行旅，对衣领、腰带之类的地方仔仔细细检查，对人造革行旅箱用刀割开，一个好端端的箱子四分五裂。我亲眼看见一个伊拉克军警，把一对埃及夫妇逼到墙边，所有行旅不仅没收，身上一根新皮带也被剥下来。丈夫连挨几记耳光，满脸愁容。妻子双手掩面，失声痛哭。俩人搀扶着，一步一挪迈向陌生的边境口。身后跟着一名十来岁的小男孩，一张乌黝黝的小脸，脏兮兮，嘴唇干裂，双眼如豆，干瘦的小手有如猫爪。他们身无分文，“光杆一条”，真不知如何回到自己的家乡。

我们警惕起来，把为数不多的几张美钞卷起藏在头发上。突然，一个高个子军警直冲冲朝我走来。他从我口袋里搜出一张照片和一个菩萨小挂链。这是我母亲走前塞给我的，自然求菩萨保佑。伊斯兰教规不得崇拜偶像，

违者监禁、拘留、判刑。他先看了看照片，又把菩萨拿在手里看了又看，忽地，他用一双阴森森的眼睛紧紧盯住我，久久不放，我的心立刻跳到嗓子眼，屏气凝神像等候宣判的死囚。我结结巴巴哀求道："长……长官，这是泥巴的一个。"说完，赶紧从头发上翻出一张百元美钞递给他。他打量了我一眼，把眼皮抬了抬，"嗯"了一声，收下钱，朝下一个目标去了。我发现衬衫早已湿透，两腿僵硬，不听使唤，仿佛刚从阴曹地府逃回来。

忙忙碌碌直到凌晨4点，出境签证终于拿到了。大家松了一口气，排成行默默等待命运的裁决。远远地，许多接关的陌生人踮着脚跟在努力寻找自己的亲人。忽然，一面小小的五星红旗迎风飘扬，大使馆的同志接我们来了。大家百感交集，很多人的泪水止不住流淌下来，禁不住拥抱祖国的亲人，失声号啕，久久不能自已，尤其叫人感动的是中建总公司的领导高举接机牌，亲自在北京机场迎接我们。10月15日，中央电视台在当晚的新闻联播中，特意把中建总公司迎接国外劳工的接机牌定格了几秒钟。虽然时间不长，却把瞬间的温暖传进了我们劳工家里。妻子、孩子、父母亲还有众多亲戚都看到了，心里感到了莫大的安慰，至今回忆起来还叫人激动不已。

打工奇遇

2005年10月8日，湖南衡阳市“香榭花都”酒家对外招聘员工。当天下午，一个年轻的姑娘走进来应聘。正在前台忙碌的一个服务员无意中看见了，不由暗吃一惊：对方小巧身材，披肩长发，圆脸，一双有神的眼睛……那不是自己的大妹吗？她慌忙喊道：“大妹，你怎么跑来了？”谁料，这姑娘像没有看见她似的，径直往里走。她愣住了：自己的亲妹妹竟不认自己！她气愤不已，上前抓住她的手，大声地说：“我是姐姐呀，你不认识我了！”令她惊讶的是，这姑娘像看怪物似的，望着她一脸怒容：“你拉我的手干什么？你是谁？我不认识你啊！”她仔细一瞧，跟她的妹妹好像是有点不一样，但哪里不一样，她一时又说不出。她只好讪讪地松开了手，望着渐渐远去的背影，一团疑云倏地涌上了心头：这个姑娘到底是谁？为什么长得这么像我的妹妹？

妹妹失散，四处打工寻亲人

这个疑惑不解的服务员名叫邹娟，今年23岁，是湖南省衡阳县曲兰乡仁堂村人。这几年，她一直四处打零工，她之所以选择打零工，与家里10多年前发生的一幕有关……

那是1998年8月15日的傍晚，邹娟放学回家，看见父亲傻子般站在村西口，痴痴地遥望远处的公路。她马上跑过去，喊了一声：“爸爸！”听到喊声，邹父慢慢地回过头来。他的模样叫邹娟大吃一惊：只见他的脸上

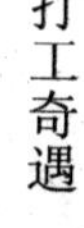

竟挂满了泪水！看见女儿走过来，邹父抱住她失声痛哭道："孩子，你知不知道，今天是你妹妹的生日啊！"

邹娟听到父亲的话不由一震！她和两个妹妹没有一个是今天的生日，难道父亲有了私生女？

面对女儿的疑惑，邹父不想再对女儿隐瞒了，终于说出了10年前那一幕伤痛——

原来，1988年8月15日深夜，他们又生了一个女儿，加上前面三个女儿，这是第四个女儿了。当时，他正在一个叫呆鹰岭的地方帮别人做木工，想不到这夜同来的妻子在异乡生产了。交完生产的费用后，他身上只有几十元钱，这点钱给孩子吃奶粉都不够，而家里的三个女儿正等着他打工挣钱交学费。

当夜，他急得团团转。房东看见了，马上说："我认识一对夫妇，他们只有一个儿子，很想收养一个女儿。你看行不行？"

他心里一动，这办法可以是可以，但亲生的孩子怎能说送就送？他犹豫不定地跑到妻子身边，把房东的意思说了。邹母一听就哭了："你不要有这种想法好不好！她也是我身上掉下的肉啊，叫我如何舍得？"

邹父也不由掉下了眼泪，他也割舍不下啊！正当他准备放弃这一念头时，房东又说话了："我这是为你俩好。你想想，凭你俩现在的条件，能养活这个孩子吗？"房东的一席话又把邹父拉到了现实。他十分清楚，目前他的确没能力抚养这个孩子，勉强带着也是缺衣少吃，万一生病或其他变故呢？没有钱是死路一条呀。想到这儿，他忍着心疼，咬了咬牙对房东说："只怪我们无能，孩子太可怜了，我们去看看，如果这户人家条件好就送。"

第二天，他们去了这户人家，一打听，这户人家还真不错，丈夫姓刘，是位拿工资的国家干部，于是他同意了。为了安慰妻子，他把这户人家的原话告诉了她："他们说了，这孩子是你们生的，你们想她的时候可以随时来看。"有了这句话，妻子只好含泪点了点。第三天，这户人家把孩子抱走了。走的那一刻，夫妻俩大哭了一场！

孩子一岁生日的那天，夫妻俩来到这户刘姓人家，大家一起为孩子过了一个热热闹闹的生日。不久，他俩返回了家乡仁堂村。他俩想：这个人家知根知底，不怕女儿丢失，因此一直安心在家挣钱，一年多后，他俩手里有了一点积蓄，决定再去看看女儿。他俩高高兴兴来到这户人家，意外地发现他们搬走了，到底去了哪个地方，当地没有一个人能说清楚——两人顿时傻眼了！

回到家，邹母终于按捺不住，号啕大哭。邹父也相对而泣，眼前模糊一片。当天夜晚俩人不约而同梦见了女儿。邹母说：“我看见女儿好像没穿衣服，正望着我哭。”邹父也惊讶地答道：“是呀，我也梦见女儿在路上跑，一边跑一边喊爸爸。我去抱她，又不见了。”

邹父决定去寻找女儿，可是他既没有多少钱，也没有空闲的时间。于是，他外出帮人打工，一方面挣钱养家，另一方面可以打听女儿的下落。有一次，他在邻县县城帮人做事，在闲聊时，有人说不远处有一个干部收养了一个女孩，但这家人对她不好，每天要做很多的事，这女孩经常哭。他听到后，立即想到了自己的女儿，于是马上跑到那里去看，结果一问并不是她。后来他又到了很多地方，也找了许多地方，整整10年过去了，但仍无音信。今天又是女儿的生日，他就不禁泪流满面，痛苦万分！

自从知道自己还有一个妹妹后，不知为什么，邹娟就开始格外思念这个从未谋面的妹妹。她在梦里也经常看见有一个扎着辫子的小姑娘，飞快地向她跑来，一边跑，一边大声地喊：“姐姐，你快来呀，为什么不来呀，我好想你啊。”

一个月过去，又一个月过去，她这种思念有增无减，上课经常走神。她受不了这种折磨，决定也和爸爸一样去找这个从未谋面的亲妹。一个星期六的上午，她一个人朝呆鹰岭方向跑去。开始她一路小跑，后来就慢下来了。在一个路口时，天突然下起了大雨，在蒙蒙的雨水中，不知不觉迷路了。她走了许久，发现又转回了原地。她有点害怕了，急得大喊起来：“妈妈，快来呀，这里有人吗？快来帮帮我！”

正当她急得快要哭时，一个声音传来：“是娟娟吗？我来了。”原来邹父听她的同学说邹娟一路往西跑了，猜测她去寻妹妹，就一路追来。

看见浑身透湿的邹娟，邹父的眼睛湿润了，痛心地问道：“傻孩子呀，你去干什么？你妹妹不在那里，她已经走了，你找不到的。”

邹娟只好跟父亲回去了，但寻找妹妹的念头却越来越强烈。不久，她初中毕业了。她决定不再上学，边打工边找妹妹。那天，她对邹父说：“爸，有个同学在县城做事，她要我一起去。”说完，不顾父亲的反对，来到了衡阳县城。

在这里，她做过酒店服务员，帮人守过摊，一干就是两年，每次休息时间，她总拿着收养妹妹那家人的名字往工厂、学校跑，以期发现线索。一次，邹娟正在大街走，迎面走来一个10多岁的姑娘，在擦身而过的刹那，她发

现这个姑娘的身影太像自己的妹妹了，于是马上紧随其后，看到她进了某单位后，立刻四周打听，直到得知她是某单位一领导的亲生女儿才放弃。

2003年7月，备受思女之苦的邹娟父母也双双奔赴深圳打工。他们想：如今女儿大了，在深圳相遇的机会大些。

得知父母去了深圳，邹娟也来到了衡阳市打工。2005年元月，她应聘到"香榭花都"酒家当前台接待员。这是家上档次的酒家，有几十名服务人员，她在前台主要负责接待工作。她想不到在这里仅仅几个月，就与这个使自己误为妹妹的人相遇了，她是邹娟的妹妹吗？

巧中相逢，机会留给有心人

这个姑娘名叫刘菲，是衡阳县西渡镇向阳村人。经过层层面试，第二天就被录用了，也成了这家酒家的服务员，在二楼负责接待过往来客。这家酒家实行三班轮换制，邹娟与刘菲不是一个班，每次见面都是匆匆忙忙。但兴奋不已的邹娟，仍四处打听刘菲的情况，当听到刘菲的年龄只有18岁时，她的脑袋不由"嗡"的一声响，心里顿时凉了一大截。她显然不是她妹妹，因为她妹妹今年只有17岁，年龄不对。

她仍不甘心，在一次休息时间，跑到刘菲住的房间，有意问道："刘妹妹，别人说你有18岁，我看不像，你最多只有17岁。"刘菲似乎很认真地说道："你错了，我今年的确是18岁。"邹娟无话可说了，只好闷闷不乐地走出房门，但她心中的疑团始终不散：难道真是巧合？她与我的大妹妹实在太相像了啊！

当晚，邹娟躺在床上，翻来覆去睡不好，心里一直在想这个好似天上掉下来的"刘妹妹"，想着想着，忽地一激灵：有没有其他意外情况，比如她自己搞错了？虽然可能性不大，但毕竟还是有可能，如果放弃了这次机会，自己说不定会后悔一辈子！

邹娟决心继续弄个水落石出，她知道要赢得对方的心，首先要取得对方的信任。于是，工余时间，邹娟经常来到刘菲房间玩，与她聊天。可惜刘菲的警惕性非常高，每每问到刘菲的身世和年龄，她要么岔开话题，要么沉默不语，弄得邹娟毫无办法。

不久，机会终于来了。刘菲是新来的服务员，由于业务不熟，有一次，因为小小的失误出现了差错，受到主管经理的批评。刘菲站在那儿呆若木鸡，脸上一阵红一阵白，回到房间忍不住掉下了委屈的泪水。

邹娟得知后，马上跑到刘菲房里，好言相劝，并结合自己多年的工作经验，手把手教她需要掌握的电脑、空调等设备的操作要领和基本要求。有了这位言传身教的好师傅，刘菲很快适应了环境，工作上再也没有出现纰漏。

几天之后，刘菲又碰到了一件恼火事。一天傍晚，刘菲在回家的路边店，看中一件小饰物，问好价格后，正准备付钱，谁料店主欺她年龄小，立即把价格翻了一倍，并揪住刘菲一定要买下。刘菲面对如此不讲理的店主，气得眼泪直流，深身颤抖，一句话也说不出来。关键时刻，路过的邹娟看见了，毫不犹豫冲进去，大喊一声："住手！放开人家。"

店主看见又来了一个女的，只好松开了手，有点不服气地说："又不是你的人，关你屁事。"邹娟毫不示弱："谁说不是我的人，她是我妹妹。"说完，拉住刘菲的手就走了。

从此，她俩成了无话不谈的好朋友。通过交谈，邹娟还得知，两人曾擦肩而过一次。去年8月中旬，邹娟在一家酒店打工，刘菲随父亲来到这里吃饭，他俩坐在靠窗边的桌子，而邹娟就在邻桌服务，有几次还从刘菲身边走过，可能是店里顾客太多的缘故吧，她始终没有看见。后来，刘菲去一家商场买东西，出来时又与下班的邹娟正面相迎，这时恰巧街对面有两个人正在吵架，邹娟把注意力集中到了街对面，正当两人擦肩而过时，邹娟察觉到了有个熟悉的身影，马上掉头，准备追赶，刘菲以为碰到一个坏人，吓得没命地跑……说到这些有趣的往事，两人不禁哈哈大笑。

10月16日，两人正在房间内梳头发。刘菲忍不住问道："邹姐，我发现你有事没事总喜欢默默注视着我，这是为什么呀？"邹娟心里一动，想机会终于等来了，于是答道："刘妹妹，你给姐姐说实话好不好？你说你今年到底有多大？"刘菲笑了，认真地说："在姐姐面前，我就不瞒了，我真正的年龄只有17岁。我以前不说实话，是怕年龄小，不好找工作。"

邹娟心中一阵狂喜，不禁脱口而出："那么说，你是1988年生的，8月15日是你的生日，还在呆鹰岭待过，对不对？"刘菲惊讶不已："你说的一点没错，你是怎么知道的？"听到刘菲肯定的答复，邹娟抑制不住内心的激动，不觉鼻子一酸，眼泪夺眶而出："刘菲，你知不知道，你可能是我失散的妹妹啊！"刘菲一时怔在那里，以为听错了："邹姐，你说的是真的吗？不可能吧。""是真的，不信，我们给家里打电话。"

于是，她俩马上来到大街上，与各自的父母取得了联系。听完两人的

诉说，邹父的眼泪一下子就流了出来，哽咽地对刘菲说："刘菲，你就是我的女儿啊。这几年我们到处打听你的下落，我们想在有生之年见你一面，不论你贫穷还是富贵，我们真的好想看你一眼，昨天晚上，你妈还看见了你，说你正在她怀里撒娇，噘起一个好高的嘴……孩子，爸爸妈妈真的好想你啊！"

在电话的另一头，刘父也呆了，十分肯定地说："孩子，这是真的。他们的确是你亲生父母，你要好好孝敬他们。"

放下电话，刘菲终于明白了：面前这位大姐就是自己的亲姐姐！她一时愣住了，呆在原地，久久凝望，上下端详着邹娟，接着泪水像断了线的珠子往下掉……

终于找到了自己的亲妹妹，邹娟紧紧抱住刘菲，声泪俱下，放声号啕："妹妹，姐姐找你找得好苦啊——"

霎时两人百感交集，你瞅我，我瞅你，一时间又喜又悲，又哭又笑，脸上挂满了幸福的泪花。平静下来后，两人分别介绍了各自的家庭情况。刘菲的一席话又让邹娟感动不已。

刘菲虽然是养女，但却是养父母的掌上明珠，珍爱异常。小时候，她与哥哥发生争执，挨打挨骂的总是哥哥。一次，大她三岁的哥哥偷拿了家里为她准备的几块零食饼干，被母亲看见立马夺下来，弄得他气呼呼地对刘菲说："你是家里亲生的，我是家里捡来的。"1992 年秋天，她的双眼感染化脓，完全看不见东西，差点丧命，为了治好她的病，养父母四处借债，前后花了几千元，才把她从死神手里抢了回来。

8 岁那年，刘菲终于知道了自己是养父母抱养的孩子，那一刻，她哭了，几次闹着要去找自己的父母。养父母听后也哭了，紧紧跟在她身后，日夜守在她身边，生怕失去这个孩子，这时刘菲才真正明白，养父母是多么爱她！

俩人兴奋地交谈着，都为自己生活在幸福的家庭而高兴。殊不知，她们的父母得知后，平静的生活被打破了，正掀起一场巨大的波澜。

亲情不断，幸运女孩有了两个幸福的家

邹娟的父母接到电话后，高兴得哭了。他俩日思夜想的女儿终于找到了，那一晚谁也没有睡踏实。邹父说："现在好了，我安心了，有了女儿，我们就有了奔头。"邹母说："是呀，我今天好像吃了蜂蜜似的，做事格外有劲。

只是我稍稍有点不安的是，现在女儿大了，不知长得啥模样？也不知对我们有想法没有，还认不认我们？但是打也好骂也好，我都要去看看她。”夫妻俩商量好后，决定去衡阳市看望刘菲。

此刻，刘父心里也正翻腾不已，从接到电话那一刻起，他就明白他将面临着艰难的选择。

他是当地一家税务所的税收专员。17年前他走进刘菲亲生父母家时，一眼就瞧见这小家伙正朝他瞅，他走到哪，眼光跟在哪，他当时心里就想：这孩子的爸爸当定了。他把孩子抱回家后，萎靡不振的妻子眼里也立刻放出光来，满面笑容，抱着她爱不释手，家里几乎每天都有朗朗的笑声。

刘菲两岁的那年，因工作关系，他调离了呆鹰岭，随之把家安在西渡镇向阳村，与刘菲的亲生父母脱离了联系。在以后的岁月里，他真正感受到了这个养女带来的快乐。

刘菲从小就非常懂事。刚来一个新地方，家里比较困难，有许多农活要做，从8岁开始，她主动帮家里干活，学会了做饭、炒菜、洗衣服、浆洗被褥等等，知道怎样买菜，讨价还价，帮家里省钱。有一次，她母亲病了，刘菲吓坏了，哭得像个泪人儿，守在母亲跟前一整夜都不肯合一眼。当时外面飘着雪花，刮着凛冽的寒风，刘菲怕母亲的双脚冻坏，就一直用心窝捂住，直到天亮。

如此懂事的孩子叫他备感欣慰和满足，他也与刘菲结下了深厚的感情。现在亲生父母出现了，要不要归还给他们？尤其是女儿面对突然降临的亲生父母，心里会怎样想？但是不管结果如何，他一定要见见这个10多年未见的刘菲的亲生父母。

于是，2006年2月1日，心事重重的双方父母来到了衡阳市。尽管过去了17年，邹父还是一眼认出了满面笑容的刘父。两双大手紧紧相握，彼此相拥，都流下了激动的泪水。

刘父叫来不远处的刘菲，拉住她的手走到他夫妻俩跟前，真诚地说：“邹兄，对不住你们，这几年害得你们四处找女儿，这是你们的女儿，现在我还给你们。”

邹父终于见到了魂牵梦绕的女儿，顿觉有股热辣辣的东西直冲喉顶，眼泪“哗”地一声流了出来，失声痛哭：“孩子，爸爸对不住你，让你受累了。”邹母更是激动不已，放声大哭：“我的儿呀，妈妈好想你啊。”话音未落就搂住刘菲，泪如雨下。

刘菲望着哭成泪人的父母也伤心地哭起来。自从得知自己是抱养的孩子后，她常常暗自流泪，她想亲生父母，也恨亲生父母，他们为什么不要自己！但现在她不恨了，一切都涣然冰释，云消雾散了。她知道父母其实还是很爱她的。爱比什么都重要啊！她也紧紧地抱住自己的父母放声大哭，不知不觉，三个人哭成了一团，紧贴在一起的脸上分不清谁是谁的泪水了。

过了一会儿，见刘菲哭得很伤心，邹母心疼极了，就用那颤抖的手轻轻为刘菲拭去眼角的泪珠，还用低微的声音说道："别哭了，孩子，别哭，是妈妈不好，啊，别哭了。"

刘菲的眼泪再一次奔涌而出，终于，情不自禁地说："爸爸妈妈，你们虽然没有抚养我，但是你们一样是我的好父母！"说完，扑通一声直挺挺地跪在了地上，虔诚地给父母磕了一个头。

女儿的举止，又叫四周的人泪流不已。多么通情达理的女儿！邹父慌忙说道："以后，你既是我们的女儿，也是刘爸爸的女儿。一句话，你是我们共同的女儿。"

刘父母听了也很受感动，几乎同时说道："是呀，是呀，以后你是我们共同的女儿。"

"是的，我知道，以后你们是我永远的爸妈！"刘菲的一席话让大家终于开怀大笑起来。

之后，两家人在衡阳市痛痛快快玩了两天，参观了市容，逛了公园。大家给刘菲买了许多礼物，使她在这里感受到了家的温暖与爱意。走的时候，他们相约结亲，以后成为真正一家人！

目前，姐妹俩仍在该公司打工，父母也返回了各自的岗位，她们说用不了多久，一次真正的亲情大聚会将再次光临，让我们真诚地祝福吧！

情感漩涡

2006年元月28日是农历新年最后的一天，正是举家欢聚的时刻，然而湖南省华容县的陈大爷却是愁容满面：女儿陈敏芳无缘无故失踪20多天，至今不见人影。接到报警后的华容县公安局刑侦大队立即展开了侦查，不久此案告破，警方抓获了杀害陈敏芳的凶手林荫成。

据了解，林荫成与陈敏芳曾是对要好的“恋人”，他为什么要杀害她？他们之间又发生了什么矛盾？随着调查的深入，一个令人惊愕的婚姻畸情渐渐浮出了水面……

情感饥荒，出轨少妇玩起了“姐弟恋”

今年31岁的陈敏芳家住华容县北景港。22岁那年，她与邻县青年王成喜结连理，组成了一个温馨的小家庭。两年之后，她生了一个男孩。随着家庭开销的日益增多，王成开始每天在外打工挣钱。由于他没有一技之长，只能搞搬运、建筑等一些重体力劳动。这些活不仅挣钱少，而且劳动强度非常大，一天工作下来，王成感到口干舌燥，精疲力竭，话都不愿说。有时回来晚了，他匆匆扒几碗饭，仰头就睡。

看到丈夫没日没夜地操劳，陈敏芳十分心疼，每次丈夫回来，总会端上一杯香喷喷的茶，递来一条湿毛巾，给他擦擦脸，然后帮他脱去身上的脏衣服，打来水让他美美地洗个澡，放松放松。到了夜晚，陈敏芳会紧紧地挨在王成身旁，渴望跟他说说话，亲热一番。遗憾的是，疲惫不堪的王

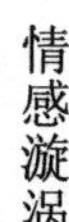

成要么无动于衷，要么与妻子匆匆完事，之后就呼呼入睡，弄得陈敏芳心烦意乱，有时眼睁睁一夜未眠。

性生活的不和谐，让她感到婚姻像杯无味的白开水，没有任何滋味。然而，她始终把自己的苦处藏于心里，从不跟王成提起，只是回到娘家才悄悄告诉自己的母亲，但心中的不快使她对丈夫的态度冷淡了许多，有时王成回来，家里还是冷清清的，连一口热水都没有。怒火中烧的王成毫不客气大骂了一通，陈敏芳听后往往会气冲冲跑出门外，家也不回，夫妻俩的感情由此日益冷淡，有时一天都不说一句话。

2004年3月1日，因一件小事，她与丈夫王成又吵了一架。气愤不已的她直接回到了娘家。看到陈敏芳闷闷不乐，母亲心里十分着急，于是，她找来几个邻居，让她们陪陈敏芳打麻将散散心。到了下午，有一个邻居有事回家了，她们就喊来了另一个人，这个人陈敏芳认识，他就是邻居家的男孩林荫成。

今年25岁的林荫成，长得浓眉大眼，腰板笔直，肩膀很宽，深身上下洋溢着一股青春的气息。看到这个身壮如牛的小伙子，陈敏芳心里不禁怦然一动。她笑着对林荫成说："我当年出嫁时，你只有15岁，围着我要糖吃，想不到几年一过，竟成了一个帅小伙。"林荫成看着这位丰韵十足的少妇，心里十分舒畅，也乐呵呵地说："你也不错呀，跟以前还是一模一样。"一阵说笑过后，俩人在牌桌上达成了少有的"默契"，你不和我的牌，我也不收你的炮。陈敏芳更是存心帮林荫成，有意打他要吃的牌，几圈下来，林荫成十分轻松地赢了200多元。大家走后，兴奋不已的林荫成悄悄对陈敏芳说要请她的客。陈敏芳笑着答应了。于是，俩人来到一家小酒店，要来酒和菜，一边谈一边吃。陈敏芳本来不会喝白酒，为了不扫林荫成的兴，她只好硬着头皮与林荫成碰了一杯又一杯，不知不觉，一瓶高度白酒见了底。

这时，天色渐渐暗淡下来。陈敏芳四两白酒下肚后，顿感喉咙火辣辣的痛，天旋地转，手绵脚软。她怕在酒店呕吐出丑，提出回家。喝得满脸通红的林荫成二话没说，架住陈敏芳跌跌撞撞往家的方向走去。当走到林荫成家门口时，林荫成忽然停住了。陈敏芳传来的女人气息让他心燥耳热，尤其是她雪白的肌肤，高耸的胸脯更令他血脉贲张，他长这么大还没有如此亲近过一个女人，只觉有万股火焰在心中燃烧，他再也忍不住了，一把抱住陈敏芳往他住的小屋走去。

陈敏芳虽然涨头涨脑，此时也清醒地意识到即将发生着什么，但她没有挣扎，而是顺从地跟着走。她想起了与丈夫不和谐的性生活，心中也不觉燃起了一股火，就这样俩人终于越轨了……

自从有了这层关系后，俩人的关系变得十分亲密，经常寻找机会悄悄约会，玩起了婚外“姐弟恋”。随着次数的增多，陈敏芳越来越喜欢这个会说话的“小弟弟”，在私下场合，陈敏芳还以老公相称，经常给他洗衣，买来好吃的一起分享。林荫成也十分迷恋这种婚外性游戏，多次表示非常爱她，要娶她。陈敏芳听了非常感动，更加频繁地与他约会谈心，她幻想有一天与这个相爱的人在一起，真正享受这份激情带来的快乐。然而，随着激情的消退，陈敏芳对这场婚外情忽然没了信心。

回归真爱，换回的真情几多苦涩

不久，他们之间的婚外情被周围邻居和陈敏芳的父母发现了。母亲找到她，十分不满地说：“敏芳，你是有丈夫的人，跟别的男人混在一起，像什么话！”父亲也指着她的鼻尖说：“现在大家都在看笑话，你不要脸，我们还要脸呢。”

听到父母的责骂，陈敏芳心里不禁忐忑不安。她知道这样做十分不妥，她与丈夫感情虽然不好，毕竟是有家有孩子的人，而且林荫成还小了她 6 岁，无论从哪方面来说，他们都不适合在一起。想到这儿，陈敏芳决定与他断绝关系。

一天深夜，她把林荫成约了出来，说出了自己的想法。林荫成听到陈敏芳要分手，心里自然不愿意。自从与她相识后，林荫成不仅得到婚外情所带来的刺激，而且还可以与陈敏芳一起吃吃喝喝，这是他从未有的快事啊。他忙说：“陈姐，我是真心爱你的，我们永远不要分开。”陈敏芳听了叹了一口气：“你说的好听，我们又不是夫妻，这样下去叫我如何做人？”林荫成松了一口气，不以为然地说：“这有什么关系，大不了，你离婚，我们俩结婚就行了。”陈敏芳看了他一眼，有点不放心地说：“如果我离婚了，你会要我？不会吧！”林荫成似笑非笑地说了说：“你放心，我说的是真话，你离婚了我一定跟你结婚。”实际上，他只是敷衍一下而已，在内心深处，他从未把这个大他 6 岁的女人放在眼里，更没有产生要结婚的念头……

遗憾的是，陈敏芳不但没有看出来，反而为他的真情所感动，尤其听到林荫成要娶她为妻时，陈敏芳心里不由激起层层浪花，在她眼里，林荫

成是真心爱她的，如果俩人结婚重新组成家庭，一切都顺理成章，没有闲言碎语了，她忍不住为这个有情有义的男人流出了幸福的泪水，俩人的感情更加炽热，几乎到了形影不离的地步。

她与林荫成的丑闻很快传到了丈夫王成耳朵里。他又气又恨，找到陈敏芳，狠狠地揍了她一顿。望着丈夫因愤怒而变形的脸，陈敏芳知道俩人的婚姻走到了尽头，于是，她提出了离婚。王成不愿维持这个没有感情的婚姻，也爽快地同意了。2005 年 7 月中旬，俩人解除了长达八年的婚姻。拿到离婚证的那天，陈敏芳笑了。她欢天喜地去找林荫成，想把这个喜讯告诉他。当她回到娘家，竟听到了一个晴天霹雳的消息：林荫成找了一个女朋友。陈敏芳听后，眼睛一黑，差点栽倒在地。

原来在陈敏芳闹离婚的这几个月里，她回到夫家，与林荫成暂时分开了。晚上无所事事的林荫成就上网与别人聊天打发时间，在聊天中，他认识了一个网名叫小雪碧天的女孩。林荫成幽默的谈吐，很快赢得了这个女孩的心，俩人你一语我一言，谈得甚为投机，不久，林荫成提出见面，这女孩爽快地答应了。

2005 年 5 月的一天，林荫成如约来到公园，一会儿，一个长得十分清秀的女孩走过来了，询问后，正是小雪碧天。俩人在一起谈理想，谈生活，相处十分愉快，傍晚，俩人还在一起吃了一顿饭，之后聊到很晚才分手。两天后，在网上，林荫成向她提出交个朋友，这女孩十分痛快地答应了。从此，俩人经常见面，林荫成另谈了个朋友的消息就渐渐传开了。

陈敏芳知道消息后，很快找到林荫成，林荫成却死活不认账，说别人冤枉他，林荫成之所以这样说，自有他的想法：自从认识这个女孩后，他一度产生了与陈敏芳分手的想法，然而，这个女孩只与他保持朋友关系，没有其他念头，这让林荫成心里十分难受，现在只好又哄哄陈敏芳，让她继续成为自己发泄的工具……

陈敏芳对此仍然不觉，依然相信了他，把他当成自己的未婚夫。一天，林荫成从外面打牌回来后，见到陈敏芳不停地叹气。陈敏芳吓了一跳，忙问道："荫成，你遇到了不舒心的事？"林荫成笑了笑："没有，主要是输了钱，我现在身上没有一分钱了。"陈敏芳手上也没有多少钱，但为了未婚夫，她咬咬牙，找父母借了 1000 元，拿给了他，说："这些钱，给你零用，以后有钱再还给我，好不好？"林荫成笑着答应了。

陈敏芳看见林荫成十分高兴就说："荫成，我们交往的时间不短了吧，现在我婚也离了，你看，我们是不是就结婚算了？”林荫成虽然没有结婚的打算，但此刻他也不好拒绝，于是，硬着头皮说：“行，我们一定结婚，只是现在没钱，有钱的时候我们再举行婚礼，行不行？”

听到林荫成十分肯定的答复，陈敏芳心中的一块石头落了地。她笑容满面，计划着有一天成为林荫成的新娘。

当断不断，命丧性游戏血腥收场

2005 年 10 月 15 日，陈敏芳去县城一家商场买东西。在大门口边，她忽然瞥见一个熟悉的身影擦身而过，急忙回身察看，发现是林荫成，她正准备上前打招呼，突然看见他身边还挽着一个女人，正悠闲地在那说笑，她愣住了，脑袋一片空白，心被刀扎般难受，不由大喊一声：“林荫成！”林荫成看见是她，陡然一惊，忙对这个女孩说是他姐姐，把她哄开，然后，来到陈敏芳身边，说：“这个女的是我刚认识的，我们只是一般的朋友关系，你不要多心。”

陈敏芳自然不信。她开始悄悄打听，不查不知道，一查吓一跳：这个女人就是林荫成认识的女网友，他俩的关系不仅没断，相反还是在发展关系的恋人，心气难平的陈敏芳立即找到林荫成，气呼呼地把调查结果说了出来。谁料，林荫成不慌不忙，神色平静地狡辩：“我跟她只是随便谈谈，又没有打算结婚，你急什么急！”陈敏芳一时无言以对，只好不满地说：“你这样脚踏两只船，绝对不行，何况我是为你才离的婚，说什么我们也得结婚，否则，我现在就去找那女的跟她说清楚。”说完，就要往外冲。

林荫成一看情况不妙，赶紧拦住陈敏芳。他虽没有跟陈敏芳结婚的想法，但她如果现在去找他的女朋友，他与这个女网友恐怕就要“拜拜”了，这是他不愿意看到的结果。为了缓和一下关系，林荫成只好违心地说：“你不要去找，到时我一定跟你结婚。”

陈敏芳看到自己这一招奏效，会心地笑了。她虽然知道强扭的瓜不甜，但为了林荫成，她觉得付出了许多，不但名誉受损，而且自己的亲人也一直在指责她，弄得她每天灰头土脸，如果现在就放弃，自己就亏大了。她想只要俩人结婚，林荫成就没理由跟这个女的来往了。

于是，陈敏芳认真地说：“荫成，我们还是结婚吧，我不在乎你有没有钱，只要我们真心相爱一样可以过得很幸福。”听到陈敏芳又提出结婚，他

慌了，忙说：“现在不行，我现在什么都没有，我不同意。”这次陈敏芳不干了，她一定要有一个明确的答案，就不断逼问林荫成：“你说，到底什么时间，你说个准确的时间啊！”看着不依不饶的陈敏芳，林荫成心里开始萌生了退意，他想再糊弄她一下，就随口说道：“过完年我们就结婚，行了吧。”说完，招呼也不打就走了。

陈敏芳看见林荫成不高兴地走了，心中顿时有了不祥的预感。不久，她的预感得到证实，从一个好友那里得知，林荫成现在仍然跟那个女的有来往，她不想放弃这份感情，决定找林荫成再谈一次。

2006年元月2日晚上，陈敏芳来到林荫成的住所。林荫成看见她来了，爱理不理，一副无精打采的样子。陈敏芳以为他生病了，忙说道：“你是不是不舒服，要不要我去叫医生？”林荫成觉得他与陈敏芳的关系该结束了。这天上午，他在路上碰到女友，女友招呼也没打就走了。事后他才知道，女友对他脚踩“两只船”的做法十分不满，传话如再有来往，俩人就“拜拜”。已经输不起的林荫成于是咬着牙，阴沉着脸说：“以后我们不要再来往了，现在人家都在说我的笑话。”

陈敏芳大吃一惊：“不会吧，我都离婚了，现在是正当的恋爱，人家有什么资格说笑话？”陈敏芳猜测他有另外想法了，就有意说：“不是人家笑话你，是你舍不得你的小妹妹吧。”林荫成不想隐瞒了，十分肯定地说：“是的，我舍不得她，我要跟她结婚。你自己也可以想想，你大我6岁，我能跟你结婚吗？今后我们的关系到此为止。”

林荫成的话，对于陈敏芳来说，不啻于遭五雷轰顶，一下子把她击愣了，她突然意识到，林荫成始终都在骗她，始终把她当成一个玩物。现在玩够了，他就要把她踢开了。所谓的情，所谓的爱只不过是一场游戏。陈敏芳不禁悲从中来，一连串泪水，从她痛楚的脸颊上无声地流下来。她十分气愤地责问林荫成：“你不跟我结婚就算了，你为什么还要骗我？害得我现在婚也离了，家也散了。我付出了多大的代价，你知不知道？你对得起你的良心吗？”

林荫成不想再多说，冷冷地下逐客令：“我说断就断，没什么好说的了。”

陈敏芳看到林荫成如此不讲情义，禁不住失声痛哭。她忽然想到了林荫成借她的1000块钱，这是她父母的，凭什么给他？她马上说：“你借我的钱，现在还给我！”

林荫成身上只有几十元，自然无力偿还。他只好苦笑了一下：“我现在没钱，以后再给你吧。”陈敏芳怕他以后耍赖，继续大声说道：“不行，既然我们没关系了，这笔账就要算清，没有的话，你可以找你的情人要呀。”说到情人，林荫成不禁浑身一震！他立即想到了他的女网友，今天不还钱，陈敏芳大声嚷嚷，肯定不会罢休。女网友肯定会知道，他俩的关系就肯定告吹，他以后恐怕再也找不到女朋友了，想到这儿，心情紧张的他立刻产生了一个强烈的念头：杀死陈敏芳。

林荫成马上变了副笑脸：“我是跟你开玩笑的，试试你爱不爱我，现在我知道了，你爱我。”说完，他一把抱住陈敏芳。看着林荫成“阴天变晴天”的脸，陈敏芳有点不敢相信自己的眼睛，她没有意识到危险已经来临，始终惊疑、犹豫着，没有反抗，默默让林荫成在她身上发泄，之后，林荫成伸出了罪恶的手……

林荫成把陈敏芳的尸体埋在屋外150米的空地上，企图掩盖自己的罪证，然而，细心的刑警还是从林荫成的住所发现了陈敏芳的血迹。2006年7月30日，林荫成被华容县检察院以涉嫌故意杀人罪批准逮捕，等待他的将是法律的严惩！

蛇岛惊魂

有“东北非水塔”之称的埃塞俄比亚，境内拥有大量的湖泊，也有许多岛屿。克利亚岛是埃塞俄比亚德卜勒泽特区的一个荒无人烟的小岛。一次偶然的机会，今年 39 岁的中国湖南医生刘利民在当地向导的带领下误入了该岛，不料，意想不到的事发生了。2009 年 3 月 15 日，他讲述了自己遭遇的惊魂一幕!

误闯孤岛

我家是个中医世家，从祖父那辈就开始行医为生，作为家中长子自然子承父业。在家乡行医一段时间后，2007 年 11 月 15 日，通过朋友的帮助，我来到了非洲的埃塞俄比亚，准备开一间诊所。埃塞俄比亚是非洲最不发达的国家，也是个缺医少药的国家，尤其是医疗设备奇缺，全国只有 20 台 CT，其中一半在首都。一个 7000 多万人口的国家，每年才有 120 多名新医生参加工作。因此埃塞俄比亚规定，外国人在当地开办诊所，必须办理当地的全科医生执照，也就是要求医生各方面都要懂一点，最好能够包治百病。

2008 年 1 月下旬，我通过了当地组织的医务考试，取得了全科医生执照。3 月 1 日，我在埃塞俄比亚首都亚的斯亚贝巴郊区租下一个 300 平方米的门面，正式开始行医。

这天，我这个外国人开办的诊所挤满了看热闹的人群。他们都睁着好奇的大眼睛，站在远远的地方，注视着我的一举一动，却始终没有一个人上前。过了许久，终于有一个中年男子鼓足勇气站了出来。他叫阿亚菲，从德卜勒泽特区一个偏僻的小村庄赶来首都医院看病，不料，所带的钱根本无力支付医药费，只好回家。路过此地，看见有家新开张的诊所就闯了进来。

这是我的第一个病人，自然格外用心。我很快确诊他得了消化性溃疡，于是开了一些西药。当我把药递给他时，忽然发现他的脸上露出奇异的表情，似笑非笑，尴尬无比，人局促不安地站在那儿，手足无措。愣了片刻，他才十分艰难地掏出了二十比尔（相当于2.5美元），苦笑了一声："医生，十分抱歉，我只有这些钱。"这些钱自然不够，考虑到他是第一个就诊的病人，于是改用从中国带来的中草药，免费让他服用。

过了四个月，他又来了。这次他脸色红润，身壮如牛，走起路来"咚咚"作响。他一看见我，立刻激动地大叫起来："医生刘，我的朋友，你给我的草叶太神奇了，你看我全好了。不过，这些草叶我家乡也有啊。"

我有点惊喜地问道："你家乡也有？"经过几个月的消耗，从国内带的中草药快用完了，需要尽快补充。他十分肯定地说："有，百分之百有，不信，我带你去看。"他说得如此肯定，我不得不信。我心里忽地生出了一个大胆的想法：去他家乡采草药。因为国内寄药费时费力，价格上也不合算，埃塞俄比亚是个穷国，太贵的药，老百姓也用不起啊。再说，去他的村子只要一天的路程，来去也方便。于是，我把我的想法说了出来，阿亚菲二话没说就答应了。

2008年12月15日，是我们成行的日子。一大早，阿亚菲就来到了我们的住所。在他的带领下，我和助手斯文迪开车直奔一个叫德的达瓦村庄而去。

据阿亚菲介绍，有草药的地方在村南方10公里的山上，要穿越一个大湖泊。我们就在村的附近租了一个带动力的小木船，由阿亚菲驾驶，向远处的大山驶去。

此刻，天气晴朗清新，阳光斜斜地射在水面上，闪烁着点点粼光。天空蓝得澄清，蓝得透明，柔和而凉爽的微风轻拂着人的脸，令人格外心旷神怡。我们逆水而上，谁料，走到一个河岔路口时，一件意想不到的事发生了。

小木船走着，走着，倏地停了下来。阿亚菲察看船尾，发现发动机坏了。我们拼命地划船，然而，失去动力的木船，还是顺着水流向另一条河流漂去。过了一个多小时，小船漂到一个很大的湖面上，在它的东南方向有一个小岛。我们决定靠过去，在那儿上岸。因为阿亚菲介绍说，岛上面也有草药，于是，

我就想在这里采集草药。

这个小岛名叫克利亚岛，方圆有约 10 平方公里。从小船看去，一条山间的隘道里，两边都是山，左边的陡而峻，遍地是嵯峨的巨石和断壁悬崖。右边却是起伏的丘陵山脉，一望无尽的丛林，绵绵密密的苍松古槐，参天的千年巨木，深幽而暗密，整个小岛呈现出一片生机勃勃的景象，是非洲典型的热带雨林气候。这样的环境应该长有药材。

船快靠岸时，阿亚菲蓦地跪在船前，喃喃自语，接着，他有点儿紧张地告诉我，这是当地有名的蛇岛，岛上有许多蛇，他刚才在乞求神灵保佑。他说的果真如此吗？

洞中遇险

我们上了岛，发现阿亚菲所言不虚：在一块高出水面的岩石上就有三条蛇，盘在那儿懒洋洋地晒太阳。不远的沙滩上，也有两条蛇在那儿爬来爬去，看来此岛蛇的数量不少。虽然如此，但我们并不害怕，因为蛇是怕人的，人来了，它岂有不跑之理？

我们沿着小岛中的一条小路而上。小路陡而峻峭，全是石块和大树凸出的树根。在山上，岩石上遍布青苔，树木连接着树木，深草已掩没了小径，爬满了藤蔓和荆棘，走起来非常艰苦。我们用木棍击打着地面，草丛中，不时有“淅淅”的声音传来，估计是四周的蛇受到惊吓，正在逃窜。经过一个多小时的攀爬，我们来到了一个山顶，只见四处野草丛生，哪有药材的影子？心里不免有点失望。正当我左顾右盼时，阿亚菲手指着远处的一棵树边，兴奋地叫道：“你看，那边有药材！”果然，可见马鞭草等药材。我们直奔而去，走到半道上，只听何亚菲一声断喝：“慢！小心！”我们都停住了，仔细一看不觉倒吸一口凉气：树枝上竟爬有十多条蝮蛇。它们吐着舌头，正虎视眈眈地盯着我们。我们马上投掷石块驱赶它们。大部分蛇都溜下来跑掉了，唯独处于树梢上那条蛇，无论如何驱赶，我自岿然不动。投了几次石块不成功后，我们决定不理它，独自穿过小树，谁知，快到树边时，它又从树梢上开始运动，摆出一副随时袭击的模样。我们三人二话没说，操起长木棍就一顿乱戳。这时，令人吃惊的一幕发生了。在树枝的摇摆下，这条蛇竟从空中飞了起来，一头栽在草丛中，转眼间就没有了踪影。

赶走了蛇，我们来到生长药材的地方，发现有价值的药材并不多，于是，一人扯了一点放在包里。我们又翻越了一座山头，仍没有看见有用的药材。我看了一下表，已是下午4点多钟，该是撤离的时候了。

忽然，南方刮来一阵狂风，刚刚还是晴空万里的天空，一下子变得乌云密布，一会儿，豆大的雨水迎面袭来。我们都没有带雨具，此处也无处可躲，只得慌忙向山下撤。在山半道，走在前面的助手斯文迪看见左边10多米远的地方有一个高约2米的山洞，马上跑了过去，边跑边向我们挥手："快来，这里有个山洞，可以躲雨。"说完，一头钻了进去，我们也紧随其后，钻进了山洞。

山洞里与外面的炎热形成了巨大的反差，阴冷潮湿。我还闻到一股淡淡的腥气味，越往里走，气味越重。走了大约10多米左右，光线不仅昏暗，而且地面也变得湿滑起来，似乎还有东西在动。正在惊疑之间，突听见前面的斯文迪发出"啊"的一声恐怖惨叫，有东西从地面跃起来，向他扑去。我的脚也碰到了一堆软绵绵的物体，接着，一条长长的物体直立着"呼"的一声，向我奔来，眨眼间，它就在我的身上紧紧缠了几圈，同时，一股难闻的腥臭味迎面扑来。我的脑袋经过短暂的空白后，立刻明白了：我们碰到了蟒蛇！

跟在后面的阿亚菲反应迅速，见势不妙，"嗷嗷"连叫两声，转身就向洞外狂奔而去。此刻，缠在我身上的蟒蛇开始用力，我顿时感到沉重难忍，先是胸部受到外部的挤压，感觉在变小，阵阵隐痛不断袭来，后是下肢也在不断收拢，虽奋力在抗争，但仍抵挡不住蛇的收缩力，尤叫人恐怖的是，我看见了蟒蛇的头和绿油油的眼睛。它足有5米长，在我身上缠了四圈，正好奇地瞪着我，伸着菜碗大小的头，在我下巴处来回打量、探寻。蓦地，它昂起了头，伸出长长的舌头，在我头顶上方摆动。难道它要吃了我？我异常绝望，痛苦地闭上眼睛。

然而，它并没有吃我的意思。后来我才知道，蟒蛇不直接吞吃活物，而是用身体绞死之后再吃。因此，它开始拼命地收缩身体，我感到呼吸越来越困难，头脑发昏，眼冒金星，一双手在胡乱地颤抖。由于我身有背包，腰有手机，鼓起的地方留有空隙，右手掌尚能自由活动，无意中碰到了腰间的一串钥匙。我猛然记起了钥匙上有一把小刀，心里一阵狂喜，迅速打开小刀，准确地把刀锋扎进了蟒蛇的腹部。这是把锋利的小刀，加上蟒蛇崩紧的身体，只听一声轻微的"嘭"，蟒蛇竟断成了两半，重重地摔在地面上。我如释重负，出了一口粗气，定了一下神，操刀又向缠在斯文迪身上的蟒

蛇刺去。

刚在蟒蛇身上划开一刀，它就痛得痉挛了一下，马上掉转头来，张开大嘴，向我头部咬来。我立即头一偏，躲开了这致命的一击。突然，我感到有股风在我后脑勺闪过，蟒蛇尚没有回缩的头当即遭到一个钝物的重重一击。它顿时瘫软在地，动弹不得。我回头一看，是向导阿亚菲！原来他冲出洞外后，操起一根木棍又冲了进来。看见蟒蛇在袭击我，手起棍落，一棍就把蟒蛇打昏过去。他拉起缓过来的斯文迪，我们三人跌跌撞撞跑出了洞外。在洞外，我发现衬衫早已湿透，两腿僵硬，不听使唤，仿佛刚从阴曹地府逃回来。助手斯文迪嘴上喘着粗气，两眼发直，紧张得浑身发料，战战兢兢地问："我们会不会死在这里啊？"阿亚菲笑了，握住他的手，轻轻抱住他，温柔地说："不会的，不会的。我们安全了。"

休息片刻，斯文迪终于平静下来，我也慢慢地恢复过来。整理一下物品，发现一样不缺，人都没有受伤，雨也停了，大家松了一口气，收拾东西，开始动身下山。不料，一件意想不到的事发生了。

令人恐怖的惊魂之夜

我在下坡时，不小心踩在岩石青苔上，脚底一滑，人倏地向山下的茅草地滚去，连续翻滚了 10 多米，最后，掉进一个 2 米多高的大坑里。所幸坑里布满了枯枝败叶，除了左脚扭伤外，其他地方只有一些皮肉擦伤，没有大碍。我慌忙爬起来，四处察看，不看不知道，一看吓一跳，三米外的地方竟有一条眼镜蛇，竖起一米高的身体，正"呼哧，呼哧"在那发着怒气。我屁股底下还压着一条蛇，不过已经死了。我摔下来时，它可能正躲在枯枝下，不偏不倚被枯枝挤压而亡，另一条蛇则逃到三米开外的地方，它们可能是对夫妻，我的到来打破了它们宁静的生活，所以它怒目而视，发出愤怒的警告。我立马站起来，抽出一根木枝条用于自卫，同时，也有点紧张地瞧着它。不久，它突然张开了嘴巴，我立刻敏感地意识到它要喷射毒液，赶紧下意识把头扭向一边。眼镜蛇对于近在咫尺的敌人，往往会对着敌人的眼睛喷毒自卫，果然，在我扭头的片刻，一股液体从耳旁呼啸而过。此招失败，它又准备第二次喷毒，土坑上方忽地飞来一根木棒，恰好击中它的头部，它挣扎了几下，躺在地上慢慢地一动不动了。

原来阿亚菲两人看见我滚下土坑，马上跟了下来，看见这条蛇在攻击我，迅速把木棒扔了下去。打死蛇后，两人又抛下绳子，把我拉上来。此刻，我的左脚已肿起一个大包，十分疼痛，无法行走。阿亚菲和斯文迪轮流背着我朝河滩走去。

到了河滩，我们立即傻眼了：停在河滩上的船不见了。他们二人寻找了一圈，仍不见踪影，可能我们没拴牢，船被水冲走了。此岛离岸地有三四公里，无法游过去，再说我也不会水啊。

这时，天慢慢地黑了下来，一会儿，整个天空都布满了星星。岛上的风不大，声音却特别响，穿过丛林，穿过山凹，穿过峭壁巨石，发出不断的呼啸。幸好处在热带地区，风并不冷，但吹到人肌肤上，那感觉仍然是阴森森而凉飕飕的。远处的山峦，一幢幢地耸立着，映出庞大而狰狞的黑影，给人一份压迫性的恐怖感。

我们商量后，决定在河滩上安营扎寨。由于没带宿营帐篷，于是在空地点燃一堆火，草草吃了点东西，席地而坐，静等天亮。

大约深夜一点多钟，我听到沙地上有爬动的“窸窣”声，声音越来越响，越来越多，不由警觉地起身察看。借着微弱的火光，我看到了令人魂飞魄散的一幕：四周爬满了大大小小的蛇，黑压压的一片，足足有几千条。它们昂着的头，吐着舌头，在那儿蠕动。这是怎么一回事啊？它们难道是为眼镜蛇复仇来了？

阿亚菲和斯文迪也察觉了异样，被这一幕惊呆了。三人迅速操了一条木棍，握在手上，准备拼死一搏！奇怪的是，这些蛇只是围着火堆一个圈，探头探脑，并不上前进攻。事后才知道，此岛的蛇具有昆虫一样的习性：恋光。几百年来这里漆黑一片，今夜突然有了一束亮光，不仅招来蚊虫，而且还招来了蛇。它们十分好奇，不过，它们还是怕人的，所以只在周围游动。

然而，有一种蛇却不怕人，不仅不怕，还会主动攻击，它就是眼镜王蛇。因为我看见一条3米长的蛇正悄无声息地从草丛中爬出来，奔向斯文迪。我忍住肿疼，大叫一声，一个箭步冲过去，把他拉开。可是，那蛇恼羞成怒，张开血盆大口向我袭来，我吓得目瞪口呆，愣在那，不知如何是好。幸亏阿亚菲迅速拿出小刀，分毫不差地射过去，正中蛇的七寸地方，它就一命呜呼了。

翻开死蛇，阿亚菲吓了一大跳，立即跪在地上念念有词。他告诉我这就是当地最凶猛的眼镜王蛇，他在乞求它的原谅。

为了安全，我们马上把火分成四堆，东南西北各一堆，自己处于火的

中心点。其间，又有三条眼镜王蛇蹿了过来，向我们发起进攻。我们迅速拿起火把，它还没来得及喷毒，就被烧得嗷嗷直叫，其中一条当场烧死，另两条逃之夭夭，后还有十几条蛇蠢蠢欲动，但大部分止于火边，有几条蹿了过来，很快被我们打死了。

双方对峙到凌晨 5 点多，天色渐渐微亮起来了。蛇群开始撤退，6 点多钟，蛇不见了踪影。我们都疲惫不堪地倒在沙滩上，这场战斗没有赢家。

上午 10 点左右，一条帆船漂了过来，租船的船家见我们一夜没回，主动来寻找，由此我们顺利脱离蛇岛。后来失踪的船在下游10公里的地方找到。第二天，我回到了埃塞俄比亚首都亚的斯亚贝巴，重新开始了新的生活。

不言败的农妇

2005年4月20日凌晨，行人如织的邵阳市火车站候车室进来了两个人。

走在前面的是一位年仅15岁的小女孩。她背着一个蛇皮袋，泪水汪汪，满脸戚容地说道："妈妈，我要走了。我会照顾我自己的，您放心去吧。"

跟在身后的是一位中年妇女，她也流着泪拉着小女孩的手，轻轻地说道："到了广州要听姐姐的话，我抓到了凶手会告诉你俩的。"说完，她为这小女孩整了整衣服。

这位中年妇女名叫黄和英，今年41岁，是湖南省邵阳县谷洲镇柏树村人，前面的小女孩名叫蒋雪姣，是黄和英最小的女儿。她的姐姐目前正在广东打工，她要去姐姐那里去，目的是为母亲筹措路费，因为母亲目前正在追捕一名凶手。三年前这名凶手在她家制造了一起惊天大血案。这场突如其来的血案，使她永远失去了父亲和哥哥，也迫使母亲开始了长达三年的辛酸追凶路。

一次误解引发的血光之灾

2001年7月10日，这一天对于黄和英全家来说是心中永远的痛。

这天下午3点多钟，黄和英18岁的大儿子蒋站强带着7岁的弟弟蒋站军在自家菜地里玩。他俩玩得正高兴，忽然对面传来一声怒吼："砍脑壳的，你为什么偷我家的高粱梗？"他俩抬头一看，发现邻居婶婶姚科湘正怒冲冲地瞪着他俩。原来刚到菜地的姚科湘，发现自家种的高粱被人拨了一根，

就怀疑是他兄弟俩偷吃了。

蒋站强自然不服气，忙答道："婶婶，你莫诬陷好人，我自家菜地里有，为什么要偷吃你的？"

姚科湘见辈分小的竟敢顶撞她，火气更大了，立即指着他兄弟俩叫骂不止。这一幕恰好被姚科湘的一位婶娘看见了，她马上大声呼喊姚的丈夫蒋兴阳："你还不快去，姚科湘跟蒋站强吵起来了。"

蒋兴阳在当地是有名的刁蛮斗狠之人，听说妻子正在吵架，他马上操起耙头气势汹汹赶到现场。

蒋站军看见了，忙告诉哥哥蒋站强："哥哥，蒋叔来了。"

背朝蒋兴阳的蒋站强正要转身向他解释一下，毫无人性的蒋兴阳突然举起耙头朝蒋站强背部挖去，只听一声惨叫，蒋站强扑通一声倒在了血泊之中。

姚科湘吓了一跳，慌忙对蒋兴阳说道："你还不快走！"

此刻的蒋兴阳横下一条心，对姚科湘吼道："你莫管，我已经杀了人，我干脆多杀几个。"说完，他开始了疯狂的血腥杀戮。

他首先把目标瞄准了蒋站军。他去抽耙头，谁知耙头竟深深扎在蒋站强背上，蒋兴阳一时无法抽出来。这短短的几秒钟，为蒋站军赢得了求生的机会。他一边跑，一边拼命地呼救。杀红了眼的蒋兴阳见状立即拾起路边的一把锄头奋力追去。在路边水田处，他终于追到了蒋站军，把他打倒在水田里。

听到连连的惨叫，正在附近水田做事的蒋站军之父蒋高喜站了起来。他爬上田埂，想上前看个究竟。不料，蒋兴阳又窜了上来，对着他的头连挖四下。可怜的蒋高喜当即脑浆四溢，气绝身亡。

已连杀三人的蒋兴阳继续朝蒋高喜家跑去，准备杀掉黄和英和她的两个女儿，制造灭门惨案。这时，周围的邻居和路人闻讯赶来了。他们很快拨通了邵阳县 110 报警中心，并向 120 求救。蒋兴阳见势不妙，只好停止杀戮，逃之夭夭。

于是尚存一息的蒋站强、蒋站军被大家紧急送到了医院。第二天，蒋站强经抢救无效死亡。蒋站军逃过一劫，但严重伤及脑、肺部，需要长期治疗。

从家里赶来的黄和英面对飞来的横祸，不禁心胆俱裂，痛不欲生，几次哭昏在地。那一刻，她真想随父子俩而去，不再留在这世上，可想到苦难中的三个儿女，她的心又软了下来。这时她心里有了一个强烈的念头，就是要亲自抓获凶手，为亲人报仇。

小山村来了一个怪怪的女人

一天，贵阳市一个偏僻的村庄来了一个满脸憔悴、皱巴巴的衣服沾满了灰土的女人，这个女人有点怪。她手提一个蛇皮袋，虽说是收废品，但对别人家里的情况却特别感兴趣。一旦听到有生人，一双浑浊的眼睛顿时明亮起来，躲在暗处，悄悄观察此人……

这个怪怪的女人就是黄和英，她是为追捕蒋兴阳而来。

蒋兴阳残忍地杀害了蒋高喜、蒋站强，重伤蒋站军后，自然引起邵阳市、县两级公安机关的高度重视。他们组织了精干的警力进行追捕，然而，由于现场混乱、嫌犯亲戚众多等原因，蒋兴阳带着妻儿一家竟逃脱了干警的围捕，消失得无影无踪。半年过去了，凶手蒋兴阳依然杳无音信。

这种结果对于黄和英来说是无法忍受的。不知有多少个夜晚，躺在病床上重伤的儿子紧紧抱住黄和英，痛苦地喊道："妈妈，我害怕，我梦见蒋叔叔又在拿刀追杀我。"两个年幼的女儿一到天黑心里就会莫明其妙地紧张起来，总感到黑暗深处有魔影向自己扑来。她俩一次次问黄和英："妈妈，杀我爸爸的凶手什么时候可以抓到，你快把他抓起来吧。我们真的害怕呀！"泪流满面的黄和英自然无言以对，她意识到她必须去抓凶，否则，这一辈子她也难得安宁。

一次抓凶的机会终于等来了。

一天，她正走在大街上。一位熟人忽然向她招了招手，悄悄地说道："我听别人说，有人看见蒋兴阳正在贵州做旧皮鞋生意。"

初闻此言的黄和英真是又喜又忧。喜的是凶手终于有了下落。忧的是此刻的黄和英已经负债累累了。她的家在当地本来就是一个贫困之家，这次给儿子治伤和办丧事，已经花了两万多元，其中大部分是好心人捐赠的。由于再也无力支付医药费，她只好把儿子接回家靠寻草药养伤。

这时，在新疆的小姑子得知了黄和英的处境，主动找到她说道："嫂嫂，我带站军去新疆，您安心处理这边的事。"

黄和英悬着的心终于落了地。她把两个女儿托付给了爷爷奶奶后，决定一人先去贵阳查凶手。

当她到达贵阳才发现追凶是件多么艰难的事。由于她带的钱不多，每

天只敢睡火车站、桥洞下面，喝凉水馒头为生。由于人生地不熟，走着走着，她就分不清东南西北了，不是走进了死胡同，就是走到了没人烟的地方，有几次还差点与死神“亲密接触”。一次，她在大街上观察行人时，一位喝了酒的司机驾驶一辆大客车直直地向她碾来，一位行人眼明手快用力推了她一下，使她躲过了这一劫。还有一次她走着走着，忽然眼前一黑，人倏地栽倒在地，昏了过去。原来由于她过度劳累，中暑了。幸亏一位大嫂给她掐“人中”，黄和英才缓过气来。经过十多天的艰难询问和排查，终于有一位行人告诉她，似乎在市郊的一个小山村见过通缉令上的这个人。

此刻的黄和英已经身无分文了，而这个村庄隔贵阳有200多公里的路程。走投无路的她只好在拉圾箱里拾废品赚钱，然而这种方法赚钱也不容易，周围总是挤满了拾荒的人群，垃圾车一来大家往往蜂拥而上，瘦弱的黄和英经常被挤翻在地。有一天，她又来到垃圾场拾垃圾。此刻，她一天没有吃饭了，人饿得头昏眼花，她意识到如果再拾不到垃圾，不但追不到凶手，自己将饿死在这里。于是看见垃圾场车来了，她就拼命往前挤，挤着挤着，她忽然感到身体不断往上飘，接着传来一阵剧痛。她低头一看发现自己竟被人群抬了起来，一个老汉在混乱中把拾垃圾的刀子深深扎在她腿上，一股红色的血不断地往下淌。她痛得大叫一声，倒在地上，痛苦地呻吟。黄和英凄惨的叫声惊动了一个为首的拾荒汉，他得知黄和英是因为追凶才落得这般田地，深为感动和敬佩，他与这位莽汉立即把黄和英送到一家卫生所包扎，之后又动员所有的拾荒人为黄和英捐款。不久，黄和英就收到500多元捐款。望着张张热情的笑脸，黄和英不禁泪流满脸。她扑通一声，直挺挺地跪在了地上，深情地说道：“谢谢大家！谢谢大家！”说完，真情真意而又分外虔诚地给大家磕了一个头。

第二天，黄和英不顾腿上有伤，开始每天步行20多公里，先后走了10多天，才来到这个小村庄。

为了不打草惊蛇，她化装成收废品的老太婆，每天走家串户收废品。她在这个小村庄待了10多天，几乎问遍了所有的人，遗憾的是，整个村庄没有做旧皮鞋生意的人，也没有人见过蒋兴阳，这次追凶以失败告终，她只好返回贵阳市。

不久，黄和英在拾荒汉那里又得到一条消息，说凶手在新宁县好像有一个亲戚，有可能躲在那里，但在新宁的具体方位，他就不知道了。黄和英这次同样把自己装扮成一个收废品的老太太，通过一个小孩，总算在一个小镇上找到了。这天傍晚她看见一名男子匆匆钻进这个亲戚家，很像是凶手蒋兴阳。她多么想上前把他抓住啊，但是她忍住怦怦直跳的心，立即与当地派出所取得了联系。当他们来到这个亲戚家时，黄和英又不禁大失所望，这名男子并不是蒋兴阳，而且蒋兴阳也没有来过。这次抓捕行动又失败了。

在返回县城的路上，黄和英碰到了一件又气又恼的事。一位中年男人不知从什么途径得知黄和英正在追凶，且没有钱。他找到黄和英悄悄地说道："大姐，只要你陪我玩一下，我不仅给钱，还陪你去抓凶手，怎么样？"正在赶路的黄和英气愤极了，冷冷地说道："你打错了算盘，看错了人。"说完，瞪了他一眼。这男子自然灰溜熘走了。但从此黄和英多了一个心眼，身上随时带有一把小刀。然而她找遍了贵阳市，凶手的影子也没有看到。

正当黄和英深感绝望时，家里忽然传来一条振奋人心的好消息。

守株待兔，张网以待

在黄和英家不远处，有一个不知深浅的大溶洞，据说这个溶洞可以藏一二千人。有个医生亲眼看见了凶手蒋兴阳躲进了这个洞里。黄和英得知后用最快的速度告诉了当地派出所。他们去现场看了一下，没有发现异常情况，不久他们就撤离了。

然而黄和英却不甘心，她与婆婆商议后，决定自己去蹲守。这天傍晚，她和婆婆俩来到洞外的一个土坎草丛中，悄悄地潜伏下来。

其时正是深秋季节，山上不时吹来阵阵阴风，一会儿刮得人浑身直哆嗦。为了取暖，俩人只好紧紧相挨，有时就抱在一起。最难熬的是下半夜，人很难集中注意力，往往是看着看着人就睡着了。婆婆是 70 多岁的老人了，患有多种疾病，右眼失明。本来黄和英打算一个人去守，但婆婆得知后态度异常坚决，执意前往。婆婆的一句话说得黄和英眼泪直流："你让我去吧，我死也要死在那里。"实际上黄和英孤独一人守在阴森森的洞边也害怕啊！

善良的黄和英于是让婆婆守白天，自己守夜晚，尤其是下半夜一定要自己守。为了不使自己打瞌睡，她特意带了一包辣椒和一根针，实在熬不住，就嚼辣椒，或者用辣椒水沾在眼眶边上，这些效果都不行就用针在自己腿上轻轻扎一下。

第二天的下半夜，天忽然下起了毛毛细雨，她们拾起草中的树皮顶在头上，后来雨越来越大了，树皮不起作用，俩人只好抱成一团，任雨飘打。

不久，黄和英看到婆婆脸色惨白，心里不禁涌出一阵酸楚，无奈中的她只好站起来，弯腰弓背，让婆婆在下面躲雨……

留守在家的女儿则每天为她俩送来饭菜。为了不暴露目标，她们常常是牵一头牛，小心翼翼地走近黄和英，扔下饭菜快步离开。她们一家人就这样齐心协力，整整四天四晚，寸步不离洞口。然而，凶手的身影依然没有出现。后来女儿因感冒生病无人照料，黄和英她们只好回家。

没有结果的行动，并没有动摇黄和英追凶的信心。一次她偶然路过凶手父母家，突然听到里面有男人的说话声，声音很像蒋兴阳。于是，她立即放下手中的活计，躲在屋后树丛中，观察里面的动静，待了一个晚上，直到第二天早上，这男子出来，不是凶手，她才回家。由于晚上天上不时飘荡细小的雪花，风又很大，她回家就病倒了，整整休息了三天。还有一天晚上，她在附近的山上，看见一个人影窜上了山，那背影有点像蒋兴阳，她立即尾随而去，跟着他穿过一道道山坡，直到一个沟底。她知道她面对的是一个穷凶极恶的凶手，自己稍有不慎就可能惹来杀身之祸，于是她躲进草丛中悄悄地潜伏下来，直到下半夜，这男人从她身边走过，她才发现这人不是凶手，但是一个流窜小偷，现在夜深人静，他开始溜出来准备去白天踩好点的人家。黄和英自然不会放过这小偷，她又悄悄跟随这小偷来到这户人家，正当小偷动手时，黄和英马上喊道："抓小偷呀——"可惜这小偷受此惊吓，乘着夜色竟逃之夭夭。

之后，黄和英又去了长沙等地追凶，虽然都没有成功，但她始终没有放弃。

凶手不除不言嫁

黄和英追凶无果，自然引起了很多人的关注，也引来了骗子。

一天，黄和英家来了一个自称是邵阳市公安局刑侦大队的人，说她们没有向市局报案，前来了解情况。临走前，他悄悄说道："这事很难办，需要一点活动经费。"年迈的婆婆信以为真，马上找邻居借了 600 元，加上身上仅有的 31 元全部给了他。后来这骗子虽被黄和英扭送到了当地派出所，但钱已被他挥霍一空。

当然更多的是关怀和支持，尤其是身边的亲人。公公今年 79 岁，左眼完全失明，每次黄和英外出，他都会默默地递来煮熟的鸡蛋，婆婆则帮她收拾好衣物，带好两个幼小的女儿。为了让黄和英安心追凶和向有关部门反映情况，夫妻俩至今靠拾废品为生。两个10多岁的女儿不顾黄和英的强烈反对，先后主动辍学，前往广东打工赚钱。凶案发生后，当地的政府、医院和许多邻居也多次捐款捐物，帮助她们渡过最初的难关。

年仅40岁的黄和英长相尚可，这几年有不少人向她提亲。有一个家庭条件非常好的男人甚至表示只要黄和英嫁给他，愿意出钱帮她去抓凶手，但都被她一一谢绝了。她说，她永远忘不了那痛苦的一幕，凶手不归案她永不言嫁。

最近，公安部门提出了命案必破。黄和英得知后，备感鼓舞和欣慰。她向笔者表示，一定要紧密配合公安机关，全力以赴抓获凶手！

回头是岸

最近，湖南茶陵县出了一件稀罕事：一位工艺品酷爱者几乎闭门两年，苦研制作了一批雕刻字画工艺品。一位深圳老板看见了，高兴地找到他，说要出 100 万元买断其产品及工艺，但被他谢绝了。

更让人惊奇的是 1983 年，他曾是震惊全国，开创湘赣两省假币制造之先河，两地公安机关为之联合搜捕的大案要犯。

这位人物名叫郭辉杨，茶陵县江口乡春风村人。今年 49 岁的郭辉杨历经了世间沧桑，说到自己近二十年的不平静和嬗变，不禁潸然泪下，嘘唏不已。

他成为江西省自新中国成立以来制造假币第一案

准确地说，1983 年前，郭辉杨曾是位有五年教龄的优秀民办教师。他在茶陵县江口乡春风村小学担任主任教师，相当于现在的小学校长。在多次全乡学区学生考试比赛中，他的学生获奖数要占学生获奖总数的三分之二。每次学生获奖归来，郭辉杨总要召开学生大会，奖励他们一支笔或一个作业本。当时的他踌躇满志，神采飞扬，决心要把这所小学办成全乡一所最优秀的小学。

然而，一条突如其来的消息把他击懵了。因他成绩突出，学区准备把全乡唯一的一名民办教师转正指标给他。不知哪个环节出了问题，本来极有希望的他，现在泡汤了，被一个不起眼的关系户顶替。得知消息的郭辉杨头晕目眩，心中的梦想随之破灭，苦闷不已。郭辉杨任民办教师每月只有8元工资，还不能及时兑现。他已结婚成家，有两个女孩，家里十分困难，买盐的钱经常靠赊欠。现在他这点希望也没有了，家里靠他这点收入显然是无法维持的。

这时，他一位要好的老乡找到他，说自己出资俩人合伙做生意。苦于发财无路的郭辉杨眼睛一亮，当即辞去民办教师来到长沙，进了一批手动式缝衣机，到当地农村推销。不幸的是，他俩进的货几乎无人购买，很快这种手动式缝衣机生锈，成为一堆废铁。这一趟生意，使郭辉杨损失了1000多元，这1000多元在当时是巨大的，几乎占了郭辉杨家庭十年的总收入。旧债未还又添新债，郭辉杨心里吓得怦怦直跳，喘不过气来。原来贫困的家这时更加贫寒了，吃饭都成问题。

一天深夜，郭辉杨无意中掏出全家唯一的一张五元纸币。他十分好奇地把纸币在煤油灯下照来照去，仔细观察纸币的颜色。发财心切的他忽然产生了一个可怕的念头：制造假币。

于是他以买牛的名义，到当地信用社贷款150元，跑到长沙采购了制作假币的颜料和纸张。原本就喜欢刻画的他，通过两个多月的探索，很快雕刻了一个五元纸币的模板，描绘了400张左右的五元纸币。当时，他有种想法，只要搞到2000元还了债，就去种香菇发财致富。

他跑到长沙、醴陵、江西萍乡等地，开始用假币四处购物。严格地说，他描绘的纸币十分粗糙，图案模糊不清，似像非像，判断十分容易。然而，他制造假币的年代是1983年，当时市场上根本没有假币，他拿出这些假币使用，所有的营业员都不加识辨，没有任何戒心地收下了。

湖南、江西两省首次出现手工描绘的假币，这一异常情况立即引起两地公安机关的震惊和警觉。他们立即成立了专案组，在出现假币的地方日夜守株待兔，终于在江西萍乡市发现了还在使用假币的他，将其抓获归案。

不久，他被江西萍乡市中级人民法院一审判处无期徒刑，剥夺政治权利终身。令郭辉杨惊讶不已的是，他使用出去的假币一张不剩地被公安机关收缴回来，叠放在审判桌上。当时的审判长明确地告诉他，你是江西新中国成立以来第一个制造假币被公安机关抓获判刑的人。

原以为没有什么大问题的郭辉杨，做梦也没想到被判了如此重的刑。他向省高级人民法院申诉，但很快被驳回。郭辉杨原来苦闷的心此刻更加灰暗了，以为人生已走到了尽头，一度还产生自杀的念头。后来，在干警

耐心教育下，他这颗躁动不安的心最终平静下来。不久，他因表现突出被改判有期徒刑14年。他继续不停地上诉，法院又进行了重新审议，决定改判有期徒刑七年。

1990年1月，郭辉杨回到魂牵梦思的故乡，通过这次牢狱之灾，郭辉杨对生活开始有了重新的认识。然而，他没有料到，他的生活再掀波澜，他又一次走到人生十字路口，面临艰难的抉择。

厄运再次降临到他的身旁

郭辉杨到了家里，看见孩子们长高了，长胖了，活蹦乱跳，“阿爸，阿爸”喊个不停，心里有说不出的高兴。然而妻子的态度这时却有了变化，再没有了欢声笑语。这场牢狱之灾，的确给家庭带来了难以磨灭的创伤。妻子以泪洗脸，心中的苦楚无处诉说。更惨的是孩子们，经常遭到不明事理的孩童的奚落和欺负。郭辉杨忧闷不已，含泪主动与妻子离婚，净身出户。他知道，他现在虽然不是犯人，但要扭转世俗观念谈何容易。

他住进了父亲家里，开始新一轮的创业。三弟郭凯杨学会了汽车维修校油泵技术，在江西吉安开了一个门面。他帮三弟采购汽车配件，照顾门面生意。赚到一点钱后，兄弟俩又在遂川开了一家分店。其间，他结识了攸县一位姓欧阳的女子。俩人很快结婚成家，并在茶陵县城建有一栋漂亮的房屋。不久，妻子怀孕，生下一个健康活泼的男孩。小家庭其乐融融，和谐幸福。

这时的郭辉杨不满足开店赚钱，他决定去做生意。他和同伴们跑到云南边境等地进货做买卖，真是商场如战场，不谙行情的郭辉杨做生意几乎是做一场亏一场，不知不觉几年下来，他的亏损额竟达到10万元之巨。郭辉杨出现了负债累累，要债的人几乎踏破了门槛。郭辉杨再一次重蹈覆辙，陷入了困境。何去何从，郭辉杨又面临一次严峻的考验。

然而，此刻的他始终有一个强烈的信念，就是违法的事绝对不能做了。他忘不了孩子们失望的眼神，更忘不了干警们对他的谆谆教诲。

1984年上半年，他被判处无期徒刑。接到判决书的那天，他心如死灰，几天不吃不喝准备一死了之。监狱的朱队长亲自跑来看望他，热心地找他谈心，摆事实，讲道理，并且自己掏钱买来猪肉和白糖，烧了香喷喷的红烧猪肉送到他床边。望着一张张热情的笑脸，郭辉杨的眼泪当场掉落下来，痛哭不已。

监狱知道他有雕刻美术特长，又是民办教师，专门安排他在狱监办的育才学校当美术老师。出狱那天，朱队长自己掏出了100元，又帮他争取到几百元补助，给他安家。最令郭辉杨念念不忘的是，一次，他父亲到监狱去探亲。父亲看望他后，买了些小点心，送到朱队长的家里。朱队长不仅没有收下，看见天色已晚，反而强留父亲住在家里，做了一桌热腾腾的饭菜，并安排父亲洗澡，第二天又送他上车，其他干警也对他关怀备至。

干警们这些点点滴滴的深情至今温暖着郭辉杨。他暗暗表示一定要重新做人，做一个遵纪守法的公民。为此，郭辉杨卖掉了新建的房屋，偿还欠债。郭辉杨虽然上无片瓦，下无立锥之地，但心里是暖洋洋的。他决定凭借一双勤劳的双手为自己重新打造一片崭新的天地。

立志闭门苦研雕刻字画工艺品

郭辉杨从小就有一个爱好，就是搞雕刻字画。他生活在山区，满山遍野到处都是竹木杂草。小时候，他经常把自己想象的图案和文字雕刻在竹木上，然后放在案头，自我欣赏。长大以后，他一直没有放弃这方面的爱好。受他的影响，四弟郭颐杨也爱好书法创作。

于是他决定去搞雕刻字画工艺品，从这里闯出一条生路来。

他的此举遭到了妻子的强烈反对。妻子有门缝纫手艺，想回老家开家缝纫店，养活全家。

妻子泪水涟涟，几乎哀求地说道："辉杨，看在孩子的份上，我们去开店吧。"

郭辉杨始终不松口。他是个对追求非常执着的人，看准的事任何人的劝说都无济于事。依现在家庭这种条件，妻子与孩子自然没办法跟他一起搞雕刻字画。2000年下半年，妻子含泪提出分手，郭辉杨毫不犹豫答应了，十分仗义地把家里卖房剩下最后一点现金留给妻子，自己义无反顾走进弟弟家里，一心扑在雕刻字画工艺品研制上。

很快各种议论纷至沓来。

"神经病""吃饱了没事做""癞蛤蟆想吃天鹅肉"。

已经习惯别人议论的郭辉杨自然一笑了之。

郭辉杨遇到真正的压力还是来自自身。

郭辉杨仅有初中文化，研制的是文化含金量很高的雕刻字画工艺品，

难度之大可想而知。

为了提高自己的艺术水平，郭辉杨到过浙江、深圳等地工艺品市场，调查了解，拜师求艺，有一次，他看见一块雕刻工艺品特别精美，蹲在地上看了又看，摸了又摸，仔细琢磨其工艺，天不知不觉暗下来。郭辉杨痴痴呆呆的模样，把店老板吓了一跳，以为遇到一位精神病患者，赶紧喊了几个人把他拉起来赶走。

郭辉杨对雕刻字画几乎达到痴迷程度。

一天，他在刮木板时手指头不小心被刀片划伤了，血迹斑斑。到了吃饭时，郭辉杨依然没有察觉，一边吃饭，一边想着制作的工艺品，最后，父亲发现了，他大吃一惊，才感觉手指头有点疼。

一次，他得了重感冒，在床上躺了一天。家人以为他会好好休息了。谁知，半夜时分，他独自一人爬起来，又在桌前雕刻了。一干就到天亮，直到满头大汗，体力不足才罢休。

郭辉杨对雕刻字画的“痴迷”还体现在认真上。他曾制作了一批竹夹板工艺品，有人看中了，要掏钱买。但他认为这些工艺品达不到自己的要求，毫不犹豫地毁掉，一件也不卖。有一次，他花了一天一夜制作一块字板，受夜间光线的影响，第二天一看完全不是自己想象的模样，字板一旦刻成就无法返工了。眼看自己的心血毁于一旦，顿时，痛苦、失落、悲伤像潮水般涌下他的心头，泪水不由淌落下来。失望之下他非常愤怒地把一桶颜料水踢翻了，水流了一地。事后，很多人看了都认为不错。

为了搞好雕刻字画，他曾立下毒誓：雕刻字画不成功，出家当和尚。

为此，他断了一切杂念。去年下半年，一位亲邻见他孤苦钻研，主动牵线搭桥，想把县城一位女教师介绍给他。谁知，话刚出口，就被他一口回绝了。

据家人介绍，郭辉杨自从进入了弟弟家门后，除到几个大城市考察学艺外，两年来，基本足不出户，每天躲在弟弟家楼上刻刻画画，几乎成了古代的“绣花小姐”。

苍天不负有心人

苦苦奋斗的郭辉杨得到了家人的理解和全力支持。

三弟郭凯杨家境富裕。他无条件为哥哥雕刻字画提供一切便利条件，负责哥哥吃穿等一切开销，有时，哥哥研制受挫，他总是轻言细语地安慰他：“哥哥，大胆去搞，我们都支持你。”

四弟郭颐杨已经学业有成。他在湘潭师院任教，是中国书法家协会会员，著有《书法教程》一书，在书法上是位有一定造诣的专家学者。他也非常支持大哥钻研雕刻字画，常常手把手教其基本要领，使郭辉杨在短时间内学艺大长。令人扼腕的是，去年下半年，年轻有为的郭颐杨不幸意外病逝。这使郭辉杨深受打击，一度茶饭不思，悲痛欲绝。

但沉浸在悲痛中的郭辉杨很快调整心态，他意识到只有搞好雕刻字画，才能安慰弟弟在天之灵。郭辉杨足不出户，夜以继日地学习与研制，终于使自己的雕刻字画工艺品日臻完善，引人注目，他刻制的古代名人字画达到一丝不差的地步。

他的雕刻字画工艺品得到上海师大中文系博士生导师黄礼华、杭州大学历史系博士生导师郭世佑等的一致肯定，南京大学博士生刘湘兰女士看了他的作品，认为这是不可多得的工艺珍品。

他的雕刻字画工艺品频频被湘潭市潭洲书画院收购。

他的名声传开后，深圳、福建等地一些工艺品制作企业要高薪聘请他。

去年底，江西井冈山一家工艺厂千里迢迢找到他，要求合伙办厂。

但这些都被他谢绝了。

他有一个心愿，就是在当地办一个雕刻字画工艺厂，而且是残疾人福利厂，因为他二弟是名残疾人，他十分希望当地残疾人走上富裕安康之路。

如今的郭辉杨不愧为一名正直、善良的人。

谁之错？

在日常巡警中，济南市公安局禁毒支队发现了一起利用QQ群进行贩卖毒品的特大案件，成功抓获犯罪嫌疑人13名，端掉制毒窝点三处，缴获“冰毒”630余克。让民警大吃一惊的是，贩毒幕后老板竟是一名14岁的少年。小小少年不在校园读书，为何去贩毒？

少年辍学，父亲逼儿早自立

2000年3月出生的张强系山东济宁市梁山县梁山镇人。张强的父母虽然生活在农村，但张强是夫妻唯一的男孩，因此，张强从小生活在蜜罐中，衣来伸手，饭来张口，生活无忧无虑。由于父母的骄纵，张强从小养成了懒散的习惯，贪玩，不爱学习，上学三天打鱼两天晒网，经常迟到早退，到了小学五年级，他干脆不去上学了。

眼见儿子辍学，张父又气又急，几次强拉着他去学校读书，谁知，刚到学校没几分钟的张强转眼就跑得无踪无影。12岁那年，张强彻底辍学了。

张父看到张强整天东游西逛，无所事事，十分生气。他对张强说：“你不上学，不学点本领，以后拿什么挣钱？”张强不服气：“不上学一样可以挣钱，像二叔那样，他一天学也没有上，不是一样挣大钱。”原来，邻村有一个他们喊二叔的人从小没有上过学，这几年跑运输挣了不少钱，张强搬出他为挡箭牌。

张父很气愤，一怒之下冲口而出：“那好，从现在起，你每天给我挣二十块钱回来。”张父想通过这一招，逼儿子重返校园。

倔强的张强毫不客气顶道：“挣就挣，我不上学一样可以挣钱。”说完，张强头也不回走出了家门。

他来到二叔家，说要像他那样开车搞运输挣钱。二叔笑了：“一个娃娃，不好好上学，能挣什么钱。你以为开车就能挣钱啊，你想得太天真了，我看你还是听父母话，赶紧回去上学吧。”

无论张强如何哀求，二叔始终没有答应。无奈之中，张强只好走了，但他不想就此服输，计划通过捡破烂挣钱。他不捡不知道，真正开始捡了，才知有用的破烂是如此少，捡的人是如此多，他捡了一天，跑了二十多公里路，鞋都跑烂了，一天下来，才挣五元钱。他知道此路不通，但还是不愿回家上学。

张强年纪虽小，但极有想法，他想起了有一个比他大几岁的小伙伴，现已参加工作。他经常吹嘘说，一个月能挣 1500 元，于是，张强找到他，求带他去找工作。小伙伴笑了：“我爸是厂里的二把手，这个工作是我爸找的，但我爸就只能帮我，不会帮别人。”张强很失望，正准备走时，这个小伙伴又说了句：“我听别人说在网吧上打游戏也能挣钱。”

“是吗，不可能吧？”张强半信半疑。小伙伴信信誓旦旦：“不信，你自己去看看嘛。”

张强来到网吧，极少上网的张强被网吧中激烈的打斗声牢牢吸住了。他看了一家又一家，看到有的网友确实在打游戏，打不过人家，就通过汇款转账的方式购买游戏装备。看来玩游戏的确可以赚钱，但此刻张强身无分文，只好灰溜溜回到家。

回到家，张强一头扎进房间，张母喊他吃饭他也不理，张父以为他已经后悔了，就说：“儿子，外面的钱不好赚吧，明天，我看你还是去上学吧。”

张强的回答出乎张父意外：“老爸，你给我 1000 块钱，我要去上网。”

张父的火一下子又上来了：“你有毛病啊，不上学，上什么网。”

“我不管，反正我想好了，我要通过上网挣钱。”说完，张强笑了笑，“你放心，我一定会挣大钱的。”

张父听到儿子十分天真的话，火更大了，于是，二人你一言我一语吵了起来。

张母听到父子俩争吵，赶紧走了进来，把张父拉出房门，悄悄地说道：“孩子天天待在家里也不是个事，既然他想上网挣钱，就让他出去试试吧。”

张父余怒未消："不行，上网只能花钱，还没听说上网还能挣钱。实在不行，就让他出去打工吧，让他吃吃苦，受点教育，知道挣钱的难处，早死了这条心。"

妈妈一想，也对："行，就让他去打工吧。他这个年纪，出去找工作肯定没人要，到时候还得回来，那时候让他上学，他还不是得乖乖去上学？"

夫妇俩商量好后，张母拿着500元钱，敲开了儿子的房门，说："你爸只同意你出去打工自立，这是你的生活费。"

张强一个鲤鱼打挺就坐了起来，攥着拳头说："好，打工就打工，妈，你放心，我一定要做出番事业让你看看。"说完，张强不顾妈妈拉扯，扭头就走。看到儿子渐行渐远的背影，夫妻俩横下一条心，没有再追赶。

一个年仅13岁的少年就这样走出了家门。

沉迷网络，无知少年连连中招

走出家门，张强来到了济宁市。他找到当地人才市场，计划找一个工作。人家一看他的身份证，立刻摇了摇头："我们不招童工。"他找了几家餐馆，有的门都不让进，更不要说找工作了。

张强不信邪，来到网吧，点开人才网，各种招聘广告扑面而来。张强在搜索一栏上填写"年龄14岁"开始搜索，"嗒"一张空白网页弹了出来。张强看着空白网页，愣了几秒后又开始反复刷新，还是没有。张强不死心，又登录了其他网页，甚至将工作地点设置为全国，还是没有。他终于明白了，他这个年纪根本不可能打工挣钱。

但他不愿意就这样回去。他来到网吧，计划打游戏，出卖装备赚钱，几天下来，他发现根本不是人家的对手，不说赚装备，他不买装备，有的游戏就玩不下去。

百无聊赖之际，他找了部香港黑帮片开始有滋有味地观看。电影里打打杀杀的镜头很快吸引了张强，张强目不转睛地盯着屏幕，就在电影进行到最高潮的时候，一个血腥的镜头牢牢吸引了张强。

两帮黑社会进行毒品交易，一边带了一皮箱面粉似的毒品，而另一边是一皮箱码得整整齐齐的厚厚的钞票。毒品老大拿着一把美钞，在得意洋洋地炫耀着。看着花绿绿的钞票，张强的眼睛一下子睁大了，天啊，太容易赚钱了，如果我也像他们那样搞毒品交易，岂不是要发大财？

无知的张强忽然产生了一个强烈的念头，我能不能像他们一样去贩毒呢？

他试着问旁边的网友，有没有毒品出售。一个网友笑了，告诉他网吧基本没有，只有 KTV 或酒吧才有。

发财心切的张强二话没说，去寻找酒吧。夜里 11 点，济宁的街道越发凄冷，形单影只的张强蜷缩着身子在路边四处探望。

很快，他看见了一个夜总会，走了进去，找了个角落认真地观察。一会儿，张强看见了包房墙角出现一个奇怪的现象：只见一个年轻男人看似不经意，却偷偷地把一粒小药丸，从桌子底下递给一中年男人，而中年男人立即掏出好几张百元大钞递过去。张强一下子明白了，这就是毒品交易。

完成交易后，年轻男子很快走出了大门，张强跟了上去，不知不觉间两人走了一段长长的路。

在一个路口时，这个年轻男人突然停下步伐，等张强走近，反身一把揪着张强衣领说："你在干吗？为什么要跟着我？"

张强赶紧用两手抓住男人的手说："大哥，我想做你的小弟。"男人一愣，随即笑了笑："做我小弟，你知道我是干吗的？"张强认真地说："我知道，你是卖毒的，我刚刚在里面看见了。"男人一听，吃惊不小，他狠狠地说："你要敢说出去，我弄死你！"张强一板一眼地说："我不说，我也想卖毒品，跟你一起贩毒，一起赚钱行不？"

这个男人被张强天真的样子逗乐了："小屁孩，你才多大啊，就想出来混，还想卖毒品？回家卖尿布吧你。"

张强的脸涨得通红："我是年纪小，但我一样可以卖毒品啊，大哥你就行行好，收了我吧。"说完，张强上前拉住男人衣角不放。

男人十分不耐烦，一把推开了张强："一个小屁孩，我没闲工夫带你玩，滚！"说完，头也不回地走了。

张强不死心，又跟了一段路。这男人恼了，拿起一根木棍，恶狠狠地说："你再跟，我就打死你，你信不信。"

看到这男人凶狠的样子，张强知道不可能再跟他。他呆立在街头，十分沮丧，但他不甘心，在他年幼的心里，法律不法律不重要，重要的是钱，只要能赚到钱，毒品又算什么。

铤而走险，小小少年成为毒品老大

张强回到网吧，他想网上应该也有毒品卖，他试探性地在电脑上输入“毒品”，让张强喜出望外的是，网络上果真有毒品信息。

张强来了精神，又开始在QQ群上搜索“毒品QQ群”。张强先是输入“毒品”，没有，又输入“K粉”，还是没有。张强觉得奇怪，毒品QQ群怎么会没有呢。迟疑了一会儿，张强在网页上搜索“毒品又叫什么？”五花八门的答案一下全冒了出来，有冰毒、白面、阿片。张强赶紧在QQ群上搜索“白面”，刷的一下，符合要求的QQ群，足足有两页，张强高兴坏了，立刻申请加入。

最开始加入的群是一个戒毒群，大家聊的都是戒毒体会，没有张强想要的毒品。有一天，他终于加入了一个毒品群，里面聊的全部是吸毒贩毒。通过一个群主的介绍，张强与一个广东毒贩阿泽联系上了。

此刻张强身上的积蓄，除去路费只够买一克冰毒，但他依然兴致勃勃前往广东。

到了广东，终于见到贩卖商阿泽。为了不让对方小瞧自己，张强谎称自己是“群主鬼魅”的小弟，阿泽倒也不在意张强的身份，只是询问张强需要多少。囊中羞涩的张强只好骗他说，自己原本带了几千元，可是钱包被偷了，兜里只剩零散的几百元钱，希望阿泽能赊点货给自己，回去后自己会以每克300元的价钱打回阿泽的卡里。张强见阿泽压根不理会这套说辞，又补充道自己以后会长期从他这里进货，以后都是合作伙伴。

阿泽摇着头说：“我最多只能赊给你一克。”一听阿泽松口，张强赶紧把兜里零碎的180元掏给阿泽说：“行，先来两克吧。回去我就把钱打你卡上。”阿泽苦笑着说：“我还真没见过你这么做生意的，看在群主的份上，这笔生意成交。”之后，阿泽一再告诫他要注意警察。

这时，张强才意识到贩毒有危险。他按照阿泽的要求，把两克冰毒藏在鞋垫下面，然后战战兢兢地来到火车站，排在队伍的后面。看着安检人员把乘客拦在安检门，拿着检测仪对着乘客浑身比画，张强的手心直冒汗。

或许安检员看见张强是个小孩，随便看了看，就让他通过了。到了济宁，张强以每克900元的价钱很快将毒品脱手，看着手里的1800元，张强心里乐开了花，这钱也太好挣了。按照约定，张强给阿泽打去了800元。野心勃勃的张强决定自己单干，并建立专属山东的毒品群。

2013年4月，张强开设“山东面粉厂”QQ群，QQ群发展迅猛，不过几天就陆陆续续有新人报到。有的新人会向张强购买毒品，而有的则希望张强帮助发展客源。就这样，在普通人用来联络感情的QQ群里，到了张强这里就成了毒品交易场所，在互联网的温床上，张强肆无忌惮地干着所谓的大事业。

在“山东面粉厂”的QQ群里，张强热络地和群友切磋交流自己的生意经。一天，有个群友忽然向张强请教如何自制毒品，并且还给张强算了算自制毒品的利润。

张强一看这的确是一本万利的好买卖。于是，张强开始自己制毒。张强首先从网上购买了一套化学设备，什么烧杯、酒精炉，之后又从广东那边购买原材料，可制毒远没有张强想的那么简单，折腾好长时间，自己的成果依然达不到毒品标准。

制毒这条路行不通，张强只好开发更多客源以获取利润。在之后的日子里，张强相继建立了三个QQ群，每个QQ群都有三五百人，张强的贩毒生意相当红火。很多慕名而来的新人纷纷向张强探讨制毒方法，而张强也会故弄玄虚地卖给他们一些根本行不通的操作方法。

就在张强混得风生水起的时候，QQ群上的异常动向引起了济南市公安局禁毒支队的高度警觉，他们发现了“山东面粉厂”的QQ群，并迅速对该群进行调查，很快将正在交易的毒贩首犯张强抓获归案。

2013年8月16日，济南市市中区人民检察院以涉嫌贩卖毒品罪批准逮捕张强。目前，该案正在审理中，张强将会因自己的无知付出沉重的代价。

长沙律师事务所陈律师就此发表了看法。他说青少年对事物的辨别能力不够，很容易受到社会不良行为的影响，作为家庭要很好地履行自己的责任和义务，不能轻易把孩子推向社会，否则最终结果只会害了孩子，毁了家庭。

人力资源争夺战

市场的竞争在一定程度上可以说是人才的竞争。一个企业要在市场竞争中获胜，就必须要有足够的优秀人才做支撑。为了吸引、挖掘人才，壮大自身人才队伍，各企业纷纷使出奇招妙计，开展了强力追逐。

这是间不大不小的会议室，里面烟雾缭绕。

刚才还欢声笑语，现在死气沉沉。刚才大家还在打哈哈，说些无关痛痒的玩笑，现在阴沉着脸，互相凝视，欲言又止，似乎再也无力述说了。

坐在左边的是一家国有工厂的厂长等一班人马，右边是一位姓王的技术员。

这天上午，王技术员向厂里提出辞职，准备离开工厂。另一家私营企业把他挖走，将委以重任和高薪。

厂长被这突如其来的消息打击了，王技术员是生产骨干，工厂很多技术问题需要他去解决。

厂长等人把他叫到会议室，十分耐心地劝说，从国家政策到厂里规定，温和、细致。苦口婆心，道理说了一遍又一遍，直说得喉咙充血，嘶哑，嘴唇干裂。王技术员始终不为所动，一言不发，呆坐在那儿，两只失神的眼睛，遥望着天花板，似乎那里就是他追求的天国。

厂长等人说着说着不再说了。他们心里清楚，以工厂目前的这种状况，他们要留住这个人才，已经无能为力。

第二天一早，王技术员迈着轻快的步伐走进了这家私营企业。

争夺人才资源，这不是战争的战争

人才毫无疑问是种资源，近年来，随着市场机制的完善和竞争的加剧，大家越来越意识到人才的关键性作用，把人才当成资源加以争夺。国企专业门类齐全，人才资源十分丰富，然而数量众多的国企在争夺和保住人才竞争中处于劣势，成了别人觊觎的“唐僧肉”，人才外流现象十分严重，流失数量逐步上升，而且流失的人才绝大多数是40岁以下的中青年，效益一般和处在亏损状态的企业人才外流现象尤为严重。

前不久，一位大型国企老总忧心忡忡地对记者说道，他的企业现在只有三分之一的人才在岗，企业运转日益艰难。

湘潭一家亏损企业生产骨干力量几乎跑光，只剩下几位年龄偏大的技术人员在那里苦苦地支撑局面。

这些企业为什么留不住人才呢？

企业效益差，人才收入过低，是其根本原因。小王是长沙某厂冲压车间一名技术员。1992年进厂工资只有200多元，由于企业亏损，几年过去了，到手的工资依然只有300多元，每月除去烟酒饭钱，所剩无几，一年到头，难以置一身像样的衣服。

小王家在农村，为了供他上大学，家里负债两万多元，原指望他参加工作归完这笔欠债，眼下单位是这种状况，自己收入又如此之低，归还欠债自是遥遥无期。

一天，一家私营企业招聘冲压方面的专业技术人才，工资是原工厂的五倍，他毫不犹豫辞职，选择了这家私营企业。

在株州一家企业从事技术工作的陈先生离开企业的原因，却是工厂过于复杂的人际关系。陈先生是1990年大学毕业。分在工厂技术科工作。这个科室有10多人，科长是位年近五旬的老头。这老头权瘾特别大，事事插手、过问，生怕别人谋算他的位置。刚进入社会的小陈不知深浅，经常向领导提出合理化建议，这老头知道后，心里非常不舒服。陈先生还经常利用业余时间撰写科技论文。有一次，他又撰写了一篇论文，这老头看见后，要求把他的名也署上，但陈先生没有答应。他不高兴了，逢人便说小陈大事做不来，小事不愿做，一天到晚牢骚满腹，写文章捞稿费。由于科长作梗，陈先生在领导心目中一直印象不佳，工资奖金最低不说，工作四五年了，还是初级职称，而和他一起毕业的同学，有的已是学科带头人，陈先生气

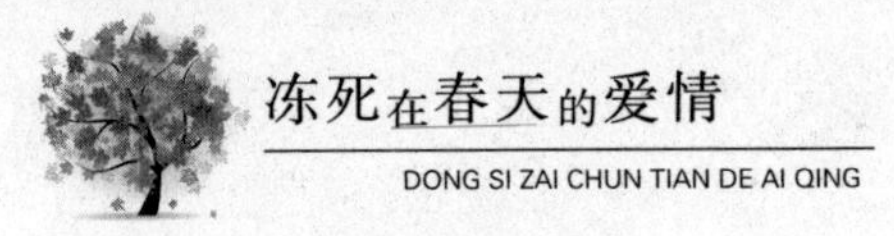

愤难平，只得一走了之。

可以说，国企复杂的人际关系常常挫伤人才的自尊心和积极性。

在常德一家工厂工作的刘成深有同感。他，1987 年大学毕业生，分到该厂也遇到了复杂的人际关系，但他默默地忍受了，每天埋头钻研技术，从不计交个人得失，他是颇有志向的青年，一直想开创自己的事业，但他经验不足，缺少社会实践，尤其是技术方面的实践。分到该厂从事技术工作后，他抓住这一难得的机遇，利用工厂现有的技术条件设备，积累到足够的技术资本后，立即辞职，风风火火办起了自己的企业，并从该厂挖走了一批技术人才。

实际上，有许多人才就像刘成为了打造自己的世界离开了国企。

一般来说，国企条条框框多，无法解决一些人才的实际困难，人才自己想留也留不住。老吴是长沙一家公司工程师，几十年来，夫妻俩一直分居两地。最初，他妻子单位同意放人，他公司都以人多为由不同意调入。好不容易做通工作，公司同意接收，他妻子单位却又卡住不放人。这样的拉据战一弄就是好几年，眼看妻子年年风尘仆仆，奔波劳命，于心不忍的老吴只好辞职，到妻子故土一家民营企业上班。

当然，这些企业虽然有种种劣势，但并不甘示弱，与其他企业一道，在争夺人才资源方面大显身手。

争夺人才，几乎每天上演的悲喜剧

为了挖掘足够多的优秀人才，他们纷纷想办法，出怪招，斗智斗勇，不知演绎多少被人津津乐道的话题。

创造一流的工作环境来吸引留住人才，这是湖南一家烟草企业的做法。他们强调要以事业留人，以优雅的工作环境吸引人才。他们先后投巨资改造了技术人员的工作环境和生活环境，尤其注意创造条件，为人才提供施展拳脚的舞台。有一位姓王的本科毕业生，进厂开始，以为只配给老师傅打打下手，到新岗位上班时，他才发现他所从事的是独当一面的技术性工作。他十分感动，在努力工作的同时，也经常把工厂的好处讲给同学、同乡们听。一传十，十传百，结果，大家都把到该厂工作为荣。在一次人才招聘会上，该厂原计划招聘 20 名技术人才，结果，到该厂报名的高层次技术人才的竟高达 600 名之多，绝大多数拥有本科学历，还有博士、博士后，令人惊讶不已。

中铁十六局却不计前嫌，厚待人才，以情留人，允许“好马”吃“回头草”，不仅仅反映决策开明，而且证明国企的自信。1998 年，一位名叫王挺的青年从兰州铁道学院取得地下工程专业硕士学位后，来到中铁十六局地下工程指挥部，不久被安排到该指挥部所属的广州地铁 2 号线江南新村车站工程项目部任助理工程师。由于文化理论基础扎实，加之好学上进，很快成为一名专业技术骨干。

正当单位领导对王挺寄予厚望的同时，没想到他却悄悄地“移情别恋”，于去年 9 月“跳槽”到一家私营建筑公司，并如愿以偿地担任工程部经理，月薪相当于原单位的 4 倍，老板还答应给他一套住宅。

然而，“跳槽”后不久，王挺发现这家企业并不像他原先想象得那么美好，虽然待遇方面与原单位有较大落差，但始终掩不住深深的失落感。不到半年，王挺就为自己的“见异思迁”而后悔了。他怀着侥幸心理于今年 2 月向地下指挥部领导发出了自己的心声。让人意想不到的是，地下指挥部竟然又一次接纳了王挺和原先随他一块调出的妻子，并任命他为江南新村项目部副总工程师。此举虽引起不小的争议，但必然在流失人才心中激起涟漪，看到重返岗位的光明和希望。

硕士研究生毕业的刘平享受了一回“上帝”的待遇，他研制成功一支电子笔和一套计算机软件，该产品具有广阔的市场前景，引起了众多电子企业的注目，一个又一个大企业闻讯后，马上派人找到刘平，以优惠的待遇为条件，动员他前去工作。一些小企业也以合作分成作为条件千方百计要留住他，于是希望得到这名人才的各方展开了人才争夺战。你给他加薪我也再加薪，弄得不可开交。最后，一位精明的私营企业家大胆地说，现在我们不加了，等你们加定了，我们乘以 4。就这样，这位姓刘的研究生连人带技术一起被弄到了这家私营企业。

在广州一家电器厂任总工程师的文先生有一手技术绝活，任何有问题的电器产品，他只要看一眼，用手试一遍，电器毛病基本能说上个八九不离十。因此，他设计的电器性能非常稳定，返修率几乎为零。电器厂十分看重他，给了他丰厚的待遇，这种物质的待遇也是其他电器厂望尘莫及的。

文先生有如此高强的本领自然不缺钱，但他的心灵却十分空虚。他十分好色，看见漂亮的女人，眼睛倏地直了，人傻子般站在那儿，久久回不过神来。他这一表情被一家小型电器厂主尽收眼底。这家小电器厂主的情妇兼女秘书是位十分漂亮风骚的女人。为了企业的生存，这厂主咬了咬牙，

把女秘书推给了文先生。文先生收到如此重的“厚礼”，喜得合不拢嘴，点头哈腰，感恩戴德，他毫不犹豫地辞去原来的岗位，投奔这家小电器厂。

在争夺人才战中，以借用方式的居多，只不过有明暗之分，像林师傅就属于暗用。林师傅在上海一家国营厂工作，技术水平高超，是工厂难得的生产技术性人才。有家乡镇企业看中了他，几次提出要以高薪挖走，但都被林师傅拒绝了。他舍不得工作了几十年的工厂，舍不得熟悉的同事，熟悉的工作环境，尤其是舍不得即将到手的退休工资。后来，这家乡镇企业改变了策略，只借用他星期六、星期天休息时间，到企业进行技术指导与传授。林师傅爽快地答应了，他没有跟厂里打招呼，独自一人悄悄地溜出厂门。每当夜深人静，人们休息的时候，在这家企业车间里经常可以看见他忙碌的身影。

值得珍惜的人才资源

种种迹象表明，现代经济越来越依赖于高、新、尖科技的发明、创造与开发应用，商品竞争、科技竞争，无一不归结为尖端人才的竞争，但是21世纪高新技术人才短缺将是一种普遍的现象，关键性人才更加匮乏。如今随着企业机制的不断变化，人才流动更加自由便捷，可以预见由此引发的人才争夺将会更加“白热化”，而且其花样会不断翻新。因此在认识、调整人才培养及人才使用这一战略问题上，必须保持清醒的头脑，认清形势，明确目标，绝不能掉以轻心，麻痹大意，错失良机。

一是要把各类人才开发作为企业战略性任务来对待，更新人才理念，确立人才是资源，是第一资源。高度重视人才在市场竞争中的作用，不断调整人才争夺策略，使企业在人才争夺中立于不败之地。

二是要充分发挥现有人才的聪明才智，为人才提供表演的舞台。破除论资排辈的旧观念，重点在用人机制和分配机制上有所突破，使用现有人才，要坚持公开、平等、竞争、择优的原则，真正做到能者上，劣者下。在分配上遵循按劳分配的原则，按技术含量高，业绩大小实施分配，从而调动他们的积极性和创造性。

三是要尊重人才、爱惜人才，为人才创造较好的工作环境和生活环境。有许多人才在单位纷繁复杂的人际关系面前常常感到手足无措。由于不善处理人际关系，他们的才能常常得不到应有的体现，工作中的业绩得不到应有的评价和回报，从而挫伤了他们的自尊心和积极性。因此，一定要采取有力措施消除这些人为因素和障碍，努力为人才的脱颖而出开辟道路。

四是要敢用强人，不怕超己。凡是唯才是举、任人唯贤的人，事业无不取得成功。如一家汽车销售公司老板大胆起用强过他的一位销售经理。该销售经理有不屈不挠而又吃苦耐劳、脚踏实地的作风，这位老板看中了他的这些优点邀请他来销售公司任职，这位销售经理任职后，果然出手不凡，大刀阔斧进行了一系列行之有效的改革，建立了非常灵活有效的销售网络，使原先死气沉沉的销售局面为之一变，一度占领了中南 40% 的销售额。

我们倘若以此接招，在人才资源争夺中又何往而不胜呢？

勇救难妻

今年28岁的荷花出生在湖南一个偏僻的小山村里。前几年，在父母的极力撮合下,她同一名叫大春的男人结了婚。然而,荷花不喜欢大春,嫌他丑,没风度，不潇洒，她另有一位相好。这相好十分疼她，经常给她买衣服，她以为找到了自己的另一半。于是，俩人约定第二天去广东打工。谁料，这天晚上,大雨滂沱,洪水突然袭来,夫妻俩顿时面临绝境。在这场生死较量中,已知真相的丈夫勇敢地挺身而出……她猛醒了，苦求的爱情原来就在身边。

一场突如其来的洪水

这天傍晚，天池像被人捅了一个大窟窿，雨水倾盆而下，天地顿时变得白茫茫一片。很快，汹涌的洪水涌进了村里，冲向低洼处。

由于白天太劳累，加上明天要早起来，所以，荷花早早地睡了，她并不知道村里进了水。

荷花的家在村东头河边，地势比较低，汹涌的洪水很快包围了她的家。荷花做了一个梦，看见自己浑身是水。忽然，“轰隆隆”一声炸雷，把她惊醒了。她急忙开灯一看，雨水已经淹到自己脚边了。何花的家是栋土砖房，随着雨水的浸泡，泥土正在一块块脱落，土砖房眼看就要倒塌，她惊恐万丈，急忙呼叫：“大春，大春！”

大春睡在隔壁，大春个子比较矮小，皮肤黝黑，脸上布有细小的凹凸不平的斑点，令荷花十分讨厌，加上前不久跟邻居的一场纠纷，荷花更加不满了，于是坚决与他分床而居。

那天，因承包田用水的问题，荷花跟同组的一个妇女打起来了。荷花人长得比较高，身强力壮，很快把这个妇女按倒在地，左右开弓，把这个妇女的鼻子打出血来了。幸亏有人劝架，两人才住手。这件事惊动了双方父母和村里，大家进行了调解。在调解中，作为一家之主的大春，没有力争，听从对方的条件，迫使荷花认错，赔偿了医药费。这件事使荷花羞愤难忍，恼火万分，认为大春在外面逆来顺受，一副窝囊象，丢了她的脸，使她在村里抬不起头来。从此荷花再也不理大春，决定离开这个家远赴广东打工。

大春是一个忠厚本分的男人。妻子一时想不开，与他分居，他也不计较，所以，平时妻子荷花没有喊他过去，他绝对不进去。现在，听到妻子的惊喊声，大春倏地惊醒爬起来，发现家里积水已达到齐腰深，他顾不上穿衣裤，立即跳进水里，连划带爬来到妻子身边。

此刻洪水不断涌来，家里的木制品漂浮在水面上，在那里荡来荡去。墙面的泥土在“扑通、扑通”作响，不停地掉落。妻子荷花吓得眼泪直流，浑身发抖，说不出话来，大春二话没说背起妻子急忙向门外冲去。

大春夫妇俩刚出家门，只听“轰隆隆”一声巨响，土砖房倒塌了，一股浓浓的泥尘迎面扑来。顿时，俩人吓得面面相觑，说不出话来，荷花更是紧紧抱住大春不放，害怕丢失这个唯一的依靠。

这时，暴雨依然如注，洪水在继续上涨。在这伸手不见五指的黑夜里，大春背着妻子荷花站在汹涌的洪水里，一时不知怎么办才好。突然，天上闪出一道亮光，大春看见不远处有一棵大树，他和妻子迅速游过去，爬上了树。

惊心动魄的漆黑之夜

这是一棵老桂花树，小时候，大春经常在这里玩，十分熟悉树末枝节。他把妻子放在一根较大的树枝上。然而，荷花已被吓得魂飞魄散，死死地搂着大春不放，哭诉道：“大春，我们会死在这里的，我们赶快跑吧。”说完她号啕大哭，不能自已，竟从树上跳进水里，在跳水的过程中把大春也带进了水里。

幸亏大春从小生长在河边，会游泳，他马上向妻子荷花游过去。荷花不会游泳，在水里时沉时浮，手脚乱蹬，拼命挣扎。大春一把抓住何花的手，拼命往前拖。不料，急昏了头的荷花用另一手死死抓住大春的后衣领，

使大春几乎喘不过气来。大春一边拨开她的手一边喊道："快，快松开手。"已缓过来的荷花终于松开了手，大春拉着荷花乘机拼命往前游，经过一番挣扎，俩人又重新爬上了树。

大春把妻子放好后，已经精疲力竭，但他怕荷花再犯傻，干脆抱着她坐在树上。然而，荷花通过这番折腾，人反而镇静了许多。她看见大春有气无力，于是，不再要大春抱，自己挣扎起来，紧挨着大春坐下，她拉着大春的手，十分担心地问道："大春，这地方安全吗？"

大春看见妻子清醒了许多，心里一阵惊喜，忙说："安全，绝对安全。荷花，有我在，你放心，我保证这地方绝对安全。"说完，他紧紧握着妻子的手。何花悬着的心终于放下来了，依偎在丈夫怀里，静等天亮。

突然，天上劈来一道闪电，荷花看见树梢上有一团黑糊糊的东西在游动。她大吃一惊，立即尖叫起来："蛇，蛇，一条蛇！"她边说边急忙站起来，一脚不稳，人"扑通"一声又掉进了水里。这次，荷花掉进水里，再没有挣扎，很快沉没在水里。

听到妻子的尖叫声，大春起初也吓了一跳，刚准备打蛇，却看见妻子一头栽进水里，也毫不犹豫跳下去。这次，他非常幸运，很快摸到了妻子何花，并把她托出水面。荷花没有受伤，顺利地爬上了树，总算脱离了危险。

然而，荷花受此一惊，却诱发了心肌炎病，荷花从小心肌有点毛病，由于受到过多的惊吓，她感到心脏怦怦直跳，浑身直冒虚汗，一股热血直往头顶涌，头晕脑涨，"呼呼"直喘粗气。她感觉自己快要过去了，她碰了碰大春，缓缓地说道："大春，我恐怕不行了，我的心肌炎病复发了。"说完，不禁泪如雨下。

大春发觉妻子荷花手脚冰凉，脸色惨白，心里暗暗着急。忽然，他记起心脏病之类的病人不能激动，要绝对静卧。于是，他坐在树杈上，让妻子静静地躺在自己怀里。

此刻，天上依然飘着毛毛细雨，风在"呜呜"地叫。现在虽然已进入初夏，但这是山村，受山体的影响，日照时间短，晚上依然有点凉。妻子荷花的病似乎更重了，脸因痛苦而扭曲变形，不断冒出豆大的汗珠。她在痛苦地喊道："大春，我受不了啦，我真的好痛啊！"

大春一时也束手无策。他知道这样拖下去非常危险，但又不知怎么办才好。他一度产生这样的念头：把妻子放在这里，自己游走去喊人。然而，他觉得这样做太危险了，万一妻子掉下去，必然命丧黄泉，带妻子一起游走，也不现实，现在俩人已经精疲力竭，再加上天黑，情况不明，很可能发生意外。

于是，大春开始拼命地呼喊："来人啦——救命啊——"大春声嘶力竭地呼喊，他觉得这是唯一的机会了，可能是风声雨声的影响，大春喊破了嗓子，却无人应答。

大春几乎绝望了，他禁不住号啕大哭起来，实际上，妻子荷花要与人秘密去广东打工，他是知道的。他准备在妻子动身前，再找妻子好好谈一谈。他相信妻子只是一时糊涂，他是爱妻子的，也珍惜这个好不容易建立起来的小家庭。然而，现在看起来，这一切都晚了。

大春决定冒死一搏，他把妻子轻轻抱起来，准备跳进水里，朝对岸游去。这时，妻子荷花说话了，她慢慢地说道："大，大春，不要跳，很危险。你到水里摸摸看，那里有特效药。"

荷花的一席话，提醒了大春，他记起来了，妻子睡的床头柜，有治这种病的特效药，床头柜还装有其他东西，按理应该还埋在水里。

大春知道现在必须争分夺秒，他放稳妻子后，立即跳进了水里，向倒塌的土砖房游去。

这时，雨已经停了。天上也有了一点光亮，原先湍急的水流已慢慢缓下来，周围形成了一个大水坑。土砖房虽然倒塌，但屋顶依然扣在水里，家里的东西全部压在水下面。

妻子荷花睡在东头，床头柜也在东头。大春掀开屋顶瓦盖，双手抓住横梁，用脚往下面踩了踩，很快，他就踩到了床头柜。他记得药在床头柜的上层。他一头扎进水里，用手在里面摸了摸，果然，摸到了一个药瓶子，他拿出来后，迅速返回树上。

由于处在密封状态，药品没有损坏。妻子荷花服后效果明显，病情缓解，心口不再疼痛，还能开口说话，这使大春大为宽慰。他不断鼓励荷花："荷花，我们一定要坚持。天很快就要亮了，大家会来救我们。"荷花点了点头，知道有大春她一定有希望。

天渐渐亮了。大春夫妇惊讶地发现，这地方早已汪洋一片。现在，虽然停了雨，但水势依然没退，是在这里等待救援，还是想办法逃出去呢？

又遭厄运

大春考虑妻子的病情，觉得逃出去是目前唯一的办法，前面不远处有

一片绿洲，与陆地相连，从那里上岸就可以平安脱险。

他从倒塌的土砖房里找到一只木脚盆。这地方离绿洲不远，让妻子坐在脚盆上，他慢慢推过去，完全可以。

大春小心翼翼把荷花从树上托下来，放在脚盆里。他一只手抓紧脚盆，一只手拼命划水，手脚并用，奋力向绿洲游去。荷花第一次坐这样的“船”，自己不会游泳，加上身上有病，人坐盆里，心里紧张得直发抖。她双手死死抓住脚盆边，一动也不敢动。

忽然，一个浪头打来，荷花重心失去平衡，连盆带人翻倒在水中。荷花连呛几口河水，心口一阵疼痛顿时传遍了全身。幸好荷花的手死死抓住了盆边，大春从下往上顶，荷花很快浮出了水面，但俩人正流向河口，一旦进入河道，俩人都有生命危险。

大春知道目前情况不妙，他怕荷花再度紧张，赶快说道：“抓稳脚盆，不要松手！我们快到了。”

大春抓住脚盆边，全力以赴带着妻子荷花向岸边游去。这时的大春由于用力过度，眼冒金星，手脚软绵绵的，有一次他眼睛一黑，差点沉进水里，但他始终没有松开脚盆，他有一个顽强的信念：要死同时死，要生同时生，他决不丢下妻子。

于是，大春咬紧牙关，用脚踩，用肩顶，终于，他抓到了岸上伸向水面上的树枝，俩人连爬带滚上了岸。

夫妻俩虽然累得喘不过气来，但总算松了一口气，庆幸俩人平安脱险。大春和荷花休息一会儿后，决定离开这里。然而，谁也没有料到，厄运又一次降临到妻子荷花身边。

在没膝的草丛里，大春扶着荷花向村里走去。走在左边的荷花倏地“哎哟”一声，蹲在了地上。大春看见一条青色的蛇飞快地溜走了，他的脑袋“嗡”的一声炸响，心里咯噔一下：糟糕，荷花被蛇咬了。

咬伤荷花的是一条竹叶青蛇，这是种剧毒蛇。荷花的脚面很快肿胀起来了，人痛得直不起腰来。大春长在农村，在治蛇伤方面有一定的经验。他马上摘下自己的裤腰带，扎住荷花的腿，又找来一片尖尖的石头，按住荷花的脚，在上面划了一道口子，一股污黑的血立即涌了出来。

大春轻轻地挤，污黑的血不断地流出来，他的旁边恰巧有治蛇伤的草药。他拔了出来后，用嘴嚼了嚼，把它糊在荷花脚上，用上衣包扎起来，然后他蹲下，示意荷花趴在他背上，他知道荷花已经无法行走，只好背着她去镇医院了。

以前大春背着荷花可以百米冲刺,但现在不行了。大春背着荷花走路时,双腿发软,踉踉跄跄,浑身直冒虚汗,走一步停三步。当大春欲跨过一条小沟时,不小心被一块小石头绊了一下,俩人摔得四脚朝天,大春的手肘部被擦掉一块厚厚的皮,血流如注,大春一时痛得呲牙咧嘴。

荷花看见了,心里很难受,忙说:“大春,你背不动我,你把我丢在这里,去村里喊人吧。”

大春十分担心妻子荷花的安危。他果断地说道:“这样不行,万一病情发作很危险。”接着,他爬起来有意走了走:“你看,我没有问题。你趴在我肩上,我再试一次。”说完,大春不由分说背起荷花继续前行。

荷花看见大春气喘如牛,寸步难行,知道大春用尽了最后一点力气。她拍了拍大春的肩:“大春,大春,你放我下来,你背着我很难受。”

大春小心翼翼把荷花放下来。荷花继续说道:“这样吧,你扶着我走,看行不行。”荷花试走了两步,一股刺骨的痛传遍了全身,她十分痛苦地说道:“大春,我不行。你还是去村里喊人吧,这样快些。”

为了争取时间,大春只好接受了荷花的建议。他脱下上衣,让荷花坐在地上,立即深一脚浅一脚向村里跑去。

不久,大家赶来了,七手八脚把荷花送进了医院。

情深义重的丈夫,让我再爱你一次吧

经过抢救,荷花终于脱离了危险。调养一段后,荷花顺利康复出院。

这时,洪水已完全退了。荷花的相好又找到荷花,约她一起去广东打工,这次,荷花一口回绝了。

荷花有点愤怒地说道:“在我生死攸关的时候,你来了吗?没有,来的只有我家大春,你走吧,我再也不会理你了。”

的确,这场洪灾给了荷花强烈的震撼,她明白了自己的丈夫才是唯一的依靠,只有他才能伴随自己度过风风雨雨。

不久,夫妻俩又回到了昔日的家,这时的家已成一堆瓦砾。

望着残垣断壁的土砖房,大春禁不住哀声叹息,荷花却二话不说立即开始清理现场。

荷花温存地对大春说道:“大春,家毁了不要紧,我们有双手可以重建。”

荷花的一席话说得大春心里暖烘烘的，荷花以前不是这样呀。

荷花开始一心一意建设自己的家园，她找亲戚朋友借了一笔钱，俩人齐心协力很快在原地又建了一栋砖瓦房。

荷花诚心诚意对待大春了。

有一天深夜，大春感冒发高烧，说胡话。此刻外面正刮风下雨，荷花冒雨跑到镇医院，喊来医生，之后，熬汤煎药，一直忙到天亮。

大春病好了后，荷花拉住大春的手，真诚地说道："大春，以前我错怪了你。通过这次风雨，我终于明白了，一个人心好比什么都重要。从现在开始我们一起好好过日子，好吗？"

望着变化中的妻子，大春不觉流下了一串幸福的泪水。

一颗毒瘤

市场经济应该是诚信经济，但欺诈现象始终伴随左右，尤其是单位欺诈，比较凶猛，十分容易使人受骗上当。因此我们要有高度的警惕性，纷纷行动起来，割除单位欺诈这颗毒瘤。

最近，湖南省通道侗族自治县爆出一条新闻：一名职工伙同不法商贩，假借本公司名义经营，竟迫使这家公司破产倒闭。

通道烟草公司职工曾某（已捕）伙同广东不法商贩，伪造公司合同专用章，假借公司的名义，到四川省眉山烟叶复烤厂签订购销合同，骗取该厂价值893万余元的烟叶。9月，又以同样手段骗取吉林省通化烟叶复烤厂价值386万余元的烟叶。两批价值近1300万元，曾某向局长兼公司总经理胡万新道出原委后，竟得到胡的认可，指示有关人员为其补办有关手续，之后，他们将烟叶运往广东经营。结果又被广东一伙商贩骗走，除收回200余万元外，尚造成1000余万元巨大的经济损失无法追回。通道烟草公司因此资不抵债，无法偿还，被迫申请破产，今年7月，胡万新因渎职犯罪被依法逮捕。

这是该县第一家被迫申请破产的烟草公司。目前，这种以单位名义诈骗现象正越来越扰乱着经济市场，危害社会与企业。

形形色色的单位欺诈

单位欺诈，顾名思义就是假借单位名义进行欺诈活动，它与个人诈骗相比，具有更大的欺骗性和隐蔽性，诈骗成功率也比较高。

利用军队、党政机关的名义从事诈骗是骗子们首选的目标。今年3月，长沙一家建筑公司通过他人介绍得知某军区后勤部拟建三栋总造价2000万元的宿舍楼。他们来到了这家军区后勤部下属某工程指挥部，只见指挥部设在一家农家大院，前面竖有一个硕大的招牌，上面写有“某军区后勤部某宿舍楼工程指挥部”，里面电脑等各种设施一应俱全，人员进进出出，忙碌不已。一位中校模样的军官带这家建筑公司的人来到一处空地，指了指前面的地方，告诉他们这是即将建宿舍楼的地方，几位农妇模样的人也迅速围拢上来，你一言，我一语，纷纷哀求这位中校征用她们的田地。末了，一位农妇竟要建筑公司的人出面帮她讲好话。如此逼真的表演，一下子迷住了这家建筑公司的人。他们签订了施工合同，并按照这位军官的要求，交了13万元定金。五天后，这家建筑公司的人赶来准备施工时，却发现指挥部人走屋空，不见踪影，原来这是骗子们精心导演的骗局。

注册虚假单位从事诈骗是骗子们常用的手法。据《检察日报》报道，宁波金诚集团有限公司原董事长张卫康，1996年4月间，拟虚假成立宁波保税区天欣国际贸易有限公司，为骗取工商登记，采用欺诈手段，虚报资本3000万元，骗取验资报告，从而骗取工商注册登记成立了“天欣公司”。1997年1月间，张卫康又故伎重演，虚假出资600万元，骗取工商注册登记，成立了宁波市汇东兄弟二族娱乐城。其间，共借得银行贷款500万元。后因经营不善无力偿还贷款，他有意隐瞒真相，要求向原长城航空公司借款还贷，并为其续贷提供担保，将续贷资金归还借款。长城航空总公司经理钱志良同意后（已判刑），他又以不具备抵押条件的产权、债权作为反担保，先后共诈骗贷款金额达1000万元。

深圳市的艾比艾实业有限公司则企图通过合法手段实施诈骗。1998年6月，犯罪嫌疑人李碧庆注册成立了深圳市艾比艾实业有限公司，通过各种手段取得美国ABA国际联营集团深圳代表处的法律授权，允许其使用美国ABA国际联营集团的名义进行商业运作，1998年6月以来，这家公司通过电话、传真等方式，大量向内地企业发送信息，自称在全球有1700余家联营机构，能够为国内企业提供产品促销信息服务，要求企业为其提供每年人民币 18000 元的“作业费”和产品成交额 1% 到 3% 的佣金。在长达 3 年的时间里，他们利用以上所谓提供服务的方式，共与国内 4000 余家企业签订了产品代理合作书，已实际收取各家企业有关费用高达人民币 9000 余万元，而实际上该公司仅与 3 家公司促成产品成交，交易金额也仅有 4 万美元，基本上仅凭空头的许诺，骗取了众多企业支付的佣金。

另一些骗子善于凭空捏造会议等名目从事诈骗活动。今年春节，在北京《小城镇建设》杂志社工作的刘某回湖南株洲探亲时，和戴某、杨某决定搞个农村税费改革调研会，骗取会务费和回程车船费。

4 月中旬，他们开始实施“宏伟计划”，先后非法印刷了 3000 份《关于召开全国农村税费改革调研会》的通知和落款为“中华人民共和国财政部”的信封，伪造了一枚“全国农村税费改革调研室”的公章。伪造的《通知》称，拟在安徽省黄山市经纬大厦召开全国县（市）乡镇两级农村税费改革调研会，要求参加会议的人员每个交纳 2850 元会务费和预付回程车船费。5 月，戴、杨两人又去北京和刘某会合，在北京向全国各地寄发了 2400 份会议通知。后来幸亏警方迅速出击，侦破此案，才使骗子的阴谋彻底破产。

近年来，一些黑社会性质的犯罪分子也纷纷打着企业组织这块招牌，干着诈骗的勾当。去年，长沙林某纠集一伙地痞伪造一张营业执照，成立一家电脑销售公司。他们把办公室精心打扮一番后，向外发布虚假信息，利用销售公司这块招牌频频到电脑生产厂家赊欠电脑。诈骗到手后，立即低价处理，卷款潜逃。他们采取打一枪换一个地方的办法，四处作案，有时骗局被电脑生产厂家的察觉后，他们往往采取暴力手段抢夺，短短一年时间，先后诈骗各种电器产品达二十余万元。

单位欺诈引发幕幕悲剧

骗子虽然手段耍尽，但目的只有一个：搞钱，这些骗子为了达到目的，往往不择手段，给社会、企业和个人带来的危害是深远的。

株洲的唐某以投资办厂开店为名，高息向周围群众集资，之后又将诈骗目标投向自己的亲朋好友。她的亲姐姐真以为妹妹为大家找到了一条致富路，毫不犹豫动员自己丈夫的亲戚把钱存入妹妹处，前后共计 20 余万元。她妹妹拿着诈骗来的钱，车子换了一辆又一辆，家里装修得富丽堂皇，过上了花天酒地、醉生梦死的生活，不到一年，几百万元骗来的钱财用来吃

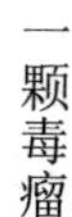

喝玩乐、付高息，挥霍一空。如梦初醒的姐姐心急火燎急忙四处追讨，然而，妹妹家里早已挤满了要债的人，任何值钱的东西都被债主们哄抢一空。面对丈夫及亲戚们的愤怒目光，蜂拥而至的讨债人群，愧疚不已的她悔恨万分，绝望之下，跳进湘江大河，一个好端端的家庭遭此横祸，家破人亡。

事后，犯罪分子虽然受到了法律的严厉制裁，但失去的永远失去了。

事实上，因受骗上当而酿成人间惨剧的，在现实生活中可谓屡见不鲜，也极易在社会公众心中产生恐慌心理。没有安全稳定的环境也会给当地经济发展，招商引资带来一定的负面影响。

前不久，一位外商忧心忡忡地对笔者说道，今年初，他们从美国组建了一个商人旅游考察访问团，准备到中西部一个地方投资办厂。当地政府和官员们非常热情，接待工作很周到，也很出色，使他们很受感动。然而当他们了解到当地一些情况后，却毅然地放弃了在当地投资的念头，原来，当地一些人经常成立虚假的企业和公司，引诱客商签订各种供销合同，从中骗取货物和定金。客商发觉追查时，他们就利用合同中客商偶尔疏忽的条款，倒打一耙，要求索赔，而当地一些部门和主管领导不但不出来主持公道，反而充当他们的保护伞，弄得很多客商哑巴吃黄连有苦说不出，只好垂头丧气地离开这个伤心之地。

一个缺少诚实的地方，外商自然望而止步。

同时，欺诈行为也会使企业多年苦心经营的成果毁于一旦，甚至带来灭顶之灾。

湖南有一家企业生产十分红火，产品畅销，生产工人每月收入近千元，在许多人眼里是家富得流油的企业。可惜的是，在一次经营活动中，该厂一名主管由于责任心不强、工作不细致，没有认真考察对方，被一家皮包公司骗去企业生产资料及资金500多万元。企业遭此一劫，经营很快困难重重，由于没有钱购买原材料和技术改造，也没有钱还贷，生产一直断断续续，企业效益也连年下滑，导致大批职工下岗，生活困难，一个好端端的企业因此濒临倒闭。

反诈骗任重道远

单位诈骗虽然具有一定的隐蔽性，但只要我们擦亮眼睛，伪装再深，再狡猾的狐狸也要暴露在猎人的枪口下，现露原形。

一是我们要提高警惕心。其实，骗子之所以能够行骗，还在于很多人轻信谎言，疏忽大意。只要我们多想、多看、多问、多留一点心，就不难发现骗子们留下的蛛丝马迹。今年5月中旬，一伙骗子声称广东有近亿元的工程投资项目，需要建设开发。长沙一家建筑公司经营人员与他们前去广东某地考察。这伙骗子指了指一块荒地，说这是他们的建设用地，接着又装模作样拿出一套建筑施工图纸，营业执照，合同公章等企业证照，粗看一下手续齐全，似乎可以签合同交定金了，然而，该建筑公司的经营人员社会经验十分丰富。他们设法找借口拖延时间，仔细认真地审查了施工图纸，发现许多地方牛头不对马嘴，又马上悄悄赶到当地工商、土地管理、建筑主管等部门进行调查核实，结果，很快戳穿了骗子的谎言，避免了十万元的经济损失，骗子们也被扭送到当地公安机关。

二是不能贪占小便宜。骗子们十分善于利用有的人爱占小便宜这一毛病实施诈骗。今年初，株洲一家私营企业需要一种颜料，该颜料市场上有但价格比较贵，有一天，来了一位自称江西某颜料化工厂的推销员，推销这种化工颜料。他拿出了该厂发给的证件、产品说明及质量保证书，报出的价格比市场价便宜三分之一，这私营企业主动心了，购买了近万元这种颜料产品。投入生产后，他才发觉购买的竟是伪劣产品。然而，骗子却早已逃之夭夭，无影无踪。

三是企业一定要完善规章制度，堵塞各种漏洞，不给骗子们可乘之机。驻湘一家建筑工程局十分注重抓好防范企业经营风险工作。他们专门制定了《关于加强企业管理，规避经营风险的暂行规定》，从财务、项目、营销合同等多个方面建立了一套规范、科学化管理体系，尤其在规避经营风险，防止诈骗等方面采取了切实可行的办法，确保了全局所有单位和项目均处于受控状态，不留死角，防止和化解了企业经营风险。该单位建立起来的这道“防火墙”成功地阻止了几起骗子们制造的诈骗活动。

四是执法部门要加大打击力度，为企业的生产经营创造一个良好的社会环境。我们看到，在极少数地区和部门地方保护主义比较严重，有的执法部门一些腐败分子还充当诈骗分子的保护伞，为他们的诈骗活动打气撑腰，弄得一些受了骗的企业告状无门，申诉无路。现在，全国上下开展了声势浩大的打黑除霸等活动，打掉了一批诈骗犯罪分子和他们的保护伞，这是非常及时的，也是大快人心的，起到净化社会环境，推动企业发展的作用。通过这次活动，对从事诈骗犯罪分子可以起到强大的威慑作用。

我们应当坚信，欺诈行为毕竟是见不得阳光的邪恶，只要我们认真行动起来，把骗子当成过街老鼠，人人喊打，单位欺诈这颗毒瘤终究会从社会肌体上彻底清除。

今年以内，我国将铁定加入世界贸易组织。届时，五光十色的外国公司将蜂拥而入，展现自己最亮丽的色彩。现在，迫切需要——

企业登场打扮的故事

一天炎热的下午，清算组来到了一家企业，这家企业即将清算破产。

消息传出，空气仿佛凝固了。

操场前挤满了黑压压的人群，有白发苍苍的老人，有走路微微颤颤的残疾人，有身强力壮的工人，甚至还有三岁孩童，挤着天真的笑容，默默注视眼前发生的一切，在他的心灵深处将永远记住这悲痛的一幕。

人群中很多人跪倒在地，涕泪交流，号啕大哭，愤怒地指着厂房，高声叫骂。站在人群前面的是厂长、经理、车间主任，他们茫然无措，惶惶不知所终……

这一切还得从企业的状况说起。

这家企业设备陈旧，工艺老化，厂房破旧不堪，生产出来的产品既老又丑，无人问津。由于效益上不去，最终企业连年亏损，大量职工下岗。现在，大家已快半年没有领工资了。工厂即将破产，活命的钱都没有了，像一堆曝晒已久的干柴，终于点燃了大家积郁已久的怒火，聚集在厂办公楼前叫骂、闹事。

这幕幕镜头是现今不少亏损企业的真实写照。它们都是因为生产的产品无销路，导致企业亏损，职工怨气冲天，聚众闹事，上访喊冤。

他们生产的产品为什么没有销路呢？

忽视形象倒了霉

据调查，绝大多数企业生产的产品，质量不存在问题，而且社会公众也需要，如卷烟、电器等行业，大多企业生产同一种产品，质量不相上下，然而最终的结果是有的企业上去了，富得流油；有的企业却连年亏损，生产难以为继。这种天壤之别的原因，关键在于产品的形象。有的企业生产的产品，又土又丑，或者模样虽好，却“养在深闺无人识”。而效益好的企业，生产的产品绝对形象好，被社会公众所熟知、接受、喜爱，大量购买，乐此不疲，可以说在一定程度上，产品的形象决定了该产品的销售量。

然而，有的企业却忽视了这一点，在市场竞争中打了败仗。有一家电视机制造厂最开初的时候，电视机卖得相当红火，有时彩电还要凭票购买。在这关键时刻，他们没有牢牢抓住这一难得的发展机遇，尤其是没有花大力气宣传自己的产品，在全国打响品牌。后来居上的电视机制造企业趁机在电视台等各大新闻媒体上几乎天天滚动播出他们制作的电视机广告，大力塑造品牌形象。久而久之，他们生产的电视机品牌深入消费者心中，被消费者接受，形成习惯消费。当这家企业清醒过来时，已经迟了，电视机销售市场已被其他生产厂家瓜分。在生产技术并不弱的情况下，由于没有销售规模的支撑，终于导致企业效益连年下跌，再想打造产品形象夺回市场已无能为力了，一个好端端的企业眼睁睁被兼并。

有的企业虽有意识提升产品的形象，遗憾的是，在操作中却弄巧成拙，闹出了啼笑皆非的笑话。

前几年，印有英文字母的T恤衫很受青年们欢迎。广东一家私营小衬衣厂也生产了一批。为了把产品搞得新颖别致，他们请了专业人员进行设计，不知是设计人员粗心所致，还是有意追求漂亮，他们在该衬衣上不负责任地印上了“请吻我”三个大大的英文字母，给消费者惹下了不小的麻烦。

一天，街头人声鼎沸，一位小姐突然尖叫起来，高喊“抓流氓”，只见一男青年抱住该小姐乱啃乱咬，口里不断念叨着“小姐，我爱你呀”。这男青年自然被抓，扭送到了派出所，问清原委后，大家又莫不哈哈大笑。原来该小姐正穿着这件印有“请吻我”的T恤衫，难怪该青年乱“吻”一气，自然这T恤衫遭到世人的谴责，再也无人问津。

还有的企业无视市场规律，自以酒香不怕巷子深，皇帝女儿不愁嫁，没有企业形象意识。前几年，长沙一家建筑公司承接了一个工程项目。该项目处于黄金地段，人来人往，是个宣传企业、提高企业知名度的绝佳位置。有关人员很快制作了有关宣传策划方案，公司经理审批时否决了此方案。他振振有词地说道：“我们公司在这里建房子，谁看不见嘛”，甚至施工标牌都不准写企业的名称，他认为建筑业是个特殊的行业，不像生产彩电冰箱企业，需要消费者的认可。当他看到要花费 1 万元时，更是火冒三丈，怒气冲冲地说道：“这是败家子行为。你想想，10 名下岗职工半年的工资啊。”说完，一副痛心疾首的模样。

由于否决了宣传方案，再无人开展形象工作，施工现场脏乱差现象严重，被建设单位通报批评。他们参加一个工程投标，因工程形象不佳，被业主婉谢，以后再也没能承建像样的工程任务，导致企业濒临倒闭。

不愿花钱宣传企业形象，这是当前少数企业经理们的一种普遍想法，当然很多企业却不这么想。

塑造形象有绝招

时下，这些企业非常注重企业形象及产品形象。他们在塑造形象上绞尽脑汁，想尽办法，千方百计把自己打扮得漂漂亮亮。

摄制电影宣传企业形象，这是第二汽车制造厂的绝招。它开了全国先河，二汽最开始生产的东风牌汽车由于国家物资部门不再包销，使二汽的汽车挤满了大街小巷。汽车滞销的原因不在质量，而在于全国用户不了解二汽的产品。为了扭转这一被动局面，宣传部门及时组织人力、物力拍摄了一部名为《汽车城》的大型纪录电影，向全国介绍二汽和二汽的产品。在当时电影还匮乏的年代里，挤满了观看这部电影的人群，引起各地汽车用户对二汽的注意，并在当年的汽车订货会上成交了一万多辆。二汽这次成功的公关业务宣传扭转了二汽产品滞销局面，在全国树立二汽设备先进、产品优良、服务周到的良好形象。现在，这种采用制作广告专题宣传片的方式被众多厂家采用，这也是一种十分有效的宣传方法，为企业创造了一个个销量神话。像“太阳神”，通过广告片的宣传，短短 4 年间，产值由 4300 万元窜升到 13 个亿等。

一天，一家管理旅游景点的公司，忽然发现公司操场不知何故飞来一群国家保护动物丹顶鹤在上面叽叽喳喳。这家公司老总知道后，立即采取了一系列“小题大做”的活动。他们及时通知林业部门和动物管理部门，

为不伤害这些丹顶鹤，请这些部门迅速派人前来协助处理这件事，与此同时，他们又电告新闻机构，在这旅游景点将发生一件有趣又有意义的捕捉丹顶鹤事件。新闻界被惊动了，认为这是一条有价值的新闻，于是，电视台、电台等新闻媒体纷纷派出记者进行现场采访和报道。新闻单位对这一行动进行了连续报道，既生动又形象，吸引了广大读者的目光。该公司头头充分利用在荧屏亮相机会，介绍了旅游景点的秀丽风光，清新的空气，因此吸引了大批鸟儿安居筑巢。通过新闻媒体的宣传也吸引了大批的游客，这家公司巧妙地利用新闻来吸引公众的注意力，结果不花一分钱，大大提高了该景点的知名度和美誉度。

今年5月，长沙东塘一家炊食店主动把当天营业款全部购买福利彩票，并把中奖的奖金全部捐献给社会福利基金会。该店经理在现场说道："今天，我代表大家来表表爱心。今后，我们将一如既往支持社会福利事业。"他的这番话赢得了大家一片掌声。大家也真切感受到了这家炊食店的爱心。每当天灾人祸时，很多企业也像这家饮食店慷慨解囊，捐钱捐物，回报社会。他们的爱心往往会获得社会的好评和公众的尊敬，会在公众心中留下美好的印象，可以说，这种提高企业形象的方式是非常有效的。

中建五局三公司温州工程公司却"筑巢引凤"，通过提升企业自身形象来赢得公众的心。他们承建温州时代广场工程后，立即对工程项目进行形象打造，消除了建筑工地的通病——脏、乱、差。走进他们的工地，清风扑面，材料码放整整齐齐，施工现场清洁干净，食堂厕所无异味，员工穿戴统一标识，彬彬有礼，整个工地科学管理，井井有条，有模有样。这个有实力、有信誉、懂礼貌的良好形象博得市民的好评，也赢得其他业主的好感。温州师范学院主动把一栋近千万的教学楼工程交由他们建设。

前不久，一家报纸刊登了一张与众不同的竞赛试题。试题内容全是广东一家电器公司的有关生产情况。在它的左边登出了竞赛试题答案，答题正确者参加该公司组织的抽奖活动，最高者可获奖金1000元，最低者可获精美礼品一份，参赛者甚多。活动结束后，该公司聘请公证处进行公证，如数兑现各等奖项。其实，这是项非常聪明的树企业产品形象的活动。公众在答卷时十分容易记住该公司的地址、生产能力、技术水平及产品名称等，一个实力雄厚的企业形象也长留在公众心中。

实际上，塑造形象路有千百条，我们需要的是恒心、毅力、孜孜以求。

形象塑造有讲究

我们应当看到，在传播信息越来越发达的今天，一个企业生产出来的产品，货真价实，质量过硬固然是自己竞争的有利因素，但就靠这个来站稳脚跟寻求发展是很不现实的，还必须依靠现代化的信息传播手段，及时、有效地向公众介绍企业的现状及其产品的情况，使自己的产品为社会公众所熟知，在公众中建立良好的形象，这样产品才能打开销路获得良好的经济效益。

如何有效地塑造企业形象，是我们当前迫切需要抓好的一项主要工作。

一是在思想上要高度重视塑造企业形象在企业营销中心的作用，把开展塑造企业形象活动融化在日常工作中去，做到经常化、持久化。同时，要积极引导企业领导、全体员工树立形象意识。通过培训、学习等一系列行之有效的宣传教育手段，使他们都认识到每个人实际上都代表着企业形象，与企业的发展和兴旺紧密相连，有为企业的发展开展公关活动的义务和责任。全体员工的重视与支持，可以更好地塑造良好的企业形象。

当然，良好形象的树立不是在短期内就能完成的，它要靠长期的努力。因此，企业公关宣传机构要根据企业的特点、性质而开展，经常地分析公众的心理、意向和态度，尤其要善于合理合法利用大众舆论为自己的企业服务，树立自己企业的形象。如中建五局三公司承建长沙平和堂商贸大厦。该工程位于长沙市繁荣地带五一广场，也是湖南省最大的中外合资商贸城。该公司抓住这一“亮点”，在工地围墙上颇具匠心地制作了一条耐人寻味的标牌：“我们在此施工给您带来诸多不便，对不起，请原谅。”这是建筑工地从未有的。这句充满人情味的话与那些扰民的建筑工地有了本质上的区别，自然吸引了公众的目光，也能得到市民的谅解。

同时，在为企业树立形象过程中，可以围绕市场开展信息收集，处理传递工作，为决策者提供内外决策信息。如：本企业的技术力量、管理水平、竞争能力、市场分布和占有率以及国内外政治经济形势、国家方针、政策、法令、科技发展情况、市场动态、自然条件、竞争对手等各类对企业决策有用的资源和信息。

二是可以营造一种企业形象标识。中建五局是湖南百强建筑企业之首，他们非常注重营建中建企业标识，大到建筑工地，小到一张名片，印制统一的非常形象的企业标识。无论何时何地，这种 CI 企业标识始终成了中建

公司的象征，极易在公众心中树立大企业、大公司的良好形象。

三是塑造企业形象要适度，适可而止。应当承认，大规模宣传企业产品，确能在社会公众心中留下很好的印象，调动他们的购买欲望。但是一定要有清醒的头脑，认认真真抓好产品质量。说到底，占领市场最终依靠的还是自身过硬的产品质量。倘若不顾自身经济承受能力，把一切希望寄托在虚假的“形象”上，就像一栋根基不牢的大厦，最终会垮塌下来。秦池古酒厂的惨败就是典型的例子。为了树立秦池古酒良好的社会形象，经济实力一般的酒厂花天价购买中央电视台黄金时段广告，成为引人注目的标王。秦池古酒也成为当年一道亮丽的风景。可惜好景不长，由于巨额资金花在产品形象宣传上，无力扩大再生产，靠酒精兑水生产秦池古酒。这条消息经报刊广泛披露后，给该酒厂致命一击，精心打造的社会良好形象毁于一旦。

四是形象宣传要合理合法。有一家卷烟企业置国家法令于不顾，在闹事街头树立巨大的卷烟广告牌。这种明目张胆违反国家法令的行径，不仅受到社会公众的谴责，而且还受到工商管理部门的查处。其结果是为该卷烟厂树立负面形象，臭名远扬。

五是树立形象要坚守诚实守信的原则，不能欺骗舆论和社会公众。我们有的制药企业为宣传某种药品的疗效，故意夸大其词，夸大治疗的范围，名实不副。还有的企业保健品也当成药品来卖，欺骗消费者。

如此塑造形象，恐怕会塑造成一只老鼠人人喊打。

企业内奸现象实录

夜幕渐渐降临了，一条黑影倏地翻过围墙，猫着腰，蹑手蹑脚潜入一幢大楼，然后，他撬开保密室，翻开标有绝密的图纸，十分熟练地翻拍起来……

这种在电影里经常可见的窃密镜头，随着市场竞争的不断加剧，时下在一些企业里也时有上演，在有的企业里正暗藏着阴险的内奸。他们受各种利益的驱使，遥相呼应，铤而走险，干着窃取企业秘密、损害企业利益的勾当。

企业内奸在行动

今年初，外省驻湘一家企业一项独有最新的施工技术突然被竞争对手掌握，按理说，竞争对手并无这样的开发能力和技术水平。令他们百思不得其解的是，竞争对手又接二连三地掌握了他们的工程投标标底和施工工艺，使对手的技术水平与他们相比始终不相上下。他们认真检查了各个环节，组织人力，跟踪调查，并对保密室、作业现场等处进行二十四小时保护，始终没有发现对手有窃密行为，直到最后谜底才被揭开，原来是该企业一技术员向竞争对手泄密。该技术员是新技术研制者和实施者之一，他发现已经败露后，果断辞职，跳槽到对手单位。该企业却因此累败于对手，无法接揽新的工程任务，蒙受巨大的经济损失。

这些内奸不择手段窃取本企业的商业秘密，经济利益的驱使是主要的

原因。据《中国检察报》报道，江苏武进化纤机械厂原技术科长奚某、供销员黄某俩，通过他人介绍，结识了无锡县家具厂厂长刘某，得知该厂欲上武进化纤机械厂生产的同类产品 SKV303 捻线机并急需该机图纸。他俩就相互勾结，利用职务之便到本厂技术科窃得该产品图纸一套，由黄送往无锡县家具厂复印。无锡县家具厂开出银行汇票一张，总计金额 4 万元报酬给他俩。1999 年，株洲市一家生产 IC 卡的企业一名高层管理人员，见生产 IC 卡获利丰厚，于是自己跳槽也办了一家公司，利用原企业的技术秘密，生产、销售同一产品 IC 卡。他们这种见利忘义行为，自然会受到法律的严厉制裁。前者分别被法院判处有期徒刑三年，后者被法院判处有期徒刑 1 年 6 个月，被告单位和被告人除如数赔偿经济损失外，还被处罚金 35 万元。

现在，不少企业开始进行自上而下的改革，精减机构，裁减冗员，一些掌握企业核心技术秘密的人员随之下岗。其中有些人由于触及自身的利益，或者在改革中自认受到不公平对待等，对自己的企业产生了一种怨怒埋恨情绪。你不让我活，我也让你活不成，蓄意报复企业。如小红就是这样一个自甘成为企业内奸的人。他原在一家机械厂任技术员，他所在的技术室有 10 多位技术员，人浮于事，遇事推诿，工作效率不高。为了改变这种状况，厂里决定裁减部分技术人员充实生产一线。小红是裁减对象，但他嫌一线脏累，工资低，不愿去，于是厂里停发了他的工资，安排他下岗，随之解除了劳动合同。小红不断吵、哭、闹、申诉，厂里依然维持原来的决定。面对这无情的决定，小红难以接受，既羞又怒，决定报复厂里，他毫不犹豫把以前自己私自留下的技术资料提供给了竞争对手，欲置工厂于死地。

在所有企业内奸中，最可悲的是那些浑然不知的“内奸”。他们的确不是内奸，但他们的所作所为严重损害了企业的利益，他们的无知、轻信，甚至给企业带来了灾难性影响。据《三湘都市报》披露，湖南有种特产龙须草席，曾经在巴拿马国际博览会上获得过金奖。20 世纪 90 年代初，亚州某国客商来郴州一龙须草席厂考察，该厂十分轻率地让他们摄制生产龙须草席的工艺流程。当时该厂还是手工锤草，该国客商回去后研制了一种机器生产龙须草榻榻米，由于成本低，很快占领了东南亚市场，使我们生产出口龙须草席的企业几乎关闭。

形形色色的窃密内奸

企业内奸为了窃取有用的商业经济情报，殚精竭虑，绞尽脑汁，秘密手段可谓五花八门。

一天，阳光明媚，彩旗猎猎。为了迎接检查团的到来，某厂办公室、技术科等部门对历年来积存的各种资料进行彻底清理。清理出来的资料堆积如山，统统放在四层阁楼，无人管理。这时，有一个人盯上了。他有空就往资料堆里钻，不停地抄写、剪贴、翻印，再经过一番比较和研究，很快他就绘制出了该厂的管理流程和生产流程以及若干工艺。这名姓陈的打工仔，一直想回家办一家生产同类型产品的企业。平时，他十分留心工厂的一举一动，包括生产、销售、管理等各个环节，别人外出看电影、打牌喝酒，他就躲在被窝里记下每天打工看见的图表资料。这次，他发现四楼有堆无人过问的资料，几乎天天晚上待在那里，把企业所有文件、规章制度、产品参数指标、操作程序等全部清理出来，整理成册。同时，他还把妻子和亲戚介绍进车间打工，掌握生产技术。这样，他利用工厂的麻痹大意，为自己培训了熟练的生产工人，窃取了一套办企业所需的资料。辞职一年后，他风风火火办起了自己的企业，成为富甲一方的企业家。

在另一家工厂打工的林某显然没有陈某这样的条件，他的工厂等级森严，车间打工仔根本无法进入办公区。他窃取企业秘密的方式主要是收集工厂办公楼内的垃圾。他栖身在经济开发区很近的一个亲戚家里，早出晚归，捡的尽是些废旧纸张、图片和报废遗弃的工业产品。每天捡“破烂”回来后，他都要专门把这些“破烂”分门别类整理好，理出有用东西装进包里。他收集资料不是办企业，而是换钱。他被一家民办科技企业收买，指示他每天去翻捡工厂办公楼扫出的垃圾，然后用自行车驮到指定地点领取报酬。仅两年时间，他就获取了2万多元，使这家民办科技企业对竞争对手的科研、生产和销售情况了如指掌，在市场竞争中保持了明显的优势。

搞电子侦察又是内奸们窃取的一个有效办法。在电子厂工作的阿文利用自己的擅长，搞起了电子窃听。电子窃听装置国家虽明令禁止买卖，但在一些电器小店仍可见这些小玩意。它的功率不大，范围也有限，但对阿文来说已经足够了。他乘人不注意偷偷溜进会议室，把这个小小窃听器安装在会议室不起眼的角落里。厂里的人事安排、工作计划及技改、生产、销售等方面内容，统统被阿文录了下来。

他有位亲戚在香港，以前在香港普通的电器商店里，可以轻易地买到一个叫“细佬细”的窃听装置。这种窃听器体积小，重量轻，只要知道模拟手机的电话频率，在一两条街的距离内，可轻易地截听手机的通话内容。他通过亲戚买到这种装置后，开始有意识跟踪厂长、销售经理的手机信号，从中获得大量有用的商业信息和个人隐私，他把有用的信息卖给了竞争对手，然后又利用手机掌握个人隐私，试图敲诈厂长、经理等人，不料很快东窗事发，锒铛入狱。

成文才在一家企业从事宣传工作。对国家政策、经济形势以及本行业有关情况有一定的研究和了解。一次偶然的机会，他应聘到一家情报调查研究所任兼职调查员，他的任务就是要经常为研究所提供本行业、本企业内部各种情况和行业动态。最初，他得心应手，根据报刊和自己积累的有关资料，撰写了几篇有分量的调研报告，获得了丰厚的报酬。随着调研课题越来越多，越来越深，他开始感到力不从心，文笔生涩，资料不够用，但他舍不得丢下这一美差。于是，他把手伸向了不该伸的禁区——企业秘密。为了增加报告的说服力，他摘抄了企业大量的数据和案例，又把上级转发的文件、内部规定一一摘录在自己的报告里。文章权威性虽然增加不少，但给企业带来了严重的后果，该研究所把他的调研报告出售给了几十家企业，这些企业利用现成的成果，大力更新企业设备，降低生产成本，导致他所在企业产品滞销，大量工人下岗，企业濒临倒闭。

去年8月，某派出所抓获了一个奇怪的盗窃嫌疑犯。他专偷大型企业及高科技企业文件、情况简报、会议记录等有关资料。他还私自截取、撕毁企业商务信函。经过审讯，他交代出了前因后果。一天，在回家的路上他遇见了一陌生男子。该男子问清他所在企业后，对他说他要高价收购企业文件资料，每天下午在这里等他送来。他见有利可图，企业文件资料又比比皆是，偷几张纸不算犯法。于是，每天下班，他悄悄溜进办公楼，撬开办公室，寻找有用的资料卖给了该男子。尝到了甜头后，他又转向了其他大型厂矿企业，直到被抓。

但是该男子却逃脱了布下的罗网。他是何方人士，要这些资料干什么？众说纷纭，至今仍是个谜，但有一点可以肯定绝不是干好事。

商场如战场。在商战中，有些企业有意把内奸安排到竞争对手企业中去。一方面窃取他们的科技成果，另一方面伺机破坏，捣乱，以搞垮对手。这种现象虽然少见，但并非没有。有一家企业发生过这样一件蹊跷事。他们的销售代理商最近不断收到各种商业函件，说他们生产的新产品有一处致命的缺陷，同时使用了劣质原料，务必请销售商保密，不要向社会公众公布等等。代理商不干了，纷纷退货，要求中止合作关系。这家企业被这突如其来的变故击懵了，知道有人蓄意制造事端，败坏企业产品名声。在向代理商说明的同时，开始着手调查。他们的销售渠道和代理商地址，已被列入企业内部机密，外人一般不知，他们把调查重点放在销售科，通过排查、摸底、核实后，最终确实是竞争对手把一个内奸安插在他们的销售科。这名内奸掌握企业销售网后，故意散布谣言，诋毁这家企业。

警钟，已向企业敲响

这些内奸给企业带来的损害是不可估量的。然而，有的企业却没有这方面的保密意识，思想上懈怠，管理上松弛，“有密不保”“有密难保”。一个企业要参加市场竞争，占领市场制高点并与国际市场接轨，就必须改变这种糊涂认识和观念。

一是在思想上要高度重视。企业要从战略的高度充分认识泄露商业秘密的危害性。泄露军情，可决定一切战争的胜负。泄露商情同样可以决定一个企业的生死存亡。在思想上一定要重视企业秘密的保护工作，才能收到事半功倍的效果。

二是要加强企业内部管理，这是防止泄密最有效的办法。我们可以仿效政府机构将文件按机密程度归档管理，也可仿效日本有些企业专门设置信息主管职位，专司保密工作。对持密人在奖金、住房等待遇方面给予适当的回报，技术专利拥有人成为企业的股东或成为技术产权经济利益的受益人，使之与企业形成休戚相关的一个整体，有的还可以实行封闭式管理，使用扫描系统监视有关人员，婉拒他人参观等。

三是运用法律手段来讨回公道。窃取商业秘密是一种犯罪行为，企业可以充分利用法律这个武器来维护本企业的合法权益，不管是谁，触犯法律，泄露商业秘密，一定要绳之以法。同时，要大胆向窃密个人和组织依法进行经济索赔，只有高举这把明晃晃的达摩克利斯之剑，才能叫内奸们闻之丧胆。

按理欠债还钱，天经地义。现在这一切似乎颠倒过来了，债主们之间斗智、斗勇、斗狠，玩起了老鼠捉猫、猫捉老鼠的游戏。

猎人与狐狸的较量

又一场恶劣的争吵开始了。

开始俩人心平气和。吸烟、喝茶、聊天，像对亲密无间的好朋友。说着说着，俩人沉不住气了，一个说要，一个说没有，越说越大声，越说越激烈，“啪”的一声巨响，桌子翻了，茶缸破了，俩人扭打在一起。众人围了上来，看把戏似的，叽叽喳喳，议论不休，说个不停。

他们原来是对好朋友，后来俩人都开了家企业，有了业务上的往来，债就这样一点点堆积起来，越堆越多，一方感到不妙时，另一方已无力偿还，家徒四壁，空空如也。

他一次次来，一次次空手而归，终于心中的愤怒像火山一样喷涌而出……

然而，他也只能像火山一样喷涌一下，喷涌之后徒唤奈何。

收债难，难于上青天

有句话说得好，欠债的是老子，要债的是叫花子。像上位欠债的朋友还算是有点良心的，至少认账，只是无力偿还而已。现在很多人，一旦欠上了巨额债务，采取了“敌进我退，敌退我进”的战术，能躲则躲，能拖则拖，死活不跟你见面。

如广东一家经销公司欠了长沙一家制药企业一笔50多万元的药材款。为了讨回这笔款，制药企业电话一个接着一个催，人派了一批又一批。去接待的人很客气，让座、端茶、吸烟，还问你吃了饭没有，你似乎置身于一家热情周到的星级宾馆。说到还钱的时候，人家也很客气，只是两手一摊，拍了拍脑袋，好像丢了300块钱似的，忽地恍然大悟，圆睁了大眼：“哎呀呀，实在对不起，我们经理出差了。”紧跟着财务科长学习去了，出纳看病生小孩了。你天天来，天天这番话，直到你没了耐心，没有脾气，灰溜溜地走人。

这是企业之间常遇到的事。

如果个人欠企业的债，无力偿还或根本不想还时，则是另外一副情景。

去年，衡阳一包工头带了一帮民工在长沙一家工厂承包劳务。由于业务员责任心不强，超付包工头10多万元。这家工厂发觉后，包工头已回到了家乡，他存心不给，但又赖不掉。于是，他与该厂开始了“拉锯战”，指望该厂没了耐心，不要了。包工头看见建筑公司的人来了，立即像兔子般一窜不见人影。建筑公司来的人也不急，找家庭店住下，天天往他家里奔。他家住在一个大村里，人口多，此事很快闹得沸沸扬扬。姓黄的包工头不干了，以为出了他的丑，纠集了20多位亲朋好友，找到该厂要账的人一顿拳手脚踢。要账的人一时吓懵了，个个抱头鼠窜，直呼“救命”。后来派出所虽然出面了，但无证人证言，大家也指认不出打人凶手，况且伤势不重，只好灰溜溜空手返回长沙。

当然，这种暴力抗债仅是极个别现象，一般情况下，还会受到法律的严厉制裁，付出高昂的代价。有的人干脆眼一瞪，两眼朝天“我欠你的钱，你欠我的吧？”这种明目张胆地赖账，主要发生在乡镇小型企业和家庭作坊私人企业，它往往会酿成严重的后果。

去年12月，广东东莞一家私人砖瓦厂就企图赖掉工人工资。在这家砖瓦厂有15名打工仔，厂里每月记账不发工资，他们每天要干12小时以上的活，吃的是青菜萝卜，住在油毡棚里，四面透风，阴暗潮湿。艰苦的劳作，条件的简陋，他们也默默忍受了。到了12月份，工人们要求结账准备回家过年。谁料，这家砖瓦厂老板脸色一变，气势汹汹地说：“每人只准领500元，其余留在厂里做抵压金。”他还有板有眼算出某某人要赔偿损坏的工具和厂房，结算的结果，有5个人竟倒欠砖瓦厂300元。老板如此强盗式耍赖皮终于激起了他们心中万丈的怒火。他们一拥而入，开始疯狂般抢夺，眨眼间，砖瓦厂成了“碎石场”。

益阳有家企业为赖掉银行50多万元债务，故意改变企业名称和法人代表，然后将企业整体拍卖。通过如此一拨弄，债权债务模糊起来。幸亏法院明察秋毫，银行才未成“冤大头”。利用各种貌视合法手段逃废银行债务是一些亏损企业惯用的技俩。

讨债路黑出怪招

有道是魔高一尺，道高一丈。不管逃债者如何绞尽脑汁，挖空心思，但讨债者始终紧随其后，围追堵截，其手段也是令人啼笑皆非。

湖南有家纺织厂因结构调整，企业停产转业后，有不少外债，但大部分是呆账、死账。为了盘活资金，厂里规定，收回的欠债按30%奖励给个人，并成立清欠小组，成员公开招聘。原是女工的陈小姐成为清欠专干。她负责

清收的是长沙某厂一笔30万元的欠款。按理说该厂偿还欠款不成问题，可惜纺织厂供应的原料有问题，他们以此为由拒绝付款，纺织厂上蹿下跳了几年，一直无法收回。陈小姐接手后不到两个月就把钱如数追回来了，此事很快成了奇谈，被人津津乐道。

一个闷热的下午，陈小姐终于吐出了内中的奥秘。她说，其实，收债我也没有别的本事，但你也知道我年轻漂亮，有“厂花”之誉，这家欠账工厂的厂长是位年近五旬的老头，他看到我时，眼睛都直了，十分热情地起身让座，当我说明来意提到还钱时，热情的笑脸变得似笑非笑，眼神有些异样起来，先是不自然地将我上下打量，接着局促地要求俩人单独谈一谈。从他的呼吸和心跳，直觉告诉我，这老头是条色狼。我装着什么也不知道，还冲着这老头笑了笑。我知道，我这娇羞的一笑，已经让老头的魂飞到天外去了。果然，这老头信誓旦旦，只要我陪他喝杯酒，明天一定给钱。

我知道别无选择了，我说必须把支票写好带到酒店去，老头高兴得像只啄米的鸡，兴奋地连说三声好。

我们在一家星级酒店拼上了酒，他在三楼开了一间房，一直想把我灌醉，俩人一杯接一杯地喝。其实，他小看了我，厂里选我进清欠小组，一是看中了我漂亮，漂亮女人好办事；二是能喝酒。结果我一瓶还没喝完，这老头就醉了，把支票放在椅子上，抱着椅子胡摸乱亲，最后一头栽倒在地，呼呼地睡了过去。

我拿过支票，飞快跑出了酒店。我有我做人的原则和标准，我不会跟这老头上床的，我要清清白白地挣工资。然而，每当漂亮的女人去收债时，我发现有些男人的眼神似乎总不在欠债上……

中央驻长单位的王先生讨债自然没有陈小姐的条件和优势。他依靠的是毅力与恒心，充分发挥口才的效能，与欠债单位大打嘴巴仗。他高声叫喊，还债的声音足以把街头行人吸引过来。有一次，他在南昌一家公司收账，足足等了三天，经理的影子也没有看见。他不急不躁，天天依旧在公司门口叫喊，引来一大群人，看猴似的，自然也有许多人开始对这家公司指指点点。一天上午，他身边又出现三位蓬头垢面、衣衫褴褛的流浪汉，阵阵恶臭四处飘荡，四周站满了孩童，他们齐声叫喊，高歌引响，手舞足蹈，一个安安静静的公司被弄得热闹非凡，该公司慌了，只好与王先生结清了所有账目。

在湘潭一家企业负责收债的刘先生体会最深的是与“鼠”分“赃”。有一家单位欠了他们40余万元，法院判决10天内付清。该单位立即设置了

10 多个秘密账号，把钱全部转移存入秘密账号内，等法院强制执行时，账上早已空空如也，没有分文。刘先生深知其中的猫腻，他找到该单位的头儿，提出按欠款的百分之五给回扣。头儿笑了，十分爽快地归还了欠款，当刘先生把一叠叠现金递上时，这些人收礼是那么坦然，那么轻快，那么理直气壮、毫无愧色。

应当指出的是，依法讨债是最合法、最有效的途径，绝大多数企业也选择了这种方式，如中建某公司因工程垫资等原因，目前建设单位拖欠该公司工程款近亿元，导致企业资金周转困难。为此，该公司专门成立了清欠公司追收欠款。他们除与建设方友好协商，制定方案，确保按期完款外，还积极运用法律手段追回欠债。去年，他们果断向邵阳市中级人民法院起诉邵阳市药业公司，依法追收拖欠工程款 69 万余元。至今，他们又向另 3 家拖欠工程款大户提起法律诉讼，全部胜诉，预计可追回清欠款 300 多万元。同时，他们还依照国家有关法律规定，积极向建设单位追收劳保基金 63 万余元，使企业的生产得以正常运行。

在讨债中最为不耻的是绑架人质。一些焦头烂额的私营企业主，为了索债置法律与道德而不顾，铤而走险，绑架人质，有的还酿成了人命案。今年 5 月 28 日下午，一个以绰号叫“彭彭”“刘海”等人为首的湘潭涉黑犯罪团伙以“收账”为名，将醴陵市外贸公司职工汤建武骗至湘潭县谭家山镇后绑架，绑匪声称汤欠债 8000 元，要汤家拿 3 万元赎人，倘若报警的话，就要“撕票”。幸亏醴陵市警方迅速出击，才把人质解救出来，否则，真要酝成人命案。实践证明，违法讨债此路不通。事实上讨债路有千百条，比如有的债转股，有的转为投资，变成投资合伙经营人，还有的划拨地皮和固定资产，死钱变成活钱等。只要你合情、合理、合法地讨债，最终能走出阴影重现阳光。

一个不该遗忘的话题

这里需要说明的是，大多企业坚守诚实、守信的原则，遵守市场经济规律，从不恶意拖欠、赖账。在经济交往中即使发生了拖欠现象，也会公平友好地协商解决。

但是，我们也不能不看到，有的企业确实有钱，也有完债的能力，但由于外面欠债太多，自身包袱太重，下岗人员多，顾了东顾不了西，心有

余而力不足。今年 6 月中旬，株洲一家工厂好不容易从外地要回 30 万元债。债主蜂拥而上，个个伸出手要钱。企业此时已四个月没有发工资，水电费去年至今未缴分文，职工怨声载道。领导班子研究后，先发职工工资，其他的欠债拖一拖再说，然后，头儿一个个“出差”躲债。

随着企业的关停并转，“涛声依旧”的亏损企业，企业之间三角债行为依然没有得到彻底的根治。在一些地方问题还相当严重，已成为制约企业生存与发展的大难题。据介绍，目前，我国 80% 的建筑业或多或少掌握着建设单位打的“白条”，握有施工企业“白条”的民工队占有 60.8%。在建筑业内部，拖欠三四个月兑现不了职工工资占 58.6%。以铁道部某局四处为例，仅去年就有 5 家建设单位拖欠工程款 7500 万元，占该处全年完成投资总额的三分之一多。该处反过来拖欠民工工资和有关商贸企业的生产资料达 2000 多万元，加上近几年由于一些建设单位拖欠的工程款，该处手中的“白条”总额已经超过 1 亿。长沙一家建筑公司由于建设方欠该单位 5000 多万元，迫使该单位欠银行贷款 2000 多万元，至今无法兑现，出现新的三角债，严重影响了企业的生产运行和职工生活。

因此，我们势必在思想上引起高度重视，一定要加大力度，拿出切实可行的解决办法，根治三角债。笔者建议可以成立全国性的债权债务处理中心，汇总全国各企业（包括私营企业）的债权、债务。处在三、四角债的企业之间可以互相冲抵债务，对肆无忌惮故意逃债的企业可以运用法律的手段进行全国性追收。

针对一些欠贷户逃避银行债务的行为，湖南省金融同业近日联合出台了《对逃废债企业实行联合制裁办法》，对一些借改革、改制之机逃废银行债务的、利用多头开户逃废银行债务、有偿还能力而故意拖欠银行贷款本息的企业和企业主制定了四条制裁措施。依据这四条制裁措施，我省银行近期内将终止对逃废债者办理新贷款，停止承兑汇票、贴现等融资业务，停止开出信用证、保函等。同时，对拟制裁企业停止开设新账户，并对其所有账户进行一次全面清理。逃废债企业法定代表人有到新的企业担任主要负责人的，银行不得对新企业发放贷款。

该办法的出台，可谓是对逃债者敲响了警钟。

母亲泪

【本文新闻背景】蒋艳萍，闻名全国的“三湘第一女巨贪”，原湖南省建筑工程集团总公司副总经理，在位期间，利用职务之便，先后15次收受个人和单位贿赂人民币187万余元，侵吞公款72万元，并有493万元的财产不能说明其合法来源。

2003年2月28日，最高人民法院依法对蒋艳萍受贿、贪污、介绍贿赂和巨额财产来源不明一案做出终审判决：判处被告人蒋艳萍死刑，缓期两年执行，剥夺政治权利终身，并处没收财产人民币100万元。蒋艳萍为自己的贪欲终于付出了沉重的代价，罪有应得。然而，她犯罪的同时也给自己的亲人造成了巨大的灾难和耻辱：母亲被拘留审讯，弟弟妹妹先后入狱，父亲绝望去世，儿子承受不住舆论的巨大压力而辍学，受伤……

2004年10月30日，本刊特约记者独家采访了蒋艳萍的母亲陈县芝。她首次披露蒋艳萍入狱后蒋家所经历的巨大伤害，令人扼腕长叹！

救女涉案，六旬老人东躲西藏

今年68岁的陈县芝，是湖南茶陵县一名退休职工。1983年，她从该县林业局退休后，一直在家安度晚年，平时与老邻居们聊聊天、打打牌，还喜欢看大悲大喜的电视言情剧。没想到1999年7月，她平静安逸的生活突然被打破了。

一天中午，很久没有回家的小女儿突然风尘仆仆地回来了，神色慌张，

刚吃过午饭就说要走。陈县芝十分奇怪，忙说："不要走，住一晚嘛。"女儿涨红着脸，吞吞吐吐地说："妈，姐……她……出事了！"女儿告诉她，昨天上午，省纪委的人把蒋艳萍带走了。

不久，从亲戚处传来确切消息，她的大女儿蒋艳萍、三女儿蒋兰萍和二儿子蒋绍文涉案，先后被收审。

三个儿女同时入狱，陈县芝顿时如五雷轰顶，号啕大哭起来。在她的七个儿女中，大女儿蒋艳萍是最有出息的一个。现在长女出事，她真有一种天塌下来的感觉。

正当她度日如年时，大女儿蒋艳萍竟然"神奇"地从看守所把电话打回了家！蒋艳萍在电话里压低嗓音说道："妈，你赶紧送一笔钱给万所长，我的事你不用担心，我会有办法。"原来，蒋艳萍为了逃避法律的制裁，想方设法拉拢了汉寿县看守所原副所长万江。

接到这个电话，陈县芝又忧又怕。她知道这么干违法，倘若露馅，将会罪加一等，然而她想，女儿毕竟是自己身上掉下的肉啊，我不救她谁救她？心急如焚的她顾不上其他，立即筹集了 1 万元。随后不顾自己年老体弱，亲自跑到了汉寿县，设法把钱交给了万江的家人。

俗话说：若要人不知，除非己莫为。蒋艳萍与母亲陈县芝的所作所为，很快被检察机关察觉。作为重要的当事人，陈县芝自然难脱干系，随后，办案人员立即赶赴茶陵调查陈县芝，却扑了一个空。

原来，回家后陈县芝预感到事情不妙，马上躲到了茶陵一个偏僻的乡下亲戚家里，已 60 多岁的陈县芝患有高血压等多种疾病，1985 年还因腿上长了一个肿瘤，动了一次手术。后来手术虽然成功，没有留下后遗症，但她的身体从此垮了，人不能太激动和劳累，还必须经常吃药。然而这次她躲得匆忙，一些必带的药品也没有带，每每身体不舒服，就只有强忍着。一天早上起床后，她感到胸闷气胀，眼冒金星，手脚发麻，浑身直冒虚汗，但她害怕给亲戚家再添麻烦，只好不声张，重新躺在床上。

即使这样，陈县芝仍然对被收审的三个子女，尤其是独自在家的老伴牵肠挂肚。老伴自 1997 年中风瘫痪后，吃喝拉撒基本在床上，现在儿女们大部分涉案被传讯，自然没法照料。陈县芝临走前虽然请了一个护工，并请邻里关照，然而她又如何放得了心！每每想到生活不能自理的老伴，陈县芝就心如刀割。

在茶陵乡下躲了三个月后，陈县芝再也待不住了。她心一横，对这家亲戚说："算了，我不躲了，也不跑了，要抓就抓吧！"说完，她就赶回了茶陵的家中。结果不出所料，时间不长，她就被闻讯赶来的检察院办案人员"请"进了看守所。她先后进了三次看守所，最长的一次七天，时间虽然不长，但她还是品尝到了子女和自己违法后失去自由时难熬的滋味。

进看守所之初，她又气又急，四天四夜没有吃饭，心里上火，嘴里咽不下。由于连续几个月奔波和担惊受怕，她的扁桃体出血发炎，苦不堪言。一天深夜，不知是血压升高，还是思虑、劳累过度的原因，她接受问话回监房后，浑身无力冒虚汗，心口还阵阵隐痛。她躺在床上强忍着，实在无法忍受时，才发出痛苦的"哎哟"声。

与她同住一屋的，还有一个因诈骗入狱的女嫌疑犯。听到陈县芝发出痛苦的呻吟，忙问："陈姨，你是不是病了？"陈县芝点了点头，答道："是的，我有点不舒服。""那你应该喊呀，不喊医生怎么知道你病了呢？"陈县芝苦笑了一下："我没力气，声音小，喊不动。"这女嫌疑犯立即有了主意，说："陈姨，你小声叫，我大声喊，一起把狱医喊来。"说完，她果然高声叫起来："干部啊，快来呀，这里有一个人病了！"看守所的人立即被惊醒了，他们连忙把陈县芝送到了医院。

奇怪的是，在检查的过程中，陈县芝的病症又消失了，再检查也没啥异常。望着人们异样的目光，陈县芝有苦难言，不禁悲从中来，她想不到自己大半生清清白白，到了晚年却要因女儿触犯国法受到如此的牵连，她真恨不能挖个洞钻到地里去……

操心儿女，依然摆不脱心中的痛

不久，陈县芝的问题就被查清了，因情节轻微，检察机关研究后决定不予追究。但是，还有三个儿女在狱中，她的心怎么也放不下来。于是，她与没有涉案的二女儿蒋美萍一起，每天四处奔波，了解案情，聘请律师。然而，就在这关键时刻，她们没钱了。陈县芝退休后，每月只有几百元收入；二女儿蒋美萍是长沙服务行业的职工，但一直没上班，没有什么积蓄；其他子女的家庭也不富裕。可是，要帮在狱中的儿女请律师，总得花钱啊。

一天，二女儿蒋美萍看到母亲急得头上添了不少白发，脸色蜡黄，便买了几斤荔枝。陈县芝生气了，禁不住哭了起来："你不要买这些东西呀！往后我们还要花很多钱，如果你姐姐的命保不住，我也不想活在这世上了……"

蒋美萍十分难过地走了。第二天一早，她对母亲说："妈，我打算把我住的房子卖了，帮姐姐请律师。"陈县芝急忙劝阻："美萍，不要卖，不然你连住的地方也没有，再说，你爱人也不会同意。"蒋美萍苦笑了一下说："没关系，昨天晚上我跟他都说好了，现在我们就不要争了，帮姐姐要紧，她虽然犯罪了，做了对不起党和国家的事，但她总归是我们的亲人、我的姐姐啊！"

可是真正到了卖房那一天，陈县芝又有点犹豫了。房子毕竟是二女儿一家人多年流血流汗拼来的，怎能说卖就卖呢？何况蒋艳萍犯事，国法免不了要制裁她。于是，陈县芝找到蒋美萍夫妇，劝阻他们别卖房。谁知二女儿夫妇连卖房的定金都收了，而且为了尽快卖出去，他们把这套本来用10多万元买下来的房子只卖了8万元。

就在这时，蒋艳萍家里又发生了一件意想不到的事。一天，陈县芝的外孙、蒋艳萍年仅17岁的儿子小万跑来了。陈县芝深感意外，忙问道："又不是星期天，你为什么不去上学？"小万不由哭了起来："我跟爸爸说了，我不读书了。我走在大街上每天都有人指指点点，现在同学们看我的眼神也是怪怪的，这个书我没办法读了。"看着瘦了一圈的外孙，陈县芝心里十分沉重，她知道外孙现在正面临巨大的压力，这种压力对大人来说都难以承受，何况只有17岁的他。小小年纪就承受如此大的压力，这都是蒋艳萍当贪官、违法造成的啊！

想到外面的压力太大，让外孙在家休息，才是暂时解决问题的办法。她就对小万说："既然你爸爸同意了，你就在家休息吧。"说完，她心里又不禁感到一阵悲哀：难道就让他永远待在家里？要是艳萍不犯事该有多好！钱够用就行，贪那么多，何苦啊！

这时，听说有人正在办澳大利亚留学手续，陈县芝忽然觉得如果让外孙小万到国外去读书，就可以避开四周的议论与谴责。于是，她把这个想法告诉了大女婿，谁知大女婿听了后结结巴巴，还显得局促不安。

陈县芝这才意识到女婿家里没钱了，因为家里近800万元赃款都被检察院收走，他已没有钱供儿子去国外读书了，但是，心疼外孙的陈县芝还是不想轻易放弃这个机会，她试着向众多的蒋家亲戚通报了小万的情况，可是大多数亲戚家也不宽裕，她只得既借钱又用房屋抵押贷款，这才勉勉强强地凑齐了几万元送外孙出国留学的初期费用。1999年底，好歹小万到了澳大利亚留学，陈县芝才松了一口气。

不料一年后的一天，陈县芝正在厨房里做饭，忽然进来一个高高的小伙子，她一时眼花没有认出来，直到这小青年喊了一声“奶奶”，她才发现原来是小万。陈县芝吃惊不已，忙问：“你不是在澳大利亚留学吗？怎么这么快就回来了？”小万禁不住扑进她的怀抱，止不住泪如雨下。

原来小万在海外过的也是又惊又怕的日子。他向奶奶哭诉道：他因为是第一次出国，在澳洲既想家，又惦记妈妈蒋艳萍会不会被判处死刑，不仅学习时难以集中注意力，连走路时都常常走神。2000年4月的一天上午，他正准备去马路对面的市场买菜，不料一辆小车忽然斜冲过来，他躲闪不及，被撞倒在地……这场突如其来的车祸，他虽然伤得并不太重，却使他受了不小的惊吓，夜晚躺在床上，想到自己遭遇了车祸，身边却没有一个亲人关心，妈妈仍在狱中生死难料，他不由伤心地哭了。

亲戚们所凑的钱，仅够维持一年。于是，他开始利用课余时间出去打工赚钱。他找了许多餐馆，但老板都不敢收留他这个“黑工”。好不容易在一家华人开的小饭馆找到了一个洗碗端盘子的工作，但工资只有当地人的一半，他仅仅干了几天，就感到有点吃不消。他是独生子，从小到大基本没干过苦力活，但他依然咬牙坚持下来。尽管如此，他还是没干多久就被炒了，因为澳大利亚是个管理非常严格的国家，对打黑工处罚非常严厉，走投无路的他，只好选择了回国……

看着回来的小万又瘦又黑，陈县芝心里涌出来的是一阵阵的痛，这都是他母亲蒋艳萍一手造成的呀，他的生活本应该是一片阳光，坐在宽敞明亮的教室里，与老师、同学们一起学习、嬉戏，可是现在……

死不瞑目，老伴在自责中哀伤而去

陈县芝已经无力无心解决外孙的求学问题了，因为她的老伴，此时此刻正在生死线上苦苦挣扎。陈县芝的老伴已经年近80，中风瘫痪卧床多年，长女蒋艳萍出事后，陈县芝自然不敢让老伴知道，她因此十分注意收好家里的报刊，尤其是晚上看电视时总是有意拖过新闻时段。一次，老伴隐隐约约在电视上听到了蒋艳萍三个字，就问陈县芝：“电视上好像在说蒋艳萍，是不是她出事了？”陈县芝慌忙答道：“你听错了，艳萍正在北京学习，没回来呢。”然而不久，这一切就无法隐瞒了，因为检察院办案人员来到她家，依法进行搜查了。

老伴从此开始拒绝吃药，躺在床上不断地流泪。有一天，他看着蒋艳

萍的照片，突然，两手狠命地拍打自己的胸口，边哭边喊：“艳萍，我的儿，你为什么要这样呀，我没用，没有管好你啊！”

陈县芝的心像被刀子戳了似的，也忍不住呜呜地哭起来。她知道蒋艳萍是老伴最看重、最疼爱的女儿。小时候，有一个男孩欺负蒋艳萍，把她打哭了，他毫不犹豫找到这户人家讨说法，直到对方向蒋艳萍认错为止。这次眼睁睁地看着自己的女儿走上了歧途，作为父亲的他却无能为力，怎能不痛心呢！从此，他的身体日渐消瘦，每天只能吃很少的一点东西。

2001 年 3 月 21 日，蒋艳萍在全国上下一片声讨浪潮中出现在法庭公审席上。那一天，陈县芝心情十分沉重，早上起来还失手打烂了一只花碗，她忽然有一种不祥的预感：女儿真的要被判死刑了吗？公审的第三天下午，电视镜头中蓦地出现一幕：蒋艳萍突然头冒冷汗，浑身哆嗦，身体支撑不住地向一侧缓缓地滑下去，审判长不得不宣布休庭，两名女法警将蒋艳萍架了下去……

陈县芝看得心惊胆战，痛苦得滑倒在地……

陈县芝没有想到，她的老伴强撑着身体，慢慢地从床上探出半截身子，偷偷地往客厅瞧，此时恰巧也看到了这一幕，他的脑袋“轰”的一声炸响，“啊”地惊叫一声，昏迷了过去……2001 年 7 月 24 日，长沙市中级人民法院以受贿、贪污等罪名，数罪并罚，一审判处蒋艳萍死刑。之后，湖南省高级人民法院维持原判。二审连判死刑，消息传来，陈县芝哭了，老伴也哭了。

深受刺激的老伴终于绝望了，他的大小便完全失禁，病情不断恶化。到 2002 年年底，他时而清醒，时而昏迷。清醒时他多次泪流满面地对陈县芝说道：“县芝，子不教，父之过啊！现在我要走了，我没有机会了，你以后可要替我教育好孩子，帮帮他们。”陈县芝只有不停地哭泣，哽咽着一句话也说不出。2003 年元月 3 日，蒋艳萍的父亲带着满腔遗憾去世，临去世前，他还不停地朝门口张望，还在自责自己没有把女儿教育好！

此时的蒋艳萍被关在长沙县看守所，苦苦地等待着最高人民法院的终审判决。她虽然最后由死刑改判为死缓，捡了一条性命，但等待她的是漫长的囚犯岁月和无尽的悔恨……2003 年 3 月 7 日，蒋艳萍被押到湖南省女子监狱服刑。她从此基本沉默不语，经常一人静静地呆在一边，暗自流泪。直到两个月后，她才见到来监狱探望自己的亲妹妹蒋美萍。当得知父亲已在 4 个月前去世，听到父亲的临终遗言时，蒋艳萍当场号啕大哭。

在短短 5 年时间内，家里发生如此大的变故，都是自己的贪欲害的啊！

2004年11月，在监狱举行的一次现身说法会上，蒋艳萍泣不成声地说："我曾一度在鲜花和掌声中走到了权力的巅峰，但由于没有珍惜党和人民给予的权力，贪字为先，结果既害了自己又害了亲人，这个教训我要终生牢记。"她虽然知悔了，但悔之已晚，人们甚至议论说：早知如此，何必当初？

她想告诫人们：利欲熏心，知法犯法，遗害无穷！